中国古代名著全本译注丛书

阅微草堂笔记

全译

上

［清］纪昀 著 汪贤度 校点
邵海清 等 译

图书在版编目(CIP)数据

阅微草堂笔记全译/(清)纪昀著；汪贤度校点；邵海清等译. —上海：上海古籍出版社，2017.12 (2025.5重印)
(中国古代名著全本译注丛书)
ISBN 978-7-5325-8635-6

Ⅰ.①阅… Ⅱ.①纪… ②汪… ③邵… Ⅲ.①笔记小说—小说集—中国—清代 ②《阅微草堂笔记》—译文
Ⅳ.①I242.1

中国版本图书馆 CIP 数据核字(2017)第 254667 号

阅微草堂笔记全译

[清] 纪　昀　著　汪贤度　校点　邵海清等　译

上海古籍出版社出版、发行

(上海市闵行区号景路 159 弄 1-5 号 A 座 5F　邮政编码 201101)

(1) 网址：www.guji.com.cn
(2) E-mail：gujil@guji.com.cn
(3) 易文网网址：www.ewen.co

江阴市机关印刷服务有限公司印刷

开本 890×1240　1/32　印张 50.375　插页 10　字数 968,000
2017 年 12 月第 1 版　2025 年 5 月第 5 次印刷
印数：7,401 — 8,000
ISBN 978-7-5325-8635-6
I·3221　定价：168.00 元
如有质量问题，请与承印公司联系

前　言

　　清代自康熙、乾隆以来，文言笔记小说极为繁荣，以成就和影响而言，当推《聊斋志异》为第一。可以和它分庭抗礼的，则是纪昀的《阅微草堂笔记》。

　　纪昀（1724—1805），字晓岚，一字春帆，号孤石老人，在《笔记》中自署"观弈道人"，直隶献县（今属河北）人。二十四岁中举，三十一岁成进士，由编修官至翰林院侍读学士。在他的一生中，除四十五岁时因泄露消息给行将受到查抄的姻亲两淮盐运使卢见曾，受牵连谪戍乌鲁木齐三年外，可说是宦途通显。乾隆三十八年（1773）即从他四十九岁起主持修纂《四库全书》达十余年，纂定《四库全书总目》，可说是倾注了他毕生的精力。以后累官至礼部尚书、协办大学士，卒谥"文达"。他的诗文经后人辑为《纪文达公遗集》十六卷。

　　《阅微草堂笔记》是纪昀晚年所作，包括《滦阳消夏录》六卷，《如是我闻》、《槐西杂志》、《姑妄听之》各四卷，《滦阳续录》六卷，自乾隆五十四年（1789）至嘉庆三年（1798）陆续写成，前后历时九年。嘉庆五年（1800），其门人盛时彦为之校订合刊，定名为《阅微草堂笔记五种》。

　　这五种笔记前都有作者所撰写的小序，并附有盛时彦所作的几则序跋，从中可以窥见纪昀著书的宗旨及其文学见解，其大要有二：一、作者是有所为而作的。小序中虽一再谦称此书是"昼长无事，追录见闻"、"时作杂记，聊以消闲"，然而接着又声明，它"或有益于劝惩"，"大旨期不乖于风教"，诚如鲁迅所指出的："盖不安于仅为小说，更欲有益人心。"二、作者有意识地与《聊斋志异》相抗衡。盛时彦在《姑妄听之》跋语中引纪昀的话说："《聊斋志异》盛行一时，然才子之笔，非著书者之笔也。……小说既述见闻,即属叙事,不比戏场关目,随意装点。……今燕昵之词,媒狎之态,细微曲折,摹绘如生。使出自言,似无此理;使出作者代言,则何从而闻见之?又所未解也。"这段话很有代表性,他把小说分成"才子之笔"和"著书者之笔",认为小说属于记述见闻的叙事体,因而必须如实记录。显然,纪昀对文学的想象和虚构的看法,今天看来,未免保守和迂腐。但他有自己的艺术追求,他的《笔记》就是有意识地要走一条与《聊斋》迥然不同的创作道路。

《笔记》全书二十四卷,近一千二百则。作者交游广阔,博闻强记,力求每一条都有根据、有来历。一旦发现前书有误记或漏记之处,事后还往往加以补记或订正,其写作态度是颇为严肃的。当时每一卷书成,即不胫而走,并为书肆刊刻流传,扩大了影响,于是又不断有人以新事异闻相告,所谓"物常聚于所好",其写作过程与《聊斋志异》颇有相似之处。只是由于纪昀的出身门第、社会地位和声望,向他提供素材的,包括尊长、亲族、师友、后辈,多半属于统治阶层的中上层,但是,也有一部分采自贩夫、仆隶、兵士和下层知识分子之口。从题材看,举凡乡里见闻、异地风光、官场世相、民情风俗、轶事掌故、典章名物、鬼狐精怪、医卜星相,无所不有,真可以说上下古今,包罗万象。

纪昀一生居官清要,基本上是一帆风顺的,而且正如他在《姑妄听之》小序中所说,三十岁以后,即沉湎于典籍。然而他毕竟浮沉仕途数十年,熟悉官场内情,并就耳目闻见所及,笔之于书。所以在《笔记》中,描写那些为官作宦者骄横恣肆、玩物丧志或是颠顶贪婪、草菅人命的为数不少。而对于官场中人的尔虞我诈、排挤倾轧,作者尤为反感。《滦阳消夏录》六《鬼隐》写阴间的官和阳间的官一样难当,以致做了鬼还要找一个鬼迹罕至的深山岩洞去做鬼隐士,作者对于"宦海风波,世途机阱"真可以说是深恶而痛绝了。《滦阳消夏录》六《老僧入冥》指出除官之外,最为民害的有四种人:吏、役、官之亲属、官之仆隶,他们"无官之责,有官之权","依草附木,怙势作威,足使人敲髓洒膏,吞声泣血"。

《笔记》涉及的社会矛盾是多方面的。全书直接反映民生疾苦虽为数不多，但有一些篇章所记叙的事却骇人听闻。《滦阳消夏录》二《周某》记明崇祯末年河南、山东遇到大旱灾和蝗灾，草根树皮皆尽，以致以人为粮。妇女、儿童被鬻于市，名之为"菜人"，并具体描写了"屠者买去，如刲羊豕"的惨不忍睹的景象。《如是我闻》二《奇节异烈之女》也有类似的记载，令人触目惊心。然而这绝不是一般的"小说家言"，它可以与相关的历史记载相印证。

在长期的封建社会中，妇女受束缚、受歧视、受欺压历来是最深重的，特别是那些为生活所迫，被鬻为奴，或被逼为妾媵以至沦为娼妓的，其命运更为悲惨。《笔记》对此作了深入的揭露，并表示了自己的同情。《槐西杂志》二《侍郎夫人》记富贵人家驾驭女奴的"三部曲"以及虐待婢女的残暴手段，令人发指。《如是我闻》三《虐婢之报》记一女孩被拐卖为婢，数年中受尽了种种非人的折磨和摧残。《姑妄听之》四《狐狸为女奴辩冤》记一小女奴在主人的逼迫拷打之下，诬服盗卖金钏，被毒打得体无完肤。她们不仅在肉体上饱受凌虐，同时还遭受人格上的侮辱而求告无门。《笔记》中还写了不少妇女被逼或被鬻为媵妾的故事。《槐西杂志》二《堕楼姬》和《滦阳续录》五《董华妻》，同是写在饥荒的年头，两对恩爱夫妻被活活拆散，两妇分别被鬻为贵官和富翁的姬妾。故事写出了这两个不幸的女子为生活所迫，隐忍苟活，盼望与故夫重新团聚，最终希望破灭，奋身殉情的曲折过程。作者"哀其遇，悲其志"，对她们的悲惨遭遇和凛然正气，表示了由衷的同情和赞佩。

盛时彦在《阅微草堂笔记》序中说："河间先生以学问文章负天下重望，而天性孤直，不喜以心性空谈，标榜门户。"所以，在《笔记》中对于宋儒的苛察不情，道学家的虚伪迂执，时时有所抨击。《滦阳消夏录》四《巧发奸谋》记两个以道学家自任的迂夫子谋夺一寡妇之田，往来密商的信札在讲学时恰巧为生徒所拾得，他们虚伪丑恶的面目在大庭广众之下霎时间暴露无遗，讽刺不可谓不辛辣。《如是我闻》三《理学害人》写某医生一再拒卖堕胎药，迫使一女子自缢而死，后在冥间状告其杀人。故事中借一冥官之口抨击了"固执一理而不揆事势之利害"的宋儒，也是切中要害的。

《笔记》中有大量谈狐说鬼、搜奇志怪的故事，这是魏晋以来笔记小说中最常见的题材。纪昀是相信有鬼神的，并从理性上接受有鬼论。他认为人们只有相信鬼神的存在，才能够自觉接受"暗室亏心，神目如电"的说教，持无鬼论则不利于劝善惩恶，因而在《笔记》中津津乐道地狱轮回、命运果报。但是纪昀毕竟是有见识、有眼光的学者，不同于一般的愚夫愚妇，所以他既相信有鬼神，但又并不一味地迷信鬼神，甚至还发出过"鬼神茫昧，究不知其如何也"、"或一切幻象，由心而造，未可知也"的疑问。这样我们也就不难理解，为什么在盛谈狐鬼的《笔记》中，却又有许多精彩的不怕鬼的故事。其中像《滦阳消夏录》一《鬼不足畏》、《滦阳消夏录》六《南皮许南金》、《如是我闻》二《鬼避姜三莽》、《滦阳续录》五《不畏鬼》等篇，尤为人所称道，这几则故事结尾关于畏与不畏的一番议论，亦至为精当，颇能予人启迪。在《笔记》中，还有相当一部分则显系借鬼狐以说人事，托寓言而寄感慨。《姑妄听之》四《阴司报应》引莫雪崖言，一乡人离魂入冥，见到三数奇鬼，状貌丑怪，实际上讥刺了现实世界中形形色色巧伪谄媚、妄自尊大、忌刻深险的人。《滦阳消夏录》二《青雷寓言》引朱青雷言，一个因避仇而窜匿深山里的人，因为怕鬼而伏不敢起，鬼说："至可畏者莫若人，鬼何畏焉？使君颠沛至此者，人耶鬼耶？"虚无飘渺的鬼并不可怕，真正可怕的是那些居心险恶的小人，这话显然是有感而发的。作者在这两篇故事的结尾明白地指出，这当是他们的"寓言"。

此外，《笔记》还记载和表彰了一些乡里或市井细民的言行。《槐西杂志》一《杀虎》记徽州唐姓老翁善于猎虎；《槐西杂志》二《放生咒》记佃户孙某善于击鸟，其技艺的精巧娴熟，令人咋舌。《姑妄听之》二《沉河之石》记一老兵推究沉于河中的二石兽，当于河之上流觅之；《槐西杂志》一《溺尸握粟》记河干一叟剖析投水而死和弃尸于水者的区别，研求物理，鞭辟入里。这些故事表现了劳动者丰富的生活经验和聪明才智。《笔记》还以肯定的态度写了一些"君子不齿"的处于社会底层的女子。《姑妄听之》三《婢女放火擒盗》写一个灶婢的机智和胆略,《槐西杂志》三《太湖渔女》写一个渔家女的沉着勇敢,《姑妄听之》四《妓女智贩灾民》写一个妓女的侠义行为,作者批驳了那些无理的责难,赞扬了她们是"奇女子"和"女侠",表现了一定的民主思想。

纪昀对中年时远戍乌鲁木齐的经历印象很深,曾作有《乌鲁木齐杂诗》一百六十首。在《笔记》中,也有不少追记西北边陲山川景物和风土人情的篇章。又,纪昀所处的乾嘉之世盛行考据之学,这种时代风气也在《笔记》中留下明显的印记。其中像《如是我闻》三《〈西游记〉作者》借扶乩考论《西游记》中部分官制皆同明制,可证作者非元人而为明人,向为《西游记》研究者所重视。《槐西杂志》一《方竹》考辨《桂苑丛谈》载方竹出大宛国(即哈萨克)、《古今注》载乌孙(即伊犁)有青田核、《杜阳杂编》载芸香草出于阗国(即和阗)诸说,证之以实地见闻,指出"均小说附会之词",亦确凿有据。

当然,由于纪昀所处的社会地位及其世界观,由于他的那种"不乖于风教"、"有益于劝惩",即不违背封建的伦理道德和有利于巩固现存统治秩序的写作目的,书中宣扬封建礼教,鼓吹奴隶道德以及渲染因果报应、鬼神迷信的地方确是相当多的。这类内容过去甚至被誉为"觉梦之清钟,迷津之宝筏",今天的读者自然不难识别其局限性。

《阅微草堂笔记》和《聊斋志异》有着不同的艺术风格和写作特点,从比较中我们容易看出它们之间明显的区别:

第一,《聊斋》"用传奇法,而以志怪",在创作方法上,它更多地得力于唐人传奇小说,长于铺叙描绘,形象生动传神,想象丰富奇特,达到了很高的美学成就;《笔记》则着意模仿晋、宋志怪,尚质黜华,以立体谨严、叙述简古为其特色。

第二,《聊斋》中的多数篇章,结构工巧,故事情节曲折离奇,极尽其波澜起伏、腾挪跌宕之能事,其体制较接近于近代的短篇小说;《笔记》则一般故事性较弱,篇幅也比较简短。但作者叙写见闻，不拘一格，意匠经营，不露痕迹，每能于不知不觉中引人入胜。其中有一部分体式更近于随笔、小品、诗话之类，这与笔记这种体裁历来就容量很大的特点有关，而非体例不纯。

第三，《聊斋》的语言精雕细琢，华美典丽，尤长于描摹人物对话，有着绘声绘色的艺术效果；《笔记》的语言则不事雕饰，淡雅明净，平易自然，使人有洗尽铅华、天趣盎然之感。写景状物，亦时有可观，如《槐西杂志》二《避暑山庄细草》写承德避暑山庄清幽的景色，《如是我闻》二《瑞兆》、《槐西杂志》二《乌鲁木齐野畜》写塞外的奇卉异兽，《如是我闻》四《百兽之王》写雄狮的威武都是传神之笔。作者辨析事理，精微入妙，但有时议论说教过多，或游离故事情节，津津于引经据典，未免令人生厌。

《聊斋志异》和《阅微草堂笔记》在思想和艺术上各有自己的特色和长处，它们代表着文言笔记小说中两种不同的流派，有如双峰对峙，各自拥有众多的读者，对清代文坛和文言短篇小说的发展都产生过重大的影响。

本次出版《阅微草堂笔记全译》，原文部分用清道光十五年刊本，参校其他版本，改正错讹，以臻完善。译文部分由邵海清译《滦阳消夏录》一至六卷和《如是我闻》一、二卷，楼含松译《如是我闻》三、四卷，陈铭译《槐西杂志》一至四卷和《滦阳续录》五、六卷，廖可斌译《姑妄听之》一至四卷，江兴祐译《滦阳续录》一至四卷。各篇的小标题均为译者所加。由于是分头译成，加之时间较为仓促，译笔的繁简和风格容或不尽一致，疏漏之处也在所难免，敬希读者鉴谅并惠予指正！

邵海清

盛时彦序

　　文以载道,儒者无不能言之。夫道岂深隐莫测,秘密不传,如佛家之心印,道家之口诀哉!万事当然之理,是即道矣。故道在天地,如汞泻地,颗颗皆圆;如月映水,处处皆见。大至于治国平天下,小至于一事一物、一动一言,无乎不在焉。文,其道之一端也,文之大者为《六经》,固道所寄矣。降而为列朝之史,降而为诸子之书,降而为百氏之集,是又文中之一端,其言皆足以明道。再降而稗官小说,似无与于道矣;然《汉书·艺文志》列为一家,历代书目亦皆著录。岂非以荒诞悖妄者虽不足数,其近于正者,于人心世道亦未尝无所裨欤!河间先生以学问文章负天下重望,而天性孤直,不喜以心性空谈标榜门户,亦不喜才人放诞、诗坛酒社,夸名士风流。是以退食之余,唯耽怀典籍;老而懒于考索,乃采掇异闻,时作笔记,以寄所欲言。《滦阳消夏录》等五书,儴诡奇谲,无所不载;洸洋恣肆,无所不言。而大旨要归于醇正,欲使人知所劝惩。故诲淫导欲之书,以佳人才子相矜者,虽纸贵一时,终渐归湮没。而先生之书,则梨枣屡镌,久而不厌,是则华实不同之明验矣。顾翻刻者众,讹误实繁;且有妄为标目,如明人之刻《冷斋夜话》者,读者病焉。时彦夙从先生游,尝刻先生《姑妄听之》,附跋书尾,先生颇以为知言。迩来诸板益漫漶,乃请于先生,合五书为一编,而仍各存其原第。篝灯手校,不敢惮劳。又请先生检视一过,然后摹印。虽先生之著作不必藉此刻以传,然鱼鲁之舛差稀,于先生教世之本志,或亦不无小补云尔。嘉庆庚申八月,门人北平盛时彦谨序。

【译文】

以文章来承载大道,儒家学者没有人不讲的。道难道是深刻隐秘难以窥测,不轻易传授的秘密,就像佛家的心印、道家的口诀罢!万事万物所应当遵行的道理,就是道了。所以道在天地之间,如同水银流泻在地,颗颗圆润;如同明月照耀着水流,到处都清晰可见。大到治国平天下的大事,小到一件事、一种物、一言一行,没有不存在道的。文章,是道存在的一个方面。文章中博大的是《六经》,本来就寄托了道。《六经》以下,是历朝历代的史书,再次一等,是诸子百家的著作,又次一等,是各种作者的文集。这些固然是文章的组成部分之一,它们的言论都能够彰明大道。再次等以下,就是野史小说,似乎和道没有什么关系了;然而《汉书·艺文志》将它列作一家,历朝历代的书目也都加以著录。难道不是因为荒诞、虚妄、悖理的事虽然不值得特别关注,但其中接近正道的部分,对于人心世道也不是毫无帮助的罢。河间先生的学问渊博、文章高明,承载着天下人的殷切期望,但他天性孤僻耿直,不喜欢以空谈"心性"来标榜自己的学派门户,也不喜欢才子式的放诞、吟诗饮酒结社,自夸名士风流。所以他在退朝后的闲余时光中,唯有沉迷于典籍,年纪老了,也疏懒于考证求索,于是收集采录奇异的见闻,时常写作笔记,用以寄托自己的想法。《滦阳消夏录》等五种书,诡秘奇特,深广自由,没有什么东西不记录在其中的。然而主旨还是归结到醇厚正直的观念上，想使人认识到劝诫和惩罚的因由。所以宣扬淫邪、引导纵欲的书，那些凭借佳人才子套路而得意夸耀的著作，即使短时间内洛阳纸贵畅销一时，最终也渐渐归于湮没。而先生的著作却总是交付刻版，长期以来没有厌倦，这就是浮华和翔实之间差异的鲜明体现了。只是翻刻本书的人很多，错误实在繁多。而且有胡乱标立名目的情况，就像明代人刻的《冷斋夜话》，为读者所诟病。时彦一向跟随先生游学，曾经刻印了先生的《姑妄听之》，在书后附有一跋，先生很以为是知音者之言。近来各种版本越发模糊难辨，于是向先生请求，把五种书合为一套，依旧各自保存原来的次序。夜晚对着灯火一字一句地校对，不敢畏惧烦劳。又请先生检查了一遍，然后付梓刊行。虽然先生的著作不需要凭借这个刻本才能流传后世，但"鱼、鲁"混淆这样的错误稀少了，对于先生教化世人的本心良志，或许也不无小小的补益吧！嘉庆庚申年八月，门人北平盛时彦谨作此序。

郑开禧序

河间纪文达公，久在馆阁，鸿文巨制，称一代手笔。或言公喜诙谐，嬉笑怒骂，皆成文章。今观公所著笔记，词意忠厚，体例谨严，而大旨悉归劝惩，殆所谓是非不谬于圣人者与！虽小说，犹正史也。公自云："不颠倒是非如《碧云骃》，不怀挟恩怨如《周秦行纪》，不描摹才子佳人如《会真记》，不绘画横陈如《秘辛》，冀不见摈于君子。"盖犹公之谦词耳。公之孙树馥，来宦岭南。从索是书者众，因重锓板。树馥醇谨有学识，能其官，不堕其家风云。道光十五年乙未春日，龙溪郑开禧识。

【译文】
　　河间纪文达先生，长期在翰林院中任职，文章气势宏大，公认为是当代的大手笔。有人说先生喜欢开玩笑，嬉笑怒骂，皆成文章。现在看到先生创作的笔记小说，文笔厚重，体例严谨，而主旨都归结于劝善惩恶，大概是所谓的是非臧否和圣人的旨意不差了吧！虽然是小说，就如同是正史。先生自己说："（我的著作）不像《碧云骃》那样颠倒是非，不像《周秦行纪》那样怀揣私人恩怨，不像《会真记》那样描摹才子佳人，不像《汉杂事秘辛》那样描绘人体，希望不被君子所抛弃。"这大概是先生的谦虚之辞罢了。先生的嫡孙树馥,到岭南来为官,向他索要这种书的人很多,于是重新雕版印刷。树馥醇厚谨慎有学问,任职有方,没有失落他的家风。道光十五年乙未年春天,龙溪郑开禧记。

目　录

前言 ·· 1

盛时彦序 ·· 1
郑开禧序 ·· 1

卷　一

滦阳消夏录（一） ··· 1
 长生猪 ·· 1
 狐语 ·· 2
 鬼嘲夫子 ·· 3
 诗有鬼气 ·· 5
 梦赠诗扇 ·· 5
 鬼谈诗 ·· 6
 吕四遭报应 ·· 7
 狐狸缘 ·· 9
 李公遇仙 ·· 10
 梦入阴司 ·· 12
 雷击 ·· 14
 无云和尚 ·· 14
 狐女幻变 ·· 15
 鬼谈理学 ·· 16
 塾师弃馆 ·· 18
 骑驴少妇 ·· 19

白岩寓言	20
鬼算	21
台湾驿使	22
真人降狐怪	22
经香阁	24
鬼不足畏	28
土神护妻	29
搬运术	30
何必如此	31
村童吟诗	32
罗洋山人诗	33
梦作一联	34
小花犬	34
古柏	35
吕道士	36
马语	37
善詈	39
隐恶	39
西行谶	40
疡医	41
两术士	41
幻术	42
胡维华	43
蓄志报复	45
乌鲁木齐二事	46
渡江僧	48
老桑树	49
阳宅与凶宅	50
老杏树	51
百年女鬼	52

哑鬼 ·· 53

卷　二

滦阳消夏录（二） ································ 55
　　命相之谜 ··· 55
　　易位 ·· 57
　　嘲俗儒 ··· 59
　　因果 ·· 61
　　扶乩问寿 ·· 62
　　砚铭 ·· 62
　　二格 ·· 63
　　治狱可畏 ·· 65
　　反常 ·· 66
　　玉带化白蛇 ·· 67
　　镜中之影 ·· 68
　　贞孤 ·· 69
　　妾再嫁 ··· 70
　　鬼饮酒 ··· 72
　　牛产麟 ··· 74
　　鬼畏人 ··· 74
　　降坛诗 ··· 75
　　梦中作诗 ·· 76
　　周某 ·· 77
　　农家少妇 ·· 78
　　韩生 ·· 79
　　大月 ·· 80
　　嫁祸于神 ·· 81
　　罗两峰画鬼 ·· 82

刘四 ·············· 83
陈双 ·············· 84
方桂 ·············· 86
狐居 ·············· 86
雉与蛇 ············ 87
某生 ·············· 88
科名有命 ·········· 90
女鬼撕卷 ·········· 91
阴司见闻 ·········· 92
鬼藏药方 ·········· 94
钱化群蜂 ·········· 95
青雷寓言 ·········· 96
巨蟒 ·············· 97
城隍惩醉奴 ········ 97
土神之灵 ·········· 98
破屋独存 ·········· 99
智却魏忠贤 ········ 99
土神祠道士 ········ 101
月夜一女子 ········ 101
泥塑判官 ·········· 102
冥吏答问 ·········· 104
鬼神颠倒 ·········· 106
亡叔寄语 ·········· 107
鬼囚 ·············· 108

卷 三

滦阳消夏录（三） ·········· 109
戈壁大蝎虎 ·········· 109

林中黑气	109
关帝祠马	110
真魅	111
斋僧	112
夜闻琴棋声	112
雅狐	113
祈梦吕公祠	114
干仆辩	115
依样壶芦	116
荔姐	117
贿盗扮鬼	118
破寺僧	120
老僧说法	121
卖面妇	124
乌鲁木齐	125
巴拉	125
出土花女鞋	126
郭六	127
死有余憾	129
死不解怨	131
某公多事	131
孟村一女	132
泥古者	133
魏忠贤之传说	135
红柳娃	137
雪莲	138
风穴	140
何励庵寓言	141
卧虎山人	143
孟夫人	145

魏藻遇罗刹 ················· 146

堕井不死 ··················· 148

齐大 ······················· 149

打包僧 ····················· 150

甲乙丙 ····················· 151

木客论诗 ··················· 152

卖药道士 ··················· 155

死生有命 ··················· 156

梦魇 ······················· 157

缢鬼忏悔 ··················· 158

狐友说梦 ··················· 160

雷击李善人 ················· 161

墨吏伏诛 ··················· 163

绣鸾 ······················· 163

菩萨心肠 ··················· 164

舟子渡轿夫 ················· 165

卷　四

滦阳消夏录（四） ················· 166

戒狂生 ····················· 166

说扶乩 ····················· 167

度帆楼缢鬼 ················· 168

缢鬼求代可解 ··············· 170

捐金拒色 ··················· 171

盗遇牛 ····················· 173

暂入轮回 ··················· 174

祈梦断案 ··················· 175

县令明察 ··················· 176

雷击毒母者	178
二姑娘	178
痴鬼	180
借尸回生	182
江西术士	183
诗谶	185
自污救人	186
战疫鬼	187
精魂昼见	188
王秃子	189
巴蜡虫	190
缢鬼魅人	191
白昼见鬼	192
叱道学	193
神仙游戏	194
戏溺髑髅之报	195
鬼念子孙	196
不让浪子	198
姑虐妇死	199
俗气逼人	200
夙孽	201
红衣女子	201
廖姥	203
狐友谈道	204
负心当得报	206
戒杀生	207
戒臆断	209
女巫郝媪	211
蛇咭心	212
巧发奸谋	213

耆儒词穷	214
天道好还	215
许方屠驴	216
驳无鬼论	217
守藏神语	217
百工祀祖	219
妇挞夫有理	220
让产徐四	221
五台僧	222
不忘旧情	222
两妻争座	224

卷 五

滦阳消夏录（五） ……… 225

郑五	225
负心背德之狱	226
债鬼	226
强鬼	227
夙因	228
鬼讼	230
犬毁妇容	231
马逸	232
张福	233
狐戏守财奴	234
古寺鬼语	235
狐戏学究	236
周将军	237
冥吏话轮回	238

司禄神语	239
狐妾	240
改行从善	242
河工某官	243
代死为神	243
相交以心	244
胆怯见鬼	245
明器	246
穷达有命	247
李玉典言	248
绝代丽女	249
冥罚	250
鬼亦大佳	252
驴语	253
狐斗	254
鬼魅淳良	256
泥孩	257
伪装煞神	258
妓书绝句	259
扶乩作书画	259
悍妇	260
天雨与龙雨	261
白昼见鬼	262
第三女之死	263
義与义之争	263
义犬四儿	264
通灵幻化	266
第一奇事	267
羊报冤	268
牛怪	269

疑案	270
吸毒石	272
难产之鬼	273
雷神	275
木工制木妖	276
正直聪明之神	277
鳖宝	278
野狐听经	279
巨笔吐焰	280
暮年生子	281

卷 六

滦阳消夏录（六） …… 282

阔面巨人	282
老僧入冥	283
林鬼遇鬼	285
白以忠役鬼	286
鬼求公论	287
鬼神有无之辩	288
粤东异僧	290
江南崔寅	291
南皮许南金	293
鬼隐	294
巧对	296
狐精戏报	297
夙世冤愆	298
二牛斗盗	299
瑞草不瑞	300

梵字大悲咒	301
黄教和红教	301
狐不为祟	302
托名求食	303
鬼欺秃项马	304
妖由人兴	305
环环相报	306
鬼畏倔强	307
笔捧楼山魈	308
山鬼为祟	309
青苗神	310
陈太夫人	310
文仪班中人	311
故城现影	313
读书应知礼	314
著书当存风化	315
冯道墓妖	316
董天士	317
身后示罚	318
果报之速	319
齐舜庭就擒	320
王兰洲忏悔	322
魂附亡人衣	323
应举之狐	324
七千钱	324
埋骨得路	325
鬼尚好名	326
黑驴啖人	327
丑妇失节	328
魇术	329

户部郎中 …………………………………………… 330
祈梦得诗 …………………………………………… 330
签示试题 …………………………………………… 332
某公 ………………………………………………… 333
欠债必还 …………………………………………… 334
鬼神护佑 …………………………………………… 336

卷　七

如是我闻（一） …………………………………… 337
孙公降坛诗 ………………………………………… 337
烈妇鸣冤 …………………………………………… 338
狐嘲道士 …………………………………………… 340
旱魃 ………………………………………………… 340
井水之疑 …………………………………………… 342
煞神 ………………………………………………… 342
鬼应有中外 ………………………………………… 344
鬼神默佑 …………………………………………… 345
施舍之争 …………………………………………… 345
善妒之妇 …………………………………………… 347
狐遗方 ……………………………………………… 349
鬼求食 ……………………………………………… 350
狐教子弟 …………………………………………… 350
恶作剧 ……………………………………………… 351
拆字 ………………………………………………… 352
胡宫山怕鬼 ………………………………………… 353
居铋罢官 …………………………………………… 355
缢鬼与溺鬼 ………………………………………… 355
刘鬼谷 ……………………………………………… 357

盗贼与呼声	358
案例种种	359
凤氏园古松	361
继妻受杖	362
养与教	363
达观	364
阴谴	365
缢后显影	366
怨鬼求衣	367
业镜与心镜	368
盗句	370
狐能报德虑远	371
瑞杏轩	372
邻叟滑稽	373
衰气所召	374
遇鬼说鬼	375
临终遗言	376
窃玉璜	377
自取其侮	378
谑狂生	379
某太学生	381
点穴	382
绳还绳	383
塾师劝狐	384
桐柏山神	385
老狐自献	387
选人猎艳	388
兔鬼报冤	390
敝帚精	391
黑狐说因果	392

妖由人兴	393
梦中梦	394
狐哀女奴	396
一言识伪	397
咎由自取	398
走无常	399
鸟鸣可惜	400
游士排场	400
游魂为厉	401
选人举债	403
罢官县令	404
长随	405
献县近事	407
老猴学书	409

卷 八

如是我闻（二） …… 411

以情解冤	411
丐妇尽孝	412
孝与淫	413
雷震李十	415
雅狐康默	416
报冤	418
孤松庵	419
汲水女子	420
旧端砚	421
海夜叉	422
铳击影	422

抱子掷钱 ········· 423
凶煞示兆 ········· 424
鬼趣 ············· 425
六壬占术 ········· 427
地水风火 ········· 428
凿井筑城 ········· 429
瑞兆 ············· 431
青骡偿债 ········· 431
刀笔 ············· 432
巧应 ············· 433
无头鬼 ··········· 434
赤城山老翁 ······· 435
乩仙论医 ········· 437
解砒毒方 ········· 439
鬼求助猎者 ······· 440
生魂离体 ········· 441
黄金印 ··········· 442
笃信程朱 ········· 443
奇节异烈之女 ····· 443
某医生 ··········· 444
萧客好古 ········· 445
治狱宜戒 ········· 447
新婚对缢 ········· 448
里胥宋某 ········· 448
牙像作祟 ········· 450
此狐不俗 ········· 451
被创之狐 ········· 451
多事之鬼 ········· 452
两狐 ············· 453
剧盗之技 ········· 454

奇门法 ························· 455
削减官禄 ························· 457
甲与乙 ························· 459
罔两 ························· 461
鼓妖 ························· 462
鬼避姜三莽 ························· 462
杏精 ························· 463
申铁蟾 ························· 465
崔庄旧宅精怪 ························· 466
自招灾殃 ························· 468
香玉 ························· 469
柴窑片磁 ························· 470
巴尔库尔石碑 ························· 471
李老人 ························· 472
相术 ························· 473
彭杞之女 ························· 474
鬼魅托形 ························· 475
七品降八品 ························· 476
熟虑其后 ························· 478

卷　九

如是我闻（三） ························· 480
忠犬 ························· 480
画像显灵 ························· 481
辛五 ························· 481
雅鬼 ························· 482
再生 ························· 483
梦与真 ························· 485

淫狐	486
狐之鬼	487
驴之报	489
任玉	490
余某	490
刘果实	491
诗谶	492
破镜重圆	493
孤独鬼	495
姚安公言	495
邵氏子	497
盗亦有道	497
凶宅	499
民女呼天	500
厉鬼索命	501
纸钱	502
六道轮回	502
渔色之狐	503
任子田	504
隔世之报	505
某翰林	506
假鬼	506
《兰亭》逸事	508
鸭鸣之鬼	508
前愚后智	509
狐生子	510
腹负将军	511
虎神	512
鬼火	514
奇砚	515

纪昌	516
李福之妇	517
佛法忏悔	518
烧海	519
一善之报	520
神仙感遇	521
炼丹术	522
《西游记》作者	523
嗜食鸡	524
饿鬼	525
山鬼能知一岁事	526
鬼诗	526
狐写字	527
东光某狐	527
李清时	528
家奴赵平	529
神不愦愦	530
借名敛财	531
误人子弟	532
庞斗枢言	533
狐讽人	534
脔割之苦	536
夙冤	537
戒讼	538
圆光术	539
银船为怪	540
两世夫妇	541
虐婢之报	542
鬼报恩	544
献王墓	544

腹中鬼语 ·················· 545
死而复生 ·················· 547
血盆经 ···················· 548
心动生魔 ·················· 549
理学害人 ·················· 550
阴间富贵 ·················· 551

卷 十

如是我闻（四） ·················· 553
聪明之狐 ·················· 553
鬼为人谋 ·················· 553
巴彦弼 ···················· 555
王二显灵 ·················· 557
蔡某 ······················ 558
义犬 ······················ 559
乌鸦报警 ·················· 560
求葬之鬼 ·················· 561
董文恪言 ·················· 562
牛祸 ······················ 563
二塾师 ···················· 564
忏悔须及未死时 ············ 565
伊实 ······················ 566
戒杀牛 ···················· 567
旷达是牢骚 ················ 568
额鲁特女 ·················· 569
侠盗 ······················ 570
鬼知阴事 ·················· 571
老儒 ······················ 571

《佐治药言》六则 …………………………………… 572
子不语怪 …………………………………………… 577
老儒骂狐 …………………………………………… 578
某孝廉 ……………………………………………… 579
死不忘亲 …………………………………………… 581
亡母恋子 …………………………………………… 581
善鬼 ………………………………………………… 582
梁钦 ………………………………………………… 583
人伪装狐 …………………………………………… 585
韩某 ………………………………………………… 585
持斋 ………………………………………………… 586
三百钱 ……………………………………………… 588
某参将 ……………………………………………… 589
某媪 ………………………………………………… 590
媚药 ………………………………………………… 592
替死 ………………………………………………… 593
狐言 ………………………………………………… 594
诸儒之误 …………………………………………… 598
冯大邦 ……………………………………………… 600
崔某 ………………………………………………… 600
造物更巧 …………………………………………… 601
难断之狱 …………………………………………… 602
鬼病 ………………………………………………… 604
慎交友 ……………………………………………… 605
怨毒 ………………………………………………… 606
某乙 ………………………………………………… 607
焰口经 ……………………………………………… 607
真伪颠倒 …………………………………………… 608
百兽之王 …………………………………………… 609
乩仙诗 ……………………………………………… 611

古镜 ………………………………………… 612
厚古 ………………………………………… 612
讲理之狐 …………………………………… 613
尸变 ………………………………………… 615
生死夫妻 …………………………………… 617
伪圣伪贤 …………………………………… 618
反间计 ……………………………………… 619
范鸿禧 ……………………………………… 620
樊长 ………………………………………… 621
狐帽 ………………………………………… 622
朱五嫂 ……………………………………… 623
冥吏论佛 …………………………………… 624

卷十一

槐西杂志（一） ………………………… 626
直道 ………………………………………… 627
废宅诗 ……………………………………… 629
贫妇请旌 …………………………………… 630
伪鬼受惩 …………………………………… 631
糊涂神祠 …………………………………… 633
石中物象 …………………………………… 633
示谴 ………………………………………… 636
城隍马佚 …………………………………… 636
狐女 ………………………………………… 637
真山民 ……………………………………… 638
杏花 ………………………………………… 639
滴血验亲 …………………………………… 639
神蟒 ………………………………………… 641

孝子至情	642
私祭	643
自制	645
鼠穴	646
劫数	647
溺尸握粟	648
钝鬼	649
申诩	651
入土为安	652
高凤翰爱印	653
酒杯爆裂	654
礼部寿草	655
修德治本	657
偶感异气	657
鬼吸酒气	658
见鬼诗	660
狐鬼	661
少华山狐精	662
狐媚非情	665
扶乩不可信	665
妖由人兴	667
老叟落水	668
父母之心	670
请蠲免罪	671
鬼亦有理	672
视鬼者言	673
治癃闭	675
盲鬼	675
阴谋害己	676
朱盏	677

鬼言正理	679
卖蟒致祸	680
养瞽院	682
不负心	683
先兆	684
鬼揶揄	684
僧歼山魈	686
飞车刘八	687
人字汪	687
积柴	688
天偿孝心	689
沉沦之鬼	690
杀虎	692
谨饬之狐	694
枕中蜂	695
老翁远行	696
气先衰	697
斗鬼	698
怪鸟	699
李秀	701
杨生	702
鸡卵夜光	703
杀蛇当茶	705
牛惊	706
椒树	707
旅舍诗	709
魂依于墓	709
狐评道士	712
夫妇不相负	713
方竹	714

鬼偿赌债 715
鬼厌讲学 716
刘㶏母 717

卷十二

槐西杂志（二） 719
文士书册 719
甯逊公 720
娈童醒悟 721
狐女人心 723
狐女养孤 725
性癖 725
张一科 727
朱陆异同 728
李芳树刺血诗 729
鬼报盗警 731
自谶联语 731
侍姬沈氏 732
宋学妄传 734
杨令公祠 737
避暑山庄细草 738
张子克 738
堕楼姬 740
纪生 742
狐女报复 744
妖魅知邪正 745
狐妾 746
贺某背木 748

张子仪	749
神豆	750
侍郎夫人	751
治殴伤方	752
骰子咒	753
误迁妇柩	754
放生咒	754
小儿吞铁物方	755
叶守甫	756
轻薄致祸	757
娈童	760
弃儿救姑	761
炼气先炼心	763
书生拒狐	766
乌鲁木齐野畜	767
相地	769
弈棋	770
西洋学问	772
不敢轻生	775
缢鬼拒代	776
君子无妖	777
画猿	778
虎语	779
蛇妖幻形	779
玉孩儿	780
修善非佞佛	781
祸不虚生	783
仙人护短	784
婢鬼	785
冤死女墓	786

李鹭汀	787
婚约	789
刘石渠	790
术不足胜	791
木匠婚姻	792
张无念	794
少男少女案	795
僮戏	797
破钟	797
柳某负心	798
佟园缢鬼	800
农妇	801
郭姬	801
推命用时	803
画妖	805
天狐	806

卷十三

槐西杂志（三） …… 808

郭彤纶	808
宋遇	809
太湖渔女	811
木石人	812
灶神	813
门外语	814
崔崇岍	815
心疾	817
李再瀛	818

应酬不可废	818
凤皇店狐	819
胡太虚	820
含糊书生	821
双幻	822
受祭祀分亲疏	823
狐惩学生	824
双头鹅	825
狐惧正直	826
季廉夫	827
树精	829
王敬	830
虚词荣亲	831
刘君琢	832
奸嫂招祸	834
罗汉峰	835
妖物畏火器	836
狐招赘	837
陈至刚	839
醉汉跳井	840
飞天夜叉	841
松林男女	842
闺阁解冤咒	843
判冥	845
大旋风	846
抱阳山奇石	847
树后语声	848
河间书生	849
回妇	850
五雷法	851

红衣女鬼	852
护法神	853
额上秘戏图	854
王谨	855
狐媚妓	856
狐友惩妓	857
伪狐女	858
死人头蠕动	860
周二姐	861
鬼为夫求职	862
蛟龙野合	863
瓮怪	864
恩怨不可抵	866
王德庵	867
文昌阁狐语	868
树顶书声	869
沧州游方尼	870
痴儿厚道	871
报应快	872
造物忌机巧	873
沈淑孙	874
鬼吃神筵	875
黠鬼幻形	876
填词姻缘	878
猫	879
朋友转轮为夫妇	880
世故杀人	882
僮魂	884
唐都护府故城	884
山洞画	886

媳妇赵氏 ⋯⋯⋯⋯⋯⋯⋯⋯⋯⋯⋯⋯⋯ 887
姚别峰 ⋯⋯⋯⋯⋯⋯⋯⋯⋯⋯⋯⋯⋯⋯ 887
苦乐无定程 ⋯⋯⋯⋯⋯⋯⋯⋯⋯⋯⋯ 889
门世荣 ⋯⋯⋯⋯⋯⋯⋯⋯⋯⋯⋯⋯⋯⋯ 891
万年松 ⋯⋯⋯⋯⋯⋯⋯⋯⋯⋯⋯⋯⋯⋯ 892
渔洋山人画扇 ⋯⋯⋯⋯⋯⋯⋯⋯⋯⋯ 893
地下人头 ⋯⋯⋯⋯⋯⋯⋯⋯⋯⋯⋯⋯ 894
梦 ⋯⋯⋯⋯⋯⋯⋯⋯⋯⋯⋯⋯⋯⋯⋯⋯ 896
铜末治骨折 ⋯⋯⋯⋯⋯⋯⋯⋯⋯⋯⋯ 897
囊家 ⋯⋯⋯⋯⋯⋯⋯⋯⋯⋯⋯⋯⋯⋯⋯ 898
牛报复 ⋯⋯⋯⋯⋯⋯⋯⋯⋯⋯⋯⋯⋯⋯ 899
阴阳换妻 ⋯⋯⋯⋯⋯⋯⋯⋯⋯⋯⋯⋯ 900

卷十四

槐西杂志（四） ⋯⋯⋯⋯⋯⋯⋯⋯ 902

天女 ⋯⋯⋯⋯⋯⋯⋯⋯⋯⋯⋯⋯⋯⋯⋯ 902
学子发狂 ⋯⋯⋯⋯⋯⋯⋯⋯⋯⋯⋯⋯ 904
熏狐人 ⋯⋯⋯⋯⋯⋯⋯⋯⋯⋯⋯⋯⋯⋯ 905
雷火 ⋯⋯⋯⋯⋯⋯⋯⋯⋯⋯⋯⋯⋯⋯⋯ 907
刀鸣 ⋯⋯⋯⋯⋯⋯⋯⋯⋯⋯⋯⋯⋯⋯⋯ 908
神星峰古迹 ⋯⋯⋯⋯⋯⋯⋯⋯⋯⋯⋯ 909
毒鱼法 ⋯⋯⋯⋯⋯⋯⋯⋯⋯⋯⋯⋯⋯⋯ 910
鬼论诗文 ⋯⋯⋯⋯⋯⋯⋯⋯⋯⋯⋯⋯ 911
理学过分 ⋯⋯⋯⋯⋯⋯⋯⋯⋯⋯⋯⋯ 913
袁守侗 ⋯⋯⋯⋯⋯⋯⋯⋯⋯⋯⋯⋯⋯⋯ 914
妓女丈夫 ⋯⋯⋯⋯⋯⋯⋯⋯⋯⋯⋯⋯ 915
朱子论无鬼 ⋯⋯⋯⋯⋯⋯⋯⋯⋯⋯⋯ 917
道士药方 ⋯⋯⋯⋯⋯⋯⋯⋯⋯⋯⋯⋯ 924

紫桃轩砚	925
毒菌	926
秘戏作祟	927
老僧谈私访	928
诗魂狡狯	931
壶芦狐女	932
木人镇魇	934
道士恃术失势	934
乘机作巧计	936
愤激为厉	937
恶少改过	938
佛儒本可无争	939
汉朝鬼魂	942
鬼斗智	943
三砚	945
见回煞	946
河豚	948
狐状	949
鬼畏正气	950
前生债	951
孝弟通神	953
狼子野心	954
猴妖	955
小鬼传言失实	956
地仙	958
纸钱	961
伟丈夫	962
康师	963
瓜子店火灾	964
婢女离魂	965

田不满 ·· 967
倚树小童 ·· 968
真道学先生 ······································· 969
肖形能化 ·· 971
扶乩判词 ·· 972
偷喝银汁 ·· 973
姜挺 ··· 974
刘哲 ··· 975
继承为争家产 ··································· 977
情欲因缘 ·· 979
真仙 ··· 980
小李陵 ··· 980
李名璇占术 ······································· 981
女子乘舟图 ······································· 983
程家少女 ·· 984
南皮狐女 ·· 986
鬼囚夜哭 ·· 988
倪媪 ··· 990

卷十五

姑妄听之（一） ·································· 992
读书人自重 ······································· 993
道士魔术 ·· 995
卜者先知 ·· 996
西藏野人 ·· 998
珍奇水晶 ·· 999
陈氏古砚 ·· 1000
三宝和四宝 ······································· 1001

水中冤鬼	1004
文人好名	1005
乩仙诗	1006
女子贪利失身	1007
失身得银	1009
物价与好尚	1011
八珍	1013
兰虫	1013
哈密瓜	1014
杨勤悫公幼时	1016
人鬼互不相犯	1017
仙灵经过	1018
骑蝶仙女	1019
泥神惩奸	1020
虎陷山洞	1022
太湖石	1023
藤花与青桐	1024
狐爱书	1025
木偶成精	1025
吏役忘恩负义	1026
善恶相抵	1027
报应不爽	1028
鬼之幻术	1029
魔女诱僧	1030
乩仙论棋	1032
狐狸怕狐狸	1034
小妾巧计逃生	1036
狡黠舞文之报	1039
借尸还魂	1041
节孝女子	1043

阎王慎断疑案 ·············· 1044
　　凡事不应做过头 ············ 1045
　　高斗击盗得妻 ·············· 1047
　　李生夫妻 ·················· 1048
　　群狐盗金丹 ················ 1052
　　清修之狐 ·················· 1055
　　乌鲁木齐山路 ·············· 1057
　　水上羊头 ·················· 1058
　　河堤决口的征兆 ············ 1059
　　盗酒受惩 ·················· 1060
　　狐狸打牌 ·················· 1061
　　摄尸术 ···················· 1062
　　盗墓是报应 ················ 1064
　　一妾两嫁 ·················· 1065
　　妖道诱骗 ·················· 1067
　　恶仆转生为蟹 ·············· 1068
　　魂魄离形 ·················· 1070
　　贪横州官 ·················· 1072
　　烧灰除积食 ················ 1072
　　女子变狼 ·················· 1073

卷十六

姑妄听之（二） ············ 1074
　　神不能决 ·················· 1074
　　梦见他人之诗 ·············· 1075
　　雄鸡卵 ···················· 1075
　　变鸡生蛋偿债 ·············· 1077
　　卖假药尽孝 ················ 1077

狐媚老翁	1079
少年不受妖诱	1082
举子发狂	1083
狐能克己让人	1083
狐戏悭商	1085
疮中出蝙蝠	1087
醉钟馗	1087
习儒之狐	1088
沉河之石	1090
轻佻受惩	1092
道士之徒败事	1093
造谤得报应	1094
七婿同死	1096
狐避雷击	1097
狐媚村女	1098
道士抑欲	1099
佚名女子诗词	1102
鬼战斗	1103
嫉恶太甚之报	1105
仆诬主人遭报应	1106
贵官对奴仆作祟	1107
预卜重病者生死	1108
念起魔生	1109
拉花	1110
卢泰舅氏	1111
偷窥鬼嬉	1112
诈死而冒他人姓名	1114
杀狐遭报复	1115
狐诛狐	1117
假道学出丑	1118

偶人作鬼仆	1120
峰巅人家	1122
潘南田画	1122
真鬼假鬼	1123
狐教友人之子	1125
贵官托女尸还魂	1127
郭生	1128
念佛解怨	1132
刘某孝悌	1133
翰林院鬼论诗	1134
夺舍换形	1135
阴司业镜	1136
马节妇	1139
误传仙诗	1141
狐女赘婿	1142
一女同时作两人妾	1144
姊妹同作一人妾	1146
鬼折狂生	1147
狐罚少年	1148

卷十七

姑妄听之（三） ················ 1150
    狐女供养公婆 ············· 1150
    孝妇难死 ··················· 1152
    顾德懋断冥狱 ············· 1153
    李印与满答尔 ············· 1155
    鬼唱曲 ······················ 1157
    鬼赌背诗 ··················· 1158

伥鬼害虎	1159
真道士	1161
王洪生家狐	1164
狐婢绿云	1165
羊骨卜	1166
公狐母狐分护男女	1167
知礼之狐	1169
杜奎	1170
珊瑚钩	1173
温公玉	1174
玉簪	1175
玉蟹	1175
亡祖训孙	1176
罗生招狐妾	1177
吴士俊	1180
虐待婢女遭惩罚	1181
琢玉之术	1183
饮茉莉根汁诈死	1184
犀带与大理石	1186
北宋苑画	1187
张石粼	1188
互不相下	1190
鸡报恩	1192
狐戏猎人	1193
争认祖先墓地	1195
蠢人有福	1196
刘寅	1198
以佛卖药	1200
鬼问路	1201
鬼论诗词	1201

道士纵论天地日月 ·············· 1202

移皮疗伤 ····················· 1205

仙鬼论道学 ··················· 1206

乩仙二诗 ····················· 1211

原心与诛心之法 ················ 1211

啄木鸟的神通 ·················· 1213

鬼鸣 ························· 1213

虎变美女 ····················· 1214

伍公诗 ······················· 1215

李氏装鬼免祸 ·················· 1215

婢女放火擒盗 ·················· 1216

妖怪揭穿巫师骗局 ··············· 1217

妻偏心之报 ··················· 1219

京城人的狡诈 ·················· 1221

害人者不可信 ·················· 1224

女不如媳 ····················· 1225

老乳母智讽女主人 ··············· 1226

卷十八

姑妄听之（四） ················ 1229

妾智擒盗 ····················· 1229

狐驱鬼 ······················· 1230

山精 ························· 1232

长姐 ························· 1233

妓女智赈灾民 ·················· 1234

狐妾自辩 ····················· 1236

阴司报应 ····················· 1238

多情之鬼 ····················· 1241

村妇智斗奸吏	1242
鬼吃人	1245
鬼写信	1247
鬼谈神鬼	1249
古鬼知今事	1252
疑案二则	1254
道士摄魂	1256
狐狸打抱不平	1258
瞎子报仇	1261
荆浩为鬼	1262
狐狸为女奴辩冤	1264
多情乩仙	1265
吕留良	1266
死鬼诱人自杀	1268
幕僚"四救四不救"	1270
石膏治瘟疫	1272
鬼托人情	1273
潘班	1275
幕僚鬼论官司胜负	1276
动物报仇	1278
挑逗狐妻遭报复	1279
木商	1281
郝瑗	1283
虎化石	1284
高冠瀛	1285
毛人	1289
虹	1290
蝇作祟	1291
辟尘珠	1291
烈火不烧孝子家	1293

王飞腿	1295
狐狸报复	1296
李六	1297
迂腐仆人	1299
祖宗明智	1300
平姐	1301
狐狸教诲赌徒	1302
捐金得孙	1304
艾孝子	1305
一胎产三男	1308
盛跋	1311

卷十九

滦阳续录（一） ······ 1315

揣骨相术	1316
二郎神庙	1317
有身无头人	1318
鬼之形状	1319
晴天见龙	1321
冥使拘人	1321
心邪招妖	1322
是非难断	1324
妖狐报复	1325
小溪巨蚌	1326
莲花秋放	1327
奇巧鸟铳	1328
神臂弓	1330
鬼卒塑像	1331

陈鹤龄分家	1332
壁上小像	1333
慎服仙药	1335
双塔峰仙踪	1335
西山诗迹	1337
诗露真情	1338
水怪作祟	1339
老狐争风吃醋	1341
失节与饿死	1343
深夜遇鬼	1346
巨蛇吞羊	1347
巡视台湾	1348
德行胜妖魅	1350
诗谶	1352
宽以待人	1352

卷二十

滦阳续录（二） ………… 1354

侮人取祸	1354
幽魂报国	1355
真假神仙	1356
轻薄招侮	1358
伏击叛贼	1360
关帝显灵	1362
赫尔喜	1363
纪梦诗	1364
好色身亡	1365
三槐发狂	1368

使臣赠棋 ·· 1369
仙山灵境 ·· 1370
狡黠仆役 ·· 1372
父财子败 ·· 1374
贪婪致死 ·· 1374
弄巧成拙 ·· 1376
婢女文鸾 ·· 1378
《拙鹊亭记》 ·· 1380
杨横虎 ·· 1381
房官趣事 ·· 1383
拜榜考辨 ·· 1385
翰林院禁忌 ··· 1386
翰林院狐女 ··· 1387
奸巧丧生 ·· 1388
张相公庙 ·· 1390

卷二十一

滦阳续录（三） ··································· 1392
  轮回之说 ·· 1392
  旅舍斗妖 ·· 1393
  烈妇打鬼 ·· 1395
  学仙练功 ·· 1397
  卖妻 ·· 1398
  士人与狐女 ··· 1399
  妓女胜妖 ·· 1402
  和尚与女鬼 ··· 1404
  刻薄待人 ·· 1405
  扶乩骗人 ·· 1406

巴尔库尔古镜 ·· 1408
强盗割耳 ·· 1409
狐女求画 ·· 1411
书痴 ·· 1413
少年好事 ·· 1415
世态炎凉 ·· 1416
神灵施行教化 ·· 1418
十刹海闹鬼 ··· 1419
和尚劝屠人 ··· 1421
屠人作猪 ·· 1423
解梦 ·· 1425
神人预告 ·· 1428
宴请狐狸 ·· 1429

卷二十二

滦阳续录（四） ·· 1431

墨汁涂鬼脸 ··· 1431
深山劫盗 ·· 1433
无处无鬼 ·· 1435
痴人施祥 ·· 1437
侄儿汝来 ·· 1438
小人之心 ·· 1440
诗人与学者 ··· 1441
狐狸戏弄人 ··· 1444
石匮贮五谷 ··· 1445
宣武门水闸 ··· 1446
笔墨因缘 ·· 1447
介野园先生 ··· 1449

扶乩问寿	1451
以狐招狐	1452
道士采精血	1454
烈妇自缢	1456
鬼有情义	1457
《如愿小传》	1458
蓄妾	1460
丁一士	1462
尼姑和尚	1463
偷盗通奸	1466

卷二十三

滦阳续录（五） ……… 1469
不畏鬼	1469
男女有情非悖礼	1470
山西商人	1472
沧州酒	1474
三代妇女偿债	1476
安生	1478
执拗严先生	1479
火药代用品	1481
美人画	1482
天狐	1483
刘泰宇	1486
常守福	1488
门联	1489
张妻	1490
孝子杀人	1492

小人之谋 ·················· 1494
博施为福 ·················· 1497
狐家婢 ···················· 1498
荒寺高僧 ·················· 1499
石翁仲 ···················· 1501
狐女赏花 ·················· 1502
董华妻 ···················· 1504
槐镇僧 ···················· 1505
萧得禄 ···················· 1507
鬼妪 ······················ 1509
爱星阿 ···················· 1510

卷二十四

滦阳续录（六）·················· 1513
善画之狐 ·················· 1513
棋道士 ···················· 1516
酒有别肠 ·················· 1517
牛马有人心 ················ 1518
牛犊复仇 ·················· 1520
坟院狐女 ·················· 1521
张鸣凤 ···················· 1524
怨诗 ······················ 1526
胡牧亭 ···················· 1527
铁虫冰蚕 ·················· 1529
知县司阍 ·················· 1531
归雁诗 ···················· 1533
卓悟庵画扇 ················ 1534
蔡中郎假鬼 ················ 1535

女鬼告状 ………………………………………… 1536
朱子青 …………………………………………… 1538
无良书生 ………………………………………… 1540
东楼鬼 …………………………………………… 1542

附：纪汝佶六则 …………………………………… 1544
花隐老人 ………………………………………… 1545
环咏亭 …………………………………………… 1546
徂徕山巨蟒 ……………………………………… 1547
韩鸣岐 …………………………………………… 1547
烟戏 ……………………………………………… 1548
乌云托月马 ……………………………………… 1549

卷 一

滦阳消夏录（一）

乾隆己酉夏，以编排秘籍，于役滦阳。时校理久竟，特督视官吏题签庋架而已。昼长无事，追录见闻，忆及即书，都无体例。小说稗官，知无关于著述；街谈巷议，或有益于劝惩。聊付抄胥存之，命曰《滦阳消夏录》云尔。

【译文】
乾隆己酉年夏天，为了编辑内府的珍贵藏书，我在承德长期驻留。当时校对、修改的整理工作早已结束，只是监督官吏为书题名、上架而已。日长无事，追忆记录自己的见闻，想到的就写下来，都没有统一的体例。小说是稗官的记录，我知道它无关于严肃的著作；但街头巷尾的议论，或许对劝善惩恶有意义。权且交给抄写员保存下来，命名为《滦阳消夏录》罢了。

长 生 猪

胡御史牧亭言：其里有人畜一猪，见邻叟辄瞋目狂吼，奔突欲噬，见他人则否。邻叟初甚怒之，欲买而啖其肉；既而憬然省曰："此殆佛经所谓夙冤耶！世无不可解之冤。"乃以善价赎得，送佛寺为长生猪。后再见之，弭耳昵就，非复曩态矣。尝见孙重画伏虎应真，有巴西李衍题曰："至人骑猛虎，驭之犹骐骥。岂伊本驯良，道力消其鸷。乃知天地间，有情皆可契。共保金石心，无为多畏忌。"可为此事作解也。

【译文】

胡御史牧亭说：他乡里有人养了一头猪，这猪看到隔壁老翁就怒目狂叫，奔跑着冲上去要咬他；看到别人则不是这样。隔壁老翁开始对它很恼火，要想买来吃它的肉，后来一想就醒悟过来，说："这大概就是佛经所说的前世冤业吧，世界上没有不可解的冤仇。"于是用好价钱把它买下来，送到寺庙里做长生猪。以后再见到它，这猪就贴着耳朵亲热地迎上来，不再像过去那副样子了。曾见过孙重画的伏虎罗汉，有西蜀李衍的题诗，诗曰："至人骑猛虎，驭之犹骐骥。岂伊本驯良，道力消其鸷。乃知天地间，有情皆可契。共保金石心，无为多畏忌。"可以为这件事作注解。

狐　　语

沧州刘士玉孝廉，有书室为狐所据，白昼与人对语，掷瓦石击人，但不睹其形耳。知州平原董思任，良吏也，闻其事，自往驱之。方盛陈人妖异路之理，忽檐际朗言曰："公为官颇爱民，亦不取钱，故我不敢击公。然公爱民乃好名，不取钱乃畏后患耳，故我亦不避公。公休矣，毋多言取困。"董狼狈而归，咄咄不怡者数日。

刘一仆妇甚粗蠢，独不畏狐。狐亦不击之。或于对语时举以问狐。狐曰："彼虽下役，乃真孝妇也。鬼神见之犹敛避，况我曹乎！"刘乃令仆妇居此室。狐是日即去。

【译文】

　　沧州刘士玉举人家有间书房，被狐精所占据。这狐精白天同人对话，掷瓦片石块击打人，但就是看不到它的形体。担任知州的平原董思任，是个好官吏，他听说这件事后，就亲自前往驱除狐精。正当他在大谈人与妖路数不同的道理时，忽然屋檐头大声说："您做官很爱护百姓，也不捞取钱财，所以我不敢击打您。但您爱护百姓是图好名声，不捞取钱财是怕有后患罢了，所以我也不躲避您。您就不要再多说了，以免自找麻烦。"董狼狈而回，好几天心里都不快活。

　　刘有一个女佣人，很是粗蠢，独独不怕狐精，狐精也不击打她。有人在与狐精对话时问起这件事，狐精说："她虽然是个低微的佣人，却是一个真正孝顺的女人呵。鬼神见到她尚且要敛迹退避，何况是我辈呢！"刘于是叫女佣人住在这间房里，狐精当天就离去了。

鬼 嘲 夫 子

　　爱堂先生言：闻有老学究夜行，忽遇其亡友。学究素刚直，亦不怖畏，问："君何往？"曰："吾为冥吏，至南村有所勾摄，适同路耳。"因并行，至一破屋，鬼曰："此文士庐也。"问何以知之。曰："凡人白昼营营，性灵汩没。惟睡时一念不生，元神朗澈，胸中所读之书，字字皆吐光芒，自百窍而出，其状缥缈缤纷，烂如锦绣。学如郑、孔，文如屈、宋、班、马者，上烛霄汉，与星月争辉。次者数丈，次者数尺，以渐而差，极下者亦荧荧如一灯，照映户牖；人不能见，惟鬼神见之耳。此室上光芒高七八尺，以是而知。"学究问："我读书一生，睡中光芒当几许？"鬼嗫嚅良久曰："昨过君塾，君方昼寝。见君胸中高头讲章一部，墨卷五六百篇，经文七八十篇，策略三四十篇，字字化为黑烟，笼罩屋上。诸生诵读之声，如在浓云密雾中。实未见光芒，不敢妄语。"学究怒叱之。鬼大笑而去。

【译文】

爱堂先生说：听说有一个老夫子晚上走路，忽然碰到他死去的友人。夫子素来刚直，也不害怕，问道："您到哪里去？"回答说："我做阴间的官吏，到南村去办勾魂的差使，刚巧同路罢了。"于是就一起走，到了一间破屋子前，鬼说："这是读书人的房子。"问他怎么知道，鬼说："大凡人白天忙忙碌碌，他的性灵就淹没了。只是在睡着的时候，不生一丝杂念，人的元气精神明朗清澈，胸中所读过的书，字字都吐出光芒，从人的百窍里出来，它的形状隐约纷乱，灿烂如同锦绣。学识像郑玄、孔安国，文章像屈原、宋玉、班固、司马相如的，光彩上照高空，同星月争辉。其次的几丈高，再其次的几尺高，这样逐渐减少，最低的也微光闪烁，像一盏灯，映照门窗；人不能看见，只有鬼神能看到罢了。这房子上的光芒高有七八尺，由此知道。"夫子问："我读书一辈子了，睡眠中光芒有多少呢？"鬼吞吞吐吐了好久说："昨天经过您教书的地方，您刚巧白天睡觉，看到您胸中有厚厚的解释经义的文章一部，选刻取中的试卷五六百篇，经文七八十篇，应试的策文三四十篇，字字都化成黑烟笼罩在屋上。学生们诵读的声音，就像在浓云密雾之中，实在没见到什么光芒，不敢乱讲。"夫子愤怒地斥骂他，鬼大笑着走了。

诗 有 鬼 气

东光李又聃先生,尝至宛平相国废园中,见廊下有诗二首。其一曰:"飒飒西风吹破棂,萧萧秋草满空庭。月光穿漏飞檐角,照见莓苔半壁青。"其二曰:"耿耿疏星几点明,银河时有片云行。凭阑坐听谯楼鼓,数到连敲第五声。"墨痕惨淡,殆不类人书。

【译文】

东光李又聃先生曾经到宛平丞相废弃的园子里,看到廊檐下有诗二首。其一说:"飒飒西风吹破棂,萧萧秋草满空庭。月光穿漏飞檐角,照见莓苔半壁青。"其二说:"耿耿疏星几点明,银河时有片云行。凭栏坐听谯楼鼓,数到连敲第五声。"墨色隐约暗淡,几乎不像是人书写的。

梦 赠 诗 扇

董曲江先生,名元度,平原人。乾隆壬申进士,入翰林。散馆改知县。又改教授,移疾归。少年梦人赠一扇,上有三绝句曰:"曹公饮马天池日,文采西园感故知。至竟心情终不改,月明花影上旌旗。""尺五城南并马来,垂杨一例赤鳞开。黄金屈戌雕胡锦,不信陈王八斗才。""箫鼓冬冬画烛楼,是谁亲按小凉州?春风豆蔻知多少,并作秋江一段愁。"语多难解,后亦卒无征验,莫明其故。

【译文】

　　董曲江先生名叫元度,平原人。乾隆十七年进士,进入翰林院,经甄别考试后,改授知县官,又改任府学教授,上书称病辞职回家。他少年时梦见人赠送给他一把扇子,上面有三首绝句说:"曹公饮马天池日,文采西园感故知。至竟心情终不改,月明花影上旌旗。""尺五城南并马来,垂杨一例赤鳞开。黄金屈戍雕胡锦,不信陈王八斗才。""箫鼓冬冬画烛楼,是谁亲按小凉州?春风豆蔻知多少,并作秋江一段愁。"语句多半难解,后来也终于没有验证,弄不清是什么缘故。

鬼　谈　诗

　　平定王孝廉执信,尝随父宦榆林。夜宿野寺经阁下,闻阁上有人絮语,似是论诗。窃讶此间少文士,那得有此。因谛听之,终不甚了了。后语声渐出阁廊下,乃稍分明。其一曰:"唐彦谦诗格不高,然'禾麻地废生边气,草木春寒起战声',故是佳句。"其一曰:"仆尝有句云:'阴碛日光连雪白,风天沙气入云黄。'非亲至关外,不睹此景。"其一又曰:"仆亦有一联云:'山沉边气无情碧,河带寒声亘古秋。'自谓颇肖边城日暮之状。"相与吟赏者久之。寺钟忽动,乃寂无声。天晓起视,则扃钥尘封。

　　"山沉边气"一联,后于任总镇遗稿见之。总镇名举,出师金川时,百战阵殁者也。"阴碛"一联,终不知为谁语。即其精灵长在,得与任公同游,亦决非常鬼矣。

【译文】

平定王举人执信,曾经跟随在榆林做官的父亲,夜里住宿在野寺里的藏经阁下,听到阁上有人连续不断地低声说话,好像是谈论诗。他感到很惊讶,这里很少有读书人,哪里会有人谈诗呢。于是仔细地听,最终还是听不大清楚。后来说话声渐渐传出经阁廊檐下,才稍稍听得分明。其中一个说:"唐彦谦的诗格调不高,但是'禾麻地废生边气,草木春寒起战声'毕竟是好句。"其中另一个说:"在下曾经有句说:'阴碛日光连雪白,风天沙气入云黄。'不是亲身到过关外,看不到这种景象。"其中一个又说:"在下也有一联是:'山沉边气无情碧,河带寒声亘古秋。'自以为颇能表达边城日暮时候的情状。"相互吟咏赏玩了好久,寺里的钟声忽然敲响了,于是寂然不再有声音。天亮后起来一看,只见阁上的锁钥盖满了尘土,已经封闭很久了。

"山沉边气"这一联,后来在任总镇的遗稿中见到。总镇名叫举,是在出兵金川时身经百战而阵亡的。"阴碛"这一联,终于不知道是谁的诗。但从他的精灵长在,能够同任公交游这点来看,也可以认定他不是平常的鬼了。

吕四遭报应

沧州城南上河涯,有无赖吕四,凶横无所不为,人畏如狼虎。一日薄暮,与诸恶少村外纳凉。忽隐隐闻雷声,风雨且至。遥见似一少妇,避入河干古庙中。吕语诸恶少曰:"彼可淫也。"时已入夜,阴云黯黑。吕突入,掩其口。众共褫衣㚻嬲。俄电光穿牖,见状貌似是其妻,急释手问之,果不谬。吕大恚,欲提妻掷河中。妻大号曰:"汝欲淫人,致人淫我,天理昭然,汝尚欲杀我耶?"吕语塞,急觅衣裤,已随风吹入河流矣。旁皇无计，乃自负裸妇归。云散月明，满村哗笑，争前问状。吕无可置对，竟自投于河。

盖其妻归宁，约一月方归。不虞母家遘回禄，无屋可栖，乃先期返。吕不知，而遘此难。后妻梦吕来曰："我业重，当永堕泥犁。缘生前事母尚尽孝，冥官检籍，得受蛇身，今往生矣。汝后夫不久至，善事新姑嫜；阴律不孝罪至重，毋自蹈冥司汤镬也。"至妻再醮日，屋角有赤练蛇垂首下视，意似眷眷。妻忆前梦，方举首问之。俄闻门外鼓乐声，蛇于屋上跳掷数四，奋然去。

【译文】

沧州城南上河涯有个无赖吕四，凶狠横暴无所不为，人们怕他像怕虎狼一样。一天傍晚，吕四同一伙品行恶劣的少年在村外乘凉，忽然隐隐地听到雷声，风雨就要来了。他又远远地看见好像一个年轻的妇女避入河岸古庙里，吕对那伙恶少年说："她可以奸淫。"这时已是黑夜，阴云密布，吕突然奔入，掩住她的口，那伙人剥去她的衣服，轮奸了她。忽而电光一闪，穿过窗户，吕看到那女子相貌像是他的妻子，连忙松开手问她，果然不错。吕大为恼恨，要拎起她掷到河里去，妻子大声哭喊说："你要奸淫人家，以致别人奸淫了我，天理昭著，你还要杀我吗？"吕无话可说，连忙寻找衣裤，已经随风吹入河中去了。吕急得直打转，无法可想，只好自己背负着裸体的女人回家。云散后月光明亮，满村喧哗哄笑，都争着前来问是怎么回事。吕不好回答，竟自跳了河。

原来他的妻子回娘家，约定过一个月才归来。没料到娘家遭了火灾，无屋可住，于是提前回来了，吕不知道而碰到这场劫难。后来他妻子梦见吕来说："我的罪孽重，应当永远堕入地狱。只因生前侍奉母亲还算尽孝，阴间官吏翻检簿册，使我得以转为蛇身，现在前往投生了。你的后夫不久就来了，好好服侍新的公婆。阴间的律条，不孝罪最重，不要使自己陷于阴司沸滚的汤锅里！"到他妻子再嫁的那天，屋角有条赤练蛇垂头向下窥看，意思好像有点恋恋不舍。他妻子回想起以前所做的梦，刚要抬头问它，忽然听到门外鼓乐的声音，蛇在屋上跳腾了多次，然后奋然离去。

狐　狸　缘

　　献县周氏仆周虎，为狐所媚，二十余年如伉俪。尝语仆曰："吾炼形已四百余年，过去生中，于汝有业缘当补，一日不满，即一日不得生天。缘尽，吾当去耳。"一日，靦然自喜，又泫然自悲，语虎曰："月之十九日，吾缘尽当别。已为君相一妇，可聘定之。"因出白金付虎，俾备礼。自是狎昵燕婉，逾于平日，恒形影不离。至十五日，忽晨起告别。虎怪其先期。狐泣曰："业缘一日不可减，亦一日不可增，惟迟早则随所遇耳。吾留此三日缘，为再一相会地也。"越数年，果再至，欢洽三日而后去。临行呜咽曰："从此终天诀矣！"
　　陈德音先生曰："此狐善留其有余，惜福者当如是。"刘季箴则曰："三日后终须一别，何必暂留？此狐炼形四百年，尚未到悬崖撒手地位，临事者不当如是。"余谓二公之言，各明一义，各有当也。

【译文】
　　献县周氏的仆人周虎，被狐狸精所迷惑，二十多年来就像夫妻一样。狐狸精曾经对仆人说："我修炼形体已经四百多年，过去的经历中同你有注定的缘分应当补足，一天不满就一天不能升天；缘分一尽，我就离去了。"有一天，狐狸精沾沾自喜，又流泪伤心，对周虎说:"这个月的十九日,我们缘分已经尽了,理当分别。我已经为你相定一个女人,可以聘定她。"于是拿出白银交给周虎,让他备办礼物。从此亲昵欢好,超过平时,经常形影不离。到十五日,狐狸精忽然早起告别,周虎怪她日期提前了,她哭泣着说:"注定的缘分一天不可以减少,也一天不可以增加。只有把日子推迟或者提早,则可以根据实际情况决定罢了。我留出这三天的缘分,是为了以后能有再一次相会的时间。"过了几年,狐狸精果然再来,欢会三天而后离去。临走时呜咽着说:"从此终生永别了!"

陈德音先生说:"这个狐狸精善于留有余地,惜福的人应当如此。"刘季箴先生则说:"三天后终于还须一别,何必留出这短暂的时间。这狐狸精修炼形体四百年,还没有到悬崖撒手、不顾一切的地步,碰到事情不应当如此。"我觉得两公说的话,各自说明了一方面的意义,各自有切当的地方。

李公遇仙

献县令明晟,应山人。尝欲申雪一冤狱,而虑上官不允,疑惑未决。儒学门斗有王半仙者,与一狐友,言小休咎多有验,遣往问之。狐正色曰:"明公为民父母,但当论其冤不冤,不当问其允不允。独不记制府李公之言乎?"门斗返报,明为憷然。因言制府李公卫未达时,尝同一道士渡江。适有与舟子争诟者,道士太息曰:"命在须臾,尚较计数文钱耶!"俄其人为帆脚所扫,堕江死。李公心异之。中流风作,舟欲覆。道士禹步诵咒,风止得济。李公再拜谢更生。道士曰:"适堕江者,命也,吾不能救。公贵人也,遇厄得济,亦命也,吾不能不救,何谢焉。"李公又拜曰:"领师此训,吾终身安命矣。"道士曰:"是不尽然。一身之穷达,当安命,不安命则奔竞排轧，无所不至。不知李林甫、秦桧，即不倾陷善类，亦作宰相，徒自增罪案耳。至国计民生之利害，则不可言命。天地之生才，朝廷之设官，所以补救气数也。身握事权，束手而委命，天地何必生此才，朝廷何必设此官乎？晨门曰：'是知其不可而为之。'诸葛武侯曰：'鞠躬尽瘁，死而后已。成败利钝，非所逆睹。'此圣贤立命之学，公其识之。"李公谨受教，拜问姓名。道士曰："言之恐公骇。"下舟行数十步，翳然灭迹。昔在会城，李公曾话是事。不识此狐何以得知也。

【译文】
　　献县县令明晟，应山人。曾经要想申雪一件冤狱，而担心上司不答应，因而犹疑不决。县学公差有个叫王半仙的，交了一个狐友，谈论些小的吉凶，多半有应验。派他前去询问，狐精正色说："他尊驾做百姓的父母官，只应当论案件冤与不冤，不应当问上司答应不答应。难道不记得总督李公的话吗？"公差回报，明晟为此感到惊惧。因而谈起总督李公卫没有显达时，曾经同一个道士渡江，恰巧有人同船夫争骂，道士叹息说："性命在顷刻之间，还计较几文钱吗？"随即那人被船帆的尾部扫中，落江而死。李公心里感到惊奇。船到江中间，刮起了风，眼看将要倾覆。道士跛着脚念诵咒语，风停止了，终于渡过了江。李公再三拜谢道士的重生之恩。道士说："刚才落江的，这是命运，我不能救；您是贵人，遇到困厄得以渡江，也是命运，我不能不救，何必要道谢呢？"李公又下拜说："领受老师这个训诫，我终身安于命运了。"道士说："这也不全然如此。一身的困穷显达，应当安于命运，不安于命运就要奔走争斗、排挤倾轧，无所不至。不知道李林甫、秦桧就是不倾轧陷害好人，也要做宰相，他们作恶，只是枉然给自己增加罪状罢了。至于国计民生的利和害，就不可以谈命运。天地的降生人才，朝廷的设置官员，是用来补救气数和运会的。如果一身掌握着事业权力，却袖手听凭命运的安排，那么天地何必降生这个人才，朝廷何必设置这个官职呢？《论语》里看守城门的人说：'知道不可以而却要去做。'诸葛武侯说：'鞠躬尽瘁，死而后已。成败利钝，不是能够预料的。'这是圣贤立身安命的学问，您请记住它。"李公恭敬地接受教训，拜问他的姓名，道士说："说了恐怕您惊怕。"下船走了几十步，隐灭不见形迹。过去在省城，李公曾经讲起过这件事，不知这个狐精怎么能够得知。

梦 入 阴 司

北村郑苏仙，一日梦至冥府，见阎罗王方录囚。有邻村一媪至殿前，王改容拱手，赐以杯茗，命冥吏速送生善处。郑私叩冥吏曰："此农家老妇，有何功德？"冥吏曰："是媪一生无利己损人心。夫利己之心，虽贤士大夫或不免。然利己者必损人，种种机械，因是而生，种种冤愆，因是而造；甚至贻臭万年，流毒四海，皆此一念为害也。此一村妇而能自制其私心，读书讲学之儒，对之多愧色矣。何怪王之加礼乎！"郑素有心计，闻之惕然而寤。

郑又言，此媪未至以前，有一官公服昂然入，自称所至但饮一杯水，今无愧鬼神。王哂曰："设官以治民，下至驿丞闸官，皆有利弊之当理。但不要钱即为好官，植木偶于堂，并水不饮，不更胜公乎？"官又辩曰："某虽无功，亦无罪。"王曰："公一生处处求自全，某狱某狱，避嫌疑而不言，非负民乎？某事某事，畏烦重而不举，非负国乎？三载考绩之谓何？无功即有罪矣。"官大踧踖，锋棱顿减。王徐顾笑曰："怪公盛气耳。平心而论，要是三四等好官，来生尚不失冠带。"促命即送转轮王。

观此二事，知人心微暧，鬼神皆得而窥，虽贤者一念之私，亦不免于责备。"相在尔室"，其信然乎。

【译文】

北村的郑苏仙，一天做梦到了阴司，看见阎罗王正在点验犯人。有个邻村的老妇到了殿前，阎王改变了神色，拱拱手，赏给她一杯茶，并命令阴司小吏赶紧送她投生好去处。郑私下询问阴司小吏说："这是个农家老妇，有什么功德呢？"阴司小吏说："这个老妇一生中没有利己损人的心。要说利己的心，即使是有德行的读书人或者也不能避免。但是利己的人必然要损害别人，种种机巧的心思，因这而萌生，种种冤仇罪过，因这而造成。甚至于遗臭万年，流毒四海，都是这一念为害呵！这是个村妇，却能够克制自己的私心，那些读书讲学的儒生，面对她应该脸红，阎王加以礼遇，有什么好奇怪呢？"郑向来有心计，听了这话，就惊醒了过来。

郑苏仙又说：这个老妇未到以前，有一个官穿着官服昂然而入，自称所到之处只喝一杯水，现今无愧于鬼神。阎王讥笑说："设置官员以治理百姓，下至于管理驿站、闸门的官吏，都有或利或弊的事情要处理。如果说不要钱就是好官，那么树立一个木偶在堂上，连水都不喝，不更强于您吗？"官又辩解说："我虽然没有功，也没有罪。"阎王说："您一生处处只求保全自己，某案某案为避嫌疑而不讲，不是辜负了百姓吗？某事某事怕烦难吃重而不举办，不是辜负了国家吗？三年一次考核官吏成绩，是为了什么？无功就是有罪了！"这官大为局促不安，锋芒锐气顿时消减。阎王安详地看着他笑笑说："怪您气太盛了。平心静气而论，您算得上是三四等的好官，来世还不至于失去官位。"命令立即送到转轮王那里。

观看这两件事情，知道人心的隐微私衷，鬼神都能够看得见。即使是贤人的一念之私，也不免于受到责备。《诗经》里说的"看你独自在室内，做事无愧于神明"，确实是这样吧。

雷　　击

雍正壬子，有宦家子妇，素无勃谿状。突狂电穿牖，如火光激射，雷楔贯心而入，洞左胁而出。其夫亦为雷焰燔烧，背至尻皆焦黑，气息仅属。久之乃苏，顾妇尸泣曰："我性刚劲，与母争论或有之。尔不过私诉抑郁，背灯掩泪而已，何雷之误中尔耶？"是未知律重主谋，幽明一也。

【译文】
雍正十年，有个官宦人家的儿媳妇，从来不和家人争吵。一天，突然有一股迅猛的闪电穿过窗户，就像火光的强烈喷射，雷神的斧楔贯入她的心脏，洞穿左胸而出。她的丈夫也被雷的火焰焚烧，从脊背到臀部全烧得焦黑，只剩一点微弱的气息。过了很久，他才苏醒过来，看着妻子的尸体，哭泣说："我性格刚强，同母亲争论或者是有的；你不过私下诉说心中的抑郁，背着灯擦眼泪罢了，为什么雷错击中你呢？"不知道法律着重主谋，阴司和阳间是一样的呵。

无 云 和 尚

无云和尚，不知何许人。康熙中，挂单河间资胜寺，终日默坐，与语亦不答。一日，忽登禅床，以界尺拍案一声，泊然化去。视案上有偈曰："削发辞家净六尘，自家且了自家身。仁民爱物无穷事，原有周公孔圣人。"佛法近墨，此僧乃近于杨。

【译文】

　　有个无云和尚，不知道是什么样人。康熙年间，他暂时寄住在河间的资胜寺，整天默默地坐着，同他谈话也不答。一天，他忽然登上禅床，用界尺拍了一下案桌，就平静淡泊地坐化了。有人看到案桌上有偈语说："削发辞家净六尘，自家且了自家身。仁民爱物无穷事，原有周公孔圣人。"佛法近于墨家，这个和尚倒近于杨朱了。

狐女幻变

　　宁波吴生，好作北里游。后昵一狐女，时相幽会，然仍出入青楼间。一日，狐女请曰："吾能幻化，凡君所眷，吾一见即可肖其貌。君一存想，应念而至，不逾于黄金买笑乎？"试之，果顷刻换形，与真无二。遂不复外出。尝语狐女曰："眠花藉柳，实惬人心。惜是幻化，意中终隔一膜耳。"狐女曰："不然。声色之娱，本电光石火。岂特吾肖某某为幻化，即彼某某亦幻化也。岂特某某为幻化，即妾亦幻化也。即千百年来，名姬艳女，皆幻化也。白杨绿草，黄土青山，何一非古来歌舞之场。握雨携云，与埋香葬玉、别鹤离鸾，一曲伸臂顷耳。中间两美相合，或以时刻计，或以日计，或以月计，或以年计，终有诀别之期。及其诀别，则数十年而散，与片刻暂遇而散者，同一悬崖撒手，转瞬成空。倚翠偎红，不皆恍如春梦乎？即凤契原深，终身聚首，而朱颜不驻，白发已侵，一人之身，非复旧态。则当时黛眉粉颊，亦谓之幻化可矣，何独以妾肖某某为幻化也。"吴洒然有悟。后数岁，狐女辞去。吴竟绝迹于狎游。

【译文】

　　宁波吴生，喜欢游逛妓院。后来亲近一个狐女，经常幽会，但仍然出入于青楼之间。一天，狐女请求说："我能变形幻化，凡您所眷恋的，我一见就可以幻化出她的相貌，一丝不差；只要您一想念，她就应您的念头而来，不比您用黄金买笑更好吗？"试了一下，果然能够立刻变换形貌，同真的没有什么两样，于是不再外出。有一次，他对狐女说："眠花宿柳，实在惬意舒心；可惜是幻化的，思想上终隔着一层薄膜。"狐女说："不能这样说，声色的娱乐，本来如闪电的光、击石的火。岂但我像某某是幻化，就是她某某也是幻化；岂但某某是幻化，就是我也是幻化；就是千百年来的名媛美女，都是幻化呵！白杨绿草，黄土青山，哪一处不是古来的歌舞场所？男女欢合同埋香葬玉、赋别鹤离鸾之曲，不过像臂膀一曲一伸的工夫罢了。这中间两美相遇，或用时刻计算，或用日计算，或用月计算，或用年计算，终有诀别的时候。等到诀别，那么几十年而散，同短暂的相遇而散，同样是悬崖撒手，转眼成空。依翠偎红，亲热昵爱，不都好像春梦吗？即使往昔的情谊原本很深，能够终身相守，但是青春的容颜不能长留，白发已经上头，一个人的身体，不再是过去的样子。那么当时的青黛长眉、粉白脸颊，也可以说它是幻化了，为什么独独以我像某某是幻化呢？"吴了然省悟过来。几年以后，狐女辞别而去，吴竟然从此不再涉足妓院。

鬼 谈 理 学

交河及孺爱、青县张文甫，皆老儒也，并授徒于献。

尝同步月南村北村之间，去馆稍远，荒原阒寂，榛莽翳然。张心怖欲返，曰："墟墓间多鬼，曷可久留！"俄一老人扶杖至，揖二人坐曰："世间安得有鬼，不闻阮瞻之论乎？二君儒者，奈何信释氏之妖妄。"因阐发程朱二气屈伸之理，疏通证明，词条流畅。二人听之，皆首肯，共叹宋儒见理之真。递相酬对，竟忘问姓名。适大车数辆远远至，牛铎铮然。老人振衣急起曰："泉下之人，岑寂久矣。不持无鬼之论，不能留二君作竟夕谈。今将别，谨以实告，毋讶相戏侮也。"俯仰之顷，欻然已灭。是间绝少文士，惟董空如先生墓相近，或即其魂欤。

【译文】

　　交河及孺爱、青县张文甫，都是老书生，同时在献县教授生徒。一天，两人于月光下一起在南村、北村之间散步，渐渐离学馆远了，一片荒郊，寂静无声，丛生的草木黑森森地布满四周。张文甫心里害怕，要想返回，说："荒坟之间多鬼，怎么可以久留呢？"这时，突然有一个老人扶着拐杖走来，拱手让二人坐下，说："世上哪里有鬼，没听说过阮瞻的论点吗？二位是儒家学者，怎么相信佛教怪异妄诞的说法呢？"于是阐发程、朱阴阳二气屈伸的道理，剖解证明，条理清楚，言词流畅。两人听了都点头赞同，慨叹宋儒理解的真切。互相应酬答对，竟然忘记问这老人的姓名。这时，刚巧有几辆大车远远而来，那牛铃发出铮铮的响声，老人整衣急起说："黄泉下的人，冷寂得很久了。不主张无鬼之论，不能够留二位作通夜之谈。现在将要分别，谨以实情相告，不要因为戏弄侮慢而惊怪呵！"转眼之间，就不见了。这一带很少有文士，只有董空如先生的墓相近，或者就是他的魂吧。

塾师弃馆

河间唐生,好戏侮。土人至今能道之,所谓唐啸子者是也。有塾师好讲无鬼,尝曰:"阮瞻遇鬼,安有是事,僧徒妄造蜚语耳。"唐夜洒土其窗,而呜呜击其户。塾师骇问为谁,则曰:"我二气之良能也。"塾师大怖,蒙首股栗,使二弟子守达旦。次日委顿不起。朋友来问,但呻吟曰:"有鬼。"既而知唐所为,莫不拊掌。然自是魅大作,抛掷瓦石,摇撼户牖,无虚夕。初尚以为唐再来,细察之,乃真魅。不胜其嬲,竟弃馆而去。盖震惧之后,益以惭恚,其气已馁,狐乘其馁而中之也。妖由人兴,此之谓乎。

【译文】
　　河间唐生,喜欢戏谑侮弄,当地土人到现在还能称说,所谓唐啸子的就是。有个学塾的老师,好谈论无鬼,曾经说:"阮瞻遇鬼,哪里有这种事,是和尚们胡乱造出来的谎言罢了。"一天夜里,唐向塾师的窗户撒土,又发出呜呜的声音,敲击着房门。塾师惊恐地问是谁,他就说:"我是阴阳二气当中的天赋之能。"塾师大为惊恐,用被子蒙着头,两腿发抖,让两个弟子通宵守着他。第二天,塾师觉得浑身疲乏,躺在床上起不来。朋友来问候,他只是呻吟着说:"有鬼。"后来人们知道是唐的作弄,无不拍手而笑。但是从此以后,鬼魅大肆活动,没有一天不是抛掷瓦石,摇动门窗。开始还以为是唐又来了,细加观察,却是真鬼魅。塾师实在禁不起它的戏弄纠缠,就辞馆而去。这是因为震惊恐惧之后,加上惭愧,他的气已经衰颓,狐精乘他丧气而打击他。妖由人兴,就是这个意思吧。

骑 驴 少 妇

天津某孝廉，与数友郊外踏青，皆少年轻薄。见柳阴中少妇骑驴过，欺其无伴，邀众逐其后，嫚语调谑。少妇殊不答，鞭驴疾行。有两三人先追及，少妇忽下驴软语，意似相悦。俄某与三四人追及，审视，正其妻也。但妻不解骑，是日亦无由至郊外。且疑且怒，近前诃之。妻嬉笑如故。某愤气潮涌，奋掌欲掴其面。妻忽飞跨驴背，别换一形，以鞭指某数曰："见他人之妇，则狎亵百端；见是己妇，则恚恨如是。尔读圣贤书，一恕字尚不能解，何以挂名桂籍耶？"数讫径行。某色如死灰，僵立道左，殆不能去。竟不知是何魅也。

【译文】

天津某举人，同几个朋友在郊外踏青，都是少年轻佻。看见柳荫当中有个少妇骑驴经过，欺她孤身无伴，邀约众人在后面追逐，用轻薄的语言调戏。少妇只不答腔，鞭打驴子急步跑去。有两三个人先追到，少妇忽然下驴，柔声细语，意思像是喜悦的样子。不一会儿，某某同三四个人也追了上来，仔细一看，正是他的妻子。但他妻子不会骑驴，这天也没有理由到郊外来。边疑惑边恼怒，走近前去责骂她，他妻子嬉笑如故。某某的怒气像潮水一般在胸中奔涌，扬起手掌要打她的脸；他妻子忽然飞步骑上驴背，另换了一副形象，用鞭子指着某某数落说："看见别人的妻子就百般调戏猥亵，看见是自己的妻子就愤恨成这种样子！你读圣贤的书，一个'恕'字还没能理解，怎么会在登科录中挂名呢？"数落完以后，就一直往前走了。某某面色像死灰，僵立在道旁，几乎不能挪步，竟不知道是什么鬼魅。

白 岩 寓 言

德州田白岩曰：有额都统者，在滇黔间山行，见道士按一丽女于石，欲剖其心。女哀呼乞救。额急挥骑驰及，遽格道士手。女嗷然一声，化火光飞去。道士顿足曰："公败吾事！此魅已媚杀百余人，故捕诛之以除害。但取精已多，岁久通灵，斩其首则神遁去，故必剖其心乃死。公今纵之，又贻患无穷矣。惜一猛虎之命，放置深山，不知泽麋林鹿，剧其牙者几许命也！"匣其匕首，恨恨渡溪去。此殆白岩之寓言，即所谓一家哭，何如一路哭也。姑容墨吏，自以为阴功，人亦多称为忠厚；而穷民之卖儿贴妇，皆未一思，亦安用此长者乎。

【译文】

德州田白岩说：有一个额都统，在云贵边界山间行走，看见道士把一个美艳的女子按倒在石头上，要想剖取她的心。女子哀叫求救，额连忙催动坐骑跑上去，立即猛击道士的手，女子"嗷"的一声，化成一道火光飞走了。道士顿着脚说："您败坏了我的事！这个精魅已经迷杀一百多人，所以想抓住杀了它，以消除祸害。但因它吸取人的精液已经很多，年久通灵，斩它的头则元神逃脱，所以必须剖它的心才能置它于死地。您现在放走了它，又留下无穷的后患了。怜惜一只猛虎的性命，放在深山里，不知道沼泽山林中又有多少麋鹿的生命要丧在它的口中啊！"说着把匕首插入鞘中，恨恨地渡过溪水走了。这大概是白岩的寓言，也就是所谓一家哭泣哪能比得上一方人受害吧。姑息宽容那些贪官污吏，自以为积了阴德，人们也称道他忠厚；而穷苦的百姓卖掉儿女、赔上妻子，都不想上一想，这样的长者又有什么用呢？

鬼　　算

　　献县吏王某，工刀笔，善巧取人财。然每有所积，必有一意外事耗去。有城隍庙道童，夜行廊庑间，闻二吏持簿对算。其一曰："渠今岁所蓄较多，当何法以销之？"方沉思间，其一曰："一翠云足矣，无烦迂折也。"是庙往往遇鬼，道童习见，亦不怖，但不知翠云为谁，亦不知为谁销算。俄有小妓翠云至，王某大嬖之，耗所蓄八九；又染恶疮，医药备至，比愈，则已荡然矣。人计其平生所取，可屈指数者，约三四万金。后发狂疾暴卒，竟无棺以殓。

【译文】

　　献县有个小官吏王某，惯会替人写诉讼状，善于巧取人的财物。但是每当有所积蓄的时候，必定会有一件意外的事给耗费掉。有一个城隍庙的道童，夜里在堂前的廊屋里行走，听到有两个小吏拿着簿册核对计算。其中一个说："他今年所积蓄的比较多，应当用什么方法来消耗它？"正在沉思之间，其中另一个说："一个翠云足够了，用不着费多少周折。"这个庙里往往碰到鬼，道童经常见到，也不害怕，但不知道翠云是谁，也不知道替谁计算消耗。不久有一个小妓翠云来到，王某十分宠爱她，耗费掉他所积蓄的十分之八九；又沾染上毒疮，求医用药，无所不至，等到医好，就已经荡然无存了。人们估计他平生捞取所得，可以屈指计数的，大约有三四万两银子。后来发疯病突然死去，竟然没有钱买棺材下殓。

台 湾 驿 使

陈云亭舍人言：有台湾驿使宿馆舍，见艳女登墙下窥，叱索无所睹。夜半琅然有声，乃片瓦掷枕畔。叱问是何妖魅，敢侮天使？窗外朗应曰："公禄命重，我避公不及，致公叱索，惧干神谴，惴惴至今。今公睡中萌邪念，误作驿卒之女，谋他日纳为妾。人心一动，鬼神知之。以邪召邪，神不得而咎我，故投瓦相报。公何怒焉？"驿使大愧沮，未及天曙，促装去。

【译文】
陈云亭公子说：有一个台湾传递公文的使者，住在驿站的房舍里。一次他看见有个美艳的女子攀登上墙头向下窥看。使者叱骂搜寻，却什么也没有见到。到了半夜，他听到一声清朗的声音，一看原来是一片瓦掷到他的枕头边。使者叱问是什么妖精，敢于戏弄天子的使者？只听窗外朗声回答说："您的俸禄命运厚重，我回避不及，以致于您叱责搜寻。我害怕受到神的谴责，心里至今惴惴不安。现在您睡觉时萌生邪念，把我错当成驿卒的女儿，谋划以后讨来做妾。人心一动，鬼神就知道。以邪招来邪，神就不能因此而归咎于我，所以投掷瓦片相报复。您为什么动怒呢？"使者大为惭愧丧气，不等到天亮，就急急忙忙整束行装离去了。

真人降狐怪

叶旅亭御史宅，忽有狐怪，白昼对语，迫叶让所居。扰攘戏侮，至杯盘自舞，几榻自行。叶告张真人。真人以委法官，先书一符，甫张而裂。次牒都城隍，亦无验。法官曰："是必天狐，非拜章不可。"乃建道场七日。至三日，狐犹诟詈。至四日，乃婉词请和。叶不欲与为难，亦祈不竟其事。真人曰："章已拜，不可追矣。"至七日，忽闻格斗砰訇，门窗破堕，薄暮尚未已。法官又檄他神相助，乃就擒，以罂贮之，埋广渠门外。

余尝问真人驱役鬼神之故，曰："我亦不知所以然，但依法施行耳。大抵鬼神皆受役于印，而符箓则掌于法官。真人如官长，法官如吏胥。真人非法官不能为符箓，法官非真人之印，其符箓亦不灵。中间有验有不验，则如各官司文移章奏，或准或驳，不能一一必行耳。"此言颇近理。又问设空宅深山，猝遇精魅，君尚能制伏否？曰："譬大吏经行，劫盗自然避匿。傥或无知猖獗，突犯双旌，虽手握兵符，征调不及，一时亦无如之何。"此言亦颇笃实。然则一切神奇之说，皆附会也。

【译文】
　　叶旅亭御史的住宅里，一次忽然出了个狐怪。这狐怪白天同人对话，还逼迫叶让出所住的地方。它搅扰侮弄，以至于杯盘自己跳动，桌椅自己移位。叶把这事告诉了张真人，真人又交付给法官办理。先是画一道符，刚张贴就碎裂。其次行文都城隍，也没有效验。法官说："这个肯定是天狐，非拜道奏章上天不可。"于是建道场七天，到第三天，狐还在咒骂；到第四天，才语气委婉地请求和解。叶不想同它为难，也祈求不必完事，就此算了。真人说："奏章已经拜奉，不能够追回了。"到了第七天，忽然听到砰砰訇訇的格斗声，门窗破裂掉落，到傍晚还没完。法官又发文征召别的神相助，狐怪终于被擒获。用小口的坛子装起来，埋在广渠门外。

我曾经问真人差遣鬼神的缘故，回答说："我也不知道它的所以然，只是依法施行罢了。大概鬼神的派遣都受印的支配，而符箓由法官掌管。真人就像官长，法官就像小吏。真人没有法官不能制作符箓，法官没有真人的印，他的符箓也不灵。这中间有灵验有不灵验，就像各个官司的行文奏章，或者准许或者驳回，不能够一一都必然通行罢了。"这话很是近理。又问假如在空屋、深山里，突然碰到精怪，您还能制伏吗？回答说："譬如一个大官经过，强盗当然躲避藏匿；或者无知猖狂，突然冲犯，大官虽然手里握有兵符，但来不及征召调动，一时也没有什么办法。"这话也很切实。这样看来，一切神奇的说法，都是出于附会。

经　香　阁

朱子颖运使言：守泰安日，闻有士人至岱岳深处，忽人语出石壁中，曰："何处经香，岂有转世人来耶？"剨然震响，石壁中开，贝阙琼楼，涌现峰顶，有耆儒冠带下迎。士人骇愕，问此何地。曰："此经香阁也。"士人叩经香之义。曰："其说长矣，请坐讲之。昔尼山删定，垂教万年，大义微言，递相授受。汉代诸儒，去古未远，训诂笺注，类能窥先圣之心；又淳朴未漓，无植党争名之习，惟各传师说，笃溯渊源。沿及有唐，斯文未改。迨乎北宋，勒为注疏十三部，先圣嘉焉。诸大儒虑新说日兴，渐成绝学，建是阁以贮之。中为初本，以五色玉为函，尊圣教也。配以历代官刊之本，以白玉为函，昭帝王表章之功也。皆南面。左右则各家私刊之本，每一部成，必取初印精好者，按次时代，庋置斯阁，以苍玉为函，奖汲古之勤也。皆东西面。并以珊瑚为签，黄金作锁钥。东西两庑以沉檀为几，锦锈为茵。诸大儒之神，岁一来视，相与列坐于斯阁。后三楹则唐以前诸儒经义，帙以纂组，收为一库。自是以外，虽著述等身，声华盖代，总听其自贮名山，不得入此门一步焉，先圣之志也。诸书至子刻午刻，一字一句，皆发浓香，故题曰经香。盖一元斡运，二气絪缊，阴起午中，阳生子半。圣人之心，与天地通。诸大儒阐发圣人之理，其精奥亦与天地通，故相感也。然必传是学者始闻之，他人则否。世儒于此十三部，或焚膏继晷，钻仰终身；或锻炼苛求，百端掊击，亦各因其性识之所根耳。君四世前为刻工，曾手刊《周礼》半部，故余香尚在，吾得以知君之来。"因引使周览阁庑，款以茗果。送别曰："君善自爱，此地不易至也。"士人回顾，惟万峰插天，杳无人迹。

案此事荒诞，殆尊汉学者之寓言。夫汉儒以训诂专门，宋儒以义理相尚。似汉学粗而宋学精，然不明训诂，义理何自而知。概用诋排，视犹土苴，未免既成大辂，追斥椎轮；得济迷川，遽焚宝筏。于是攻宋儒者又纷纷而起。故余撰《四库全书·诗部总叙》有曰，宋儒之攻汉儒，非为说经起见也，特求胜于汉儒而已。后人之攻宋儒，亦非为说经起见也，特不平宋儒之诋汉儒而已。韦苏州诗曰："水性自云静，石中亦无声；如何两相激，雷转空山惊。"此之谓矣。平心而论，《易》自王弼始变旧说，为宋学之萌芽。宋儒不攻《孝经》，词义明显。宋儒所争，只今文古文字句，亦无关宏旨，均姑置弗议。至《尚书》、《三礼》、《三传》、《毛诗》、《尔雅》诸注疏，皆根据古义，断非宋儒所能。《论语》、《孟子》，宋儒积一生精力，字斟句酌，亦断非汉儒所及。盖汉儒重师传，渊源有自。宋儒尚心悟，研索易深。汉儒或执旧文，过于信传。宋儒或凭臆断，勇于改经。计其得失，亦复相当。惟汉儒之学，非读书稽古，不能下一语。宋儒之学，则人人皆可以空谈。其间兰艾同生，诚有不尽餍人心者，是嗤点之所自来。此种虚构之词，亦非无因而作也。

【译文】

朱子颖运使说：他镇守泰安的时候，听说有个读书士人来到泰山的深处，忽然听到从石壁中传出人的说话声说："是什么地方的经书香，难道有转世的人来了吗？"又听"劐"的一声震响，石壁从中间裂开，现出了紫贝美玉装饰的宫阙楼阁，耸立山顶，有位年老的儒者顶冠束带下来迎接。士人惊怕奇怪，问这里是什么地方，回答说："这是经香阁。"士人询问经香的意思，答："这说来长了，请坐下慢慢听我讲来。过去孔子删定经书，传教万年，诸经的要义、精微的言辞，一代一代地传授下来。汉代的各位儒者，离开上古不远，阐释注解，大概能够窥见先圣的心，而且当时风俗淳朴，尚未流于凉薄，没有培植党羽争名的习气，只是各传老师的学说，实实在在地追溯渊源。流传到唐代，斯文的风气也没有改变。到了北宋，刻为注疏十三部，为先圣所嘉许。大儒们担心新说日日兴盛，儒家经典学说将渐渐失传，所以建造这个阁来贮藏它。中间是初刻本，用五色玉做成匣子，是尊崇先圣的遗教；配上历代官刻的本子，用白玉做成匣子，是显示帝王表彰的功德，都在南面。左右则是各家私刻的本子，每一部书成，必定取初印精好的，按照时代次序入藏这个阁中，用青玉做成匣子，是奖励钻研古籍的辛勤，都在东西面。并且用珊瑚做成书签，黄金制作锁钥。东西两边廊屋，用沉檀木做小桌子，锦绣做垫子。各位大儒的神灵，每年来观看一次，共同依次相坐在这阁里。后面三排房子，则是唐以前各位儒者解释经书义理之书，逐套编列，收入一个库房之中。除此以外，即使是著述高与身齐，声誉荣耀超出当代之上，总听任他自己贮藏于深山之中，不得进入这门一步，这是先圣的意旨呵。各种书籍每到子刻、午刻，一字一句都发出浓浓的香味，所以题名叫经香。因为一元旋转，二气交融，阴气起于午时的正中，阳气生于子时的夜半，圣人的心与天地相通。各位大儒阐发圣人的义理，它的精微深奥也与天地相通，所以互相感应。但必须是能传承这门学问的人才能闻到，其他人则不能。世上的儒者对这十三部经书，有的焚油膏以继日光，钻研仰望一辈子；有的深推曲解，吹毛求疵，百般抨击，也各自因为他的性情学识的根柢不同罢了。您四世以前做刻字工，曾经手刻过《周礼》半部，所以余香还在，我得以知道您的来到。"于是引导他遍看楼阁廊屋，用茶点果品来招待，然后送别说："您善于自爱，这里是不容易来的呵！"士人回头一看，只有万峰直插天空，幽深不见人迹。

　　按，这件事荒唐怪诞，大概是尊汉学者的寓言。汉代儒者以解释古书字句为专门的学问，宋代儒者以阐发经书的义理为重，好像汉学粗而宋学精。但是不明白古书的字句，义理又何从知道？一概诋毁排斥，把它看成犹如渣滓，这就未免像已经造成了华美的大车，而回头去斥责原始时没有辐条的车轮；得以渡过了迷津，立即焚弃宝贵的筏子。于是攻击宋儒的，又纷纷而起。所以我编著《四库全书》诗部总叙中说：宋儒的攻击汉儒，不是为讲解儒家的经书起见，不过求得胜过汉儒罢了；后人的攻击宋儒，也不是为讲解儒家的经书起见，不过是不平于宋儒的诋毁汉儒罢了。韦苏州的诗说："水性自云静，石中亦无声。如何两相激，雷转空山惊。"就是这个意思了。平心静气而论，《周易》从王弼开始改变旧的说法，是宋学的萌芽。宋儒不攻击《孝经》旧疏，因为词义很明显。宋儒所争的，只是今文、古文的字句，也无关于大旨，都可以暂且搁置不予议论。至于《尚书》、《三礼》、《三传》、《毛诗》、《尔雅》各种注疏，都是根据古义，断然不是宋儒所能。《论语》、《孟子》，宋儒积累一生的精力，字斟句酌，也断然不是汉儒所能赶得上的。大概汉儒看重老师的传授，自有来源；宋儒崇尚心悟，研求容易深入。汉儒或者执着于旧文,过于相信传述经义的文字;宋儒或者单凭主观猜测而下判断,勇于改动经文。计算它的得失,也还相当。只是汉儒的学问,不是读书考古,不能下一句话;宋儒的学问,则人人都可以空谈。这中间兰草和艾蒿同生,确实有不能满足人心的地方,这就是讥笑指摘的由来。这种虚构的话,也不是无缘无故而起的。

鬼不足畏

曹司农竹虚言:其族兄自歙往扬州,途经友人家。时盛夏,延坐书屋,甚轩爽。暮欲下榻其中,友人曰:"是有魅,夜不可居。"曹强居之。夜半,有物自门隙蠕蠕入,薄如夹纸。入室后,渐开展作人形,乃女子也。曹殊不畏。忽披发吐舌,作缢鬼状。曹笑曰:"犹是发,但稍乱;犹是舌,但稍长。亦何足畏!"忽自摘其首置案上。曹又笑曰:"有首尚不足畏,况无首耶!"鬼技穷,倏然灭。及归途再宿,夜半门隙又蠕动。甫露其首,辄唾曰:"又此败兴物耶!"竟不入。

此与嵇中散事相类。夫虎不食醉人,不知畏也。大抵畏则心乱,心乱则神涣,神涣则鬼得乘之。不畏则心定,心定则神全,神全则沴戾之气不能干。故记中散是事者,称"神志湛然,鬼惭而去"。

【译文】

户部尚书曹竹虚说:他的族兄从歙县往扬州,路过友人的家。这时正是盛夏,友人请他进入书屋里坐,那书屋很是宽敞高爽。晚上,他准备在里面安置一个卧榻,友人说:"这里有鬼魅,夜晚不能住。"曹却一定要住宿。到了半夜,有一种薄得像夹纸的东西从门缝里蠕蠕地爬进来。进入室内以后,渐渐展开成人的形状,竟是一个女子。曹见后,却一点也不害怕。忽然,那女子披散头发,吐出舌头,做出吊死鬼的样子。曹笑着说:"还是头发,只是稍乱;还是舌头,只是稍长,又有什么好怕的?"忽然,女子又自己摘下头颅,放在桌上。曹又笑着说:"有头尚且不足以惧怕,何况没有头呢!"鬼的伎俩用尽,忽然消失。等到返回的途中,曹又住在这里。半夜,门缝里又有东西在爬动。刚露出头,曹就向它吐着唾沫说:"又是这个让人扫兴的东西吗?"那东西就没有进来。

这与嵇中散的故事相类似。虎不吃酒醉的人,因为他不知道害怕。大概怕就心乱,心乱神就涣散,神涣散,那么鬼就得以乘虚而入。不怕就心定,心定就神全,神全,那妖邪之气就不能侵犯。所以记载中散这故事的书中,称说他"神志清醒,鬼惭而去"。

土 神 护 妻

董曲江言:默庵先生为总漕时,署有土神马神二祠,惟土神有配。其少子恃才兀傲,谓土神于思老翁,不应拥艳妇;马神年少,正为嘉耦。径移女像于马神祠。俄眩仆不知人。默庵先生闻其事亲祷,移还乃苏。

又闻河间学署有土神,亦配以女像。有训导谓黉宫不可塑妇人,乃别建一小祠迁焉。土神凭其幼孙语曰:"汝理虽正,而心则私,正欲广汝宅耳,吾不服也。"训导方侃侃谈古礼,猝中其隐,大骇,乃终任不敢居是室。

二事相近。或曰:"训导迁庙犹以礼,董渎神甚矣,谴当重。"余谓董少年放诞耳。训导内挟私心,使己有利;外假公义,使人无词。微神发其阴谋,人尚以为能正祀典也。《春秋》诛心,训导谴当重于董。

【译文】

董曲江说：默庵先生做总管漕运的官员时，官署里有土神、马神两个祠堂，只有土神有配偶。他的小儿子倚仗自己有才能而气盛骄傲，说土神是满脸胡子的老翁，不应该拥有美艳的妻子；马神年轻，正是好配偶。就把女像移到了马神祠。顿时，他感到头晕目眩，跌倒在地，不省人事。默庵先生听说这件事，亲自祷告，移回了像，人才苏醒过来。

又听说河间学官官署有土神，也配以女像。有一个训导说学宫里不可以塑女人，于是另建一个小祠堂把像迁了过去。土神附在他小孙子的身上发话说："你的道理虽然堂堂正正，但是心却是私的，正想扩充你的住宅罢了，我是不服的呵！"训导正在从容不迫、理直气壮地谈论古礼，突然说中他的私衷，大为惊怕。于是一直到他任期结束，都不敢居住这个房间。

这两件事相类似。有的说："训导迁庙还是出于礼，董子太亵渎神了，责罚应当重。"我说董子少年，只是放荡狂妄罢了。训导内里挟着私心，使对自己有利；外面假借公正的道理，使人不能说什么。如果不是神揭发他的阴谋，人们还以为他能纠正祭祠的典礼呢。《春秋》着重揭露人的用心，训导的责罚应当重于董子。

搬 运 术

戏术皆手法捷耳，然亦实有般运术。（宋人书搬运皆作般。）忆小时在外祖雪峰先生家，一术士置杯酒于案，举掌拍之，杯陷入案中，口与案平。然扪案下，不见杯底。少选取出，案如故。此或障目法也。又举鱼脍一巨碗，抛掷空中不见。令其取回，则曰："不能矣，在书室画厨夹屉中，公等自取耳。"时以宾从杂遝，书室多古器，已严扃；且夹屉高仅二寸，碗高三四寸许，断不可入，疑其妄。姑呼钥启视，则碗置案上，换贮佛手五。原贮佛手之盘,乃换贮鱼脍,藏夹屉中,是非般运术乎?

理所必无,事所或有,类如此,然实亦理之所有。狐怪山魈,盗取人物不为异,能劾禁狐怪山魈者亦不为异。既能劾禁,即可以役使;既能盗取人物,即可以代人盗取物。夫又何异焉。

【译文】
　　戏法都是手法快罢了,但是也确实有般运术。(宋朝人写"搬运"都作"般"。)回忆小时候在外祖父雪峰先生家,一个术士放一杯酒在小桌子上,举起手掌一拍,杯子陷入桌中,杯口同桌平。但是摸桌子下面,却摸不到杯子的底。过一会儿取出,小桌子还是原样。这或者是障眼法。又拿起一大碗切细的鱼肉,抛掷到空中,就不见了,让他取回,回答说:"不能了,在书房画厨夹层的抽屉里,您们自己去取吧。"这时因为宾客和随从纷杂众多,书房古器物很多,所以书房门已牢牢地关锁;而且夹层的抽屉高只有两寸,碗高却有三四寸的样子,也绝对不可能放进去,所以怀疑他弄虚作假。叫拿钥匙开启观看,则碗放在小桌子上,换盛了佛手五个,原来盛佛手的盘子,换盛了切细的鱼肉,藏在夹层的抽屉里了,这不是般运术吗?
　　从情理上说必然没有的,事实上或许会有的,大抵如此,但实际也还是情理上所有的。狐怪山精,盗取人的东西不足为奇,能够降伏禁治狐怪山精的也不足为奇。既然能够降伏禁治,就可以差遣;既然能够盗取人的东西,就可以替人盗取东西。这又有什么好奇怪的呢?

何 必 如 此

　　旧仆庄寿言:昔事某官,见一官侵晨至,又一官续至,皆契交也,其状若密递消息者。俄皆去,主人亦命驾递出。至黄昏乃归，车殆马烦，不胜困惫。俄前二官又至，灯下或附耳，或点首，或摇手，或蹙眉，或拊掌，不知所议何事。漏下二鼓，我遥闻北窗外吃吃有笑声，室中弗闻也。方疑惑间，忽又闻长叹一声曰："何必如此！"始宾主皆惊，开窗急视，新雨后泥平如掌，绝无人踪。共疑为我呓语。我时因戒勿窃听，避立南荣外花架下，实未尝睡，亦未尝言，究不知其何故也。

【译文】

有个老仆人庄寿说：过去服侍某官，看见一个官天快亮时就来了，又一个官接着而来，都是至交，看样子好像是秘密传递消息的。一会儿都走了，主人也叫人驾车马接着出门。到傍晚才回来，车危马疲，十分困乏。一会儿前面两个官又来了，在灯下或咬耳朵，或点头，或摇手，或皱眉，或鼓掌，不知道所商议的是什么事情。天交二更，我远远地听到北窗外面有吃吃的笑声，房间里却没有听到。正在疑惑之间，忽然又听得长叹一声说："何必如此！"客人和主人才都惊起，开窗急看，新下过一场雨之后，泥地平如手掌，绝无人的踪迹，大家都怀疑是我在说梦话。我当时因为主人禁止不要窃听，回避站立在南面屋檐外的花架下，实在不曾睡，也不曾说什么，究竟也不知道它是什么缘故。

村童吟诗

永春邱孝廉二田，偶憩息九鲤湖道中。有童子骑牛来，行甚驶，至邱前小立，朗吟曰："来冲风雨来，去踏烟霞去。斜照万峰青，是我还山路。"怪村竖那得作此语，凝思欲问，则笠影出没杉桧间，已距半里许矣。不知神仙游戏，抑乡塾小儿闻人诵而偶记也。

【译文】

　　永春有个叫邱二田的举人，一次偶然歇息在九鲤湖的路旁。只见有一个孩童急匆匆骑牛而来，到邱的面前，站立了一会儿，就朗声吟诵道："来冲风雨来，去踏烟霞去。斜照万峰青，是我还山路。"邱举人感到很奇怪，一个乡村孩童，怎么能说出这样的话来？凝神思索了一会，正要询问，只见戴着斗笠的孩童已在半里之外的树荫中了。不知这是神仙在玩弄游戏，还是乡间学塾的小孩子听别人吟诵后偶然记住的。

罗洋山人诗

　　莆田林教谕霈，以台湾俸满北上。至涿州南，下车便旋。见破屋墙匡外，有磁锋划一诗曰："骡纲队队响铜铃，清晓冲寒过驿亭。我自垂鞭玩残雪，驴蹄缓踏乱山青。"款曰罗洋山人。读讫，自语曰："诗小有致。罗洋是何地耶？"屋内应曰："其语似是湖广人。"入视之，惟凝尘败叶而已。自知遇鬼，惕然登车。恒郁郁不适，不久竟卒。

【译文】

　　莆田有个叫林霈的教谕，因在台湾任满，升调北上。到了涿州以南，他下车小解，看见一间破屋的围墙外面，有用磁片的尖角划出的一首诗说："骡纲队队响铜铃，清晓冲寒过驿亭。我自垂鞭玩残雪，驴蹄缓踏乱山青。"落款为"罗洋山人"。读完后，他自言自语地说："诗稍有韵致。但罗洋是什么地方呢？"只听那破屋里传出声音说："看那诗句，好像是湖广一带人。"林霈进屋观看，只见满屋尘土,遍地败叶,并无人影。他知道碰到了鬼,就警觉地登车离去。自那以后,林需经常郁郁不乐,不久就死了。

梦作一联

景州李露园基塙,康熙甲午孝廉,余婿僚也。博雅工诗。需次日,梦中作一联曰:"鸾翮嵇中散,蛾眉屈左徒。"醒而自不能解。后得湖南一令,卒于官,正屈原行吟地也。

【译文】
景州李基塙,字露园,康熙五十三年举人,是我女婿的同事。他博学端方,善于做诗。在等候补缺的日子里,有天他梦中作一联语说:"鸾翮嵇中散,蛾眉屈左徒。"醒后自己也不能解释。后来他得到湖南一个县令的官职,死于任上。这湖南也正是屈原一路吟咏的地方。

小 花 犬

先祖母张太夫人,畜一小花犬。群婢患其盗肉,阴搤杀之。中一婢曰柳意,梦中恒见此犬来啮,睡辄呓语。太夫人知之,曰:"群婢共杀犬,何独衔冤于柳意?此必柳意亦盗肉,不足服其心也。"考问果然。

【译文】
先祖母张太夫人,家中养了一只小花狗。丫鬟们因为厌恶它偷肉,就暗地里把它掐死了。其中有一个丫鬟,名叫柳意,梦中经常看见这狗来咬她,她就常说梦话。太夫人知道后,说:"这狗是丫鬟们一起杀的,为什么只恨柳意呢?一定是柳意也偷肉,所以不能服它的心吧。"经过查问,果然如此。

古　　柏

福建汀州试院,堂前二古柏,唐物也,云有神。余按临日,吏白当诣树拜。余谓木魅不为害,听之可也,非祀典所有,使者不当拜。树柯叶森耸,隔屋数重可见。是夕月明,余步阶上,仰见树杪两红衣人,向余謦折拱揖,冉冉渐没。呼幕友出视,尚见之。余次日诣树,各答以揖。为镌一联于祠门曰:"参天黛色常如此,点首朱衣或是君。"此事亦颇异。袁子才尝载此事于《新齐谐》,所记稍异,盖传闻之误也。

【译文】
福建汀州试院里,堂前有两棵古老的柏树,是唐代的东西,说是有神。在我巡行考试的日子里,吏员告知应当到树前拜谒。我说树木的精怪不为害,听其自然就行了,不是祭祀的礼制上所有,天子的使者不应当拜谒。树的枝叶茂密高耸,隔着几进房屋都可以看到。这天晚上,月光明亮,我走在石阶上,抬头看见树梢上有两个穿红衣服的人,向我弯腰打拱作揖,慢慢地逐渐隐没。叫师爷出来看,还见到了。我第二天到树前,各报以一揖,为它在祠堂门前刻了一副对联:"参天黛色常如此,点首朱衣或是君。"这事也颇为奇怪。袁子才曾把这件事记载在《新齐谐》里,所记的稍有不同,是因为传闻差错的缘故。

吕 道 士

德州宋清远先生言：吕道士，不知何许人，善幻术，尝客田山薑司农家。值朱藤盛开，宾客会赏。一俗士言词猥鄙，喋喋不休，殊败人意。一少年性轻脱，厌薄尤甚，斥勿多言。二人几攘臂。一老儒和解之，俱不听，亦愠形于色。满坐为之不乐。道士耳语小童，取纸笔，画三符焚之。三人忽皆起，在院中旋折数四。俗客趋东南隅坐，喃喃自语。听之，乃与妻妾谈家事。俄左右回顾若和解，俄怡色自辩，俄作引罪状，俄屈一膝，俄两膝并屈，俄叩首不已。视少年，则坐西南隅花栏上，流目送盼，妮妮软语。俄嬉笑，俄谦谢，俄低唱《浣纱记》，呦呦不已，手自按拍，备诸冶荡之态。老儒则端坐石磴上，讲《孟子》齐桓、晋文之事一章。字剖句析，指挥顾盼，如与四五人对语。忽摇首曰"不是"，忽瞋目曰"尚不解耶"，咯咯痨嗽仍不止。众骇笑，道士摇手止之。比酒阑，道士又焚三符。三人乃惘惘痴坐，少选始醒，自称不觉醉眠，谢无礼。众匿笑散。道士曰："此小术，不足道。叶法善引唐明皇入月宫，即用此符。当时误以为真仙，迂儒又以为妄语，皆井底蛙耳。"后在旅馆，符摄一过往贵人妾魂。妾苏后，登车识其路径门户，语贵人急捕之，已遁去。此《周礼》所以禁怪民欤！

【译文】

德州宋清远先生说：有个吕道士，不知道是什么来历，善于弄幻术，曾经寄住在户部尚书田山薑的家里。那时正值紫藤盛开，宾客会聚赏玩。有一个鄙俗的士人言词猥琐浅陋，唠叨个不停，实在败坏人的意兴。有一个少年性格轻浮随便，厌弃鄙薄得更厉害，斥责他不要多说。两人捋袖伸臂几乎动手。一个老儒为他们和解，都不听，也露出恼怒的脸色。满座的人因此都不高兴。道士向小童附耳低语，拿来纸笔，画了三道符焚烧，三个人忽然都起身，在院子里回旋绕行好几次。那个俗客跑到东南角坐下，喃喃地自言自语，听起来，是与妻妾谈论家务事。忽而左右回顾，好像和解了；忽而和颜悦色，为自己辩解；忽而做出承认罪过的样子；忽而屈一膝跪；忽而两膝并屈下跪；忽而不停地叩头。看那个少年，则坐在西南角花栏上面，流转目光飞送媚眼，亲切地柔声细语。忽而嬉戏欢笑；忽而谦逊地道谢；忽而低声地唱《浣纱记》，呦呦地吟唱个不停，用手自己打着拍子，极尽妖冶放荡的样子。老儒则端坐在石凳之上，讲《孟子》齐桓、晋文之事这一章。解字析句，挥动着手，左顾右盼，好像同四五个人对话。忽而摇头说："不是。"忽而瞪眼说："还不理解吗？"咯咯地像患痨病似地咳嗽，还不肯停。众人惊笑，道士摇手制止。等到酒筵将尽，道士又焚烧了三道符，三个人茫茫然呆坐着，一会儿才醒过来，自称不知不觉酒醉睡着了，表示失礼而谢罪。众人暗笑着散去。道士说："这是小术，不足称道。叶法善引导唐明皇进月宫，就是用的这个符。当时误以为是真仙，迂腐的儒者又以为是虚妄的话，都是井底之蛙罢了。"后来在旅馆，用符摄取一个路过的贵人之妾的魂。妾苏醒以后，登车时识得他的路径门户，同贵人说了，立即搜捕他，已经逃走。这就是《周礼》之所以禁止怪民的缘故吧。

马　语

交河老儒及润础，雍正乙卯乡试，晚至石门桥，客舍皆满,惟一小屋,窗临马枥,无肯居者,姑解装焉。群马跳踉,夜不得寐。人静后,忽闻马语。及爱观杂书,先记宋人说部中有堰下牛语事,知非鬼魅,屏息听之。一马曰:"今日方知忍饥之苦。生前所欺隐草豆钱,竟在何处!"一马曰:"我辈多由圉人转生,死者方知,生者不悟,可为太息!"众马皆呜咽。一马曰:"冥判亦不甚公,王五何以得为犬?"一马曰:"冥卒曾言之,渠一妻二女并淫滥,尽盗其钱与所欢,当罪之半矣。"一马曰:"信然,罪有轻重,姜七堕豕身,受屠割,更我辈不若也。"及忽轻嗽,语遂寂。及恒举以戒圉人。

【译文】

交河有个老儒及润础,参加雍正乙卯年的乡试。一天晚上,他走到石门桥,想投宿客店。但客店都住满了,只有一间小屋,因为窗子靠着马厩,所以没有人肯住,及就住了进去。及住下后,只听群马跳跃,闹得夜里不能入睡。人静以后,忽然听得马在说话。及爱看杂书,早先记得宋人笔记、小说一类书中,有堰下牛语的事情,知道不是鬼怪。他屏住呼吸倾听,只听一匹马说:"今天才知道挨饿的苦,生前所欺骗隐匿的草豆钱,究竟在哪里呢?"一匹马说:"我等多是由养马人转生,死了的才知道,活着的不觉悟,真让人叹息。"众马都呜咽起来。又听一匹马说:"阴间的审判也不很公平,王五为什么得以变狗呢?"一匹马说:"阴间小卒曾经说起过,他的一妻二女都是淫乱放荡,把他的钱全偷去给了相好的,抵得上他罪孽的一半了。"一匹马说:"确是这样,罪有轻有重,姜七堕落成猪身,受屠宰切割,更不如我等了。"及忽然轻轻咳嗽,于是寂然不闻语声。及经常举这件事以警戒养马人。

善　詈

余一侍姬，平生未尝出詈语。自云亲见其祖母善詈，后了无疾病，忽舌烂至喉，饮食言语皆不能，宛转数日而死。

【译文】

我的一个侍妾，平生从来没有说过骂人的话。她说她亲眼看到自己的祖母善于骂人，后来全然没有什么疾病，忽然舌头烂到了喉咙，饮食说话都不能够，折腾了几天就死了。

隐　恶

有某生在家，偶晏起，呼妻妾不至。问小婢，云并随一少年南去矣。露刃追及，将骈斩之。少年忽不见。有老僧衣红袈裟，一手托钵，一手振锡杖，格其刀曰："汝尚不悟耶？汝利心太重，忮忌心太重，机巧心太重，而能使人终不觉。鬼神忌隐恶，故判是二妇，使作此以报汝。彼何罪焉？"言讫亦隐。生默然引归。二妇云："少年初不相识，亦未相悦。忽惘然如梦，随之去。"邻里亦曰："二妇非淫奔者，又素不相得，岂肯随一人？且淫奔必避人，岂有白昼公行，缓步待追者耶？其为神谴信矣。"然终不能明其恶，真隐恶哉！

【译文】

有个某生在家里偶尔晚起,叫妻妾不来。问小婢,说是一起跟随一个少年向南走了。某生拔刀追上,将要一起斩杀,少年忽然不见。有一个老和尚穿着红袈裟,一手托钵,一手摇动锡杖,挡住他的刀说:"你还不觉悟吗?你利心太重,嫉妒心太重,机变巧诈之心太重,而又使人终于不能觉察。鬼神忌隐匿的恶事,所以判这两个女人私奔来报复你,她们有什么罪呢?"说完也隐去不见。某生默默地把妻妾带回家,妻妾说:"我们开始并不认识那少年,也没有互相爱悦,但忽而茫茫然如同做梦,随他而去。"左邻右舍也说:"这两个女人不是贪淫私奔的人,彼此又向来不和睦,哪里肯跟随同一个人呢?而且私奔一定要避人,哪里有白天公然行走,慢步等待人追赶的呢?一定是受到神的谴责,这是确定无疑的了。"但是终于不能明白他的罪恶,真是隐恶啊!

西 行 谶

事皆前定,岂不信然。戊子春,余为人题《蕃骑射猎图》曰:"白草粘天野兽肥,弯弧爱尔马如飞;何当快饮黄羊血,一上天山雪打围。"是年八月,竟从军于西域。又董文恪公尝为余作《秋林觅句图》。余至乌鲁木齐,城西有深林,老木参云,弥亘数十里,前将军伍公弥泰建一亭于中,题曰"秀野"。散步其间,宛然前画之景。辛卯还京,因自题一绝句曰:"霜叶微黄石骨青,孤吟自怪太零丁。谁知早作西行谶,老木寒云秀野亭。"

【译文】

凡事往往都是命里注定的,难道不是这样吗?戊子年春天,我替人题《蕃骑射猎图》说:"白草粘天野兽肥,弯弧爱尔马如飞。

何当快饮黄羊血，一上天山雪打围。"这年八月，竟然投身军旅到了西域。又，董文恪公曾替我作《秋林觅句图》。我到乌鲁木齐，城西有茂密的森林，古老的树木高耸入云，绵延几十里。以前的将军伍公弥泰在里面造了一座亭子，题名"秀野"。散步在其间，很像是前面这幅画中的景色。辛卯年回到京城，就自己题一首绝句说："霜叶微黄石骨青，孤吟自怪太零丁。谁知早作西行谶，老木寒云秀野亭。"

疡　医

南皮疡医某，艺颇精，然好阴用毒药，勒索重资。不餍所欲，则必死。盖其术诡秘，他医不能解也。一日，其子雷震死。今其人尚在，亦无敢延之者矣。或谓某杀人至多，天何不殛其身而殛其子？有佚罚焉。夫罪不至极，刑不及孥；恶不至极，殃不及世。殛其子，所以明祸延后嗣也。

【译文】

南皮治疗创伤的医生某人，医术很精，但是喜欢暗地里用毒药，勒索大笔钱财，谁不满足他的要求，就必死。因为他的手段诡诈隐秘，别的医生不能消解。一天，他的儿子被雷震死。现在这个人还在，但没有谁再敢聘请他了。有的说某某杀人很多，天为什么不击杀他自身而击杀他的儿子，不是刑罚失当吗？要知道罪没有达到极点，刑罚不到他的妻儿；恶没有达到极点，连累不到下一代。击杀他的儿子，正是表明灾祸延伸到他的后嗣了。

两　术　士

安中宽言：昔吴三桂之叛，有术士精六壬，将往投之。遇一人，言亦欲投三桂，因共宿。其人眠西墙下，术士曰："君勿眠此，此墙亥刻当圮。"其人曰："君术未深，墙向外圮，非向内圮也。"至夜果然。余谓此附会之谈也，是人能知墙之内外圮，不知三桂之必败乎？

【译文】

安中宽说：过去吴三桂叛变，有个精于六壬占卜法的术士前去投奔。路上碰到一个人，说他也想投奔吴三桂。晚上，两人住在一个客店里。那人睡在西墙下，术士说："您不要睡在这里，这墙到亥刻应当倒塌。"那人说："您的术数不深，这墙向外倒，不是向内倒。"到了夜里，果然如此。我说这是附会的说法，这人能够知道墙的向内或向外倒塌，就不知道三桂的必然失败吗？

幻　术

有僧游交河苏吏部次公家，善幻术，出奇不穷，云与吕道士同师。尝抟泥为豕，咒之，渐蠕动。再咒之，忽作声。再咒之，跃而起矣。因付庖厨以供客，味不甚美。食讫，客皆作呕逆，所吐皆泥也。有一士因雨留同宿，密叩僧曰："《太平广记》载术士咒片瓦授人，划壁立开，可潜至人闺阁中。师术能及此否？"曰："此不难。"拾片瓦咒良久，曰："持此可往。但勿语，语则术败矣。"士试之，壁果开。至一处，见所慕，方卸妆就寝。守僧戒，不敢语，径掩扉，登榻狎昵。妇亦欢洽。倦而酣睡。忽开目，则眠妻榻上也。方互相疑诘，僧登门数之曰："吕道士一念之差，已受雷诛。君更累我耶！

小术戏君，幸不伤盛德，后更无萌此念。"既而太息曰："此一念，司命已录之，虽无大谴，恐于禄籍有妨耳。"士果蹭蹬，晚得一训导，竟终于寒毡。

【译文】

　　有一个和尚，云游到交河苏吏部次公家里。这和尚善于弄幻术，出奇招变化无穷，说与吕道士同一个师父。他曾经用泥捏成一头猪，一念咒，猪就渐渐蠕动；再念咒，忽然发出声音；又念咒，跳跃而起了。于是交付厨房宰杀了招待客人，味道不太好。吃完，客人都反胃呕吐，所吐的都是泥土。有一个士人因为下雨留下同宿，私下询问和尚道："《太平广记》记载：术士只要对着一片瓦念咒，那瓦片就会移动到别人那边；划墙壁立刻就开，可以暗中到达人家的闺房里面；师父的法术能达到这一点吗？"和尚说："这不难。"就拾起一片瓦，念了好久的咒，说："拿这个前去，但是不要说话，一说话，那么法术就失灵了。"士人一试，墙壁果然开启。士人到了一个地方，只见他所爱慕的一个女子刚刚卸妆，准备睡觉。士人遵照和尚的告诫，不敢说话，赶快关了门，登上床榻亲近昵爱，女子也欢乐和洽。士人因疲倦而熟睡。忽然，他张开眼睛，发觉睡在妻子的床榻上。夫妻俩正互相疑惑询问，和尚登门数落他说："吕道士因为一念之差，已受到雷打，您更要连累我吗？小术耍弄了您，幸而没有损伤大德，以后再不要萌生这种念头。"不一会又叹息说："这个念头，掌管命运的神已经记录下来，虽然没有大的惩罚，恐怕在阴司记载禄位的簿册上于你会有妨碍呵！"后来士人果然困顿失意，晚年时只获得一任训导，至死过着寒士的困苦生活。

胡　维　华

　　康熙中，献县胡维华以烧香聚众谋不轨。所居由大城、文安一路行，去京师三百余里。由青县、静海一路行，去天津二百余里。维华谋分兵为二，其一出不意，并程抵京师；其一据天津，掠海舟。利则天津之兵亦北趋，不利则遁往天津，登舟泛海去。方部署伪官，事已泄。官军擒捕，围而火攻之，韶龀不遗。

初，维华之父雄于赀，喜周穷乏，亦未为大恶。邻村老儒张月坪，有女艳丽，殆称国色。见而心醉。然月坪端方迂执，无与人为妾理。乃延之教读。

月坪父母柩在辽东，不得返，恒戚戚。偶言及，即捐金使扶归，且赠以葬地。月坪田内有横尸，其仇也。官以谋杀勘。又为百计申辩得释。

一日，月坪妻携女归宁，三子并幼，月坪归家守门户，约数日返。乃阴使其党，夜键户而焚其庐，父子四人并烬。阳为惊悼，代营丧葬，且时周其妻女，竟依以为命。或有欲聘女者，妻必与谋，辄阴沮，使不就。久之，渐露求女为妾意。妻感其惠，欲许之。女初不愿。夜梦其父曰："汝不往，吾终不畅吾志也。"女乃受命。岁余，生维华，女旋病卒。维华竟覆其宗。

【译文】

康熙年间，献县胡维华以烧香为名，聚众叛乱。他居住的地方，沿大城、文安走，离京城三百多里；沿青县、静海走，离天津二百多里。胡维华计划兵分二路，一路出其不意，兼程到达京城；一路占据天津，掠夺海船。得利则天津的兵也往北赶，不利则逃往天津，登船入海而去。但当他正要给下属部署时，事情已经泄露。官军前往擒拿，先包围，后用火攻，斩尽杀绝，连幼小的孩童也一个没留下。

当初，胡维华的父亲富有资财，喜欢周济穷人，从来没有大的恶行。邻村有个老儒张月坪，生有一女，长得鲜艳美丽，可以称得上国色，胡父看到以后，不觉为之心醉。但是张月坪品行端正，又迂腐固执，没有把女儿给人做妾的道理。胡父就聘请他来家教读。

月坪因父母的灵柩在辽东，无法运回，所以经常闷闷不乐。有一次偶然与胡父谈及此事，胡父就捐助钱财让他扶灵柩而归，并且赠予埋葬的坟地。月坪田里有具横死的尸体，生前是他的仇家，官府因此要以谋杀罪审理。胡父又千方百计替他申辩，使月坪得以释放。

一天，月坪的妻子带着女儿回娘家，三个儿子都很小，月坪回自家看守门户，估计要好几天后返回。胡父就暗中指使家丁夜里锁上他的门户，焚烧他的房子，父子四人都被烧为灰烬。他却假装吃惊哀悼，代为料理丧葬，而且常常周济月坪的妻女，竟至依他为生。有人要想聘定她女儿，月坪妻必定来同他商量，他就暗中阻挠，使不能成功。时间久了，渐渐露出求她女儿做妾的意思。月坪妻感激他的恩惠，要想答应。女儿开始不情愿，夜里梦见她的父亲说："你不去，我终不能满足我的心愿。"女儿于是听从了母命。一年多，生下维华，女儿随即病死。维华竟覆灭了他的宗族。

蓄 志 报 复

又去余家三四十里，有凌虐其仆夫妇死而纳其女者。女故慧黠，经营其饮食服用，事事当意。又凡可博其欢者，冶荡狎媟，无所不至。皆窃议其忘仇。蛊惑既深，惟其言是听。女始则导之奢华，破其产十之七八。又逸间其骨肉，使门以内如寇仇。继乃时说《水浒传》宋江、柴进等事，称为英雄，怂恿之交通盗贼。卒以杀人抵法。抵法之日，女不哭其夫，而阴携卮酒，酬其父母墓曰:"父母恒梦中魇我,意恨恨似欲击我。今知之否耶?"人始知其蓄志报复。曰:此女所为,非惟人不测,鬼亦不测也,机深哉!然而不以阴险论,《春秋》原心,本不共戴天者也。

【译文】

　　又,离我家三四十里,有一户人家的主人,凌辱虐待他的仆役夫妇致死,然后又娶了他们的女儿。这女子本来聪慧机灵,料理他的饮食衣着器用,事事称心。凡是可以博得他欢心的,放荡淫戏,无所不至。人们都私下议论她忘记了父母之仇。这主人受迷惑已经很深,只要她的话就听。女子开始先引导他奢侈华靡,破他的家产十分之七八。又进谗言离间他的骨肉之亲,使得他们如同强盗、仇人相对。还经常讲《水浒传》中宋江、柴进等的故事,称赞这些人为英雄,怂恿他结交盗贼,结果以杀人罪抵命。处决的那天,女子不哭她的丈夫,却私下带一杯酒祭告她父母的坟墓说:"父母亲经常在我梦魇时惊我,恨恨地像要打我,现在该知道女儿的用心了吧?"人们才知道她蓄谋已久,志在报复,说:"这女子所做的,不但人不能猜测,鬼也不能猜测,心机真深啊!"然而不用阴险来论定,《春秋》推究本意,父母之仇原是不共戴天的呵。

乌鲁木齐二事

　　余在乌鲁木齐,军吏具文牒数十纸,捧墨笔请判,曰:"凡客死于此者,其棺归籍,例给牒,否则魂不得入关。"以行于冥司,故不用朱判,其印亦以墨。视其文,鄙诞殊甚。(曰:"为给照事:照得某处某人,年若干岁,以某年某月某日在本处病故。今亲属搬柩归籍,合行给照。为此牌仰沿路把守关隘鬼卒,即将该魂验实放行,毋得勒索留滞,致干未便。")余曰："此胥役托词取钱耳。"启将军除其例。旬日后，或告城西墟墓中鬼哭，无牒不能归故也。余斥其妄。又旬日，或告鬼哭已近城。斥之如故。越旬日，余所居墙外觑觑有声。（《说文》曰："觑，鬼声。"）余尚以为胥役所伪。越数日，声至窗外。时月明如昼，自起寻视，实无一人。同事观御史成曰："公所持理正，虽将军不能夺也。然鬼哭实共闻，不得照者，实亦怨公。盍试一给之，姑间执谗慝之口。倘鬼哭如故，则公益有词矣。"勉从其议。是夜寂然。又军吏宋吉禄在印房，忽眩仆。久而苏，云见其母至。俄台军以官牒呈，启视，则哈密报吉禄之母来视子，卒于途也。

天下事何所不有，儒生论其常耳。余尝作乌鲁木齐杂诗一百六十首，中一首云："白草飕飕接冷云，关山疆界是谁分？幽魂来往随官牒，原鬼昌黎竟未闻。"即此二事也。

【译文】
　　我在乌鲁木齐时，军中佐吏备办公文几十张，捧着墨笔请求写判语，说："凡是客居死于此地的，他的棺木回原籍，照例颁给凭证，否则魂不能够入关。"因为是行文到阴司，所以不用朱笔的判语，它的印也用黑墨。看它的文理，浅陋荒诞得很，说："为给照事：照得某处某人，年若干岁，以某年某月某日在本处病故。今亲属搬柩归籍，合行给照。为此牌仰沿路把守关隘鬼卒，即将该魂验实放行，毋得勒索留滞，致干未便。"我说："这是小吏和差役借口捞钱罢了。"禀知将军，取消那个定例。十天后，有的来禀告城西荒坟中有鬼哭，是没有凭证不能回去的缘故。我斥责它虚妄。又十天，有的来告鬼哭已靠近城里。照样予以斥责。再过了十天，我所住的墙外有齛齛的声音,(《说文》说:"齛,鬼声。")我还以为是小吏和差役假装的。过了几天,声音到了窗外。这时月光明亮如同白天,自己起来寻找察看,实在没有一人。同事观御史成说:"您所主张的道理正当,即使将军也不能改变。但是鬼哭实在大家都听到,没有得到凭证的,确实也怨恨您。何不试着给一纸凭证,姑且阻止那些抓住这件事背地里说坏话的人的口。倘若鬼哭还是照旧,那么您更有话可说了。"我勉强听从了他的建议,这天晚上就寂然无声。还有军中佐吏宋吉禄在掌印的房里,忽然头晕跌倒,很久以后苏醒过来,说见到他的母亲来。一会儿,官军呈送公文,拆开一看,则是哈密报告吉禄的母亲来探望儿子,死在路上了。

天下事真是何所不有,儒生们谈论的是正常的情况罢了。我曾经作乌鲁木齐杂诗一百六十首,其中一首说:"白草飕飕接冷云,关山疆界是谁分?幽魂来往随官牒,原鬼昌黎竟未闻。"就是说的这两件事。

渡 江 僧

范蘅洲言:昔渡钱塘江,有一僧附舟,径置坐具,倚樯竿,不相问讯。与之语,口漫应,目视他处,神意殊不属。蘅洲怪其傲,亦不再言。时西风过急,蘅洲偶得二句,曰:"白浪簸船头,行人怯石尤。"下联未属,吟哦数四。僧忽闭目微吟曰:"如何红袖女,尚倚最高楼?"蘅洲不省所云,再与语,仍不答。比系缆,恰一少女立楼上,正著红袖。乃大惊,再三致诘。曰:"偶望见耳。"然烟水渺茫,庐舍遮映,实无望见理。疑其前知,欲作礼,则已振锡去。蘅洲惘然莫测,曰:"此又一骆宾王矣!"

【译文】

范蘅洲说：过去渡钱塘江，有一个和尚来搭船，直接在坐处铺上布巾，靠着桅杆，同人互不答腔。和他谈话，嘴里随便答应，眼睛却看着别处，神情意态很不在意。蘅洲怪他傲慢，也不再说。这时西风很猛，蘅洲偶然得了两句说："白浪簸船头，行人怯石尤。"下联还接不上，吟诵了好几遍。和尚忽然闭起眼睛轻轻吟道："如何红袖女，尚倚最高楼？"蘅洲不明白他这两句的意思。再同他说话，仍旧不答理。等到船系缆绳时，恰巧一个少女站在楼上，正是穿着红色衣袖。蘅洲这才大为吃惊，再三询问，那和尚回答说："偶然望见罢了。"但是周围烟水浩渺迷茫，屋舍遮掩，和尚怎么能看得见呢？怀疑他能够未卜先知，要想向他行礼，则已经振动锡杖走了。蘅洲茫茫然无从推测，说："这又是一个骆宾王了！"

老 桑 树

清苑张公钺，官河南郑州时，署有老桑树，合抱不交，云栖神物。恶而伐之。是夕，其女灯下睹一人，面目手足及衣冠色皆浓绿，厉声曰："尔父太横，姑示警于尔！"惊呼媪婢至，神已痴矣。后归戈太仆仙舟，不久下世。驱厉鬼，毁淫祠，正狄梁公、范文正公辈事。德苟不足以胜之，鲜不取败。

【译文】

清苑张钺在河南郑州做官时，官署里有棵老桑树，两手还合抱不过来，说是栖息着神灵怪异之物。张觉得厌恶而把它砍伐掉了。这天夜里，他的女儿灯下看到一个人，面目手脚以及衣帽都是深绿的颜色，厉声说："你的父亲太霸道，暂且在你身上显示警戒！"张钺吃惊地叫仆妇婢女到来，女儿神气已经痴呆了。后来嫁与太仆戈仙舟，不久死去。驱除恶鬼，毁坏淫邪的祠庙，正是狄梁公、范文正公那样人的事。德行如果不足以胜过它,少有不自取其败的。

阳宅与凶宅

钱文敏公曰:"天之祸福,不犹君之赏罚乎!鬼神之鉴察,不犹官吏之详议乎!今使有一弹章曰:'某立身无玷,居官有绩,然门径向凶方,营建犯凶日,罪当谪罚。'所司允乎?驳乎?又使有一荐牍曰:'某立身多瑕,居官无状,然门径得吉方,营建值吉日,功当迁擢。'所司又允乎?驳乎?官吏所必驳,而谓鬼神允之乎?故阳宅之说,余终不谓然。"此譬至明,以诘形家,亦无可置辩。然所见实有凶宅:京师斜对给孤寺道南一宅,余行吊者五;粉坊琉璃街极北道西一宅,余行吊者七。给孤寺宅,曹宗丞学闵尝居之,甫移入,二仆一夕并暴亡,惧而迁去。粉坊琉璃街宅,邵教授大生尝居之,白昼往往见变异,毅然不畏,竟殁其中。此又何理欤?刘文正公曰:"卜地见《书》,卜日见《礼》。苟无吉凶,圣人何卜?但恐非今术士所知耳。"斯持平之论矣。

【译文】

钱文敏公说:"天的祸福,不就如同君主的赏罚吗?鬼神的观察,不就如同官吏的审议吗?如今假使有一道弹劾的公文说:'某人为人处世没有什么污点,做官有政绩,但是门前的路朝着不吉利的方向,营建时犯了不吉利的日子,罪应当贬职责罚。'上司是准许呢还是驳回呢?又假使有一封推荐的文书说:'某人为人处世多污点,做官不成样子,但是门前的路朝着吉利的方向,营建时正当吉利的日子，功应当升官任用。'上司又准许呢还是驳回呢？官吏所必然驳斥的，难道说鬼神倒是允许的吗？所以阳宅的说法，我终不以为然。"这个比方十分清楚，用来质问那些风水先生，他们也没有什么好辩解的。但是所见到的实在有凶宅：京城里给孤寺斜对面路南的一所住宅，我前去吊唁过五次；粉坊琉璃街最北头路西的一所住宅，我前去吊唁过七次。给孤寺的住宅，曹宗丞学闵曾经居住过，刚搬进去，两个仆人一天晚上突然一起死亡，他害怕而搬迁走了；粉坊琉璃街的住宅，邵教授大生曾经居住过，白天往往见到变怪灾异，但他坚毅果断，并不害怕，竟然死在里面。这又是什么道理呢？刘文正公说："卜地的事见于《书经》，卜日的事见于《礼记》，假如没有吉凶，圣人为什么要占卜呢？但恐怕不是现今术士所能知道罢了。"这才是公平合理的议论。

老 杏 树

沧州潘班，善书画，自称黄叶道人。尝夜宿友人斋中，闻壁间小语曰："君今夕毋留人共寝，当出就君。"班大骇，移出。友人曰："室旧有此怪，一婉娈女子，不为害也。"后友人私语所亲曰："潘君其终困青衿乎？此怪非鬼非狐，不审何物，遇粗俗人不出，遇富贵人亦不出，惟遇才士之沦落者，始一出荐枕耳。"后潘果坎壈以终。越十余年，忽夜闻斋中啜泣声。次日，大风折一老杏树，其怪乃绝。外祖张雪峰先生尝戏曰："此怪大佳，其意识在绮罗人上。"

【译文】

沧州潘班善于书画，自称黄叶道人。曾经夜里住在友人的屋舍里，听到墙壁间小声说："您今晚不要留人一起睡，当出来亲近您。"班大为惊恐,搬了出来。友人说:"屋中原有这个怪物,是一个柔媚的女子,不会危害于人的。"后来友人私下同接近的人说:"潘君难道终身困于青衿——做一辈子秀才吗?这个怪物不是鬼不是狐,不明白是什么东西。碰到粗俗的人不出来,碰到富贵的人也不出来,只有碰到才子而又失意落魄的才出来侍寝。"后来潘果然困顿不得志而终。过了十多年,忽然夜里听到屋中哭泣的声音。第二天,大风吹折一棵老杏树,这个怪物才灭绝。外祖父张雪峰先生开玩笑说:"这个怪物很不错,它的志向在穿绸着缎的人之上。"

百 年 女 鬼

陈枫崖光禄言:康熙中,枫泾一太学生,尝读书别业。见草间有片石,已断裂剥蚀,仅存数十字,偶有一二成句,似是夭逝女子之碣也。生故好事,意其墓必在左右,每陈茗果于石上,而祝以狎词。越一载余,见丽女独步菜畦间,手执野花,顾生一笑。生趋近其侧,目挑眉语,方相引入篱后灌莽间。女凝立直视,若有所思,忽自批其颊曰:"一百余年,心如古井,一旦乃为荡子所动乎?"顿足数四,奄然而灭。方知即墓中鬼也。蔡修撰季实曰:"古称盖棺论定。观于此事,知盖棺犹难论定矣。是本贞魂,乃以一念之差,几失故步。"晦庵先生诗曰:"世上无如人欲险,几人到此误平生。"谅哉!

【译文】
陈枫崖光禄说:康熙年间,枫泾一个太学生曾经在别墅里读书,看见草中有一片石块,已经断裂,日久侵蚀,损坏脱落,只留存几十字,偶尔有一两个成句,好像是短命亡故女子的碑石。这个太学生原是喜欢多事的人，猜想她的坟墓一定在附近，于是常在石上陈设茶果，用亲昵的语言来祝告。过了一年多，看到一个美丽的女子在菜畦之间独行，手里拿着野花，朝着太学生一笑。太学生走近她的旁边，以眉目挑逗传情。正相导引进入篱笆后面丛生的草木间，女子伫立直望着他，好像有所思虑，忽然自己打着耳光说："一百多年来，心像古井一样，现在竟被浪荡子挑动吗？"一边说，一边顿着脚。忽然，就不见了。太学生这才知道就是坟墓里的鬼。蔡修撰季实说："古来称盖棺论定，现在看这件事，才知道盖棺还难以论定。这个本来贞节的魂灵，竟然因为一念之差，几乎失去她原来的操守。"晦庵先生有诗道："世上无如人欲险，几人到此误平生。"确是如此呵！

哑　鬼

王孝廉金英言：江宁一书生，宿故家废园中。月夜有艳女窥窗。心知非鬼即狐，爱其姣丽，亦不畏怖。招使入室，即宛转相就。然始终无一语，问亦不答，惟含笑流盼而已。如是月余，莫喻其故。一日，执而固问之。乃取笔作字曰："妾前明某翰林侍姬，不幸夭逝。因平生巧于谗构，使一门骨肉如水火。冥司见谴，罚为喑鬼，已沉沦二百余年。君能为书《金刚经》十部，得仗佛力，超拔苦海，则世世衔感矣。"书生如其所乞。写竣之日，诣书生再拜，仍取笔作字曰："借金经忏悔，已脱离鬼趣。然前生罪重，仅能带业往生，尚须三世作哑妇，方能语也。"

【译文】

王举人金英说：江宁有一个书生，住宿在老家的废园里。一天夜晚，月色明亮，有个艳丽的女子在他窗前偷看，知道不是鬼就是狐。但因爱她的姣好美丽，也不害怕。书生招呼让她进入室内，这女子就温柔多情地主动亲近。但是始终没有一句话，问她也不回答，只是含笑，流转目光看着他。像这样有一个多月，不知道是什么缘故。一天，书生拉着她一定要追问，女子才拿笔写字说："我是前明某翰林的侍妾，不幸短命而死。因为平生巧于进谗陷害，使得一门骨肉，如同水火一样不相容。阴司给予谴责，罚做哑鬼，已经埋没沦落二百多年了。您如能够替我写《金刚经》十部，使我得以仰仗佛的力量，超度救拔于苦海之中，那我就世世代代心怀感激了。"书生依照她的请求去做。写完的这一天，女子到书生这里一拜再拜，仍旧拿笔写字说："依凭着金经的忏悔，已经脱离了鬼的境界，但是前生的罪孽重，只能带着业障前往投生，还得要做三辈子哑妇，才能够说话哩！"

卷 二

滦阳消夏录（二）

命 相 之 谜

董文恪公为少司空时，云昔在富阳村居，有村叟坐邻家，闻读书声，曰："贵人也。"请相见。谛观再四，又问八字干支。沉思良久，曰："君命相皆一品。当某年得知县，某年署大县，某年实授，某年迁通判，某年迁知府，某年由知府迁布政，某年迁巡抚，某年迁总督。善自爱，他日知吾言不谬也。"后不再见此叟，其言亦不验。然细较生平，则所谓知县，乃由拔贡得户部七品官也。所谓调署大县，乃庶吉士也。所谓实授，乃编修也。所谓通判，乃中允也。所谓知府，乃侍读学士也。所谓布政使，乃内阁学士也。所谓巡抚，乃工部侍郎也。品秩皆符，其年亦皆符，特内外异途耳。是其言验而不验，不验而验，惟未知总督如何。后公以其年拜礼部尚书，品秩仍符。

按推算干支，或奇验，或全不验，或半验半不验。余尝以闻见最确者，反覆深思，八字贵贱贫富，特大概如是。其间乘除盈缩，略有异同。无锡邹小山先生夫人，与安州陈密山先生夫人，八字干支并同。小山先生官礼部侍郎，密山先生官贵州布政使，均二品也。论爵，布政不及侍郎之尊。论禄，则侍郎不及布政之厚。互相补矣。二夫人并寿考。陈夫人早寡，然晚岁康强安乐。邹夫人白首齐眉，然晚岁丧明，家计亦薄。又相补矣。此或疑地有南北，时有初正也。余第六侄与奴子刘云鹏，生时只隔一墙，两窗相对，两儿并落蓐啼。非惟时同刻同，乃至分秒亦同。侄至十六岁而夭，奴子今尚在。岂非此命所赋之禄，只有此数。侄生长富贵，消耗先尽；奴子生长贫贱，消耗无多，禄尚未尽耶？盈虚消息，理似如斯，俟知命者更详之。

【译文】

董文恪公做工部侍郎时，说过去在富阳县的乡村居住，有个乡村老者坐在邻居家，听到读书声，说："是个贵人啊。"请求与他见面。老者仔细地看了多次，又问他时辰八字，沉思了很久说："您的命运和相貌都是一品，应当在某年得知县，某年代理大县，某年实际升授，某年升通判，某年升知府，某年由知府升布政使，某年升巡抚，某年升总督。望您好好爱惜自己，到时候会知道我说的不错。"后来他没有再见到这个老者，他的话也没有应验。但是仔细考较生平，那么所谓知县，乃是由拔贡生得了户部的七品官；所谓升调代理大县，乃是庶吉士；所谓实际升授，乃是编修；所谓通判，乃是中允；所谓知府，乃是侍读学士；所谓布政使，乃是内阁学士；所谓巡抚，乃是工部侍郎。官品俸禄都符合，年份也都符合，只是内官和外官的途径不同罢了。所以他的话说应验不算应验，说不应验也算应验，只是不知道总督怎么样。后来董公以某年官拜礼部尚书，官品俸禄仍旧符合。

按，推算天干地支，或者出奇地应验，或者全然不应验，或者一半应验一半不应验。我曾经以见闻当中最确凿的反复深思,八字的贵贱贫富,只不过大概如此。这中间的消长伸缩,稍有异同。无锡邹小山先生的夫人同安州陈密山先生的夫人时辰八字全然相同。小山先生做礼部侍郎,密山先生做贵州布政使,都是二品官。论起爵位,布政使不如侍郎尊贵;论起俸禄,则侍郎不如布政使丰厚,互相补偿了。二位夫人都是高寿,陈夫人早年守寡,但是晚年康强安乐;邹夫人白头夫妻相亲相爱,但是晚年失明,家底也薄,又互相补偿了。这个或者地域有南北,时辰有前半、后半吧。我的第六个侄儿同奴仆的儿子刘云鹏,出生时只隔着一堵墙,两窗相对,两儿一起落地啼哭。不但时同刻同,以至于分秒也同。侄儿到十六岁而早死,奴仆的儿子至今还在。难道不是命运所赋予的福气只有这个数,侄儿生长在富贵之中,消耗已完;奴仆的儿子生长在贫贱之中,消耗得不多,福气还没有完吗?盛衰生灭,道理像是如此,且等待精通命相的人再来细说。

易　　位

　　曾伯祖光吉公,康熙初官镇番守备。云有李太学妻,恒虐其妾,怒辄褫下衣鞭之,殆无虚日。里有老媪,能入冥,所谓走无常者是也。规其妻曰:"娘子与是妾有夙冤,然应偿二百鞭耳。今妒心炽盛,鞭之殆过十余倍,又负彼债矣。且良妇受刑,虽官法不褫衣。娘子必使裸露以示辱,事太快意,则干鬼神之忌。娘子与我厚,窃见冥籍,不敢不相闻。"妻哂曰:"死媪谩语,欲我禳解取钱耶!"会经略莫洛遘王辅臣之变,乱党蜂起。李殁于兵,妾为副将韩公所得。喜其明慧,宠专房。韩公无正室,家政遂操于妾。妻为贼所掠。贼破被俘,分赏将士,恰归韩公。妾蓄以为婢,使跪于堂而语之曰:"尔能受我指挥，每日晨起，先跪妆台前，自褫下衣，伏地受五鞭，然后供役，则贷尔命。否则尔为贼党妻，杀之无禁，当寸寸脔尔，饲犬豕。"妻惮死失志，叩首愿遵教。然妾不欲其遽死，鞭不甚毒，俾知痛楚而已。年余，乃以他疾死。计其鞭数，适相当。此妇真顽钝无耻哉！亦鬼神所忌，阴夺其魄也。此事韩公不自讳，且举以明果报。故人知其详。

韩公又言：此犹显易其位也。明季尝游襄、邓间，与术士张鸳湖同舍。鸳湖稔知居停主人妻虐妾太甚，积不平，私语曰："道家有借形法。凡修炼未成，气血已衰，不能还丹者，则借一壮盛之躯，乘其睡，与之互易。吾尝受此法，姑试之。"次日，其家忽闻妻在妾房语，妾在妻房语。比出户，则作妻语者妾，作妾语者妻也。妾得妻身，但默坐。妻得妾身，殊不甘，纷纭争执，亲族不能判。鸣之官。官怒为妖妄，笞其夫，逐出。皆无可如何。然据形而论，妻实是妾，不在其位，威不能行，竟分宅各居而终。此事尤奇也。

【译文】

曾伯祖父光吉公，康熙初年，做镇番守备的官。他说有位姓李的太学生的妻子，经常虐待他的妾，一发怒就剥去她下身的衣服鞭打，几乎没有停过一天。同里有个老妇，能够入阴司，所谓走无常的就是。她规劝李妻说："娘子同这个妾有前世的冤业，不过应偿还二百鞭罢了。现在妒心旺盛，鞭打她几乎超过十多倍，又欠她的债了。而且良家妇女受刑罚，即使官法也不剥去衣服。娘子一定要使她裸露以表示羞辱，这样做虽称心痛快，但就是触犯鬼神的禁忌。娘子同我情厚，因为暗地里见到了阴间的簿册，不敢不让你知道。"李妻讥笑说:"死老太婆!你这完全是骗人的话!要想我祈祷消灾,捞取我钱财吗?"就在这时,经略莫洛碰到王辅臣叛变,乱党纷纷起来,李死于战事,妾被副将韩公得到,喜欢她的聪明智慧,独占宠爱。韩公没有正妻,理家的事就由妾掌管。李妻被贼所劫掠,贼败被俘,分赏给将士,恰巧也归了韩公。妾留着她做婢女,让她跪在堂上,对她说:"你如能受我的指挥,每天早晨起来,先跪在梳妆台前面,自己脱去下身的衣服,伏在地上接受五鞭,然后供使唤,就饶了你的命。否则你是贼党的妻室,杀了不算违禁,当一寸一寸地碎割你,去喂猪狗。"李妻怕死,失去志气,叩头表示愿意照办。但是妾不要她很快就死,鞭打不很厉害,让她知道痛楚罢了。一年多后,李妻才因别的疾病死去。计算她受鞭打的次数,恰巧相当。这个女人真是没有节操无耻啊!也是因为鬼神所禁忌,暗地里夺去了她的精神。这件事韩公自己并不隐讳,而且拿它来说明因果报应,所以人们知道它的详情。

韩公又说:这还是明显地调换了两人的位置。明末我曾经游历襄阳、邓州一带,和术士张鸳湖住在一起。鸳湖熟知寓所主人的妻子虐待妾太过分,心里积下不平之气,私下说:"道家有借形法,凡是修炼没有成功,气血已经衰退,不能够合成仙丹得道成仙的,就借一个壮盛的躯体,乘他睡着的时候,同他互相调换。我曾经学过这个方法,不妨试试看。"第二天,那家忽然听得妻子在妾房里说话,妾在妻子房里说话。等到出了房门,则讲妻子话的是妾,讲妾的话的是妻子了。妾得到妻子的身体,只是默默地坐着。妻子得了妾的身体,很不甘心,乱纷纷地争吵,亲属和宗族里的人不能裁决。告到官府里,官员以此事怪异荒诞而发怒,鞭打那个丈夫,把他赶了出去。大家都不知道该怎么办。然而根据形体而论,妻子实在是妾,因她不在正妻的地位,所以威风也就不能施展,竟然分房各住而罢。这事更加奇特了。

嘲　俗　儒

相传有塾师,夏夜月明,率门人纳凉河间献王祠外田塍上。因共讲《三百篇》拟题，音琅琅如钟鼓。又令小儿诵《孝经》，诵已复讲。忽举首见祠门双古柏下，隐隐有人。试近之，形状颇异，知为神鬼。然私念此献王祠前，决无妖魅。前问姓名。曰毛苌、贯长卿、颜芝，因谒王至此。塾师大喜，再拜请授经义。毛、贯并曰："君所讲适已闻，都非我辈所解，无从奉答。"塾师又拜曰："《诗》义深微，难授下愚。请颜先生一讲《孝经》可乎？"颜回面向内曰："君小儿所诵，漏落颠倒，全非我所传本。我亦无可著语处。"俄闻传王教曰："门外似有人醉语，聒耳已久，可驱之去。"

　　余谓此与爱堂先生所言学究遇冥吏事，皆博雅之士，造戏语以诟俗儒也。然亦空穴来风，桐乳来巢乎。

【译文】
　　相传有个学塾的老师，乘着夏夜月光明亮，带领他的学生在河间献王祠堂外面田埂上乘凉。他一面讲《诗经》的模拟试题，琅琅的声音就像钟鼓。又叫小儿子诵读《孝经》，诵读完再讲。他忽然抬头看见祠堂门前两棵古柏下面，隐隐约约有人，靠近一看，只见形状颇为奇怪，知道是神鬼。然而私下思量，在这献王祠前面，绝对不会有妖怪鬼魅。上前去问姓名，只听回答说："我们是毛苌、贯长卿、颜芝，因为谒见献王到了这里。"塾师大喜，一拜再拜，请求讲授经文义理，毛、贯一起说："您所讲的我们刚才已经听到，都不是我等所理解的，无从奉答。"塾师又下拜说："《诗》的义理深奥精微，难以传授我这极愚蠢的人。请颜先生讲一讲《孝经》可以吗？"颜转过脸向里说："您的小儿子所诵读的，文词漏落、次序颠倒，全然不是我所传的本子，我也没有可说的地方。"忽而听到传献王的晓谕说："门外好像有人喝醉了酒说话，刺耳的吵闹声已经很久，可以赶他走。"

我说这同爱堂先生所说学究碰到阴间小吏的事一样,都是渊博高雅之士编造的玩笑话,用来嘲骂庸俗的儒者的。但是门户空洞风就随之而来、桐子似乳头引来鸟雀筑巢——流言蜚语也不是凭空而来的吧。

因　　果

先姚安公性严峻,门无杂宾。一日,与一褴褛人对语,呼余兄弟与为礼,曰:"此宋曼珠曾孙,不相闻久矣,今乃见之。明季兵乱,汝曾祖年十一,流离戈马间,赖宋曼珠得存也。"乃为委曲谋生计。因戒余兄弟曰:"义所当报,不必谈因果。然因果实亦不爽。昔某公受人再生恩,富贵后,视其子孙零替,漠如陌路。后病困,方服药,恍惚见其人手授二札,皆未封。视之,则当年乞救书也。覆杯于地曰:'吾死晚矣!'是夕卒。"

【译文】
　　先父姚安公生性严厉,家中没有杂七杂八的宾客。一天,姚安公同一个衣衫破烂的人说话,呼唤我们兄弟向他行礼说:"这是宋曼珠的曾孙,不通消息很久了,现今才见到。明末兵乱,你们的曾祖父年十一岁,在战乱中流浪,靠着宋曼珠才活了下来。"于是想方设法替他谋求生计,并告诫我们兄弟说:"道义所应当报答的,不必谈论因果报应,但是因果确实也不差。过去某公受人重生的恩惠,富贵了以后,看到恩人的子孙零落,他竟淡漠得像个陌路之人。后来某公生病困顿,正在吃药,恍恍惚惚看到恩人亲手交给他两封信,都没有封口。一看,则是当年乞求救援的信。某公把杯子打翻在地上说:'我死得晚了!'这天晚上死去。"

扶乩问寿

宋按察蒙泉言：某公在明为谏官，尝扶乩问寿数。仙判某年某月某日当死。计期不远，恒悒悒。届期乃无恙。后入本朝，至九列。适同僚家扶乩，前仙又降。某公叩以所判无验。又判曰："君不死，我奈何？"某公俯仰沉思，忽命驾去。盖所判正甲申三月十九日也。

【译文】

宋按察蒙泉说：某公在明朝时做谏官，曾经扶乩请神降示寿数，仙人判断他当于某年某月某日死。他计算为期不远，所以经常郁郁不欢。但到了某年某月某日，居然无事。后来他进入本朝，做到了九卿的职位。恰巧同僚家里扶乩，以前的仙人又降临，某公叩问以前所判的为什么没有应验，仙人又下判语说："您不死，我怎么办？"某公反复沉思，忽然命人备车马走了。因为所判的是甲申年三月十九日，正是明朝覆亡，崇祯皇帝自缢那一天！

砚　铭

沈椒园先生为鳌峰书院山长时，见示高邑赵忠毅公旧砚，额有"东方未明之砚"六字。背有铭曰："残月荧荧，太白睒睒，鸡三号，更五点，此时拜疏击大奄。事成策汝功，不成同汝贬。"盖劾魏忠贤时，用此砚草疏也。末有小字一行，题"门人王铎书"。此行遗未镌，而黑痕深入石骨。乾则不见，取水濯之，则五字炳然。

相传初令铎书此铭,未及镌而难作。后在戍所,乃镌之,语工勿镌此一行。然阅一百余年,涤之不去,其事颇奇。或曰:忠毅嫉恶严,渔洋山人笔记称铎人品日下,书品亦日下,然则忠毅先有所见矣。削其名,摈之也;涤之不去,欲著其尝为忠毅所摈也。天地鬼神,恒于一事偶露其巧,使人知警。是或然欤!

【译文】

沈椒园先生做鳌峰书院院长的时候,给我看高邑赵忠毅公的旧砚,正面上部有"东方未明之砚"六个字,背面有铭文道:"残月荧荧,太白睒睒,鸡三号,更五点,此时拜疏击大奄。事成策汝功,不成同汝贬。"乃是弹劾魏忠贤时,用这砚起草疏文的。末尾有小字一行,题"门人王铎书"。这一行遗漏没有镌刻,而墨色深入到石骨之中。干时就不见,拿水洗濯,则五个字明白显现。相传开始叫王铎书写这段铭文时,没有来得及镌刻而灾变起。后来在谪戍的住所,才加以镌刻,招呼刻工,不要刻这一行。但是历经一百多年,洗涤不去,这事颇为奇怪。有的说:忠毅嫉恶如仇十分严格,渔洋山人笔记中称王铎的人品一天不如一天,书品也一天不如一天。那么忠毅先已有所见了,削去他的名字,是排斥他;洗涤不去,是要显示他曾经被忠毅所排斥吧。天地鬼神,常在一件事上,偶尔露出它的机巧,使人知道警戒。或者是这样吧!

二　格

乾隆庚午,官库失玉器,勘诸苑户。苑户常明对簿时,忽作童子声曰:"玉器非所窃,人则真所杀。我即所杀之魂也。"问官大骇,移送刑部。姚安公时为江苏司郎中,与余公文仪等同鞫之。魂曰:"我名二格,年十四,家在海淀。父曰李星望。前岁上元；常明引我观灯归。夜深人寂，常明戏调我。我力拒，且言归当诉诸父。常明遂以衣带勒我死，埋河岸下。父疑常明匿我，控诸巡城。送刑部，以事无左证，议别缉真凶。我魂恒随常明行，但相去四五尺，即觉炽如烈焰，不得近。后热稍减，渐近至二三尺。又渐近至尺许。昨乃都不觉热，始得附之。"又言初讯时，魂亦随至刑部，指其门乃广西司。按所言月日，果检得旧案。问其尸，云在河岸第几柳树旁。掘之亦得，尚未坏。呼其父使辨识，长恸曰："吾儿也！"以事虽幻杳，而证验皆真。且讯问时，呼常明名，则忽似梦醒，作常明语；呼二格名，则忽似昏醉，作二格语。互辩数四，始款伏。又父子絮语家事，一一分明。狱无可疑，乃以实状上闻。论如律。命下之日，魂喜甚。本卖糕为活，忽高唱"卖糕"一声。父泣曰："久不闻此，宛然生时声也。"问："儿当何往？"曰："吾亦不知，且去耳。"自是再问常明，不复作二格语矣。

【译文】

乾隆十五年，官府的库房里丢失玉器，调查那些世代看守园林中的仆隶户，有一户叫常明，受审时，忽然发出儿童的声音说："玉器并不是他所盗窃，人却真是他所杀的。我就是被杀掉的人的魂。"审问官一听大惊，把案子转送到了刑部。姚安公这时做江苏司郎中，同余公文仪等一起审讯。魂说："我的名字叫二格，年十四岁，家在海淀，父亲叫李星望。前年元宵节，常明领我看灯回来。夜深人静，常明调戏我，我竭力拒绝，而且说回去要告诉父亲。常明就用衣带勒死了我，埋在河岸下。父亲疑心常明把我隐藏了起来，告到巡城的官员那里，送到了刑部。因为事情没有证据，商议另外缉捕真凶。我的魂经常跟着常明走,只是相隔四五尺,就觉得炽热像烈火,不能够靠近。后来热稍稍减退,渐渐靠近到二三尺,又渐渐靠近到尺把。昨天竟都不觉得热,才得以附身。"又说初次审讯时,魂也随着到了刑部,并指着广西司的那个门。按照所说的月份日子,果然查得原来的案卷。问他的尸体,说在河岸第几棵柳树的旁边。发掘以后,也找到了,尸身还没有坏。他的父亲来辨认后,大声痛哭说:"是我的儿啊!"事情虽然虚幻不可捉摸,而证据检验都是真的。而且讯问时,叫常明的名字,就忽然像梦中醒来,说常明的话;叫二格的名字,就忽然像昏晕酒醉,说二格的话。互相辩论多次,才招认伏罪。又,父子俩絮絮叨叨地谈论家务事,一一分明。案件没有可疑之处,于是以实际情况上报,按照法律来论罪。命令下达的这一天,魂高兴极了。魂生前本来是卖糕为生的,忽然高唱一声:"卖糕!"父亲哭泣着说:"好久没有听到这个了,很像是活着时候的声音呵!"问:"儿准备去哪里?"答说:"我也不知道,姑且走罢。"从此再问常明,不再说二格的话了。

治狱可畏

南皮张副使受长,官河南开归道时,夜阅一谳牍,沉吟自语曰:"自刭死者,刀痕当入重而出轻。今入轻出重,何也?"忽闻背后太息曰:"公尚解事。"回顾无一人。喟然曰:"甚哉,治狱之可畏也!此幸不误,安保他日之不误耶?"遂移疾而归。

【译文】
张受长副使,南皮人,做河南开归道道员时,曾夜里阅读一份断狱的案卷。他思考着自言自语地说:"用刀割颈自杀死的,刀痕应当进去重而出来轻,现在进去轻而出来重,为什么呢?"忽然听到背后叹息一声说:"您还算懂事。"他回头观看,却并没一人。唉的叹了口气说:"多么厉害,审理案件真可怕啊!这次幸而不错,怎么能够保证别的日子不错呢?"于是上书称病而归。

反　　常

先叔母高宜人之父,讳荣祉,官山西陵川令。有一旧玉马,质理不甚白洁,而血浸斑斑。斫紫檀为座承之,恒置几上。其前足本为双跪欲起之形,一日,左足忽伸出于座外。高公大骇,阖署传视,曰:"此物程朱不能格也。"一馆宾曰:"凡物岁久则为妖。得人精气多,亦能为妖。此理易明,无足怪也。"众议碎之,犹豫未决。次日,仍屈还故形。高公曰:"是真有知矣。"投炽炉中,似微有呦呦声。后无他异。然高氏自此渐式微。高宜人云,此马煅三日,裂为二段,尚及见其半身。

又武清王庆坨曹氏厅柱,忽生牡丹二朵,一紫一碧,瓣中脉络如金丝,花叶葳蕤,越七八日乃萎落。其根从柱而出,纹理相连;近柱二寸许,尚是枯木,以上乃渐青。先太夫人,曹氏甥也,小时亲见之,咸曰瑞也。外祖雪峰先生曰:"物之反常者为妖,何瑞之有!"后曹氏亦式微。

【译文】

先叔母高宜人的父亲名叫荣祉,做山西陵川县令。有一个旧的玉马,质地不太洁白,血染斑斑。这个玉马用紫檀木雕作底座承放,经常搁在小桌上。它的前脚本来作双双下跪要想起来的形状。

一天，左脚忽然伸出在底座外面。高公大惊，全衙署的人也来传观，说："这个物件程朱也不能推知啊。"一个师爷说："凡是物件年岁久了，就变为妖；得到人的精气多了，也能变为妖。这道理容易明白，不足为怪。"众人议论打碎它，但犹豫不决。第二天，它的脚仍然屈回到原来的形状。高公说："这是真有知觉了。"丢到炽热的火炉中，好像微微发出呦呦的声音。后来也没有别的变异。但是高氏从此渐渐衰败。高宜人说，这马煅了三天，分裂成两段，还赶得上看到它半个身子。

又，武清王庆坨曹家大厅的柱子，忽然生出牡丹两朵，一紫色，一碧绿色，花瓣中的经络像金丝，花叶繁茂下垂，过了七八天才枯萎谢落。它的根由柱子而出，纹路相连接，靠近柱子二寸光景，还是枯木，往上才渐渐发青。先母太夫人是曹氏的外甥女，小时亲眼看到，都说是祥瑞。外祖父雪峰先生说："事物反常的为妖，哪里来的祥瑞？"后来曹家也衰落了。

玉带化白蛇

先外祖母言：曹化淳死，其家以前明玉带殉。越数年，墓前恒见一白蛇。后墓为水啮，棺坏朽，改葬之日，他珍物具在，视玉带则亡矣。蛇身节节有纹，尚似带形。岂其悍鸷之魄，托玉而化欤？

【译文】
已故外祖母说：曹化淳死的时候，他家里用前明的玉带殉葬。过了几年，墓前经常见到一条白蛇。后来，坟墓被水浸蚀，棺木朽坏。改葬的这一天，别的珍异物件都在，只有玉带不见了。蛇身有一节节的纹路，还像带的形状。难道是他凶猛暴戾的魂魄借玉而化的吗？

镜 中 之 影

外祖张雪峰先生,性高洁,书室中几砚精严,图史整肃,恒锸其户,必亲至乃开。院中花木翳如,莓苔绿缛。僮婢非奉使令,亦不敢轻蹈一步。舅氏健亭公,年十一二时,乘外祖他出,私往院中树下纳凉。闻室内似有人行,疑外祖已先归,屏息从窗隙窥之。见竹椅上坐一女子,靓妆如画。椅对面一大方镜,高可五尺,镜中之影,乃是一狐。惧弗敢动,窃窥所为。女子忽自见其影,急起绕镜,四围呵之,镜昏如雾。良久归坐,镜上呵迹亦渐消。再视其影,则亦一好女子矣。恐为所见,蹑足而归。后私语先姚安公。

姚安公尝为诸孙讲《大学·修身》章,举是事曰:"明镜空空,故物无遁影。然一为妖气所翳,尚失真形。况私情偏倚,先有所障者乎!"又曰:"非惟私情为障,即公心亦为障。正人君子,为小人乘其机而反激之,其固执决裂,有转致颠倒是非者。昔包孝肃之吏,阳为弄权之状,而应杖之囚,反不予杖。是亦妖气之翳镜也。故正心诚意,必先格物致知。"

【译文】
外祖父张雪峰先生性情高洁,书房中的几案和砚台都精致整洁,图书和史籍也排列得整整齐齐。这书房经常关锁着,只有张雪峰先生亲自来了才能开启。院子里花木繁茂,苔藓密如绿毡。小僮、婢女如果没有使唤命令,也不敢轻易踏进一步。舅父健亭公年

十一、二岁时，一次，趁外祖父到别处去了，就私自往院子里树下乘凉。听到室内好像有人行走，怀疑外祖父已经先回来。他屏住呼吸，从窗缝里偷看，看见竹椅上坐着一个女子，浓妆艳抹，如同图画。椅子的对面有一面大方镜，高约五尺；镜中的影子，竟是一只狐狸。他心中害怕，不敢随便走动，继续偷看她做些什么。女子忽然见到自己的影子，连忙起身绕着镜四周呵气，镜面昏暗如雾。过了很久回到座位，镜面上呵气的痕迹也渐渐消退；再看她的影子，则也是一个美好的女子了。健亭公恐怕被她看到，就踮着脚回去了。后来，他把这事私下同先父姚安公说过。

姚安公曾经给孙儿们讲《大学·修身》一章，举出这件事情为例说："明镜空空，所以事物无从逃遁它的形影。但是一旦被妖气所掩盖，尚且失去真实的形状。何况私心偏向，先有所遮蔽的呢？"又说："不但私心可以遮蔽，即使是公心也可以遮蔽。正人君子，被小人乘机加以反激，如果固执专断，也有可能导致颠倒是非的。过去包孝肃的属吏假装弄权的样子，使应该杖责的囚犯反而不予杖责，这也是妖气掩盖了镜子呵。所以正心诚意，一定要先推究事物的原理而获取真知。"

贞　孤

有卖花老妇言：京师一宅近空圃，圃故多狐。有丽妇夜逾短垣，与邻家少年狎。惧事泄，初诡托姓名。欢昵渐洽，度不相弃，乃自冒为圃中狐女。少年悦其色，亦不疑拒。久之，忽妇家屋上掷瓦骂曰："我居圃中久，小儿女戏抛砖石，惊动邻里，或有之，实无冶荡蛊惑事。汝奈何污我？"事乃泄。异哉，狐媚恒托于人，此妇乃托于狐。人善媚者比之狐，此狐乃贞于人。

【译文】

有一个卖花老妇说：京城有一所住宅靠近空的园地，园中本来多狐。有一个美丽的女人夜里越过矮墙同邻家少年亲昵，因害怕事情泄漏，就开始假托姓名。后来欢爱渐渐和洽，估计不至于相抛弃，就自己冒充是园中的狐女。少年喜欢她的美色，也不疑心拒绝。很久以后，忽然这个女人家的屋上有瓦片掷来，听到骂声说："我居住园中长久了，小儿女们戏耍抛掷砖头石块，惊动了邻里，或者是有的。实在没有放荡迷惑人的事，你为什么污辱我？"事情才泄露出来。怪啊！狐狸精的诱惑常常假托于人，这个女人竟假托于狐狸精。善于诱惑的人被比作狐狸精，这个狐狸精竟然比人还要坚贞。

妾 再 嫁

有游士以书画自给，在京师纳一妾，甚爱之。或遇宴会，必袖果饵以贻。妾亦甚相得。无何病革，语妾曰："吾无家，汝无归；吾无亲属，汝无依。吾以笔墨为活，吾死，汝琵琶别抱，势也，亦理也。吾无遗债累汝，汝亦无父母兄弟掣肘。得行己志，可勿受锱铢聘金；但与约，岁时许汝祭我墓，则吾无恨矣。"妾泣受教。纳之者亦如约，又甚爱之。然妾恒郁郁忆旧恩，夜必梦故夫同枕席，睡中或妮妮呓语。夫觉之，密延术士镇以符箓。梦语止，而病渐作，驯至绵惙。临殁，以额叩枕曰："故人情重，实不能忘，君所深知，妾亦不讳。昨夜又见梦曰：'久被驱遣，今得再来。汝病如是，何不同归？'已诺之矣。能邀格外之惠，还妾尸于彼墓，当生生世世，结草衔环。不情之请，惟君图之。"语讫奄然。夫亦豪士，慨然曰："魂已往矣，留此遗蜕何为？杨越公能合乐昌之镜，吾不能合之泉下乎！"竟如所请。

此雍正甲寅、乙卯间事。余是年十一二，闻人述之，而忘其姓名。余谓再嫁，负故夫也；嫁而有贰心，负后夫也。此妇进退无据焉。何子山先生亦曰："忆而死，何如殉而死乎？"何励庵先生则曰："《春秋》责备贤者，未可以士大夫之义律儿女子。哀其遇可也，悯其志可也。"

【译文】

有一个远游在外的士人，以写字绘画来供养自己。他在京城娶了一个妾，非常爱她。有时他参加宴会，也一定要在衣袖里藏一些果子食品带回来给她。那妾也和他很相投合。没过多久，士人病势危急，对妾说："我没有家，你没有去处；我没有亲属，你没有依靠。我以笔墨为生，我一死，你琵琶别抱——另嫁他人，这是势所必然，也在情理之中。我没有留下债务连累你，你也没有父母兄弟牵连阻挠，可以按自己的意志行事。你可以不要受人家一点聘金，只同他相约逢年过节允许你祭扫我的坟墓，那么我就没有遗恨了。"妾哭泣着接受了教诲。娶她的人也能够信守事先的约定，又很爱她。但妾经常郁郁不欢，回想起旧日的恩情，夜里一定做梦同原来的丈夫同床共枕，睡梦中有时发出昵昵的梦话。丈夫觉察了，秘密地延请术士，用符箓来镇压。梦话倒是停止了，而病渐渐发作，逐渐到了危殆的地步。临死时，她用前额叩着枕头说："旧人情意重，实在不能忘记，这是您所深知，我也不回避。昨天夜里又在梦中见到他，他对我说：'我长久被驱赶，现在得以再来。你的病已经到了这样，何不一起走呢？'我也已经答应他了。如果我能够得到您格外的恩惠，送回我的尸身到他的坟墓里，我当生生世世结草衔环来报答您深重的恩德。这不合情理的请求，希望您考虑安排。"说完，气息奄奄地死去。丈夫也是一个豪爽之士，感慨地说："魂已经去了，留着这个遗体又有什么用呢？杨越公能够合乐昌公主和徐德言的破镜，使他们夫妻重新团圆，我就不能使他们合之于黄泉之下吗？"他竟然按照她的请求做了。

这是雍正十二、三年间的事，我这年十一、二岁，听人讲过而忘记了他的姓名。我说再嫁，是背弃了原来的丈夫；嫁了以后又有不忠之心，是背弃了后来的丈夫，这个女人进和退都是无所依凭的。何子山先生也说："思念而死，怎比得上殉情而死呢？"何励庵先生则说："《春秋》责备贤人，不可以用士大夫的观念来规范普通男女。哀伤她的遭遇可以了，同情她的心志可以了。"

鬼 饮 酒

屠者许方，尝担酒二罂夜行，倦息大树下。月明如昼，远闻呜呜声，一鬼自丛薄中出，形状可怖。乃避入树后，持担以自卫。鬼至罂前，跃舞大喜，遽开饮，尽一罂，尚欲开其第二罂，缄甫半启，已颓然倒矣。许恨甚，且视之似无他技，突举担击之，如中虚空。因连与痛击，渐纵弛委地，化浓烟一聚。恐其变幻，更捶百余。其烟平铺地面，渐散渐开，痕如淡墨，如轻縠；渐愈散愈薄，以至于无。盖已渐灭矣。

余谓鬼，人之余气也。气以渐而消，故《左传》称新鬼大，故鬼小。世有见鬼者，而不闻见羲、轩以上鬼，消已尽也。酒，散气者也。故医家行血发汗、开郁驱寒之药，皆治以酒。此鬼以仅存之气，而散以满罂之酒，盛阳鼓荡，蒸铄微阴，其消尽也固宜。是渐灭于醉，非渐灭于捶也。闻是事时，有戒酒者曰："鬼善幻，以酒之故，至卧而受捶。鬼本人所畏，以酒之故，反为人所困。

沉湎者念哉！"有耽酒者曰："鬼虽无形而有知，犹未免乎喜怒哀乐之心。今冥然醉卧，消归乌有，反其真矣。酒中之趣，莫深于是。佛氏以涅槃为极乐，营营者恶乎知之！"庄子所谓"此亦一是非，彼亦一是非"欤？

【译文】

屠夫许方曾经挑着两坛酒走夜路，疲倦了，就在大树底下休息。那时，月光明亮如同白昼，远远地听见呜呜的声音，一个鬼从草木丛生的地方出来，形状可怕。于是，他就躲避到树后，拿着扁担用来自卫。鬼到了酒坛前面，跳跃舞蹈，十分欢喜，立时打开就喝，喝光了一坛，还想打开第二坛。但第二坛酒的封盖刚打开一半，这个鬼就萎靡地倒下了。许方恨极了，而且看它好像没有别的本领，就突然举起扁担打去，只觉得好像击中了什么虚空的东西。于是连连痛击，那鬼渐渐松散着地，化成浓烟一团。许方恐怕它幻变，又打击了一百多下，那烟平铺于地面，渐散渐开，烟痕像淡墨，像轻纱，渐渐愈散愈薄，最后一点也没有了。这是因为这个鬼已经消灭了。

我说鬼是人的余气，气逐渐地趋向消灭，所以《左传》称新鬼大，旧鬼小。世上有见到鬼的，而没有听说见到伏羲、轩辕以前的鬼，因为已经消灭尽了。酒是散气的，所以医家活血、发汗、开郁结、驱寒气的药，都用酒来治疗。这个鬼以只留下一点儿的气，而用满坛的酒来驱散。炽盛的阳气振动鼓荡，蒸发熔化微弱的阴气，它的消灭净尽是理所当然的。这是消灭于酒醉，不是消灭于击打。听到这件事情的时候，有个戒酒的人说："鬼善于变幻，因为酒的缘故，以至于躺卧着而受击打。鬼本来是人所怕的，因为酒的缘故，反被人所困。沉迷于酒而不悟的人想想吧！"有个嗜酒的人说："鬼虽然没有形体，但有知觉，所以免不了喜怒哀乐之心。现在昏昏然醉卧，消失归于虚无，返回到了它的本原了。酒中的趣味没有比这个更深的了。佛家以涅槃——圆寂为极乐境界，那些忙忙碌碌的人哪里会知道啊！"这就是庄子所说的"此亦一是非，彼亦一是非"吧？

牛 产 麟

献县田家牛产麟,骇而击杀。知县刘征廉收葬之,刊碑曰"见麟郊"。刘固良吏,此举何陋也!麟本仁兽,实非牛种。犊之麟而角,雷雨时蛟龙所感耳。

【译文】

献县有一个庄户人家,牛生麒麟。这庄户人家因惊怕而把麒麟打死了。知县刘征廉收葬了它,刻一块石碑说:"见麟郊。"刘原是个好官吏,但这个举动何等浅陋呵!麒麟本来是仁兽,实在不是牛种。小牛犊的鳞片和角,不过是下雷雨时受蛟龙的感应罢了。

鬼 畏 人

董文恪公未第时,馆于空宅,云常见怪异。公不信,夜篝灯以待。三更后,阴风飒然,庭户自启,有似人非人数辈,杂遝拥入。见公大骇曰:"此屋有鬼!"皆狼狈奔出。公持梃逐之。又相呼曰:"鬼追至,可急走。"争逾墙去。公恒言及,自笑曰:"不识何以呼我为鬼?"故城贾汉恒,时从公受经,因举"《太平广记》载野叉欲啖哥舒翰妾尸,翰方眠侧,野叉相语曰:'贵人在此,奈何?'翰自念呼我为贵人,击之当无害,遂起击之。野叉逃散。鬼贵音近,或鬼呼先生为贵人,先生听未审也"。公笑曰:"其然。"

【译文】

　　董文恪公没有登第时,设学馆在一所空的住宅里,有人说这里常可见到怪异。董公不相信,夜里用竹笼罩着灯光等待。三更以后,阴风飒飒,庭院中的门户自动打开,有几个像人又不像人的怪物杂乱地拥进来。看见董公,大惊说:"这个屋子有鬼!"都狼狈地奔逃出去。董公拿着棍棒追逐,他们又互相呼叫着说:"鬼追来了,赶快跑!"争着越过墙头走了。董公常常谈起这事,自己笑着说:"不知道为什么叫我是鬼?"故城的贾汉恒,这时跟随董公学习经文,于是举出"《太平广记》所载夜叉要想吃哥舒翰妾的尸体,翰正睡在旁边,夜叉相互说:'贵人在这里,怎么办?'翰自己考虑叫我做贵人,打它应当没有什么害处,于是起身击打,夜叉奔逃散去。鬼、贵的音相近,或者鬼叫先生为贵人,先生听得不清楚。"董公笑笑说:"是这样吧!"

降　坛　诗

　　庚午秋,买得《埤雅》一部,中折叠绿笺一片,上有诗曰"愁烟低幂朱扉双,酸风微戛玉女窗。青磷隐隐出古壁,土花蚀断黄金釭。""草根露下阴虫急,夜深悄映芙蓉立。湿萤一点过空塘,幽光照见残红泣。"末题"靓云仙子降坛诗,张凝敬录"。盖扶乩者所书。余谓此鬼诗,非仙诗也。

【译文】

　　乾隆十五年秋天,我买得一部《埤雅》,书中间折叠着一张绿色精美的纸片,上面有诗说:"愁烟低幂朱扉双,酸风微戛玉女窗。青磷隐隐出古壁,土花蚀断黄金釭。""草根露下阴虫急,夜深悄映芙蓉立。湿萤一点过空塘,幽光照见残红泣。"末了题"靓云仙子降坛诗,张凝敬录"。大约是请神扶乩的人所书写。我说这是鬼诗,不是仙诗。

梦 中 作 诗

沧州张铉耳先生，梦中作一绝句曰："江上秋潮拍岸生，孤舟夜泊近三更。朱楼十二垂杨遍，何处吹箫伴月明？"自跋云："梦如非想，如何成诗？梦如是想，平生未到江南，何以落想至此？莫明其故，姑录存之。桐城姚别峰，初不相识。新自江南来，晤于李锐巅家。所刻近作，乃有此诗。问其年月，则在余梦后岁余。开箧出旧稿示之，共相骇异。世间真有不可解事。宋儒事事言理，此理从何处推求耶？"

又海阳李漱六，名承芳，余丁卯同年也。余厅事挂渊明采菊图，是蓝田叔画。董曲江曰："一何神似李漱六！"余审视信然。后漱六公车入都，乞此画去，云平生所作小照，都不及此。此事亦不可解。

【译文】

沧州张铉耳先生在睡梦中作一首绝句说："江上秋潮拍岸生，孤舟夜泊近三更。朱楼十二垂杨遍，何处吹箫伴月明？"自己题写跋语道："梦假如不是这样想的，怎么能成诗；梦假如是这样想的，平生从未到过江南，为什么想到了这里。弄不清它的缘故，姑且记录留存。桐城姚别峰和我起初并不相识，新近他从江南来，在李锐巅家里见面。他所刻近来的诗作，竟然有这首诗。问写作的年月，则是在我做梦后的一年多。开箱拿出旧稿来看，两人都感到惊异。人世间真有不可解释的事情！宋代儒者事事都讲究理，这个理又从哪里推求呢？"

又，海阳李漱六，名承芳，与我是乾隆十二年丁卯科乡试的同年。我厅堂上挂的《渊明采菊图》,是蓝田叔画的。董曲江说:"神情何等像李漱六!"我仔细观看,确实如此。后来漱六以举人入京应试,求得这幅画去,说平生所作的小照,都不及这一张。这事也不可解释。

周　某

景城西偏,有数荒冢,将平矣。小时过之,老仆施祥指曰:"是即周某子孙,以一善延三世者也。"盖前明崇祯末,河南、山东大旱蝗,草根木皮皆尽,乃以人为粮,官吏弗能禁。妇女幼孩,反接鬻于市,谓之菜人。屠者买去,如刲羊豕。周氏之祖,自东昌商贩归,至肆午餐。屠者曰:"肉尽,请少待。"俄见曳二女子入厨下,呼曰:"客待久,可先取一蹄来。"急出止之,闻长号一声,则一女已生断右臂,宛转地上。一女战栗无人色。见周,并哀呼:一求速死,一求救。周恻然心动,并出资赎之。一无生理,急刺其心死。一携归,因无子,纳为妾。竟生一男,右臂有红丝,自腋下绕肩胛,宛然断臂女也。后传三世乃绝。皆言周本无子,此三世乃一善所延云。

【译文】

景城西面偏僻处有几个荒坟,将要坍平了。我小时候经过这里,老仆人施祥指着说:"这就是周某的子孙,因为一件善事而延续三代的。"前朝明代崇祯末年,河南、山东遇到大旱和蝗灾,草根树皮都吃尽了,于是发生了人吃人的事,官吏不能禁止。有些妇女、儿童,被两手反绑,赶到市上出卖,叫做菜人。屠夫买去后,好像切割羊和猪一样，一一把他们屠宰。周氏的祖先，一次从东昌做生意贩运回来，到市上吃午饭。屠夫说："肉完了，请稍等一下。"很快看见拽着两个女子到厨房里，呼叫说："客人等得久了，可以先拿一只蹄子来。"周氏的祖先连忙出来阻止，只听到一声长长的惨叫，则一个女子已被砍断右臂，在地上翻覆转动；另一个女子吓得浑身颤抖，面无人色。她们看到周，就一起哀叫，一个求快点死，一个求救命。周动了恻隐之心，就出钱把她们赎了出来。一个已经没有生存的希望，只好马上当胸把她刺死；一个带了回来，因为没有儿子，收做妾。后来这妾生下一个儿子，右臂有一条红线，从胳肢窝绕过肩胛，活脱脱是那个断臂女。后来传了三代才绝了后。都说周本来没有儿子，这三代是一件善事所延续的。

农家少妇

青县农家少妇，性轻佻，随其夫操作，形影不离。恒相对嬉笑，不避忌人，或夏夜并宿瓜圃中。皆薄其冶荡。然对他人，则面如寒铁。或私挑之，必峻拒。后遇劫盗，身受七刃，犹诟詈，卒不污而死。又皆惊其贞烈。

老儒刘君琢曰："此所谓质美而未学也。惟笃于夫妇，故矢死不二。惟不知礼法，故情欲之感，介于仪容；燕昵之私，形于动静。"辛彤甫先生曰："程子有言，凡避嫌者，皆中不足。此妇中无他肠，故坦然径行不自疑。此其所以能守死也。彼好立崖岸者，吾见之矣。"先姚安公曰："刘君正论，辛君有激之言也。"

后其夫夜守豆田，独宿团焦中。忽见妇来，燕婉如平日，曰："冥官以我贞烈，判来生中乙榜，官县令。我念君，不欲往，乞辞官禄为游魂，长得随君。冥官哀我，许之矣。"夫为感泣，誓不他偶。自是昼隐夜来，几二十载。儿童或亦窥见之。此康熙末年事。姚安公能举其姓名居址，今忘矣。

【译文】

青县农家的一个少妇，性格轻佻，随着她的丈夫操作，形影不离。两人经常相对嬉笑，不避忌人，有时夏天的夜里一起睡在瓜园中。人们都鄙薄她的放荡。但是对别人则面孔像冰冷的铁，有人私底下挑逗她，她必定严厉地拒绝。后来碰到强盗，身上受了七刀，还在斥骂，终于没有被污而死。人们又都惊奇她的贞烈。

老儒刘君琢说："这就是有所谓内在美而未曾得到教育培养。她只是深于夫妻之情，所以誓死没有二心；只是不懂得礼法，所以情欲的意念，留存于仪表面容；亲昵的隐私，表现于一举一动之中。"辛彤甫先生说："程子有个说法：凡是躲避嫌疑的，都是内心有所不足。这个女人心里没有别的想头，所以正大光明直接去做，从不怀疑自己，这就是她所以能够以死守节的缘故。那些喜欢标举端庄严肃的人，我见得多了。"先父姚安公说："刘君是正论，辛君也是有感而发。"

后来她的丈夫夜里看守豆田，单独住宿在圆形草屋里，忽然看见妻子到来，欢爱如同平时。她对丈夫说："阴司的官员因为我贞烈，判来世取中乡试榜，官居县令。我因为怀念您而不想去，所以请求辞去官位俸禄做一个游魂，可以长久跟随您。阴司的官员怜悯我，已经允许了。"丈夫为此感动得哭泣，发誓不另找配偶。从此，他妻子白天隐去，夜里就来，二十年几乎没有中断一天，就连儿童有时也能暗中看到。这是康熙末年的事，姚安公能够举出他们的姓名、住址，现在忘记了。

韩　　生

献县老儒韩生，性刚正，动必遵礼，一乡推祭酒。

一日，得寒疾。恍惚间，一鬼立前曰："城隍神唤。"韩念数尽当死，拒亦无益，乃随去。至一官署，神检籍曰："以姓同误矣。"杖其鬼二十，使送还。韩意不平，上请曰："人命至重，神奈何遣愦愦之鬼，致有误拘？倘不检出，不竟枉死耶？聪明正直之谓何！"神笑曰："谓汝倔强，今果然。夫天行不能无岁差，况鬼神乎！误而即觉，是谓聪明；觉而不回护，是谓正直。汝何足以知之。念汝言行无玷，姑贷汝，后勿如是躁妄也。"霍然而苏。韩章美云。

【译文】
　　献县有一个老儒韩生，性格刚强正直，一举一动一定要遵照礼的规定，所以全乡人都推尊他为德高望重的长者。有一天，他得了寒邪侵袭的疾病，恍恍惚惚之间，见一个鬼站立在他前面，说："城隍神来传唤你了。"韩想气数已尽，应当死了，抗拒也没有益处，于是跟着前去。到了一个官衙，神查点簿册，说："因为姓相同，错了。"打了那鬼二十板子，让它送回。韩意下不平，上前提问说："人命至关重要，神为什么派遣糊里糊涂的鬼，以致有错抓的事。倘若不查点出来，不是竟然枉死吗？这叫什么聪明正直呢？"神笑着说："说你倔强，现在果然如此。要知道天时的运行，各年间不能没有差异，何况是鬼神呢！错误了而能够立即觉察，这叫聪明；觉察了而不袒护，这叫正直，你哪里够得上知道这点呢。考虑到你的言行没有什么污点，姑且宽恕你，以后不要再像这样急躁狂妄了。"韩忽然苏醒过来。这是韩章美说的。

大　　月

先祖有小奴，名大月，年十三四。尝随村人罩鱼河中，得一大鱼，长几二尺。方手举以示众，鱼忽拨剌掉尾，击中左颊，仆水中。众怪其不起，试扶之，则血缕浮出。有破碗在泥中，锋铦如刃，刺其太阳穴死矣。先是其母梦是奴为人执缚俎上，屠割如羊豕，似尚有余恨。醒而恶之，恒戒以毋与人斗。不虞乃为鱼所击。佛氏所谓夙生中负彼命耶！

【译文】

先祖父有个僮仆，名叫大月，年十三四岁。他曾经跟随村里人到河里罩鱼，得到一条大鱼，几乎有二尺长。大月刚用手举起给众人看，鱼忽然拨剌一声掉转尾巴，击中他的左面脸颊，向前跌倒水中。众人奇怪他不起来，正要把他拉起，只见缕缕血丝浮出水面。原来有一些破碗在泥中，锋利像刀刃，刺中他的太阳穴，死了。起先，他的母亲梦见他被人抓住捆绑在砧板上，像羊、猪般地宰割，好像还在恨恨不已。醒后厌恶这个梦境，经常告诫他不要同人争斗，没有料到竟被鱼所击中。佛家所谓前世中欠了它的命吧！

嫁祸于神

刘少宗伯青垣言：有中表涉元稹会真之嫌者，女有孕，为母所觉。饰言夜恒有巨人来，压体甚重，而色黝黑。母曰："是必土偶为妖也。"授以彩丝，于来时阴系其足。女窃付所欢，系关帝祠周将军足上。母物色得之，挞其足几断。后复密会，忽见周将军击其腰，男女并僵卧不能起。皆曰污蔑神明之报也。夫专其利而移祸于人，其术巧矣。巧者，造物之所忌。机械万端，反而自及，天道也。神恶其崄巇，非恶其污蔑也。

【译文】

礼部侍郎刘青垣说：有一对中表兄妹，涉及元稹《会真记》里所写的那种嫌疑，女方有了孕，被母亲所觉察。女子谎称夜里经常有一个巨人来压，身体很重而颜色黑黑的。母亲说："这个必定是泥塑的神像兴妖作怪。"给了她一根彩色的丝线，叫她等那巨人来的时候，暗地里系在他的脚上。这女的偷偷地把彩色丝线给了她的情人，系到了关帝祠周将军的脚上。母亲寻觅发现了，把那周将军的脚几乎打断了。后来中表兄妹再度幽会，忽然见到周将军来击打他们的腰，男女一起直僵僵地躺着不能起来。人们都说："这是污蔑神灵的报应啊！"要知道独得其利而嫁祸于人，这方法够巧妙了。巧是造物主所忌的，算尽了万种机关，反而算到了自家身上，这就是天道。神憎恨他们用心险恶，而不是憎恨他们的污蔑。

罗两峰画鬼

扬州罗两峰，目能视鬼。曰："凡有人处皆有鬼。其横亡厉鬼，多年沉滞者，率在幽房空宅中，是不可近，近则为害。其憧憧往来之鬼，午前阳盛，多在墙阴；午后阴盛，则四散游行，可以穿壁而过，不由门户；遇人则避路，畏阳气也。是随处有之，不为害。"又曰："鬼所聚集，恒在人烟密簇处，僻地旷野，所见殊稀。喜围绕厨灶，似欲近食气。又喜入溷厕，则莫明其故，或取人迹罕到耶。"所画有《鬼趣图》，颇疑其以意造作。中有一鬼，首大于身几十倍，尤似幻妄。然闻先姚安公言：瑶泾陈公，尝夏夜挂窗卧，窗广一丈。忽一巨面窥窗，阔与窗等，不知其身在何处。急掣剑刺其左目，应手而没。对屋一老仆亦见之，云从窗下地中涌出。掘地丈余，无所睹而止。是果有此种鬼矣。茫茫昧昧，吾乌乎质之！

【译文】

扬州罗两峰，眼睛能看到鬼，说："凡是有人的地方都有鬼，那些多年滞留的横死恶鬼，多半在幽暗空旷的住宅里，人不可以进去，进去了就要受害。那些往来不绝的鬼，中午前因阳气盛，多在墙的阴影里；中午后，阴气盛了，就四散游行。它们可以穿墙而过，而不从门户出入。碰到人则避让路边，是害怕阳气。这是到处都有的，没有什么祸害。"又说："鬼所聚集的地方，总是人烟密集的处所。偏僻的地方、空旷的野地，就很少见到鬼。它们喜欢围绕厨房灶头，好像要想闻闻饮食的气味。又喜欢进入厕所，就不知道是什么缘故了，或者是取人迹很少到来这一点吧。"罗两峰所画的《鬼趣图》，人们颇疑心他是凭想象创作的。画中有一个鬼，头大于身体差不多十倍，尤其像是出之于虚幻的想象。但是听先父姚安公说，瑶泾陈公曾经在夏天的夜里挂起窗子睡觉，窗子阔一丈。忽然有一个大面孔的鬼来窗前偷看。那鬼的面孔大得同窗的宽度相等，所以看不到它的身体。陈公急忙拔剑刺它左面的眼睛，那鬼就随手隐而不见了。对屋的一个老仆说他也曾看到，并说鬼是从窗下地里涌现出来的。于是掘地一丈多，但什么也没发现，只得停止。可见果然有这种鬼的。这类渺茫暗昧的事情，我到哪里去询问呢！

刘　　四

奴子刘四，壬辰夏乞假归省。自御牛车载其妇。距家三四十里，夜将半，牛忽不行。妇车中惊呼曰："有一鬼，首大如瓮，在牛前。"刘四谛视，则一短黑妇人，首戴一破鸡笼，舞且呼曰："来来。"惧而回车，则又跃在牛前呼"来来"。如是四面旋绕，遂至鸡鸣。忽立而笑曰："夜凉无事，借汝夫妇消闲耳。偶相戏，我去后慎勿詈我，詈则我复来。鸡笼是前村某家物，附汝还之。"语讫，以鸡笼掷车上去。天曙抵家，夫妇并昏昏如醉。妇不久病死，刘四亦流落无人状。鬼盖乘其衰气也。

【译文】
　　奴仆刘四，乾隆三十七年夏天请假回家探望，自己驾着牛车载着他的妻子。离家三四十里时，已将近半夜，牛忽然不走了。妻子在车中惊叫说："有一个鬼，头大得像坛子，在牛的前面。"刘四注意观看，只见一个矮黑的女人，头戴一个破鸡笼，边舞边叫说："来！来！"刘四惊恐地掉转车头，那女人又跳到牛的前面，叫："来！来！"就这样转来转去，一直到鸡叫。那女人忽然站住，笑着说："夜里凉快，没有什么事，借你们夫妻消遣消遣。不过是偶尔相戏弄，我去以后，当心不要骂我，骂则我再来。我这里有个鸡笼，是前村某家的东西，请你捎带着还给他。"说完，把鸡笼掷到车上走了。刘四驾着车子，一直到天明才到家，夫妻俩已经昏昏然像喝醉了酒。妻子不久病死，刘四也穷困流落，弄得不像人样。鬼大概是趁他衰败的气数吧。

陈　　双

　　景城有刘武周墓，《献县志》亦载。按武周山后马邑人，墓不应在是，疑为隋刘炫墓。炫，景城人，《一统志》载其墓在献县东八十里。景城距城八十七里，约略当是也。旧有狐居之，时或戏嬲醉人。里有陈双，酒徒也，闻之愤曰："妖兽敢尔！"诣墓所，且数且詈。时耘者满野，皆见其父怒坐墓侧，双跳踉叫号。竟前呵曰："尔何醉至此，乃詈尔父！"双凝视，果父也，大怖叩首。父径趋归。双随而哀乞，追及于村外。方伏地陈说，忽妇媪环绕,哗笑曰:"陈双何故跪拜其妻?"双仰视,又果妻也,愕而痴立。妻亦径趋归。双惘惘至家,则父与妻实未尝出。方知皆狐幻化戏之也,惭不出户者数日。闻者无不绝倒。

余谓双不詈狐,何至遭狐之戏,双有自取之道焉。狐不媚人,何至遭双之詈,狐亦有自取之道焉。颠倒纠缠,皆缘一念之妄起。故佛言一切众生,慎勿造因。

【译文】

景城有刘武周的坟墓,《献县志》上也有记载。按,武周是太行山北马邑人,坟墓不应该在这里,所以怀疑是隋朝刘炫的坟墓,因为刘炫是景城人。《一统志》记载,他的坟墓在献县东面八十里。景城距离县城八十七里,大约相当于这里。旧时有狐精居住,有时戏弄酒醉的人。乡里有个陈双,是酒鬼,听说后愤怒地说:"妖兽胆敢如此!"到坟墓所在的地方,边数落边骂。这时耕种的人遍布田野,都看见他的父亲气愤地坐在坟墓旁。陈双一边跳跃,一边叫骂。大家争着上前呵斥道:"你为什么醉成这样,竟然骂你的父亲!"陈双凝神看去,果然是父亲,于是大惊叩头。父亲径自快步走回,陈双跟在后面哀求,终于在村子外面追上了。他正伏在地上诉说,忽然婆娘们四面围拢过来,放声大笑说:"陈双为什么要跪拜他的妻子?"陈双仰面看去,又果然是他的妻子。他惊得呆呆地站立着,妻子也径自快步走回。陈双迷惘地回到家,发现父亲和妻子其实不曾出去过。这才知道都是狐精幻变戏弄他的,羞惭得好几天不敢出门。听说的人都禁不住大笑起来。

我认为陈双如果不去骂狐精,何至于遭到狐精的戏弄?这是他自己的错误招来的。当然,狐精不戏弄人,也不至于遭到陈双的咒骂,这也是狐精的错误招来的。颠倒错乱、纠缠不清,都是由于一个轻率的念头引起。所以佛家说,一切世人,当心不要制造起因。

方　　桂

　　方桂，乌鲁木齐流人子也。言尝牧马山中，一马忽逸去。蹑踪往觅，隔岭闻嘶声甚厉。寻声至一幽谷，见数物，似人似兽，周身鳞皴斑驳如古松，发蓬蓬如羽葆，目睛突出，色纯白，如嵌二鸡卵，共按马生啮其肉。牧人多携铳自防，桂故顽劣，因升树放铳。物悉入深林去，马已半躯被啖矣。后不再见，迄不知为何物也。

【译文】
　　方桂，是乌鲁木齐一个被流放的囚犯的儿子。他说，曾经在山中牧马，一匹马忽然逃去。他跟踪前往寻找，隔着山岭听到马叫声很凄厉。循着声音的方向，到了一个幽深的山谷，看见几个东西像人又像野兽，全身鳞片毛糙、色彩错落，如同古松；头发蓬乱，像鸟羽装饰的车盖；眼珠突出，颜色纯白，就像镶嵌着两枚鸡蛋。这些东西一起按住马，活活地咬它的肉。放牧的人多半携带火铳防身，方桂本就顽皮暴烈，于是爬上树放铳，那几个东西全部进入到茂密的森林中去，这时，马的半个躯体已经被吃掉了。后来没有再见到过，所以至今不知道是什么东西。

狐　　居

　　芮庶子铁厓宅中一楼，有狐居其上，恒镝之。狐或夜于厨下治馔，斋中宴客，家人习见亦不讶。凡盗贼火烛，皆能代主人呵护，相安已久。后鬻宅于李学士廉衣。廉衣素不信妖妄，自往启视，则楼上三楹，洁无纤尘，中央一片如席大，藉以木板，整齐如几榻，余无所睹。时方修筑，因并毁其楼，使无可据。亦无他异。迨甫落成，突烈焰四起，顷刻无寸椽。而邻屋苫草无一茎被爇。皆曰狐所为也。

刘少宗伯青垣曰："此宅自当是日焚耳，如数不当焚，狐安敢纵火？"余谓妖魅能一一守科律，则天无雷霆之诛矣。王法禁杀人，不敢杀者多，杀人抵罪者亦时有。是固未可知也。

【译文】

芮庶子铁厓住宅中一栋楼房，有狐精居住在它上面，经常关锁着。狐精有时夜间在厨房里整治饮食、在屋舍里宴请客人，家里人经常见到也不惊怪。凡是盗贼、火烛一类事，都能够替主人呵禁护卫，彼此相安已经很久。后来把住宅卖给了李学士廉衣。廉衣向来不相信妖异诞妄的事情，亲自前往打开观看，则楼上的三间房子，洁净得没有一点点尘土。中间一片像席子那么大，用木板垫着，整齐得就像桌榻，其他也没见到什么。当时正在修建房子，于是一并拆毁了那楼房，使它没有地方可住，也没有别的怪异的现象。等到新修建的房子刚刚落成，突然烈火四起，片刻之间，连一寸的椽子也没留下。而相邻的用茅草盖的屋顶却一根草也没有烧着。都说是狐精所干的。

礼部侍郎刘青垣说："这所住宅原当在这一天焚烧。如果气数不应当焚烧，狐精怎么敢放火？"我说妖精鬼魅能够一一遵守法令，那么老天就不会有用暴雷诛杀的事了。王法禁止杀人，不敢杀的占多数，杀人抵罪的也时常有。这固然是不可知的。

雉 与 蛇

王少司寇兰泉言：梦午塘提学江南时，署后有高阜，恒夜见光怪。云有一雉一蛇居其上，皆岁久，能为魅。午塘少年盛气，集锸畚平之。众犹豫不举手，午塘方怒督，忽风飘片席蒙其首，急撤去；又一片蒙之，皆署中凉篷上物也。午塘觉其异，乃辍役。今尚岿然存。

【译文】

刑部侍郎王兰泉说：梦午塘做江南提学使的时候，衙署后面有高高的土山，经常夜里见到发光的怪物，说有一只雉鸡、一条蛇居住在上面，都因为年岁长久了而能够作怪。午塘少年气盛，命人拿了铁锹、畚箕之类准备掘平它。众人犹豫不动手，午塘正在发怒督促，忽然随风飘来一片席子蒙住他的头；急忙撤去，又有一片蒙住，都是衙署中凉篷上的东西。午塘觉察它的奇异，于是叫衙役停止了。土山现在还高高地耸立着。

某　　生

老仆魏哲闻其父言：顺治初，有某生者，距余家八九十里，忘其姓名，与妻先后卒。越三四年，其妾亦卒。适其家佣工人，夜行避雨，宿东岳祠廊下。若梦非梦，见某生荷校立庭前，妻妾随焉。有神衣冠类城隍，磬折对岳神语曰："某生污二人，有罪；活二命，亦有功，合相抵。"岳神咈然曰："二人畏死忍耻，尚可贷。某生活二人，正为欲污二人。但宜科罪，何云功罪相抵也？"挥之出。某生及妻妾亦随出。悸不敢语。天曙归告家人，皆莫能解。有旧仆泣曰："异哉，竟以此事被录乎！此事惟吾父子知之。缘受恩深重，誓不敢言。今已隔两朝，始敢追述。两主母皆实非妇人也。前明天启中，魏忠贤杀裕妃，其位下宫女内监，皆密捕送东厂，死甚惨。有二内监，一曰福来，一曰双桂，亡命逃匿。缘与主人曾相识，主人方商于京师，夜投焉。主人引入密室，吾穴隙私窥。主人语二人曰：'君等声音状貌，在男女之间，与常人稍异，一出必见获。若改女装，则物色不及。然两无夫之妇，寄宿人家，形迹可疑，亦必败。二君身已净，本无异妇人；肯屈意为我妻妾，则万无一失矣。'二人进退无计，沉思良久，并曲从。遂为办女饰，钳其耳，渐可受珥。并市软骨药，阴为缠足。越数月，居然两好妇矣。乃车载还家，诡言在京所娶。二人久在宫禁，并白皙温雅，无一毫男子状。又其事迥出意想外，竟无觉者。但讶其不事女红，为恃宠骄惰耳。二人感主人再生恩，故事定后亦甘心偕老。然实巧言诱胁，非哀其穷，宜司命之见谴也。信乎人可欺，鬼神不可欺哉！"

【译文】
　　老仆魏哲听他父亲说：顺治初年，有个某生，距离我家八九十里，忘记了他的姓名，同妻子先后死去。过了三、四年，他的妾也死了。刚巧他家雇佣的工人走夜路避雨，宿在东岳祠的走廊里。似梦非梦，看见某生戴着枷站立庭前，妻妾跟随着。有一个神，衣冠像城隍，弯腰对岳神说道："某生污辱了二人有罪，救活了二命也有功，应当相抵消。"岳神不高兴地说："二人怕死忍受耻辱，还可以宽恕。某生救活二人，正是为了要想污辱二人，只应该治罪，怎么说功罪相抵呢？"挥挥手让他出去。某生以及妻妾也随之出来。佣工惊恐不敢出声，天明回来告诉家人，都不能理解。有一个某生家旧日的仆人哭泣着说："怪啊！竟然因为这件事被逮捕吗？这事只有我父子知道，因为受恩深重，发誓不敢说。现在已经改朝换代，才敢回头讲说。两个主母其实都不是女人。前朝明代天启年间，魏忠贤害死了裕妃，她名位下的宫女、内监都被秘密地抓去送入东厂，死得很惨。有两个内监，一个叫福来，一个叫双桂，改名换姓逃亡躲藏。因为同主人曾经相识，主人正经商住在京城，他俩夜里投奔前来。主人引进密室，我从洞孔里偷看。主人对二人说：'你们声音相貌在男女之间，与一般人稍有不同，一出去必然被抓住。如果改换女装，就察访不着。但是两个没有丈夫的女人寄宿在人家里，形迹可疑，也必然败露。二位已经净了身，本来与女人没有什么不同；肯委屈迁就做我的妻妾，就万无一失了。'两人进退都无计可出，考虑了很久，一起曲意依从。于是代为置办妇女的服饰，钳穿他们的耳朵，渐渐可以承受珠玉的耳坠。并且买来软骨药，暗地里为他们缠脚。过了几个月，居然是两个端好的女人了。就用车载着回老家，假装说是在京城娶来的。两人长久住在宫中，都皮肤白净、温柔文雅，没有一点男子汉的样子。这事又远出人们意料之外，竟然没有人觉察。只是奇怪他们不从事女红，以为是仗着宠爱骄气懒惰罢了。两人感激主人的再生之恩，所以事定以后，也甘心跟他白首到老。但实在是花言巧语引诱胁迫，而并非怜悯他们的无路可走，理所当然地要受到司命之神的谴责了。确实是人可欺鬼神不可欺啊！"

科 名 有 命

乾隆己卯，余典山西乡试，有二卷皆中式矣。一定四十八名，填草榜时，同考官万泉吕令瀛，误收其卷于衣箱，竟觅不可得。一定五十三名，填草榜时，阴风灭烛者三四，易他卷乃已。揭榜后，拆视弥封，失卷者范学敷，灭烛者李腾蛟也。颇疑二生有阴谴。然庚辰乡试，二生皆中式，范仍四十八名。李于辛丑成进士。乃知科名有命，先一年亦不可得，彼营营者何为耶？即求而得之，亦必其命所应有，虽不求亦得也。

【译文】

乾隆二十四年，我主持山西的乡试，有两份卷子，都考试合格了。一个定在第四十八名，填写草榜时，分房阅卷的考官万泉县令吕瀹，错收他的卷子在衣箱里，竟寻觅不到；一个定在第五十三名，填写草榜时，阴风吹灭蜡烛有三四次，换了别的卷子才罢。榜揭晓以后，拆封查看，失去卷子的叫范学敷，吹灭蜡烛的叫李腾蛟。颇为疑心两个考生有缺德之事，所以冥冥之中受到了惩罚。但是乾隆二十五年乡试，这两个考生都取中了。范仍旧第四十八名；李在乾隆四十六年成为进士。才知道科举考试是有命运的，早一年也不可得。那些忙忙碌碌钻营追逐的人为了什么呢？就是追求而得到了，也必然是命里所应该有的，不去追求也会得到的呵。

女鬼撕卷

先姚安公言：雍正庚戌会试，与雄县汤孝廉同号舍。汤夜半忽见披发女鬼，搴帘手裂其卷，如蛱蝶乱飞。汤素刚正，亦不恐怖，坐而问之曰："前生吾不知，今生则实无害人事。汝胡为来者？"鬼愕眙却立曰："君非四十七号耶？"曰："吾四十九号。"盖前有二空舍，鬼除之未数也。谛视良久，作礼谢罪而去。斯须间，四十七号喧呼某甲中恶矣。此鬼殊愦愦，汤君可谓无妄之灾。幸其心无愧怍，故仓卒间敢与诘辩，仅裂一卷耳。否亦殆哉。

【译文】

先父姚安公说：雍正八年会试，同雄县汤举人同一个号舍。汤半夜忽然看见披发的女鬼撩起帘子，用手撕裂他的卷子，好像蝴蝶乱飞。汤向来刚强正直，也不恐惧，坐在那里问她说："前生我不知道，今生则实在没有做过害人的事，你为什么来呢？"鬼惊视却步说："您不是四十七号吗？"汤说："我四十九号。"原来前面有两间空的号舍，鬼除去没有数。鬼仔细地看了好久，行礼谢罪而去。不一会儿，四十七号喧闹呼叫某甲中邪了。这个鬼真是糊涂，汤君可说是意外的灾祸。幸而他内心无所惭愧，仓促之间敢于提出辩驳，只撕裂一份卷子罢了。否则也危险了。

阴司见闻

顾员外德懋，自言为东岳冥官。余弗深信也。然其言则有理。曩在裘文达公家，尝谓余曰："冥司重贞妇，而亦有差等：或以儿女之爱，或以田宅之丰，有所系恋而弗去者，下也；不免情欲之萌，而能以礼义自克者，次也；心如枯井，波澜不生，富贵亦不睹，饥寒亦不知，利害亦不计者，斯为上矣。如是者千百不得一，得一则鬼神为起敬。一日，喧传节妇至，冥王改容，冥官皆振衣伫迓。见一老妇傥然来，其行步步渐高，如蹑阶级。比到，则竟从殿脊上过，莫知所适。冥王怃然曰：'此已升天，不在吾鬼篆中矣。'"又曰："贤臣亦三等：畏法度者为下；爱名节者为次；乃心王室，但知国计民生，不知祸福毁誉者为上。"又曰："冥司恶躁竞，谓种种恶业，从此而生。故多困踬之，使得不偿失。人心愈巧，则鬼神之机亦愈巧。然不甚重隐逸，谓天地生才，原期于世事有补。人人为巢、许，则至今洪水横流，并挂瓢饮犊之地，亦不可得矣。"又曰："阴律如《春秋》责备贤者，而与人为善。君子偏执害事，亦录以为过。小人有一事利人，亦必予以小善报。世人未明此义，故多疑因果或爽耳。"

【译文】

顾员外德懋自己说做东岳的阴官，我并不深信，但是他的话则有道理。过去在裘文达公家里，他曾经对我说："阴司看重贞节的妇女，但也有等级差别：有的因为儿女之爱，有的因为田宅的丰厚，有所牵挂眷恋而不去的，下等；不免于情欲的萌动而能够以礼义自己克制的，次等；心如一口枯井，波浪不生，富贵也不看见，饥寒也不知道，利害也不计较，这是上等了，像这样的千百个得不到一个，得到一个则鬼神也为之而起敬意。一天，纷纷传说有节妇到了，冥王改换面容，阴官都整顿衣服站立等待迎接。看见一个老妇疲困地走来，她行走时一步高似一步，好像踩着阶梯。等走到了，她竟然从大殿屋脊上面过去，不知道走向哪里。冥王惊愕地说：'这已经升天，不在我的鬼簿中了。'"又说："贤臣也有三等：畏惧法令制度的为下等；爱惜名声节操的为次等；忠心于朝廷，只知道国计民生，不知道是祸是福以及诋毁与赞誉的为上等。"又说："阴司厌恶急于进取而争竞的举动，说种种罪孽都是从此而生，所以多半使他困窘受挫，使之得不偿失。人心愈是巧，则鬼神的机变也愈是巧。但是不太看重隐逸，说天地降生人才，原本期望对世事有所补益。人人都去做巢父、许由，那么到现在洪水四处泛滥，连挂瓢的树、供牛犊饮水的地方也不可得了。"又说："阴司的律条像《春秋》责备贤能的人，而善意帮助别人。君子片面固执妨害了什么事情，也作为过失记录下来。小人有一件事情对人有利，也一定给予小的好报。世上人不明白这个道理，所以大多怀疑因果有时出了偏差罢了。"

鬼藏药方

内阁学士永公,讳宁,婴疾,颇委顿。延医诊视,未遽愈。改延一医,索前医所用药帖,弗得。公以为小婢误置他处,责使搜索,云不得且笞汝。方倚枕憩息,恍惚有人跪灯下曰:"公勿笞婢。此药帖小人所藏。小人即公为臬司时平反得生之囚也。"问:"藏药帖何意?"曰:"医家同类皆相忌,务改前医之方,以见所长。公所服药不误,特初试一剂,力尚未至耳。使后医见方,必相反以立异,则公殆矣。所以小人阴窃之。"公方昏闷,亦未思及其为鬼。稍顷始悟,悚然汗下。乃称前方已失,不复记忆,请后医别疏方。视所用药,则仍前医方也。因连进数剂,病霍然如失。公镇乌鲁木齐日,亲为余言之,曰:"此鬼可谓谙悉世情矣。"

【译文】

内阁学士永宁,患病颇为衰弱困顿。延请医生诊治,没有立刻痊愈,改请一个医生,索取前面医生所开的药方,没能得到。永公以为是小婢错放在别的地方,责令她寻找,说找不到将要鞭打你。他正靠着枕头歇息,恍恍惚惚间有人跪在灯下说:"您不要鞭打婢女,这个药方是小人所藏,小人就是您做按察使的时候平反而得生的囚犯。"问藏药方是什么意思,回答说:"医家同行都相妒忌,务必要改动前面医生的药方以显示他的长处。您所服的药没有错,只不过才开始试服了一帖,力量还没有到罢了。如果后来的医生见到药方,必然要相反以标新立异,那么您就危险了,所以小人偷偷地窃取了。"永公正在昏沉气闷,也没有想到他是鬼。稍过了一会儿,才醒悟过来，惊恐地流下了汗。于是就说前面的药方已经丢失，不再记得，请后来的医生另外开一个药方。看他所用的药，则仍旧是前面医生的方子。就接连服用了几帖，病突然像消失了一样。永公在镇守乌鲁木齐的日子里，亲口对我谈起过，说："这个鬼可以说熟悉世情了。"

钱化群蜂

族叔楘庵言：肃宁有塾师，讲程朱之学。一日，有游僧乞食于塾外，木鱼琅琅，自辰逮午不肯息。塾师厌之，自出叱使去，且曰："尔本异端，愚民或受尔惑耳。此地皆圣贤之徒，尔何必作妄想？"僧作礼曰："佛之流而募衣食，犹儒之流而求富贵也，同一失其本来，先生何必定相苦？"塾师怒，自击以夏楚。僧振衣起曰："太恶作剧。"遗布囊于地而去。意必复来，暮竟不至。扪之，所贮皆散钱。诸弟子欲探取。塾师曰："俟其久而不来，再为计。然须数明，庶不争。"甫启囊，则群蜂垒涌，螫师弟面目尽肿。号呼扑救，邻里咸惊问。僧忽排闼入曰："圣贤乃谋匿人财耶？"提囊径行，临出，合掌向塾师曰："异端偶触忤圣贤，幸见恕。"观者粲然。或曰："幻术也。"或曰："塾师好辟佛，见僧辄诋。僧故置蜂于囊以戏之。"楘庵曰："此事余目击，如先置多蜂于囊，必有蠕动之状见于囊外，尔时殊未睹也。云幻术者为差近。"

【译文】

堂叔楘庵说：肃宁有一个学塾的老师，讲程朱之学。一天，有游方和尚在学塾外面要饭,木鱼声琅琅,从辰刻到午刻不曾停息。塾师感到讨厌,出去呵斥,让他走,并且说:"你本来是儒家之外的异端,愚民或者受你的迷惑罢了。这里都是圣贤的信徒,你何必作妄想呢?"和尚行礼说:"佛家募化衣食,就像儒家追求富贵,同样是失去它的本来面目,先生何必定要苦苦相逼呢?"塾师发怒,自己拿了责罚学童的用具来扑打。和尚抖擞衣服而起说:"太恶作剧了!"遗落布袋于地而去。塾师料想他必定再来,但到晚上竟然不到。摸一摸,袋里所贮藏的都是零散的钱。那班弟子要想伸进手去取,塾师说:"如果等候他长久再不来,再作计较。但须要数数清楚,也许可以免得争闹。"刚打开袋子,则群蜂聚集涌动,螫得老师、弟子的面目全肿了。号叫扑救,邻里的人都吃惊地前来问讯。和尚忽然推门而入说:"圣贤竟然谋划隐藏别人的钱财吗?"提起袋子径自走了。临出门,合掌对塾师说:"异端偶尔触犯了圣贤,希望予以宽恕。"围观的人都笑了。有的说:"这是幻术。"有的说:"塾师喜欢辟佛,看见和尚就辱骂,所以和尚把蜜蜂放在袋里,来戏弄他。"槃庵说:"这件事是我亲眼所见,如果先放许多蜜蜂在袋里,必然有蠕动的样子,在袋的外面可以看到,当时确是不曾看见。说它是幻术较为接近。"

青 雷 寓 言

朱青雷言:有避仇窜匿深山者,时月白风清,见一鬼徙倚白杨下,伏不敢起。鬼忽见之,曰:"君何不出?"栗而答曰:"吾畏君。"鬼曰:"至可畏者莫若人,鬼何畏焉?使君颠沛至此者,人耶鬼耶?"一笑而隐。余谓此青雷有激之寓言也。

【译文】

朱青雷说:有一个躲避仇敌逃窜藏匿在深山里的人,当时月明风清，看见一个鬼依靠在白杨树下面，吓得伏着不敢起来。鬼忽然见到了他，说："您为什么不出来？"他战栗着回答说："我怕您。"鬼说："最可怕的莫过于人，鬼有什么好怕的呢？使您狼狈困顿到这个地步的，是人呢还是鬼呢？"一笑而隐去。我说这是青雷有感触而发的寓言。

巨　　蟒

都察院库中有巨蟒，时或夜出。余官总宪时，凡两见。其蟠迹著尘处，约广二寸余，计其身当横径五寸。壁无罅，门亦无罅，窗棂阔不及二寸，不识何以出入。大抵物久则能化形，狐魅能由窗隙往来，其本形亦非窗隙所容也。堂吏云其出应休咎，殊无验，神其说耳。

【译文】

都察院库房里有一条巨大的蟒蛇，有时或者夜里出来，我做都察院左都御史时计有两次见到。它盘曲的形迹碰着灰尘的地方，大约阔两寸多，估计它的身子相当于直径五寸。墙壁没有缝隙，门也没有缝隙，窗格阔不到两寸，不知道怎么出入。大概事物久了就能够变化形迹，狐狸精魅能够从窗缝里往来，它本来的形体也不是窗缝所能容纳的。都察院办事的吏员说它的出现同吉凶相应，其实并无应验，不过神化它的说法罢了。

城隍惩醉奴

幽明异路，人所能治者，鬼神不必更治之，示不渎也。幽明一理，人所不及治者，鬼神或亦代治之，示不测也。戈太仆仙舟言：有奴子尝醉寝城隍神案上，神拘去笞二十，两股青痕斑斑。太仆目见之。

【译文】

　　阴间和阳间不是同一条道路，人能够整治的，鬼神不必再整治，以表示不亵渎。阴间和阳间又是同一个道理，人所来不及整治的，鬼神也或者代为整治，以表示难以猜度。戈太仆仙舟说：有个奴仆曾经酒醉睡在城隍的神桌上，神把他抓了去，鞭打二十下，两条大腿青色的鞭痕斑斑点点，太仆亲眼看到的。

土 神 之 灵

　　杜生村，距余家十八里。有贪富室之贿，鬻其养媳为妾者。其媳虽未成婚，然与夫聚已数年，义不再适。度事不可止，乃密约同逃。翁姑觉而追之。二人夜抵余村土神祠，无可栖止，相抱泣。忽祠内语曰："追者且至，可匿神案下。"俄庙祝踉跄醉归，横卧门外。翁姑追至，问踪迹。庙祝呓语应曰："是小男女二人耶？年约若干，衣履若何，向某路去矣。"翁姑急循所指路往。二人因得免，乞食至媳之父母家。父母欲讼官，乃得不鬻。尔时祠中无一人。庙祝曰："吾初不知是事，亦不记作是语。"盖皆土神之灵也。

【译文】

　　杜生村，距离我家十八里。那村里有个贪图富家财物的人，打算卖掉他家的童养媳给人做妾。那童养媳虽然没有成婚，但是同丈夫相聚已经数年，论理不当再嫁。估计事情不可阻止，于是秘密约定一起逃走。公婆发觉，随后追赶。两人夜里到达我村的土神祠，无处可以歇宿，相抱而哭泣。忽然祠内说话道："追赶的人将要到来，可以藏在神桌下面。"一会儿管香火的庙祝跟跟跄跄地酒醉而归，横躺在门外。公婆追到问起踪迹，庙祝说着梦话答应道："是年少的男女二人吗？年纪约多少，衣服鞋子又怎样，向某一条路上去了。"公婆急忙按照他所指的路前去。两人因而得以避免被发现，一路要饭到了童养媳的父母家。父母要告到官府，于是才不至于被卖掉。当时祠中没有一人，庙祝说："我起初不知道这件事，也不记得说过这样的话。"大概都是土神的灵验了。

破屋独存

乾隆庚子，京师杨梅竹斜街火，所毁殆百楹。有破屋岿然独存，四面颓垣，齐如界画，乃寡媳守病姑不去也。此所谓"孝弟之至，通于神明"。

【译文】

乾隆四十五年，京城杨梅竹斜街发生火灾，烧毁了差不多一百间房屋。有一间破屋屹立独存，四面是破败的墙头，齐刷刷地像划定的界线，乃是守寡的媳妇守着她生病的婆婆不肯离开。这就是所谓的"孝弟之至，通于神明"。

智却魏忠贤

于氏，肃宁旧族也。魏忠贤窃柄时，视王侯将相如土苴。顾以生长肃宁，耳濡目染，望于氏如王谢。为侄求婚，非得于氏女不可。适于氏少子赴乡试，乃置酒强邀至家，面与议。于生念许之则祸在后日，不许则祸在目前，猝不能决。托言父在难自专。忠贤曰："此易耳。君速作札，我能即致太翁也。"是夕，于翁梦其亡父，督课如平日，命以二题：一为"孔子曰诺"，一为"归洁其身而已矣"。方构思，忽叩门惊醒。得子书，恍然顿悟。因覆书许姻，而附言病颇棘，促子速归。肃宁去京四百余里，比信返，天甫微明，演剧犹未散。于生匆匆束装，途中官吏迎候者已供帐相属。抵家后，父子俱称疾不出。是岁为天启甲子。越三载而忠贤败，竟免于难。事定后，于翁坐小车，遍游郊外，曰："吾三载杜门，仅博得此日看花饮酒，岂乎危哉！"于生濒行时，忠贤授以小像曰："先使新妇识我面。"

于氏于余家为表戚，余儿时尚见此轴，貌修伟而秀削，面白色隐赤，两颧微露，颊微狭，目光如醉，卧蚕以上，赭石薄晕如微肿。衣绯红。座旁几上，露列金印九。

【译文】
　　于氏，是肃宁的旧家大族。魏忠贤窃弄权柄时，把王侯将相看成如同泥土渣滓。只是因为生长在肃宁，耳濡目染，看于家就像是六朝时的王、谢望族。他为侄儿求婚，非要得到于氏的女儿不可。刚巧于氏的小儿子前往参加乡试，于是备酒强邀到家，当面同他商议。于生考虑允许吧则祸在日后，不允许吧则祸在目前，仓促之间不能决定。就假托父亲在，难以自作主张。忠贤说："这个容易，您赶紧写信，我能够立即送达您父亲。"这天晚上，于翁梦见他已故的父亲就像平时一样的督促功课，出了两道题：一是"孔子曰诺"，二是"归洁其身而已矣"。正在构思，忽然被敲门声惊醒，得到儿子的信，猛然领悟过来。于是复信许婚，而附带地说自己病情很危险，催促儿子赶快回来。肃宁离开京城四百多里，等到信返回，天方微明，演戏还没有散场。于生匆匆整理行装，路上官吏们迎接等候宴请的已经接连不断。到家以后，父子俩都称有病不出。这一年是天启四年，过了三年，而忠贤败亡，竟得免于灾祸。事定之后，于翁坐着小车遍游郊外，说："我三年杜门不出，只博得今朝看花饮酒，真是危险啊！"于生临走时，忠贤给予一幅小像，说："先让新媳妇认识我的面孔。"

于氏同我家是表亲，我小时候还见到过这轴像，样子修长魁伟而瘦削，面白色泛红，两边颧骨微微突出，脸颊稍狭，目光好像喝醉了酒，形如卧蚕的眉毛以上的部分薄薄地涂以赤红色，就像微微肿起。穿着鲜红的衣服，座旁的茶几上显眼地排列着九颗金印。

土神祠道士

杜林镇土神祠道士，梦土神语曰："此地繁剧，吾失于呵护，致疫鬼误入孝子节妇家，损伤童稚。今镌秩去矣。新神性严重，汝善事之，恐不似我姑容也。"谓春梦无凭，殊不介意。越数日，醉卧神座旁，得寒疾几殆。

【译文】

杜林镇土神祠的道士，梦见土神说话道："这里的事务繁重之极，我失于呵禁护卫，以致传播瘟疫的鬼误入孝子节妇的家里，损伤幼童。现在削职去了。新来的神性格严厉，你好好地侍奉他，恐怕不像我的姑息宽容了。"道士以为是春梦不足为凭，很不介意，过了几天，酒醉躺在神座的旁边，得了寒邪的病症，几乎垮掉了。

月夜一女子

景州戈太守桐园，官朔平时，有幕客夜中睡醒，明月满窗，见一女子在几侧坐。大怖，呼家奴。女子摇手曰："吾居此久矣，君不见耳。今偶避不及，何惊骇乃尔？"幕客呼益急。女子哂曰："果欲祸君，奴岂能救？"拂衣遽起，如微风之振窗纸，穿棂而逝。

【译文】
　　景州戈太守桐园在朔平做官时，有个师爷夜里睡醒，这时明月满窗，看见一个女子在小桌旁侧身而坐，大为恐怖，呼唤家奴。女子摇手说："我住在这里长久了，您没有见到罢了。今天偶尔来不及回避，为什么惊怕成这样？"师爷叫唤得更加急促。女子微笑说："果真要想祸害于您，奴仆怎么能救呢？"拂拭衣服即刻起身，就像微风振动窗纸，穿过窗户上的格子而去。

泥 塑 判 官

　　颖州吴明经跃鸣言：其乡老儒林生，端人也。尝读书神庙中，庙故宏阔，僦居者多。林生性孤峭，率不相闻问。一日，夜半不寐，散步月下。忽一客来叙寒温。林生方寂寞，因邀入室共谈，甚有理致。偶及因果之事，林生曰："圣贤之为善，皆无所为而为者也。有所为而为，其事虽合天理，其心已纯乎人欲矣。故佛氏福田之说，君子弗道也。"客曰："先生之言，粹然儒者之言也。然用以律己则可，用以律人则不可；用以律君子犹可，用以律天下之人则断不可。圣人之立教，欲人为善而已。其不能为者，则诱掖以成之；不肯为者，则驱策以迫之。于是乎刑赏生焉。能因慕赏而为善，圣人但与其善，必不责其为求赏而然也。能因畏刑而为善，圣人亦与其善，必不责其为避刑而然也。苟以刑赏使之循天理，而又责慕赏畏刑之为人欲，是不激劝于刑赏，谓之不善；激劝于刑赏，又谓之不善，人且无所措手足矣。况慕赏避刑，既谓之人欲，而又激劝以刑赏，人且谓圣人实以人欲导民矣，有是理欤？盖天下上智少而凡民多，故圣人之刑赏，为中人以下设教。佛氏之因果，亦为中人以下说法。儒释之宗旨虽殊，至其教人为善，则意归一辙。先生执董子谋利计功之说，以驳佛氏之因果，将并圣人之刑赏而驳之乎？先生徒见缁流诱人布施，谓之行善，谓可得福。见愚民持斋烧香，谓之行善，谓可得福。不如是者，谓之不行善，谓必获罪。遂谓佛氏因果，适以惑众。而不知佛氏所谓善恶，与儒无异；所谓善恶之报，亦与儒无异也。"林生意不谓然，尚欲更申己意。俯仰之顷，天已将曙。客起欲去。固挽留之，忽挺然不动，乃庙中一泥塑判官。

【译文】

颍州贡生吴跃鸣说：他家乡的老儒林生，是一个正直的人。曾经读书神庙中，庙本来宽敞阔大，租赁居住的人很多。林生性格孤高，一概不相通问。一天，半夜不睡，在月下散步。忽然一个客人来叙谈问候，林生正在寂寞，于是邀入室内一起谈话，很有道理情致。偶尔涉及因果的事情，林生说："圣贤的行善，都是无所为而为的；有所为而为，那事情虽然合乎天理，而内心已经纯然是人欲了。所以佛家种福田的说法，君子是不讲的。"客人说："先生的话，纯粹是儒家的论调。但用来约束自己则可以，用来约束别人则不可以；用来约束君子还可以，用来约束天下的人则断然不可以。圣人树立教化，是想使人行善而已。那些不能行的，则诱导扶助以促成之；不肯行的，则驱使鞭策以逼迫之。于是乎刑罚、奖赏产生了。能够因为羡慕奖赏而行善，圣人只肯定他的善，必定不责备他为追求奖赏而这样做的了；能够因为害怕刑罚而行善，圣人也肯定他的善，必定不责备他为躲避刑罚而这样做的了。假如用刑罚、奖赏使他遵循天理，而又责备他羡慕奖赏、害怕刑罚是人欲，那就等于认为不激发鼓励刑罚、奖赏是不善，激发鼓励刑罚、奖赏也是不善，人们将无所措手足，不知该怎么办了。况且羡慕奖赏、躲避刑罚既然叫它人欲，而又用刑罚、奖赏来激发鼓励，人们将会说圣人实际上是用人欲来诱导民众了，有这样的道理吗？因为普天下上智的人少而平凡的人多，所以圣人的刑罚、奖赏是为中等以下的人设立教化；佛家的因果，也是为中等以下的人演说佛法。儒家、佛家的宗旨虽然不同，至于它的教人行善，则意思同出一辙。先生拿着董子谋利计功的说法，用来驳斥佛家的因果，将要连圣人的刑罚、奖赏也驳斥掉吗？先生只看见僧徒引诱人布施叫做行善，说可以得福；看见愚民吃素烧香叫做行善，说可以得福。不这样做的叫做不行善，说一定会获罪。于是说佛家因果，正是用来迷惑众人。而不知道佛家所谓善恶，同儒家没有不同；所谓善恶的报应，也同儒家没有两样。"林生意下不以为然，还想要再申述自己的意见，一转限之间，天已将亮。客人起身要走，林竭力地挽留。他忽然挺立不动，乃是庙中的一个泥塑判官。

冥 吏 答 问

族祖雷阳公言：昔有遇冥吏者，问："命皆前定，然乎？"曰："然。然特穷通寿夭之数，若唐小说所称预知食料，乃术士射覆法耳。如人人琐记此等事，虽大地为架，不能庋此簿籍矣。"问："定数可移乎？"曰："可。大善则移，大恶则移。"问："孰定之？孰移之？"曰："其人自定自移，鬼神无权也。"问："果报何有验有不验?"曰:"人世善恶论一生,祸福亦论一生。冥司则善恶兼前生,祸福兼后生,故若或爽也。"问:"果报何以不同?"曰:"此皆各因其本命。以人事譬之,同一迁官,尚书迁一级则宰相,典史迁一级,不过主簿耳。同一镌秩,有加级者抵,无加级,则竟镌矣。故事同而报或异也。"问:"何不使人先知?"曰:"势不可也。先知之,则人事息,诸葛武侯为多事,唐六臣为知命矣。"问:"何以又使人偶知?"曰:"不偶示之,则恃无鬼神而人心肆,暧昧难知之处,将无不为矣。"先姚安公尝述之曰:"此或雷阳所论,托诸冥吏也。然揆之以理,谅亦不过如斯。"

【译文】

族祖雷阳公说:从前有个人遇见阴间的官吏,便问:"命运都是以前定好的,是这样吗?"阴间的官吏答:"是的。但只是困穷、亨通、长寿、短命的气数,像唐代小说中所说的能够预知人一生的食料,乃是术士的射覆法——置物于覆器之下,让人猜测,用以占卜的游戏罢了。如果为每个人都要繁琐地记下这等事情,即使以大地为架子,也不能收藏完这类簿册了。"问:"定数可以改动吗?"答:"可以。大善就改动,大恶就改动。"问:"因果报应为什么有应验有不应验?"答:"人世的善恶讲这一生,祸福也讲这一生。阴司则善恶连同前生,祸福连同后生,所以好像有时不应验。"问:"因果报应为什么不同?"答:"这都各自由于他本来的命运。用人事来打比方,同样是升官,尚书升一级就是宰相,典史升一级不过是主簿罢了。同样是降级,有加级的抵消,没有加级的那就降了。所以事情相同,报应有时不同。"问:"为什么不使人事先知道?"答:"情势不可以。事先知道了,那么人事就平息了,诸葛武侯变为多事、唐末的六个佞臣变为知道天命的了。"问:"为什么又使人偶尔知道?"答:"不偶尔显示一下,那么仗着没有鬼神而人心可以放肆,暗昧难知的地方将无所不为了。"先父姚安公曾经讲述这件事,说:"这个或者是雷阳的议论,假托之于阴间的官吏罢了。但是按照情理来度量,想来也不过如此。"

鬼神颠倒

先姚安公有仆,貌谨厚而最有心计。一日,乘主人急需,饰词邀勒,得赢数十金。其妇亦悻悻自好,若不可犯;而阴有外遇,久欲与所欢逃,苦无资斧。既得此金,即盗之同遁。越十余日捕获,夫妇之奸乃并败。余兄弟甚快之。

姚安公曰:"此事何巧相牵引,一至于斯!殆有鬼神颠倒其间也。夫鬼神之颠倒,岂徒博人一快哉!凡以示戒云尔。故遇此种事,当生警惕心,不可生欢喜心。甲与乙为友,甲居下口,乙居泊镇,相距三十里。乙妻以事过甲家,甲醉以酒而留之宿。乙心知之,不能言也,反致谢焉。甲妻渡河覆舟,随急流至乙门前,为人所拯。乙识而扶归,亦醉以酒而留之宿。甲心知之,不能言也,亦反致谢焉。其邻媪阴知之,合掌诵佛曰:'有是哉,吾知惧矣。'其子方佐人诬讼,急自往呼之归。汝曹如此媪可也。"

【译文】

先父姚安公有一个仆人,看起来谨慎忠厚,其实最有心计。一天,他趁主人急需时,托词粉饰要挟勒索,获利数十两银子。他的妻子也一副正直傲慢、洁身自好的样子，好像不可侵犯，而暗里有外遇，很久就想同她相好的出逃，苦于没有盘缠。既然得到这些银两，就偷了一同逃跑。过了十几天被捕捉到了，夫妇两人的奸恶于是一起败露。我们兄弟很是快意。

姚安公说："这事为什么凑巧互相牵连，一至于此呢？恐怕有鬼神在那中间指使。鬼神的指使，难道只是为了博取人的一时痛快吗？大概是用来显示鉴戒罢了。所以碰到这种事情，应当生警惕心，不可以生欢喜心。甲同乙是朋友，甲住在下口，乙住在泊镇，相距三十里。乙的妻子因事去甲家，甲用酒灌醉而留她过夜。乙心里知道，不能说出口，反而表示谢意。甲的妻子渡河翻了船，随着急流漂到了乙的门前，被人所救，乙认出而挽扶着到家，也用酒灌醉而留她过夜。甲心里知道，不能说出口，也反而表示谢意。他邻居的一个老妇暗地里知道了，合掌念佛说：'有这种事情吗？我知道惧怕了。'她的儿子正在帮助人捏造罪名告状，连忙自己去叫他回来。你们像这个老妇就好了。"

亡 叔 寄 语

四川毛公振翱，任河间同知时，言其乡人有薄暮山行者，避雨入一废祠，已先有一人坐檐下。谛视，乃其亡叔也，惊骇欲避。其叔急止之曰："因有事告汝，故此相待。不祸汝，汝勿怖也。我殁之后，汝叔母失汝祖母欢，恒非理见棰挞。汝叔母虽顺受不辞，然心怀怨毒，于无人处窃诅詈。吾在阴曹为伍伯，见土神牒报者数矣。凭汝寄语，戒其悛改。如不知悔，恐不免魂堕泥犁也。"语讫而灭。乡人归，告其叔母。虽坚讳无有，然悚然变色，如不自容。知鬼语非诬矣。

【译文】

四川毛公振翧担任河间府同知时,说他的家乡人有傍晚在山间行走的,避雨进入一座废弃的祠庙,已经先有一个人坐在屋檐下面。仔细一看,乃是他亡故的叔父,惊怕要想逃避,他的叔父急忙止住他说:"因为有事情告诉你,所以相等待。不会祸害你,你不要害怕。我死去之后,你的叔母失去你祖母的欢心,经常无缘无故地挨打。你的叔母虽然顺从忍受不抗拒,但是心里怀着怨气仇恨,在没有人的地方偷偷地咒骂。我在阴曹地府做差役,看到土地神行文通报多次了。要靠你传话,劝诫她悔改。如果不知道悔悟,恐怕不免要堕入地狱呵。"说完就消失了。乡人回来告诉他的叔母,她虽然坚决遮饰说没有,但是惶恐不安地变了脸色,好像无地自容。可知鬼的话语不是乱说的了。

鬼　　囚

毛公又言:有人夜行,遇一人状似里胥,锁絷一囚,坐树下。因并坐暂息。囚啜泣不止,里胥鞭之。此人意不忍,从旁劝止。里胥曰:"此桀黠之魁,生平所播弄倾轧者,不啻数百。冥司判七世受豕身,吾押之往生也。君何悯焉!"此人栗然而起。二鬼亦一时灭迹。

【译文】

毛公又说:有人夜里行走,碰到一人样子像里长,锁拘着一个囚犯,坐在树下。于是并坐一起暂时歇息。囚犯哭泣个不停,里长鞭打他。这人意中不忍,从旁边劝说阻止。里长说:"这是个凶狠狡猾的魁首,生平所摆布排挤的不止几百人。阴司判他七世变猪身,我押他前去投生。您为什么要怜悯呢?"这个人惶惧地起身。两个鬼也一下子隐去了形迹。

卷 三

滦阳消夏录（三）

戈壁大蝎虎

俞提督金鳌言：尝夜行辟展戈壁中，（戈壁者，碎沙乱石不生水草之地，即瀚海也。）遥见一物，似人非人，其高几一丈，追之甚急。弯弧中其胸，踣而复起。再射之始仆。就视，乃一大蝎虎。竟能人立而行，异哉。

【译文】

俞提督金鳌说：他曾经夜间行走在辟展的戈壁中（戈壁，是碎沙乱石不生水草的地方，就是瀚海），远远见到一个高差不多一丈的东西，像人又不像人，急急地追赶他。他就弯弓搭箭，射中了它的胸部，它仆倒又起来。再射它，才向前跌倒。靠近观看，乃是一只大蝎虎。竟然能够像人一样地站立行走，怪啊！

林 中 黑 气

昌吉叛乱之时，捕获逆党，皆戮于迪化城西树林中，（迪化即乌鲁木齐，今建为州。树林绵亘数十里，俗谓之树窝。）时戊子八月也。后林中有黑气数团，往来倏忽，夜行者遇之辄迷。余谓此凶悖之魄,聚为妖厉,犹蛇虺虽死,余毒尚染于草木,不足怪也。凡阴邪之气,遇阳刚之气则消。遣数军士于月夜伏铳击之,应手散灭。

【译文】

　　昌吉叛乱的时候,抓住了逆党,都杀戮于迪化城西面的树林中(迪化,就是乌鲁木齐,现今建为州。树林连绵不绝,俗称为树窝),这时是戊子年八月。后来林中有黑气数团,往来迅捷,夜间行走的碰到就着迷。我说这是凶恶悖逆的魂魄,聚集而成为凶险怪异之气,就像是蛇类虽死,余毒还沾染于草木,不足为怪。凡是阴邪之气,碰上阳刚之气就会消失。派遣了几个军士,在月夜里埋伏火枪射击,应手散灭。

关 帝 祠 马

　　乌鲁木齐关帝祠有马,市贾所施以供神者也。尝自啮草山林中,不归皂枥。每至朔望祭神,必昧爽先立祠门外,屹如泥塑。所立之地,不失尺寸。遇月小建,其来亦不失期。祭毕,仍莫知所往。余谓道士先引至祠外,神其说耳。庚寅二月朔,余到祠稍早,实见其由雪碛缓步而来,弭耳竟立祠门外。雪中绝无人迹,是亦奇矣。

【译文】

　　乌鲁木齐关帝祠有马,是市上的商贾施舍用来供神的。曾经自己在山林中吃草,不回马厩。每到初一、十五祭神,必定黎明时先立在祠门外,直立不动如同泥塑,所站立的地方,尺寸不差。碰到小的月份,它的到来也不失期。祭祀完毕,仍然不知道它去了哪里。我说是道士先引到祠外,神化他的说法罢了。庚寅年二月初一，我到祠稍早，确实见到它从下着雪的沙石地上慢步而来，贴着耳朵站立在祠门外面。雪中绝对没有人迹，这也奇了。

真　　魅

　　淮镇在献县东五十五里，即《金史》所谓槐家镇也。有马氏者，家忽见变异，夜中或抛掷瓦石，或鬼声呜呜，或无人处突火出，嬲岁余不止。祷禳亦无验。乃买宅迁居，有赁居者嬲如故，不久亦他徙。以是无人敢再问。有老儒不信其事，以贱价得之。卜日迁居，竟寂然无他，颇谓其德能胜妖。既而有猾盗登门与诟争，始知宅之变异，皆老儒贿盗夜为之，非真魅也。先姚安公曰："魅亦不过变幻耳。老儒之变幻如是，即谓之真魅可矣。"

【译文】
　　淮镇，在献县东面五十五里，就是《金史》里所说的槐家镇。有一户姓马的，家里忽然出现变异，夜里有时抛掷瓦片石块，有时鬼声呜呜作响，有时无人的地方会突然起火，折腾了一年多还不停止。姓马的祈祷禳解也没有效验，于是另买了房子搬走了。他搬走后，有人又租赁这所住宅居住，同样也不太平，不久也搬往别处。所以没有人敢再问津。有个老儒不相信这事，用贱价买到了。挑选日子迁居，竟安安静静地没有别的事故，颇以为他的道德能够战胜妖孽。不久之后，有狡猾的强盗登门同他争骂，才知道住宅的变异，都是老儒买通了强盗夜里干的，不是真的妖魅。先父姚安公说："妖魅也不过变幻罢了。老儒的变幻到了这种样子，就称他是真魅好了。"

斋　僧

己卯七月，姚安公在苑家口，遇一僧，合掌作礼曰："相别七十三年矣，相见不一斋乎？"适旅舍所卖皆素食，因与共饭。问其年，解囊出一度牒，乃前明成化二年所给。问："师传此几代矣？"遽收之囊中，曰："公疑我，我不必再言。"食未毕而去，竟莫测其真伪。尝举以戒昀曰："士大夫好奇，往往为此辈所累。即真仙真佛，吾宁交臂失之。"

【译文】

己卯年七月，姚安公在苑家口，遇见一个和尚，合掌行礼说："分别七十三年了，相见不施一顿斋饭吗？"刚巧旅店所卖的都是素食，于是同他一起吃饭。问他的年纪，解开袋子取出一份度牒，乃是前朝明代成化二年所颁给的。姚安公问："师父这张度牒传到现在几代了？"他立即收入袋中，说："您怀疑我，我不必再说。"饭还没有吃完就离去，竟然无从推测他的真假。姚安公曾经举这件事以告诫昀说："士大夫好奇，往往为这一类人所连累。即使是真仙、真佛，我宁可当面错过。"

夜闻琴棋声

余家假山上有小楼，狐居之五十余年矣。人不上，狐亦不下，但时见窗扉无风自启闭耳。楼之北曰绿意轩，老树阴森，是夏日纳凉处。戊辰七月，忽夜中闻琴声棋声。奴子奔告姚安公。公知狐所为，了不介意，但顾奴子曰："固胜于汝辈饮博。"次日，告昀曰："海客无心，则白鸥可狎。相安已久，惟宜以不闻不见处之。"至今亦绝无他异。

【译文】
　　我家假山上有一座小楼，狐精居住在里面五十多年了。人不上去，狐精也不下来，但时常见到门窗无风却能自动开关。楼的北面叫绿意轩，老树绿荫森森，是夏天乘凉的地方。戊辰年七月，忽然夜里听到琴声、棋声。童仆跑来禀告姚安公，姚安公知道是狐精所为，丝毫也不介意，只是对童仆说："原就胜于你们饮酒赌博。"第二天告知昀说："海上客没有机心，那么白鸥可以狎玩。平安相处已经很久了，只宜以不闻不见对待它。"到现在也全然没有别的变异。

雅　狐

　　丁亥春，余携家至京师。因虎坊桥旧宅未赎，权住钱香树先生空宅中。云楼上亦有狐居，但扃锁杂物，人不轻上。余戏粘一诗于壁曰："草草移家偶遇君，一楼上下且平分。耽诗自是书生癖，彻夜吟哦莫厌闻。"一日，姬人启锁取物，急呼怪事。余走视之，则地板尘上，满画荷花，茎叶苕亭，具有笔致。因以纸笔置几上，又粘一诗于壁曰："仙人果是好楼居，文采风流我不如。新得吴笺三十幅，可能一一画芙蕖？"越数日启视，竟不举笔。以告裘文达公，公笑曰："钱香树家狐，固应稍雅。"

【译文】

丁亥年春天，我携带家属到京城。因为虎坊桥的旧宅没有赎出，权且住在钱香树先生的空宅里。钱先生说这楼上也有狐精居住，所以平时只是关锁杂物，人不轻易上去。我戏粘一首诗在墙壁上道："草草移家偶遇君，一楼上下且平分。耽诗自是书生癖，彻夜吟哦莫厌闻。"一天，侍妾开锁取物，急叫看到了怪事。我跑去一看，只见地板尘土上满满地画着荷花，茎叶高高挺立，具有情致韵味。于是我把纸笔放在小桌上，又粘一首诗在墙壁上道："仙人果是好楼居，文采风流我不如。新得吴笺三十幅，可能一一画芙蕖？"过了几天打开观看，竟然没有动笔。以此告知裘文达公，裘公笑着说："钱香树家的狐精，原就应该较为风雅。"

祈梦吕公祠

　　河间冯树柟，粗通笔札，落拓京师十余年。每遇机缘，辄无成就；干祈于人，率口惠而实不至。穷愁抑郁，因祈梦于吕仙祠。夜梦一人语之曰："尔无恨人情薄，此因缘尔所自造也。尔过去生中，喜以虚词博长者名：遇有善事，心知必不能举也，必再三怂恿，使人感尔之赞成；遇有恶人，心知必不可贷也，必再三申雪，使人感尔之拯救。虽于人无所损益，然恩皆归尔，怨必归人，机巧已为太甚。且尔所赞成拯救，皆尔身在局外，他人任其利害者也。其事稍稍涉于尔，则退避惟恐不速，坐视其人之焚溺，虽一举手之力，亦惮烦不为。此心尚可问乎？由是思维，人于尔貌合而情疏，外关切而心漠视，宜乎不宜？鬼神之责人，一二行事之失，犹可以善抵。至罪在心术，则为阴律所不容。今生已矣，勉修未来可也。"后果寒饿以终。

【译文】

　　河间冯树柟粗通笔墨,落拓在京城十多年。每每遇到机会,总是没有成就。他求告于人,都是口头上答应得很好而实际没有什么帮助,穷愁潦倒,心情抑郁,于是求梦于吕仙祠。一天夜里,他梦见一人对他说:"你不要怨恨人情淡薄,这是因缘罢了,是你自己造成的。你过去的一生中,喜欢用虚词博取长者的名声。遇到有善事,心里知道必然不能举办,一定再三怂恿,使人感激你的赞成;遇到有恶人,心里知道必然不可以宽恕,一定再三申辩表白,使人感激你的拯救。虽然对于人没有什么损害和增益,但是恩惠都归于你,怨恨必归于人,机变巧诈已经做得太过分。而且你所赞成、拯救,都是你身在局外,别人承担它的利害的。那事情稍稍涉及你,就退避唯恐来不及,眼看着那人火烧水溺,虽然是一举手的力气,也怕烦不做,这心还可问吗?由此想来,人们对你貌合而情疏,外表关切而内心漠视,适当还是不适当呢?鬼神的责备人,一两件行事的过失,还可以用善行相抵;至于罪在心术,则为阴间法令所不容。今生已经无望,勉力修未来可以了。"后来果然饥寒而死。

干仆辩

　　史松涛先生,讳茂,华州人,官至太常寺卿,与先姚安公为契友。余十四五时,忆其与先姚安公谈一事曰:某公尝棰杀一干仆。后附一痴婢,与某公辩曰:"奴舞弊当死。然主人杀奴,奴实不甘。主人高爵厚禄,不过于奴之受恩乎?卖官鬻爵,积金至巨万,不过于奴之受赂乎?某事某事,颠倒是非,出入生死,不过于奴之窃弄权柄乎?主人可负国,奈何责奴负主人?主人杀奴,奴实不甘。"某公怒而击之仆，犹呜呜不已。后某公亦不令终。因叹曰："吾曹断断不至是。然旅进旅退，坐食俸钱，而每责僮婢不事事，毋乃亦腹诽矣乎！"

【译文】
　　史松涛先生，名茂，华州人。官做到太常寺卿，同先父姚安公是好友。我十四五岁时，回忆他同先父姚安公谈论一件事说：某公曾鞭打死了一个干练的仆人。这仆人后来附在一个痴呆的婢女身上同某公争辩说："奴仆舞弊应当死，但是主人杀奴仆，奴仆实在不甘心。主人高高的爵位、优厚的俸禄，不超过奴仆的受恩吗？接受钱财，出卖官爵，积累银两到了多少万，不超过奴仆的收受贿赂吗？某件事某件事，颠倒是非，一进一出，生死变化，不超过奴仆的窃弄权柄吗？主人可以辜负国家，为什么责备奴仆辜负主人呢？主人杀奴仆，奴仆实在不甘心。"某公发怒而打他，仆人还呜呜地哭个不停。后来某公也不得善终。松涛先生因而叹息说："我辈断断乎不至于这样，但是同进同退随大流，坐享俸钱，而每每责备僮仆婢女无所事事，岂不是人家口里不言，心中也要讥笑吗？"

依样壶芦

　　束城李某，以贩枣往来于邻县，私诱居停主人少妇归。比至家，其妻先已偕人逃。自诧曰："幸携此妇来，不然，鳏矣。"人计其妻迁娠之期，正当此妇乘垣后日，适相报，尚不悟耶！既而此妇不乐居农家，复随一少年遁，始茫然自失。后其夫踪迹至束城，欲讼李。李以妇已他去，无佐证，坚不承。纠纷间，闻里有扶乩者，众曰："盍质于仙？"仙判一诗曰："鸳鸯梦好两欢娱，记否罗敷自有夫。今日相逢须一笑，分明依样画壶卢。"其夫默然径返，两邑接壤，有知其事者曰："此妇初亦其夫诱来者也。"

【译文】

　　束城李某，因贩卖枣子往来于相邻的县，私下引诱寓所主人的少妇而归。等回到家，他的妻子先已跟人逃走。李某惊异地说："幸而携带了这个女人来，要不然就成鳏夫了。"人们一算，他的妻子搬走财物的日期，正当这个女人同他出逃的后一天，刚巧相报，但李某这时还不觉悟。过了不久，这个女人不乐意住在农家，又跟随一个少年逃走，李某才茫茫然感到若有所失。后来这女人的丈夫追寻踪迹到了束城，要想告发李某。李某以为女人已经到别处去，没有旁证，坚决不肯承认。正在闹纠纷之间，听说乡里有扶乩的。众人说："何不向仙人质询？"仙人判一首诗道："鸳鸯梦好两欢娱，记否罗敷自有夫。今日相逢须一笑，分明依样画壶卢。"女人的丈夫不再说什么，自管自回去了。两县接界，有知道情况的人说："这个女人起初也是她丈夫引诱来的。"

荔　　姐

　　满媪，余弟乳母也，有女曰荔姐，嫁为近村民家妻。一日，闻母病，不及待婿同行，遽狼狈而来。时已入夜，缺月微明。顾见一人追之急，度是强暴，而旷野无可呼救。乃隐身古冢白杨下，纳簪珥怀中，解绦系颈，披发吐舌，瞪目直视以待。其人将近，反招之坐。及逼视，知为缢鬼，惊仆不起。荔姐竟狂奔得免。比入门，举家大骇，徐问得实，且怒且笑，方议向邻里追问。次日，喧传某家少年遇鬼中恶，其鬼今尚随之，已发狂谵语。后医药符箓皆无验，竟颠痫终身。此或由恐怖之余，邪魅乘机而中之，未可知也。或一切幻象，由心而造，未可知也。或明神殛恶，阴夺其魄，亦未可知也。然均可为狂且戒。

【译文】

满姓老妇，是我弟弟的乳母。她有一个女儿，名叫荔姐，出嫁到近村民家为妻。一天，荔姐听说母亲有病，来不及等待丈夫同行，就匆匆赶来探望。当时已经入夜，残缺的月亮微有光明，只见一个人在后面追得很急。荔姐估计是强横暴徒，但在空旷的野地里，无处可以呼救。于是隐身古墓的白杨树下，把发簪和耳饰藏入怀中，解下丝带系在颈上，披发吐舌，瞪眼直视，等待来人。那人将要走近，荔姐反而招他来坐，那人走到荔姐身旁一看，发现是个吊死鬼，大吃一惊，倒地不起，荔姐就趁机赶快逃脱。等到进门，全家大惊，慢慢地询问，得知实情，又气愤又好笑。正在商议向邻里追问，第二天纷纷传说某家少年遇鬼中了邪，那鬼现在还跟着他，已经发狂胡言乱语。后来求医问药、画符驱鬼，都没有效验，竟终身得了癫痫病。这或者由于恐怖之余，妖邪鬼魅趁机而击中了他，就不可知了。或者一切幻象，由心而造作，也不可知了。或者明察的神诛杀恶人，暗中夺去了他的魂魄，这也不可知了。但都可以作为那些浮浪子弟的鉴戒。

贿 盗 扮 鬼

制府唐公执玉，尝勘一杀人案，狱具矣。一夜秉烛独坐，忽微闻泣声，似渐近窗户。命小婢出视，嚘然而仆。公自启帘，则一鬼浴血跪阶下。厉声叱之。稽颡曰："杀我者某，县官乃误坐某。仇不雪，目不瞑也。"公曰："知之矣。"鬼乃去。翌日，自提讯。众供死者衣履，与所见合。信益坚，竟如鬼言改坐某。问官申辩百端，终以为南山可移，此案不动。其幕友疑有他故，微叩公。始具言始末，亦无如之何。

一夕，幕友请见，曰："鬼从何来？"曰："自至阶下。""鬼从何去？"曰："欸然越墙去。"幕友曰："凡鬼有形而无质，去当奄然而隐，不当越墙。"因即越墙处寻视，虽甓瓦不裂，而新雨之后，数重屋上皆隐隐有泥迹，直至外垣而下。指以示公曰："此必囚贿捷盗所为也。"公沉思恍然，仍从原谳。讳其事，亦不复深求。

【译文】

总督唐公执玉，曾经查证一件杀人案，罪案已经定了。有一夜，他灯前独坐，忽然听到一阵轻轻的哭泣声，声音又好像渐渐靠近窗户。他叫小婢出去观看，那小婢突然叫了一声跌倒了。唐公自己打开门帘，只见一个鬼满身是血跪在石阶下。唐公厉声喝叱它，那鬼叩着头说："杀我的是某人，县官竟误判了某人。冤仇不能昭雪，眼睛不能闭啊！"唐公说："知道了。"鬼才离去。第二天，唐公亲自提审。众人供死者的衣服鞋子同所见的相合，因此更加深信不疑，竟然按照鬼所说的，改判某人。原审问官百般申辩，唐公始终以为南山可移，此案不能动。他的幕友怀疑有别的缘故，略微向唐公探询，才具体说出事情的始末，也无可如何。

一天晚上，幕友求见，问："鬼从哪里来的？"唐公答："自己到石阶下。"幕友又问："鬼从哪里去的？"唐公答："忽然越墙而去。"幕友说："凡是鬼有外形而无实质，离去应当是急速隐没，不应当越墙。"于是就在越墙的地方寻找察看，虽然砖瓦没有破裂，而新下过雨之后，数重的屋上都隐隐地有泥迹，一直到外面的围墙而下。指着让唐公看，说："这必然是囚犯买通了手脚麻利的强盗所干的。"唐公沉思，猛然领悟，仍旧依照原来的判决。隐讳这件事，也不再深究。

破 寺 僧

　　景城南有破寺，四无居人，惟一僧携二弟子司香火，皆蠢蠢如村佣，见人不能为礼。然谲诈殊甚，阴市松脂炼为末，夜以纸卷燃火撒空中，焰光四射。望见趋问，则师弟键户酣寝，皆曰不知。又阴市戏场佛衣，作菩萨罗汉形，月夜或立屋脊，或隐映寺门树下。望见趋问，亦云无睹。或举所见语之，则合掌曰："佛在西天，到此破落寺院何为？官司方禁白莲教，与公无仇，何必造此语祸我？"人益信为佛示现，檀施日多。然寺日颓敝，不肯葺一瓦一椽，曰："此方人喜作蜚语，每言此寺多怪异。再一庄严，惑众者益藉口矣。"积十余年，渐致富。忽盗瞰其室，师弟并拷死，罄其资去。官检所遗囊箧，得松脂戏衣之类，始悟其奸。此前明崇祯末事。先高祖厚斋公曰："此僧以不蛊惑为蛊惑，亦至巧矣。然蛊惑所得，适以自戕，虽谓之至拙可也。"

【译文】
　　景城南面有座破寺，四周没有居民，只有一个和尚携带两个弟子管理香火。他们都蠢笨如同农村雇工，见到人不能礼貌地对待。但是诡谲欺诈很是厉害，偷偷买来松香炼成细末，夜里用纸卷起点燃火星撒布空中，光焰四射。人们望见前往询问，则师父弟子关门大睡，都回说不知道。又偷偷买来戏场上的佛衣，装作菩萨罗汉的形状。月夜时或者站在屋脊上，或者隐约映现在寺门的树下。人们望见前往询问，也说没有看见。或者举出所见到的同他们说，则合掌说："佛在西天，到这破落的寺院做什么？官府正在查禁白莲教，同您没有仇,何必造出这种话害我?"人们更加相信是佛的显示现身,布施日益增多。但是寺院一天天地颓败凋敝,也不肯修葺一张瓦片一根椽子,说:"这地方的人喜欢散布流言蜚语,常说这寺中多怪异;再一修缮显出庄严,那些造言惑众的人更加有借口了。"这样积蓄了十几年,渐渐致富。忽然被强盗暗中注意,师父弟子一起被拷打而死,钱财全部被掠。官府检点所留下的袋子和箱子,发现松香、戏衣之类,才悟出他们的奸计。这是前朝明代崇祯末年的事。已故高祖厚斋公说:"这个和尚以不诱惑为诱惑,也极巧妙了。但是诱惑所得,恰巧用来自己伤害自己,所以说他最笨拙也可以。"

老僧说法

有书生嬖一娈童,相爱如夫妇。童病将殁,凄恋万状,气已绝,犹手把书生腕,擘之乃开。后梦寐见之,灯月下见之,渐至白昼亦见之,相去恒七八尺。问之不语,呼之不前,即之则却退。缘是悁悁成心疾,符箓劾治无验。其父姑令借榻丛林,冀鬼不敢入佛地。至则见如故。

一老僧曰:"种种魔障,皆起于心。果此童耶?是心所招;非此童耶?是心所幻。但空尔心,一切俱灭矣。"又一老僧曰:"师对下等人说上等法,渠无定力,心安得空?正如但说病证,不疏药物耳。"因语生曰:"邪念纠结,如草生根,当如物在孔中,出之以楔,楔满孔则物自出。尔当思惟,此童殁后,其身渐至僵冷,渐至洪胀,渐至臭秽,渐至腐溃,渐至尸虫蠕动,渐至脏腑碎裂,血肉狼藉,作种种色。其面目渐至变貌,渐至变色,渐至变相如罗刹,则恐怖之念生矣。再思惟此童如在,日长一日，渐至壮伟，无复媚态，渐至鬑鬑有须，渐至修髯如戟，渐至面苍黧，渐至发斑白，渐至两髯如雪，渐至头童齿豁，渐至伛偻劳嗽，涕泪涎沫，秽不可近，则厌弃之念生矣。再思惟此童先死，故我念彼。倘我先死，彼貌姣好，定有人诱，利饵势胁，彼未必守贞如寡女。一旦引去，荐彼枕席，我在生时对我种种淫语，种种淫态，俱回向是人，恣其娱乐；从前种种昵爱，如浮云散灭，都无余滓，则愤恚之念生矣。再思惟此童如在，或恃宠跋扈，使我不堪，偶相触忤，反面诟谇；或我财不赡，不餍所求，顿生异心，形色素漠；或彼见富贵，弃我他往，与我相遇如陌路人，则怨恨之念生矣。以是诸念起伏生灭于心中，则心无余闲。心无余闲，则一切爱根欲根无处容著，一切魔障不祛自退矣。"

生如所教，数日或见或不见，又数日竟灭迹。病起往访，则寺中无是二僧。或曰古佛现化，或曰十方常住，来往如云，萍水偶逢，已飞锡他往云。

【译文】

有个书生宠幸一个娈童，相爱如同夫妇。娈童生病将死，对书生万般的凄切眷恋。气已经断了，还握着书生的手腕，掰开才松手。后来睡梦之中见到他，灯影月光之下见到他，渐渐到了白天也见到他，相距经常是七八尺。问他不说话，叫他不向前，靠近他则退却。因此悯悯然成了心病，画符请神治疗没有效验。他的父亲暂且叫他借住在寺院里，希望鬼不敢进入佛地。到了那里，则仍然见到，和以前一样。

一个老和尚说："种种魔障，都是起于心。果然是这个童子吗？是心所招致；不是这个童子吗？是心所幻变。只要空你的心，一切就都消灭了。"又一个老和尚说："师父对下等人说上等的法，他没有把握自己的意志力，心怎么能空？正像只说病症，不开药物罢了。"于是就对书生说："邪念纠缠盘结在一起，如同草之生根。应当像物在洞孔中，用楔子把它通出来；楔子塞满洞孔，则物自然出来。你应当想：这个童子死后，他的身体渐渐僵冷，渐渐膨胀，渐渐臭秽，渐渐腐烂，渐渐尸虫蠕动，渐渐五脏六腑碎裂，血肉狼藉，显出种种颜色。他的面目渐渐改变，渐渐变色，渐渐变得像恶鬼罗刹，那么恐怖的念头生了。再想：这个童子如果还在，一天长大一天，渐渐壮实魁伟，不再有妩媚的姿态，渐渐有稀疏的胡须，渐渐脸颊上的长须长得如同能刺人的戟，渐渐面皮苍黑，渐渐头发花白，渐渐两鬓如雪，渐渐头上秃顶、牙齿缺落，渐渐弯腰曲背，病痨咳嗽，鼻涕眼泪，流涎吐沫，肮脏不可接近，那么厌弃的念头生了。再想：这个童子先死，所以我思念他；倘若我先死，他的相貌姣好，肯定有人引诱，利益的勾引，势力的胁迫，他未必能像寡妇那样保持节操。一旦离去，陪他人睡觉，我在活着的时候，对我的种种淫亵的话语、种种淫亵的姿态，都回过来向了这个人，由着他任意娱乐；从前的种种亲昵欢爱，如同浮云散灭，没有留下一丁点儿痕迹，那么愤怒的念头生了。再想：这个童子如果活着，或者倚仗宠爱，骄横任性，使我难以忍受，偶尔触犯，翻脸咒骂；或者我的钱财不丰厚，不能满足他的要求，顿时生出异心，形状脸色冷漠；或者他见人家富贵，抛弃我到了别处，同我相遇，如同陌路人，那么怨恨的念头生了。有这种种念头在心中起伏生灭，那么心就没有多余的闲空。心没有多余的闲空，那么一切爱恋之根、欲念之根无处容纳，一切魔障不去摆脱就自行退却了。"

书生按照他的教诲去做，几天中，有时见，有时不见。又过了几天，竟然消灭了形迹。病好了前往寻访，则寺中并没有这两个和尚。有的说是古佛化身显现，有的说和尚在十方常住，来往如行云，偶尔萍水相逢，很快又云游到别处去了。

卖 面 妇

先太夫人乳媪廖氏言：沧州马落坡，有妇以卖面为业，得余面以养姑。贫不能畜驴，恒自转磨，夜夜彻四鼓。姑殁后，上墓归，遇二少女于路，迎而笑曰："同住二十余年，颇相识否？"妇错愕不知所对。二女曰："嫂勿讶，我姊妹皆狐也。感嫂孝心，每夜助嫂转磨。不意为上帝所嘉，缘是功行，得证正果。今嫂养姑事毕，我姊妹亦登仙去矣。敬来道别，并谢提携也。"言讫，其去如风，转瞬已不见。妇归，再转其磨，则力几不胜，非宿昔之旋运自如矣。

【译文】

先母太夫人的乳母廖氏说：沧州马落坡有个女人以卖面为业，拿卖剩下的面奉养婆婆。因为贫穷养不起驴子，经常自己推磨，夜夜要磨到四更天。婆婆死了以后，上坟归来，在路上碰到两个少女，迎过来笑着说："同住了二十多年，还有点面熟吗？"女人感到惊讶，不知道如何回答。两个少女说："嫂嫂不要惊讶，我姊妹都是狐狸精，被嫂嫂的孝心所感动，每夜帮助嫂嫂推磨。没有料到为上帝所赞许，由于这个功德，得以参悟成了正果。现在嫂嫂奉养婆婆的事情已完，我姊妹也登仙去了。恭敬地前来道别，并且感谢对我们的提拔携带。"说完，像一阵风似地离去，转眼之间已经不见。女人回来，再推她的磨，则力气几乎不能胜任，不再像过去那样的运转自如了。

乌鲁木齐

乌鲁木齐，译言好围场也。余在是地时，有笔帖式名乌鲁木齐。计其命名之日，在平定西域前二十余年。自言初生时，父梦其祖语曰："尔所生子，当名乌鲁木齐。"并指画其字以示。觉而不省为何语；然梦甚了了，姑以名之。不意今果至此，意将终此乎？后迁印房主事，果卒于官。计其自从征至卒，始终未尝离是地。事皆前定，岂不信夫。

【译文】

乌鲁木齐，翻译出来就是好围场。我在这地方时，有一个笔帖式——翻译满汉文书的官员，名叫乌鲁木齐。计算他命名的日子，在平定西域以前二十多年。他说："自己刚出生时，父亲梦见我的祖父，说：'你所生的儿子，当名为乌鲁木齐。'并且用指头画出那字给他看。父亲醒来后，却没有领会是什么话，但是梦境很清楚，姑且用作了名字。不料现在果然到了这里，想来将要终身在此地吗？"后来他升掌印房的主事，果然死于任上。他从随军出征到死，始终未曾离开这里。事情都是原先定好的，难道不是如此吗？

巴　　拉

乌鲁木齐又言：有厮养曰巴拉，从征时，遇贼每力战。后流矢贯左颊，镞出于右耳之后，犹奋刀斫一贼，与之俱仆。后因事至孤穆第，（在乌鲁木齐、特纳格尔之间。）梦巴拉拜谒，衣冠修整，颇不类贱役。梦中忘其已死，问："向在何处，今将何往？"对曰："因差遣过此，偶遇主人，一展积恋耳。"问："何以得官？"曰："忠孝节义，上帝所重。凡为国捐生者，虽下至仆隶，生前苟无过恶，幽冥必与一职事；原有过恶者，亦消除前罪，向人道转生。奴今为博克达山神部将，秩如骁骑校也。"问："何往？"曰："昌吉。"问："何事？"曰："赍有文牒，不能知也。"霍然而醒，语音似犹在耳。时戊子六月。至八月十六日而有昌吉变乱之事，鬼盖不敢预泄云。

【译文】

乌鲁木齐又说：有个仆役名叫巴拉，随军出征时，遇贼往往尽力战斗。后来一枝乱飞的箭贯通他的左颊，箭头从他右耳之后穿出，还奋力用刀砍中一贼，同贼一起仆倒。以后自己因事到孤穆第（在乌鲁木齐、特纳格尔之间），梦见巴拉来拜见，衣帽整洁，很不像是低贱的仆役。梦中忘记他已经死了，问他："一向在哪里？现在要到哪里去？"他回答说："因为奉命办事经过这里，偶尔碰到主人，一抒久存的思念罢了。"又问："怎么得的官？"他答道："忠孝节义，上帝所看重。凡是为国献出生命的，虽然卑下到仆役隶卒，生前假如没有罪过，阴间必然给予一个职位；原来有罪恶的，也消除前罪，向人道中转生。奴才现今做博克达山神的部将，俸禄如同骁骑校。"问："去哪里？"他答："昌吉。"又问："去办什么事？"他答道："带有公文，内容不能知道。"我突然醒了过来，巴拉的话音好像还在耳边。当时是戊子年六月。到了八月十六日，而有昌吉变乱的事，鬼大概不敢预先泄露。

出 土 花 女 鞋

昌吉筑城时，掘土至五尺余，得红绉丝绣花女鞋一，制作精致，尚未全朽。余乌鲁木齐杂诗曰："筑城掘土土深深，邪许相呼万杵音。怪事一声齐注目，半钩新月藓花侵。"咏此事也。入土至五尺余，至近亦须数十年，何以不坏？额鲁特女子不缠足，何以得作弓弯样，仅三寸许？此必有其故，今不得知矣。

【译文】

昌吉修筑城墙时，掘地到五尺多，得到红绒丝的绣花女鞋一只，制作精致，还没有完全朽烂。我的乌鲁木齐杂诗说："筑城掘土土深深，邪许相呼万杵音。怪事一声齐注目，半钩新月藓花侵。"就是吟咏这件事情的。入土到了五尺多，最近也须要几十年，为什么不坏？额鲁特女子不缠脚，为什么能做成弯曲如弓的样子，只有三寸光景？这必定有它的缘故，现在不得而知了。

郭　　六

郭六，淮镇农家妇，不知其夫氏郭父氏郭也，相传呼为郭六云尔。雍正甲辰、乙巳间，岁大饥。其夫度不得活，出而乞食于四方，濒行，对之稽颡曰："父母皆老病，吾以累汝矣。"妇故有姿，里少年瞰其乏食，以金钱挑之，皆不应，惟以女工养翁姑。既而必不能赡，则集邻里叩首曰："我夫以父母托我，今力竭矣，不别作计，当俱死。邻里能助我，则乞助我；不能助我，则我且卖花，毋笑我。"（里语以妇女倚门为卖花。）邻里趑趄嗫嚅，徐散去。乃恸哭白翁姑，公然与诸荡子游。阴蓄夜合之资，又置一女子，然防闲甚严，不使外人觌其面。或曰，是将邀重价。亦不辩也。

越三载余,其夫归,寒温甫毕,即与见翁姑,曰:"父母并在,今还汝。"又引所置女见其夫曰:"我身已污,不能忍耻再对汝。已为汝别娶一妇,今亦付汝。"夫骇愕未答,则曰:"且为汝办餐。"已往厨下自刭矣。县令来验,目炯炯不瞑。县令判葬于祖茔,而不祔夫墓,曰:"不祔墓,宜绝于夫也;葬于祖茔,明其未绝于翁姑也。"目仍不瞑。其翁姑哀号曰:"是本贞妇,以我二人故至此也。子不能养父母,反绝代养父母者耶?况身为男子不能养,避而委一少妇,途人知其心矣,是谁之过而绝之耶?此我家事,官不必与闻也。"语讫而目瞑。时邑人议论颇不一。先祖宠予公曰:"节孝并重也,节孝又不能两全也。此一事非圣贤不能断,吾不敢置一词也。"

【译文】

郭六,是淮镇的农家妇女,不知道是她的丈夫姓郭还是父亲姓郭,但大家都叫她郭六。雍正二、三年间,是个大饥荒年头。她的丈夫自忖活不下去,出去到四方要饭。临走时,对着她叩头说:"父母都年老有病,我托付给你了。"这女人原有姿色,乡里少年见她食用不足,就用金钱挑逗她,她都不应答。只用女红来养活公婆。后来实在难以赡养,就邀请众多邻里,叩头说:"我的丈夫把父母托付我,现在我的力量用尽了,如不另作打算,就会一起饿死。邻里能帮助我,那就恳求帮助我;如不能帮助我,那么我就得卖花,不要笑话我。"(乡里俗语把妇女倚门卖笑称为卖花。)邻里进退犹豫,吞吞吐吐,慢慢散去。于是她痛哭着告知公婆,公然同那班浪荡子交游。她暗地里积蓄了夜里卖身的钱,又购买了一个女子。但是防范得很严,不让外人见到她的面。有的说这是要谋求大价钱,也没有人辩驳。

过了三年多，她的丈夫回来了。问候刚完，就同他去见公婆，说："父母都在，现在还给你。"又引自己所购买的女子来见丈夫说："我的身子已经被玷污，不能忍着耻辱再面对你；已经为你另外娶了一个妻子，现在也交给你。"丈夫惊愕，还没有答腔，她就说："我且去给你备饭。"说着已经到厨下割颈自杀了。县令来验看，两眼还炯炯不闭。县令判处葬在夫家的祖坟里，而不附葬于丈夫的坟墓，说："不合葬，是应当同丈夫断绝关系；葬于祖坟，表明她没有同公婆断绝关系。"这时她眼睛仍然不闭。她的公婆哀声号哭说："她本来是个贞节的女人，因为我们两人的缘故，使她到了这种地步。儿子不能奉养父母，反而要与代养父母的人断绝关系吗？况且身为男子，不能奉养，自己逃避而托付给一个少妇，路上行人也知道他心里想的是什么了，是谁的过错而断绝她的呢？这是我们家里的事，官府不必过问。"说完，她的眼睛就闭上了。当时村落里的人议论很不一致。已故祖父宠予公说："节孝应当并重，节孝又不能两全。这一件事不是圣贤不能判断，我不敢说一句话。"

死 有 余 憾

御史某之伏法也，有问官白昼假寐，恍惚见之，惊问曰："君有冤耶？"曰："言官受赂鬻章奏，于法当诛，吾何冤？"曰："不冤，何为来见我？"曰："有憾于君。"曰："问官七八人，旧交如我者亦两三人，何独憾我？"曰："我与君有宿隙，不过进取相轧耳，非不共戴天者也。我对簿时，君虽引嫌不问，而阳阳有德色；我狱成时，君虽虚词慰藉，而隐隐含轻薄。是他人据法置我死，而君以修怨快我死也。患难之际，此最伤人心，吾安得不憾！"问官惶恐愧谢曰："然则君将报我乎？"曰："我死于法，安得报君。君居心如是，自非载福之道，亦无庸我报。特意有不平，使君知之耳。"语讫，若睡若醒，开目已失所在，案上残茗尚微温。

后所亲见其惘惘如失，阴叩之，乃具道始末，喟然曰："幸哉我未下石也，其饮恨犹如是。曾子曰：'哀矜勿喜。'不其然乎！"所亲为人述之，亦喟然曰："一有私心，虽当其罪犹不服，况不当其罪乎！"

【译文】

某御史依法被处死刑。有个审问官白天和衣打盹，恍恍惚惚间见到他，吃惊地问道："您有冤吗？"答："谏官接受贿赂出卖奏章，依照法令应当杀头。我有什么冤？"审问官问："不冤，为什么来见我？"某御史答道："对您感到不满意。"审问官问："审问官七八个人，旧交像我的也有两三个人，为什么单单不满意我？"某御史道："我同您有旧日的嫌隙仇恨，不过是进身取官中互相倾轧罢了，不是不共戴天的怨仇。我在公堂对簿时，您虽然避嫌疑不提问，而得意扬扬地表现出来有恩德于人的神色。我的罪案成立时，您虽然虚言抚慰，而暗暗地带着轻薄。这是别人依据法令置我于死地，而您是因宿怨以我的死为快。患难的关头，这是最伤人心的，我怎么能满意呢？"审问官惶恐惭愧，谢罪说："那么您将要报复我吗？"某御史道："我死于法，怎么能报复您？您的居心是这样，自然不是承受福惠之道，也不用我报复。只不过意中有所不平，使您知道罢了。"某御史说完，审问官就如睡如醒，张开眼睛，那人已不在那里了。桌上残茶还有微温。

后来他所亲近的人，见他惘惘然若有所失，就私下问他，他才详细地说出事情的始末，叹息说："幸运啊，我没有落井下石，他还愤恨得这样。曾子说：'哀矜勿喜。'不正是这样吗？"他所亲近的人为别人讲述，也感叹说："一旦有了私心，虽然判决相当于他的罪行尚且不服，何况同他的罪行不相当呢！"

死 不 解 怨

程编修鱼门曰:"怨毒之于人甚矣哉!宋小岩将殁,以片札寄其友曰:'白骨可成尘,游魂终不散;黄泉业镜台,待汝来相见。'余亲见之。其友将殁,以手拊床曰:'宋公且坐。'余亦亲见之。"

【译文】

程编修鱼门说:"怨仇忌恨对于人可厉害了!宋小岩将死,以一张信纸寄给他的朋友说:'白骨可成尘,游魂终不散。黄泉业镜台,待汝来相见。'我亲眼见到的。他的朋友将死,用手拍着床说:'宋公且坐。'我也是亲眼见到的。"

某 公 多 事

相传某公奉使归,驻节馆舍。时庭菊盛开,徘徊花下。见小童隐映疏竹间,年可十四五,端丽温雅如靓妆女子。问知为居停主人子。呼与语,甚慧黠,取一扇赠之。流目送盼,意似相就。某公亦爱其秀颖,与流连软语。适左右皆不在,童即跪引其裾曰:"公如不弃,即不敢欺公:父陷冤狱,得公一语可活。公肯援手,当不惜此身。"方探袖出讼牒,忽暴风冲击,窗扉六扇皆洞开,几为驺从所窥。心知有异,急挥之去,曰:"俟夕徐议。"即草草命驾行。后廉知为土豪杀人,狱急不得解,赂胥吏引某公馆其家,阴市娈童,伪为其子;又赂左右,得至前为秦弱兰之计。不虞冤魄之示变也。裘文达公尝曰："此公偶尔多事,几为所中。士大夫一言一动,不可不慎。使尔时面如包孝肃,亦何隙可乘。"

【译文】

　　相传某公奉命出使归来,驻留在接待宾客的房舍里。当时庭院中菊花盛开,某公在花下徘徊。他看见有小童隐约映现在稀疏的竹枝间,年纪约十四五岁,端丽温雅,如同盛妆的女子。经询问才知道是房舍主人的儿子。某公把他叫来谈话,发觉他十分聪慧灵巧。某公拿一把扇赠送给他,看到他目光流转送情,意思像是主动要来亲近。某公也爱他的秀美聪颖,依恋不舍,同他温声软语,恋恋不舍。恰巧左右的人都不在,童子当即跪下,拉着某公的衣袖,说:"您如果不厌弃,我就不敢欺骗您。我的父亲陷身于冤狱,如能得到您的一句话,他就可以活命。您肯救助,我当不惜这个身子。"童子刚从袖子里摸出状纸,忽然一股暴风冲击,把六扇窗门全部吹开,他们谈话的情景,几乎被侍从们偷看到。某公知道有异样的情况,就连忙挥手让他离去,说:"到晚上再慢慢商量。"并立即叫人驾车马走了。后经访察,知道是因为土豪杀了人,罪案急切不能解免,买通了官府中的小吏,引导某公留宿他家,暗地里买了娈童,假装是他的儿子;又买通左右,得以到面前,用秦弱兰引诱陶谷的计策。没有料到冤魂显示变异。裘文达公曾经说:"此公偶尔多事,差一点中了计。士大夫一言一行,不可不谨慎,如果当时面孔像包公,又哪里有机会可乘。"

孟 村 一 女

　　明崇祯末,孟村有巨盗肆掠,见一女有色,并其父母縶之。女不受污,则缚其父母加炮烙。父母并呼号惨切,命女从贼。女请纵父母去,乃肯从。贼知其绐己,必先使受污而后释。女遂奋掷批贼颊，与父母俱死，弃尸于野。后贼与官兵格斗，马至尸侧，辟易不肯前，遂陷淖就擒。女亦有灵矣，惜其名氏不可考。

论是事者，或谓女子在室，从父母之命者也。父母命之从贼矣，成一己之名，坐视父母之惨酷，女似过忍。或谓命有治乱，从贼不可与许嫁比。父母命为倡，亦为倡乎？女似无罪。先姚安公曰："此事与郭六正相反，均有理可执，而于心终不敢确信。不食马肝，未为不知味也。"

【译文】

明朝崇祯末年，孟村有大盗肆意抢劫，看见一个女子有姿色，就把她和她的父母一起抓了起来。女子不肯受污辱，大盗就捆绑她的父母，用烧红的铁烙他们。父母悲惨凄切地号叫，让女儿顺从贼人。女子要求放父母走，才肯依从。贼知道她欺骗自己，必定要先让她受污而后释放。女子就奋力腾跃打贼的耳光，同父母一起被杀死，尸体抛弃在野地里。后来贼同官兵格斗，马到了尸体的旁边，惊退不肯前进，于是陷入烂泥里被捕获。这女子也是有灵了，可惜她的姓名已不可查考。

议论这件事的，有的说女子在家，是要顺从父母的命令的。父母命令她依从贼人，她为了自己的名声，眼看着父母悲惨残酷的遭遇，似乎过于忍心。有的说命令有出自正常与动乱的不同情况，依从贼人不可以同许嫁相比。父母命令做娼妓，也做娼妓吗？女子似乎无罪。先父姚安公说："这事同郭六正好相反，都是有理由可说的，而于心总有些不安。不吃有毒的马肝，算不上不知道滋味。"

泥 古 者

刘羽冲，佚其名，沧州人。先高祖厚斋公多与唱和。

性孤僻，好讲古制，实迂阔不可行。尝倩董天士作画，倩厚斋公题。内《秋林读书》一幅云："兀坐秋树根，块然无与伍。不知读何书，但见须眉古。只愁手所持，或是井田谱。"盖规之也。偶得古兵书，伏读经年，自谓可将十万。会有土寇，自练乡兵与之角，全队溃覆，几为所擒。又得古水利书，伏读经年，自谓可使千里成沃壤。绘图列说于州官。州官亦好事，使试于一村。沟洫甫成，水大至，顺渠灌入，人几为鱼。由是抑郁不自得，恒独步庭阶，摇首自语曰："古人岂欺我哉！"如是日千百遍，惟此六字。不久，发病死。

后风清月白之夕，每见其魂在墓前松柏下，摇首独步。侧耳听之，所诵仍此六字也。或笑之，则歘隐。次日伺之，复然。泥古者愚，何愚乃至是欤！阿文勤公尝教昀曰："满腹皆书能害事，腹中竟无一卷书，亦能害事。国弈不废旧谱，而不执旧谱；国医不泥古方，而不离古方。故曰：'神而明之，存乎其人。'又曰：'能与人规矩，不能使人巧。'"

【译文】
刘羽冲，不知他的名，沧州人。已故高祖父厚斋公经常同他互相唱和。他性格孤僻，喜欢讲古代的制度，其实迂腐不着边际，不可能实行。他曾经请董天士作画，请厚斋公题诗。其中有一幅《秋林读书》，上面的题诗说："兀坐秋树根，块然无与伍。不知读何书，但见须眉古。只愁手所持，或是井田谱。"原是规劝他的意思。他偶尔得到古代的兵书，经年累月地伏案诵读，自以为可以带领十万兵。刚碰到地方有强盗，自己操练乡兵去进行较量，全队溃败覆亡，几乎被捉。又得到古代的水利书，经年累月地伏案诵读，自以为可以使千里之地成为肥沃的土壤。绘制地图，陈述意见，请命于州官。州官也好事，让他在一个村子里试验。田间水道刚刚开挖成功，水大量流入，顺着水沟灌入，人差不多成为鱼了。因此他感到抑郁不得志，经常独自步行在庭前阶下，摇着头自言自语说："古人岂欺我哉！"就这样，一天要念上千百遍，也还是这六个字。不久，发病而死。

后来，在风清月明的晚上，往往见到他的魂在坟墓前的松柏之下，摇着头独自步行，侧着耳朵一听，所念诵的仍旧是这六个字。有人笑他，就忽然隐去。第二天等候他，仍然如此。泥古不化的人是愚蠢的，但为什么愚蠢到了这种地步呵！阿文勤公曾经教诲昀说："满肚都是书能坏事，肚中竟然没有一卷书也能坏事。下棋的国手不废弃旧棋谱，而不拘泥于旧棋谱；国医不拘泥于古药方，而不离开古药方。所以说：'神而明之，存乎其人。'又说：'能与人规矩，不能使人巧。'"

魏忠贤之传说

明魏忠贤之恶，史册所未睹也。或言其知事必败，阴蓄一骡，日行七百里，以备逋逃；阴蓄一貌类己者，以备代死。后在阜城尤家店，竟用是私遁去。余谓此无稽之谈也。以天道论之，苟神理不诬，忠贤断无幸免理。以人事论之，忠贤擅政七年，何人不识？使窜伏旧党之家，小人之交，势败则离，有缚献而已矣。使潜匿荒僻之地，则耕牧之中，突来阉宦，异言异貌，骇视惊听，不三日必败。使远遁于封域之外，则严世蕃尝通日本，仇鸾尝交诸达，忠贤无是也。山海阻深，关津隔绝，去又将何往？昔建文行遁，后世方且传疑。然建文失德无闻，人心未去，旧臣遗老，犹有故主之思。燕王称戈篡位，屠戮忠良，又天下之所不与。递相容隐，理或有之。忠贤虐焰熏天，毒流四海，人人欲得而甘心。是时距明亡尚十五年，此十五年中，安得深藏不露乎？故私遁之说，余断不谓然。

文安王岳芳曰："乾隆初，县学中忽雷霆击格，旋绕文庙，电光激射，如掣赤练，入殿门复返者十余度。训导王著起曰，是必有异。冒雨入视，见大蜈蚣伏先师神位上。钳出掷阶前。霹雳一声，蜈蚣死而天霁。验其背上，有朱书魏忠贤字。"是说也，余则信之。

【译文】

　　明朝魏忠贤的罪恶，是史书上所未曾见到过的。有人说他知道事情必然失败，暗中养了一只骡子，能够日行七百里，以准备逃亡；暗中养了一个相貌像自己的人，以准备代他去死。后来在阜城尤家店，竟用这个办法私下逃脱。我说这是没有根据的说法。以天道来理论，假如神道不假，忠贤断然没有幸免的道理。以人事来理论，忠贤独揽政权七年，谁不认识他？假使逃窜潜伏在旧党的家里，小人的交情，势败就分离，只有捆绑献出来的份儿。假使潜逃隐藏在荒僻的地方，那么耕种放牧的人之中，突然来了个太监，奇怪的话语，奇怪的面貌，所见所闻都使他们吃惊，不出三天，必然败露。假使远远逃亡于国境之外，那么严世蕃还曾通日本，仇鸾还曾交俺答，忠贤没有这方面的关系。山遥海深的阻挡，边关渡口的隔绝，去又将往哪里？过去建文帝出逃，后世尚且流传着疑问。但是建文没听说有过错，人心未去，那些旧臣遗老，还怀有对故主的思念。燕王用武力篡夺皇位，屠杀忠良，又是天下人所不赞许的。递相容留隐藏，从情理上说或者是有的。忠贤酷虐的气焰熏天，流毒四海，人人都想要杀掉他才快意。这时离明亡还有十五年，这十五年中怎么能深藏不露呢？所以私逃的说法，我断断不以为然。

　　文安王岳芳说："乾隆初年，县学中忽然雷霆轰击栅栏，回绕着文庙,闪电强光激射,就像掣动条条赤练蛇,进入殿门又回转的有十几趟。训导王著起身说:'这肯定有异样的情况。'冒雨进去观看,见有只大蜈蚣伏在先师孔子的牌位上,钳出来掷到阶前,霹雳一声,蜈蚣死而天转晴。验看它的背上,有用朱笔书写的'魏忠贤'字样。"这个说法,我倒是相信的。

红 柳 娃

乌鲁木齐深山中,牧马者恒见小人高尺许,男女老幼,一一皆备。遇红柳吐花时,辄折柳盘为小圈,著顶上,作队跃舞,音呦呦如度曲。或至行帐窃食,为人所掩,则跪而泣。縶之,则不食而死。纵之,初不敢遽行,行数尺辄回顾。或追叱之,仍跪泣。去人稍远,度不能追,始蓦涧越山去。然其巢穴栖止处,终不可得。此物非木魅,亦非山兽,盖僬侥之属。不知其名,以形似小儿,而喜戴红柳,因呼曰红柳娃。

丘县丞天锦,因巡视牧厂,曾得其一,腊以归。细视其须眉毛发,与人无二。知《山海经》所谓诤人,凿然有之。有极小必有极大,《列子》所谓龙伯之国,亦必凿然有之。

【译文】

乌鲁木齐的深山中,牧马人经常见到小人,高一尺光景,男女老幼全都有。遇到红柳开花时,就折下柳枝盘成小圈,戴在头上,列队跳跃舞蹈,发出呦呦的声音,就像按着曲谱歌唱。有时到行军的帐篷里偷窃食物,被人逮住,就跪下哭泣。捆住它,则不进食而死。放了它,起初不敢立刻就走,走了几尺,就回头看,或者追上去呵斥它，仍旧跪下哭泣。离开人稍远些，估计追不上了，才度涧越山而去。但是它们的巢穴所在，始终找不到。这东西不是树木成精，也不是山中怪兽，大概是传说中矮人国的僬侥之类。不知道它们的名称，因为形状像小儿而喜欢戴红柳，因此叫作红柳娃。

县丞丘天锦因为巡视牧场，曾经得到一个，腌制带回。细看它的须眉毛发，同人没有两样。知道《山海经》里所说的竫人，确凿无疑是有的。有极小的必然有极大的，《列子》里所说的龙伯之国，也必然确凿无疑是有的了。

雪　　莲

塞外有雪莲，生崇山积雪中，状如今之洋菊，名以莲耳。其生必双，雄者差大，雌者小。然不并生，亦不同根，相去必一两丈。见其一，再觅其一，无不得者。盖如兔丝茯苓，一气所化，气相属也。凡望见此花，默往探之则获。如指以相告，则缩入雪中，杳无痕迹。即履雪求之亦不获。草木有知，理不可解。土人曰，山神惜之。其或然欤？

此花生极寒之地，而性极热。盖二气有偏胜，无偏绝，积阴外凝，则纯阳内结。坎卦以一阳陷二阴之中，剥复二卦，以一阳居五阴之上下，是其象也。然浸酒为补剂，多血热妄行。或用合媚药，其祸尤烈。盖天地之阴阳均调，万物乃生。人身之阴阳均调，百脉乃和。故《素问》曰："亢则害，承乃制。"自丹溪立阳常有余阴常不足之说，医家失其本旨，往往以苦寒伐生气。张介宾辈矫枉过直，遂偏于补阳，而参蓍桂附，流弊亦至于杀人。是未知易道扶阳，而乾之上九，亦戒以"亢龙有悔"也。嗜欲日盛，羸弱者多，温补之剂易见小效，坚信者遂众。故余谓偏伐阳者，韩非刑名之学；偏补阳者，商鞅富强之术。初用皆有功，积重不返，其损伤根本，则一也。雪莲之功不补患，亦此理矣。

【译文】

塞外有雪莲，生在高山积雪当中，样子像现今的洋菊，不过叫名为莲而已。它生长时必定成双，雄的略大，雌的小。但是不长在一起，也不同根，相离必有一两丈。见到其中的一株，再寻找另外一株，没有找不到的。大概像兔丝、茯苓，一气所化，气是相连的。凡是望见这种花，不声不响地前往探寻，就能得到。如果指着它互相告知，它就缩入雪中，消失不见痕迹。即使掘雪寻求，也得不到。草木有知觉，这道理不可理解。土人说是山神爱惜它，或者是这样吧？

这花生长在极寒的地方，而性极热。大概二气中一方胜过另一方是有的，而一方灭绝另一方是没有的，积阴凝于外，则纯阳结于内。坎卦以一阳陷于二阴之中，剥复二卦，以一阳居于五阴的上或下，是它的象征。但是浸入酒中作为补药，多半引起血热妄行。或者用来合成春药，它的祸患尤为厉害。因为天地的阴阳均匀调和，万物才生长。人身的阴阳均匀调和，各种血脉才能和顺。所以《素问》说："亢则害，承乃制。"自从丹溪创立阳常有余、阴常不足的说法，医家失去了他的本意，往往用苦寒来戕伐生气。张介宾之辈矫枉过直，于是偏于补阳，而参蓍桂附，它的流弊也能够到杀人的地步。这是不知易道虽扶阳，而乾之上九，也戒以"亢龙有悔"。嗜好欲望日盛一日，身体虚弱的多，温补的方药，容易见到小的效验，坚信的人就多。所以我说偏于伐阳的，是韩非的刑名之学；偏于补阳的，是商鞅的富强之术。初用时都有功效，积重不返，它的损伤根本，则是一样的。雪莲的功不能补患，也是这个道理了。

风　穴

唐太宗《三藏圣教序》，称风灾鬼难之域，似即今辟展土鲁番地。其地沙碛中，独行之人往往闻呼姓名，一应则随去不复返。又有风穴在南山，其大如井，风不时从中出。每出，则数十里外先闻波涛声，迟一二刻风乃至。所横径之路，阔不过三四里，可急行而避。避不及，则众车以巨绳连缀为一，尚鼓动颠簸，如大江浪涌之舟。或一车独遇，则人马辎重皆轻若片叶，飘然莫知所往矣。风皆自南而北，越数日自北而南，如呼吸之往返也。

余在乌鲁木齐，接辟展移文，云军校雷庭，于某日人马皆风吹过岭北，无有踪迹。又昌吉通判报，某日午刻，有一人自天而下，乃特纳格尔遣犯徐吉，为风吹至。俄特纳格尔县丞报，徐吉是日逃。计其时刻，自巳正至午，已飞腾二百余里。此在彼不为怪，在他处则异闻矣。徐吉云，被吹时如醉如梦，身旋转如车轮，目不能开，耳如万鼓之鸣，口鼻如有物拥蔽，气不得出，努力良久，始能一呼吸耳。按《庄子》称"大块噫气，其名为风。"气无所不之，不应有穴。盖气所偶聚，因成斯异。犹火气偶聚于巴蜀，遂为火井。水脉偶聚于于阗，遂为河源云。

【译文】

唐太宗《三藏圣教序》中所说的风灾鬼难之域，似乎就是现今辟展土鲁番的地方。在这地方的沙漠中单独行走，往往能听到叫他的姓名，一答应就随声而去不再回来。又有风穴在南山，它的大小像口井，风不时地从里面出来。每次出来，则数十里之外，先听到波涛般的声音，过了一二刻，风才刮过来。它所横向经过的道路，阔不过三四里，可以急速行进而避开它。如果来不及避开，那么众多的车辆用大绳连接成一体，尚且要鼓动颠簸，就像大江波浪汹涌中的船只。有时一辆车单独碰到，那么人马行李都轻得像片片树叶，飘飘然不知道吹往哪里去了。风都是自南而北，过了几天，又自北而南，就像呼吸的一往一来。

我在乌鲁木齐接到辟展发来的公文，说军校雷庭在某天人马都被风吹过岭北，没有踪迹。又，昌吉通判报称，某日午刻有一个人从天而下，乃是特纳格尔遣送的犯人徐吉，被风吹来的。不久特纳格尔县丞报称，徐吉这天逃跑。计算它的时刻，从巳时的后半时到午时，已经飞腾了二百多里。这在那里并不为怪，在别处就是异闻了。徐吉说，被吹的时候如醉酒如做梦，身体旋转像车轮，眼睛不能睁开，耳朵里像听到万鼓的鸣响，口鼻像有东西堵塞遮蔽，气不得出，努力了好久，才能呼吸一次。按，《庄子》里说："大块噫气，其名为风。"气无所不在，不应该有孔穴。大概是气所偶尔聚集，因而形成这一怪异。就像火气的偶尔结聚在巴蜀，就成为火井。地下流动的水脉，偶尔结聚在于阗，就成为黄河的源头。

何励庵寓言

何励庵先生言：相传明季有书生，独行丛莽间，闻书声琅琅。怪旷野那得有是，寻之，则一老翁坐墟墓间，旁有狐十余，各捧书蹲坐。老翁见而起迎，诸狐皆捧书人立。书生念既解读书，必不为祸，因与揖让席地坐。问："读书何为？"老翁曰："吾辈皆修仙者也。凡狐之求仙有二途：其一采精气，拜星斗，渐至通灵变化，然后积修正果，是为由妖而求仙。然或入邪僻，则干天律。其途捷而危。其一先炼形为人，既得为人，然后讲习内丹，是为由人而求仙。虽吐纳导引，非旦夕之功，而久久坚持，自然圆满。其途纡而安。顾形不自变，随心而变，故先读圣贤之书，明三纲五常之理，心化则形亦化矣。"书生借视其书，皆《五经》、《论语》、《孝经》、《孟子》之类，但有经文而无注。问："经不解释，何由讲贯？"老翁曰："吾辈读书，但求明理。圣贤言语，本不艰深，口相授受，疏通训诂，即可知其义旨，何以注为？"书生怪其持论乖僻，惘惘莫对。姑问其寿。曰："我都不记。但记我受经之日，世尚未有印板书。"又问："阅历数朝，世事有无同异？"曰："大都不甚相远。惟唐以前，但有儒者。北宋后，每闻某甲是圣贤，为小异耳。"书生莫测，一揖而别。后于途间遇此翁，欲与语，掉头径去。

案此殆先生之寓言。先生尝曰："以讲经求科第，支离敷衍，其词愈美而经愈荒。以讲经立门户，纷纭辩驳，其说愈详而经亦愈荒。"语意若合符节。又尝曰："凡巧妙之术，中间必有不稳处。如步步踏实，即小有蹉失，终不至折肱伤足。"与所云修仙二途，亦同一意也。

【译文】
　　何励庵先生说：相传明末有个书生独自行走在丛生的草木间，听到琅琅的读书声，奇怪在空旷的野地里哪里能有这个。循声寻找，则一个老翁坐在墓地中间，旁边有十多只狐狸，各自捧书蹲身而坐。老翁看见他，起身迎接，那些狐狸都捧着书像人一样的站立。书生考虑既然懂得读书，必定不会有祸害。因而同他们以礼相见，席地而坐。问："读书为了什么？"老翁说："我们都是修仙的。凡狐狸的求仙有两条途径：其一是采精气，拜星斗，渐渐到了通灵变化。然后积年修炼而成正果，这是由妖而求仙。但是设或入了邪僻一路，就触犯了天条。这条路快速而危险。其一是先炼形成为人，既然得以成为人，然后讲习内丹，这是由人而求仙。虽然吞吐导引的修炼，不是一朝一夕的功夫，而长久地坚持，自然能够圆满。这条路曲折而安全。但是形体不能自变，是随心而变。所以先读圣贤的书，明白三纲五常的道理。心变化那么形体也就变化了。"书生借他的书看，都是《五经》、《论语》、《孝经》、《孟子》之类，但只有经文而没有注解。问："经不解释，何从讲解贯通？"老翁说："我辈读书，只求明理。圣贤的言语，本来不艰深，口头讲授予接受，疏通解释词义，就可以知道它的义理要旨，要注解做什么？"书生奇怪他所持的议论怪僻，惘惘然不知所对。姑且问他的寿数，答说："我都记不得了。只记得我受经的日子，世上还没有刻版印刷的书。"又问："经历了几个朝代，世事有没有同异？"答："大都相差不太远。只是在唐朝以前，只有儒者。北宋以后，常听说某甲是圣贤，这点小有差别罢了。"书生无从估量，作揖而别。后来在途中遇见这个老翁，要想同他说话，老翁却掉转头径自走了。

　　按，这大概是先生的寓言。先生曾经说："用讲经文求取科第出身，残缺不全，将就应付，言词愈美而经愈是荒疏。用讲经文树立门户，众说纷纭，辩论驳难，说法愈详细而经也愈是荒疏。"他们的语意就像符节一样的符合。又曾经说："凡是巧妙的手段方法，中间必然有不稳当的地方。如果步步踏实，即使小有失误，终不至于折臂伤足。"这同老翁所说的修仙的两条途径，也是同一个意思。

卧虎山人

有扶乩者，自江南来。其仙自称卧虎山人，不言休呇，惟与人唱和诗词，亦能作画。画不过兰竹数笔，具体而已。其诗清浅而不俗。尝面见下坛一绝云："爱杀嫣红映水开，小停白鹤一徘徊。花神怪我衣襟绿，才藉莓苔稳睡来。"又咏舟，限车字。咏车，限舟字。曰："浅水潺潺二尺余，轻舟来往兴何如？回头岸上春泥滑，愁杀疲牛薄笨车。""小车轱辘驾乌牛，载酒聊为陌上游。莫羡王孙金勒马，双轮徐转稳如舟。"其余大都类此。问其姓字，则曰："世外之人，何必留名。必欲相迫，有杜撰应命而已。"

甲与乙共学其符，召之亦至，然字多不可辨，扶乩者手不习也。一日，乙焚符，仙竟不降。越数日再召，仍不降。后乃降于甲家，甲叩乙召不降之故。仙判曰："人生以孝弟为本，二者有惭，则不可以为人。此君近与兄析产，隐匿千金；又诡言父有宿逋，当兄弟共偿，实掩兄所偿为己有。吾虽方外闲身，不预人事，然义不与此等人作缘。烦转道意，后毋相渎。"又判示甲曰："君近得新果，遍食儿女，而独忘孤侄，使啜泣竟夕。虽是无心，要由于意有歧视。后若再尔，吾亦不来矣。"先姚安公曰："吾见其诗词，谓是灵鬼；观此议论，似竟是仙。"

【译文】

有一个扶乩的从江南来，他所降的仙人自称是卧虎山人，不谈吉凶，只同人唱和诗词，也能作画。画不过是兰竹数笔，只有大体的样子而已。他的诗清浅而不庸俗，曾经当面见到下坛的一首绝句道："爱杀嫣红映水开，小停白鹤一徘徊。花神怪我衣襟绿，才藉莓苔稳睡来。"又咏舟,限车字;咏车,限舟字。道:"浅水潺潺二尺余,轻舟来往兴何如?回头岸上春泥滑,愁杀疲牛薄笨车。""小车辋辘驾乌牛,载酒聊为陌上游。莫羡王孙金勒马,双轮徐转稳如舟。"其余大都与此类似。问他的姓名表字,则说:"世外的人,何必留名?一定要相逼迫,只有杜撰遵命罢了。"

甲同乙一起学那人画的符,召他也来。但是字多半不可辨认,是因为扶乩的人手不熟练。一天,乙焚烧了符,仙人竟然不降。过了几天再召,仍旧不降。后来竟降临于甲家,甲询问乙召而不降的缘故,仙人下判语道:"人生以孝弟为本,这二者有愧于心,就不可以成为人。此君近来同他的哥哥分家,隐藏起了千金。又谎说父亲有旧债,应当兄弟共同偿还,实际上是瞒下了他哥哥偿还的据为己有。我虽然是世外的空闲之身,不参与人间事,但在道义上不同这等人打交道。烦请转达这个意思,以后不要再以此相亵渎。"又下判语示甲道:"您近来得到新鲜果品,儿女们全都吃到了,而独独忘记了孤苦的侄子,使他哭泣通宵。虽然是出于无心,总还由于意中有所歧视。以后如果再如此,我也不来了。"先父姚安公说:"我见到他的诗词,以为是灵鬼;观看这番议论,似乎竟是仙人。"

孟 夫 人

广西提督田公耕野,初娶孟夫人,早卒。公官凉州镇时,月夜独坐衙斋,恍惚梦夫人自树杪翩然下,相劳苦如平生,曰:"吾本天女,宿命当为君妇,缘满仍归。今过此相遇,亦余缘之未尽者也。"公问:"我当终何官?"曰:"官不止此,行去矣。"问:"我寿几何?"曰:"此难言。公卒时不在乡里,不在官署,不在道途馆驿,亦不殁于战阵,时至自知耳。"问:"殁后尚相见乎?"曰:"此在君矣。君努力生天,即可见,否即不能也。"

公后征叛苗，师还，卒于戎幕之下。

【译文】

广西提督田公耕野，起初娶孟夫人，早死。田公做凉州总兵时，月夜独坐在官衙的房舍里，恍恍惚惚梦见夫人从树梢轻快地飘然而下，互相慰劳问候如同平时。说："我本来是天帝的女儿，命里注定应当做您的妻子，缘分满了仍然归去。现在经过这里相遇，也是余缘未完的缘故。"田公问："我最终应当做什么官？"答："官不止于现职，将要离任了。"问："我寿数有多少？"答："这个难说。您死时不在乡里，不在官衙，不在道路馆舍驿站，也不死于战争对阵，时候到了自然知道。"问："死后还能相见吗？"答："这个在您了，您努力升天，就可以相见，否则就不能了。"田公后来讨伐叛乱的苗民，部队返回，死于行军的帐幕之下。

魏藻遇罗刹

奴子魏藻，性佻荡，好窥伺妇女。一日，村外遇少女，似相识而不知其姓名居址。挑与语，女不答而目成，径西去。藻方注视，女回顾若招。即随以往，渐逼近。女面颊，小语曰："来往人众，恐见疑。君可相隔小半里，俟到家，吾待君墙外车屋中，枣树下系一牛，旁有碌碡者是也。"既而渐行渐远，薄暮将抵李家洼，去家三十里矣。宿雨初晴，泥将没胫，足趾亦肿痛。遥见女已入车屋，方窃喜，趋而赴。女方背立，忽转面乃作罗刹形，锯牙钩爪，面如靛，目睒睒如灯。骇而返走，罗刹急追之。狂奔二十余里，至相国庄，已届亥初。识其妇翁门，急叩不已。门甫启，突然冲入，触一少女仆地，亦随之仆。诸妇怒噪，各持捣衣杵乱捶其股。气结不能言，惟呼"我我"。俄一媪持灯出，方知是婿，共相惊笑。次日以牛车载归，卧床几两月。

当藻来去时，人但见其自往自还，未见有罗刹，亦未见有少女。岂非以邪召邪，狐鬼乘而侮之哉。先兄晴湖曰："藻自是不敢复冶游，路遇妇女，必俯首。是虽谓之神明示惩，可也。"

【译文】

奴仆魏藻，性格轻佻放荡，喜欢偷看妇女。一天，在村外碰到一个少女，好像相识，但不知道她的姓名住址。向她挑逗说话，女子不回答，却眉目传情，径自朝西面走去。魏藻正盯着她看，女子回顾，像是在招呼他，就跟随前往。渐渐逼近，女子面红，小声说："来往人多，恐怕被疑心。您可以相隔小半里，等到了家，我在墙外车房里等您，枣树下拴着一头牛，旁边有石滚子的就是。"过后渐走渐远，傍晚将要到达李家洼，离家有三十里了。久雨初晴，泥将要淹没小腿，脚趾也肿痛。远远看见女子已进入车房，正在暗暗喜欢，快步向前。女子正背面站立，忽然转过脸来，竟然现出恶鬼罗刹的形状，锯齿样的牙，钩子般尖利的手爪，面色青蓝，目光闪烁像灯。魏藻惊怕，回头就走，罗刹急步追来。他疯狂似地奔跑了二十多里，到相国庄，已经到了亥时的前半时。认识这是他丈人家的门，急忙不停地敲门。门刚打开，就突然冲进去，碰撞一个少女倒地，他也随着向前跌倒。妇女们愤怒叫嚷，自各拿了捣衣棒乱打他的大腿。魏藻气结不能说话，只是呼叫"我我"。一会儿，一个老妇拿了灯出来，才知道是女婿，都又吃惊又好笑。第二天，用牛车载他回家，躺在床上几乎有两个月。

当魏藻来去的时候，人只见到他自己去自己回，不见有罗刹，也不见有少女。岂非以邪招来邪，狐鬼乘机而侮辱他吗？已故兄长晴湖说："魏藻从此以后不敢再到野外游乐，路上遇到妇女，必定低下头来。这就称之为神明显示警戒也可以。"

堕 井 不 死

去余家十余里，有瞽者姓卫。戊午除夕，遍诣常呼弹唱家辞岁，各与以食物，自负以归。半途，失足堕枯井中。既在旷野僻径，又家家守岁，路无行人，呼号嗌乾，无应者。幸井底气温，又有饼饵可食，渴甚则咀水果，竟数日不死。会屠者王以胜驱豕归，距井犹半里许，忽绳断豕逸，狂奔野田中，亦失足堕井。持钩出豕，乃见瞽者，已气息仅属矣。

井不当屠者所行路，殆若或使之也。先兄晴湖问以井中情状。瞽者曰："是时万念皆空，心已如死，惟念老母卧病，待瞽子以养。今并瞽子亦不得，计此时恐已饿莩，觉酸彻肝脾，不可忍耳。"先兄曰："非此一念，王以胜所驱豕必不断绳。"

【译文】

离我家十多里，有一个瞎子姓卫。戊午年除夕，他到所有经常叫他弹唱的人家辞岁，各家都给了他食物，自己背着回来。半路，他失脚掉到了一口枯井里。因为是在空旷的野地，路径偏僻，又家家都在守岁，所以路上没有行人。他大声呼叫，气堵口干，没有应他的。幸而井底空气温暖，又有糕饼可以吃，渴得厉害，就吃水果，竟然几天不死。碰巧屠夫王以胜赶猪回来，离井还有半里路光景，忽然绳断猪逃，疯狂奔跑在野田中，也失脚掉到井里。王以胜拿钩弄出了猪，才发现瞎子，已经只剩一点气息未断了。

那井不是屠夫所应当经过的地方，这仿佛有一种什么神力在支配。已故兄长晴湖问到在井里的情况，瞎子说："当时万念都空，心已经如同死去。只是想到老母卧病,等待瞎眼的儿子来奉养。现在连瞎眼的儿子也不能得了,估计这时恐怕已经成了饿死的人,觉得酸痛彻于肝脾,不可忍受罢了。"已故兄长说:"不是这一个念头,王以胜所赶的猪必定不会断了绳子。"

齐　大

齐大,献县剧盗也。尝与众行劫,一盗见其妇美,逼污之。刃胁不从,反接其手,缚于橙,已裭下衣,呼两盗左右挟其足矣。齐大方看庄,(盗语谓屋上瞭望以防救者为看庄。)闻妇呼号,自屋脊跃下,挺刃突入曰:"谁敢如是,吾不与俱生。"汹汹欲斗,目光如饿虎。间不容发之顷,竟赖以免。后群盗并就捕骈诛,惟齐大终不能弋获。群盗云,官来捕时,齐大实伏马槽下。兵役皆云,往来搜数过,惟见槽下朽竹一束,约十余竿,积尘污秽,似弃置多年者。

【译文】

齐大,是献县的大盗。曾经同众盗一起进行抢劫,其中一个强盗看到这家的女人美貌,逼着要奸污她。用刀威胁不从,就反绑她的手,缚在凳上,已经剥去她的下身衣服,叫两个强盗左右挟住她的脚了。齐大正在看庄(强盗的语言,称在屋上瞭望以防止救助的为看庄),听到女人的号叫,从屋脊跳下,挺着刀冲进来说:"谁敢这样,我就不同他一起活在世上!"气势汹汹地要打斗,目光如同饿虎。就在这情势紧迫、其间不容一发的时刻,由于齐大的到来,那女人才得以脱险。后来群盗一起被捕,同时被杀,只有齐大始终不能缉获。众盗说,官来追捕时,齐大其实就伏在马槽下面。兵丁差役都说,往来搜了几遍,只见槽下有枯竹一捆,约有十多根,积满尘土,污秽不堪,好像是抛弃放置了多年的东西。

打 包 僧

张明经晴岚言:一寺藏经阁上有狐居,诸僧多栖止阁下。一日,天酷暑,有打包僧厌其嚣杂,径移坐具住阁上。诸僧忽闻梁上狐语曰:"大众且各归房,我眷属不少,将移住阁下。"僧问:"久居阁上,何忽又欲据此?"曰:"和尚在彼。"问:"汝避和尚耶?"曰:"和尚佛子,安敢不避?"又问:"我辈非和尚耶?"狐不答。固问之,曰:"汝辈自以为和尚,我复何言!"从兄懋园闻之曰:"此狐黑白太明,然亦可使三教中人,各发深省。"

【译文】
张贡生晴岚说:一所寺院的藏经阁上,有狐精居住,和尚们大多住宿在阁下。一天,正是酷热的天气,有一个打包僧——云游和尚厌憎嘈杂,就搬了坐卧的用具住到了阁上。和尚们忽然听到梁上狐精说话道:"大家暂且各自回到房间去,我的家眷不少,将搬到阁下来住。"和尚问:"久住阁上,为什么忽然又要占据这里?"狐精答道:"和尚住在那里。"和尚问:"你躲避和尚吗?"狐精道:"和尚是佛子,怎么敢不回避?"又问:"我们不是和尚吗?"狐精不答,再三问他,才回答说:"你们自以为是和尚,我还有什么好说的!"堂兄懋园听到后说:"这个狐精黑白分得太分明,但也可以使三教中人各自发深省。"

甲 乙 丙

甲见乙妇而艳之，语于丙。丙曰："其夫粗悍，可图也。如不吝挥金，吾能为君了此事。"乃择邑子冶荡者，饵以金而属之曰："尔白昼潜匿乙家，而故使乙闻。待就执，则自承欲盗。白昼非盗时，尔容貌衣服无盗状，必疑奸，勿承也。官再鞫而后承，罪不过枷杖。当设策使不竟其狱，无所苦也。"邑子如所教，狱果不竟。然乙竟出其妇。丙虑其悔，教妇家讼乙，又阴赂证佐，使不胜。乃恚而别嫁其女。乙亦决绝，听其嫁。甲重价买为妾。丙又教邑子反噬甲，发其阴谋，而教甲赂息。计前后干没千金矣。适闻家庙社会，力修供具赛神，将以祈福。先一夕，庙祝梦神曰："某金自何来？乃盛仪以飨我。明日来，慎勿令入庙。非礼之祀，鬼神且不受，况非义之祀乎？"丙至，庙祝以神语拒之。怒弗信，甫至阶，舁者颠踬，供具悉毁，乃悚然返。后岁余，甲死。邑子以同谋之故，时往来丙家，因诱其女逃去。丙亦气结死。妇携资改适。女至德州，人诘得奸状，牒送回籍，杖而官卖。时丙奸已露，乙憾甚，乃鬻产赎得女，使荐枕三夕，而转售于人。或曰，丙死时，乙尚未娶，丙妇因嫁焉。此故为快心之谈，无是事也。邑子后为丐，女流落为娼，则实有之。

【译文】

甲看见乙的妻子，艳羡她的美，同丙谈起，丙说："她的丈夫粗鲁凶悍，倒是可以图谋的。如果不吝惜挥霍钱财，我能够为您办到这件事。"于是选择同里的浪荡子，用金钱利诱并嘱咐他说："你白天隐藏在乙家，而故意让乙听到。等到被抓住，就自己承认要想偷窃。白天不是偷窃的时候，你的容貌衣服没有偷儿的样子，必定疑心有奸情，你不要应承。官再审问而后承认，罪不过是披枷、受杖刑。我会设法使这个案子没有结果，不会有什么苦处。"浪荡子如他所教而行，罪案果然不了了之。但是乙竟然休弃了他的妻子。丙担心他后悔，教乙的妻家告乙的状，又暗中贿赂旁证的人，使他不能胜诉，于是愤怒而另嫁他的女儿。乙也态度决绝，听她再嫁。甲就用重价买来做妾。丙又教浪荡子反咬甲一口，揭发他的阴谋，而教甲用贿赂来平息。计算前后侵吞有千两银子了。就在这时听说家庙举办赛会，就尽力备办供奉赛神所用的酒食器具，将用以求福。先一天晚上，管香火的庙祝梦见神说："某人的金钱从何而来？居然用丰盛的礼物来祭献我。明天来，千万不要让他入庙。不合礼仪的祭祀，鬼神尚且不接受，何况是不义的祭祀呢！"丙来了以后，庙祝用神的话拒绝，他愤怒而不相信。刚到阶前，那些扛抬的人跌倒在地，供品全都毁坏，于是恐惧地返回。过了一年多，甲死去。浪荡子因为同谋的缘故，经常来往于丙的家里，就引诱他的女儿逃走。丙也愤气郁结而死，他的妻子携带家财改嫁。女儿到了德州，被人查究出通奸的情状，一纸公文遣送回原籍，受杖刑后由官府发卖。这时丙的奸谋已经败露，乙十分愤恨，于是变卖家产赎出丙的女儿，让她侍寝三个晚上而后转卖于人。有的说，丙死时，乙还没有娶，丙的妻子就嫁给了他。这是故意造出来使人称心快意的话，实际没有这样的事。浪荡子后来成为乞丐，丙的女儿流落成为娼妓，则是实有其事。

木 客 论 诗

益都李词畹言：秋谷先生南游日，借寓一家园亭中。一夕就枕后，欲制一诗。方沉思间，闻窗外人语曰："公尚未睡耶？清词丽句，已心醉十余年。今幸下榻此室，窃听绪论，虽已经月，终以不得质疑问难为恨。虑或仓卒别往，不罄所怀，便为平生之歉。故不辞唐突，愿隔窗听挥麈之谈。先生能不拒绝乎？"秋谷问："君为谁？"曰："别馆幽深，重门夜闭，自断非人迹所到。先生神思夷旷，谅不恐怖，亦不必深求。"问："何不入室相晤？"曰："先生襟怀萧散，仆亦倦于仪文，但得神交，何必定在形骸之内耶？"秋谷因日与酬对，于六义颇深。如是数夕，偶乘醉戏问曰："听君议论，非神非仙，亦非鬼非狐，毋乃山中木客解吟诗乎？"语讫寂然。穴隙窥之，缺月微明，有影蓬蓬然，掠水亭檐角而去。园中老树参云，疑其木魅矣。

词畹又云：秋谷与魅语时，有客窃听。魅谓渔洋山人诗如名山胜水，奇树幽花，而无寸土艺五谷；如雕栏曲榭，池馆宜人，而无寝室庇风雨；如彝鼎罍洗，斑斓满几，而无釜甑供炊爨；如纂组锦绣，巧出仙机，而无裘葛御寒暑；如舞衣歌扇，十二金钗，而无主妇司中馈；如梁园金谷，雅客满堂，而无良友进规谏。秋谷极为击节。又谓明季诗庸音杂奏，故渔洋救之以清新；近人诗浮响日增，故先生救之以刻露。势本相因，理无偏胜。窃意二家宗派，当调停相济，合则双美，离则两伤。秋谷颇不平之云。

【译文】

益都李词畹说：秋谷先生游历南方的日子里，借住在一户人家的园亭中。一天晚上,上床躺下以后,要想做一首诗。正在沉思之间,听到窗外有人说道:"您还没有睡吗?对您清丽的词句,我已经醉心了十多年。现今幸而下榻在这个房间,偷听您的言论,虽然已经有一整月,始终因没有机会提出疑难的问题请教为恨。担心您或者会突然间到别处去,不能够尽情倾吐我心里所想的,这就成为平生的憾事了。所以不揣冒昧,希望隔窗听您的谈论,先生能不拒绝吗?"秋谷问:"您是谁?"答:"别墅幽深,重重的门户夜间都关闭,自然断不是人迹所能到。先生的神思平和旷达,想来不会恐怖,也不必深究了。"问:"为什么不进入房间相会晤?"答:"先生的胸怀洒脱闲散,我也对礼仪形式感到厌倦。只要能有精神的交往,何必一定在形体之间呢?"秋谷于是每天同他应酬答对,对《诗经》的六义探讨得颇为深刻。就这样继续了几个晚上。一次,偶尔乘着醉意戏问道:"听您的议论,不是神不是仙,也不是鬼不是狐,莫非是东坡所说'山中木客解吟诗'吗?"说完寂然无声。捅一条窗缝窥看,残缺的月亮微有光明,有个模模糊糊的影子掠过水亭的檐角而去。园子里老树高耸入云,怀疑它是树木的精怪。

词畹又说:秋谷同精怪谈话时,有客人在偷听。精怪说渔洋山人的诗就像名山胜水,奇树幽花,而没有一寸的泥土来种植五谷;如同雕刻的栏杆,曲折的台榭,池苑馆舍,景色宜人,而没有寝室遮蔽风雨;如同彝鼎罍洗这类古玩器皿,色彩错杂灿烂,堆满桌子,而没有釜甑这样的炊具供烧火煮饭;如同编织锦绣,精巧就像出自仙人的织机,而没有裘皮袍葛布衣来抵御寒暑;如同舞衣歌扇,姬妾众多,而没有主妇来主持家政料理饮食;如同梁孝王的兔园、石崇的金谷园,有满堂风雅的客人,而没有良友进劝诫谏诤的话。秋谷极为击节赞赏。又说明末的诗如平庸的音乐,杂乱鸣奏,所以渔洋用清新的诗风来挽救;近人的诗浮华的声响日日增加,所以先生用深刻显豁的诗风来挽救。其势本相承袭,从情理上说不应一方胜过另一方。私下考虑两家的宗派,应当调和互补,合则双美,离则两伤。说是秋谷还很觉不平哩。

卖 药 道 士

乌鲁木齐有道士卖药于市。或曰,是有妖术,人见其夜宿旅舍中,临睡必探佩囊,出一小壶卢,倾出黑物二丸,即有二少女与同寝,晓乃不见。问之,则云无有。余忆《辍耕录》周月惜事,曰:"此乃所采生魂也,是法食马肉则破。"适中营有马死,遣吏密嘱旅舍主人,问适有马肉可食否?道士掉头曰:"马肉岂可食?"余益疑,拟料理之。同事陈君题桥曰:"道士携少女,公未亲见。不食马肉,公亦未亲见。周月惜事,出陶九成小说,未知真否。所云马肉破法,亦未知验否。公信传闻之词,据无稽之说,遽兴大狱,似非所宜。塞外不当留杂色人,饬所司驱之出境,足矣。"余乃止。

后将军温公闻之曰:"欲穷治者太过。倘畏刑妄供别情,事关重大,又无确据,作何行止?驱出境者太不及。倘转徙别地,或酿事端,云曾在乌鲁木齐久住,谁职其咎?形迹可疑人,关隘例当盘诘搜检,验有实证,则当付所司;验无实证,则具牒递回原籍,使勿惑民,不亦善乎。"余二人皆服公之论。

【译文】

乌鲁木齐有道士在市上卖药。有的说他是有妖术的,人们看到他夜里住在旅店中,临睡时必定掏摸所佩的袋子,拿出一个小葫芦,倒出两丸黑的东西,立即有两个少女同他一起睡觉,天亮就不见了。问他,则推说没有。我回忆起《辍耕录》所载周月惜的事,就说:"这乃是所采活人的魂,这个法术吃马肉就可以破。"刚巧中营有马死去,派遣吏员秘密嘱咐旅店主人,问刚巧有马肉,可以吃吗?道士扭头说:"马肉怎么可以吃?"我更加疑心,打算处理这件事。同事陈君题桥说:"道士携带少女,您没有亲眼见到;不吃马肉,您也没有亲眼见到。周月惜的事,出自陶九成的小说,不知道真不真。所说的马肉破法,也不知道能不能证实。您相信传闻的话,依照没有根据的说法,立即兴起大案,似乎并不妥当。塞外不应当留杂七杂八的人,下令主管的官吏驱逐他出境,这就足够了。"我于是停了下来。

后来将军温公听到说:"要想穷究惩治太过分了些,倘使他害怕刑罚乱供别的情节,事关重大,又没有确实的凭据,该作出什么样的行动呢?驱逐出境又太不够了些。倘使流转到了别的地方,或者造成了什么事故,说是曾经在乌鲁木齐长久居住,谁承担这事的过错?形迹可疑的人,关津要隘照例应当盘问搜查。查验有了确实的证据,就应当交付主管的官吏处置;查验没有确实的证据,就出具公文递解回原籍,使他不再迷惑民众,不也好吗?"我们两人都佩服温公的议论。

死 生 有 命

庄学士本淳,少随父书石先生泊舟江岸。夜失足落江中,舟人弗知也。漂荡间,闻人语曰:"可救起福建学院,此有关系,勿草草。"不觉已还挂本舟舵尾上,呼救得免。后果督福建学政。赴任时,举是事语余曰:"吾其不返乎?"余以立命之说勉之。竟卒于官。

又其兄方耕少宗伯,雍正庚戌在京邸,遇地震,压于小弄中。适两墙对圮,相拄如人字帐形。坐其中一昼夜,乃得掘出。岂非死生有命乎。

【译文】

庄学士本淳少年时随父亲书石先生停船在江岸边,夜里失脚落进了江中,船上人不知道。漂荡之间听到人说道:"可以救起福建学院,这有关系,不要草草了事。"庄本淳不知不觉已经被钩在本船的舵尾上,呼救才得以幸免。后来他果然做了福建学政。赴任时,他举这件事对我说:"我恐怕回不来了吧。"我用修身养性以待天命的说法勉励他,后来他竟死于任上。

又他的哥哥礼部侍郎庄方耕,雍正八年在京城的住宅里,遇到地震,压在小胡同里。刚好两堵墙对面倒塌,互相抵住,像人字帐幕的形状。他坐在里面一昼夜,才被人发掘出来。岂不是死生有命吗!

梦　　魇

何励庵先生言:十三四时,随父罢官还京师。人多舟狭,遂布席于巨箱上寝。夜分,觉有一掌扪之,其冷如冰,魇良久乃醒。后夜夜皆然,谓是神虚,服药亦无效。至登陆乃已。后知箱乃其仆物。仆母卒于官署,厝郊外,临行阴焚其柩,而以衣包骨匿箱中。当由人眠其上,魂不得安,故作是变怪也。然则旅魂随骨返,信有之矣。

【译文】

何励庵先生说:他十三四岁时,跟随罢官的父亲回京城,人多船又狭小,于是摊开席子在一只大箱子上睡觉。半夜,觉得有一只手掌摸索他,冷得像冰,梦魇了好久才醒来。后来夜夜都是如此,以为是神虚,吃药也没有效验。到登上陆地后才好。后来知道箱子是他家仆人的东西。仆人的母亲死在官衙里,棺材停在郊外。临出发时,偷偷地焚烧了棺材,而用衣服包裹骨殖藏在箱子中。当是由于人睡在它上面，魂不得安，所以作这样的变怪。这样看起来，客死在外的人的魂随骨返回，确实是有的了。

缢 鬼 忏 悔

励庵先生又云：有友聂姓，往西山深处上墓返。天寒日短，翳然已暮。畏有虎患，竭蹶力行，望见破庙在山腹，急奔入。时已曛黑，闻墙隅人语曰："此非人境，檀越可速去。"心知是僧，问师何在此暗坐？曰："佛家无诳语。身实缢鬼，在此待替。"聂毛骨悚栗，既而曰："与死于虎，无宁死于鬼。吾与师共宿矣。"鬼曰："不去亦可。但幽明异路，君不胜阴气之侵，我不胜阳气之烁，均刺促不安耳。各占一隅，毋相近可也。"聂遥问待替之故。鬼曰："上帝好生，不欲人自戕其命。如忠臣尽节，烈妇完贞，是虽横夭，与正命无异，不必待替。其情迫势穷，更无求生之路者，悯其事非得已，亦付转轮，仍核计生平，依善恶受报，亦不必待替。倘有一线可生，或小忿不忍，或借以累人，逞其戾气，率尔投缳，则大拂天地生物之心，故必使待替以示罚。所以幽囚沉滞，动至百年也。"问："不有诱人相替者乎？"鬼曰："吾不忍也。凡人就缢，为节义死者，魂自顶上升，其死速。为忿嫉死者，魂自心下降，其死迟。未绝之顷，百脉倒涌，肌肤皆寸寸欲裂，痛如脔割；胸膈肠胃中如烈焰燔烧，不可忍受。如是十许刻，形神乃离。思是楚毒，见缢者方阻之速返，肯相诱乎？"聂曰："师存是念，自必生天。"鬼曰:"是不敢望,惟一意念佛,冀忏悔耳。"俄天欲曙,问之不言,谛视亦无所见。

后聂每上墓,必携饮食纸钱祭之,辄有旋风绕左右。一岁,旋风不至,意其一念之善,已解脱鬼趣矣。

【译文】

励庵先生又说:有个友人姓聂,前往西山深处上坟回来,天冷日短,阴沉沉地天已晚了。因为害怕有老虎为患,所以跌跌撞撞,尽力赶路。望见有破庙在山腰里,急忙奔入。这时已经天黑,听到墙角有人说话道:"这里不是人境,施主可以赶紧离去。"他以为是和尚,就问:"师父为什么在这暗里坐着?"答:"佛家不说谎话,自身实在是吊死鬼,在这里等替代的。"聂恐惧战栗,过了一会儿说:"与其死于虎,倒不如死于鬼,我同师父一起住宿了。"鬼说:"不去也可以。但是阴间和阳世不是一条道,您承受不了阴气的侵袭,我承受不了阳气的炙烤,都不得安宁。各自占据一个角落,不要互相靠近好了。"聂远远地询问等替代的缘故。鬼说:"上帝爱好生命,不想要人自己伤害自己的性命。像忠臣的尽节,烈妇的保全贞操,这虽然是意外的横死,同寿终而死没有什么区别,不必等替代。那因情势紧迫困窘、更没有求生之路的,同情他事情出于不得已,也交付转生轮回,仍然查核计算他的生平,依照善恶接受报应,也不必等替代。倘若有一线的希望可以活命,或者因为小小的愤恨不能忍受,或者借此连累别人,放纵他的邪恶之气,轻率地上吊的,那么大大地违背天地降生万物的心,因而必定使他等替代以表示惩罚。所以囚禁之后,沉沦滞留,动不动达百年之久。"问:"不是有引诱人相替代的吗?"鬼说:"我不忍心。凡是人上吊时,为节义而死的,魂从头顶上升,他的死迅速。为愤恨嫉妒而死的,魂从心处下降,他的死缓慢。没有断气的时刻,各条血脉倒涌上来,肌肤寸寸都像要裂开,痛得如同用刀在碎割,胸腹肠胃里如同烈火焚烧,简直无法忍受。像这样要过十多刻,形与神才分离。想想这样的痛苦,看见上吊的人正要阻止,让他赶快回头,肯去引诱他吗？"聂说："师父存这样的念头，自然一定要升天。"鬼说："这个不敢盼望。只是一心一意地念佛，企图忏悔罢了。"一会儿，天将要亮了，问他不说话，仔细观看，也没有见到什么。

后来聂每次上坟，必定携带饮食纸钱祭奠他，总有旋风围绕左右。有一年，旋风不来，料想他因为一念之善，已经解脱鬼的处境了。

狐友说梦

王半仙尝访其狐友，狐迎笑曰："君昨夜梦至范住家，欢娱乃尔。"范住者，邑之名妓也。王回忆实有是梦，问何以知。曰："人秉阳气以生，阳亲上，气恒发越于顶。睡则神聚于心，灵光与阳气相映，如镜取影。梦生于心，其影皆现于阳气中，往来生灭，倏忽变形一二寸小人，如画图，如戏剧，如虫之蠕动。即不可告人之事，亦百态毕露，鬼神皆得而见之，狐之通灵者亦得见之，但不闻其语耳。昨偶过君家，是以见君之梦。"又曰："心之善恶，亦现于阳气中。生一善念，则气中一线如烈焰；生一恶心，则气中一线如浓烟。浓烟幂首，尚有一线之光，是畜生道中人。并一线之光而无之，是泥犁狱中人矣。"王问："恶人浓烟幂首，其梦影何由复见？"曰："人心本善，恶念蔽之。睡时一念不生，则此心还其本体，阳气仍自光明。即其初醒时，念尚未起，光明亦尚在。念渐起，则渐昏。念全起，则全昏矣。君不读书，试向秀才问之，孟子所谓夜气，即此是也。"王悚然曰："鬼神鉴察，乃及于梦寐之中。"

【译文】

王半仙曾经访问他的狐友,狐友迎着他笑说:"您昨夜做梦到了范住的家里,与她欢聚娱乐。"范住这人,是城中的名妓。王回忆确实有这个梦,就问他怎么知道,狐友回答说:"人禀受阳气而生,阳亲附于上,气常发露于头顶。睡觉时则神聚于心,灵光同阳气相映照,如同镜的取影。梦生于心,它的影都显现于阳气中,一往一来,或生或灭,忽而变形成为一两寸的小人,如同图画,如同戏剧,如同虫的蠕动。就是不可告人的事情,也百态尽露,鬼神都能够见到,狐狸中通灵的也能够见到,只是听不到他的话语罢了。昨天偶尔经过您家,所以见到了您的梦。"又说:"心的善恶,也显现在阳气中。生一个善念,那么气中有一条线如同烈火;生一个恶心,那么气中有一条线如同浓烟。浓烟罩头,还有一线的光亮,是畜生道中的人。连一线的光亮也没有,是地狱中的人了。"王问:"恶人浓烟罩头,他的梦中之影怎么能够再见到?"狐友答道:"人心本善,是恶念遮蔽了它。睡觉时一念不生,那么这心就回归到它的本体,阳气就自然光明。即使在他刚醒来时,念头还没有起,光明也还在;念头渐起,就渐昏暗;念头全起,就全都昏暗了。您不读书,不妨去问秀才,孟子所说的夜气,就是这个了。"王惶恐地说:"鬼神的审鉴观察,竟然到了睡梦之中。"

雷击李善人

雷出于地,向于福建白鹤岭上见之。岭高五十里,阴雨时俯视,浓云仅及山半,有气一缕,自云中涌出,直激而上。气之纤末,忽火光迸散,即砰然有声,与火炮全相似。至于击物之雷,则自天而下。戊午夏,余与从兄懋园、坦居读书崔庄三层楼上。开窗四望,数里可睹。时方雷雨,遥见一人自南来,去庄约半里许,忽跪于地。俄云气下垂,幂之不见。俄雷震一声,火光照眼如咫尺，云已敛而上矣。少顷，喧言高川李善人为雷所殛。随众往视，遍身焦黑，仍拱手端跪，仰面望天。背有朱书，非篆非籀，非草非隶，点画缴绕，不能辨几字。其人持斋礼佛，无善迹，亦无恶迹，不知为夙业为隐慝也。其侄李士钦曰："是日晨起，必欲赴崔庄，实无一事。竟冒雨而来，及于此难。"或曰："是日崔庄大集（崔庄市人交易，以一、六日大集，三、八日小集。），殆鬼神驱以来，与众见之。"

【译文】
　　雷出自地中，过去在福建白鹤岭上见到。岭高有五十里，阴雨时低头观看，浓云只到山的一半，有一缕气从云中涌出，笔直地向上激射，气的纤细的末端忽然火光迸散，立即砰的发出声音，同火炮完全相似。至于轰击东西的雷，则从天而下。戊午年夏天，我同堂兄懋园、坦居在崔庄三层楼上读书，开窗朝四面望去，可以看到好几里远。当时正下雷阵雨，远远见到一个人从南边来，离庄大约半里光景，忽然跪在地上。突然间云气向下低垂，罩住看不见了。忽而雷震一声，火光照眼，如在咫尺之间，云已经收敛而上了。过了一会儿，只听见人声嘈杂地说高川李善人被雷所击死。随着众人前往观看，只见李遍身焦黑，仍然拱着手端正地跪着，仰面朝天，背上有朱笔写的字，不是篆字也不是籀字，不是草书也不是隶书，点画缠绕，不能分辨出几个字。这人吃斋礼佛，没有善迹，也没有恶迹。不知道是为了前世的冤业还是为了别人所不知的罪恶，才有这个报应。他的侄子李士钦说："这天早晨起来，他一定要到崔庄去，实际上没有一点事，竟然冒雨而来，碰上了这场灾难。"有的说："这天崔庄是大集市（崔庄市人交易，以一、六日大集，三、八日小集。），大概是鬼神驱赶他来给众人看的。"

墨吏伏诛

余官兵部时,有一吏尝为狐所媚,尪瘦骨立。乞张真人符治之。忽闻檐际人语曰:"君为吏非理取财,当婴刑戮。我夙生曾受君再生恩,故以艳色蛊惑,摄君精气,欲君以瘵疾善终。今被驱遣,是君业重不可救也。宜努力积善,尚冀万一挽回耳。"自是病愈。然竟不悛改。后果以盗用印信,私收马税伏诛。堂吏有知其事者,后为余述之云。

【译文】
我在兵部做官时,曾经有一个吏员被狐狸精所诱惑,衰弱消瘦只剩一把骨头。求张真人画符治疗,忽然听到屋檐头有人说话道:"您做吏员,无理捞取钱财,应当遭受刑法处死。我前生曾经受到您再生的恩德,所以用美色来迷惑,摄取您的精气,要想您因痨病而善终。现今被驱赶,是您冤业重,不可救了。您应当努力积善,还有万一的希望可以挽回。"从此病愈,但竟不改过。后来果然以盗用印章、私收马税被处死。部里办事的吏员有知道那事情的,后来讲给了我听。

绣鸾

前母张太夫人,有婢曰绣鸾。尝月夜坐堂阶,呼之则东西廊皆有一绣鸾趋出,形状衣服无少异,乃至右襟反折其角,左袖半卷亦相同。大骇,几仆。再视之,惟存其一。问之,乃从西廊来。又问:"见东廊人否?"

云：“未见也。”此七月间事。至十一月即谢世。殆禄已将尽，故魅敢现形欤！

【译文】

前母张太夫人，有个婢女叫绣鸾。曾经月夜坐在堂前阶上，呼叫她，则东西走廊都有一个绣鸾跑出来，形状衣服没有一点区别，以至于右襟反折一只角，左袖一半卷起也相同。张太夫人大惊，几乎跌倒。再观看，只存其中的一个，问她，是从西廊来。又问："看见东廊的人吗？"说："没有看见。"这是七月间的事。到十一月，张太夫人就去世了。大概福运已将尽，所以妖魅敢于现形吧。

菩 萨 心 肠

沧州插花庙尼，姓董氏。遇大士诞辰，治供具将毕，忽觉微倦，倚几暂憩。恍惚梦大士语之曰："尔不献供，我亦不忍饥；尔即献供，我亦不加饱。寺门外有流民四五辈，乞食不得，困饿将殆。尔辍供具以饭之，功德胜供我十倍也。"霍然惊醒，启门出视，果不谬。自是每年供具献毕，皆以施丐者，曰此菩萨意也。

【译文】

沧州插花庙的尼姑，姓董氏，遇到观音大士诞辰，整治供品器具将完，忽然觉得稍有倦意，靠着小桌暂时歇息。恍恍惚惚间，梦见大士对她说道："你不献供品，我也不会忍受饥饿；你就是献了供品，我也不会吃得更饱。寺门外有四五个外地流亡的饥民，讨饭不得，困穷饥饿将要支持不住了，你撤下供品给他们吃，功德超过供我十倍了。"忽然惊醒过来。开门出去一看，果然不错。从此每年供品祭献完毕，都用来施舍给讨饭的人，说这是菩萨的意思。

舟子渡轿夫

先太夫人言：沧州有轿夫田某，母患臌将殒。闻景和镇一医有奇药，相距百余里。昧爽狂奔去，薄暮已狂奔归，气息仅属。然是夕卫河暴涨，舟不敢渡。乃仰天大号，泪随声下。众虽哀之，而无如何。忽一舟子解缆呼曰："苟有神理，此人不溺。来来，吾渡尔。"奋然鼓楫，横冲白浪而行。一弹指顷，已抵东岸。观者皆合掌诵佛号。先姚安公曰："此舟子信道之笃，过于儒者。"

【译文】

先母太夫人说：沧州有个轿夫田某，母亲生膨胀病情况危急。听说景和镇一个医生有特效药，但两地相距一百多里。田某清晨狂奔而去，傍晚已经狂奔而回，上气不接下气。但是这天晚上卫河猛涨，船不敢过渡。于是仰天大声呼号，眼泪随声音而下。众人虽然哀怜他，但又无可奈何。忽然一个船夫解开缆绳叫道："假使有神理，这人不会落水。来来，我渡你。"奋起鼓动船桨，劈浪向前行进。弹指间的工夫，已经抵达东岸。观看的人都合掌念诵佛号。先父姚安公说："这个舟子相信天道的诚笃，超过了那些读书人。"

卷 四

滦阳消夏录（四）

戒 狂 生

卧虎山人降乩于田白岩家，众焚香拜祷。一狂生独倚几斜坐，曰："江湖游士，练熟手法为戏耳。岂有真仙日日听人呼唤？"乩即书下坛诗曰："鹧鸪惊秋不住啼，章台回首柳萋萋。花开有约肠空断，云散无踪梦亦迷。小立偷弹金屈戍，半酣笑劝玉东西。琵琶还似当年否？为问浔阳估客妻。"狂生大骇，不觉屈膝。盖其数日前密寄旧妓之作，未经存稿者也。仙又判曰："此笺幸未达，达则又作步非烟矣。此妇既已从良，即是窥人闺阁。香山居士偶作寓言，君乃见诸实事耶？大凡风流佳话，多是地狱根苗。昨见冥官录籍，故吾得记之。业海洪波，回头是岸。山人饶舌，实具苦心，先生勿讶多言也。"狂生鹄立案旁，殆无人色。后岁余，即下世。

余所见扶乩者，惟此仙不谈休咎，而好规人过。殆灵鬼之耿介者耶！先姚安公素恶淫祀，惟遇此仙必长揖曰："如此方严，即鬼亦当敬。"

【译文】

卧虎山人在田白岩家扶乩求神,众人烧香跪拜祈祷。一个狂生独自靠着小桌斜坐,说:"江湖上的游历之士,不过是练熟了手法做做游戏罢了,哪里有真仙天天听人呼唤的?"乩仙就书写一诗道:"鹁鸠惊秋不住啼,章台回首柳萋萋。花开有约肠空断,云散无踪梦亦迷。小立偷弹金屈戍,半酣笑劝玉东西。琵琶还似当年否?为问浔阳估客妻。"狂生大为吃惊,不知不觉屈膝下跪。原来这是他几天之前,秘密寄给旧日相好妓女的诗,没有留存底稿。乩仙又下判语道:"这张信笺幸而没有寄到,寄到则又是一个步飞烟了。这女人既然已经从良,你这样做就是非分地希图别人的内眷。香山居士偶尔作寓言,您竟然付之于实际行动吗?大抵风流佳话,多是下地狱的根源苗头。昨天看见阴间的官员记录在簿册,所以我得以记了下来。孽海波浪无边,回头是岸。山人唠叨,实在是抱着一片苦心,先生不要惊讶我多嘴吧。"狂生像鹄似的伸长头颈站立在乩桌旁,几乎脸无人色。一年多后,他就去世了。

我所见到扶乩的,只有这个乩仙不谈吉凶,而喜欢规劝人的过失,恐怕是灵鬼当中的正直者吧!先父姚安公向来厌恶虚妄的祭祀,只有碰到这个乩仙,必定一揖到地说:"像这样的端方严正,就是鬼也应当敬重。"

说 扶 乩

姚安公未第时,遇扶乩者,问有无功名。判曰:"前程万里。"又问登第当在何年。判曰:"登第却须候一万年。"意谓或当由别途进身。及癸巳万寿恩科登第,方悟万年之说。后官云南姚安府知府,乞养归,遂未再出。并前程万里之说亦验。大抵幻术多手法捷巧。惟扶乩一事,则确有所凭附,然皆灵鬼之能文者耳。所称某神某仙,固属假托;即自称某代某人者,叩以本集中诗文,亦多云年远忘记，不能答也。其扶乩之人，遇能书者则书工，遇能诗者即诗工，遇全不能诗能书者则虽成篇而迟钝。余稍能诗而不能书，从兄坦居能书而不能诗。余扶乩，则诗敏捷而书潦草。坦居扶乩，则书清整而诗浅率。余与坦居实皆未容心，盖亦借人之精神始能运动，所谓鬼不自灵，待人而灵也。蓍龟本枯草朽甲，而能知吉凶，亦待人而灵耳。

【译文】
　　姚安公没有登第的时候，遇到扶乩的人，问有无功名，判道："前程万里。"又问登第当在哪一年，判道："登第却须要等候一万年。"姚安公以为是说或者应当从别的途径进身。等到癸巳年皇上寿诞开恩科登第，方才领悟万年的说法。后来官居云南姚安府知府，请求回家奉养父母而归，就没有再出仕。连前程万里的说法也应验了。大抵幻术多半手法快速灵巧，只有扶乩一件事，倒是的确有所凭借依附，但都是灵鬼当中的能舞弄笔墨的罢了。所称说的某神某仙，固然属于假托，就是自称某代某人的，问到本人集子中的诗文，也多半说年代久远忘记，不能回答了。那扶乩的人，碰到善书的就书写工整，碰到能诗的就作诗工巧，碰到完全不善于作诗、书写的，则虽能成篇却很缓慢。我稍稍能诗而不善书，堂兄坦居善书而不能诗。我扶乩时，则作诗敏捷而书写潦草；坦居扶乩时，则书写清整而诗意浅近粗率。我同坦居其实都没有留心，大概也是借人的精神，才能够运动。就是通常所说的鬼不自灵，待人而灵。用来占卜的蓍龟本来是枯草和腐朽的甲壳，而能够知道吉凶，也是待人而灵罢了。

度帆楼缢鬼

先外祖居卫河东岸，有楼临水傍，曰"度帆"。其楼向西，而楼之下层门乃向东，别为院落，与楼不相通。先有仆人史锦捷之妇缢于是院，故久无人居，亦无扃钥。有僮婢不知是事，夜半幽会于斯。闻门外窸窣似人行，惧为所见，伏不敢动。窃于门隙窥之，乃一缢鬼步阶上，对月微叹。二人股栗，僵于门内，不敢出。门为二人所据，鬼亦不敢入，相持良久。有犬见鬼而吠，群犬闻声亦聚吠。以为有盗，竞明烛持械以往。鬼隐而僮仆之奸败。婢愧不自容，追夕，亦往是院缢。觉而救苏，又潜往者再。还其父母乃已。因悟鬼非不敢入室也，将以败二人之奸，使愧缢以求代也。先外祖母曰："此妇生而阴狡，死尚尔哉，其沉沦也固宜。"先太夫人曰："此婢不作此事，鬼亦何自而乘？其罪未可委之鬼。"

【译文】

已故外祖父居住在卫河东岸，有楼靠近水边，题名"度帆"。这座楼朝西，而楼下层的门则是朝东，别成院落，同楼不相通。先前有仆人史锦捷的妻子吊死在这个院子里，所以长久没有人住，也没有关锁。有僮仆婢女不知道这件事，半夜在这里幽会。听到门外窸窸窣窣像有人行走，害怕被看见，伏着不敢动。偷偷地从门缝里看去，竟是一个吊死鬼走在石阶上，对着月亮微微叹息。两人大腿发抖，都僵在门内，不敢出去。门被这两个人所占据，鬼也不敢进来。相持了好久，有条狗见到鬼而吠叫起来，群狗听到声音也聚在一起叫。众人以为有盗贼，争相点旺灯烛、手持器械前往，鬼隐去而僮仆的奸情败露。婢女羞愧不能自容，等到晚上也到这个院子里上吊。被发觉而救醒转来，又偷着一再前去，直到把她退还给她的父母才罢。因而领悟鬼不是不敢进入房间，而是用败露他们的奸情，使她感到羞愧而上吊的方法来求替代。已故外祖母说："这个女人活着时阴险狡猾，死了还要这样，她的沉沦的确是应当的了。"

先母太夫人说："这个婢女不做这种事,鬼又哪里有机可乘?罪过不可以都推到鬼的身上。"

缢鬼求代可解

辛彤甫先生官宜阳知县时,有老叟投牒曰:"昨宿东城门外,见缢鬼五六,自门隙而入,恐是求代。乞示谕百姓,仆妾勿凌虐,债负勿逼索,诸事互让勿争斗,庶鬼无所施其技。"先生震怒,笞而逐之。老叟亦不怨悔,至阶下拊膝曰:"惜哉,此五六命不可救矣!"越数日,城内报缢死者四。先生大骇,急呼老叟问之。老叟曰:"连日昏昏,都不记忆,今乃知曾投此牒。岂得罪鬼神,使我受笞耶?"

是时此事喧传,家家为备,缢而获解者果二:一妇为姑所虐,姑痛自悔艾;一迫于逋欠,债主立为焚券,皆得不死。乃知数虽前定,苟能尽人力,亦必有一二之挽回。又知人命至重,鬼神虽前知其当死,苟一线可救,亦必转借人力以救之。盖气运所至,如严冬风雪,天地亦不得不然。至披裘御雪,墐户避风,则听诸人事,不禁其自为。

【译文】
辛彤甫先生居官宜阳知县时,有个老叟投送呈文,说:"昨晚住宿在东城门外,看见吊死鬼五六个,从门缝里进来,恐怕是想找替身。恳求告诫老百姓,对仆役姬妾不要凌辱虐待,对欠债的不要逼迫勒索,什么事情都要互让,不要争斗,好使得鬼无处施展它的伎俩。"先生大怒,鞭打而驱逐了他。老叟也不怨恨后悔,到阶下拍着膝盖说:"可惜啊,这五六条命不可救了!"过了几天,城内上报吊死的有四起。先生大惊,急忙找来老叟问他。老叟说:"连日昏昏沉沉,都不记得了,现在才知道曾经投送过这件呈文。难道得罪了鬼神,使我受鞭打吗?"

当时这件事乱哄哄地传说,家家都作了准备,上吊而获得解救的果然有两个:一个女人为婆婆所虐待,婆婆沉痛地自我悔恨;一个迫于拖欠债务,债主立刻焚烧了债券,都得以不死。这才知道命数虽然是原先定下的,假如能够尽人力,也必然有一二分机会可以挽回。又知道人命最为重要,鬼神虽然预先知道他应当死去,但只要有一线可以挽回,也必定转而假借人力来挽救他。大概气数命运所到,就像严冬的风雪,天地也不得不如此。至于披上皮袍御雪,用泥涂塞窗户避风,那就听之于人事,并不禁止各人的作为。

捐 金 拒 色

献县史某,佚其名,为人不拘小节,而落落有直气,视龌龊者蔑如也。偶从博场归,见村民夫妇子母相抱泣。其邻人曰:"为欠豪家债,鬻妇以偿。夫妇故相得,子又未离乳,当弃之去,故悲耳。"史问:"所欠几何?"曰:"三十金。""所鬻几何?"曰:"五十金,与人为妾。"问:"可赎乎?"曰:"券甫成,金尚未付,何不可赎!"即出博场所得七十金授之,曰:"三十金偿债,四十金持以谋生,勿再鬻也。"夫妇德史甚,烹鸡留饮。酒酣,夫抱儿出,以目示妇,意令荐枕以报。妇领之,语稍狎。史正色曰:"史某半世为盗,半世为捕役,杀人曾不眨眼。若危急中污人妇女,则实不能为。"饮啖讫,掉臂径去,不更一言。

半月后，所居村夜火。时秋获方毕，家家屋上屋下，柴草皆满，茅檐秫篱，斯须四面皆烈焰，度不能出，与妻子瞑坐待死。恍惚闻屋上遥呼曰："东岳有急牒，史某一家并除名。"剨然有声，后壁半圮。乃左挈妻，右抱子，一跃而出，若有翼之者。火熄后，计一村之中，烬死者九。邻里皆合掌曰："昨尚窃笑汝痴，不意七十金乃赎三命。"余谓此事见佑于司命，捐金之功十之四，拒色之功十之六。

【译文】
　　献县史某，不知道他的名字。为人不拘小节，而襟怀开朗有正气，看待那些龌龊的人，很是轻蔑不屑。一次，他偶尔从赌场归来，看见村民中有一对夫妇抱着儿子相对哭泣。他们的邻人说："为了欠富豪家的债，卖掉妻子来偿还。夫妇感情原很好，儿子又没有断奶，就要弃之而去，所以悲伤。"史某问："所欠有多少？"答："三十两银子。"史某又问："所卖的有多少？"答道："五十两银子，给人做妾。"史某听后，问道："可以赎吗？"答道："契约刚刚成立，银两还没有付，为什么不可以赎！"史某当即拿出赌场赢来的七十两银子给他，说："三十两银子还债，四十两银子拿去用以谋生，不要再卖妻了。"夫妇两人十分感激史某的恩德，煮了一只鸡留他喝酒。畅饮之后，丈夫抱着儿子出去，向妻子使眼色，意思是让她侍寝以作报答。妻子点头会意，说话时对史某稍显亲热戏谑，史某正色道："我史某半生做强盗，半生做捕快，杀人不曾眨过眼。若是乘人危急，奸污别人妻子，这是绝对不干的！"吃喝完，甩动手臂径自走了，不再说一句话。
　　半个月以后，他所居住的村子夜里着火。这时秋收刚完，家家屋上屋下都堆满了柴草，茅草的屋檐，高粱秆的篱笆，一会儿四面都是烈火，估计不能逃出，同妻子闭目静坐等死。这时恍恍惚惚间听到屋上远远地呼叫道："东岳有紧急公文，史某一家一并除名。"

割的发出声音，后面墙壁一半倒塌，于是左手携着妻子，右手抱着儿子，一跃而出，好像有人在庇护着他。火熄灭以后，计算一村之中，烧死的有九人。邻里都合掌说："昨天还偷偷地笑你痴，没有想到七十两银子竟赎出了三条命。"我说这事受到司命之神的保佑，捐助金钱的功占十分之四，拒绝色欲的功占了十分之六。

盗 遇 牛

姚安公官刑部日，德胜门外有七人同行劫，就捕者五矣，惟王五、金大牙二人未获。王五逃至漷县，路阻深沟，惟小桥可通一人。有健牛怒目当道卧，近辄奋触。退觅别途，乃猝与逻者遇。金大牙逃至清河桥北，有牧童驱二牛挤仆泥中，怒而角斗。清河去京近，有识之者，告里胥，缚送官。二人皆回民，皆业屠牛，而皆以牛败。岂非宰割惨酷，虽畜兽亦含怨毒，厉气所凭，借其同类以报哉。不然，遇牛触仆，犹事理之常；无故而当桥，谁使之也？

【译文】

姚安公在刑部做官时，德胜门外有七个人共同施行抢劫，被逮捕的有五个，只有王五、金大牙两人没有抓获。王五逃到漷县，路上被深沟所阻，只有小桥，可以通过一个人。有一条健壮的牛怒瞪着眼当道而卧，靠近它就奋力顶撞，只好退回寻找别的道路，竟突然同巡逻的人相遇。金大牙逃到清河，桥的北面有牧童驱赶两头牛过来，把他挤倒在泥中，金发怒而争斗起来。清河离京城近，被人认出，告诉了里长，里长把他捆绑起来送官。二人都是回民，都以宰牛为业，而都因为牛败露。岂不是宰割悲惨残酷，即使是畜牲兽类也怀着仇恨，恶毒之气所凭依，借它的同类来报复吗！要不然，碰到牛顶撞仆倒，还是事理中所常有的；无故而挡着桥，谁使它这样的呢！

暂 入 轮 回

宋蒙泉言：孙峨山先生，尝卧病高邮舟中。忽似散步到岸上，意殊爽适。俄有人导之行，恍惚忘所以，亦不问。随去至一家，门径甚华洁。渐入内室，见少妇方坐蓐。欲退避，其人背后拊一掌，已昏然无知。久而渐醒，则形已缩小，绷置锦褓中。知为转生，已无可奈何。欲有言，则觉寒气自囟门入，辄噤不能出。环视室中，几榻器玩及对联书画，皆了了。至三日，婢抱之浴，失手坠地，复昏然无知，醒则仍卧舟中。家人云，气绝已三日，以四肢柔软，心膈尚温，不敢殓耳。先生急取片纸，疏所见闻，遣使由某路送至某门中，告以勿挞婢。乃徐为家人备言。是日疾即愈，径往是家，见婢媪皆如旧识。主人老无子，相对惋叹，称异而已。

近梦通政鉴溪亦有是事，亦记其道路门户。访之，果是日生儿即死。顷在直庐，图阁学时泉言其状甚悉，大抵与峨山先生所言相类。惟峨山先生记往不记返。鉴溪则往返俱分明，且途中遇其先亡夫人，到家入室时见夫人与女共坐，为小异耳。案轮回之说，儒者所辟。而实则往往有之，前因后果，理自不诬。惟二公暂入轮回，旋归本体，无故现此泡影，则不可以理推。"六合之外，圣人存而不论"，阙所疑可矣。

【译文】

宋蒙泉说：孙峨山先生曾经卧病在高邮的船中，忽然好像散步到了岸上，感到十分爽快舒适。一会儿，有人引导他行走，恍恍惚惚间忘记为什么会这样，也不问。跟随前去到了一户人家，门和路很华丽整洁。渐渐进入内室，看见一个少妇正在临产。要想退避，那人在背后拍了一掌，已经昏昏然失去知觉。很久以后，渐渐醒来，则形体已经缩小，包裹在锦绣的襁褓中。知道这是转生，已是无可奈何。要想说话，只觉得寒气从头顶囟门当中灌入，就闭口不能出声。四面观看房中，桌榻器物古玩以及对联书画，都清清楚楚。到第三天，婢女抱着他洗浴，失手坠落地上，再次昏昏然失去知觉，醒来则仍然躺在船中。家里人说："你断气已经三天，因为四肢柔软，胸腹间还温热，所以不敢把你收殓。"先生连忙取一张纸片记录他的所见所闻，派遣使者从某路送到某门中，告诉他们不要过分鞭打婢女。于是慢慢地为家里的人详细叙说。这天，病就痊愈了，径自去到这一家，看见婢女老妇，都像旧相识。主人老而无子，彼此都相对感叹称奇。

近来通政使梦鉴溪也有这样的事，也记得那道路门户。前去寻访，果然这一天生了儿子，随即死去。不久前在值宿的房舍里，内阁学士图时泉谈起那情形十分清楚，大抵同峨山先生所说的相类似。只是峨山先生记得去不记得返回。鉴溪则往返都分明，而且路途中遇到他先已亡故的夫人，到家进入内室时，见到夫人同女儿坐在一起，就这些细节小有不同。轮回的说法，为儒家学者所排斥，而其实倒往往是有的，前因后果，这理自然不假。只是二公短暂地进入轮回，随即回归本体，无缘无故现这一梦幻泡影，则不可用常理来推论了。天地四方之外，圣人存而不论，暂时存疑好了。

祈 梦 断 案

再从伯灿臣公言：曩有县令，遇杀人狱不能决，蔓延日众。乃祈梦城隍祠。梦神引一鬼，首戴磁盎，盎中种竹十余竿，青翠可爱。觉而检案中有姓祝者，祝竹音同，意必是也。穷治无迹。又检案中有名节者，私念曰："竹有节，必是也。"穷治亦无迹。然二人者九死一生矣。计无复之，乃以疑狱上，请别缉杀人者，卒亦不得。夫疑狱，虚心研鞫，或可得真情。祷神祈梦之说，不过慴伏愚民，绐之吐实耳。若以梦寐之恍惚，加以射覆之揣测，据为信谳，鲜不谬矣。古来祈梦断狱之事，余谓皆事后之附会也。

【译文】
远房伯父灿臣公说：过去有一个县令，碰到杀人案不能决断，拖延了很多时日。于是到城隍祠里求梦。梦见神引来一个鬼，头顶瓷盆，盆中种竹十多枝，青翠可爱。醒来后，检点案卷中有姓祝的，祝、竹音相同，想来一定是的。尽力查办，没有线索。又检点案卷中有名叫节的，私下叨念道："竹有节，一定是的。"尽力查办，也没有线索。但是这两个人，已经九死一生了。估计不能再审问明白，于是以疑难案件上报，请求另外缉捕杀人者，结果也没有捕获。要知道疑难的案件，虚心研求审理，或者可以得到真情。祷告神灵求之于梦，不过是使愚民因害怕而屈服，骗他吐出实情而已。如果以睡梦当中的恍恍惚惚，再加上猜测，就拿来作为判案的确凿证据，很少有不出错误的。从古以来，求梦断案的事情，我以为都是事后的附会。

县令明察

雍正壬子六月，夜大雷雨，献县城西有村民为雷击。县令明公晟往验，饬棺殓矣。越半月余，忽拘一人讯之曰："尔买火药何为？"曰："以取鸟。"诘曰："以铳击雀，少不过数钱，多至两许，足一日用矣。尔买二三十斤何也？"曰："备多日之用。"又诘曰："尔买药未满一月，计所用不过一二斤，其余今贮何处？"其人词穷。刑鞫之，果得因奸谋杀状，与妇并伏法。或问："何以知为此人？"曰："火药非数十斤不能伪为雷。合药必以硫黄。今方盛夏，非年节放爆竹时，买硫黄者可数。吾阴使人至市，察买硫黄者谁多。皆曰某匠。又阴察某匠卖药于何人。皆曰某人。是以知之。"又问："何以知雷为伪作？"曰："雷击人，自上而下，不裂地。其或毁屋，亦自上而下。今苫草屋梁皆飞起，土炕之面亦揭去，知火从下起矣。又此地去城五六里，雷电相同。是夜雷电虽迅烈，然皆盘绕云中，无下击之状。是以知之。尔时其妇先归宁，难以研问。故必先得是人，而后妇可鞫。"此令可谓明察矣。

【译文】

雍正十年六月，一天夜里下大雷雨，献县城西有村民被雷击死。县令明公晟前往验看，下令用棺材收殓了。过了半个多月，忽然抓了一个人来审问他道："你买火药做什么？"答："用来打鸟。"追问道："用火铳打鸟雀，少不过几钱，多到一两光景，足够一天用了。你买二三十斤，为什么？"答："预备许多天的用途。"又追问道："你买药不满一个月，估计所用不过一二斤，其余的现今藏在什么地方？"那人无话可说。用刑审讯他，果然得到因奸谋杀的情状，同奸妇一起依法判处死刑。有的问："怎么知道是这个人？"答："火药不是数十斤不能伪造打雷，合药必定要用硫黄。现今正当盛夏，不是逢年过节放爆竹的时候，买硫黄的人少，可以数得出来。我暗地使人到市上察看买硫黄的谁多，都说是某匠；又暗地察看某匠卖药给什么人，都说是某人。所以知道。"又问："怎么知道雷是伪造的?"答:"雷打人,从上而下,不炸裂地面。或者有毁坏房屋的,也从上而下。现在茅草顶屋梁都飞了起来,土炕的炕面也揭了去,知道火是从下面起来的。又这里离城五六里,雷电是相同的。这天夜里雷电虽然迅猛暴烈,但都是在云中盘旋回绕,没有往下击打的样子,所以知道。当时死者的妻子先回了娘家,难以研求深问。因此一定要先找到这个人,而后可以审讯那女人。"这个县令可说是明察了。

雷击毒母者

戈太仆仙舟言:乾隆戊辰,河间西门外桥上雷震一人死,端跪不仆;手擎一纸裹,雷火弗爇。验之皆砒霜,莫明其故。俄其妻闻信至,见之不哭,曰:"早知有此,恨其晚矣!是尝诟谇老母,昨忽萌恶念,欲市砒霜毒母死。吾泣谏一夜,不从也。"

【译文】

太仆寺卿戈仙舟说:乾隆十三年,河间西门外桥上,雷打死了一个人。这人死后仍端正地跪着不倒,手里还擎着一个纸包,没有被雷火烧着。查看都是砒霜,不知道是什么缘故。一会儿他的妻子听到消息来了,见了并不哭,说:"早知道有今天,只恨他死得晚了!这人曾经辱骂老母,昨天忽然萌生恶念,要想买砒霜毒死母亲,我哭着劝谏了一夜也不肯听从。"

二 姑 娘

再从兄旭升言:村南旧有狐女,多媚少年,所谓二姑娘者是也。族人某,意拟生致之,未言也。一日,于废圃见美女，疑其即是。戏歌艳曲，欣然流盼，折草花掷其前。方欲俯拾，忽却立数步外，曰："君有恶念。"逾破垣竟去。后有二生读书东岳庙僧房，一居南室，与之昵。一居北室，无睹也。南室生尝怪其晏至，戏之曰："左挹浮丘袖，右拍洪崖肩耶？"狐女曰："君不以异类见薄，故为悦己者容。北室生心如木石，吾安敢近？"南室生曰："何不登墙一窥？未必即三年不许。如使改节，亦免作程伊川面向人。"狐女曰："磁石惟可引针，如气类不同，即引之不动。无多事，徒取辱也。"时同侍姚安公侧，姚安公曰："向亦闻此，其事在顺治末年。居北室者，似是族祖雷阳公。雷阳一老副榜，八比以外无寸长，只心地朴诚，即狐不敢近。知为妖魅所惑者，皆邪念先萌耳。"

【译文】

远房堂兄旭升说：村子南面旧时有狐女，常去诱惑少年，所谓二姑娘的就是。同族有个人要想活捉到她，但没有说出口。一天，他在废园里见到一个美女，怀疑她就是。戏唱一首情歌，只见她高兴地用眉目送情，折下草花掷在她的面前。她正要俯身拾取，忽然后退几步说："您有坏念头。"越过破败的墙头竟自走了。后来有两个书生在东岳庙僧房里读书，一个居住在南室，同她亲近。一个居住在北室，却没有见到。南室书生曾经怪她迟来，戏谑地说："左手牵着仙人浮丘的袖子，右手拍着仙人洪崖的肩膀——你同时和另一个人相处在一起吗？"狐女说："您不因为我异于人类而薄待我，所以愿意为喜欢自己的人修饰容貌。北室书生的心如同木石，我怎么敢接近？"南室书生说："为什么不登上墙头暗中看一下呢？未必就是三年都不允许。如果能够使他改变操守，也可以免得他摆着程伊川——道学家的面孔向人。"狐女说："磁石只可以吸引针，如果气质不是同类,就是吸引它也不动。不要多事了,免得自讨羞辱。"当时一起侍奉在姚安公旁边,姚安公说:"过去也听到过这个,这件事在顺治末年。居住在北室的好像是同族祖父雷阳公。雷阳是一个老副贡,八股以外没有一点长处。只是心地朴实,狐就不敢接近。可知被妖魅所诱惑的,都是自己先萌生邪念的缘故。"

痴　　鬼

先太夫人外家曹氏,有媪能视鬼。外祖母归宁时,与论冥事。媪曰:"昨于某家见一鬼,可谓痴绝;然情状可怜,亦使人心脾凄动。鬼名某,住某村,家亦小康,死时年二十七八。初死百日后,妇邀我相伴。见其恒坐院中丁香树下。或闻妇哭声,或闻儿啼声,或闻兄嫂与妇诟谇声,虽阳气逼烁,不能近,然必侧耳窗外窃听,凄惨之色可掬。后见媒妁至妇房,愕然惊起,张手左右顾。后闻议不成,稍有喜色。既而媒妁再至,来往兄嫂与妇处,则奔走随之,皇皇如有失。送聘之日,坐树下,目直视妇房,泪涔涔如雨。自是妇每出入,辄随其后,眷恋之意更笃。嫁前一夕,妇整束奁具。复徘徊檐外,或倚柱泣,或俯首如有思;稍闻房内嗽声,辄从隙私窥,营营者彻夜。吾太息曰:'痴鬼何必如是!'若弗闻也。娶者入,秉火前行。避立墙隅,仍翘首望妇。吾偕妇出,回顾,见其远远随至娶者家,为门尉所阻,稽颡哀乞,乃得入;入则匿墙隅,望妇行礼,凝立如醉状。妇入房,稍稍近窗,其状一如整束奁具时。至灭烛就寝,尚不去,为中霤神所驱,乃狼狈出。时吾以妇嘱归视儿,亦随之返。见其直入妇室，凡妇所坐处眠处，一一视到。俄闻儿索母啼，趋出环绕儿四周，以两手相握，作无可奈何状。俄嫂出，挞儿一掌。便顿足拊心，遥作切齿状。吾视之不忍，乃径归，不知其后何如也。后吾私为妇述，妇啮齿自悔。里有少寡议嫁者，闻是事，以死自誓曰：'吾不忍使亡者作是状。'"

嗟乎！君子义不负人，不以生死有异也。小人无往不负人，亦不以生死有异也。常人之情，则人在而情在，人亡而情亡耳。苟一念死者之情状，未尝不戚然感也。儒者见谄渎之求福，妖妄之滋惑，遂断断持无鬼之论，失先王神道设教之深心，徒使愚夫愚妇，悍然一无所顾忌。尚不如此里妪之言，为动人生死之感也。

【译文】

先母太夫人娘家曹氏，有个老妇能够看到鬼。外祖母回娘家时，同她谈论阴间的事。老妇说："昨天在某家见到一个鬼，可说是痴到极点了；但是情状可怜，也使人感动。鬼名叫某，住在某村，家里也是小康，死时年二十七八岁。刚死百天以后，他的妻子约我相伴，见到他经常坐在院子里的丁香树下。他有时听到妻子的哭声，有时听到儿子的啼哭声，有时听到兄嫂和妻子的诟骂声，虽然阳气逼迫炙烤，不能靠近，但是必定侧着耳朵在窗外偷听，凄惨的脸色异常明显。后来他见到媒人到他妻子的房里，很感诧异，就惊觉起来，张开手左右张望。后来听到议婚不成，才稍有喜色。过后媒人又来往于兄嫂和妻子两边，他就奔走跟随，惶惶然如有所失。送聘礼的这一天，他坐在树下，眼睛直直地盯着妻子的房间，眼泪像雨一般地不断流下。从此妻子每次出入，他就跟在她的后面，眷恋之情更加深厚。改嫁的前一天晚上，妻子收拾嫁妆，他又徘徊在屋檐外，有时靠着柱子哭泣，有时低着头若有所思。只要稍微听到房内的咳嗽声,他就从缝隙里偷偷张望,来回转悠了一整夜。我叹息说:'痴鬼何必如此!'他好像没有听见一样。娶亲的人进来,拿着火烛往前走,他就避立在墙角落,仍然伸头望着妻子。我同他妻子出门,回头看到他远远地跟着到了娶亲的人家,被门神所阻拦,叩头哀求,才得以进来。进来后躲在墙角落,望着妻子行婚礼,凝神站立像酒醉的样子。妻子进了房,他稍稍靠近窗子,那样子就同妻子收拾嫁妆时一模一样。到了房中灭烛睡觉,他还不去,被宅神驱赶,才狼狈而出。那时我因为受他妻子嘱咐回来看望他儿子,鬼也跟着回来。看到他径直进入妻子的房间,凡是妻子所坐所睡的地方,他都一一看遍。一会儿听到儿子寻找母亲啼哭,他跑出来环绕儿子四周,把两手互相握在一起,做出无可奈何的样子。一会儿嫂子出来,打了儿子一巴掌,他就顿着脚拍着胸口,远远地做出咬牙切齿的样子。我看了不忍心,就直接回家,不知道他以后怎么样了。后来我暗地里讲给他妻子听,他妻子听后,咬着牙齿,非常懊悔。乡里有一个年轻寡妇准备再嫁,听到这件事后,发誓说:'我不忍心让死去的人做出这种样子。'"

唉!君子仗义不背弃人,不因为生死有什么区别;小人无处不背弃人,也不因为生死有什么区别。普通人的情,则是人在而情义在,人死而情义也就没有了。假如一想到死者的情状,未尝不悲伤,未尝没有感触。儒家学者见到那些谄媚烦扰鬼神的人求福,怪异荒诞之说的滋生惑乱,就断然主张无鬼之论,失去了上古贤明君王以神道设教的深切用心,徒然使愚夫愚妇,蛮横地一概无所顾忌。还不如这个乡里老妇的话,能够触动人的生死之感了。

借 尸 回 生

王兰泉少司寇言:胡中丞文伯之弟妇,死一日复苏,与家人皆不相识,亦不容其夫近前。细询其故,则陈氏女之魂,借尸回生。问所居,相去仅数十里。呼其亲属至,皆历历相认。女不肯留胡氏。胡氏持镜使自照,见形容皆非，乃无奈而与胡为夫妇。此与《明史·五行志》司牡丹事相同。当时官为断案，从形不从魂。盖形为有据，魂则无凭。使从魂之所归，必有诡托售奸者。故防其渐焉。

【译文】

刑部侍郎王兰泉说：巡抚胡文伯的弟媳，死去一天后，又重新苏醒过来，同家里的人都不相识，也不容许她的丈夫靠近。仔细询问她的缘故，则是陈姓女儿的魂借尸回生。问起所居住的地方，相离只有几十里。呼唤她的亲属到来，都能一一清楚地相认。陈女不肯留在胡家，胡家拿了镜子使她自己照看，见到形状容貌都不是原来的了，于是无可奈何而同胡成为夫妇。这同《明史·五行志》中司牡丹的事情相同。当时官府为她断案，依照形体而不依照魂。因为形体是有依据的，魂则没有凭证。假使依照魂来断定归属，必然有假托的以便实现他的奸计，所以要防止这种倾向的发展。

江 西 术 士

有山西商居京师信成客寓，衣服仆马皆华丽，云且援例报捐。一日，有贫叟来访，仆辈不为通。自候于门，乃得见。神意索漠，一茶后别无寒温。叟徐露求助意。咈然曰："此时捐项且不足，岂复有余力及君？"叟不平，因对众具道西商昔穷困，待叟举火者十余年；复助百金使商贩，渐为富人。今罢官流落，闻其来，喜若更生。亦无奢望，或得橐所助之数，稍偿负累，归骨乡井足矣。语讫絮泣。西商亦似不闻。忽同舍一江西人，自称姓杨，揖西商而问曰："此叟所言信否？"西商面频曰："是固有之，但力不能报为恨耳。"杨曰："君且为官，不忧无借处。倘有人肯借君百金，一年内乃偿，不取分毫利，君肯举以报彼否？"西商强应曰："甚愿。"杨曰："君但书券，百金在我。"西商迫于公论，不得已书券。杨收券，开敝箧，出百金付西商。西商怏怏持付叟。杨更治具，留叟及西商饮。叟欢甚，西商草草终觞而已。叟谢去，杨数日亦移寓去，从此遂不相闻。

后西商检箧中少百金，镮锁封识皆如故，无可致诘。又失一狐皮半臂，而箧中得质票一纸，题钱二千，约符杨置酒所用之数。乃知杨本术士，姑以戏之。同舍皆窃称快。西商惭沮，亦移去，莫知所往。

【译文】

　　有个山西商人，居住在京城的信成客店里，衣服仆从和马匹都很华丽，说是准备援例报效捐官的。一天，有个贫穷的老叟来寻访，仆人们不替他通报，老叟自己等候在门口，才得以相见。山西商人神情意态冷落，一杯茶之后，没有别的问候冷暖的话。老叟慢慢地露出请求帮助的意思，商人就不高兴地说："这时捐官的款项还不够，哪里再有余力顾及到你呢？"老叟意下不平，于是对着众人一一讲述山西商人过去穷困，十多年来，一直靠了老叟才能维持生活；又曾帮助他百两银子，让他经商贩卖，渐渐成为富人。现今自己罢官流落，听到他到来，心里很高兴，以为有了救星了。也没有什么奢望，只是想得到过去帮助他的那个数目，稍稍偿还一点债务，这副老骨头能返回家乡就足够了。说完哭个不停，但山西商人好像不曾听见。忽然同房的一个江西人，自称姓杨，向山西商人作揖询问，说："这个老叟所说的确实吗？"山西商人面色发红说："这事固然是有的，但恨力量不能报答。"杨说："您将要做官，不用担忧没有借的地方。倘使有人肯借给您百两银子，一年内才偿还，不取一分一毫的利息，您肯拿来报答他吗？"山西商人勉强答应说："很愿意。"杨说："您只要写个借据，百两银子由我给你。"山西商人迫于公众的议论，不得已写了借据。杨收了借据，打开一个破旧的箱子，从中拿出百两银子，交付给山西商人。山西商人闷闷不乐地接过银子，交给老叟。杨又整治酒饭，留老叟及山西商人喝酒。老叟十分高兴，山西商人只是应景陪酒，直到散席。老叟称谢而去，杨几天后也搬往别处，从此就不通音讯。

后来山西商人检点箱子，发现少了百两银子，箱子上的扣锁封皮标识都像原样，无处可以查问。又少了一件狐皮背心，而在箱子里得到当票一张，写着钱二千，大约符合杨备酒所用去的钱的数目。山西商人这才知道杨本来是一个术士，姑且用来同他开一个玩笑。同房舍的人都暗暗称快。山西商人惭愧沮丧，也搬走了，不知道去了哪里。

诗 谶

蒋编修菱溪，赤厓先生子也。喜吟咏，尝作七夕诗曰："一霎人间箫鼓收，羊灯无焰三更碧。"又作中元诗曰："两岸红沙多旋舞，惊风不定到三更。"赤厓先生见之，愀然曰："何忽作鬼语？"果不久下世。故刘文定公作其遗稿序曰："就河鼓以陈词，三更焰碧；会盂兰而说法，两岸沙红。诗谶先成，以君才过终军之岁；诔词安属，顾我适当骑省之年。"

【译文】

翰林院编修蒋菱溪，是赤厓先生的儿子。蒋喜欢吟咏，曾经作七夕诗道："一霎人间箫鼓收，羊灯无焰三更碧。"又作中元节诗道："两岸红沙多旋舞，惊风不定到三更。"赤厓先生见到了，面容变色说："为什么忽然作鬼语？"果然不久，他就去世了。所以刘文定公为他的遗稿作序说:"借着牵牛星来陈述词赋,三更天发出青绿颜色的火焰;遇到盂兰节而演说佛法,两岸边有着凶星当值的红沙。诗中的预兆先已出现,像您才超过终军的年岁;悼念的文字嘱托谁写?看来就是相当于潘岳'寓直散骑之省'时年龄的我了。"

自 污 救 人

农夫陈四,夏夜在团焦守瓜田,遥见老柳树下,隐隐有数人影,疑盗瓜者,假寐听之。中一人曰:"不知陈四已睡未?"又一人曰:"陈四不过数日,即来从我辈游,何畏之有?昨上直土神祠,见城隍牒矣。"又一人曰:"君不知耶?陈四延寿矣。"众问:"何故?"曰:"某家失钱二千文,其婢鞭捶数百未承。婢之父亦愤曰:'生女如是,不如无。倘果盗,吾必缢杀之。'婢曰:'是不承死,承亦死也。'呼天泣。陈四之母怜之,阴典衣得钱二千,捧还主人曰:'老妇昏愦,一时见利取此钱,意谓主人积钱多,未必遽算出。不料累此婢,心实惶愧。钱尚未用,谨冒死自首,免结来世冤。老妇亦无颜居此,请从此辞。'婢因得免。土神嘉其不辞自污以救人,达城隍。城隍达东岳。东岳检籍,此妇当老而丧子,冻饿死。以是功德,判陈四借来生之寿于今生,俾养其母。尔昨下直,未知也。"陈四方窃愤母以盗钱见逐,至是乃释然。后九年母死,葬事毕,无疾而逝。

【译文】

农夫陈四,夏夜在圆形的草屋里看守瓜田。远远地看见老柳树下隐隐约约地有几个人影，他疑心是偷瓜的，就假装睡着，留心倾听。只听其中一个人说："不知道陈四已经睡着了没有？"另一个人说："陈四不过几天就来同我们交游，有什么好怕的？昨天在土神祠值班，看到城隍的公文了。"又一个人说："您不知道吗？陈四延长寿命了。"众人问："什么缘故？"答："某家失少了钱两千文，他家的婢女被鞭打了几百下都没有承认。婢女的父亲也气愤地说：'生个女儿像这样，倒不如没有。倘若果然偷盗，我一定勒死她。'婢女说：'这是不承认得死，承认也得死了。'叫天叫地地哭泣。陈四的母亲怜惜她，偷偷地典当衣服得了两千钱，捧还给了主人说：'老妇糊涂，一时贪利拿了这钱。原以为主人积存的钱多，未必立即算得出来。不料连累了这个婢女，心里实在惶恐惭愧。钱还没有用，我冒着死罪，前来自首，免得结来世的冤仇。老妇也没有脸面住在这里，请求从现在起告辞。'婢女因而得到了宽免。土神称赞她不惜污辱自己来救人，禀告到城隍，城隍禀告到东岳。东岳查点簿册，这个女人原应老而丧子，挨冻受饿死。因为这个功德，判处陈四借来世的寿命到今世，使能奉养他的母亲。你昨天已经下班，所以不知道。"陈四正在暗暗地愤恨母亲因为偷钱被驱逐，到这时才消除了疑虑。九年以后，母亲死去，陈四办完了丧事，也无疾而终了。

战 疫 鬼

外舅马公周箓言：东光南乡有廖氏募建义冢，村民相助成其事，越三十余年矣。雍正初，东光大疫。廖氏梦百余人立门外，一人前致词曰："疫鬼且至，从君乞焚纸旗十余，银箔糊木刀百余。我等将与疫鬼战，以报一村之惠。"廖故好事，姑制而焚之。数日后，夜闻四野喧呼格斗声，达旦乃止。阖村果无一人染疫者。

【译文】

岳父马公周箓说:东光县南乡有个姓廖的,募捐建造埋葬无主尸骨的义冢,村民相助完成了这件事,已经过了三十多年了。雍正初年,东光发生大的瘟疫。姓廖的梦见一百多个人站立在门外,其中一个上前致词说:"疫鬼将要来了,向您恳求焚烧纸旗十多面,用银箔纸糊的木刀一百多把,我等将同疫鬼战斗,以报答一村的恩惠。"廖本来是一个好事的人,就按照嘱托制作了纸旗木刀焚烧。几天之后,夜里听到四周旷野里嘈杂的呼叫和格斗的声音,直到清晨才停止。全村果然没有一个人沾染上瘟疫的。

精魂昼见

沙河桥张某商贩京师,娶一妇归,举止有大家风。张故有千金产,经理亦甚有次第。一日,有尊官骑从甚盛,张杏黄盖,坐八人肩舆,至其门前问曰:"此是张某家否?"邻里应曰:"是。"尊官指挥左右曰:"张某无罪,可缚其妇来。"应声反接是妇出。张某见势焰赫奕,亦莫敢支吾。尊官命褫妇衣,决臀三十,昂然竟行。村人随观之,至林木荫映处,转瞬不见,惟旋风滚滚,向西南去。方妇受杖时,惟叩首称死罪。后人问其故。妇泣曰:"吾本侍郎某公妾,公在日,意图固宠,曾誓以不再嫁。今精魂昼见,无可复言也。"

【译文】

沙河桥张某在京城里经商贩卖,娶了一个妻子回来。这女子一举一动都有名门大族人家的风度。张本来有千两银子的产业,经营得也十分有条理。一天,有一个贵官带着众多随从,张着杏黄色的伞盖,坐着八人抬的轿子,到了他的门前,问道:"这是张某的家吗?"邻里回答说:"是的。"贵官指挥左右的人说:"张某没有罪,可把他的妻子绑来。"随从应声反绑他妻子的两手出来。张某见到那显赫的声势,也不敢随便多说。贵官命令剥去他妻子的衣服,打了三十下屁股,昂首阔步走了。村里的人跟随着观看,到那林木掩映的地方,一转眼间,那贵官的队伍就不见了,只有旋风滚滚向西南方向而去。他妻子当受责打时,只是叩头口称死罪。后来人们问其中的缘故,他妻子哭泣着说:"我本来是侍郎某公的妾,公在世的日子,为了巩固受宠的地位,曾经发誓不改嫁。现在魂魄在白天显现,我也没有什么可以再说的了。"

王 秃 子

王秃子幼失父母,迷其本姓。育于姑家,冒姓王。凶狡无赖,所至童稚皆走匿,鸡犬亦为不宁。一日,与其徒自高川醉归,夜经南横子丛冢间,为群鬼所遮。其徒股栗伏地,秃子独奋力与斗,一鬼叱曰:"秃子不孝,吾尔父也,敢肆殴!"秃子固未识父,方疑惑间,又一鬼叱曰:"吾亦尔父也,敢不拜!"群鬼又齐呼曰:"王秃子不祭尔母,致饥饿流落于此,为吾众人妻。吾等皆尔父也。"秃子愤怒,挥拳旋舞,所击如中空囊。跳踉至鸡鸣,无气以动,乃自仆丛莽间。群鬼皆嬉笑曰:"王秃子英雄尽矣,今日乃为乡党吐气。如不知悔,他日仍于此待尔。"秃子力已竭,竟不敢再语。天晓鬼散,其徒乃掖以归。自是豪气消沮,一夜携妻子遁去,莫知所终。

此事琐屑不足道,然足见悍戾者必遇其敌,人所不能制者,鬼亦忌而共制之。

【译文】

王秃子从小父母双亡,失去了他本来的姓。他依附在姑姑家里生活,就姓了王。王秃子为人凶狠狡猾,撒泼放刁,所到之处连孩童们都吓得逃避,鸡犬也为之不宁。一天夜里,他和同伴从高川大醉而归,经过南横子坟堆间,被一群鬼所阻拦。他的同伴大腿发抖伏在地上,秃子独自一人奋力同他们搏斗。一个鬼喝叱道:"秃子不孝,我是你的父亲,胆敢肆意还手!"秃子本不认识父亲,正在疑惑之间,又一个鬼喝叱道:"我也是你的父亲,胆敢不拜!"群鬼又一齐呼叫道:"王秃子,你不祭奠你的母亲,以致你的母亲饥饿流落在这里,做了我们众人的妻子,因此,我等都是你的父亲。"秃子愤怒,挥舞拳头,四处旋转乱打,但击中的都像空的袋子。他一直奔跳到了鸡叫,没有力气再动,就倒在丛生的草木间。群鬼都嬉笑着道:"王秃子的英雄气完了,今天才算为家乡邻里出了一口气。如果你不知道悔改,改天我们仍然在这里等你。"秃子已经力竭,再也不敢说话。天亮鬼散,同伴才扶着他回去。从此以后,豪气消减。一天夜里,他携带妻子逃去,不知道结果怎样。

这件事琐碎不足道,但是足见凶狠强横的人,必然会遇到敌手。人所不能够制伏的,鬼也要忌恨而共同制伏他。

巴 蜡 虫

戊子夏,京师传言,有飞虫夜伤人。然实无受虫伤者,亦未见虫,徒以图相示而已。其状似蚕蛾而大,有钳距,好事者或指为射工。按短蜮含沙射影,不云飞而螫人,其说尤谬。余至西域,乃知所画,即辟展之巴蜡虫。此虫秉炎炽之气而生,见人飞逐。以水噀之,则软而伏。或噀不及,为所中,急嚼茜草根敷疮则瘥,否则毒气贯心死。乌鲁木齐多茜草,山南辟展诸屯,每以官牒移取,为刈获者备此虫云。

【译文】

戊子年夏天,京城里传说有飞虫夜里伤人。但其实并没有人受虫伤害,也没有人见到虫,只是用图给人看而已。它的形状像蚕蛾而大些,有一对钳形的前脚,好事的人指认它为射工。按,射工即短狐,传说能含沙射人影,但并没有说它能飞能刺人,所以这说法尤其错误。我到了西域,才知道所画的就是辟展的巴蜡虫。这种虫禀受炎热炽烈之气而生,见了人就飞着追逐。用水喷它,就变软而伏了下来。如果喷不着,被它所刺中,就应赶快嚼茜草的根,敷在疮上,就会痊愈,否则毒气攻心而死。乌鲁木齐多生长茜草,山南辟展各屯,经常用官府的公文调取,给收割的人防备这种虫。

缢鬼魅人

乌鲁木齐虎峰书院,旧有遣犯妇缢窗棂上。山长前巴县令陈执礼,一夜明烛观书,闻窗内承尘上窸窣有声。仰视,见女子两纤足,自纸罅徐徐垂下,渐露膝,渐露股。陈先知是事,厉声曰:"尔自以奸败,愤恚死,将祸我耶?我非尔仇。将魅我耶?我一生不入花柳丛,尔亦不能惑。尔敢下,我且以夏楚扑尔。"乃徐徐敛足上,微闻叹息声。俄从纸罅露面下窥,甚姣好。陈仰面唾曰:"死尚无耻耶?"遂退入。陈灭烛就寝,袖刃以待其来,竟不下。次日,仙游陈题桥访之,话及是事,承尘上有声如裂帛,后不再见。

然其仆寝于外室,夜恒呓语,久而渐病瘵。垂死时,陈以其相从二万里外,哭甚悲。仆挥手曰:"有好妇,尝私就我。今招我为婿,此去殊乐,勿悲也。"陈顿足曰:"吾自恃胆力,不移居,祸及汝矣。甚哉,客气之害事也！"后同年六安杨君逢源，代掌书院，避居他室，曰："孟子有言：'不立乎岩墙之下。'"

【译文】

　　乌鲁木齐的虎峰书院，旧时有充军犯人的妻子吊死在窗格上面。书院的山长、前巴县县令陈执礼，一天夜里点着明亮的蜡烛看书，听到窗内天花板上有窸窣的声音。抬头一看，只见一个女子的两只纤细的脚从纸缝里慢慢地垂下来，渐渐露出膝盖，渐渐露出大腿。陈原先已经知道这件事，就厉声说："你自己因奸情败露，愤恨而死，要来害我吗？我不是你的仇人。要来诱惑我吗？我一生不去花街柳巷，你也不能诱惑。你敢下来，我就用棍棒打你。"于是，那女子的脚便慢慢缩了上去，还微微发出叹息的声音。一会儿，女子从纸缝里露面向下窥看，看上去面目姣美。陈仰起面孔吐着唾沫说："死了还要无耻吗？"于是退了进去。陈吹灭蜡烛上床睡觉，袖中藏着刀等待她来，竟然没有下来。第二天，仙游陈题桥来访，谈到这件事，天花板上有像撕裂绸布的声音，后来也没有再见到。

　　但是他的仆人睡在外房，夜里经常说梦话，久后渐渐成了痨病。临死时，陈因为他跟从到了两万里以外，哭得很悲哀。仆人挥挥手说："有个好女人曾经私下主动和我相好，现今招我为夫婿，这一去很快乐，不要悲伤。"陈顿着脚说："我自己仗着胆力不肯搬迁住处，祸害到你了。厉害啊，外邪之气真能坏事！"后来同榜取中的六安杨君逢源代替主持书院，回避居住到了别的房间，说："孟子说过：'不立乎岩墙之下。'"

白 昼 见 鬼

　　德郎中亨，夏日散步乌鲁木齐城外，因至秀野亭纳凉。坐稍久，忽闻大声语曰："君可归，吾将宴客。"狼狈奔回，告余曰："吾其将死乎？乃白昼见鬼。"余曰：

"无故见鬼,自非佳事。若到鬼窟见鬼,犹到人家见人尔,何足怪焉。"盖亭在城西深林,万木参天,仰不见日。旅榇之浮厝者,罪人之伏法者,皆在是地,往往能为变怪云。

【译文】

　　任职郎中的德亨,夏天在乌鲁木齐城外散步,因而到秀野亭乘凉。坐的时间稍久,忽然听到大声说话道:"您可以回去,我将要宴请客人。"德亨狼狈地奔跑回来,告诉我说:"我将要死了吗?竟白天见鬼。"我说:"无缘无故见到鬼,自然不是好事。如果到了鬼的聚集处见到鬼,就像到人家见到人罢了,有什么好奇怪的呢?"因为亭在城西幽深的树林里,万木高耸于天空,抬头看不见太阳。客居他乡人的棺木暂时停放等待归葬的,罪人被依法处死的,都在这块地方,所以往往出现变化怪异。

叱 道 学

　　武邑某公,与戚友赏花佛寺经阁前。地最豁厂,而阁上时有变怪,入夜即不敢坐阁下。某公以道学自任,夷然弗信也。酒酣耳热,盛谈《西铭》万物一体之理,满座拱听,不觉入夜。忽阁上厉声叱曰:"时方饥疫,百姓颇有死亡。汝为乡宦,既不思早倡义举,施粥舍药;即应趁此良夜,闭户安眠,尚不失为自了汉。乃虚谈高论,在此讲民胞物与。不知讲至天明,还可作饭餐,可作药服否?且击汝一砖,听汝再讲邪不胜正。"忽一城砖飞下,声若霹雳,杯盘几案俱碎。某公仓皇走出,曰:"不信程朱之学,此妖之所以为妖欤!"徐步太息而去。

【译文】

　　武邑县某公,同亲戚朋友一起在佛寺藏经阁的前面赏花。这地方最为开阔敞亮,而阁上时常有变化怪异,到了夜里人们就不敢坐在阁下。某公以道学家自居,坦然并不相信。他在喝酒尽兴、耳根发热的时候,畅谈《西铭》中万物一体的道理,满座拱手恭听,不觉到了夜里。忽然阁上厉声喝叱道:"现时正在闹饥荒发瘟病,百姓多有些死亡的。你作为退休居乡的官宦,既不想早日倡导义举,施粥舍药;就应该乘这个长夜,关门安睡,还不失为一个只顾自己的自了汉。而你却空谈高论,讲什么民胞物与——世人都是我的同胞,万物都是我的同辈,不知道讲到天亮,还是可以当饭吃、可以作药服不?姑且打你一砖,听你再讲什么邪不胜正!"忽然一块城墙砖飞打下来,声音就像雷震,把杯盘桌子都打碎。某公慌张地跑出来说:"不相信程朱之学,这就是妖之所以为妖吧?"慢慢地步行,叹息着去了。

神 仙 游 戏

　　沧州画工伯魁,字起瞻。(其姓是此伯字,自称伯州犁之裔。友人或戏之曰:"君乃不称二世祖太宰公?"近其子孙不识字,竟自称白氏矣。)尝画一仕女图,方钩出轮郭,以他事未竟,锁置书室中。越二日,欲补成之,则几上设色小碟,纵横狼藉,画笔亦濡染几遍,图已成矣。神采生动,有殊常格。魁大骇,以示先母舅张公梦征,魁所从学画者也。公曰:"此非尔所及,亦非吾所及,殆偶遇神仙游戏耶?"时城守尉永公宁,颇好画,以善价取之。永公后迁四川副都统,携以往。将罢官前数日,画上仕女忽不见,惟隐隐留人影,纸色如新,余树石则仍黯旧。盖败征之先见也。然所以能化去之故,则终不可知。

【译文】

沧州的画工伯魁,字起瞻。(他的姓就是这个伯字,自称是伯州犁的后代。朋友中有人同他开玩笑说:"你怎么不称说第二代祖先太宰公?"近来他的子孙不识字,竟然自称姓白了。)曾经画一幅仕女图,刚刚钩出轮廓,因为有别的事情,没有画完,锁在书房中。过了两天,要想补成它,只见小桌上调配颜色的小碟子纵横散乱,狼藉不堪,画笔也差不多浸湿沾染遍了,图画已经完成。神采生动,有别于平常画的风格。伯魁大为惊奇,拿来给我已故母舅张公梦征看,伯魁正是跟着他学画的。张公说:"这不是你所赶得上的,也不是我所赶得上的,或许是偶尔碰到神仙作游戏吧?"当时守城的郡尉永公宁很喜欢画,用好价钱买了下来。永公后来升任四川副都统,携带了画上任。将要罢官的前几天,画上的仕女忽然不见,只隐隐约约留下了人影,纸色就像新的,其余树石等则仍然暗旧。大概是败落的征兆先行显现。但是它所以能化去的原因,则始终不得而知。

戏溺髑髅之报

佃户张天锡,尝于野田见髑髅,戏溺其口中。髑髅忽跃起作声曰:"人鬼异路,奈何欺我?且我一妇人,汝男子,乃无礼辱我,是尤不可。"渐跃渐高,直触其面。天锡惶骇奔归,鬼乃随至其家。夜辄在墙头檐际,责詈不已。天锡遂大发寒热,昏瞀不知人。阖家拜祷,怒似少解。或叩其生前姓氏里居,鬼具自道。众叩首曰:"然则当是高祖母,何为祸于子孙?"鬼似凄咽,曰:"此故我家耶?几时迁此?汝辈皆我何人?"众陈始末。鬼不胜太息曰:"我本无意来此,众鬼欲借此求食,怂恿我来耳。渠有数辈在病者房,数辈在门外。可具浆水一瓢,待我善遣之。大凡鬼恒苦饥，若无故作灾，又恐神责。故遇事辄生衅，求祭赛。尔等后见此等，宜谨避，勿中其机械。"众如所教。鬼曰："已散去矣。我口中秽气不可忍，可至原处寻吾骨洗而埋之。"遂呜咽数声而寂。

【译文】

佃户张天锡，曾经在野田里看见一个骷髅头，开玩笑撒尿在它的口中。骷髅头忽然跳起来发出声音说："人和鬼不同的路，为什么欺侮我？而且我是一个女人，你作为男子汉，竟然无礼地污辱我，这更加不可以。"渐跳渐高，一直碰到他的脸面。天锡惊惶地奔逃回来，鬼竟跟随着到了他家，夜里就在墙头屋檐间责骂不已。天锡于是大发寒热，神志昏乱，连人也认不出来。全家跪拜祷告，女鬼的怒气好像稍稍缓解一些。有人询问她生前的姓名、乡里、居处，鬼一一自己道来。众人叩头说："这样说起来，应当是高祖母了，为什么要害子孙呢？"鬼像是悲凉地呜咽着说："这里原是我的家吗？几时搬迁到这里？你们都是我的什么人？"众人讲了事情的始末，鬼不胜叹息说："我本来无意来到这里，众鬼要想借这件事寻求食物，怂恿我来罢了。他们有几个在病人的房里，有几个在门外。可以准备一瓢浆水，等我好好地打发他们。大凡鬼经常苦于饥饿，如果是无缘无故地兴祸作灾，又恐怕神责备。所以遇到事情，就生出事端，要求祭祀酬谢。你们以后见到这种情况，要谨慎回避，不要中他们的机关。"众人照她说的办了。鬼说："他们已经散去了。我口中的污秽之气不可忍耐，可以到原处寻找我的骨头，洗净而后埋葬掉。"于是呜咽了几声，就沉寂了。

鬼念子孙

又佃户何大金，夜守麦田。有一老翁来共坐。大金念村中无是人,意是行路者偶憩。老翁求饮,以罐中水与之。因问大金姓氏,并问其祖父。恻然曰:"汝勿怖,我即汝曾祖,不祸汝也。"细询家事,忽喜忽悲。临行,嘱大金曰:"鬼自伺放焰口求食外,别无他事,惟子孙念念不能忘,愈久愈切。但苦幽明阻隔,不得音问。或偶闻子孙炽盛,辄跃然以喜者数日,群鬼皆来贺。偶闻子孙零替,亦悄然以悲者数日,群鬼皆来唁。较生人之望子孙,殆切十倍。今闻汝等尚温饱,吾又歌舞数日矣。"回顾再四,丁宁勉励而去。

先姚安公曰:"何大金蠢然一物,必不能伪造斯言。闻之使人追远之心,油然而生。"

【译文】

又,佃户何大金,夜里看守麦田,有一个老翁来同他一起坐。大金心想,村子里没有这个人,料想是过路的人偶尔在此歇息。老翁要求喝水,何大金就拿罐中的水给他。老翁又问起大金的姓名,并且问他的祖父,悲伤地说:"你不要害怕,我就是你的曾祖父,不会害你的。"还仔细询问家里的事,忽而喜悦,忽而悲哀。临行时,嘱咐大金说:"鬼除了自己等候放焰口——为地狱中的饿鬼举行超度佛事时求食以外,没有别的事情。只有对子孙念念不能忘记,时间越是长久,心里越是迫切。只是苦于阴间和阳间的阻隔,得不到音讯。或者偶尔听说子孙兴隆繁盛,就欣欣然要高兴好几天,群鬼都来道贺。偶尔听说子孙零落,也要悲哀好几天,群鬼都来吊唁。较之世上人的盼望子孙,几乎要迫切十倍。现今听说你等还算温饱,我又要且歌且舞的好几天了。"回过头再三再四地叮嘱、勉励,然后离去。

先父姚安公说:"何大金这么笨拙迟钝的人,一定编不出这些话来。听了这些话,使人追念先人的心,油然而生了。"

不 让 浪 子

乾隆丙子，有闽士赴公车。岁暮抵京，仓卒不得栖止，乃于先农坛北破寺中僦一老屋。越十余日，夜半，窗外有人语曰："某先生且醒，吾有一言。吾居此室久，初以公读书人，数千里辛苦求名，是以奉让。后见先生日外出，以新到京师，当寻亲访友，亦不相怪。近见先生多醉归，稍稍疑之。顷闻与僧言，乃日在酒楼观剧，是一浪子耳。吾避居佛座后，起居出入，皆不相适，实不能隐忍让浪子。先生明日不迁，吾瓦石已备矣。"僧在对屋，亦闻此语，乃劝士他徙。自是不敢租是室。有来问者，辄举此事以告云。

【译文】

乾隆二十一年，有一个福建的士人赴京应试。年底到达京城，仓促之间找不到住宿的地方，于是在先农坛北面的破寺里租了一间老屋。住了十几天，半夜里听到窗外有人说话道："某先生，且醒一醒，我有一句话要对你说。我居住在这个房间已很久了，起初因为您是读书人，几千里辛苦求取功名，所以奉让给您。后来看见先生天天外出，以为是初到京城，应当寻亲访友，也不见怪。近来看见先生多半酒醉而归，就有些怀疑。刚才听到你同和尚的谈话，才知道你竟是天天在酒楼里看戏，是一个浪子罢了。我避住到了佛像座位的后面，起居出入都不方便，实在不能克制忍耐让给一个浪子。先生明天不搬走，我瓦片石块已经准备好了。"和尚在对面屋子里也听到这话，于是劝士人搬往别处。从此不敢再出租这个房间，有来询问的，就举出这件事来告诉他。

姑虐妇死

申苍岭先生，名丹，谦居先生弟也。谦居先生性和易，先生性豪爽，而立身端介则如一。里有妇为姑虐而缢者，先生以两家皆士族，劝妇父兄勿涉讼。是夜，闻有哭声远远至，渐入门，渐至窗外，且哭且诉，词甚凄楚，深怨先生之息讼。先生叱之曰："姑虐妇死，律无抵法。即讼亦不能快汝意。且讼必检验，检验必裸露，不更辱两家门户乎？"鬼仍絮泣不已。先生曰："君臣无狱，父子无狱。人怜汝枉死，责汝姑之暴戾则可。汝以妇而欲讼姑，此一念已干名犯义矣。任汝诉诸明神，亦决不直汝也。"鬼竟寂然去。

谦居先生曰："苍岭斯言，告天下之为妇者可，告天下之为姑者则不可。"先姚安公曰："苍岭之言，子与子言孝。谦居之言，父与父言慈。"

【译文】

申苍岭先生，名丹，是谦居先生的弟弟。谦居先生性情温和平易，先生性格豪爽，而为人处世方正耿介，则是一样的。乡里有一个女人被婆婆虐待而吊死，先生因为两家都是世家大族，劝女人的父亲和哥哥不要牵进讼事之中。这天夜里，听到一个女人的哭声远远地传来，渐渐入门，渐渐到了窗外。那女人边哭边诉说，言词十分惨痛，深深埋怨先生平息讼事。先生喝叱她说："婆婆虐待媳妇致死，法律上没有抵罪的规定。就是告状，也不能使你快意。而且告状必定要检验，一检验必定要裸露身子，不是更加有辱两家的门户吗？"鬼仍然哭泣个不停。先生说："君臣之间没有官司，父子之间没有官司。人们怜惜你枉死,谴责你婆婆暴虐是可以的,你以媳妇而要想状告婆婆,这一个念头就已经触犯名义了。任凭你诉之于贤明的神道,也肯定不会为你申雪的。"鬼竟寂静无声地离去了。

谦居先生说:"苍岭的这番话,告知天下做媳妇的可以,告知天下做婆婆的则不可以。"先父姚安公说:"苍岭的话,是儿子与儿子之间谈孝道。谦居的话,是父亲与父亲之间谈慈爱。"

俗 气 逼 人

董曲江游京师时,与一友同寓,非其侣也,姑省宿食之资云尔。友征逐富贵,多外宿。曲江独睡斋中。夜或闻翻动书册,摩弄器玩声,知京师多狐,弗怪也。一夜,以未成诗稿置几上,乃似闻吟哦声,问之弗答。比晓视之,稿上已圈点数句矣。然屡呼之,终不应。至友归寓,则竟夕寂然。友颇自诧有禄相,故邪不敢干。偶日照李庆子借宿,酒阑以后,曲江与友皆就寝。李乘月散步空圃,见一翁携童子立树下。心知是狐,翳身窃睨其所为。童子曰:"寒甚,且归房。"翁摇首曰:"董公同室固不碍。此君俗气逼人,那可共处?宁且坐凄风冷月间耳。"李后泄其语于他友,遂渐为其人所闻,衔李次骨。竟为所排挤,狼狈负笈返。

【译文】

董曲江游历京城时,和一个友人同住一个寓所。倒不是为了作伴,而是为了节省一点住宿饮食的费用。友人追逐富贵,多半在外住宿。曲江独自睡在房舍里,夜里有时听到翻动书册、摩弄器玩古物的声音,知道京城里多狐,也不奇怪。有一夜,他把未完成的诗稿放在小桌上，又好像听到吟诵的声音。曲江问是何人，却听不到回答。等到天亮一看，稿子上已经被圈点过几句了。又多次发问，终不应声。到了友人回归寓所，就通夜寂静无声。友人颇感惊奇，以为自己有福禄的命相，所以妖邪不敢来侵犯。一次，日照的李庆子偶然来借宿，饮酒尽兴以后，曲江同友人都已经睡觉。李趁月色在空园子里散步，看见一个老翁带着一个童子站立在树下，心里知道是狐，于是躲藏起来，偷看他做些什么。童子说："冷得厉害，且回房去。"老翁摇头说："与董公同一个房间固然没有妨碍，但这一位俗气逼人，哪里可以共同相处，宁可坐在凄风冷月之中。"李后来把这话泄露给别的友人，于是渐渐地被他所听到。因此对李怀恨入骨，终竟被他所排挤，狼狈地背着书箱回去了。

夙　孽

余长女适德州卢氏，所居曰纪家庄。尝见一人卧溪畔，衣败絮呻吟。视之，则一毛孔中有一虱，喙皆向内，后足皆钩于败絮，不可解，解之则痛彻心髓。无可如何，竟坐视其死。此殆夙孽所报欤！

【译文】

我的大女儿嫁给德州卢家，所居住的地方叫纪家庄。曾经见到一个人躺在溪边，穿着破旧的棉絮呻吟着。一看，则每一个毛孔中有一个虱子，嘴都朝里，后脚都钩在破絮上，无法解开，一解就痛入心肝骨髓。无可奈何，竟然坐看他死。这大概是前世的冤孽遭到报应吧。

红 衣 女 子

汪阁学晓园，僦居阎王庙街一宅。庭有枣树，百年以外物也。每月明之夕，辄见斜柯上一红衣女子垂足坐，翘首向月，殊不顾人。迫之则不见，退而望之，则仍在故处。尝使二人一立树下，一在室中，室中人见树下人手及其足，树下人固无所睹也。当望见时，俯视地上树有影，而女子无影。投以瓦石，虚空无碍。击以铳，应声散灭；烟焰一过，旋复本形。主人云，自买是宅，即有是怪。然不为人害，故人亦相安。

夫木魅花妖，事所恒有，大抵变幻者居多。兹独不动不言，枯坐一枝之上，殊莫明其故。晓园虑其为患，移居避之。后主人伐树，其怪乃绝。

【译文】

内阁学士汪晓园租住阎王庙街一所住宅，庭院里有枣树，是一百年以上的东西。每到月光明亮的晚上，就看见树的斜枝上有一个红衣女子垂脚而坐，抬头向着月亮，全不顾忌人。靠近她，就不见了；退后望去，则仍旧在原处。曾经使两个人，一个站立在树下面，一个在房间里。房间里的人看见树下那人的手以及脚，立在树下的人却没有见到什么。当望见那个红衣女子时，低头看地上，树有影子而女子没有影子。用瓦片、石块投掷过去，竟毫无障碍。用火铳打去，应声散灭；烟火一过去，随即恢复本来的形状。主人说：自从买了这所住宅，就有这个怪。但是不为害于人，所以人也相安无事。

木怪花妖，这事情是经常有的，大概是变幻的居多。像这个妖怪既不动也不说话，默默空坐在一条树枝上，实在不知道是为什么。晓园担心它为患，搬了住处回避。后来主人砍掉了树，这个怪才绝迹。

廖　姥

廖姥，青县人，母家姓朱，为先太夫人乳母。年未三十而寡，誓不再适，依先太夫人终其身。殁时年九十有六。性严正，遇所当言，必侃侃与先太夫人争。先姚安公亦不以常媪遇之。余及弟妹皆随之眠食，饥饱寒暑，无一不体察周至。然稍不循礼，即遭呵禁。约束仆婢，尤不少假借。故仆婢莫不阴憾之。顾司管钥，理庖厨，不能得其毫发私，亦竟无如何也。

尝携一童子，自亲串家通问归，已薄暮矣。风雨骤至，趋避于废圃破屋中。雨入夜未止，遥闻墙外人语曰："我方投汝屋避雨，汝何以冒雨坐树下？"又闻树下人应曰："汝毋多言，廖家节妇在屋内。"遂寂然。后童子偶述其事，诸仆婢皆曰："人不近情，鬼亦恶而避之也。"嗟乎，鬼果恶而避之哉！

【译文】

廖姥姥，青县人，娘家姓朱，是先母太夫人的奶妈。年纪不到三十而守了寡，发誓不再嫁，依靠先母太夫人终身，死时年已九十六岁。性格严正，碰到有应当说的话，必定直抒己见，从容不迫地同先母太夫人争辩。先父姚安公也不以普通的老妇人对待她。我以及弟妹们都跟随她吃饭睡觉，饥饱冷热，她没有一件不体贴照料周到。但如果稍有点不遵守礼节，就会遭到她的呵喝、禁止，管束仆人婢女尤其不稍加宽容，所以仆婢没有不私下恨她的。她掌钥匙，管厨房，谁也抓不到她一丝一毫自私之处，大家对她也竟然无可奈何。

她曾经带着一个童子从亲戚家互相问候回来,已经傍晚了。这时,风雨突然来到,她跑着躲进一座废弃园子的破屋里。雨到了夜里还没有停,远远地听到墙外有人说话道:"我正来投奔你的屋子避雨,你怎么冒雨坐在树下?"又听得树下的人回答说:"你不要多话,廖家的节妇在屋子里。"于是寂静无声。后来童子偶尔讲起这件事,仆婢们都说:"人不近情理,鬼也嫌恶而回避她。"唉!鬼果真是因嫌恶而回避她吗?

狐 友 谈 道

安氏表兄,忘其名字,与一狐为友,恒于场圃间对谈。安见之,他人弗见也。狐自称生于北宋初。安叩以宋代史事,曰:"皆不知也。凡学仙者,必游方之外,使万缘断绝,一意精修。如于世有所闻见,于心必有所是非。有所是非,必有所爱憎。有所爱憎,则喜怒哀乐之情,必迭起循生,以消铄其精气,神耗而形亦敝矣,乌能至今犹在乎?迨道成以后,来往人间,视一切机械变诈,皆如戏剧;视一切得失胜败,以至于治乱兴亡,皆如泡影。当时既不留意,又焉能一一而记之?即与君相遇,是亦前缘。然数百年来,相遇如君者,不知凡几,大都萍水偶逢,烟云倏散,夙昔笑言,亦多不记忆。则身所未接者,从可知矣。"

时八里庄三官庙,有雷击蝎虎一事。安问以物久通灵,多婴雷斧,岂长生亦造物所忌乎?曰:"是有二端:夫内丹导引,外丹服饵,皆艰难辛苦以证道,犹力田以致富,理所宜然。若媚惑梦魇,盗采精气,损人之寿,延己之年，事与劫盗无异，天律不容也。又或恣为妖幻，贻祸生灵，天律亦不容也。若其葆养元神，自全生命，与人无患，于世无争，则老寿之物，正如老寿之人耳，何至犯造物之忌乎？"舅氏实斋先生闻之，曰："此狐所言，皆老氏之粗浅者也。然用以自养，亦足矣。"

【译文】

  安姓表兄，忘记了他的名字。他曾同一个狐精交友，经常在收打作物的场院里交谈，安能看见狐精，别人就看不见。狐精自称生于北宋初年，安问到宋代的历史事件，它回答说："都不知道。凡是学仙的，必定游历于世外，使得一切因缘断绝，一心一意精心修炼。如果对世事有所见闻，在心里就必然有所是非。有所是非，必然就有所爱憎。有所爱憎，那么喜怒哀乐之情必然接连交替而生，用以消减他的精气，精神耗费而形状也就衰敝了，哪里能到现今还在呢？等到大道既成以后，来往于人世间，看一切机巧变诈都像戏剧，看一切得失胜败以至于治乱兴亡，都像虚幻的水泡和影子。当时既然没有留意，又怎么能一一记得呢？就是同您相遇，这也是有前缘。但是几百年来相遇像您的，不知道有多少，大都是像浮萍随水漂泊偶尔相逢，像烟云的忽而散去，过去的说笑也多半不能记忆。那么自身所未曾接触的，从这里也可以想见了。"

  当时八里庄三官庙发生了一件雷打蝎虎的事，安问起物久通灵，多半遭到雷劈，难道长生也是造物主所禁忌的吗？狐精回答说："这有两个方面，如炼成内丹导气引体，或者服食金石烧炼的外丹，都是经历艰难辛苦得以悟道，就像努力耕作得以致富，是理所当然的。若是诱惑梦魇，盗采精气，损别人的寿数，延自己的年龄，这同抢劫偷盗没有什么区别，天上的律令也是不容的。又或者任意兴妖作幻，给百姓造成祸害，天上的律令也是不容的。如果他保养精神，完善自己的生命，不给人带来祸患，于世无所争竞，那么老寿的事物，正如同老寿的人罢了，何至于触犯造物主的禁忌呢？"舅父实斋先生听到这话后说："这个狐精所说的，都属于老子学说中粗浅的一类。但是用来自我养生，也足够了。"

负心当得报

浙江有士人，夜梦至一官府，云都城隍庙也。有冥吏语之曰："今某公控其友负心，牵君为证。君试思尝有是事不？"士人追忆之，良是。俄闻都城隍升座，冥吏白某控某负心事，证人已至，请勘断。都城隍举案示士人，士人以实对。都城隍曰："此辈结党营私，朋求进取，以同异为爱恶，以爱恶为是非；势孤则攀附以求援，力敌则排挤以互噬：翻云覆雨，倏忽万端。本为小人之交，岂能责以君子之道。操戈入室，理所必然。根勘已明，可驱之去。"顾士人曰："得无谓负心者有佚罚耶？夫种瓜得瓜，种豆得豆，因果之相偿也；花既结子，子又开花，因果之相生也。彼负心者，又有负心人蹑其后，不待鬼神之料理矣。"士人霍然而醒。后阅数载，竟如神之所言。

【译文】

浙江有个士人，夜里做梦到了一个官衙，说是都城隍庙。有阴司的官吏对他说："现今某公控告他的朋友负心，牵扯上您作证，您试想想曾经有这件事情不？"士人回忆了一下，确有这事。过了一会儿，都城隍登上公座。阴司官吏禀告某人控诉某人负心的事，证人已经来到，请求审问判决。都城隍把案卷向士人出示，士人据实回答。都城隍说："这伙人结党营私，互相勾结以求进取，以同异来定爱恶，以爱恶来定是非。势力孤单时就攀拉依附以寻求援助，势均力敌时就排斥倾轧而互相吞噬。翻手为云，覆手为雨，转眼之间，千头万绪。本来是小人之交，怎能要求以君子之道？执着戈矛进入房间——互相攻击争斗，这是理所必然。根究查问已经分明，可以把他赶走。"说罢，回过头来对士人说："你会不会说对负心的人有失罚的地方呢？要知道种瓜得瓜，种豆得豆，因果是相抵偿的；花既结子，子又开花，因果是相生发的。那个负心者，又有负心的人紧跟在他后面，不用等鬼神来处理的了。"士人忽然醒了过来。后来经过几年，事情果然如同神所说的那样。

戒 杀 生

闽中某夫人喜食猫。得猫则先贮石灰于罂，投猫于内，而灌以沸汤。猫为灰气所蚀，毛尽脱落，不烦挦治；血尽归于脏腑，肉白莹如玉。云味胜鸡雏十倍也。日日张网设机，所捕杀无算。后夫人病危，呦呦作猫声，越十余日乃死。卢观察执吉尝与邻居，执吉子荫文，余婿也，尝为余言之。因言景州一宦家子，好取猫犬之类，拗折其足，捩之向后，观其孑孑跳号以为戏，所杀亦多。后生子女，皆足踵反向前。又余家奴子王发，善鸟铳，所击无不中，日恒杀鸟数十。惟一子，名济宁州，其往济宁州时所生也。年已十一二，忽遍体生疮如火烙痕，每一疮内有一铁子，竟不知何由而入。百药不痊，竟以绝嗣。杀业至重，信夫！

余尝怪修善果者，皆按日持斋，如奉律令，而居恒则不能戒杀。夫佛氏之持斋，岂以茹蔬啖果即为功德乎？正以茹蔬啖果即不杀生耳。今徒曰某日某日观音斋期，某日某日准提斋期，是日持斋，佛大欢喜；非是日也，烹宰溢乎庖，肥甘罗乎俎，屠割惨酷，佛不问也。天下有是事理乎？且天子无故不杀牛，大夫无故不杀羊，士无故不杀犬豕，礼也。儒者遵圣贤之教，固万万无断肉理。然自宾祭以外，特杀亦万万不宜。以一胾之故，遽戕一命；以一羹之故，遽戕数十命或数百命。以众生无限怖苦无限惨毒，供我一瞬之适口，与按日持斋之心，无乃稍左乎？东坡先生向持此论，窃以为酌中之道。愿与修善果者一质之。

【译文】
　　福建某夫人喜欢吃猫。得了猫就先贮藏石灰在缸子里，把猫丢进里面，而后用滚水灌进去。猫被石灰气所侵蚀，毛全脱落，用不着拔除料理；血都回流到内脏，肉洁白光亮如玉，说是味道胜过童子鸡十倍。天天张网设置机关，所捕杀的猫无法计算。后来夫人病危，发出呦呦的猫叫声，过了十几天才死。道员卢拗吉曾经同她相邻而居，拗吉的儿子荫文，是我的女婿，曾经同我说起过。因而谈到景州一个官家子弟，喜欢拿猫狗之类，拗折它们的脚，旋转向后，观看它们痛苦地跳跃号叫以为戏乐，所残杀的也多。后来生下的子女，脚后跟都反朝前面。又，我家奴仆之子王发善于玩鸟铳，所击没有不中的，一天经常要杀鸟几十只。王发只有一个儿子，名叫济宁州，是他到济宁州去时所生的。长到十一二岁时，忽然满身生疮，就像火烙过的痕迹。每一个疮里，有一粒铁弹子，竟然不知道从何而入。百药都不能治，王发竟因此绝了后代。杀戮的冤业很重，确是如此呵！
　　我曾经奇怪那些修善果的，都是按照日期持斋素食，如同奉了戒律，而在平时就不能戒杀。佛教的持斋，难道以吃蔬菜果品就算是功德吗？正因为吃蔬菜果品就是不杀生罢了。而今空自说某日某日是观音的斋期，某日某日是准提菩萨的斋期，这一天持斋，佛就大欢喜；不是这一天，厨房里宰杀的、烹煮的满满当当，砧板上罗列着肥美的食品，屠杀宰割悲惨残酷，佛是不问的。天底下有这样的事理吗？而且天子无故不杀牛，大夫无故不杀羊，士人无故不杀狗和猪，这是礼制。儒家学者遵照圣贤的教训，固然万万没有断肉的道理。但是除招待宾客和举行祭祀以外，杀牲也是万万不宜的。因为一块肉的缘故，立刻宰杀一条生命；因为一碗羹汤的缘故，立刻杀害几十条或者几百条生命。以众多生命无穷的恐惧痛苦，无穷的悲惨怨愤，供我一转眼之间的适于口味，同按照日期持斋的心，岂不稍嫌不协调吗？东坡先生向来持这一论调，私下以为这是折中的道理。愿意同修善果的人一起向他质询。

戒臆断

"六合之外，圣人存而不论。"然六合之中，实亦有不能论者。人之死也，如儒者之论，则魂升魄降已耳。即如佛氏之论，鬼亦收录于冥司，不能再至人世也。而世有回煞之说；庸俗术士，又有一书，能先知其日辰时刻与所去之方向，此亦诞妄之至矣。然余尝于隔院楼窗中，遥见其去，如白烟一道，出于灶突之中，冉冉向西南而没。与所推时刻方向无一差也。又尝两次手自启钥，谛视布灰之处，手迹足迹，宛然与生时无二，所亲皆能辨识之。是何说欤？祸福有命，死生有数，虽圣贤不能与造物争。而世有蛊毒魇魅之术，明载于刑律。蛊毒余未见，魇魅则数见之。为是术者，不过瞽者巫者，与土木之工。然实能祸福死生人，历历有验。是天地鬼神之权，任其播弄无忌也。又何说欤？其中必有理焉，但人不能知耳。宋儒于理不可解者，皆臆断以为无是事。毋乃胶柱鼓瑟乎。

李又聃先生曰："宋儒据理谈天，自谓穷造化阴阳之本；于日月五星，言之凿凿，如指诸掌。然宋历十变而愈差。自郭守敬以后，验以实测，证以交食，始知濂、洛、关、闽，于此事全然未解。即康节最通数学，亦仅以奇偶方圆，揣摩影响，实非从推步而知。故持论弥高，弥不免郢书燕说。夫七政运行，有形可据，尚不能臆断以理，况乎太极先天，求诸无形之中者哉。先圣有言：'君子于不知，盖阙如也。'"

【译文】

"六合之外，圣人存而不论。"但是天地四方这六合之中，实在也有不能论的。人的死，如照儒家学者的说法，则是魂升而魄降罢了。就如照佛家的说法，鬼也收录于阴司，不能再到人世了。而世上有回煞——灵魂返舍，有凶煞出现的说法；那些庸俗的术士又有一种书，能够预先知道它的日辰时刻和所去的方向，这也荒诞虚妄到极点了。但是我曾经在隔壁院子的楼窗远远地见到它离去，就像一道白烟，出于烟囱之中，向着西南方向慢慢地消失，同所推算的时刻方向没有一点差错。又曾经两次亲手开启锁钥，仔细观看撒灰的处所，手迹脚迹清晰分明，同活着的时候没有什么两样，所亲近的人都能够辨识出来，这又怎么说呢？祸福有命，生死有数，即使是圣贤也不能同造物主抗争。而世上有蛊毒魇魅的法术，明白地载于刑事法规。蛊毒我没有看见，魇魅则是几次见到过。施行这种法术的，不过是瞎子、巫师和土木工匠。但是确实能影响人的祸福生死，一一都有效验。这样说来，天地鬼神的权柄，听任他们播弄而无所忌惮了，这又怎么说呢？其中必然有它的道理，只是人不能知道罢了。宋代的儒者对于在理上不可解释的，都凭主观判断以为是没有的，这不是胶柱鼓瑟，拘泥而不知变通吗？

李又聃先生说："宋代儒者根据理来谈天，自以为穷尽了造化阴阳的本源,对于日月五星,说得凿凿有据,就像指着自己的手掌一样的明白无误。但是宋代的历法经过十次变化而差异愈大。自从郭守敬以后,用实际的测量来检验,用日月亏蚀来查证,才知道濂、洛、关、闽的道学家们对于这事全未理解。就是邵康节最精通数学,也仅仅以单双数方圆来揣摩它的踪迹,实在不是从推算天象历法而知道的。故而所持的论调愈高,愈不免郢书燕说般的穿凿附会。日月五星这七政的运行有形迹可据,尚且不能以理来猜测判断,何况原始混沌之气的太极、宇宙本体的先天只能求之于无形之中的呢?先圣有过这样的话:'君子于不知,盖阙如也。'"

女 巫 郝 媪

女巫郝媪,村妇之狡黠者也。余幼时,于沧州吕氏姑母家见之。自言狐神附其体,言人休咎。凡人家细务,一一周知。故信之者甚众。实则布散徒党,结交婢媪,代为刺探隐事,以售其欺。尝有孕妇,问所生男女。郝许以男。后乃生女,妇诘以神语无验。郝瞋目曰:"汝本应生男,某月某日,汝母家馈饼二十,汝以其六供翁姑,匿其十四自食。冥司责汝不孝,转男为女。汝尚不悟耶?"妇不知此事先为所侦,遂惶骇伏罪。其巧于缘饰皆类此。一日,方焚香召神,忽端坐朗言曰:"吾乃真狐神也。吾辈虽与人杂处,实各自服气炼形,岂肯与乡里老妪为缘,预人家琐事?此妪阴谋百出,以妖妄敛财,乃托其名于吾辈。故今日真附其体,使共知其奸。"因缕数其隐恶,且并举其徒党姓名。语讫,郝霍然如梦醒,狼狈遁去。后莫知所终。

【译文】

　　女巫郝姓老妇,是村妇当中狡猾的。我小的时候在沧州吕氏姑母家里见到过她。她自己说狐神附在她身上,能说出人的吉凶。凡是人家细小的事务,一一都能知道,所以相信的人很多。实际则是分布徒众同党,结交婢女老妇,代为刺探隐秘的事情,以达到她欺诈的目的。曾经有一个孕妇问所生的是男是女,郝应许是男的,后来竟生了一个女的。这女人问,神的话为什么不灵验,郝瞪着眼睛说:"你本来应该生男,某月某日你娘家送来饼二十只,你把六只供奉公婆,藏起十四只自己吃。阴司责怪你不孝,所以转男成女,你还不觉悟吗?"这女人不知道这事情先已被她所探知,于是惊惶地伏罪。她的巧于牵扯掩饰大都同这个相类似。一天,正在烧香召神,她忽然端坐朗声说道:"我是真狐神。我辈虽然同人混杂而居,其实各自吐纳修炼形体,岂肯同乡里老妇结缘,干预人家的琐事?这个老妇阴谋百出,以妖邪虚妄捞取钱财,而竟托名于我辈。所以今天当真附在她的身上,使大家都知道她的好恶。"于是一一数落她隐微丑恶的行为,而且一并举出她的徒众同党的姓名。说完,郝忽然像梦中醒来,狼狈逃去。后来不知道她的结果如何。

蛇啮心

　　侍姬之母沈媪言:高川有丐者,与母妻居一破庙中。丐夏月拾麦斗余,嘱妻磨面以供母。妻匿其好面,以粗面溲秽水,作饼与母食。是夕大雷雨,黑暗中妻忽嗷然一声。丐起视之,则有巨蛇自口入,啮其心死矣。丐曳而埋之。沈媪亲见蛇尾垂其胸臆间,长二尺余云。

【译文】

　　侍妾的母亲沈妈说:高川有一个乞丐,同母亲妻子住在一所破庙里。乞丐夏天拾了一斗多麦子,嘱咐妻子磨成面粉用来供养母亲。妻子藏起了好面，把粗面和着脏水做饼给母亲吃。这天晚上，下大雷雨，黑暗中妻子忽然嗷地叫了一声。乞丐起来看望，只见一条大蛇，从他妻子的嘴里进去，咬她的心，把她咬死了，乞丐把她拖出去埋掉。沈妈亲眼见到蛇尾拖在她的胸腹之间，说是有两尺多长。

巧 发 奸 谋

有两塾师邻村居，皆以道学自任。一日，相邀会讲，生徒侍坐者十余人。方辩论性天，剖析理欲，严词正色，如对圣贤。忽微风飒然，吹片纸落阶下，旋舞不止。生徒拾视之，则二人谋夺一寡妇田，往来密商之札也。此或神恶其伪，故巧发其奸欤。然操此术者众矣，固未尝一一败也。闻此札既露，其计不行，寡妇之田竟得保。当由茕嫠苦节，感动幽冥，故示是灵异，以阴为呵护云尔。

【译文】
有两个学塾的老师居住在相邻的村子里，都以道学家自命。一天，互相邀约会讲，学生在近旁陪坐的有十多人。正在辩论人性和天命，剖析天理人欲，严正的词色，如同面对圣贤。忽然飒的一阵微风，吹起一片纸落在阶下，旋转舞动个不停。学生拾起一看，则是二人阴谋夺取一个寡妇的田产，往来秘密商量的书信。这或者是神厌恶他们的虚伪，所以奇巧地揭露他们的奸计吧！但是行施这种手段的人多的是，原未曾一一败露。听说这封书信既然泄露，他们的阴谋不能实行，寡妇的田产竟然得以保全。当是由于孤独的寡妇苦苦守节，感动了幽冥世界，故而显示这样的灵异，暗中为她呵禁保护吧。

耆儒词穷

李孝廉存其言：蠡县有凶宅，一耆儒与数客宿其中。夜闻窗外拨剌声，耆儒叱曰："邪不干正，妖不胜德。余讲道学三十年，何畏于汝！"窗外似有女子语曰："君讲道学，闻之久矣。余虽异类，亦颇涉儒书。《大学》扼要在诚意，诚意扼要在慎独。君一言一动，必循古礼，果为修己计乎？抑犹有几微近名者在乎？君作语录，断断与诸儒辩，果为明道计乎？抑犹有几微好胜者在乎？夫修己明道，天理也。近名好胜，则人欲之私也。私欲之不能克，所讲何学乎？此事不以口舌争，君扪心清夜，先自问其何如，则邪之敢干与否，妖之能胜与否，已了然自知矣。何必以声色相加乎？"耆儒汗下如雨，瑟缩不能对。徐闻窗外微哂曰："君不敢答，犹能不欺其本心。姑让君寝。"又拨剌一声，掠屋檐而去。

【译文】

举人李存其说：蠡县有所凶宅，一个年高望重的儒者同几个客人住宿在里面。夜里听到窗外发出拨剌的声音，老儒喝叱道："邪不犯正，妖不胜德。我讲道学三十年，有什么好怕你的？"窗外好像有女子说话道："您讲道学，听说很久了。我虽然异于人类，也颇涉猎儒家的书籍。《大学》的要领在诚意，诚意的要领在慎独——在独处中谨慎不苟。您一言一行，必定遵循古礼，果然是为自身的修养着想呢？或者是还有一点追求名声的意图在呢？您作语录，断断地同诸位儒者争辩，果然是为阐明道理打算呢？或者是还有一点好胜的心思在呢？修己明道，这是天理；近名好胜，这是人欲的自私。自私的欲望都不能克制，所讲的又是什么学问呢？这事不用费口舌来争，您在清静的夜晚，摸摸心口，先问问自己怎么样？那么邪的敢不敢于干犯，妖的能不能够战胜，已经可以清楚地知道了，何必用这种声音和脸色相加于我呢？"老儒听后，汗下如雨，哆嗦着不能对答。慢慢地听到窗外轻轻笑着说："您不敢回答，还算能够不欺骗自己的天性，姑且让您睡觉。"又听到拨剌的一声，掠过屋檐而去。

天 道 好 还

某公之卒也，所积古器，寡妇孤儿不知其值，乞其友估之。友故高其价，使久不售。俟其窘极，乃以贱价取之。越二载，此友亦卒。所积古器，寡妇孤儿亦不知其值，复有所契之友效其故智，取之去。或曰："天道好还，无往不复。效其智者罪宜减。"余谓此快心之谈，不可以立训也。盗有罪矣，从而盗之，可曰罪减于盗乎？

【译文】

某公死后，所积蓄的古玩器物，家中寡妇、孤儿不知道它们的价值，求某公的朋友估价。朋友故意抬高它们的价格，使得他们长久不能出售。等到他们困窘到了极点，然后用贱价取得。过了两年，这个朋友也死了，所积蓄的古玩器物，他家中的寡妇、孤儿也不知道它们的价值，又有相好的朋友仿效他原来的计谋，取之而去。有人说："天道循环，报应不爽，没有往而不返的。仿效他的计谋的，罪应当减轻。"我说这是称快于心的说法，不可以立为准则。偷盗是有罪的，从而又去偷盗他，可以说罪轻于盗贼吗？

许 方 屠 驴

屠昔许方，即前所记夜逢醉鬼者也。其屠驴先凿地为堑，置板其上，穴板四角为四孔，陷驴足其中。有买肉者，随所买多少，以壶注沸汤沃驴身，使毛脱肉熟，乃刲而取之。云必如是始脆美。越一两日，肉尽乃死。当未死时，箝其口不能作声，目光怒突，炯炯如两炬，惨不可视。而许恬然不介意。后患病，遍身溃烂无完肤，形状一如所屠之驴。宛转茵褥，求死不得，哀号四五十日，乃绝。病中痛自悔责，嘱其子志学急改业。方死之后，志学乃改而屠豕。余幼时尚见之，今不闻其有子孙，意已殄绝久矣。

【译文】

屠夫许方，就是前面所记载的夜里碰到醉鬼的那个人。他屠宰驴子的时候，先在地上掘出一条壕沟，在上面放一块板，板的四角穿四个孔，把驴的脚嵌进去。有来买肉的，随着所买的多少，用壶灌滚水浇驴的身子，使得毛脱肉熟，然后割而取之，说是必定要这样肉才爽脆甘美。过了一两天，驴的肉被割尽，方才死去。驴还没有死时，箝住它的口不让出声，它目光怒射，炯炯地像两支蜡烛，惨不忍看，而许方却不当回事。后来许方患病，遍身溃烂得没有一块完好的皮肤，形状同他所屠宰的驴一样。在床褥上翻来覆去，求死不得，哀声号叫了四五十天才断气。他在病中痛切地自责，并嘱咐他的儿子志学赶紧改换职业。许方死了之后，志学于是改而杀猪。我小时候还见到过他，现今没有听说他有子孙，想来已经绝嗣很久了。

驳 无 鬼 论

边随园征君言：有入冥者，见一老儒立庑下，意甚惶遽。一冥吏似是其故人，揖与寒温毕，拱手对之笑曰："先生平日持无鬼论，不知先生今日果是何物？"诸鬼皆粲然。老儒蝺缩而已。

【译文】
受朝廷征聘过的隐者边随园说：有个走无常的进入阴间，见一个老儒站立在堂下的走廊里，看上去很是恐惧慌张。有一个阴间的官吏，像是他的旧交，向他作揖问候完了，拱手对着他笑道："先生平日主张无鬼论，不知道先生今天是什么东西？"那些鬼都大笑起来。老儒蜷缩在一边，哑口无言。

守 藏 神 语

东光马大还，尝夏夜裸卧资胜寺藏经阁。觉有人曳其臂曰："起起，勿亵佛经。"醒见一老人在旁，问："汝为谁？"曰："我守藏神也。"大还天性疏旷，亦不恐怖。时月明如昼，因呼坐对谈，曰："君何故守此藏？"曰："天所命也。"问："儒书汗牛充栋，不闻有神为之守，天其偏重佛经耶？"曰："佛以神道设教，众生或信或不信，故守之以神。儒以人道设教，凡人皆当敬守之，亦凡人皆知敬守之，故不烦神力。非偏重佛经也。"问："然则天视三教如一乎？"曰："儒以修己为体，以治人为用。道以静为体，以柔为用。佛以定为体，以慈为用。其宗旨各别，不能一也。至教人为善，则无异。于物有济，亦无异。其归宿则略同。天固不能不并存也。然儒为生民立命，而操其本于身。释道皆自为之学，而以余力及于物。故以明人道者为主，明神道者则辅之，亦不能专以释道治天下。此其不一而一，一而不一者也。盖儒如五谷，一日不食则饿，数日则必死。释道如药饵，死生得失之关，喜怒哀乐之感，用以解释冤愆、消除怫郁，较儒家为最捷；其祸福因果之说，用以悚动下愚，亦较儒家为易入。特中病则止，不可专服常服，致偏胜为患耳。儒者或空谈心性，与瞿昙、老聃混而为一；或排击二氏，如御寇仇，皆一隅之见也。"问："黄冠缁徒，恣为妖妄，不力攻之，不贻患于世道乎？"曰："此论其本原耳。若其末流，岂特释道贻患，儒之贻患岂少哉？即公醉而裸眠，恐亦未必周公、孔子之礼法也。"大还愧谢。因纵谈至晓，乃别去。竟不知为何神。或曰，狐也。

【译文】
　　东光的马大还，曾经在夏天的夜里裸身睡在资胜寺的藏经阁。觉得有人拽他的手臂说："起来起来，不要亵渎了佛经。"醒来看见一个老人在旁边，问："你是谁？"答："我是守藏神。"大还天性豁达，也不恐怖。当时月光明亮如同白昼，就叫老人坐而对谈，说："您为什么缘故看守这个经藏？"答："是上天的命令。"问："儒家的书籍多得存放时可堆到屋顶，运输时可使牛马累得出汗，没有听说有神为它守护，上天难道偏重佛经吗？"答："佛用神道来实施教化，百姓或者信或者不信，所以用神来看守。儒家以人道来实施教化,一般人都应当敬谨守护它,一般人也都知道敬谨守护它,所以不用烦劳神力。并不是偏重佛经。"问:"这样说起来,那么上天看待三教都一样吗?"答:"儒家以修己作为本体,以治人作为功用;道家以静作为本体,以柔作为功用;佛家以定作为本体,以慈作为功用。它们的宗旨各别,不能一致。至于教人为善,则没有不同。对事物有益,也没有不同。它们的归宿大体相同,上天固然不能不让它们并存。但是儒家为百姓立命,而执持它的根本于自身。佛家和道家都是自然而成的学问,而用余力惠及于物。所以以阐明人道的为主,阐明神道的来辅助它,也不能专用佛道来治理天下。这就是它不一致而一致,一致而又不一致的地方。因为儒家像五谷,一天不吃就饿,几天不吃一定会饿死。佛道像药物,生死得失的关头,喜怒哀乐的情感,用来宽解冤仇罪过、消除愤恨郁闷,较之儒家最为快速;它的祸福因果的说法,用来震动极愚蠢的人,也较之儒家为更容易接受。只是切中病情就停止,不可以专门服用、经常服用,导致偏于一方,留下祸患。儒家或者空谈心与性,同瞿昙——释迦牟尼、老聃混而为一;或者排斥打击佛道二氏,如同抵御仇敌,都是片面的见解。"问:"道士僧徒恣意兴妖作怪,不努力攻击它,不留下祸患于世道吗?"答:"这谈论的是它的根本。若是它的末流,岂止佛道遗留祸患,儒家的遗留祸患难道还少吗?就是您醉了裸身而睡,恐怕也未必是周公、孔子的礼法吧?"大还惭愧谢罪,又畅谈到天亮,老人才辞别而去。竟不知是什么神道,有的说是狐精。

百 工 祀 祖

百工技艺,各祠一神为祖。倡族祀管仲,以女闾三百也。伶人祀唐玄宗,以梨园子弟也。此皆最典。胥吏祀萧何、曹参,木工祀鲁班,此犹有义。至靴工祀孙膑,铁工祀老君之类,则荒诞不可诘矣。长随所祀曰钟三郎,闭门夜奠,讳之甚深,竟不知为何神。曲阜颜介子曰:

"必中山狼之转音也。"先姚安公曰:"是不必然,亦不必不然。郢书燕说,固未为无益。"

【译文】
百工技艺,各自奉祀一个神作为祖先。娼妓奉祀管仲,是因为他建议齐桓公设淫乐场所女闾三百。演员奉祀唐玄宗,是因为在他设梨园教习歌舞弟子。这都是著名的典故。官府小吏奉祀萧何、曹参,木工奉祀鲁班,这还是有道理的。至于靴工奉祀孙膑,铁工奉祀老君之类,则是荒诞不可问了。长班所奉祀的叫钟三郎,关着门夜里祭奠,隐讳得很深,竟不知道是什么神。曲阜颜介子说:"一定是中山狼的转音。"先父姚安公说:"这个不一定如此,也不一定不如此。郢书燕说——穿凿附会,曲解原意,固然未必没有益处。"

妇挞夫有理

先叔仪庵公,有质库在西城中。一小楼为狐所据,夜恒闻其语声,然不为人害,久亦相安。一夜,楼上诟谇鞭笞声甚厉,群往听之。忽闻负痛疾呼曰:"楼下诸公,皆当明理,世有妇挞夫者耶?"适中一人方为妇挞,面上爪痕犹未愈,众哄然一笑曰:"是固有之,不足为怪。"楼上群狐亦哄然一笑,其斗遂解。闻者无不绝倒。仪庵公曰:"此狐以一笑霁威,犹可与为善。"

【译文】
先叔父仪庵公,有个当铺在西城中。一座小楼被狐精所占据,夜里经常听到它们的说话声,但是不害人,时间久了也就相安。一天夜里,楼上传出一片很响的责骂鞭打的声音,大家前往倾听。忽然听到有人忍痛高呼道:"楼下的诸位都应当明理,世上有妻子打丈夫的吗？"恰巧其中一人刚被妻子打了，脸上的抓痕还没有痊愈。众人哄然一笑说："这固然是有的，不足为怪。"楼上这群狐精也哄然一笑，它们的争斗才解开了。听说这件事的人无不绝倒。仪庵公说："这狐精以一笑收敛威风怒火，还可以用善意来对待它。"

让产徐四

田村徐四，农夫也。父殁，继母生一弟，极凶悖。家有田百余亩，析产时，弟以赡母为词，取其十之八，曲从之。弟又择其膏腴者，亦曲从之。后弟所分荡尽，复从兄需索。乃举所分全付之，而自佃田以耕，意恬如也。一夜自邻村醉归，道经枣林，遇群鬼抛掷泥土，栗不敢行。群鬼啾啾，渐逼近，比及觌面，皆悚然辟易，曰："乃是让产徐四兄。"倏化黑烟四散。

【译文】
田村徐四，是个农夫。父亲已死，继母生的一个弟弟，极其凶狠悖逆。家里有田一百多亩，分家产时弟弟以赡养母亲作为借口，取得其中十分之八，徐四委曲地顺从了他。弟弟又挑选那些肥沃丰美的田，他也委曲地顺从了他。后来弟弟所分得的产业耗尽，再向徐四索要，于是徐四把所分得的全部给了他，自己却租田耕种，心里倒也安然自得。一天夜里，徐四从邻村喝醉了酒回来，路经枣树林，碰到一群鬼向他抛掷泥土，他发抖不敢往前走。群鬼啾啾地叫着，向他渐渐逼近，等到见了面，都肃然吃惊后退，说："原来是让家产的徐四兄。"话音刚落，群鬼忽然都化成黑烟，向四面散去。

五 台 僧

白衣庵僧明玉言：昔五台一僧，夜恒梦至地狱，见种种变相。有老宿教以精意诵经，其梦弥甚，遂渐至委顿。又一老宿曰："是必汝未出家前，曾造恶业。出家后渐明因果，自知必堕地狱，生恐怖心；以恐怖心，造成诸相。故诵经弥笃，幻象弥增。夫佛法广大，容人忏悔，一切恶业，应念皆消。放下屠刀，立地成佛。汝不闻之乎？"是僧闻言，即对佛发愿，勇猛精进，自是宴然无梦矣。

【译文】

白衣庵和尚明玉说：过去五台山有一个和尚，夜里经常做梦到了地狱里，看见种种像图绘中见过的恐怖的形象。有个年高有德的和尚教他精心诚意地念经，但是梦做得更厉害，渐渐到了疲困不起。又一个年高有德的和尚说："这一定是你没有出家以前，制造过恶业。出家以后，逐渐明白了因果，知道自己死后一定会下地狱，生出恐怖心；因为恐怖心，造成各种形象。所以念经愈是虔诚，幻象愈是增多。要知道佛法广大，容许人忏悔。一切恶业，随着念头的改变，都可以消除。放下屠刀，立地成佛，你没有听说过吗？"这个和尚听了这话，就对着佛发愿，勇猛地锐意求进，从此太平无事，不再做这种梦了。

不 忘 旧 情

沈观察夫妇并故，幼子寄食亲戚家，贫窭无人状。

其妾嫁于史太常家，闻而心恻，时阴使婢媪，与以衣物。后太常知之，曰："此尚在人情天理中。"亦勿禁也。

钱塘季沧洲因言：有孀妇病卧，不能自炊，哀呼邻媪代炊，亦不能时至。忽一少女排闼入，曰："吾新来邻家女也，闻姊困苦乏食，意恒不忍。今告于父母，愿为姊具食，且侍疾。"自是日来其家，凡三四月。孀妇病愈，将诣门谢其父母。女泫然曰："不敢欺，我实狐也，与郎君在日最相昵。今感念旧情，又悯姊之苦节，是以托名而来耳。"置白金数铤于床，呜咽而去。

二事颇相类。然则琵琶别抱，掉首无情，非惟不及此妾，乃并不及此狐。

【译文】

沈观察夫妇两人都死了，他们的小儿子寄养在亲戚的家里，贫乏得不像人的样子。沈观察的妾改嫁给姓史的太常寺卿，听说以后心里凄怆，经常暗中让婢女老妇给那小儿子衣服物品。后来太常知道了，说："这还在人情天理之中。"也不加以禁止。

钱塘季沧州因而说起：有一个寡妇生病躺着，不能自己烧饭，哀声呼叫邻居的老妇代烧，但老妇也不能经常来。忽然一个少女推门进来说："我是新来的邻居家的女儿，听说姊姊困苦缺乏饮食，心里常常感到不忍。现在告知父母，愿意替姊姊备办饮食并侍候疾病。"从此每天来到她家，这样有三四个月。寡妇病痊愈了，将要登门拜谢她的父母，女子流着眼泪说："不敢欺骗，我实是狐狸精，同你郎君活着的时候最相亲近。现今感念旧情，又同情姊姊苦苦守节，所以托名而来。"说罢，把几锭白银放在床上，呜咽着而去。

这两件事情颇相类似。这样说起来，琵琶别抱——另嫁别人，掉头无情的，不但不及这个妾，同时也不及这个狐狸精。

两 妻 争 座

吴侍读颉云言：癸丑一前辈，偶忘其姓，似是王言敷先生，忆不甚真也。尝僦居海丰寺街，宅后破屋三楹，云有鬼，不可居。然不出为祟，但偶闻音响而已。一夕，屋中有诟谇声。伏墙隅听之，乃两妻争坐位，一称先来，一称年长，哓哓然不止。前辈不觉太息曰："死尚不休耶？"再听之，遂寂。

夫妻妾同居，隐忍相安者，十或一焉；欢然相得者，千百或一焉，以尚有名分相摄也。至于两妻并立，则从来无一相得者，亦从来无一相安者。无名分以摄之，则两不相下，固其所矣。又何怪于嚣争哉！

【译文】

吴侍读颉云说：癸丑年，有一个前辈，已忘了他的姓，好像是王言敷先生，回忆得不很真切了。王言敷曾经在海丰寺街租屋居住，住宅后面有破屋三间，说是有鬼，不可居人。但是鬼不出来作怪，只是偶尔听到声响而已。一天晚上，屋里有责骂声。王言敷伏在墙角倾听，乃是两妻争座位，一个说我先来，一个说我年长，争辩个不停。前辈不觉叹息说："死了还不停息吗？"再听，就沉寂了。

妻妾共同居住，克制忍耐相安的，十对当中或者有一对；欢欣地互相投合的，千百对当中或者有一对，因为还有名分管辖着。至于两妻并立，则从来没有一对互相投合的，也从来没有一对相安的。没有名分管辖着，那么双方不肯互相谦让，固然是在情理之中了，又何怪于吵闹纷争呢！

卷　五

滦阳消夏录（五）

郑　五

郑五，不知何许人，携母妻流寓河间，以木工自给。病将死，嘱其妻曰："我本无立锥地，汝又拙于女红，度老母必以冻馁死。今与汝约：有能为我养母者，汝即嫁之，我死不恨也。"妻如所约，母借以存活。或奉事稍怠，则室中有声，如碎磁折竹。一岁，棉衣未成，母泣号寒。忽大声如钟鼓，殷动墙壁。如是者七八年。母死后，乃寂。

【译文】

郑五，不知道是什么地方的人，带着母亲和妻子流落他乡居住在河间，以做木工维持生活。后来得了重病，临死前，嘱咐他的妻子说："我本来没有立锥之地，你又不善于女红，我死之后，估计老母必然会因为冻饿而死。现今同你约定，有能够替我奉养母亲的，你就嫁给他，我死而不恨。"妻子如所约定的那样，母亲赖以生存了下来。有时奉事稍稍懈怠，那么房间里就发出像打碎瓷器、折断竹竿的声音。有一年，棉衣没有做好，母亲哭泣叫冷，忽然有大的声音像钟鼓似的震动墙壁。像这样过了有七八年。母亲死了以后，家中才平静了。

负心背德之狱

佃户曹自立,粗识字,不能多也。偶患寒疾,昏愦中为一役引去。途遇一役,审为误拘,互诟良久,俾送还。经过一处,以石为垣,周里许,其内浓烟垄涌,紫焰赫然;门额六字,巨如斗。不能尽识,但记其点画而归。据所记偏旁推之,似是"负心背德之狱"也。

【译文】

有个佃户名叫曹自立,粗识文字,但所识不多。偶尔因感受寒邪致病,昏沉糊涂中被一个差役从家中带走。路上碰到另一个差役,一看是抓错了人。两个差役互相对骂了很久,便送他回去。经过一个地方,四面是石头筑成的墙,周围有一里光景,里面浓烟涌出,紫色的火焰照耀,门额上有六个像斗大的字。曹自立不能全认识,只是记住字的笔画写法。清醒过来以后,人们根据他所记的偏旁推测,像是"负心背德之狱"。

债　　鬼

世称殇子为债鬼,是固有之。卢南石言:朱元亭一子病瘵,绵惙时,呻吟自语曰:"是尚欠我十九金。"俄医者投以人参,煎成未饮而逝,其价恰得十九金。此近日事也。或曰:"四海之中,一日之内,殇子不知其凡几,前生逋负者,安得如许之众?"夫死生转毂,因果循环,如恒河之沙,积数不可以测算;如太空之云,变态不可以思议。是诚难拘以一格。然计其大势，则冤愆纠结，生于财货者居多。老子曰："天下攘攘，皆为利往；天下熙熙，皆为利来。"人之一生，盖无不役志于是者。顾天地生财，只有此数，此得则彼失，此盈则彼亏。机械于是而生，恩仇于是而起。业缘报复，延及三生。观谋利者之多，可以知索偿者之不少矣。史迁有言："怨毒之于人甚矣哉！"君子宁信其有，或可发人深省也。

【译文】
　　世上称短命的人为讨债鬼，这原是有的。卢南石说：朱元亭的一个儿子生痨病，当病情危急、气息微弱时，呻吟着自言自语道："这下还欠我十九两银子。"一会儿医生在药中投入人参，药煎好，还没有来得及服就死了。所用人参正好值十九两银子。这是近日的事情。有人说："四海之中，一日之内，短命的人不知道有多少，前世欠债的哪里会有如此之多？"要知道死生如转轮，因果循环，就像恒河里的沙，堆积的数量无法测算；就像太空里的云，形态变幻不可思议；这确实难以拘泥于一种形式。但是估计它的多数情况，那么冤仇罪错纠结在一起，由于财物引起的居多。老子说："天下攘攘，皆为利往；天下熙熙，皆为利来。"人的一生，大概没有不用心于这个的。不过天地所生的财物，只有这个数目。这边得到那边就失去，这边盈余那边就亏损。机巧从这里产生，恩仇从这里结下。善恶业缘的报复，可以延续到三世。我们看谋利的人之多，就可以知道讨债的人不会少了。司马迁说过："怨毒之于人，甚矣哉！"君子宁可相信它是有的，或者可以启发人的深思。

强　　鬼

　　里妇新寡，狂且赂邻媪挑之。夜入其闼，阖扉将寝，忽灯光绿暗，缩小如豆，俄爆然一声，红焰四射，圆如二尺许，大如镜，中现人面，乃其故夫也。男女并噭然仆榻下。家人惊视，其事遂败。或疑嫠妇堕节者众，何以此鬼独有灵？余谓鬼有强弱，人有盛衰。此本强鬼，又值二人之衰，故能为厉耳。其他茹恨黄泉，冤缠数世者，不知凡几，非竟神随形灭也。或又疑妖物所凭，作此变怪。是或有之。然妖不自兴，因人而兴。亦幽魂怨毒之气，阴相感召，邪魅乃乘而假借之。不然，陶婴之室，何未闻黎丘之鬼哉？

【译文】

　　乡里有位女人新近守寡，一个行动轻狂的人，贿赂了相邻的老妇人挑动她。夜里进入她的房内，关上门将要睡觉。忽然灯光发绿暗淡，缩小如豆。一会儿爆的一声，红色的火焰四射，圆圆的有两尺光景，像一面大镜，中间现出人的面孔，竟是她原来的丈夫。男女一起呼喊着仆倒在床榻下。家里人吃惊地起来一看，那事情于是败露出来。有人怀疑寡妇失节的很多，为什么这个鬼独独有灵？我说鬼有强弱，人有盛衰。这本来是个强鬼，又适逢二人的运数衰败，所以能够成为灾祸了。其他饮恨于黄泉之下，冤魂纠缠几世的，不知道有多少，并非全是神随形而消灭的。有人又怀疑妖物有所凭依，做出这个变化怪异，这或许是有的。但是妖不会自己兴起，而是因为人而兴起。也是幽魂怨愤仇恨之气，暗暗相感召，妖邪鬼魅才乘机而假借于人。要不然在贞节的鲁国陶婴的房里，为什么没听说有黎丘的奇鬼呢？

夙　　因

　　罗仰山通政在礼曹时，为同官所轧，动辄掣肘，步步如行荆棘中。性素迂滞,渐恚愤成疾。一日,郁郁枯坐,忽梦至一山,花放水流,风日清旷,觉神思开朗,垒块顿消。沿溪散步,得一茅舍。有老翁延入小坐,言论颇洽。老翁问何以有病容,罗具陈所苦。老翁太息曰:"此有夙因,君所未解。君七百年前为宋黄筌,某即南唐徐熙也。徐之画品,本居黄上。黄恐夺供奉之宠,巧词排抑,使沉沦困顿,衔恨以终。其后辗转轮回,未能相遇。今世业缘凑合,乃得一快其宿仇。彼之加于君者,即君之曾加于彼者也,君又何憾焉。大抵无往不复者,天之道;有施必报者,人之情。既已种因,终当结果。其气机之感,如磁之引针:不近则已,近则吸而不解。其怨毒之结,如石之含火:不触则已,触则激而立生。其终不消释,如疾病之隐伏,必有骤发之日。其终相遇合,如日月之旋转,必有交会之躔。然则种种害人之术,适以自害而已矣。吾过去生中,与君有旧,因君未悟,故为述忧患之由。君与彼已结果矣,自今以往,慎勿造因可也。"罗洒然有省,胜负之心顿尽;数日之内,宿疾全除。此余十许岁时,闻霍易书先生言。或曰:"是卫公延璞事,先生偶误记也。"未知其审,并附识之。

【译文】
　　通政使罗仰山任礼部的属官时,受到同僚的倾轧,动一动就受到牵制,步步像行走在荆棘之中。他本性迂阔,渐渐怨愤成病。一天,正郁郁不欢地空坐,忽然做梦到了一座山里,花开水流,风日清和爽朗,觉得神思开朗,胸中郁结的不平之气顿时消失。沿着溪水散步,走到一座茅屋。有一个老翁请他进去小坐,谈论颇为融洽。老翁问为什么面带病容，罗把他所苦恼的事情全都讲了出来。老翁叹息着说："这有前世的因缘，是您所不理解的。您七百年前是宋朝的黄筌，某人就是南唐的徐熙。徐的画品，本来在黄之上。黄恐怕夺去他侍奉帝王的宠幸，巧词排挤抑制，使他沦落困顿，含恨而亡。而后二人转辗轮回，未得相遇机会。这一世业缘凑巧遇合，才得以因对付过去的仇敌称快于心。他的加于您的，就是您曾经加于他的，您又有什么好怨恨的呢？一般说来，没有去而不回的，是天之道；有施予必有报答，是人之情。既然已经种下了因，终究应当结出果。那自然机能的感应，就像磁石的吸引铁针，不靠近则已，一靠近就吸牢而不能解脱。那怨愤仇恨的纠结，就像石的含火，不触则已，一触就激发而立时生出火花。它的终于不能消除，就像疾病的潜伏，必然有突然发作的日子。它的终于相遇合，就像日月的旋转，必然有交会的轨迹。这样看起来，种种害人的策略，恰恰是用来自害而已。我在前世里，同您有旧交，因为您不省悟，所以为您陈述忧患的由来。您同他已经结了果了，从今以后，小心不要再制造因好了。"罗了然地醒悟过来，争胜负的心顿时消尽。几天之内，旧病全除。这是我十来岁时听到霍易书先生说的。有的说是卫公延璞的事情，先生偶尔记错的。不知道它确实的情况，一并附记在这里。

鬼　讼

田白岩言：康熙中，江南有征漕之案，官吏伏法者数人。数年后，有一人降乩于其友人家，自言方在冥司讼某公。友人骇曰："某公循吏，且其总督两江，在此案前十余年，何以无故讼之？"乩又书曰："此案非一日之故矣。方其初萌，褫一官，窜流一二吏，即可消患于未萌。某公博忠厚之名，养痈不治，久而溃裂，吾辈遂遘其难。吾辈病民蠹国，不能仇现在之执法者也。追原祸本,不某公之讼而谁讼欤?"书讫,乩遂不动。迄不知九幽之下,定谳如何。《金人铭》曰:"涓涓不壅,将为江河;毫末不札,将寻斧柯。"古圣人所见远矣。此鬼所言,要不为无理也。

【译文】

田白岩说:康熙年间,江南有征收漕粮的案件,官吏被依法判处死刑的有好几个人。几年以后,有一人在扶乩时降临于他的友人家,自己说正在阴间状告某公。友人吃惊地说:"某公是守法循理的官吏,而且他总督两江,在这个案件以前的十多年,为什么无缘无故地要状告他?"乩又书写说:"这个案件不是一天之内引起的,当它刚刚萌发时,罢免一个官,流放一两个吏员,就可以预先消除隐患。某公为了博取忠厚的名声,养着肿毒不治,让它天长日久而溃烂,我辈于是遭了它的难。我辈害民祸国,不能同现在的执法官为仇。追溯灾祸的根源,不状告某公又去状告谁呢?"写完乩就不动了。至今不知道九泉之下,是怎样定案的。《金人铭》说:"涓涓不壅,将为江河;毫末不札,将寻斧柯。"古代圣人所预见到的极远了。这个鬼所说的,大旨也不算无理。

犬 毁 妇 容

里有姜某者,将死,嘱其妇勿嫁。妇泣诺。后有艳妇之色者,以重价购为妾。方靓妆登车,所畜犬忽人立怒号,两爪抱持啮妇面,裂其鼻准,并盲其一目。妇容既毁,买者委之去。后亦更无觊觎者。此康熙甲午、乙未间事,故老尚有目睹者。皆曰:"义哉此犬,爱主人以德;智哉此犬,能攻病之本。"余谓犬断不能见及此,此其亡夫厉鬼所凭也。

【译文】

乡里有一个姜某将死,嘱咐他的妻子不要改嫁,妻子哭着答应了。后来有羡慕这个女人容貌的,用大价钱买做妾。正浓妆艳抹地登上车,姜家养的一只狗忽然像人一样地立起身子怒叫着,两只前爪抱住女人咬她的面孔,咬碎她的鼻子,并且弄瞎她的一只眼睛。女人的容貌既然毁坏,买的人也就弃之而去。后来也再没有企图得到她的。这是康熙甲午、乙未年间的事。如今健在的老人还有亲眼见到的。他们都说:"这狗有义气,用维护道德来爱它的主人;这狗有智谋,能够抓住问题的关键。"我说狗绝对不会认识到这一点,这是她亡故丈夫的厉鬼依托在狗身上的缘故。

马 逸

爱堂先生尝饮酒夜归,马忽惊逸。草树翳荟,沟塍凹凸,几蹶者三四。俄有人自道左出,一手挽辔,一手掖之下,曰:"老母昔蒙拯济,今救君断骨之厄也。"问其姓名,转瞬已失所在矣。先生自忆生平未有是事,不知鬼何以云然。佛经所谓无心布施,功德最大者欤?

【译文】

爱堂先生一次夜里喝酒后归来,马忽然受惊奔逃,草树茂盛障蔽四周,沟渠田埂凹凸不平,有三四次几乎摔下马来。忽而有人从道旁伸出一只手挽住辔头,另一只手扶他下来,说:"老母过去承蒙拯救接济,现在来救您,让您避免断骨的危险。"问他的姓名,转眼之间已经消失了。先生自己回忆生平没有这样的事,不知道鬼为什么这样说。这也许就是佛经所说的无心布施,才是最大的功德吧?

张　　福

　　张福，杜林镇人也，以负贩为业。一日，与里豪争路，豪挥仆推堕石桥下。时河冰方结，觚棱如锋刃，颅骨破裂，仅奄奄存一息。里胥故嗛豪，遽闻于官。官利其财，狱颇急。福阴遣母谓豪曰："君偿我命，与我何益？能为我养老母幼子，则乘我未绝，我到官言失足堕桥下。"豪诺之。福粗知字义，尚能忍痛自书状。生供凿凿，官吏无如何也。福死之后，豪竟负约。其母屡控于官，终以生供有据，不能直。豪后乘醉夜行，亦马蹶堕桥死。皆曰："是负福之报矣。"

　　先姚安公曰："甚哉，治狱之难也！而命案尤难：有顶凶者，甘为人代死；有贿和者，甘鬻其所亲，斯已猝不易诘矣。至于被杀之人，手书供状，云非是人之所杀。此虽皋陶听之，不能入其罪也。倘非负约不偿，致遭鬼殛，则竟以财免矣。讼情万变，何所不有，司刑者可据理率断哉！"

【译文】

　　张福是杜林镇人，以担货贩卖为业。一天，同乡里富豪争路，富豪指挥仆人把他推落到了石桥下面。当时河正结冰，棱角就像锋利的刀，他头颅骨被摔得破裂，奄奄地仅存一丝呼吸。里长原本怀恨富豪，立刻报告了官府。官府垂涎富豪的钱财，官司办得很急。张福暗中让他的母亲对富豪说："您偿了我的命，对我有什么好处？如果能够替我供养老母幼子，那么趁我没有断气，我到官府去说自己是失足掉到了桥下。"富豪答应了。张福略微通识一些文字,这时还能够忍着疼痛自己书写状纸。张生前写的供词确凿,官吏也无可奈何。张福死了之后,富豪竟背弃约言。他的母亲多次到官府控告,终于因为张生前写的供词有凭有据,所以始终不能申雪。富豪后来乘醉夜行,也因为马颠仆从桥上掉下而死。人们都说:"这是背弃张福的报应了。"

先父姚安公说:"审理案件是多么困难啊!而人命案尤其难。有顶替凶犯的甘心替人去死,有行贿讲和的甘心出卖所亲近的人,这已经仓促间不容易询问了。至于被杀的人亲手写的供状,说不是这个人所杀,这即使是虞舜时司法官皋陶来办案,也不能定他的罪。倘若不是背弃约言不兑现,以致遭到鬼的诛杀,那么就会出钱而免罪了。诉讼的情状变化万端,有什么怪事不会发生呢?主管刑法的难道仅仅依据常理就可轻率地判决吗?"

狐戏守财奴

姚安公言:有孙天球者,以财为命,徒手积累至千金;虽妻子冻饿,视如陌路,亦自忍冻饿,不轻用一钱。病革时,陈所积于枕前,一一手自抚摩,曰:"尔竟非我有乎?"呜咽而殁。孙未殁以前,为狐所嬲,每摄其财货去,使窘急欲死;乃于他所复得之,如是者不一。

又有刘某者,亦以财为命,亦为狐所嬲。一岁除夕,凡刘亲友之贫者,悉馈数金。讶不类其平日所为。旋闻刘床前私箧,为狐盗去二百余金,而得谢柬数十纸。

盖孙财乃辛苦所得,狐怪其悭啬,特戏之而已。刘财多由机巧剥削而来,故狐竟散之。其处置亦颇得宜也。

【译文】

姚安公说：有个叫孙天球的，把钱财当作性命，空手积累到了千两银子。即使妻儿受冻挨饿，也看得像陌路人一样，自己也忍受寒冷饥饿，不轻易用一个钱。病危时，他把平时所积蓄的钱财摆在枕前，一一用手抚摩着说："你竟然不属于我所有了吗？"呜咽着而死去。孙没有死以前，被狐精所戏弄，经常把他的财物摄走，使他窘迫着急得要想寻死，竟然又在别的地方找到，像这样的事发生不止一次。

又有一个刘某，也把钱财当作性命，也被狐精所戏弄。有一年的除夕，凡是刘亲友当中贫穷的，刘对每家都赠银数两，众人都惊讶他一反平日的所作所为。随即听说刘床前秘藏的箱子里被狐精偷盗去二百多两银子，而留下感谢的字条数十张。

原来孙的钱财是辛苦所得，狐精怪他吝啬，特地戏弄他罢了；刘的钱财大多是巧诈剥削而来，所以狐竟然把它散发掉了。它的处理也颇为得当。

古 寺 鬼 语

余督学闽中时，幕友钟忻湖言：其友昔在某公幕，因会勘宿古寺中，月色朦胧，见某公窗下有人影，徘徊良久，冉冉上钟楼去。心知为鬼魅，然素有胆，竟蹑往寻之。至则楼门锁闭，楼上似有二人语，其一曰："君何以空返？"其一曰："此地罕有官吏至，今幸两官共宿，将俟人静讼吾冤。顷窃听所言，非揣摩迎合之方，即消弭弥缝之术，是不足以办吾事，故废然返。"语毕，似有太息声。再听之，竟寂然矣。次日，阴告主人。果变色摇手，戒勿多事。迄不知其何冤也。

余谓此君友有嗛于主人，故造斯言，形容其巧于趋避，为鬼揶揄耳。若就此一事而论，鬼非目睹，语未耳闻，恍惚杳冥，茫无实据，虽阎罗包老，亦无可措手，顾乃责之于某公乎？

【译文】

　　我提督福建学政时，师爷钟忻湖说：他的朋友过去在某公的幕府里，因为会同查勘住宿在古寺里。月色朦胧中，看见某公的窗下有人影徘徊了很久，慢慢地上钟楼而去。他心里知道是鬼怪，但是素来有胆量，仍暗暗跟随前往寻找。到了钟楼前，楼门已关闭上锁，听见楼上好像有两人在谈话。其中一个说："您为什么空着回来？"另一个说："这里很少有官吏来，今天幸而有两个官员一起住宿，将等待夜深人静以后申诉我的冤情。刚才偷听他们所说的话，不是揣摩迎合上司的方法，就是消除填补设法遮掩的手段，这不足以办理我的事，所以失望地回来了。"说完，好像有叹息的声音。再听，竟沉寂了。第二天，暗中告诉主人，主人果然变了脸色摇摇手，告诫他不要多事。至今不知道到底是什么冤情。

　　我说这是你的朋友怀恨于他的主人，所以造出这番话，形容他的巧于趋吉避祸，被鬼所侮弄罢了。如果就这一件事情而论，鬼不是亲眼所见，话没有亲耳听到。恍惚遥远，茫茫然没有确实的证据，即使是阎罗王、包龙图，也没有办法着手处理，而竟求之于某公吗？

狐戏学究

　　平原董秋原言：海丰有僧寺，素多狐，时时掷瓦石魃人。一学究借东厢三楹授徒，闻有是事，自诣佛殿呵责之。数夕寂然，学究有德色。一日，东翁过谈，拱揖之顷，忽袖中一卷堕地。取视，乃秘戏图也。东翁默然去。次日生徒不至矣。

狐未犯人，人乃犯狐，竟反为狐所中。君子之于小人，谨备之而已；无故而触其锋，鲜不败也。

【译文】

平原董秋原说，海丰有座佛寺，向来多狐，常常抛掷瓦片石块戏弄人。一个迂阔的学究借东厢房三间教授生徒，听说有这种事，自己到佛殿上呵斥它。几个晚上寂然无声，学究表现出自以为高明的得意神色。一天，东家过来谈话，学究拱手作揖的时候，忽然袖子里一个卷子掉到地上，拿来一看，是男女淫亵的秘戏图。东家默默地离去。第二天，学生们不来了。

狐没有触犯人，人却去触犯狐，竟然反而被狐所中伤。君子的对于小人，谨慎防备他而已；无缘无故触犯他的锋芒，很少有不失败的。

周 将 军

关帝祠中，皆塑周将军，其名则不见于史传。考元鲁贞《汉寿亭侯庙碑》，已有"乘赤兔兮从周仓"语，则其来已久，其灵亦最著。里媪有刘破车者，言其夫尝醉眠关帝香案前，梦周将军蹴之起，左股青痕，越半月乃消。

【译文】

关帝祠里都塑有周将军像，他的名字则不见于历史传记。查考元朝鲁贞《汉寿亭侯庙碑》，已经有"乘赤兔兮从周仓"的话，那么他的来源已经很久，他的神灵也最为显著。乡里老妇有叫刘破车的，说她的丈夫曾经酒醉睡在关帝香案的前面，梦见周将军踢他起来，左大腿上乌青的痕迹，过了半个月才消退。

冥吏话轮回

谓鬼无轮回，则自古至今，鬼日日增，将大地不能容。谓鬼有轮回，则此死彼生，旋即易形而去，又当世间无一鬼。贩夫田妇，往往转生，似无不轮回者。荒阡废冢，往往见鬼，又似有不轮回者。表兄安天石，尝卧疾，魂至冥府，以此问司籍之吏。吏曰："有轮回，有不轮回。轮回者三途：有福受报，有罪受报，有恩有怨者受报。不轮回者亦三途：圣贤仙佛不入轮回，无间地狱不得轮回，无罪无福之人，听其游行于墟墓，余气未尽则存，余气渐消则灭。如露珠水泡，倏有倏无；如闲花野草，自荣自落，如是者无可轮回。或有无依魂魄，附人感孕，谓之偷生。高行缁黄，转世借形，谓之夺舍。是皆偶然变现，不在轮回常理之中。至于神灵下降，辅佐明时；魔怪群生，纵横杀劫。是又气数所成，不以轮回论矣。"天石固不信轮回者，病痊以后，尝举以告人曰："据其所言，乃凿然成理。"

【译文】

说鬼没有轮回，那么从古至今，鬼天天增加，将使大地不能容纳；说鬼有轮回，那么这里死那里生，随即变换形体而去，又应当世上没有一个鬼了。贩运夫、农家妇，往往转世，好像没有不轮回的。荒废的田野坟冢，往往见到鬼，又好像有不轮回的。表兄安天石曾经卧病，魂到了阴间，就这个问题询问管理簿籍的吏员。吏员说："有轮回的，有不轮回的。轮回的有三种情况：有福的受报答，有罪的受报应，有恩有怨的受回报。不轮回的也有三种情况：圣贤仙佛不进入轮回，重罪入无间地狱的不得轮回，无罪无福的人听任他游走于荒坟之间，余气未尽的就暂时存在，余气渐消的就归于灭绝。如同露珠水泡，忽而有忽而无；如同闲花野草，自己生长自己凋落，像这样的无可轮回。或者有无所依托的魂魄，附于人身感而成孕，叫做偷生。志行高洁的僧道，转世借形，叫做夺舍。这都是偶然的变化显现，不在轮回的常理之中。至于神灵的下降人世，辅助清明的时代；妖魔鬼怪成群降生，四处杀戮抢劫，这又是气数所形成，不以轮回来论了。"天石本来是不相信轮回的，病愈了以后，曾经把阴间听来的话告诉人说："据他所说的，竟是确凿成理。"

司 禄 神 语

星士虞春潭，为人推算，多奇中。偶薄游襄汉，与一士人同舟，论颇款洽。久而怪其不眠不食，疑为仙鬼。夜中密诘之。士人曰："我非仙非鬼，文昌司禄之神也，有事诣南岳。与君有缘，故得数日周旋耳。"虞因问之曰："吾于命理，自谓颇深。尝推某当大贵，而竟无验。君司禄籍，当知其由。"士人曰："是命本贵，以热中，削减十之七矣。"虞曰："仕宦热中，是亦常情，何冥谪若是之重？"士人曰："仕宦热中，其强悍者必怙权，怙权者必狠而愎；其孱弱者必固位，固位者必险而深。且怙权固位，是必躁竞，躁竞相轧，是必排挤。至于排挤，则不问人之贤否，而问党之异同；不计事之可否，而计己之胜负。流弊不可胜言矣。是其恶在贪酷上，寿且削减，何止于禄乎！"虞阴记其语。越两岁余，某果卒。

【译文】

　　星命术士虞春潭替人推算命运，多半能神奇地说中。偶尔漫游襄阳、汉口一带，和一个士人同船，谈论颇为融洽。时间一长，虞奇怪那士人不睡不吃，怀疑是仙或是鬼。夜里秘密地询问他，士人说："我不是仙，也不是鬼，是文昌帝君下面管理禄位的神，有事情到南岳去，同您有缘，所以能够得到几天的交往相处罢了。"虞因而问起他说："我对于命相之理自以为懂得颇深，曾经推算某人应当大贵而竟然没有应验。您主管为官食禄的簿籍，应当知道其中原因。"士人说："这个人的运命本来很尊贵，因为过于热衷名利，所以削减去十分之七了。"虞说："热衷于为官作宦，这也是常情，为什么阴间的贬斥这样重呢？"士人说："热衷于为官作宦，那些强横凶暴的必然要依仗权力，依仗权力的必然凶狠而刚愎自用；那些懦弱胆小的必然要巩固职位，巩固职位的用心必然阴险而奸诈。而且依仗权力、巩固职位，这必然要急于进取而竞争，急于竞争互相倾轧，这必然要排挤别人。至于排挤别人，就不问人的贤还是不贤，而问朋党的异还是同；不计较事情的可与否，而只取决于自己的胜和负。它的流弊，就说不尽了。这样他的恶在贪婪残酷之上，年寿尚且要削减，何止于禄位呢！"虞暗地里记住他的话。过了两年多，某人果然死了。

狐　　妾

　　张铉耳先生之族，有以狐女为妾者，别营静室居之。床帷器具，与人无异，但自有婢媪，不用张之奴隶耳。室无纤尘，惟坐久觉阴气森然；亦时闻笑语，而不睹其形。张故巨族，每姻戚宴集，多请一见，皆不许。一日，张固强之。则曰："某家某娘子犹可，他人断不可也。"入室相晤，举止娴雅，貌似三十许人。诘以室中寒凛之故，曰："娘子自心悸耳，室故无他也。"后张诘以独见是人之故。曰："人阳类，鬼阴类，狐介于人鬼之间，然亦阴类也。故出恒以夜，白昼盛阳之时，不敢轻与人接也。某娘子阳气已衰，故吾得见。"张惕然曰："汝日与吾寝处，吾其衰乎？"曰："此别有故。凡狐之媚人有两途：一曰蛊惑，一曰夙因。蛊惑者阳为阴蚀，则病，蚀尽则死；夙因则人本有缘，气自相感，阴阳翕合，故可久而相安。然蛊惑者十之九，夙因者十之一。其蛊惑者亦必自称夙因，但以伤人不伤人知其真伪耳。"后见之人果不久下世。

【译文】

张铉耳先生的同族人中，有以狐女做妾的，另外营建僻静的居室给她住。床榻帷帐日用器具同人没有什么两样，但她自己有婢女仆妇，不用张的奴仆罢了。室内没有一点灰尘，只是坐久了感觉阴气森森，也时常听到室内说笑的声音，而看不见说笑者的形体。张本来是个大族，每当亲戚宴会，来宾多请求见她一面，都没有得到允许。一天，张一定要勉强她，她就说："某家的某娘子还可以，别的人一律不见。"某娘子进入室内和她会晤，见她举止娴静优雅，相貌好像三十来岁的人。问到她室中寒冷的缘故，回答说："娘子自己心中害怕罢了，这屋子原本没有什么特殊之处。"后来张问起她单单见这个人的缘故，回答说："人是阳类，鬼是阴类，狐介于人鬼之间，但也是阴类。所以出来经常是在夜间，白天阳气盛的时候，不敢轻易同人接触。某娘子阳气已经衰微，所以我能够见。"张惶恐地说："你每天和我同寝共处，我恐怕衰弱了吧？"回答说："这个别有缘故。凡是狐的诱惑人，有两条路：一叫蛊惑，一叫夙因。蛊惑的，阳气被阴气所侵蚀，侵蚀完了就死去；夙因则与人本来有缘分，气自然相感应，阴阳调合，所以可以长久而相安。但是蛊惑的占十分之九，夙因的只占十分之一。那些蛊惑的也必然自称是夙因，但用伤害人不伤害人可以知道它的真假罢了。"后来见到她的那个妇人，果然不久就去世了。

改 行 从 善

罗与贾比屋而居，罗富贾贫。罗欲并贾宅，而勒其值；以售他人，罗又阴挠之。久而益窘，不得已减值售罗。罗经营改造，土木一新。落成之日，盛筵祭神。纸钱甫燃，忽狂风卷起，著梁上，烈焰骤发，烟煤迸散如雨落。弹指间，寸椽不遗，并其旧庐爇焉。方火起时，众手交救。罗拊膺止之，曰："顷火光中，吾恍惚见贾之亡父。是其怨毒之所为，救无益也。吾悔无及矣。"急呼贾子至，以腴田二十亩书券赠之。自是改行从善，竟以寿考终。

【译文】

　　姓罗的和姓贾的房屋相邻而居，罗家富有，贾家贫穷。罗要想吞并贾的房子，而压低它的价格；贾想要出售给别人，罗又暗暗地加以阻挠。时间长久了而更加困窘，不得已减低价格出售给罗。罗经营改造，土木建筑焕然一新。落成的这一天，罗盛设筵席祭神。纸钱刚刚点燃，忽然被一阵狂风卷起贴附到屋梁上，顿时发出猛烈的火焰，烟煤迸散如雨般落下。一弹指之间，一寸的椽子也没有留下，连同他旧居的房子也烧掉了。火刚起时，众人一齐动手相救，罗捶着胸口制止他们说："方才火光之中，我恍恍惚惚的见到贾已死的父亲，这是他怨愤仇恨所造成的，救也没有用处，我后悔来不及了。"连忙叫来贾的儿子，书写了字据，把丰产的良田二十亩赠送给他。从此罗改变行为，专做善事，后来竟享有高寿，无疾而终。

河 工 某 官

沧州樊氏扶乩，河工某官在焉。降乩者关帝也，忽大书曰："某来前！汝具文忏悔，语多回护。对神尚尔，对人可知。夫误伤人者，过也，回护则恶矣。天道宥过而殛恶，其听汝巧辩乎？"其人伏地惕息，挥汗如雨。自是怏怏如有失，数月病卒。竟不知所忏悔者何事也。

【译文】
　　沧州姓樊的扶乩时，管理治河工程的某官在座。降临乩坛的是关帝；忽然大笔书写道："某人到前面来！你用文字忏悔，话语大多转来转去为自己辩护，对神尚且这样，对人就可想而知。要知道误伤了人是过错，辩护则是罪恶了。天之道宽恕过错而惩罚罪恶，难道听凭你巧言辩护吗？"那人伏在地上心跳气喘，挥洒汗水如同下雨。从此那人闷闷不乐如有所失，过了几个月就病死了。始终不知道他所忏悔的是什么事情。

代 死 为 神

褚寺农家有妇姑同寝者，夜雨墙圮，泥土簌簌下。妇闻声急起，以背负墙而疾呼姑醒。姑匍匐堕炕下，妇竟压焉，其尸正当姑卧处。是真孝妇，以微贱无人闻于官，久而并佚其姓氏矣。相传妇死之后，姑哭之恸。一日，邻人告其姑曰："夜梦汝妇冠帔来曰：'传语我姑，无哭我。我以代死之故，今已为神矣。'"乡之父老皆曰："吾夜所梦亦如是。"

或曰："妇果为神，何不示梦于其姑？此乡邻欲缓其恸，造是言也。"余谓忠孝节义，殁必为神。天道昭昭，历有证验。此事可以信其有。即曰一人造言，众人附和，"天视自我民视，天听自我民听"。人心以为神，天亦必以为神矣，何必又疑其妄焉。

【译文】

褚寺农家有媳妇和婆婆同睡的，夜里下雨墙倒，泥土簌簌地落下。媳妇听到声音急忙起身，用背抵着墙壁，一面大声呼叫婆婆醒来。婆婆爬着掉到了炕下，媳妇竟然被墙压住，她的尸体正在婆婆睡的地方。这是个真正的孝妇，因为微贱没有人告知官府，时间一久连同她的姓名都失去了。相传媳妇死去之后，婆婆哭得很悲痛。一天，邻居告诉她的婆婆说："夜里梦见你的媳妇穿戴着有品级的冠帔来说：'传话给我的婆婆，不要哭我。我因为代死的缘故，现在已成为神了。'"乡里的父老都说："我夜里所梦见的也是如此。"

有的说："媳妇果然成为神，为什么不在她婆婆的梦中显示？这是乡邻要想缓解她的悲伤，编造出这样的话。"我说忠孝节义的人，死了必定成为神。天道明明白白，历来有验证，这事可以相信它是有的。即使说一个人造出这种话，众人附和，"天视自我民视，天听自我民听"。人心以为是神，天也必然以为是神了，何必又怀疑它是虚妄的呢？

相 交 以 心

长山聂松岩，以篆刻游京师。尝馆余家，言其乡有与狐友者，每宾朋宴集，招之同坐。饮食笑语，无异于人，惟闻声而不睹其形耳。或强使相见，曰："对面不睹，何以为相交？"狐曰："相交者交以心，非交以貌也。夫人心叵测，险于山川，机阱万端，由斯隐伏。诸君不见其心，以貌相交，反以为密；于不见貌者，反以为疏。不亦悖乎？"田白岩曰："此狐之阅世深矣。"

【译文】

　　长山聂松岩以善于雕刻印章游历京城，曾经在我家坐馆，说他的家乡有同狐交友的。每当宾客朋友宴会，招呼它同坐，饮食谈笑，同人没有什么两样，只是听到它的声音而看不见他的身形罢了。有人强要它相见，说："面对面看不到，怎么算是相交呢？"狐说："相交是以心相交，不是以貌相交。要知道人心难以测度，深险过于山川；设置种种机关陷阱坑害人，从这里隐藏埋伏。诸位不见他的心，以貌相交，反以为亲密；对于不见貌的，反以为疏远，不也荒谬吗？"田白岩说："这个狐精的阅历世情可以说是很深了。"

胆怯见鬼

　　肃宁老儒王德安，康熙丙戌进士也，先姚安公从受业焉。尝夏日过友人家，爱其园亭轩爽，欲下榻于是，友人以夜有鬼物辞。王因举所见一事曰："江南岑生，尝借宿沧州张蝶庄家。壁张钟馗像，其高如人。前复陈一自鸣钟。岑沉醉就寝，皆未及见。夜半酒醒，月明如昼，闻机轮格格，已诧甚；忽见画像，以为奇鬼，取案上端砚仰击之。大声砰然，震动户牖。僮仆排闼入视，则墨沈淋漓，头面俱黑；画前钟及玉瓶磁鼎，已碎裂矣。闻者无不绝倒。然则动云见鬼,皆人自胆怯耳,鬼究在何处耶?"语甫脱口,墙隅忽应声曰:"鬼即在此,夜当拜谒,幸勿以砚见击。"王默然竟出。后尝举以告门人曰:"鬼无白昼对语理,此必狐也。吾德恐不足胜妖,是以避之。"盖终持无鬼之论也。

【译文】

　　肃宁老儒王德安,是康熙四十五年的进士,先父姚安公跟从他读书学习。他曾经在夏天去友人的家,爱他的园亭轩敞爽朗,要想下榻在这里,友人以夜里有鬼怪推辞。王因而举出所见到的一件事情说:"江南姓岑的书生,曾经借宿在沧州张蝶庄的家里。张家墙壁上挂着钟馗的像,如真人一样高,前面又陈设一台自鸣钟。岑大醉就寝,都没有来得及看见。夜半酒醒,月光明亮如同白昼,听到机器轮盘格格的声音,已经很奇怪;忽然见到画像,以为是奇鬼,拿起桌上的端砚往上打去,砰的发出巨大声音,震动了门窗。僮仆推门进来一看,只见墨汁淋漓,头面都是黑的,画像前面的钟以及玉瓶、磁鼎,已经碎裂了。听说的人无不笑得前仰后合。这样说起来动不动说见了鬼,都是人自己胆怯罢了,鬼究竟在哪里呢?"话刚说出口,墙角落里忽然应声说:"鬼就在这里,夜里当来拜见,希望不要用砚台来砸我。"王默默地就出来了。后来曾经把这个经历告诉门徒说:"鬼没有白天对话的道理,这个必然是狐。我恐怕自己的德行不足以胜妖,所以躲避它。"可见始终是坚持无鬼之论的。

明　　器

　　明器,古之葬礼也,后世复造纸车纸马。孟云卿《古挽歌》曰:"冥冥何所须?尽我生人意。"盖姑以缓恸云耳。然长儿汝佶病革时,其女为焚一纸马,汝佶绝而复苏,曰:"吾魂出门,茫茫然不知所向。遇老仆王连升牵一马来,送我归。恨其足跛,颇颠簸不适。"焚马之奴泫然曰:"是奴罪也。举火时实误折其足。"

又六从舅母常氏弥留时,喃喃自语曰:"适往看新宅颇佳,但东壁损坏,可奈何?"侍疾者往视其棺,果左侧朽穿一小孔,匠与督工者尚均未觉也。

【译文】
　　明器,是古代的丧葬用的礼器,后世又造纸车纸马。孟云卿《古挽歌》说:"冥冥何所须,尽我生人意。"大概是说姑且用来缓解悲痛罢了。但是长子汝佶病危时,他的女儿替他焚烧一只纸马,汝佶气绝以后又重新苏醒过来说:"我的魂出了门,茫茫然不知道朝哪个方向走。碰到老仆王连升牵一匹马来送我回家,恨它的脚是跛的,颠簸得很不适意。"焚烧纸马的奴仆流着眼泪说:"这是奴才的罪过。点火时,确是错折断了它的脚。"

　　又,六堂舅母常氏病重临死时,喃喃地自言自语说:"刚才去看新宅很好,但东面墙壁损坏,可怎么办?"侍奉疾病的人前去看她的棺材,果然在左侧烂穿一个小洞,工匠和督工的还都没有发觉。

穷 达 有 命

　　李又聃先生言:昔有寒士下第者,焚其遗卷,牒诉于文昌祠。夜梦神语曰:"尔读书半生,尚不知穷达有命耶?"尝侍先姚安公,偶述是事。先姚安公怫然曰:"又聃应举之士,传此语则可。汝辈手掌文衡者,传此语则不可。聚奎堂柱有熊孝感相国题联曰：'赫赫科条，袖里常存惟白简；明明案牍，帘前何处有朱衣？'汝未之见乎？"

【译文】

李又聃先生说：过去有清寒士子落第的，焚烧他留下的试卷，状诉于文昌祠。夜里梦见神对他说："你读书半辈子了，还不知道穷困通达都有命吗？"我曾经随侍先父姚安公，偶尔说起这件事，姚安公不悦地说："又聃是参加科举考试的士子，传述这样的话还可以。你等是亲手掌握判定文章高下以取士的权力的，传述这样的话就不可以了。聚奎堂柱子上有孝感熊相国题写的联语说：'赫赫科条，袖里常存惟白简；明明案牍，帘前何处有朱衣？'你没有见到吗？"

李玉典言

海阳李玉典前辈言：有两生读书佛寺，夜方媟狎，忽壁上现大圆镜，径丈余，光明如昼，毫发毕睹。闻檐际语曰："佛法广大，固不汝嗔。但汝自视镜中，是何形状？"余谓幽期密约，必无人在旁，是谁见之？两生断无自言理，又何以闻之？然其事为理所宜有，固不必以子虚乌有视之。

玉典又言：有老儒设帐废圃中。一夜闻垣外吟哦声，俄又闻辩论声，又闻嚣争声，又闻诟詈声，久之遂闻殴击声。圃后旷无居人，心知为鬼。方战栗间，已斗至窗外。其一盛气大呼曰："渠评驳吾文，实为冤愤！今同就正于先生。"因朗吟数百言，句句手自击节。其一且呻吟呼痛，且微哂之。老儒惕息不敢言。其一厉声曰："先生究以为如何？"老儒嗫嚅久之，以额叩枕曰："鸡肋不足以当尊拳。"其一大笑去，其一往来窗外，气咻咻然，至鸡鸣乃寂。云闻之胶州法黄裳。余谓此亦黄裳寓言也。

【译文】

海阳李玉典前辈说：有两个书生在佛寺里读书，夜里正在轻薄地戏谑。忽然墙壁上现出大圆镜，直径有一丈多，照得光明如同白昼，毛发都能看清。听到屋檐头说话声道："佛法广大，固然不责怪你们。但你们自己看看，镜子里是什么样的形状？"我说幽会总是秘密约定的，必然没有人在旁边，是谁见到的呢？两个书生断断没有自己说的道理，又怎么能听到呢？但是这事在情理上是会有的，固然不必以子虚乌有来看待它。

玉典又说：有个老儒在废弃的园地里设馆授徒。一天夜里，听到墙外有吟诵的声音，一会儿又听到辩论的声音，又听到纷争的声音，又听到责骂的声音。好一会以后，终于听到殴打的声音。园地后面空旷没有人居住，心里知道是鬼。正在发抖的时候，已经争斗到了窗外。其中有一个盛气大声呼叫道："他评论批驳我的文章，实在受冤气愤，现在一起到先生这里请求指正。"于是朗声吟诵了数百字，句句自己用手打着节拍。那另一个一边呻吟叫痛，一边轻轻地讥笑他。老儒害怕得心跳气喘不敢说话。其中一个厉声说："先生究竟以为如何？"老儒吞吞吐吐了很久，用额角叩着枕头说："我瘦弱得像鸡的肋骨不足以抵挡尊驾的拳头。"那一个大笑着而去，另一个在窗外来来往往，咻咻地嘘着气，到鸡叫了才沉寂，这是从胶州法黄裳那里听来的。我说这个也是黄裳的寓言。

绝 代 丽 女

天津孟生文熺，有隽才，张石邻先生最爱之。一日，扫墓归,遇孟于路旁酒肆。见其壁上新写一诗,曰:"东风翦翦漾春衣,信步寻芳信步归。红映桃花人一笑,绿遮杨柳燕双飞。徘徊曲径怜香草,惆怅乔林挂落晖。记取今朝延伫处,酒楼西畔是柴扉。"诘其所以,讳不言。固诘之,始云适于道侧见丽女,其容绝代,故坐此冀其再出。张问其处,孟手指之。张大骇曰:"是某家坟院,荒废久矣,安得有是?"同往寻之,果马鬣蓬科,杳无人迹。

【译文】

　　天津有个书生叫孟文熺,有聪俊的才能,张石粼先生最喜爱他。一天,张扫墓回来,在路旁的酒店里碰到孟,看见他在墙壁上新写的一首诗说:"东风翦翦漾春衣,信步寻芳信步归。红映桃花人一笑,绿遮杨柳燕双飞。徘徊曲径怜香草,惆怅乔林挂落晖。记取今朝延伫处,酒楼西畔是柴扉。"问他所写何意,隐讳不说。张一定要追问,才说刚刚在路旁见到一个美丽的女子,她的容貌冠绝当代,所以坐在这里,希望她再出来。张问她的住处,孟用手指点。张大惊说:"这是某家的坟院,荒废长久了。怎能够有美女呢?"二人一起前往寻觅,果然坟头上蓬草丛生,幽暗没有人迹。

冥　　罚

　　余在乌鲁木齐时,一日,报军校王某差运伊犁军械,其妻独处。今日过午,门不启,呼之不应,当有他故。因檄迪化同知木金泰往勘。破扉而入,则男女二人共枕卧,裸体相抱,皆剖裂其腹死。男子不知何自来,亦无识者。研问邻里,茫无端绪,拟以疑狱结矣。是夕女尸忽呻吟，守者惊视，已复生。越日能言，自供与是人幼相爱，既嫁犹私会。后随夫驻防西域，是人念之不释，复寻访而来；甫至门，即引入室。故邻里皆未觉。虑暂会终离，遂相约同死。受刃时痛极昏迷，倏如梦觉，则魂已离体。急觅是人，不知何往，惟独立沙碛中，白草黄云，四无边际。正徬徨间，为一鬼缚去。至一官府，甚见诘辱，云是虽无耻，命尚未终；叱杖一百，驱之返。杖乃铁铸，不胜楚毒，复晕绝。及渐苏，则回生矣。视其股，果杖痕重叠。

驻防大臣巴公曰："是已受冥罚，奸罪可勿重科矣。"余乌鲁木齐杂诗有曰："鸳鸯毕竟不双飞，天上人间旧愿违。白草萧萧埋旅榇，一生肠断华山畿。"即咏此事也。

【译文】

我在乌鲁木齐时，一天，有人报告，军校王某被派去运输伊犁的军用器械，他的妻子在家独居。今天过了中午，门不开，叫她不答应，应当是有异常情况。因此行文派迪化同知木金泰前往查勘。到了那儿，破门而入，则男女二人共枕而卧，裸体相抱，他们的腹部都被剖开，已经死去。那男子不知道从何而来，也没有认识他的。研求询问邻里，茫茫然没有头绪，打算以疑案了结了。这天晚上，女尸忽然呻吟，看守的人吃惊地一看，已经复活过来。过了一天，能够说话，自己供称同这个人从小相爱，既经出嫁，还私下幽会。后来跟随丈夫驻扎防守西域，这人想念她不能丢开，又寻访而来。刚到门，就引入室内，所以邻里都没有觉察。担心短暂的相会终当分离，于是相约一起死。用刀自杀时痛极昏迷，忽然像做梦觉醒，魂就已经离开身体。赶紧寻觅这人，不知道到哪里去了。只有自己独立在沙漠里，白草黄云，四望没有边际。正在彷徨之间，被一个鬼捆绑而去。到了一个官府,很是被盘问羞辱了一番。阴官说是虽然无耻,命还没有终了;喝叱打了一百杖,驱逐她返回。杖系用铁铸成,十分痛楚,重又晕死过去。等到渐渐苏醒,则回生了。看她的大腿,果然受杖的痕迹重重叠叠。

驻防大臣巴公说:"这女人已经受到阴司的惩罚,通奸的罪可以不要再刽刑了。"我的乌鲁木齐杂诗有一首道:"鸳鸯毕竟不双飞,天上人间旧愿违,白草萧萧埋旅榇,一生肠断华山畿。"就是咏这件事情的。

鬼 亦 大 佳

朱青雷言:尝与高西园散步水次,时春冰初泮,净绿瀛溶。高曰:"忆晚唐有'鱼鳞可怜紫,鸭毛自然碧'句,无一字言春水,而晴波滑笏之状,如在目前。惜不记其姓名矣。"朱沉思未对,闻老柳后有人语曰:"此初唐刘希夷诗,非晚唐也。"趋视无一人。朱悚然曰:"白日见鬼矣。"高微笑曰:"如此鬼,见亦大佳,但恐不肯相见耳。"对树三揖而行。归检刘诗,果有此二语。

余偶以告戴东原,东原因言:有两生烛下对谈,争《春秋》周正夏正,往复甚苦。窗外忽太息言曰:"左氏周人,不容不知周正朔。二先生何必词费也?"出视窗外,惟一小僮方酣睡。

观此二事,儒者日谈考证,讲"曰若稽古",动至十四万言。安知冥冥之中,无在旁揶揄者乎?

【译文】

朱青雷说:他曾经同高西园在水边散步,这时早春的冰刚刚融解,明净的绿水波纹流动。高说:"回忆晚唐有'鱼鳞可怜紫,鸭毛自然碧'的句子,没有一个字说到春水,而晴天的水波动荡不定的样子,像在眼前。可惜不记得他的姓名了。"朱正在沉思未作回答之际,听见老柳树后面有人说话道:"这是初唐刘希夷的诗,并不是晚唐人所作。"走过去看,并无一人。朱惶恐不安地说:"白日见鬼了。"高微笑着说:"像这样的鬼见一见,倒也非常好,但恐怕他不肯出来相见罢了。"说完,对着树作了三个揖而行。回来翻检刘的诗,果然有这两句话。

我偶然把这事告诉了戴东原,东原因而说起,有两个书生在烛光下对谈,争论《春秋》的周正、夏正,唇枪舌剑,你来我往,僵持不下。窗外忽然有声音叹息说:"左氏是周时人,不会不知道周代的正朔,二位先生何必耗费言词呢?"出去看窗外,只有一个小僮,正在熟睡。

观看这两件事,儒家学者天天谈考证,讲《尚书·尧典》的"曰若稽古",动不动至于十四万字,怎么知道渺渺茫茫之中,没有人在旁边嘲笑的呢?

驴　　语

聂松岩言:即墨于生,骑一驴赴京师。中路憩息高岗上,系驴于树,而倚石假寐。忽见驴昂首四顾,浩然叹曰:"不至此地数十年,青山如故,村落已非旧径矣。"于故好奇,闻之跃然起曰:"此宋处宗长鸣鸡也,日日乘之共谈,不患长途寂寞矣。"揖而与言,驴啮草不应。反覆开导,约与为忘形交,驴亦若勿闻。怒而痛鞭之,驴跳掷狂吼,终不能言。竟棰折一足,鬻于屠肆,徒步以归。此事绝可笑,殆睡梦中误听耶?抑此驴夙生冤谴,有物凭之,以激于之怒杀耶?

【译文】

聂松若说：即墨于生骑一匹驴子到京城去，半路里在高岗上歇息，把驴子系在树上，自己倚靠着石头打盹。忽然看见驴子抬头四面张望，长叹道："不到这里几十年，青山还是原来的样子，村落已经不是旧时的路径了。"于本来好奇，听到驴子说话以后，迅速地跳起来说："这是宋处宗的长鸣鸡，天天骑着它一起谈天，不怕长途寂寞了。"就作着揖同它说话，驴子吃草不答。反复地开导，相约同它做忘形之交，驴子也像没有听见。发怒而痛打它，驴子上下跳跃狂叫，始终不能说话，最后竟打断了一只驴腿，只好把驴卖到了屠宰市场，自己步行着回来。这件事极可笑，大概是睡梦之中错听了吧？或者是这匹驴子前世的冤孽罪责，有什么东西凭借着它，来激起于的怒火杀了它吧？

狐　斗

三叔父仪南公，有健仆毕四，善弋猎，能挽十石弓。恒捕鹑于野。凡捕鹑者必以夜，先以藁秸插地，如禾陇之状，而布网于上；以牛角作曲管，肖鹑声吹之。鹑既集，先微惊之，使渐次避入藁秸中；然后大声惊之，使群飞突起，则悉触网矣。吹管时，其声凄咽，往往误引鬼物至，故必筑团焦自卫，而携兵仗以备之。

一夜，月明之下，见老叟来作礼曰："我狐也，儿孙与北村狐构衅，举族械战。彼阵擒我一女，每战必反接驱出以辱我；我亦阵擒彼一妾，如所施报焉。由此仇益结，约今夜决战于此。闻君义侠，乞助一臂力，则没齿感恩。持铁尺者彼，持刀者我也。"毕故好事，忻然随之往，翳丛薄间。两阵既交，两狐血战不解，至相抱手搏。

毕审视既的，控弦一发，射北村狐踣。不虞弓劲矢铦，贯腹而过，并老叟洞腋殪焉。两阵各惶遽，夺尸弃俘因而遁。毕解二狐之缚，且告之曰："传语尔族，两家胜败相当，可以解冤矣。"先是北村每夜闻战声，自此遂寂。

此与李冰事相类；然冰战江神为捍灾御患，此狐逞其私愤，两斗不已，卒至两伤。是亦不可以已乎。

【译文】

三叔父仪南公有一个壮健的仆人毕四，善于射猎，能够拉十石弓，经常在野地里捕捉鹌鹑。凡是捕捉鹌鹑的，一定要在夜里，先用稻麦秆插在地上，像种植禾谷的田陇，而在它的上面张上网；用牛角作弯曲的号管，模仿鹌鹑的声音来吹。鹌鹑聚集拢来以后，先稍微惊动它，使它渐渐避入稻麦秆中；然后大声地惊扰它，使它成群地突然飞起，那么就全部触网了。吹管的时候，它的声音凄惨呜咽，往往误引了鬼物到来。所以一定要修筑圆形茅屋自卫，并携带兵器来防备它。

一天夜里，月明之下，毕四看见一个老翁来行礼说："我是狐，儿孙同北村的狐结怨，全族械斗。他在阵地上抓住我的一个女儿，每次战斗时必定反绑双手驱赶出来用以羞辱我；我也在阵地上抓住他的一个妾，像他所做的那样予以报复。因此结仇更深，约定今夜在这里决战。听说您仗义任侠，恳求助一臂之力，那就一辈子感恩。到时您要看清，拿铁尺的是他，拿刀的是我。"毕原本好事，欣然跟随他前往，隐藏在丛生的草木间。过了一会，两边布阵交手，两狐拼死血战，杀得难分难解，以至相抱用手搏斗。毕仔细看准了目标，拉弓一发，射倒了北村狐。不料弓强箭利，穿腹而过，连老翁也洞穿腋下死了。两边阵里各自惊恐慌张，夺了尸体，弃去战俘而逃。毕解开捆绑两狐的绳子并且告诉她们说："传话你们的家族，两家胜败相当，可以解冤了。"以前，北村每天夜里听到战斗的声音，从此以后就沉寂了。

这同李冰的事相类似，但是冰和江神战斗，是为了抗拒灾害、抵御祸患，这些狐精为发泄私愤，双方战斗不已，结果落得两败俱伤，这不也可以结束了吗？

鬼魅淳良

姚安公在滇时，幕友言署中香橼树下，月夜有红裳女子靓妆立，见人则冉冉没土中。众议发视之。姚安公携卮酒浇树下，自祝之曰："汝见人则隐，是无意于为祟也；又何必屡现汝形，自取暴骨之祸？"自是不复出。

又有书斋甚轩敞，久无人居。舅氏安公五章，时相从在滇，偶夏日裸寝其内。梦一人揖而言曰："与君虽幽明异路，然眷属居此，亦有男女之别。君奈何不以礼自处？"矍然醒，遂不敢再往。

姚安公尝曰："树下之鬼可谕之以理，书斋之魅能以理谕人。此郡僻处万山中，风俗质朴，浑沌未凿，故异类亦淳良如是也。"

【译文】
姚安公在云南时，师爷说衙署中香橼树下，月夜有红衣裳的女子浓妆艳抹而立，见了人就渐渐地隐没入土中，众人议论挖出来看看。姚安公拿来一盏酒浇在树下，亲自祝祷说："你见了人就隐去，是无意于兴祸作祟了，又何必多次现出你的形体，自取暴露尸骨之祸呢？"从此以后那红衣女子就不再出现了。

姚安公有一个书斋很是宽敞明亮，长久没有人居住。舅父安公五章当时相从在云南，偶尔夏天裸身在里面睡觉，梦见一人作揖开言说："我们同您虽然有阴间阳世的不同，但是我们家属居住在这里，也有男女的分别，您为什么不能自己注意礼节呢？"舅父惊惧地醒来，于是不敢再去。

姚安公曾经说："树下的鬼，可以用道理来晓谕她；书斋的精魅，能够用道理来晓谕人。这个偏僻的州郡地处万山之中，风俗质朴，就像神话中的混沌七窍还没有凿开，所以异于人类的鬼魅也像这样的淳朴善良。"

泥　　孩

余两三岁时，尝见四五小儿，彩衣金钏，随余嬉戏，皆呼余为弟，意似甚相爱。稍长时，乃皆不见。后以告先姚安公。公沉思久之，爽然曰："汝前母恨无子，每令尼媪以彩丝系神庙泥孩归，置于卧内，各命以乳名，日饲果饵，与哺子无异。殁后，吾命人瘗楼后空院中，必是物也。"恐后来为妖，拟掘出之，然岁久已迷其处矣。前母即张太夫人姊。一岁忌辰，家祭后，张太夫人昼寝，梦前母以手推之曰："三妹太不经事，利刃岂可付儿戏？"愕然惊醒，则余方坐身旁，掣姚安公革带佩刀出鞘矣。始知魂归受祭，确有其事。古人所以事死如生也。

【译文】

我两三岁的时候，曾经看见四五个小儿，穿着彩衣、带着金钏，跟着我一起玩耍，都叫我做弟弟，看上去对我很是亲爱。我稍长大时，那些小儿就都不见了。后来我把这事告诉了先父姚安公。公沉思了很久，豁然想起说："你的前母恨没有儿子，时常叫老尼姑用彩色丝线拴神庙里的泥孩回来，放在卧室里，每一个都起一个小名，每天都用糖果饼饵来供给它们，同喂养儿子一样。你前母死了以后，我叫人把这些泥孩埋在楼后面的空院子里，你见到的必定就是这些物件了。"先父恐怕日后它们兴妖作怪，打算把它们掘出来，但是年深月久，已经找不到埋它们的地方了。前母就是张太夫人的姊姊。有一年前母的忌日，家里祭祀以后，张太夫人白天睡觉，梦见前母用手推她说："三妹太不懂事了，锋利的刀怎么可以给儿子玩？"她奇怪地惊醒过来，见我正坐在身旁，已把姚安公皮带上的佩刀扯出刀鞘了。这才知道魂归来受祭奠，是确有其事的。古人所以奉事死去的人同侍奉活着的人一样。

伪装煞神

表叔王碧伯妻丧，术者言某日子刻回煞，全家皆避出。有盗伪为煞神，逾垣入，方开箧攫簪珥。适一盗又伪为煞神来，鬼声呜呜渐近。前盗皇遽避出，相遇于庭，彼此以为真煞神，皆悸而失魂，对仆于地。黎明，家人哭入，突见之，大骇，谛视乃知为盗。以姜汤灌苏，即以鬼装缚送官。沿路聚观，莫不绝倒。据此一事，回煞之说当妄矣。然回煞形迹，余实屡目睹之。鬼神茫昧，究不知其如何也。

【译文】
　　表叔王碧伯的妻子亡故，术士说某一天的子刻回煞——魂灵返舍。到那天，全家都回避出去。有一个盗贼伪装成煞神，越墙而入，正打开箱子偷取簪环首饰，恰巧另一个盗贼又伪装成煞神而来，鬼声呜呜，渐渐逼近。前面这个盗贼仓皇慌张地避出，在庭院里相遇，彼此都以为对方是真煞神，都惊慌而掉了魂，面对面地倒在地上。黎明时，家里人哭着回来，突然见到他们，大为惊怕；仔细一看，才知道是盗贼。用姜汤灌醒，就让他们穿着鬼的装束捆绑送官，沿路众人聚集观看，没有不大笑而不能自持的。根据这一件事情，回煞的说法应当是虚妄的了。但是回煞的形迹，我实在是多次亲眼看到过。鬼神渺茫模糊,实在不知道它到底怎么样。

妓 书 绝 句

益都朱天门言:甲子夏,与数友夜集明湖侧,召妓侑觞。饮方酣,妓素不识字,忽援笔书一绝句曰:"一夜潇潇雨,高楼怯晓寒;桃花零落否?呼婢卷帘看。"掷于一友之前。是人观讫,遽变色仆地。妓亦仆地。顷之妓苏,而是人不苏矣。后遍问所亲,迄不知其故。

【译文】

益都朱天门说:甲子年夏天,同几个友人夜里在明湖畔宴集,召唤妓女陪侍饮酒。正在畅饮的时候,一个妓女素来不识字,忽然拿起笔来书写一首绝句道:"一夜潇潇雨,高楼怯晓寒。桃花零落否?呼婢卷帘看。"抛在一个友人的面前。那人看完,立刻变了脸色仆倒地上,妓女也仆倒在地上。过了一会儿,妓女苏醒过来,而那人始终没有苏醒。后来遍问他所亲近的人,始终不知道是什么缘故。

扶 乩 作 书 画

癸巳、甲午间,有扶乩者自正定来,不谈休咎,惟作书画。颇疑其伪托。然见其为曹慕堂作着色山水长卷及醉钟馗像,笔墨皆不俗;又见赠董曲江一联曰:"黄金结客心犹热,白首还乡梦更游。"亦酷肖曲江之为人。

【译文】

癸巳、甲午年间,有扶乩的从正定来,不谈吉凶,只作书画。人们颇疑心他是假托的,但是见到他给曹慕堂作着色的山水长卷以及醉钟馗的像,笔墨都不俗。又见到他赠给董曲江的一联说:"黄金结客心犹热,白首还乡梦更游。"也很像董曲江的为人。

悍　　妇

佃户曹二妇悍甚,动辄诃詈风雨,诟谇鬼神;乡邻里间,一语不合,即揎袖露臂,携二捣衣杵,奋呼跳掷如虓虎。一日,乘阴雨出窃麦。忽风雷大作,巨雹如鹅卵,已中伤仆地。忽风卷一五斗栲栳堕其前,顶之得不死。岂天亦畏其横欤?或曰:"是虽暴戾,而善事其姑。每与人斗,姑叱之,辄弭伏;姑批其颊,亦跪而受。然则遇难不死,有由矣。"孔子曰:"夫孝,天之经也,地之义也。"岂不然乎!

【译文】

佃户曹二的妻子很是凶暴蛮横,动不动就厉声斥责风雨,辱骂鬼神。邻里之间,一句话不合,就卷起袖子露出手臂,拿着两根捣衣棒,奋力呼喊,上下跳跃,像咆哮怒吼的老虎。一天,她乘着阴雨出来偷窃麦子,忽然风雷大作,巨大的冰雹像鹅蛋,不一会,她已经受伤仆倒地上。忽然间大风卷起一个可以盛五斗的笆斗掉落在她的面前,就靠顶着它得以不被冰雹砸死。难道天也怕她的蛮横吗?有的说:"她虽然凶暴乖张,而善于服侍她的婆婆。每次同人争斗,婆婆喝叱她,就驯服收敛了;婆婆打她耳光,她也跪而忍受。"这样说起来,她遇难不死,是有原因的了。孔子说:"夫孝,天之经也,地之义也。"难道不是这样吗?

天雨与龙雨

癸亥夏,高川之北堕一龙,里人多目睹之。姚安公命驾往视,则已乘风雨去。其蜿蜒攫拿之迹,蹂躏禾稼二亩许,尚分明可见。龙,神物也,何以致堕?或曰:"是行雨有误,天所谪也。"

按世称龙能致雨,而宋儒谓雨为天地之气,不由于龙。余谓礼称"天降时雨,山川出云",故《公羊传》谓触石而出,肤寸而合,不崇朝而雨天下者,惟泰山之云。是宋儒之说所本也。《易·文言·传》称云从龙,故董仲舒祈雨法召以土龙,此世俗之说所本也。大抵有天雨,有龙雨:油油而云,潇潇而雨者,天雨也;疾风震雷,不久而过者,龙雨也。观触犯龙潭者,立致风雨,天地之气能如是之速合乎?洗鲊答诵梵咒者,亦立致风雨,天地之气能如是之刻期乎?故必两义兼陈,其理始备。必规规然胶执一说,毋乃不通其变欤!

【译文】
癸亥年夏天,高川的北面落下一条龙,乡里人大多亲眼看到。姚安公叫备车马前往观看,赶到那里,龙已经乘风雨飞去了。它的曲折爬行、张牙舞爪的痕迹,被它糟蹋的两亩地光景稻谷作物,还分明可见。龙是神物,是什么导致它坠落的呢?有的说:"这是降雨有错误,天所给予的惩罚。"

按,世上称龙能够招致降雨,而宋代儒者说雨是天地之气,不是由龙而来的。我认为《礼记》称"天降时雨,山川出云",所以《公羊传》说"触石而出,肤寸而合,不崇朝而遍雨乎天下者,唯泰山尔"。这是宋儒的说法所依据的。《易·文言》传称"云从龙",所以董仲舒的求雨法,是用土龙召雨,这是世俗的说法所依据的。大概有天雨,有龙雨:油油然流动着云,潇潇地下着微雨的,是天雨;疾风震雷,不久就过去的,是龙雨。考察凡是触犯龙潭的,立刻招致风雨,天地之气能够像这样迅速地合拢吗?洗盏谢神,酬答念诵梵咒的,也可以立刻招致风雨,天地之气能够像这样的限定时刻吗?所以必须两种道理并陈,它的理才完备。一定要浅陋拘泥地坚持一种说法,岂不是不能顺通它的变化了吗?

白 昼 见 鬼

里人王驴耕于野,倦而枕块以卧。忽见肩舆从西来,仆马甚众,舆中坐者先叔父仪南公也。怪公方卧疾,何以出行。急近前起居。公与语良久,乃向东北去。归而闻公已逝矣。计所见仆马,正符所焚纸器之数。仆人沈崇贵之妻,亲闻驴言之。后月余,驴亦病卒。知白昼遇鬼,终为衰气矣。

【译文】
同乡人王驴在田野里耕作,疲倦了,就枕着土块睡着。忽然看见一顶轿子从西面而来,仆从马匹很多。轿中坐着的,是我已故的叔父仪南公。王驴奇怪仪南公正在卧病,为什么出门?急忙走近前面问候。仪南公同他谈了很久,才向东北方而去。王驴回来时,听到仪南公已经逝世了。估计所见到的仆从马匹,正符合所焚烧的纸制冥器的数目。仆人沈崇贵的妻子亲耳听到王驴说的。后来过了一个多月,王驴也病死了。因此可知白天遇到鬼,终究是因为气衰了。

第三女之死

余第三女,许婚戈仙舟太仆子。年十岁,以庚戌夏至卒。先一日,病已革。时余以执事在方泽,女忽自语曰:"今日初八,吾当明日辰刻去,犹及见吾父也。"问何以知之,瞑目不言。余初九日礼成归邸,果及见其卒。卒时壁挂洋钟恰琤然鸣八声,是亦异矣。

【译文】
　　我第三个女儿许婚给太仆寺卿戈仙舟的儿子。十岁那年,在庚戌年夏至这一天死了。先一天,病情已经危急,我因为在地坛参与祭礼,女儿忽然自言自语说:"今天初八,我当在明天辰刻去,还来得及见到我的父亲。"问怎么知道,闭着眼睛不言语。我初九日典礼完成回到住所,果然来得及在她死前见上一面。死时,墙壁上挂的洋钟,恰巧琤琤的响了八声,这也是奇怪的了。

義与义之争

膳夫杨義,粗知文字。随姚安公在滇时,忽梦二鬼持朱票来拘,标名曰杨义。義争曰:"我名杨義,不名杨义,尔定误拘。"二鬼皆曰:"乂字上尚有一点,是省笔義字。"義又争曰:"从未见義字如此写,当仍是乂字误滴一墨点。"二鬼不能强而去。同寝者闻其呓语,殊甚了了。俄姚安公终养归,義随至平彝,又梦二鬼持票来,乃明明楷书杨義字。義仍不服曰:"我已北归,当属直隶城隍。尔云南城隍，何得拘我？"喧诟良久。同寝者呼之乃醒，自云二鬼甚愤，似必不相舍。次日，行至滇南胜境坊下，果马蹶堕地卒。

【译文】

厨子杨羲，粗略地知道文字，跟随姚安公在云南时，忽然梦见两个鬼拿了朱笔写的传票来拘捕，票上写的名字是"杨义"。杨羲争辩说："我名叫杨羲，不叫杨义，你一定是错抓了。"二鬼都说："乂字上还有一点，是省笔的羲字。"杨羲又争辩说："从来没有见到羲字这样写法，应当仍是乂字，错滴了一滴墨点。"二鬼不能勉强他而去。同睡的人听到他的梦话，很是清楚。不久，姚安公辞官归家奉养父母，杨羲跟随到了平彝，又梦见二鬼拿了票来，上面竟明明白白用楷书写着"杨羲"的字样。杨羲仍旧不服说："我已经回到北方，应当属于直隶城隍管辖；你们是云南城隍所派，怎么能拘捕我？"喧嚷辱骂了很久，同睡的人呼唤他才醒。杨说二鬼很是气愤，好像誓不罢休的样子。第二天，走到滇南胜境坊下，杨羲果然因马颠仆而坠落地上摔死了。

义 犬 四 儿

余在乌鲁木齐，畜数犬。辛卯赐环东归，一黑犬曰四儿，恋恋随行，挥之不去，竟同至京师。途中守行箧甚严，非余至前，虽僮仆不能取一物。稍近，辄人立怒啮。一日，过辟展七达坂，（达坂译言山岭，凡七重，曲折陡峻，称为天险。）车四辆，半在岭北，半在岭南，日已曛黑，不能全度。犬乃独卧岭巅，左右望而护视之，见人影辄驰视。余为赋诗二首曰："归路无烦汝寄书，风餐露宿且随予；夜深奴子酣眠后，为守东行数辆车。""空山日日忍饥行，冰雪崎岖百廿程。我已无官何所恋，可怜汝亦太痴生。"纪其实也。至京岁余，一夕，中毒死。或曰："奴辈病其司夜严，故以计杀之，而托词于盗。"想当然矣。余收葬其骨，欲为起冢，题曰"义犬四儿墓"；而琢石象出塞四奴之形，跪其墓前，各镌姓名于胸臆，曰赵长明，曰于禄，曰刘成功，曰齐来旺。或曰："以此四奴置犬旁，恐犬不屑。"余乃止。仅题额诸奴所居室，曰"师犬堂"而已。

初，翟孝廉赠余此犬时，先一夕梦故仆宋遇叩首曰："念主人从军万里，今来服役。"次日得是犬，了然知为遇转生也。然遇在时阴险狡黠，为诸仆魁，何以作犬反忠荩？岂自知以恶业堕落，悔而从善欤？亦可谓善补过矣。

【译文】

我在乌鲁木齐时，养了几条狗。辛卯年遇赦召还东归，一条黑狗叫四儿，恋恋不舍地跟着走，驱赶它也不肯回去，竟一起到了京城。路上看守行李很严，不是我到跟前，即使是僮仆也不能取走一样东西。有谁稍稍靠近，它就像人一样地立起怒咬。一天，经过辟展七达坂（达坂译出来就是山岭，有七重，曲折陡峻，称为天险），四辆车，一半在岭北，一半在岭南，已经日暮天黑，不能全部过去。这狗就独卧在山岭峰顶，左右张望看护着。见到人影，它就跑过去看。我替它赋诗二首道："归路无烦汝寄书，风餐露宿且随予。夜深奴子酣眠后，为守东行数辆车。""空山日日忍饥行，冰雪崎岖百廿程。我已无官何所恋，可怜汝亦太痴生。"就是记录这一事实的。到了京城一年多，一天晚上，四儿中毒而死。有的说："奴仆们厌恶它守夜严厉，所以用计杀了它，而借口于盗贼。"这是想当然了。我收葬它的骨骸，要想替它起一个坟冢，题上"义犬四儿墓"，而雕琢石头象征随我出塞四奴的形状，跪在它的墓前，各雕刻姓名于胸间，分别为赵长明、于禄、刘成功、齐来旺。有的说："拿这四个奴仆放在狗的旁边，恐怕狗还嫌他们不够格。"我才打消了这个主意，只是在这些奴仆所住房舍的门楣题上"师犬堂"几个字罢了。

起初，姓翟的举人赠送给我这条狗时，前一天晚上，梦见旧仆宋遇叩头说："想到主人从军万里，今天前来服役。"第二天，得了这条狗，清楚地知道是宋遇所转生的。但是宋遇活着的时候，阴险狡诈，是众仆人的魁首，为什么做了狗反而忠诚了？难道自己知道因为恶业堕落，改悔而向善吗？他也可以说是善于补过了。

通 灵 幻 化

狐能化形，故狐之通灵者，可往来于一隙之中，然特自化其形耳。宋蒙泉言：其家一仆妇为狐所媚，夜辄褫衣无寸缕，自窗棂舁出，置于廊下，共相戏狎。其夫露刃追之，则门键不可启；或掩扉以待，亦自能坚闭，仅于窗内怒詈而已。一日，阴藏鸟铳，将隔窗击之。临期觅铳不可得。次日，乃见在钱柜中。铳长近五尺，而柜口仅尺余，不知何以得入，是并能化他形矣。宋儒动言格物，如此之类，又岂可以理推乎？

姚安公尝言：狐居墟墓，而幻化室庐；人视之如真，不知狐自视如何。狐具毛革，而幻化粉黛；人视之如真，不知狐自视又如何。不知此狐所幻化，彼狐视之更当如何。此真无从而推究也。

【译文】

狐精能够变化形体，所以狐当中通灵的，可以往来于一丝缝隙当中，但不过是变化自己的形体罢了。宋蒙泉说：他家里的一个仆妇被狐所诱惑，夜里就剥去她的衣服一丝不挂，从窗格里抬出去放在走廊下，一起调笑嬉戏。她的丈夫拔出刀追赶，则门锁住不能打开；或者虚掩门扇而等待着，也能自行牢牢地关上，只能够在窗内怒骂而已。一天，丈夫暗中藏着鸟铳准备隔窗打它，到时候寻找铳而不可得。第二天，才在钱柜中找到。铳长接近五尺，而柜口只有一尺多，不知道怎么能够放进去的。这是狐同时能变化其他事物的形体了。宋代儒者动不动说格物——穷究事物的原理，像这样一类事，又怎么可以用理来推究呢？

姚安公曾经说："狐居住在墓地里，而幻化成房舍，人看着就像真的，不知道狐自己看上去怎么样？狐具有毛皮，而幻化成粉面黛眉的美女，人看着就像真的，不知道狐自己看上去又怎么样？不知道这个狐所幻化的，另一个狐看去更会怎么样？这真是不知道从哪里去推究了。"

第 一 奇 事

乌鲁木齐把总蔡良栋言：此地初定时，尝巡瞭至南山深处。（乌鲁木齐在天山北，故呼曰南山。）日色薄暮，似见隔涧有人影，疑为玛哈沁，（额鲁特语谓劫盗曰玛哈沁，营伍中袭其故名。）伏丛莽中密侦之。见一人戎装坐磐石上，数卒侍立，貌皆狰狞；其语稍远不可辨。惟见指挥一卒，自石洞中呼六女子出，并姣丽白皙；所衣皆缯彩，各反缚其手，觳觫俯首跪。以次引至坐者前，褫下裳伏地，鞭之流血，号呼凄惨，声彻林谷。鞭讫，径去。六女战栗跪送，望不见影，乃呜咽归洞。其地一射可及，而涧深崖陡，无路可通。乃使弓力强者，攒射对崖一树，有两矢著树上，用以为识。明日，迂回数十里寻至其处，则洞口尘封；秉炬而入，曲折约深四丈许，绝无行迹。不知昨所遇者何神，其所鞭者又何物。生平所见奇事，此为第一。考《太平广记》，载老僧见天人追捕飞天野叉事，野叉正是一好女。蔡所见似亦其类欤！

【译文】
　　乌鲁木齐把总蔡良栋说：这里刚平定时，曾经巡逻瞭望到了南山深处（乌鲁木齐在天山之北，所以叫它南山）。当时日色已近傍晚，好像见到隔着溪洞有人影，疑惑是玛哈沁（额鲁特语叫盗贼为玛哈沁，部队里袭用它原来的名称），就伏在丛生的草木中秘密地侦察他们。看见一个人穿着军装坐在一块大石头上，几个士兵在旁侍立，相貌都狰狞可怕。他们的话因为隔得稍远，不可分辨。只见坐着的军官指挥一个士兵从石洞中叫六个女子出来。她们都长得美丽白净，所穿的都是彩色丝绸衣服，各人的手都被反缚着，恐惧颤抖低头跪下，挨个儿被带到坐着的人的面前，剥去裙裤，伏于地上，鞭打得流血，凄惨号叫的声音响彻山林深谷。鞭打完了以后，官兵径自离去。六女战抖着跪送，望不见人影了，才呜咽回洞。那地方距观察处有一箭之遥，而洞谷深山崖陡，无路可通。于是让弓力强的集中射对崖的一棵树，有两枝箭射到了树上，用来作为标志。第二天，迂回几十里，寻到那地方，则洞口布满了尘土。拿着火炬进去，曲曲折折大约深有四丈光景，绝对没有人行走的痕迹。不知道昨天所遇到的是什么神，他所鞭打的是什么东西。我生平所见的奇事，这件要数第一。考证《太平广记》记载老僧见到天人追捕飞天野叉的事情，野叉正是一个好女子。蔡所见到的恐怕也是它的同类吧！

羊　报　冤

　　六畜充庖，常理也；然杀之过当，则为恶业。非所应杀之人而杀之,亦能报冤。乌鲁木齐把总茹大业言:吉木萨游击遣奴入山寻雪莲,迷不得归。一夜梦奴浴血来曰:"在某山遇玛哈沁为脔食,残骸犹在桥南第几松树下,乞往迹之。"游击遣军校寻至树下,果血污狼藉,然视之皆羊骨。盖圉卒共盗一官羊,杀于是也。犹疑奴或死他所。越两日,奴得遇猎者引归。始知羊假奴之魂,以发圉卒之罪耳。

【译文】

六畜供作食用,这是常理。但是杀过了头,就成为罪恶冤孽。不是应该杀的人而去杀它,它也会报冤的。乌鲁木齐把总茹大业说:吉木萨游击派遣奴仆入山寻找雪莲,迷路不得回来。一天夜里,梦见奴仆满身是血而来说:"在某山碰到玛哈沁,被碎割吃掉了,剩余的骸骨还在桥南第几棵松树下面,恳求前往追寻。"游击派遣下属军官寻到树下,果然血污狼藉,但是看去都是羊骨。原来放牧的士兵共同偷盗了一只官府饲养的羊,在这里杀掉了。人们还疑心奴仆或者死在别的处所。过了两天,奴仆靠着打猎的引路归来,方才知道是羊借奴仆的魂,用来揭发放牧士兵的罪过罢了。

牛　　怪

李媪,青县人。乾隆丁巳、戊午间,在余家司爨。言其乡有农家,居邻古墓。所畜二牛,时登墓蹂践。夜梦有人呵责之。乡愚粗戆,置弗省。俄而家中怪大作,夜见二物,其巨如牛,蹴踏跳掷,院中盎瓮皆破碎。如是数夕,至移碌碡于房上,砰然滚落,火焰飞腾,击捣衣砧为数段。农家恨甚,乃多借鸟铳,待其至,合手击之，两怪并应声踣。农家大喜，急秉火出视，乃所畜二牛也。自是怪不复作，家亦渐落。凭其牛以为妖，俾自杀之，可谓巧于播弄矣；要亦乘其犷悍之气，故得以假手也。

【译文】

　　姓李的老妇，青县人。乾隆丁巳、戊午年间，在我家掌管炊事。李说她的乡里一户农家，住所邻近一座古墓。所养的两头牛，时常登上坟墓践踏。农家夜里做梦有人责骂他。乡下百姓粗笨戆直，对这梦一点也不放在心上。忽而家中变怪大作，夜里见到两个东西，它大得像牛，四处踩踢，上下跳跃，院子里的坛坛罐罐都被打碎了。像这样连续有几个晚上，以至于把石滚子搬到了房顶上，砰的一声滚落，火焰飞腾起来，把捣衣石敲断成了几段。农家恨极了，于是多借一些猎枪，等怪物来的时候，一同射击，两个怪物一起应声仆倒。农家大喜，急忙取火出来观看，竟是所养的两头牛。从此变怪不再发作，家境也渐渐衰落。凭借他的牛来兴妖作怪，使他自己杀了它，可说是巧于拨弄了。总归也是利用了他的粗野强悍之气，所以能够假手于他自己进行报复。

疑　　案

　　献县城东双塔村，有两老僧共一庵。一夕，有两老道士叩门借宿。僧初不允。道士曰："释道虽两教，出家则一。师何所见之不广？"僧乃留之。次日至晚，门不启，呼亦不应。邻人越墙入视，则四人皆不见；而僧房一物不失，道士行囊中藏数十金，亦具在。皆大骇，以闻于官。

　　邑令粟公千钟来验，一牧童言村南十余里外枯井中似有死人。驰往视之，则四尸重叠在焉，然皆无伤。粟公曰："一物不失，则非盗；年皆衰老，则非奸；邂逅留宿，则非仇；身无寸伤，则非杀。四人何以同死？四尸何以并移？门扃不启，何以能出？距井窎远，何以能至？事出情理之外。吾能鞫人，不能鞫鬼。人无可鞫，惟当以疑案结耳。"径申上官。上官亦无可驳诘，竟从所议。

应山明公晟，健令也，尝曰："吾至献，即闻是案；思之数年，不能解。遇此等事，当以不解解之。一作聪明，则决裂百出矣。人言粟公愦愦，吾正服其愦愦也。"

【译文】

献县城东的双塔村，有两个老和尚共住一所庵堂。一天晚上，有两个老道士来叩门借宿。和尚起初不允许，道士说："佛道虽然是两教，出家则是一样的，师父为什么见解这样狭隘呢？"和尚于是留下了他们。第二天一直到晚上，庵门不开，叫也不应。邻人跳墙进去观看，发现四个人都不见了；而僧房一件东西都没有丢失，道士旅行袋里数十两银子也都在。人们都大为吃惊，把这情况报告给了官府。

县令粟公千钟来验看，一个牧童说村子南面十多里外的枯井里，好像有死人。急忙前往察看，只见四具尸体重叠在那里，但都没有伤。粟公说："一样东西没有丢失，就不是盗贼；年纪都已衰老，就不是奸情；偶尔相逢留宿，就不是仇敌；身上没有一点伤痕，就不是被杀。四个人为什么同死？四具尸体为什么一起搬移？门关锁着不开尸体为什么能够出来？距离很远尸体为什么能够搬到井里？这事情出于情理之外。我能够审讯人，不能够审讯鬼；人没有可以审讯的，只当以疑案审结罢了。"直接申报上级官府，上级官府也无可驳问，最后批准了他的报告。

应山明公晟，是一个精明强干的县令，曾经说："我到献县，就听说了这个案件，思考了几年，不能解答。碰到这类事情，应当以不解来解答它。一自作聪明，就破绽百出了。人们说粟公糊涂，我正佩服他的糊涂呵！"

吸 毒 石

《左传》言："深山大泽，实生龙蛇。"小奴玉保，乌鲁木齐流人子也。初隶特纳格尔军屯。尝入谷追亡羊，见大蛇巨如柱，盘于高岗之顶，向日晒鳞：周身五色烂然，如堆锦绣；顶一角，长尺许。有群雉飞过，张口吸之，相距四五丈，皆翩然而落，如矢投壶。心知羊为所吞矣，乘其未见，循涧逃归，恐怖几失魂魄。军吏邬图麟因言此蛇至毒，而其角能解毒，即所谓吸毒石也。见此蛇者，携雄黄数斤，于上风烧之，即委顿不能动。取其角，锯为块，痈疽初起时，以一块著疮顶，即如磁吸铁，相粘不可脱。待毒气吸出，乃自落。置人乳中，浸出其毒，仍可再用。毒轻者乳变绿，稍重者变青黯，极重者变黑紫。乳变黑紫者，吸四五次乃可尽，余一二次愈矣。余记从兄懋园家有吸毒石，治痈疽颇验；其质非木非石，至是乃知为蛇角矣。

【译文】

《左传》上说："深山大泽，实生龙蛇。"小奴仆玉保，是被流放到乌鲁木齐的人的儿子。起初，隶属特纳格尔驻屯的军队。他曾经进入山谷追赶逃亡的羊，碰见到一条大蛇，粗大得像柱子，盘在高岗的顶上，向着太阳晒鳞片。全身五色斑斓，像用锦绣堆成。头顶上一只角，长有一尺光景。有一群雉鸡飞过，相距四五丈，被蛇张口一吸，都迅疾地跌落，像箭似的投入壶中。他心里知道羊被蛇吞了，趁蛇没有看见，沿着溪涧逃回，恐怖得几乎失去魂魄。军中佐吏邬图麟因而说起，这蛇极毒，而它的角能解毒，就是所谓的吸毒石。见到这蛇的，携带几斤雄黄，在上风头焚烧起来，蛇就疲困不能动了。取下它的角锯成块，毒疮刚起来时，用一块放在疮的顶部，就像磁的吸铁，相粘不能解脱。等到毒气吸出，才自动脱落。放在人奶中，浸出它的毒，仍旧可以再用。毒轻的奶变绿色，稍重的变暗青色，极重的变黑紫色。变黑紫色的，吸四五次，毒才可以尽，其余的一两次就痊愈了。我记得堂兄懋园家里有吸毒石，治毒疮颇为灵验。它的质地既不像木头又不像石头，至此才知道是蛇角了。

难 产 之 鬼

正乙真人，能作催生符，人家多有之。此非祷雨驱妖，何与真人事？殊不可解。或曰："道书载有二鬼：一曰语忘，一曰敬遗，能使人难产。知其名而书之纸，则去。符或制此二鬼欤？"

夫四海内外，登产蓐者，殆恒河沙数，其天下只此语忘、敬遗二鬼耶？抑一处各有二鬼，一家各有二鬼，其名皆曰语忘、敬遗也？如天下止此二鬼，将周游奔走而为厉，鬼何其劳？如一处各有二鬼，一家各有二鬼，则生育之时少，不生育之时多，扰扰千百亿万，鬼无所事事，静待人生育而为厉，鬼又何其冗闲无用乎？

或曰："难产之故多端，语忘、敬遗其一也。不能必其为语忘、敬遗，亦不能必其非语忘、敬遗，故召将试勘焉。"是亦一解矣。第以万一或然之事，而日日召将试勘，将至而有鬼，将驱之矣；将至而非鬼，将且空返，不渎神矣乎？即神不嫌渎，而一符一将，是炼无数之将，使待幽王之烽火；上帝且以真人一符，增置一神。如诸符共一将，则此将虽千手千目，亦疲于奔命；上帝且以真人诸符，特设以无量化身之神，供捕风捉影之役矣。能乎不能？然赵鹿泉前辈有一符，传自明代，曰高行真人精炼刚气之所画也。试之，其验如响。鹿泉非妄语者，是则吾无以测之矣。

【译文】

　　正乙真人能够作催生符，人家中大多有这符。这不是求雨驱妖，同真人有什么关系？这事情实在不可理解。有的说："道书记载有两个鬼：一个叫语忘，一个叫敬遗，能够使人难产。知道它的名字而写在纸上，它就离去了。符或者是制服这两个鬼的吧？"

　　要知道在四海内外，登上临产的褥垫的，几乎像恒河里的沙，难以计算，那天下只有这语忘、敬遗两个鬼吗？或者是一处各有两个鬼，一家各有两个鬼，它的名字都叫语忘、敬遗呢？如果天下只有这两个鬼，它们将要到处游历奔走而兴灾祸，那是何等的劳苦？如果一处各有两个鬼，一家各有两个鬼，那么生育的时候少，不生育的时候多，纷纷乱乱地千百亿万个鬼，无所事事，静静地等待人的生育而兴灾祸，鬼又何等的闲散无用呢？

　　有的说："难产的原因是多方面的，语忘、敬遗是其中之一。不能肯定它是语忘、敬遗，也不能肯定它不是语忘、敬遗，所以要召唤神将试行勘查。"这也是一种解释了。只是以万一有可能的事情，而天天召唤神将试行勘查，神将来了而有鬼，神将就驱赶了它；神将来了而不是鬼，神将就要徒劳往返，不是亵渎神灵了吗？即使神不嫌亵渎，而一道符箓一员神将，这是要炼出无数的神将，使之等待如周幽王不时发出报警的烽火似的召请；上帝将要因为真人的一道符箓，增设一员神将。如果诸多的符箓，共一员神将，那么这员神将即使有千手千眼，也疲于奔命；上帝将要因为真人诸多的符箓，特地设置无数化身的神，供捕风捉影的差事了，能还是不能？但是赵鹿泉前辈有一道符箓，是从明代传下来的，说是品行高洁的真人精炼刚气所画，试了一下，它的灵验如同声音的有回响。鹿泉不是不负责任乱说的人，这道符何以灵验我就无从推测了。

雷　　神

俗传张真人厮役皆鬼神。尝与客对谈，司茶者雷神也。客不敬，归而震霆随之，几不免。此齐东语也。忆一日与余同陪祀，将入而遗其朝珠，向余借。余戏曰："雷部鬼律令行最疾，何不遣取？"真人为䩄然。然余在福州使院时，老仆魏成夜夜为祟扰。一夜乘醉怒叱曰："吾主素与天师善，明日寄一札往，雷部立至矣。"应声而寂。然则狐鬼亦习闻是语也。

【译文】
　　俗传张真人的奴仆都是鬼神。张曾经同客人对谈，管理茶水的，是雷神。客人无礼，归去时霹雳也就随之而来，差一点不能幸免。这是无稽之谈。记得有一天，张和我一起陪同祭祀，将要进去而遗忘了他的朝珠，向我借。我开玩笑说："雷部的捷鬼律令跑得最快，为什么不派遣他去取呢？"真人为之䩄然而笑。我在福州学使任上时，老仆魏成夜夜被狐鬼作祟所困扰，有一夜乘着醉意愤怒地喝叱说："我的主人向来同天师友好，明天寄一封信去，雷部立刻就到了。"随着话声，狐鬼就消失了。这样说起来，狐鬼也惯常地听到这话的了。

木工制木妖

奴子王廷佐，夜自沧州乘马归。至常家砖河，马忽辟易。黑暗中见大树阻去路，素所未有也。勒马旁过，此树四面旋转，当其前。盘绕数刻，马渐疲，人亦渐迷。俄所识木工国姓、韩姓从东来，见廷佐痴立，怪之。廷佐指以告。时二人已醉，齐呼曰："佛殿少一梁，正觅大树。今幸而得此，不可失也。"各持斧锯奔赴之。树倏化旋风去。《阴符经》曰："禽之制在气。"木妖畏匠人，正如狐怪畏猎户，积威所劫，其气焰足以慑伏之，不必其力之相胜也。

【译文】

奴仆王廷佐，夜里从沧州乘马归来。到了常家砖河，马忽然惊退。黑暗中见到大树阻住去路，这树是向来所没有的。王勒马从旁边经过，这树随着马向四面旋转阻挡在他的面前。盘旋回绕了几刻时间，马渐渐疲乏，人也渐渐迷乱。忽而他所认识的木工姓国的、姓韩的从东面来，看见廷佐痴痴地站立，感到奇怪。廷佐指点着那树相告，这时二人已经醉了，齐声叫道："佛殿少一根栋梁，正在寻找大树。今天幸而得到它，不可失去机会。"各自拿了斧头、锯子奔跑过去，树突然化成旋风而去。《阴符经》说："禽之制在气。"木妖怕匠人，正像狐精怕猎户。在积久的威势控制下，他的气焰足以压倒妖物，不一定要有超过妖物的力量。

正直聪明之神

宁津苏子庚言：丁卯夏，张氏姑妇同刈麦。甫收拾成聚，有大旋风从西来，吹之四散。妇怒，以镰掷之，洒血数滴渍地上。方共检寻所失，妇倚树忽似昏醉，魂为人缚至一神祠。神怒叱曰："悍妇乃敢伤我吏！速受杖。"妇性素刚，抗声曰："贫家种麦数亩，资以活命。烈日中妇姑辛苦，刘甫毕，乃为怪风吹散。谓是邪祟，故以镰掷之。不虞伤大王使者。且使者来往，自有官路；何以横经民田，败人麦？以此受杖，实所不甘。"神俯首曰："其词直，可遣去。"妇苏而旋风复至，仍卷其麦为一处。

说是事时，吴桥王仁趾曰："此不知为何神？不曲庇其私昵，谓之正直可矣；先听肤受之诉，使妇几受刑，谓之聪明则未也。"景州戈荔田曰："妇诉其冤，神即能鉴，是亦聪明矣。倘诉者哀哀，听者愦愦，君更谓之何？"子庚曰："仁趾责人无已时。荔田言是。"

【译文】

宁津苏子庚说：丁卯年夏天，张氏婆媳一起割麦。刚收拾拢来，有大的旋风从西方来，把麦子吹得四处飘散。媳妇恼怒，把镰刀掷去，只见风过处洒了几滴血沾染在地上。两人正在一起寻找拾取所散失的麦子，媳妇忽然靠在树上昏昏地像酒醉一样，觉得自己的魂被人缚住到了一个神祠。那神愤怒地喝叱说："泼妇！竟敢伤我的小吏，快来接受鞭打。"媳妇性格向来刚强，抗议说："穷人家种几亩麦，赖以活命。烈日之中婆媳辛苦割麦，刚刚完毕，竟被怪风吹散。以为是作祟害人的鬼怪，所以用镰刀掷它，没有想到是伤了大王的使者。而且使者来往，自有官路可走，为什么横着经过民田，糟蹋人家的麦子？如果我为了这个受鞭打，实是心所不甘。"神低着头说："她的言词正直，可以遣送回去。"媳妇苏醒，而旋风又吹过，仍旧把她们的麦子卷在一起。

说这件事时，吴桥王仁趾说："这个不知道是什么神，不曲意庇护他的私人，可以说他是正直的了；先听浮泛不实的诉说，使媳妇差一点受刑，说他聪明就未必了。"景州戈荔田说："媳妇诉说她的冤情，神就能够审察，这也算聪明了。倘使诉说的人一味哀求，听的人昏愦糊涂，您更说他是什么呢？"子庚说："仁趾对人苛求没有个完，荔田的话是对的。"

鳖　宝

四川藩司张公宝南，先祖母从弟也。其太夫人喜鳖臛。一日，庖人得巨鳖，甫断其首，有小人长四五寸，自颈突出，绕鳖而走。庖人大骇仆地。众救之苏，小人已不知所往。及剖鳖，乃仍在鳖腹中，已死矣。先祖母曾取视之，先母时尚幼，亦在旁目睹：装饰如《职贡图》中回回状，帽黄色，褶蓝色，带红色，靴黑色，皆纹理分明如绘；面目手足，亦皆如刻画。馆师岑生识之，曰："此名鳖宝，生得之，剖臂纳肉中，则唼人血以生。人臂有此宝，则地中金银珠玉之类，隔土皆可见。血尽而死，子孙又剖臂纳之，可以世世富。"庖人闻之大懊悔，每一念及，辄自批其颊。外祖母曹太夫人曰："据岑师所云，是以命博财也。人肯以命博财，则其计多矣，何必剖臂养鳖！"庖人终不悟，竟自恨而卒。

【译文】
　　四川布政使张公宝南，是已故祖母的堂弟。他的母亲太夫人喜欢吃鳖羹。一天，厨子得到一只大鳖，刚刚砍断它的头，有小人长四五寸，从颈部跳出来，绕鳖而走。厨子大惊，跌倒在地，众人救他苏醒过来，小人已经不知道往哪里去了。等到剖开鳖腹，那小人仍然在里面，已经死了。已故祖母曾经拿来观看，已故母亲当时还幼小，也在旁亲眼看到。它的装扮服饰像《职贡图》中回族人的样子，帽子黄色，夹衣蓝色，带子红色，靴子黑色，都是纹路分明像画出来的；面目手足，也都像雕刻绘画。学馆老师岑生认识它，说："这个名叫鳖宝，得到活的，割开手臂纳入肉中，就吃人的血以为生。人的手臂中有这一宝，那么地里的金银珠玉之类，隔着泥土都可以看见。人血被吸尽而死，子孙又割开手臂纳入，这样可以代代富有。"厨子听得这话，大为懊悔，每一想起，就打自己的耳光。外祖母曹太夫人说："根据岑老师所说，这是用性命来换取财物了。肯用性命来换取财物，那样的计谋多得很，何必割手臂养鳖？"厨子到底还是想不开，竟然自己悔恨而死。

野 狐 听 经

　　孤树上人，不知何许人，亦不知其名。明崇祯末，居景城破寺中。先高祖厚斋公，尝赠以诗。一夜灯下诵经，窗外窸窣有声，似人来往。呵问为谁。朗应曰："身是野狐，为听经来此。"问："某刹法筵最盛，何不往听？"曰："渠是有人处诵经，师是无人处诵经也。"后为厚斋公述之，厚斋公曰："师以此语告我，亦是有人处诵经矣。"孤树怃然者久之。

【译文】

孤树上人，不知道是怎么样的人，也不知道他的名字。明朝崇祯末年，居住在景城的破寺里面。已故高祖厚斋公，曾经写诗赠给他。一天夜里他灯下念诵经书，窗外有窸窣的声音，好像是有人来往。他便责问是谁，只听见外面朗声回答说："我是野狐，为了听经来到这里。"问："某佛寺讲经说法的集会最为盛大，为什么不去听？"狐回答说："他们是在有人处念经，师父是在无人处念经的呵。"孤树上人后来对厚斋公讲述这事，厚斋公说："师父把这话告诉我，也是在有人处念经了。"孤树怅然失意地有好长时间。

巨笔吐焰

李太白梦笔生花，特睡乡幻景耳。福建陆路提督马公负书，性耽翰墨，稍暇即临池。一日，所用巨笔悬架上，忽吐焰，光长数尺，自毫端倒注于地，复逆卷而上，蓬蓬然逾刻乃敛。署中弁卒皆见之。马公画为小照，余尝为题诗。然马公竟卒于官，则亦妖而非瑞矣。

【译文】

李太白梦见笔头上生花，只不过是睡梦当中的幻景罢了。福建陆路提督马公负书，生性酷爱文墨，稍有空闲就临砚挥毫。一天，所用的大笔悬挂在笔架上，忽然吐出火焰。光长有数尺，从笔端倒过来照射到地上，又反卷而上，蓬蓬勃勃地过了一刻时间才收敛。衙署里的武官和兵丁都看到了这个情景。马公以此为背景画成小照，我曾经为这张画题诗。但是马公竟然死于任所，那么也是妖异而不是祥瑞了。

暮 年 生 子

史少司马抑堂，相国文靖公次子也。家居时，忽无故眩瞀，觉魂出门外，有人掖之登肩舆，行数里矣。复有肩舆自后追至，疾呼且住。视之，则文靖公也。抑堂下舆叩谒，文靖公语之曰："尔尚有子孙未出世，此时讵可前往？"挥舁者送归。霍然而醒，时年七十四。次年举一子，越两年又举一子，果如文靖公之言。此抑堂七十八岁时至京师，亲为余言。

【译文】
兵部侍郎史抑堂，是相国文靖公的次子。在家里闲住时，忽然无缘无故头昏眼花，感觉魂灵出窍到了门外，有人扶着他登上轿子，行走几里路后，又有轿子从后面追来，大叫且住。停下一看，则是文靖公。抑堂下轿拜见，文靖公对他说道："你还有子孙没有出世，这时候怎么可以前往？"挥手命抬轿的送他回来。抑堂霍然而醒，这一年他已七十四岁。第二年，生下一个儿子；过了两年，又生下一个儿子，果然如文靖公所说的那样。这是抑堂七十八岁时到京城，亲口对我说的。

卷　六

滦阳消夏录（六）

阔 面 巨 人

乌什回部将叛时，城西有高阜，云其始祖墓也。每日将暮，辄见巨人立墓上，面阔逾一尺，翘首向东，若有所望。叛党殄灭后，乃不复见。或曰："是知劫运将临，待收其子孙之魂也。"或曰："东望者，示其子孙，有兵自东来，早为备也。"或曰："回部为西域。向东者，面内也，示其子孙不可叛也。"是皆不可知。其为乌什将灭之妖孽，则无疑也。

【译文】
　　乌什回族部落将要叛乱时，城西有高的土山，说是他们始祖的坟墓。每天将近傍晚，就看见巨人站立墓上，面阔超过一尺，抬头向东，好像在张望什么。叛党消灭以后，阔面巨人就不再出现。有人说："这是他知道厄运将要来临，等待收他子孙的魂。"有人说："向东张望，这是告诉他的子孙，有兵从东边来，要早作准备。"有人说："回族部落属西域，向东方这是面向内，告诫他的子孙不可以叛乱。"这几说哪个正确，都不得而知。它是显示乌什将要消灭的妖孽之象，那是没有疑问的。

老 僧 入 冥

宏恩寺僧明心言：上天竺有老僧，尝入冥。见狰狞鬼卒，驱数千人在一大公廨外，皆褫衣反缚。有官南面坐，吏执簿唱名，一一选择精粗，揣量肥瘠，若屠肆之鬻羊豕。意大怪之。见一吏去官稍远，是旧檀越，因合掌问讯："是悉何人？"吏曰："诸天魔众，皆以人为粮。如来运大神力，摄伏魔王，皈依五戒。而部族繁伙，叛服不常，皆曰自无始以来，魔众食人，如人食谷。佛能断人食谷，我即不食人。如是哓哓，即彼魔王亦不能制。佛以孽海洪波，沉沦不返，无间地狱，已不能容。乃牒下阎罗，欲移此狱囚，充彼唊噬；彼腹得果，可免荼毒生灵。十王共议，以民命所关，无如守令，造福最易，造祸亦深。惟是种种冤愆，多非自作；冥司业镜，罪有攸归。其最为民害者，一曰吏，一曰役，一曰官之亲属，一曰官之仆隶。是四种人，无官之责，有官之权。官或自顾考成，彼则惟知牟利，依草附木，怙势作威，足使人敲髓洒膏，吞声泣血。四大洲内，惟此四种恶业至多。是以清我泥犁，供其汤鼎。以白皙者、柔脆者、膏腴者充魔王食，以粗材充众魔食。故先为差别，然后发遣。其间业稍轻者，一经脔割烹炮，即化为乌有。业重者，抛余残骨，吹以业风，还其本形，再供刀俎；自二三度至千百度不一。业最重者，乃至一日化形数度，刲剔燔炙，无已时也。"僧额手曰："诚不如削发出尘，可无此虑。"吏曰："不然，其权可以害人，其力即可以济人。灵山会上，原有宰官；即此四种人，亦未尝无逍遥莲界者也。"语讫忽寤。僧有侄在一县令署，急驰书促归，劝使改业。此事即僧告其侄，而明心在寺得闻之。虽语颇荒诞，似出寓言；然神道设教，使人知畏，亦警世之苦心，未可绳以妄语戒也。

【译文】
　　宏恩寺的和尚明心说：上天竺有个老和尚，曾经进入阴间，见到面目狰狞的鬼卒驱赶着几千人，在一个大官署的外面，都剥去衣服反绑着。有个官员南面而坐，胥吏拿着簿册高声点名，一一选择精粗，估量肥瘦，就像屠宰市场上出卖羊猪。他心里大为奇怪，又看见一个胥吏离开官员稍远，是旧施主，于是合掌打个问讯："这都是些什么人？"胥吏说："天界众魔，都是拿人作为粮食。如来佛运用大神力，使魔王畏惧屈服，虔诚信奉了五种戒律，然而部族繁多，反叛、归顺没有定数，都说自从太古以来，众魔吃人，就像人吃谷物。佛能够禁断人吃谷物，我们就不吃人。像这样的吵吵闹闹，就是那魔王也不能控制。佛因为孽海中大浪洪波，沉沦其中的不得超生，阿鼻地狱已经不能容纳。于是发文给阎罗，要想移这狱中的因犯，供它们食用；它们的肚子吃饱了，可以避免毒害生灵。十殿阎王共同商议，以为关系到百姓生命的，没有像太守、县令的了，造福最容易，造祸也深远。只是这种种冤情罪恶，大多不是自己所作。按阴司照摄众生善恶的业镜，罪有所归。那些最成为百姓祸害的，一是胥吏，二是差役，三是官的亲属，四是官的仆从。这四种人，没有官的责任，却有官的权力。官或者还考虑到自己政绩的考核，他们则只知道牟取私利，依草附木，仗着权势作威作福，足以使人敲骨髓、洒脂膏，忍气吞声，泪尽血出。四大洲之内，只有这四种人为恶作孽最多。所以清理我们的泥犁地狱，供它们的烹煮。把白净的、柔脆的、丰腴的，供给魔王吃，把粗材供给众魔吃。所以先分出等级，然后发送。这中间恶孽稍轻的，一经碎割烹炮，就化为乌有。恶孽重的，抛撒剩余的骨头，用孽风来吹，还他的本来形相，再供宰割，从二三次到千百次不等。恶孽最重的，以至于一天化形好几遍，屠杀剖解、烧烤烹煮没有个完了。"和尚以手加额说："诚然不如削发脱离凡尘，可以没有这种忧虑。"胥吏说："不是的，他的权可以害人，他的力就可以救济人。佛教圣地灵山会上，原就有官员；就是这四种人，也未尝没有逍遥于西方极乐的莲花世界的。"说完，和尚忽然觉醒。和尚有个侄儿在一个县令的衙署中，急忙发信敦促他归来，规劝让他改换职业。这事就是和尚告诉他的侄儿，而明心在寺院里得以听说的。虽然话说得颇为荒诞，似乎出于寓言；但是以神道设立教化，使人知道畏惧，也是一片警世的苦心，不可用佛门禁止谎言的戒律来约束的。

林鬼遇鬼

沧州瞽者刘君瑞，尝以弦索来往余家。言其偶有林姓者，一日薄暮，有人登门来唤曰："某官舟泊河干，闻汝善弹词，邀往一试，当有厚赉。"即促抱琵琶，牵其竹杖导之往。约四五里，至舟畔。寒温毕，闻主人指挥曰："舟中炎热，坐岸上奏技，吾倚窗听之可也。"林利其赏，竭力弹唱。约略近三鼓，指痛喉干，求滴水不可得。侧耳听之，四围男女杂坐，笑语喧嚣，觉不似仕宦家，又觉不似在水次，辍弦欲起。众怒曰："何物盲贼，敢不听使令！"众手交捶，痛不可忍。乃哀乞再奏。久之，闻人声渐散，犹不敢息。忽闻耳畔呼曰："林先生何故日尚未出，坐乱冢间演技，取树下早凉耶？"矍然惊问，乃其邻人早起贩鬻过此也。知为鬼弄，狼狈而归。林姓素多心计，号曰"林鬼"。闻者咸笑曰："今日鬼遇鬼矣。"

【译文】

沧州瞎子刘君瑞，曾经以弹唱来往于我家。说他的同伴有一个姓林的，一天傍晚，有人上门来呼唤说："某官的船停泊在河岸，听说你擅长弹词，邀请前去一试，当会有优厚的赏赐。"立即催促他抱上琵琶，牵着他的竹杖，引导他前往。大约走了四五里，到了船的旁边。问候完毕，听到主人指挥说："船里面炎热，坐在岸上演奏技艺，我靠着船窗听好了。"林贪他的赏赐，竭力弹唱。约略接近三更天，手指痛喉咙干，求一滴水都不可得。侧着耳朵听去，四周男女杂坐，笑语喧哗，感觉不像是官宦之家，又觉得不像是在水边，就停止弹奏，要想起身。众人发怒说："瞎贼，你是什么东西？敢于不听使唤！"众人纷纷用手捶打他，他痛得不可忍受，于是哀声求饶，再次演奏。长久之后，听到人声渐渐散去，还不敢停息。忽然听到耳边呼叫道："林先生为什么缘故太阳还没有出来，坐在乱坟间演奏，是贪图树下面早晨凉爽吗？"林听了，吃惊地询问，原来是他的邻人早起贩卖经过这里，才知道是被鬼所戏弄，狼狈而归。姓林的向来多心计，号称"林鬼"。听到这事的都笑起来说："今天鬼碰到鬼了。"

白以忠役鬼

先姚安公曰：里有白以忠者，偶买得役鬼符咒一册，冀借此演搬运法，或可谋生。乃依书置诸法物，月明之夜，作道士装，至墟墓间试之。据案对书诵咒，果闻四面啾啾声。俄暴风突起，卷其书落草间，为一鬼跃出攫去。众鬼哗然并出，曰："尔恃符咒拘遣我，今符咒已失，不畏尔矣。"聚而攒击，以忠踉跄奔逃，背后瓦砾如骤雨，仅得至家。是夜疟疾大作，困卧月余，疑亦鬼为祟也。一日诉于姚安公，且惭且愤。姚安公曰："幸哉，尔术不成，不过成一笑柄耳。倘不幸术成，安知不以术贾祸？此尔福也，尔又何尤焉！"

【译文】

先父姚安公说：乡里有个叫白以忠的，偶尔买得役使鬼的符咒一册，希望凭借这个演习搬运法，或许可以谋生。于是按照书上所写的置办各种作法的器物，在月光明亮的夜晚，穿着道士的服装，到墓地里试验。他按着桌子对着书念诵咒语，果然听到四面啾啾的声音。一会儿暴风突然刮起，把他的书卷起落在草地里，被一个鬼跳出来抢了去。众鬼吵嚷着一起出来说："你仗着符咒拘禁差遣我们，现在符咒已经失去，我们不怕你了。"围聚拢来殴打他，以忠跌跌撞撞地奔逃，背后瓦片碎石就像急骤的雨点，只能勉强地逃回家中。这天夜里，疟疾大发，疲困地躺了一个多月，怀疑也是鬼在作祟。一天，诉说给姚安公听，既感羞惭，又感气愤。姚安公说："幸运呵！你的法术不成功，不过成为一个笑柄罢了。倘使不幸而法术成功，哪里能知道不因为法术而招致祸患。这是你的福气，你又有什么好怨恨的呢！"

鬼 求 公 论

从侄虞惇所居宅，本村南旧圃也。未筑宅时，四面无居人。一夕，灌圃者田大卧井旁小室，闻墙外诟争声，疑为村人，隔墙问曰："尔等为谁？夜深无故来扰我。"其一呼曰："一事求大哥公论：不知何处客鬼，强入我家调我妇，天下有是理耶？"其一呼曰："我自携钱赴闻家庙，此妇见我嬉笑，邀我入室；此人突入夺我钱，天下又有是理耶？"田知是鬼，嗫不敢应。二鬼并曰："此处不能了此事，当诉诸土地耳。"喧喧然向东北去。田次日至土地祠问庙祝,乃寂无所闻,皆疑田妄语。临清李名儒曰:"是不足怪,想此妇和解之矣。"众为粲然。

【译文】

　　堂侄虞惇所居的住宅,是本村南边的旧园地。未曾建造住宅时,四面没有居民。一天晚上,浇园地的田大睡在井旁的小屋里,听到墙外争骂的声音,怀疑是村里的人,隔墙问道:"你们是谁?夜深无缘无故地来打扰我。"其中一个叫道:"有一件事情求大哥的公论,不知道哪里来的外地鬼,强行进入我家,调戏我的妻子,天下有这种道理吗?"另一个叫道:"我本是自己带着钱到闻家庙去,这个女人看见我就嬉笑,邀请我进入房间;这人突然进来,抢夺我的钱,天下又有这种道理吗?"田知道是鬼,闭口不敢回答。二鬼一起说:"这里不能了却这件事,当告到土地那里去罢了。"吵吵闹闹地向东北方而去。田第二天到土地祠问管香火的庙祝,竟寂然没有听见什么,都疑心是田乱说。临清李名儒说:"这不足为怪,想来是这个女人使他们和解了。"众人都笑了起来。

鬼神有无之辩

　　乾隆己未,余与东光李云举、霍养仲同读书生云精舍。一夕偶论鬼神,云举以为有,养仲以为无。正辩诘间,云举之仆卒然曰:"世间原有奇事,倘奴不身经,虽奴亦不信也。尝过城隍祠前丛冢间,失足踏破一棺。夜梦城隍拘去,云有人诉我毁其室。心知是破棺事,与之辩曰:'汝室自不合当路,非我侵汝。'鬼又辩曰:'路自上我屋,非我屋故当路也。'城隍微笑顾我曰:'人人行此路,不能责汝;人人踏之不破,何汝踏破?亦不能竟释汝。当偿之以冥镪。'既而曰:'鬼不能自葺棺。汝覆以片板，筑土其上可也。'次日如神教，仍焚冥镪，有旋风卷其灰去。一夜复过其地，闻有人呼我坐。心知为曩鬼，疾驰归。其鬼大笑，音磔磔如枭鸟。迄今思之，尚毛发悚立也。"

养仲谓云举曰："汝仆助汝，吾一口不胜两口矣。然吾终不能以人所见为我所见。"云举曰："使君鞫狱，将事事目睹而后信乎？抑以取证众口乎？事事目睹无此理，取证众口，不以人所见为我所见乎？君何以处焉？"相与一笑而罢。

【译文】

乾隆四年，我和东光李云举、霍养仲一起在生云精舍里读书。一天晚上，偶尔谈论鬼神，云举认为有，养仲认为没有。正在辩驳诘问之间，云举的仆人突然说："人世间原有奇事，倘若奴才不是亲身经历过，即便奴才我也是不相信有鬼的。我曾经经过城隍祠前面的乱坟之间，失足踏破一具棺材。夜里梦见被城隍拘捕了去，说是有人告我毁坏了他的房室。心里知道是踏破棺材的事，同他辩论说：'你的房室原不该当着路，不是我侵犯你。'鬼又争辩说：'路自己上了我的房屋，不是我的房屋故意当路。'城隍微笑着朝我说：'人人都走这条路，不能责怪你；人人踏了不破，为什么你踏破了？也不能就释放你，应当偿还他焚烧给亡人的纸钱。'过后又说：'鬼不能自己修葺棺材，你用一块板覆盖住，填实泥土在上面好了。'第二天，我照神所教导的做了，仍旧焚化纸钱，有旋风把它的灰卷去。一天夜里再经过那个地方，听到有人叫我坐。心里知道是过去的那个鬼，飞快地跑回。那鬼大笑，磔磔的声音像猫头鹰。到现在想起来，还毛发耸立哩。"

养仲对云举说："你的仆人帮助你，我一张口胜不过两张口了。但是我终不能把别人的所见当作我的所见。"云举说："让您审理案件，是要事事亲眼目睹而后相信呢，还是从众人口中取证呢？事事必须亲眼目睹,是没有这样的道理的;众人口中取证,不是把别人的所见当作我的所见吗?您怎么处理呢?"于是相互一笑而结束了争论。

粤 东 异 僧

莆田林教授清标言:郑成功据台湾时,有粤东异僧泛海至,技击绝伦,袒臂端坐,斫以刃,如中铁石;又兼通壬遁风角。与论兵,亦娓娓有条理。成功方招延豪杰,甚敬礼之。稍久,渐骄蹇。成功不能堪,且疑为间谍,欲杀之而惧不克。其大将刘国轩曰:"必欲除之,事在我。"乃诣僧款洽,忽请曰:"师是佛地位人,但不知遇摩登伽还受摄否?"僧曰:"参寥和尚久心似沾泥絮矣。"刘因戏曰:"欲以刘王大体双一验道力,使众弥信心可乎?"乃选娈童倡女姣丽善淫者十许人,布茵施枕,恣为媒狎于其侧,柔情曼态,极天下之妖惑。僧谈笑自若,似无见闻;久忽闭目不视。国轩拔剑一挥,首已欻然落矣。国轩曰:"此术非有鬼神,特炼气自固耳。心定则气聚,心一动则气散矣。此僧心初不动,故敢纵观。至闭目不窥,知其已动而强制,故刃一下而不能御也。"所论颇入微。但不知椎埋恶少,何以能见及此。其纵横鲸窟十余年,盖亦非偶矣。

【译文】

府学教授莆田林清标说,郑成功占据台湾时,粤东有个奇异的和尚航海而来,搏斗的武艺没有人能比得上,他袒露手臂端坐着,任你用刀砍去，就像砍在铁石之上。他又兼通六壬、遁甲、风角这些占卜吉凶的方术。同他谈论兵法，他也能娓娓说来，有条有理。成功正在招聘延请豪杰之士，很是敬重礼遇他。时间稍久，他渐渐傲慢无礼，成功不能忍受，而且怀疑他是间谍，要想杀了他，又害怕不能得手。成功的大将刘国轩说："一定要除掉他，这事包在我身上。"于是到和尚那里去亲近，忽然请求说："师父是佛一般地位的人，但不知道碰到摩登伽女还能被摄召去吗？"和尚说："如同参寥和尚，长久以来心就像沾泥的柳絮，沉寂不再波动了。"刘因而开玩笑说："要想用南汉刘王集体宣淫的'大体双'方式验证一下您的道行功力，更坚定众人的信仰之心，可以吗？"于是选择娈童妓女美丽善淫的，设置褥子枕头，在他的旁边恣意地淫亵狎玩，柔情腻态，极尽天下的妖冶媚惑。和尚说笑自如，好像没有看到听见的一般，过了好久，忽然闭上眼睛不看。国轩拔出剑来一挥，头已经忽然落了下来。国轩说："这一技术不是有鬼神，只是炼气自己固守罢了。心定就气聚，心一动那么气就散了。这个和尚心开始不动，所以敢于纵目观看。等到闭住眼睛不看，知道他已经动心而勉强克制，所以刀一下就不能抵御了。"刘所议论的颇能深入精微之处。但不知他这种杀人抢掠、品行恶劣的年轻人，怎么能认识到这一点。他们肆意横行大海深处十多年，想来也不是偶然的了。

江 南 崔 寅

牛公悔庵，尝与五公山人散步城南，因坐树下谈《易》。忽闻背后语曰："二君所论，乃术家《易》，非儒家《易》也。"怪其适自何来。曰："已先坐此，二君未见耳。"问其姓名。曰："江南崔寅。今日宿城外旅舍，天尚未暮，偶散闷闲行。"山人爱其文雅，因与接膝，究术家儒家之说。崔曰："圣人作《易》，言人事也，非言天道也；为众人言也，非为圣人言也。圣人从心不逾矩，本无疑惑，何待于占？惟众人昧于事几，每两歧罔决，故圣人以阴阳之消长，示人事之进退，俾知趋避而已。此儒家之本旨也。顾万物万事，不出阴阳。后人推而广之，各明一义。杨简、王宗传阐发心学，此禅家之《易》，源出王弼者也。陈抟、邵康节推论先天，此道家之易，源出魏伯阳者也。术家之《易》衍于管、郭，源于焦、京，即二君所言是矣。《易》道广大，无所不包，见智见仁，理原一贯。后人忘其本始，反以旁义为正宗。是圣人作《易》，但为一二上智设，非千万世垂教之书，千万人共喻之理矣。经者常也，言常道也；经者径也，言人所共由也。曾是《六经》之首，而诡秘其说，使人不可解乎？"二人喜其词致，谈至月上未已。诘其行踪，多世外语。二人谢曰："先生其儒而隐者乎？"崔微哂曰："果为隐者，方韬光晦迹之不暇，安得知名？果为儒者，方反躬克己之不暇，安得讲学？世所称儒称隐，皆胶胶扰扰者也。吾方恶此而逃之。先生休矣，毋污吾耳。"劃然长啸，木叶乱飞，已失所在矣。方知所见非人也。

【译文】

牛公悔庵曾经同五公山人在城南散步，于是就坐在树下谈《易》。忽然听到背后有人说话道："二位所论，乃是方术家的《易》，不是儒家的《易》。"二人奇怪他刚才从哪里来，回答说："已经先坐在这里，二位没有看见罢了。"问他的姓名，答："江南崔寅。今天住宿在城外的旅店里，天还没到晚，偶尔闲走，解解闷气。"山人爱他的文雅，于是就同他促膝而谈，推究方术家儒家的说法。崔说："圣人作《易》，是说人事，不是说天道；是为众人而说，不是为圣人而说。圣人随心所欲而不超越法度，本来没有疑惑，何必要等待占卜来决定呢？众人不了解行事的时机，每每遇到矛盾分歧无法决断，所以圣人用阴阳的盛衰，显示人事的进退，使他们知道趋吉避凶罢了。这是儒家的根本意旨。反正万事万物，超不出阴阳两端，后来的人推而广之，各阐明一义。杨简、王宗传阐发心学，这是佛家的《易》，渊源出于王弼。陈抟、邵康节推论先天，这是道家的《易》，渊源出于魏伯阳。方术家的《易》，推演于管辂、郭璞，渊源于焦延寿、京房，就是二位所说的了。《易》之道广大，无所不包，见智见仁，各有各的见解，道理原是一贯的。后人忘记了它的根本原始，反而以旁生的歧义作为正宗。这就变成圣人作《易》，只是为一两个上等智慧的人而设，不是垂示教训于千万世的书，为千万人共同理解的道理了。经就是常，是说通常的道理；经就是径，是说人所共同遵循的道路。《易》，曾经是《六经》之首，难道可以把它说得神秘莫测，使人不可理解吗？"二人喜爱他言谈的意趣，谈论到月亮上来还没有完。询问他的行踪，多尘世之外的话。二人逊谢说："先生是儒者而隐居的吗？"崔微笑说："果真是隐者，那就连掩藏声名隐晦踪迹都来不及，哪里能够让你们知道我的名字？果真是儒者，连反过来要求自己、克制自己的私欲都来不及，哪里能够讲学？世上所称为儒者的隐者的，都是乱七八糟的角色。我正厌恶这些而逃避它，先生算了吧，不要污染我的耳朵！"劐然一阵悠长的叫声，树叶乱飞，他已经消失了。二人这才知道所见到的不是人。

南皮许南金

南皮许南金先生，最有胆。在僧寺读书，与一友共榻。夜半，见北壁燃双炬。谛视，乃一人面出壁中，大如箕，双炬其目光也。友股栗欲死。先生披衣徐起曰："正欲读书，苦烛尽。君来甚善。"乃携一册背之坐，诵声琅琅。未数页，目光渐隐；拊壁呼之，不出矣。又一夕如厕，一小童持烛随。此面突自地涌出，对之而笑。童掷烛仆地。先生即拾置怪顶，曰："烛正无台，君来又甚善。"怪仰视不动。先生曰："君何处不可往，乃在此间？海上有逐臭之夫，君其是乎？不可辜君来意。"即以秽纸拭其口。怪大呕吐，狂吼数声，灭烛而没。自是不复见。先生尝曰："鬼魅皆真有之，亦时或见之；惟检点生平，无不可对鬼魅者，则此心自不动耳。"

【译文】

南皮的许南金先生，最有胆量。在佛寺里面读书，同一个友人共一张床榻。半夜里，看见北面墙壁上点燃了两支蜡烛。仔细一看，竟是一个人的面孔从墙壁里出来，大得像畚箕；两支蜡烛，原来是它的眼睛的光芒。友人大腿发抖，怕得要死。先生披上衣服慢慢地起来说："正要想读书，苦于蜡烛点完了，您来得很好。"于是拿起一本书背着它坐，响起了琅琅的读书声。读了没有几页，目光渐渐隐去；拍着墙壁叫它，它也不出来了。又一天夜里上厕所，一个小童拿着蜡烛跟随着。这个面孔突然从地上涌出，对着来的人笑，小童丢掉蜡烛仆倒地上。先生就拾起来放在怪物的顶上说："蜡烛正没有烛台，您来得又很好。"怪物仰面看着不动，先生说："您哪里不可以去，竟在这里。海上有追逐臭味的人，您难道就是吗？不可辜负您的来意。"就用污秽的草纸擦拭它的嘴，怪物大口地呕吐，狂叫了几声，蜡烛熄灭，它也隐没了。从此以后不再见到。先生曾经说："鬼怪精魅都是真有的，也有时候见到过。只是检点生平，没有不可以面对鬼怪精魅的，那么这颗心自然不被惊动了。"

鬼　　隐

戴东原言：明季有宋某者，卜葬地，至歙县深山中。

日薄暮，风雨欲来，见岩下有洞，投之暂避。闻洞内人语曰："此中有鬼，君勿入。"问："汝何以入？"曰："身即鬼也。"宋请一见。曰："与君相见，则阴阳气战，君必寒热小不安。不如君爇火自卫，遥作隔座谈也。"宋问："君必有墓，何以居此？"曰："吾神宗时为县令，恶仕宦者货利相攘，进取相轧，乃弃职归田。殁而祈于阎罗，勿轮回人世。遂以来生禄秩，改注阴官。不虞幽冥之中，相攘相轧，亦复如此，又弃职归墓。墓居群鬼之间，往来嚣杂，不胜其烦，不得已避居于此。虽凄风苦雨，萧索难堪，较诸宦海风波，世途机阱，则如生忉利天矣。寂历空山，都忘甲子。与鬼相隔者，不知几年；与人相隔者，更不知几年。自喜解脱万缘，冥心造化。不意又通人迹，明朝当即移居。武陵渔人，勿再访桃花源也。"语讫不复酬对。问其姓名，亦不答。宋携有笔砚，因濡墨大书"鬼隐"两字于洞口而归。

【译文】

　　戴东原说：明末有一个宋某，选择埋葬的地方，到了歙县的深山里，日色已是傍晚，风雨将要来了。宋看见山岩下有洞，就奔过去暂避。听到洞内有人说话道："这里面有鬼，您不要进去。"问："那你为什么进去？"答："自身就是鬼。"宋请求一见，答："和您相见，那么阳气与阴气相斗，您一定要发寒热，小有不安，不如您点着火自卫，远远地隔着座位谈天。"宋问："您必定有坟墓，为什么住在这里？"答："我在神宗的时候做县令，厌恶做官的为了财物货利互相争夺，为了晋升官职互相倾轧，就弃职回家。死后向阎罗请求，不要轮回转生人世。于是用来世的禄位，改登记做阴司的官员。没有料到幽暗的冥府之中，相争夺、相倾轧，也仍然如人间一样。我又弃职回归坟墓。坟墓处于群鬼之间,往来嘈杂,不胜其烦,不得已避居在这里。虽然是凄风苦雨,萧条冷落,难以承受,但同宦海里的风波险恶、世途上的机关陷穽相比较,就如同生活在三十三天之中了。寂静清冷的空山,都已经忘记了岁月,同鬼相隔绝已不知道有多少年,同人相隔绝更不知道有多少年。自己欣喜解脱了万种尘缘,潜心于自然,不料又与人迹相通。明天当立即搬迁居处,武陵的渔人,不要再寻访桃花源了。"说完,不再答对;问他的姓名,也不答。宋携带有笔砚,于是蘸润墨汁大书"鬼隐"两个字在洞口而去。

巧　　对

阳曲王近光言:冀宁道赵公孙英有两幕友,一姓乔,一姓车,合雇一骡轿回籍。赵公戏以其姓作对曰:"乔、车二幕友,各乘半轿而行。"恰皆轿之半字也。时署中召仙,即举以请对。乩判曰:"此是实人实事,非可强凑而成。"越半载,又召仙,乩忽判曰:"前对吾已得之矣:卢、马两书生,共引一驴而走。"又判曰:"四日后,辰巳之间,往南门外候之。"至期遣役侦视,果有卢、马两生,以一驴负新科墨卷,赴会城出售。赵公笑曰:"巧则诚巧,然两生之受侮深矣。"此所谓箭在弦上,不得不发,虽仙人亦忍俊不禁也。

【译文】

阳曲王近光说:冀宁道道员赵公孙英有两个师爷,一个姓乔,一个姓车,合雇了一乘骡轿回原籍。赵公开玩笑用他们的姓作对联道:"乔车二幕友,各乘半轿而行。"恰巧都是轿的半个字。当时衙署里扶乩召请仙人,就举这个请对下联。乩下判语道:"这是实人实事,不是可以强凑而成的。"过了半年,又召请仙人,乩忽然下判语道:"前次的对联我已经得到了:卢马两书生,共引一驴而走。"又判说:"四日后辰巳之间,往南门外候之。"到时候赵派遣差役侦察,果然有卢、马两个书生,用一匹驴子驮着刻印的新进士试卷,到省城里出售。赵公笑着说:"巧倒诚然是巧,然而两生受的侮辱够深了。"这就是所谓的箭在弦上,不得不发,即使是仙人,也忍不住要笑了。

狐 精 戏 报

先祖有庄,曰厂里,今分属从弟东白家。闻未析箸时,场中一柴垛,有年矣,云狐居其中,人不敢犯。偶佃户某醉卧其侧,同辈戒勿触仙家怒。某不听,反肆詈。忽闻人语曰:"汝醉,吾不较。且归家睡可也。"次日,诣园守瓜。其妇担饭来馌,遥望团焦中,一红衫女子与夫坐,见妇惊起,仓卒逾垣去。妇故妒悍,以为夫有外遇也;愤不可忍,遽以担痛击。某百口不能自明,大受捶楚。妇手倦稍息,犹喃喃毒詈。忽闻树杪大笑声,方知狐戏报之也。

【译文】

已故祖父有个庄子叫厂里,现今分派属于堂弟东白家。听说没有分家时,场院里一个柴垛有些年头了,说是狐精居住在其中,人不敢侵犯。偶然有个佃户某醉了,睡在它的旁边,其他佃户告诫不要触怒仙家,某不听,反而肆意地责骂。忽然听到有人说话道:"你醉了,我不计较,姑且回家去睡好了。"第二天,那佃户到园地里看守瓜田,他的妻子挑着饭来送,远远地望见圆形瓜棚中一个红衣衫的女子同丈夫坐在一起,见到妇人吃惊地起身,急忙跳过矮墙离去。妇人原本妒忌凶悍,以为丈夫有了外遇;气愤不可忍耐,立即用扁担痛打。那佃户有一百张嘴也不能为自己辩白,挨了一顿饱打。妇人手倦稍停,还喃喃地毒骂。忽然听到树梢头的大笑声,方才知道是狐精戏弄报复他。

夙 世 冤 愆

吴惠叔言:其乡有巨室,惟一子,婴疾甚剧。叶天士诊之,曰:"脉现鬼证,非药石所能疗也。"乃请上方山道士建醮。至半夜,阴风飒然,坛上烛光俱暗碧。道士横剑瞑目,若有所睹。既而拂衣竟出,曰:"妖魅为厉,吾法能祛。至夙世冤愆,虽有解释之法,其肯否解释,仍在本人。若伦纪所关,事干天律,虽绿章拜奏,亦不能上达神霄。此祟乃汝父遗一幼弟,汝兄遗二孤侄,汝蚕食鲸吞,几无余沥。又茕茕孩稚,视若路人,至饥饱寒温,无可告语;疾痛疴痒,任其呼号。汝父茹痛九原,诉于地府。冥官给牒,俾取汝子以偿冤。吾虽有术,只能为人驱鬼,不能为子驱父也。"果其子不久即逝。后终无子,竟以侄为嗣。

【译文】

吴惠叔说:他的家乡有户世家大族,只有一个儿子,遭受疾病折磨很厉害。叶天士给他诊断说:"脉象显现鬼的证候,不是药物所能够治疗的了。"于是请上方山道士建坛打醮。到了半夜里,阴风飒飒,坛上的烛光都暗淡发绿。道士横剑闭目,好像见到了什么,不久之后竟撩衣而出,说:"妖精作祟,我的法术能够除去,至于前世的冤仇罪过,虽然有解脱的办法,但肯不肯解脱,仍旧在于受冤者本人。如果关系到人伦纲纪，事情干犯天条，即使拜本上奏，也不能到达于天庭。这个祸祟乃是你的父亲遗留下你一个幼年的弟弟，你的哥哥遗留下两个孤苦的侄儿，你像蚕食桑叶、鲸吞食物，几乎没剩下一点汁水；又把孤苦无依的孩童，看得像陌路人。以至于饥饱寒热，没有人可以告诉，疾病痛痒，听凭他呼叫。你的父亲含痛积恨于九泉之下，诉之于阴间官府。阴司的官员颁发公文，让拿你的儿子来偿还冤仇。我虽然有法术，只能够替人驱赶鬼物，不能够替儿子驱赶父亲。"果然他的儿子不久就死了。后来终于没有儿子，只好以他的侄儿作为后嗣。

二牛斗盗

护持寺在河间东四十里。有农夫于某，家小康。一夕，于外出。劫盗数人从屋檐跃下，挥巨斧破扉，声丁丁然。家惟妇女弱小，伏枕战栗，听所为而已。忽所畜二牛，怒吼跃入，奋角与盗斗。梃刃交下，斗愈力。盗竟受伤，狼狈去。盖乾隆癸亥，河间大饥，畜牛者不能刍秣，多鬻于屠市。是二牛至屠者门，哀鸣伏地，不肯前。于见而心恻，解衣质钱赎之，忍冻而归。牛之效死固宜；惟盗在内室，牛在外厩，牛何以知有警？且牛非矫捷之物，外扉坚闭，何以能一跃逾墙？此必有使之者矣，非鬼神之为而谁为之？此乙丑冬在河间岁试，刘东堂为余言。东堂即护持寺人，云亲见二牛，各身被数刃也。

【译文】

护持寺在河间东面四十里，有个农夫于某，家境小康。一天夜里，于外出，几个强盗从屋檐跳下来，挥动大斧，砍破门扇，发出丁丁的声音。家里只有妇女弱小，伏在枕头上颤抖，听凭他们所为而已。忽然于家所养的两头牛，愤怒地吼叫着跳进来，奋力用角和强盗争斗。强盗举刀齐下，牛斗得愈是猛烈，最后强盗竟然受了伤，狼狈而逃。原来在乾隆八年，河间闹大饥荒，养牛的无力饲养，大多出卖到屠宰市场。这两头牛到了屠夫家的门前，哀叫着伏在地上，不肯向前。于见到了心里怜悯，脱去衣服当了钱把它们赎出来，受寒忍冻回家。牛的以死来报答果然是得当的了；只是强盗在里面的房间，牛在外面的棚里，牛怎么知道有警报？而且牛不是矫健轻捷的动物，外面的门牢牢地关闭着，为什么能够一跳越过墙头？这个必然有人使它这样做的了，不是鬼神的作为又能是谁的作为呢？这是乙丑年冬天，我在河间岁考，刘东堂对我说的。东堂就是护持寺的人，说是亲见两头牛身上各有几处刀伤。

瑞草不瑞

芝称瑞草，然亦不必定为瑞。静海元中丞在甘肃时，署中生九芝，因以自号。然不久即罢官。舅氏安公五占，停柩在室，忽柩上生一芝。自是子孙式微，今已无龆龀。

盖祸福将萌，气机先动；非常之兆，理不虚来。第为休为咎，则不能预测耳。先兄晴湖则曰："人知兆发于鬼神，而人事应之。不知实兆发于人事，而鬼神应之。亦未始不可预测也。"

【译文】

芝草称为祥瑞之草，但也不一定就是祥瑞。静海元巡抚在甘肃时，衙署中生出九茎的芝草，于是用来作为自己的号。但是不久就罢了官。舅舅安公五占，棺材停在室内，忽然棺材上生出一茎芝草。从此以后子孙衰微，现今连一个孩童也没有了。

大概祸福将要萌生，自然的机能先行发动；不寻常的预兆，按理并不空来。只不过是吉是凶，则不能预先猜测罢了。已故的兄长晴湖就说过："人们知道预兆发端于鬼神，而人事应验它。不知道实际上是预兆发端于人事，而鬼神应验它，也不见得是不可以预先猜测到的。"

梵字大悲咒

大学士伍公弥泰言：向在西藏，见悬崖无路处，石上有天生梵字大悲咒。字字分明，非人力所能，亦非人迹所到。当时曾举其山名，梵音难记，今忘之矣。公一生无妄语，知确非虚构。天地之大，无所不有。宋儒每于理所无者，即断其必无。不知无所不有，即理也。

【译文】

大学士伍公弥泰说：过去在西藏，看见悬崖上没有路的地方，有天生的梵文大悲咒，字字分明，那不是人力所能办到的，那地方也不是人迹所能到达的。当时伍公曾经说出它的山名，梵文的音难记，我现在已忘记那山名了。伍公一生没有虚妄的话，知道确实不是虚构出来的。天地的广大，无所不有。宋代儒者每当理所没有的，就断定它必然没有。他们不知道，无所不有就是理呵。

黄教和红教

喇嘛有二种：一曰黄教，一曰红教，各以其衣别之也。黄教讲道德，明因果，与禅家派别而源同。红教则惟工幻术。理藩院尚书留公保住，言驻西藏时，曾忤一红教喇嘛。或言登山时必相报。公使肩舆鸣驺先行，而阴乘马随其后。至半山，果一马跃起压肩舆上，碎为齑粉。此留公自言之。

曩从军乌鲁木齐时，有失马者，一红教喇嘛取小木橙咒良久，橙忽反覆折转，如翻桔槔。使失马者随行，至一山谷，其马在焉。此余亲睹之。考西域吞刀吞火之幻人，自前汉已有。此盖其相传遗术，非佛氏本法也。故黄教谓红教曰魔。或曰："是即波罗门，佛经所谓邪师外道者也。"似为近之。

【译文】

喇嘛教有两种，一叫黄教，一叫红教，各自以他们的衣服来区别。黄教讲究道德，阐明因果，和佛家派有别而源相同。红教就只擅长于幻术。理藩院尚书留公保住说：驻扎在西藏时，曾经触犯了一个红教喇嘛，有人就说登山时，他一定要来报复。留公让轿子喝道前行，而暗地里乘马跟随在它的后面。到了半山，果然一匹马跳出来压在轿子上，轿碎成了粉末。这是留公自己说的。

过去在乌鲁木齐参与军事时，有人走失了马，一个红教喇嘛拿张小木凳，念咒念了很久，凳子忽然反复折转，就好像打水的桔槔。让失马的人跟着走，到了一个山谷，他的马就在那里。这是我亲眼目睹的。考证西域吞刀吞火变幻术的人，从西汉时已经有了。这个大概是他们相传遗留下来的法术，不是佛家的根本之法。所以黄教说红教是魔。有的说："这就是波罗门，佛经所谓的邪师外道。"这一说法大概是接近事实的。

狐 不 为 祟

巴里坤、辟展、乌鲁木齐诸山，皆多狐，然未闻有祟人者。惟根克忒有小儿夜捕狐，为一黑影所扑，堕崖伤足，皆曰狐为妖。此或胆怯目眩，非狐为妖也。大抵自突厥、回鹘以来，即以弋猎为事。今日则投荒者、屯戍者、开垦者、出塞觅食者搜岩剔穴，采捕尤多，狐恒见伤夷，不能老寿，故不能久而为魅欤！抑僻在荒徼，人已不知导引炼形术，故狐亦不知欤！此可见风俗必有所开，不开则不习；人情沿于所习，不习则不能。道家化性起伪之说，要不为无见。姚安公谓滇南僻郡，鬼亦淳良。即此理也。

【译文】

　　巴里坤、辟展、乌鲁木齐各处山里都多狐，但是没听说有祸祟于人的。只有根克忒有个小儿夜里捕狐，被一个黑影所扑倒，坠落山崖伤了脚，人们都说是狐兴的妖。其实，这也许是胆怯眼花而坠下，并不是狐在兴妖。大概自从突厥、回鹘以来，就以射猎为业。今天则有逃荒的、屯兵驻防的、开垦的、出塞寻食的，搜山岩挖窟穴，捕捉得更多。狐是因为经常受到打击，不能活得很长，所以不能够长久修炼而成为精魅吧？或者是僻处在荒凉的边境，人们已经不知道导气引体的炼形之术，所以狐也不知道吧？由此可见风俗必有所开化，不开化就不能通晓；人情遵循所学习的，不学习则不能。道家化性起伪的说法，大要不能说没有见地。姚安公说云南南部偏僻的州郡，鬼也淳朴善良，就是这个道理了。

托 名 求 食

　　副都统刘公鉴言：曩在伊犁，有善扶乩者，其神自称唐燕国公张说。与人唱和诗文，录之成帙。性嗜饮，每降坛，必焚纸钱而奠以大白。不知龙沙葱雪之间，燕公何故而至是？刘公诵其数章，词皆浅陋。殆打油、钉铰之流，客死冰天，游魂不返，托名以求食欤！

【译文】
　　副都统刘公鉴说：过去在伊犁，有个善于扶乩的，他所请的神自称是唐燕国公张说。同人唱和的诗文，记录下来成册。生性嗜好饮酒，每次降临乩坛，必定焚烧纸钱，而用大酒杯来祭奉。岂不知白龙堆、葱岭、雪山的沙漠荒僻之地，燕国公怎么会来？刘公诵读了神的几篇诗文，词意都浅近鄙陋，恐怕是张打油、胡钉铰一类，死于冰天雪地的异乡，游魂不能归去，托名张说来骗取祭奉酒食的吧！

鬼欺秃项马

　　里人张某，深险诡谲，虽至亲骨肉，不能得其一实语。而口舌巧捷，多为所欺。人号曰"秃项马"。马秃项为无鬃，鬃踪同音，言其恍惚闪烁，无踪可觅也。一日，与其父夜行迷路，隔陇见数人团坐，呼问当何向。数人皆应曰："向北。"因陷深淖中。又遥呼问之。皆应曰："转东。"乃几至灭顶，蹩𧿇泥涂，困不能出。闻数人拊掌笑曰："秃项马，尔今知妄语之误人否？"近在耳畔，而不睹其形。方知为鬼所绐也。

【译文】
　　同里人张某深刻阴险而诡诈，即使是至亲的骨肉，也不能得到他一句真实的话。他口舌灵巧便捷，人们多被他所欺骗，给他起个外号叫"秃项马"。马秃了颈项就是没有鬃毛,鬃和踪同音,是说他恍恍惚惚、闪烁不定,没有踪迹可以寻觅。一天,他和父亲夜里行走迷了路,隔着田陇看到几个人团团围坐,就大声询问应当朝哪个方向走,几个人都回答说:"向北。"因而陷在深的泥沼里。张又远远地大声问那几个人,都回答说:"转向东面。"竟然几乎淹死。父子二人在污泥里脚步歪斜、跌跌撞撞,被困住不能出来。这时,听到那几个人拍掌笑道:"秃项马,你今天知道虚妄的话误人了吗?"话声仿佛近在耳边,而看不见说话人的身形,张才知道被鬼所欺骗了。

妖由人兴

妖由人兴,往往有焉。李云举言:一人胆至怯,一人欲戏之。其奴手黑如墨,使藏于室中,密约曰:"我与某坐月下,我惊呼有鬼,尔即从窗隙伸一手。"届期呼之,突一手探出,其大如箕,五指挺然如舂杵。宾主俱惊,仆众哗曰:"奴其真鬼耶?"秉炬持杖入,则奴昏卧于壁角。救之苏,言暗中似有物以气嘘我,我即迷闷。

族叔桀庵言:二人同读书佛寺,一人灯下作缢鬼状,立于前;见是人惊怖欲绝,急呼:"是我,尔勿畏。"是人曰:"固知是尔,尔背后何物也?"回顾乃一真缢鬼。盖机械一萌,鬼遂以机械之心从而应之。斯亦可为螳螂黄雀之喻矣。

【译文】

妖由人所兴起,往往是有的。李云举说:某甲胆子极小,另某乙要想同他开开玩笑。乙的奴仆手黑得像墨,乙让他藏在房间里,秘密约好说:"我同某甲坐在月下,我惊叫有鬼,你就从窗缝里伸出一只手。"到约定的时候,乙呼叫起来,突然一只手伸了出来,它的大小像畚箕,五个手指直挺着像舂米的棒槌。客人和主人一齐感到吃惊,仆人们都吵嚷起来说:"他难道是真鬼吗?"拿着火把手持棍棒进去,只见乙仆昏睡在墙壁角落里。众人救他醒来,他说是黑暗中好像有东西用气吹我,我就昏迷神志不清了。

同族的叔叔粲庵说,有两个人一起在佛寺里读书。一个人灯下装作吊死鬼的样子,站立在面前,看到另一个人惊吓得要死。急忙呼叫:"是我,你不要怕。"另一人说:"我知道是你,但你背后是什么东西?"装鬼的人回头一看,竟是一个真的吊死鬼。大概机诈之心一旦萌生,鬼就用机诈之心跟着回应。这也可以比喻为螳螂捕蝉、黄雀在后的故事了。

环 环 相 报

余八九岁时,在从舅实斋安公家,闻苏丈东皋言:交河某令,蚀官帑数千,使其奴赍还。奴半途以黄河覆舟报,而阴遣其重台携归。重台又窃以北上,行至兖州,为盗所劫杀。从舅咋舌曰:"可畏哉!此非人之所为,而鬼神之所为也。夫鬼神岂必白昼现形,左悬业镜,右持冥籍,指挥众生,轮回六道,而后见善恶之报哉?此足当森罗铁榜矣。"

苏丈曰:"令不窃资,何至为奴干没?奴不干没,何至为重台效尤?重台不效尤,何至为盗屠掠?此仍人之所为,非鬼神之所为也。如公所言,是令当受报,故遣奴窃资。奴当受报,故遣重台效尤。重台当受报,故遣盗屠掠。鬼神既遣之报,人又从而报之,不已颠乎?"从舅曰："此公无碍之辩才，非正理也。然存公之说，亦足于相随波靡之中，劝人以自立。"

【译文】
　　我八九岁时，在堂舅安公实斋的家里，听得苏老丈东皋说：交河县令某人，侵蚀国库里的钱财数千两，命他的奴仆送回家。奴仆半路上谎报在黄河上翻了船，而偷偷地派自己的奴仆送回自己家。奴仆的奴仆又窃取了北上，走到兖州，被强盗所劫夺，人也被杀害了。堂舅惊异地说："可怕啊！这不是人所做而是鬼所做的了。鬼神难道一定要在白天现形，左边悬挂着照摄众生善恶的业镜，右边执持着阴间的簿册，指挥众生，在六道中轮回，而后见出善恶的报应吗？这个足以当得森罗殿上铁制的榜牌了。"
　　苏老丈说："县令不窃取钱财，何至于被奴仆侵吞？奴仆不侵吞，何至于被奴仆的奴仆学样？奴仆的奴仆不学样，何至于被强盗屠杀劫掠？这仍是人所做的而不是鬼神所做的了。如您所说，那么是县令应当受到报应，所以使奴仆窃取钱财；奴仆应当受到报应，所以使奴仆的奴仆学样；奴仆的奴仆应当受到报应，所以使强盗屠杀劫掠。鬼神既然派遣他去报复，人又从而去报复他，不也颠倒错乱了吗？"堂舅说："这是苏公的通达雄辩之才，却不是正理。但是保留苏公的说法，也足以在随波起伏、顺风而倒的风气之中，用来劝人自立。"

鬼畏倔强

　　刘乙斋廷尉为御史时，尝租西河沿一宅。每夜有数人击柝，声琅琅彻晓；其转更攒点，一一与谯鼓相应。视之则无形，聒耳至不得片刻睡。乙斋故强项，乃自撰一文，指陈其罪，大书粘壁以驱之。是夕遂寂。乙斋自诧不减昌黎之驱鳄也。余谓："君文章道德似尚未敌昌黎，然性刚气盛，平生尚不作暧昧事，故敢悍然不畏鬼。又拮据迁此宅，力竭不能再徙，计无复之，惟有与鬼以死相持。此在君为困兽犹斗，在鬼为穷寇勿追耳。君不记《太平广记》载周书记与鬼争宅，鬼惮其木强而去乎？"乙斋笑击余背曰："魏收轻薄哉！然君知我者。"

【译文】
　　大理寺卿刘乙斋做御史时，曾经租赁西河沿的一所住宅。宅里每夜有几个人敲击木梆，琅琅的声音一直响到天亮；它的转更发擂一一同谯楼上的鼓声相应。看去则没有人的形影，刺耳的声音到了使人不得片刻安睡的地步。乙斋本来就很倔强，于是自己撰写一文，指明陈述它的罪状，抄成大字贴在墙壁上来驱赶它。这天晚上宅里就沉寂了。乙斋自负这一举动不亚于韩昌黎的作文驱除鳄鱼。我说："您的文章道德似乎还比不上昌黎，但是性刚气盛，平生还没有作暧昧的事情，所以敢于强悍地不怕鬼。又因经济窘迫迁居这所住宅，力尽不能再搬，也没有别的办法可想，只有同鬼拼死斗争。这在您是困兽犹斗，在鬼是穷寇勿追罢了。您不记得《太平广记》载有周书记同鬼争住宅，鬼畏惧他的质直刚强而逃去吗？"乙斋笑着拍打我的背脊说："真像魏收一样的轻薄呵！然而您是了解我的。"

笔捧楼山魈

　　余督学福建时，署中有"笔捧楼"，以左右挟两浮图也。使者居下层，其上层则复壁曲折，非正午不甚睹物。旧为山魈所据，虽不睹独足反踵之状，而夜每闻声。偶忆杜工部"山精白日藏"句，悟鬼魅皆避明而就晦，当由曲房幽隐，故此辈潜踪。因尽撤墙垣，使四面明窗洞启，三山翠霭，宛在目前。题额曰"浮青阁"，题联曰："地迥不遮双眼阔，窗虚只许万峰窥。"自此山魈迁于署东南隅会经堂。堂故久废，既于人无害，亦听其匿迹，不为已甚矣。

【译文】

我提督福建学政时，衙署中有栋"笔捧楼"，因为它左右夹着两座佛塔而得名。学使住在下层，它的上层则是夹墙曲折，不是正午的时候不很看得清东西。旧时被山魈所占据，虽然不见独脚和脚跟反向前的形状，而夜里往往听到声音。偶尔回忆起杜工部"山精白日藏"的诗句，悟出鬼怪精魅都是避光明而就黑暗，当是由于密室幽暗，所以此辈在这里潜藏。于是我下令把墙壁全部拆除，使得四面明窗洞开，福州三山青色的烟云，就像在眼前。题写匾额叫"浮青阁"，题写对联道："地迥不遮双眼阔，窗虚只许万峰窥。"从此山魈搬迁到了衙署东南角的会经堂。堂原本荒废很久了，既对于人没有害处，也就听凭它藏匿踪迹，不做得太过分了。

山鬼为祟

徐公景熹官福建盐道时，署中箧笥每火自内发，而扃钥如故。又一夕，窃剪其侍姬发，为祟殊甚。既而徐公罢归，未及行而卒。山鬼能知一岁事，故乘其将去肆侮也。徐公盛时，销声匿迹；衰气一至，无故侵陵。此邪魅所以为邪魅欤！

【译文】

徐公景熹官居福建盐道时，衙署中的箱笼往往有火从里面发出，而关锁如同原样。又一天夜里，有东西偷偷剪去他侍妾的头发,为祸作祟得很厉害。不久之后,徐公罢官放归,没有来得及动身就死了。山鬼能够知道一年中的事情,所以趁他将要离去的时候肆意地侮弄。徐公兴盛时,山鬼隐声藏迹;衰气一到,就无缘无故地侵害凌辱。这就是妖邪鬼魅之所以为妖邪鬼魅吧!

青 苗 神

余乡青苗被野时,每夜田陇间有物,不辨头足,倒掷而行,筑地登登如杵声。农家习见不怪,谓之青苗神。云常为田家驱鬼,此神出,则诸鬼各归其所,不敢散游于野矣。此神不载于古书,然确非邪魅。从兄懋园尝于李家洼见之,月下谛视,形如一布囊,每一翻折,则一头著地,行颇迟重云。

【译文】
　　我的家乡当青苗覆盖田野时,每天夜里田陇之间就有一种东西,分不清它的头和脚,只见它倒过来腾跃而行,捣着地发出登登的如同棒槌的声音。农家见惯了不奇怪,把它叫做"青苗神",说它常常替庄户人家赶鬼。这个神一出来,那么各种各样的鬼都各自回到它们的住处,不敢在田野里到处游走了。这个神在古书上没有记载,但确实不是妖邪精魅。堂兄懋园曾经在李家洼见到过它,在月光下仔细看去,形状像一只布袋,每一次翻折,就一头着地,行走颇为沉重迟缓。

陈 太 夫 人

先祖宠予公,原配陈太夫人,早卒。继配张太夫人,于归日,独坐室中,见少妇揭帘入,径坐床畔,著玄帔黄衫,淡绿裙,举止有大家风。新妇不便通寒温,意谓是群从娣姒或姑姊妹耳。其人絮絮言家务得失、婢媪善恶,皆委曲周至。久之,仆妇捧茶入,乃径出。后阅数日,怪家中无是人;细诘其衣饰,即陈太夫人敛时服也。死生相妒,见于载籍者多矣。陈太夫人已掩黄垆,犹虑新人未谙料理,现身指示,无间幽明,此何等居心乎?今子孙登科第、历仕宦者,皆陈太夫人所出也。

【译文】

已故祖父宠予公,原配陈太夫人早死,续娶的张太夫人出嫁的那天,独自坐在房间里,看见一个少妇揭起门帘进来,径自坐到床边,穿黑色的披肩,黄色的衣衫,淡绿的裙子,举止有大家的风度。新娘不便表达问候的意思,心想是堂妯娌、姑表姊妹罢了。那人不断地细说家务事的得失,婢女仆妇的善恶,细致而又详尽。好久之后,仆妇捧茶进来,那人就直接出去了。后来经过了几天,张奇怪家里没有这个人;仔细地向家里人描述她的衣服装饰,原来就是陈太夫人入殓时穿的衣服。死者和生者互相妒忌,见于书上记载的多了。陈太夫人已经掩埋于黄泉,还担心新人不熟悉照管家务,现身指点示明,不因阴阳而阻隔,这是何等样的居心呵!现今子孙得登科第、历任官职的,都是陈太夫人所生的这一脉。

文仪班中人

伯高祖爱堂公,明季有声黉序间。刻意郑、孔之学,无间冬夏,读书恒至夜半。一夕,梦到一公廨,榜额曰"文仪";班内十许人治案牍,一一恍惚如旧识。见公皆讶曰："君尚迟七年乃当归，今犹早也。"霍然惊寤，自知不永，乃日与方外游。偶遇道士，论颇洽，留与共饮。道士别后，途遇奴子胡门德，曰："顷一书忘付汝主，汝可携归。"公视之，皆驱神役鬼符咒也。闭户肄习，尽通其术，时时用为戏剧，以消遣岁月。越七年，至崇祯丁丑，果病卒。卒半日复苏，曰："我以亵用五雷法，获阴谴。冥司追还此书，可急焚之。"焚讫复卒。半日又苏曰："冥司查检，阙三页，饬归取。"视灰中，果三页未烬；重焚之，乃卒。

此事姚安公附载家谱中。公闻之先曾祖，曾祖闻之先高祖，高祖即手焚是书者也。孰谓竟无鬼神乎？

【译文】

高伯祖爱堂公，明末在学校间享有声誉。他专心于郑玄、孔安国之学，不管冬夏，读书经常到半夜。一天晚上，做梦到了一个官署，匾额题着"文仪"；班内十来个人在处理案卷，一个个恍惚像是旧相识。看见爱堂公都惊讶地说："您还要再迟七年，才应当归来，现在还早哩。"忽然惊醒过来，自己知道活不长了，于是天天同僧道游历。偶然遇到一个道士，谈论颇为融洽，挽留同他一起饮酒。道士别去以后，路上碰到奴仆胡门德，说："刚才一本书忘记给你的主人，你可以带回去。"爱堂公看了一下，都是驱神役鬼的符咒。关门练习，全部通晓它的法术，常常用作戏耍，以消磨岁月。过了七年，到崇祯十年，果然病死。死去半天，又苏醒过来说："我因为亵渎使用了五雷法，受到阴间的惩罚，阴司追还这本书，可赶紧焚烧它。"烧完，又死过去。半天又苏醒过来说："阴司检查，缺了三页，命令回来索取。"看那灰里，果然有三页没有烧尽。重新焚烧掉它，才终于死了。

这件事姚安公附载在家谱里。姚安公从已故曾祖父那里听来，曾祖父从高祖父那里听来,高祖父就是亲手焚烧这本书的。谁说竟然没有鬼神呢?

故 城 现 影

余族所居,曰景城,宋故县也。城址尚依稀可辨。或偶于昧爽时遥望烟雾中,现一城影,楼堞宛然,类乎蜃气。此事他书多载之,然莫明其理。余谓凡有形者,必有精气。土之厚处,即地之精气所聚处,如人之有魂魄也。此城周回数里,其形巨矣。自汉至宋千余年,为精气所聚已久,如人之取多用宏,其魂魄独强矣。故其形虽化,而精气之盘结者非一日之所蓄,即非一日所能散。偶然现象,仍作城形,正如人死鬼存,鬼仍作人形耳。然古城郭不尽现形,现形者又不常见,其故何欤?人之死也,或有鬼,或无鬼;鬼之存也,或见,或不见,亦如是而已矣。

【译文】

我本族的人所居住的地方叫景城,是宋朝的旧县城,城址还仿佛可以辨识。有时偶然在天刚亮时,远远望见烟雾当中现出一个城的影子,城楼女墙看上去很真切,类似于海市蜃楼。这事情别的书上多有记载,但是不明白它的道理。我说凡是有形的东西,必然有精气。土地的厚实之处,就是地的精气所聚集的地方,就像是人有魂魄一样。这城四周回绕数里,它的形可算是巨大了。从汉代到宋代一千多年,成为精气所聚集地已经很久,就像人的获取多、用途广,他的魂魄就特别强大了。所以它的形虽然化去,而精气所盘旋集结的,不是一天的积蓄,就不是一天所能散尽。偶然现出形相,仍旧作城的形状,正像人死后鬼留存,鬼仍旧作人的形状一样。但是古代的城郭不都现形,现形的又不常见,那是什么缘故呢?人的死,或者有鬼,或者没有鬼;鬼的存在,或者看见,或者看不见:也是像这样罢了。

读书应知礼

南宫鲍敬之先生言:其乡有陈生,读书神祠。夏夜袒裼睡庑下,梦神召至座前,诃责甚厉。陈辩曰:"殿上先有贩夫数人睡,某避于庑下,何反获愆?"神曰:"贩夫则可,汝则不可。彼蠢蠢如鹿豕,何足与较?汝读书而不知礼乎?"盖《春秋》责备贤者,理如是矣。故君子之于世也,可随俗者随,不必苟异;不可随俗者不随,亦不苟同。世于违礼之事,动曰某某曾为之。夫不论事之是非,但论事之有无,自古以来,何事不曾有人为之,可一一据以借口乎?

【译文】
南宫鲍敬之先生说:他的家乡有个陈生,在神祠里读书。夏天的夜里,陈脱衣露体睡在廊屋下,梦见神把他召到了神座前,喝叱责备得很严厉。陈辩白说:"殿上先有贩货的几个人睡着,我回避在廊屋下,为什么反而获罪?"神说:"贩子就可以,你就不可以。他们蠢笨得像山林间的野兽,有什么值得同他们计较的?你读书而不知道礼吗?《春秋》对贤能的人求全责备,道理就在于此。所以君子的对于世道,可以随俗的就顺随,不必苟且求异;不可以随俗的就不顺随,也不必苟且求同。世上对于违礼的事情,动不动说某某曾经做过。不论事情的是非,只论事情的有无,自古以来,什么事情不曾有人做过?难道可以一一拿来作为借口吗?"

著书当存风化

渔洋山人记张巡妾转世索命事,余不谓然。其言曰:"君为忠臣,我则何罪,而杀以飨士?"夫孤城将破,巡已决志捐生。巡当殉国,妾不当殉主乎?古来忠臣仗节,覆宗族糜妻子者,不知凡几。使人人索命,天地间无纲常矣。使容其索命,天地间亦无神理矣。王经之母含笑受刃,彼何人乎!此或妖鬼为祟,托一古事求祭飨,未可知也。或明季诸臣,顾惜身家,偷生视息,造作是言以自解,亦未可知也。儒者著书,当存风化,虽齐谐志怪,亦不当收悖理之言。

【译文】

渔洋山人记载张巡的妾转世索命的事情,我不以为然。他说的是:"君为忠臣,我则何罪,而杀以飨士?"要知道孤城将破,巡已经决意捐献生命。巡应当殉国,妾不应当殉主吗?从古以来忠臣坚守节操,倾覆宗族、毁灭妻儿的不知道有多少。假使人人索命,天地之间没有三纲五常了;假使容许他索命,天地之间也没有神理了。王经的母亲,含笑受刀,她是什么样的人呢!这个妾索命或许是妖怪鬼魅作祟,依托一件古事来求祭飨,也未可知。或许是明末的那些臣子,顾惜自己的身家,要偷生苟全性命,编造出这样的话,用来为自己解脱,也未可知。儒家学者著书,应当保存风俗教化,即使是齐谐志怪,也不应该收录违背正理的话。

冯 道 墓 妖

族叔楘庵言：景城之南，恒于日欲出时见一物，御旋风东驰。不见其身，惟昂首高丈余，长鬣鬖鬖，不知何怪。或曰："冯道墓前石马，岁久为妖也。"考道所居，今曰相国庄。其妻家，今曰夫人庄。皆与景城相近。故先高祖诗曰："青史空留字数行，书生终是让侯王。刘光伯墓无寻处，相国夫人各有庄。"其墓则县志已不能确指。北村之南，有地曰石人洼。残缺翁仲，犹有存者。土人指为道墓，意或有所传欤。

董空如尝乘醉夜行，便旋其侧。倏阴风横卷，沙砾乱飞，似隐隐有怒声。空如叱曰："长乐老顽钝无耻！七八百年后岂尚有神灵？此定邪鬼依托耳。敢再披猖，且日日来溺汝。"语讫而风止。

【译文】

同族的叔叔楘庵说：景城的南边，经常在太阳将要出来时，看见一个东西驾着旋风向东飞驰。人们看不见它的身子，只见有昂起的头，高一丈多，长长的鬣毛下垂着，不知道是什么怪物。有的说："冯道坟墓前的石马，年岁久了成为妖怪。"考证冯道住宅所在地，现在叫相国庄。他妻子的家，现在叫夫人庄。都同景城相近。所以已故高祖父有诗道："青史空留字数行，书生终是让侯王。刘光伯墓无寻处，相国夫人各有庄。"他的坟墓所在县志已经不能明确指出。北村的南面，有个地方叫石人洼，残缺的石像，还有存留的。本地人指说是冯道的坟墓，想来或者有所传承吧。

董空如曾经乘着醉意夜里行走，走到冯道墓前，在它的旁边小便。忽然阴风横卷过来，黄沙碎石乱飞，好像隐隐地有愤怒的声音。空如喝叱说："长乐老失节无耻，七八百年之后，难道还有神灵？这个肯定是妖邪鬼魅依托罢了。胆敢再猖狂，将天天用小便来浇你！"话刚说完，风就停止了。

董 天 士

南村董天士，不知其名，明末诸生，先高祖老友也。《花王阁剩稿》中，有哭天士诗四首，曰："事事知心自古难，平生二老对相看。飞来遗札惊投箸，哭到荒村欲盖棺。残稿未收新画册，（原注：天士以画自给。）余资惟卖破儒冠。布衾两幅无妨敛，在日黔娄不畏寒。""五岳填胸气不平，谈锋一触便纵横。不逢黄祖真天幸，曾怪嵇康太世情。开牖有时邀月入，杖藜到处避人行。料应尘海无堪语，且试骖鸾向紫清。""百结悬鹑两鬓霜，自餐冰雪润空肠。一生惟得秋冬气，到死不知罗绮香。（原注：天士不娶。）寒贳村醪才破戒，老栖僧舍是还乡。只今一瞑无余事，未要青蝇作吊忙。""廿年相约谢风尘，天地无情殒此人。乱世逃禅聊解脱，衰年哭友倍酸辛。关河泱漭连兵气，齿发沧浪寄病身。泉下有灵应念我，白杨孤冢亦伤神。"天士之生平，可以想见。县志不为立传，盖未见先高祖诗也。相传天士殁后，有人见其骑驴上泰山，呼之不应；俄为老树所遮，遂不见。意或尸解登仙欤！抑貌偶似欤！迹其孤僻之性，似于仙为近也。

【译文】

南村董天士,不知道他的名字,明末秀才,是已故高祖父的老友。《花王阁剩稿》中,有哭天士的诗四首道:"事事知心自古难,平生二老对相看。飞来遗札惊投箸,哭到荒村欲盖棺。残稿未收新画册(原注:天士以画自给。),余资惟卖破儒冠。布衾两幅无妨敛,在日黔娄不畏寒。""五岳填胸气不平,谈锋一触便纵横。不逢黄祖真天幸,曾怪嵇康太世情。开牖有时邀月入,杖藜到处避人行。料应尘海无堪语,且试骖鸾向紫清。""百结悬鹑两鬓霜,自餐冰雪润空肠。一生惟得秋冬气,到死不知罗绮香。(原注:天士不娶。)寒赍村醪才破戒,老栖僧舍是还乡。只今一瞑无余事,未要青蝇作吊忙。""廿年相约谢风尘,天地无情殒此人。乱世逃禅聊解脱,衰年哭友倍酸辛。关河泱漭连兵气,齿发沧浪寄病身。泉下有灵应念我,白杨孤冢亦伤神。"天士的生平,可以想见。县志不替他立传,是因为没有见到已故高祖父的诗。相传天士死后,有人看见他骑驴上泰山,叫他不答应;一会儿被老树所遮蔽,就不见了。想来或许是遗弃形骸登仙了吧?还是相貌偶尔相像呢?推究他孤僻的性格,似乎以成仙较为接近真情。

身 后 示 罚

先高祖集有《快哉行》一篇,曰:"一笑天地惊,此乐古未有。平生不解饮,满引亦一斗。老革昔媚珰,正士皆碎首。宁知时势移,人事反覆手。当年金谷花,今日章台柳。巧哉造物心,此罚胜枷杻。酒酣谈旧事,因果信非偶。淋漓挥醉墨,神鬼运吾肘。姓名讳不书,聊以存忠厚。时皇帝十载,太岁在丁丑。恢台仲夏月,其日二十九。同观者六人,题者河间叟。"盖为许显纯诸姬流落青楼作也。初,诸姬隶乐籍时,有以死自誓者。

夜梦显纯浴血来曰："我死不蔽辜,故天以汝等示身后之罚。汝若不从,吾罪益重。"诸姬每举以告客,故有"因果信非偶"句云。

【译文】已故高祖父集子里有《快哉行》一篇道:"一笑天地惊,此乐古未有。平生不解饮,满引亦一斗。老革昔媚珰,正士皆碎首。宁知时势移,人事反覆手。当年金谷花,今日章台柳。巧哉造物心,此罚胜枷杻。酒酣谈旧事,因果信非偶。淋漓挥醉墨,神鬼运吾肘。姓名讳不书,聊以存忠厚。时皇帝十载,太岁在丁丑。恢台仲夏月,其日二十九。同观者六人,题者河间叟。"原是为许显纯的诸多姬妾流落妓院而作的。起初,那些姬妾隶属妓女的名册时,有发誓宁死不从的。夜里梦见显纯满身是血而来说:"我死了也不能掩盖罪恶,所以拿你们来显示身后的惩罚。你如果不依从,我的罪更加重。"那些姬妾往往举出这事告诉客人,所以有"因果信非偶"的句子。

果 报 之 速

先四叔父栗甫公,一日往河城探友。见一骑飞驰向东北,突挂柳枝而堕。众趋视之,气绝矣。食顷,一妇号泣来,曰:"姑病无药饵,步行一昼夜,向母家借得衣饰数事。不料为骑马贼所夺。"众引视堕马者,时已复苏。妇呼曰:"正是人也。"其袱掷于道旁,问袱中衣饰之数,堕马者不能答;妇所言,启视一一合。堕马者乃伏罪。众以白昼劫夺,罪当缳首,将执送官。堕马者叩首乞命,愿以怀中数十金,予妇自赎。妇以姑病危急,亦不愿涉讼庭,乃取其金而纵之去。叔父曰:"果报之速,无速于此事者矣。每一念及,觉在在处处有鬼神。"

【译文】

已故四叔父栗甫公,一天去河城探访友人。路上看见一个人骑着马向东北方飞跑,突然被柳树枝叉挂住而跌落下来,众人跑去观看,已经断气了。过了一顿饭的工夫,一个女人号叫哭泣着来到说:"婆婆病了,没有药物,步行了一昼夜,向娘家借得几件衣服首饰,不料被骑马贼所抢夺。"众人引导她去看落马的人,这时已经重新苏醒过来。女人叫起来说:"正是这个人。"他的包袱抛掷在路旁,问到包袱当中衣服首饰的数目,落马的人不能回答;女人所说的,打开一看,却一一符合。落马的人于是认罪。众人因白昼抢夺,其罪应当处以绞刑,就要抓起那人解送官府。落马的人叩头乞求饶命,愿意把怀中的几十两银子给女人为自己赎罪。女人因为婆婆的病危急,也不愿牵扯到公堂上,于是拿了他的银两而放他走了。叔父说:"因果报应之快,没有快于这件事的了。每一想到,觉得到处有鬼神。"

齐舜庭就擒

齐舜庭,前所记剧盗齐大之族也。最剽悍,能以绳系刀柄,掷伤人于两三丈外。其党号之曰"飞刀"。其邻曰张七,舜庭故奴视之,强售其住屋广马厩;且使其党恐之曰:"不速迁,祸立至矣。"张不得已,携妻女仓皇出,莫知所适,乃诣神祠祷曰:"小人不幸为剧盗逼,穷迫无路。敬植杖神前,视所向而往。"杖仆向东北。乃迤逦行乞至天津,以女嫁灶丁,助之晒盐,粗能自给。

三四载后,舜庭劫饷事发,官兵围捕,黑夜乘风雨脱免。念其党有在商舶者，将投之泛海去。昼伏夜行，窃瓜果为粮，幸无觉者。一夕，饥渴交迫，遥望一灯荧然，试叩门。一少妇凝视久之，忽呼曰："齐舜庭在此。"盖追缉之牒，已急递至天津，立赏格募捕矣。众丁闻声毕集。舜庭手无寸刃，乃弭首就擒。少妇即张七之女也。使不迫逐七至是，则舜庭已变服，人无识者；地距海口仅数里，竟扬帆去矣。

【译文】

齐舜庭，是前面所记大盗齐大的同族。最为凶狠蛮横，能够用绳系着刀柄，在两三丈以外抛掷伤人，他的党羽称之为"飞刀"。他的邻居叫张七，舜庭原本把张看成是奴仆，强买张的住屋以扩充马舍，并且让他的党羽恐吓张说："不赶快搬迁，灾祸立刻到了。"张不得已，携带妻女仓促惊惶地出走，不知道该往哪里去，于是到神祠里祷告说："小人不幸被大盗逼迫，困窘无路，恭敬地把棍棒立在神前，我将顺它所倒的方向逃难。"棍棒倒向东北方，于是慢慢地一路行乞到了天津，把女儿嫁给了煮盐工，自己帮助他晒盐，勉强能够维持生活。

三四年后，舜庭打劫粮饷的事情暴露，官兵包围捕捉，他黑夜里趁着风雨得以脱身免祸。他的党羽有在商船上的，齐想要投奔他们航海出逃，就白昼潜伏，夜里行走，偷窃瓜果作为食物，幸而没有被人发觉。一天晚上，又饥饿，又口渴，他远远地望见一盏灯发出微弱的亮光。试着敲敲门，一个少妇开门凝视他好久，忽然叫道："齐舜庭在这里。"原来追捕的文书，已经急速递送到了天津，立出赏格招募人捕捉他了。众兵丁听到声音全部聚集，舜庭一件武器也没有，于是低头就擒。少妇就是张七的女儿。假使不逼迫驱逐张七到这里，那么齐舜庭已经改变服色，人们没有认识他的，这地方距离出海口只有几里路，齐就已经扬帆逃出海外了。

王兰洲忏悔

　　王兰洲尝于舟次买一童，年十三四，甚秀雅，亦粗知字义。云父殁，家中落，与母兄投亲不遇，附舟南还，行李典卖尽，故鬻身为道路费。与之语，羞涩如新妇，固已怪之。比就寝，竟弛服横陈。王本买供使令，无他念；然宛转相就，亦意不自持。已而童伏枕暗泣。问："汝不愿乎？"曰："不愿。"问："不愿何以先就我？"曰："吾父在时，所畜小奴数人，无不荐枕席。有初来愧拒者，辄加鞭笞曰：'思买汝何为？愤愤乃尔！'知奴事主人，分当如是；不如是则当捶楚。故不敢不自献也。"王蹶起推枕曰："可畏哉！"急呼舟人鼓楫，一夜追及其母兄，以童还之，且赠以五十金。意不自安，复于悯忠寺礼佛忏悔。梦伽蓝语曰："汝作过改过在顷刻间，冥司尚未注籍，可无庸渎世尊也。"

【译文】

　　王兰洲曾经在乘船途中买了一个童子，年十三四岁，很是俊秀文雅，也略知字义。童子说是父亲死了，家境败落；同母亲、兄长投奔亲戚不遇，想搭船回到南边去。因行李当光卖完，所以卖身作路费。同他谈话，羞涩得像新媳妇，本来已经感到奇怪了。等到就寝，竟然脱光衣服躺着。王本意买来供使唤，没有别的念头；但是如今他温顺地主动亲近，自己也就控制不住了。事后，童子伏在枕头上暗暗哭泣，王就问："你不愿意吗？"答："不愿意。"问："不愿意为什么先来亲近我？"答："我的父亲在世时，所养的几个小奴仆，没有不在枕席上侍候的。有刚来羞愧拒绝的，就加以鞭打，说：'想想买你做什么？糊涂到这样！'知道奴仆服侍主人，本分应当这样，不这样就应当受鞭打，所以不敢不自己献身。"王急忙起身推开枕头说："可怕啊！"连忙叫船夫鼓动船桨，一夜追上他的母亲兄长，把童子还给他们，并且赠送了五十两银子。王心里还不能安宁，又在悯忠寺礼拜佛像忏悔。梦见伽蓝神对他说："你犯了过错在顷刻之间就改正了，阴司还没有登记上簿册，可以不必亵渎佛祖了。"

魂附亡人衣

戈东长前辈官翰林时，其太翁傅斋先生市上买一惨绿袍。一日镮户出，归失其钥。恐误遗于床上，隔窗视之，乃见此袍挺然如人立，闻惊呼声乃仆。众议焚之。刘啸谷前辈时同寓，曰："此必亡人衣，魂附之耳。鬼为阴气，见阳光则散。"置烈日中反覆曝数日，再置室中，密觇之，不复为祟矣。

又东长头早童，恒以假发续辫。将罢官时，假发忽舒展蜿蜒，如蛇掉尾。不久即归田。是亦亡人之发，感衰气而变幻也。

【译文】
戈东长前辈在翰林院任职时，他的祖父傅斋先生在市上买了一件浅绿色的袍子。一天，傅斋先生锁了门出去，回来时丢失了钥匙。他恐怕不小心遗落在床上了，隔窗看去，竟然见到这件袍子直挺挺地像人一样站立着，听到惊叫的声音才仆倒。众人建议烧掉它，刘啸谷前辈当时在同一个寓所，说："这必定是死人的衣服，魂灵附着它罢了。鬼是阴气，见到阳光就散去。"放在烈日中反复晒了几天，再放回房间里，秘密地观察它，它不再作祟了。

又，东长头早秃，经常用假发接续辫子。将要罢官时，假发忽然舒展开来，曲折宛转就像蛇摆动尾巴。东长不久就罢官回乡了。这也是死人的头发感染了衰败之气而产生的变幻。

应举之狐

德清徐编修开厚，亦壬戌前辈。初入馆时，每夜读书，则宅后空屋中有读书声，与琅琅相答。细听所诵，亦馆阁律赋也。启户则无睹。一夕，蹑足屏息窥之，见一少年，着青半臂，蓝绫衫，携一卷背月坐，摇首吟哦，若有余味，殊不似为祟者。后亦无休咎。唐小说载天狐超异科，策二道，皆四言韵语，文颇古奥。或此狐亦应举者欤！此戈东长前辈说；戈，徐同年进士也。

【译文】

德清翰林院编修徐开厚，也是壬戌科的前辈。刚刚进入词馆供职时，每天夜里读书，住宅后面的空屋中就有读书声，同他的琅琅声互相应和。细听所诵读的，也是馆阁中应用的律赋。打开门则没有看到什么。一天晚上，他放轻脚步、屏住呼吸偷偷看去，只见一个少年，穿青色的短袖上衣，蓝绫的长衫，拿着一卷书背向着月亮而坐，摇头吟诵，好像有不尽的趣味，不像是作祟的。此后，也没有什么吉凶的迹象。唐代的小说记载天狐在超异科目中策问二道，都是四个字的韵语，文章颇为古雅深奥，或者这个狐精也是应科举考试的吧？这是戈东长前辈说的，戈和徐是同年取中的进士。

七千钱

乌鲁木齐八蜡祠道士，年八十余。一夕，以钱七千布荐下，卧其上而死。众议以是钱营葬。夜见梦于工房吏邬玉麟曰："我守官庙，棺应官给。钱我辛苦所积，乞纳棺中，俟来生我自取。"玉麟悯而从之。葬讫，太息曰："以钱贮棺，埋于旷野，是以璠玙敛也，必暴骨。"余曰："以钱买棺，尚能见梦；发棺攘夺，其为厉必矣。谁能为七千钱以性命与鬼争？必无恙。"众皆䩄然。然玉麟正论也。

【译文】

乌鲁木齐八蜡祠有个道士，年纪八十多岁。一天夜里，他把七千铜钱分布在褥子下，睡在它的上面而死了。众人议论用这个钱来为他办理丧事。夜里道士托梦给州县工房官吏邬玉麟说："我看守官庙，棺材应该官府供给，钱是我辛苦所积蓄的，恳求纳入棺材里，等到来世我自己取用。"玉麟怜悯而依从了他。葬毕，叹息着说："把钱贮藏在棺材中，埋在空旷的野地里，这是等于用美玉入棺，一定要暴露尸骨。"我说："用钱来买棺材，还能够托梦；打开棺材抢夺，他为祸作祟是必然的了。谁肯为了七千钱用性命和鬼争夺？肯定是没有事的。"众人都笑了起来。但是玉麟说的是正理。

埋骨得路

辛卯春，余自乌鲁木齐归。至巴里坤，老仆咸宁据鞍睡，大雾中与众相失。误循野马蹄迹，入乱山中，迷不得出，自分必死。偶见厓下伏尸，盖流人逃窜冻死者；背束布橐，有糇粮。宁藉以疗饥，因拜祝曰："我埋君骨，君有灵，其导我马行。"乃移尸岩窦中，运乱石坚窒。惘惘然信马行。越十余日，忽得路，出山，则哈密境矣。哈密游击徐君，在乌鲁木齐旧相识。因投其署以待余。余迟两日始至，相见如隔世。此不知鬼果有灵，导之以出；或神以一念之善，佑之使出；抑偶然侥幸而得出。徐君曰："吾宁归功于鬼神，为掩骴埋骼者劝也。"

【译文】
辛卯年春天，我从乌鲁木齐回来，到了巴里坤，老仆咸宁靠着马鞍睡着了，大雾当中同众人失去联络，错误地顺着野马马蹄的印迹进入乱山之中，迷失不得出来，自己料想必死。偶尔见到山边下面俯伏着的尸体，大概是流放的人逃窜冻死的，背上缚着布袋，装有干粮。咸宁借以充饥，因而跪拜祝告说："我埋葬您的尸骨，您有灵就引导我的马行走。"于是搬移尸体到岩洞里，运来乱石牢牢地堵塞。然后他迷迷糊糊地由着马行走。过了十多天，忽然寻到了路，出山就是哈密的境内了。哈密游击徐君，是在乌鲁木齐时的老相识，于是他投奔徐的衙署等待我。我迟了两天才到，相见如同隔世。这不知道是鬼果然有灵，引导他出来；或者神因为一个行善的念头，保佑使他出来；或者是偶然侥幸而得以出来。徐君说："我宁可归功于鬼神，以作为对那些掩埋遗骨的人的鼓励。"

鬼尚好名

董曲江前辈言：顾侠君刻《元诗选》成，家有五六岁童子，忽举手外指曰："有衣冠者数百人，望门跪拜。"嗟乎，鬼尚好名哉！余谓剔抉幽沉，搜罗放佚，以表章之力，发冥漠之光，其衔感九泉，固理所宜有。至于交通声气，号召生徒，祸枣灾梨，递相神圣，不但有明末造，标榜多诬；即月泉吟社诸人，亦病未离乎客气。

盖植党者多私，争名者相轧。即盖棺以后，论定犹难；况乎文酒流连，唱予和汝之日哉。《昭明文选》以何逊见存，遂不登一字。古人之所见远矣。

【译文】

　　董曲江前辈说：顾侠君刻印《元诗选》刚刚完工，家里有个五六岁的儿童忽然举手向外指着说："有穿戴士绅衣冠的数百人，朝着门跪拜。"唉，鬼尚且好名呵！我认为搜索沉埋的，搜集散失的，用表彰的力量，使死者的作品发出光辉，他们在九泉之下感念不尽，固然是情理上所应有的。至于互通声气，号召门徒，胡刻滥印，互相吹捧为神圣，不但明代末期，所标榜的多半名不符实，就是月泉吟社那些人，也摆脱不了虚夸浮泛的毛病。大概结党的多有私心，争名的互相倾轧，就是盖棺以后，论定还难，何况是文酒盘桓，我唱你和的日子呢！《昭明文选》因为何逊还在世，就不登他一个字，古人的见地可谓深远了。

黑驴啖人

　　余次女适长山袁氏，所居曰焦家桥。今岁归宁，言距所居二三里许，有农家女归宁，其父送之还夫家。中途入墓林便旋，良久乃出。父怪其形神稍异，听其语音亦不同，心窃有疑，然无以发也。至家后，其夫私告父母曰："新妇相安久矣，今见之心悸，何也？"父母斥其妄，强使归寝。所居与父母隔一墙。夜忽闻颠扑膈膈声，惊起窃听，乃闻子大号呼。家众破扉入，则一物如黑驴冲人出，火光爆射，一跃而逝。视其子，惟余残血。天曙，往觅其妇，竟不可得。疑亦为所啖矣。此与《太平广记》所载罗刹鬼事全相似，殆亦是鬼欤！观此知佛典不全诬。小说稗官，亦不全出虚构。

【译文】
　　我的第二个女儿嫁给长山袁家，所住的地方叫焦家桥。今年女儿回娘家，说离开所住处二三里光景，有个农家女回娘家过了一阵，父亲送她回婆家去。半路上她进入坟地的树丛里小便，过了很久才出来。她的父亲奇怪她的模样神色有些不对，听她的语言也和以前不同，心里暗暗地有疑惑，但是无从说起。到了家里以后，她的丈夫私下告诉他的父母说："我和新娘子平安地相处已经很久了，今天见了她心里惊跳，这是什么缘故？"父母斥责他瞎说，硬叫他回去睡觉。儿子所住的房间同父母隔一道墙，夜里忽然听到翻跌仆倒和发出膈膈的声音。父母惊起偷听，就听到他们的儿子大声地号叫，家里众人破门而入，只见有个东西像匹黑驴冲开人群出来，火光迸射，一跳就消失了。再看他们的儿子，只留下一点残余的血迹。天明前往寻找他的妻子，竟然找不到，疑心也被它吃掉了。这同《太平广记》所记载的罗刹鬼的事全然相似，恐怕也是鬼吧？从这件事看，知道佛家经典不全是欺诬，小说稗官也不全出自虚构。

丑 妇 失 节

　　河间一妇，性佚荡。然貌至陋，日靓妆倚门，人无顾者。后其夫随高叶飞官天长，甚见委任；豪夺巧取，岁以多金寄归。妇借其财，以招诱少年，门遂如市。迨叶飞获谴，其夫遁归，则囊箧全空，器物斥卖亦略尽，惟存一丑妇，淫疮遍体而已。人谓其不拥厚资，此妇万无堕节理。岂非天道哉！

【译文】

　　河间有个女人,性格放荡,但是相貌最丑陋。天天浓妆艳抹地靠在门前,人们没有看她一眼的。后来高叶飞到天长做官,她的丈夫随从而去,很被信任委用。丈夫巧取豪夺,每年寄很多银两回家。女人凭借她的钱财,用来招引诱惑少年,门庭就像市场一样热闹。等到叶飞获罪,她的丈夫逃归,则家中箱笼、袋子全空,器物也变卖将尽,只留下一个丑妇,身上生满杨梅疮毒罢了。人们说,他如果不拥有丰厚的资产,这个女人万万没有失节的道理,这岂不是天意吗?

魇　术

　　伯祖湛元公、从伯君章公、从兄旭升,三世皆以心悸不寐卒。旭升子汝允,亦患是疾。一日治宅,匠睨楼角而笑曰:"此中有物。"破之则甃砖如小龛,一故灯檠在焉。云此物能使人不寐,当时圬者之魇术也。汝允自是遂愈。丁未春,从侄汝伦为余言之。此何理哉?然观此一物藏壁中,即能操主人之生死。则宅有吉凶,其说当信矣。

【译文】

　　伯祖父湛元公、堂伯君章公、堂兄旭升,三代都因为心里惊跳不能入睡而死。旭升的儿子汝允,也患上这个疾病。一天修缮住宅,工匠斜视着楼角而笑说:"这里面有东西。"拆了开来,则砖砌得像小佛龛,一个旧的灯架在里面。听人说这个东西能使人不能入睡,是当时泥瓦匠的魇魔术。汝允从此以后病就好了。丁未年春天,堂侄汝伦给我说这件事。这是什么道理呢?但是,看到这一件东西藏在墙壁中,就能够掌握主人的生死,那么住宅的有吉有凶,这种说法应当是确实的了。

户 部 郎 中

戴户曹临，以工书供奉内廷。尝梦至冥司，遇一吏，故友也，留与谈。偶揭其簿，正见己名，名下朱笔草书，似一犀字。吏夺而掩之，意似薄怒，问之亦不答。忽惶遽而醒，莫测其故。偶告裘文达公，文达沉思曰："此殆阴曹简便之籍，如部院之略节。户中二字，连写颇似犀字。君其终于户部郎中乎？"后竟如文达之言。

【译文】
　　户部司员戴临，因工于书法侍奉于内廷。他曾经做梦到了阴司，遇到一个吏员，是旧时的朋友，挽留他一起谈天。偶尔揭开他的簿册，正好见到自己的名字，名字下面用朱笔草书，像一个犀字。吏员夺了过去把它掩上，意思好像有些恼怒，问他，也不回答。戴在惊惧惶恐中忽然醒了过来。猜不出它的缘故。戴偶然把这事告诉了裘文达公，文达沉思着说："这恐怕是阴司简便的簿籍，如同六部和都察院摘要的文件；户中两个字，连写颇像是犀字，您大概将以户部郎中的官职结局吧？"后来竟然如同文达所说。

祈 梦 得 诗

东光霍易书先生，雍正甲辰举于乡。留滞京师，未有所就。祈梦吕仙祠中，梦神示以诗曰："六瓣梅花插满头，谁人肯向死前休？君看矫矫云中鹤，飞上三台阅九秋。"至雍正五年，初定帽顶之制，其铜盘六瓣如梅花，始悟首句之意。窃谓仙鹤为一品服，三台为宰相位，此句既验，末二句亦必验矣。后由中书舍人官至奉天府尹，坐谴谪军台，其地曰葵苏图，实第三台也。官牒省笔，皆书臺为台，适符诗语。果九载乃归。在塞外日，自署别号曰"云中鹤"，用诗中语也。

后为姚安公述之。姚安公曰："霍字上为雲字头，下为鹤字之半，正隐君姓，亦非泛语。"先生喟然曰："岂但是哉！早年气盛，锐于进取，自谓卿相可立致，卒致颠蹶。职是之由，第二句神戒我矣，惜是时未思也。"

【译文】

东光的霍易书先生，雍正二年乡试中了举人。他滞留在京城里，没有找到就职的地方，于是到吕仙祠中求梦，梦见神以诗相示道："六瓣梅花插满头，谁人肯向死前休。君看矫矫云中鹤，飞上三台阅九秋。"到了雍正五年，开始定帽顶的制度，他的是铜质盘出六瓣像梅花，才悟出首句的意思。私下以为仙鹤是一品服饰，三台是宰相的位子，这一句既然应验，末了两句也必然应验的了。后来由中书舍人官做到奉天知府，犯有过错贬降军臺，这地方叫葵苏图，其实是第三臺，官府公文省笔都写臺为台，恰巧符合诗中所说。果然过了九年才回来。在塞外的日子里，自己署别号叫云中鹤，用的是诗中的话。

后来霍对姚安公说起这件事，姚安公说："霍字的上面是雲字头，下面是鹤字的一半，正好隐含着您的姓，也不是泛泛的话。"先生叹息着说："岂但是这点呢！早年时气盛，决意努力上进，自己以为卿相可以立刻到手，结果导致颠仆挫折，就是由此而来。第二句神告诫我了，可惜当时没有想到呵！"

签 示 试 题

古以龟卜。孔子系《易》，极言蓍德，而龟渐废。《火珠林》始以钱代蓍，然犹烦六掷。《灵棋经》始一掷成卦，然犹烦排列。至神祠之签，则一掣而得，更简易矣。神祠率有签，而莫灵于关帝；关帝之签，莫灵于正阳门侧之祠。盖一岁中，自元旦至除夕，一日中，自昧爽至黄昏，摇筒者恒琅琅然。一筒不给，置数筒焉。杂遝纷纭，倏忽万状，非惟无暇于检核，亦并不容于思议。虽千手千目，亦不能遍应也。然所得之签，皆验如面语，是何故欤？其最奇者，乾隆壬申乡试，一南士于三月朔日斋沐以祷，乞示试题。得一签曰："阴里相看怪尔曹，舟中敌国笑中刀。藩篱剖破浑无事，一种天生惜羽毛。"是科《孟子》题为"曹交问曰：'人皆可以为尧舜。'"至"汤九尺"，应首句也。《论语》题为"夫子莞尔而笑曰：'割鸡焉用牛刀。'"应第二句也。《中庸》题为"故天之生物，必因其材而笃焉"，应第四句也。是真不可测矣。

【译文】

　　古代用龟来占卜，孔子为《易经》作系辞，竭力谈蓍草的功用，而龟渐渐废弃。《火珠林》才用铜钱代替蓍草，但还需要掷六次。《灵棋经》才定为掷一次成卦，但还需要排列铜钱。到了神祠里的签，就一掣而得，更加简便了。神祠大都有签，而没有比关帝的签更灵验的了；关帝的签，没有比正阳门旁边神祠里的更灵验的了。大概一年中从元旦到除夕，一天中从天明到黄昏，摇签筒一直发出琅琅的响声。一只筒不够，就放置几只筒。杂乱纷纭，顷刻之间，万种情状，不但没有时间去检查核对，而且也容不得去思索议论。即使有千手千目，也不能一一应付。但是所得到的签，都灵验得像当面说的话，这是什么缘故呢？其中最奇怪的，乾隆十七年乡试，一个南方的士子在三月初一日斋戒沐浴前来祷告，恳求示知试题，得一签道："阴里相看怪尔曹，舟中敌国笑中刀。藩篱剖破浑无事，一种天生惜羽毛。"这一科《孟子》题目为"曹交问曰：'人皆可以为尧舜'"至"汤九尺"，应的是首句。《论语》的题目为"夫子莞尔而笑曰：'割鸡焉用牛刀'"，应的是第二句。《中庸》的题目为"故天之生物，必因其材而笃焉"，应的是第四句，这真是不可思议了。

某　　公

孙虚船先生言：其友尝患寒疾，昏愦中觉魂气飞越，随风飘荡。至一官署，谛视门内皆鬼神，知为冥府。见有人自侧门入，试随之行，无呵禁者。又随众坐庑下，亦无诘问者。窃睨堂上，讼者如织。冥王左检籍，右执笔，有一两言决者，有数十言数百言乃决者，与人世刑曹无少异。琅珰引下，皆帖伏无后言。忽见前辈某公盛服入，冥王延坐，问讼何事。则诉门生故吏之辜恩，所举凡数十人，意颇恨恨。冥王颜色似不谓然，俟其语竟，拱手曰："此辈奔竞排挤，机械万端，天道昭昭，终罹冥谪。然神殛之则可，公责之则不可。种桃李者得其实，种蒺藜者得其刺，公不闻乎？公所赏鉴，大抵附势之流；势去之后，乃责之以道义，是凿冰而求火也。公则左矣，何暇尤人?"某公怃然久之,逡巡竟退。友故与相识,欲近前问讯。忽闻背后叱叱声,一回顾间,悚然已醒。

【译文】

孙虚船先生说:他的朋友曾经患寒邪之症,昏沉迷糊中觉得魂灵神气飞翔腾越,随风飘荡。到了一个官署,仔细观看,门内都是鬼神,知道是阴间。他看到有人从旁边的门进去,试着跟随走进,没有人喝叱禁止;又随着众人坐在廊屋下面,也没有人询问。偷看堂上,告状的人纷繁交织。冥王左手翻检簿册,右手执笔,有一两句话判决的,有数十句、数百句才判决,同人世间管理刑事的衙署没有一点区别。被判者带上镣铐引导而下,都服服帖帖没有背后的非议。忽然见到前辈某公服饰齐整地进来,冥王请他坐,问为什么事诉讼。某公就诉说门生和旧时的属吏负恩,所举的有几十人,意下颇为愤恨,冥王的面色好像不以为然,等他说完,拱拱手说:"这些人争斗排挤,机诈万种,天道昭彰,终究会遭到阴司的惩罚。但是神诛杀他们可以,您责备他们就不可以。种桃李的人得到它的果实,种蒺藜的人得到它的刺,您没有听说过吗?您所赏识的人,大都是趋炎附势之流;失势之后,而要求他们以道义相待,这是凿冰而去求出火。您也有偏差,还有什么工夫来责备人呢?"某公怅然失意了好久,迟疑地竟退了出来。友人原本同他相识,要想走近前去问讯,忽然听到背后叱咤的声音,一回头之间,已经在惶恐不安中醒了过来。

欠 债 必 还

董文恪公老仆王某,性谦谨,善应门,数十年未忤一人,所谓"王和尚"者是也。言尝随文恪公宿博将军废园,月夜据石纳凉。遥见一人仓皇隐避,一人邀遮而止之,捉其臂共坐树下,曰:"以为汝生天久矣,乃在此相遇耶？"因先述相交之契厚，次责任事之负心，曰："某事乘我急需，故难其词以勒我，中饱几何。某事欺我不谙，虚张其数以绐我，干没又几何。"如是数十事，每一事一批其颊，怒气坌涌，似欲相吞噬。俄一老叟自草间出，曰："渠今已堕饿鬼道，君何必相凌？且负债必还，又何必太遽？"其一人弥怒曰："既已饿鬼，何从还债？"老叟曰："业有满时，则债有还日。冥司定律，凡称贷子母之钱，来生有禄则偿，无禄则免，为其限于力也。若胁取诱取之财，虽历万劫，亦须填补。其或无禄可抵，则为六畜以偿；或一世不足抵，则分数世以偿。今夕董公所食之豚，非其干仆某之十一世身耶？"其一人怒似略平，乃释手各散。老叟意其土神也。所言干仆，王某犹及见之，果最有心计云。

【译文】

　　董文恪公的老仆王某，性格谦和谨慎，善于照应门户，数十年没有触犯过一个人，就是被人们称为"王和尚"的那一个。他说曾经跟随文恪公住宿在博将军废弃的园子里，月夜靠着石头乘凉，远远地看见一个人慌张地隐身躲避，一个人阻拦止住他，抓住他的手臂一起坐在树下，说："以为你升天很久了，竟然在这里相遇吗？"于是先讲相交的深厚，其次责备他做事的负心，说："某件事趁我急需，故意说得很难来勒索我，从中侵吞了多少。某件事欺我不熟悉，虚报夸大它的数目来诳骗我，从中吃没了多少。"像这样的几十件事，每说一件，打他一下耳光，怒气喷涌，好像要把对方吞吃下去。一会儿一个老叟从草丛间出来，说："他现在已经堕落到饿鬼道里，您何必相欺凌？而且欠了债必定要偿还，又何必太性急？"那一个人更怒，说："既然已经是饿鬼，又怎么还债？"老叟说："恶业有满的时候，债就有还的日子。阴司的定律，凡是借贷的本利钱,来世有禄位的就偿还,没有禄位的就免去,因为是限于他的能力。如果是胁迫、诱骗取得的钱财,即使历经千年万代必须要填补。其中有人没有禄位可以抵偿的,就变成六畜来偿还;有人一世不足以抵偿的,就用几世来偿还。今晚董公所吃的猪,不是他干练的奴仆某人的第十一世身子吗?"那人的怒气像是略略平息,才放了手各自散去。老叟料想是土地神,所说干练的仆人,王某还曾经见到过,果然是最有心计的。

鬼 神 护 佑

福建曹藩司绳柱言:一岁司道会议臬署,上食未毕。一仆携小儿过堂下,小儿惊怖不前,曰:"有无数奇鬼,皆身长丈余,肩承梁柱。"众闻号叫,方出问,则承尘上落土簌簌,声如撒豆;急跃而出,已栋摧仆地矣。咸额手谓鬼神护持也。湖广定制府长,时为巡抚,闻话是事,喟然曰:"既在在处处有鬼神护持,自必在在处处有鬼神鉴察。"

【译文】

福建布政使曹绳柱说:有一年司道官员在按察使衙署里会议,献食还没有完,一个仆人携带小儿经过堂下,小儿惊慌恐怖地不肯向前,说:"有无数个奇鬼,都是身长一丈多,用肩膀顶承着屋梁柱子。"众人听到呼叫的声音,刚出来询问,天花板上就掉落泥土,簌簌的声音好像在抛撒豆子。众人急忙跳跃而出,转眼间已经栋梁折断倒地了。众人都庆幸说是鬼神的护佑。湖广总督定长,当时任巡抚,听到讲起这件事,叹息着说:"既然到处有鬼神护佑,自然必定到处有鬼神在察看。"

卷 七

如是我闻（一）

曩撰《滦阳消夏录》，属草未定，遽为书肆所窃刊，非所愿也。然博雅君子，或不以为纰缪，且有以新续告者。因补缀旧闻，又成四卷。欧阳公曰："物尝聚于所好。"岂不信哉！缘是知一有偏嗜，必有浸淫而不自已者，天下事往往如斯，亦可以深长思也。辛亥七月二十一日题。

【译文】
从前撰写《滦阳消夏录》，尚未定稿，竟被书店偷偷刊印了，不是我的本愿。但渊博雅望的君子们，有的并不认为这部书是纰缪丛生，而且还有以新鲜的素材来陆续告知的。于是我增补旧日见闻，又写成了四卷。欧阳修说过："事物常常聚集在爱好它的人那儿。"难道不是说得很准确的吗？由此可以得知，一旦有了偏爱的嗜好，必将沉浸其中而不能自拔，天下的事往往如此，也是值得深长思考的啊。辛亥年七月二十一日题。

孙公降坛诗

太原折生遇兰言：其乡有扶乩者，降坛大书一诗曰：

"一代英雄付逝波,壮怀空握鲁阳戈。庙堂有策军书急,天地无情战骨多。故垒春滋新草木,游魂夜览旧山河。陈涛十郡良家子,杜老酸吟意若何?"署名曰"柿园败将"。皆悚然知为白谷孙公也。柿园之役,败于中旨之促战,罪不在公。诗乃以房琯车战自比,引为己过。正人君子之用心,视王化贞辈偾辕误国,犹百计卸责于人者,真三光之于九泉矣。大同杜生宜滋,亦录有此诗,"空握"作"辜负","春滋"作"春添","意若何"作"竟若何",凡四字不同。盖传写偶异,大旨则无殊也。

【译文】

太原折生遇兰说:他的家乡有扶乩的,降临乩坛的神大书一诗道:"一代英雄付逝波,壮怀空握鲁阳戈。庙堂有策军书急,天地无情战骨多。故垒春滋新草木,游魂夜览旧山河。陈涛十郡良家子,杜老酸吟意若何?"署名叫"柿园败将"。乩坛中的人都肃然起敬,知道是白谷孙公。柿园的这一次战役,败在朝中旨意的催促作战,罪不在公。诗中以房琯的车战用来自比,引为自己的过错。看看正人君子的用心,再看王化贞之流的覆败误国,还千方百计推卸责任给别人,真如日月星之光和九泉之比了。大同杜生宜滋也抄录有这首诗,"空握"作"辜负","春滋"作"春添","意若何"作"竟若何",共有四个字不同。大概传写中偶有差异,它的大旨则没有什么区别。

烈妇鸣冤

许南金先生言:康熙乙未,过阜城之漫河。夏雨泥泞,马疲不进;息路旁树下,坐而假寐。恍惚见女子拜言曰:"妾黄保宁妻汤氏也,在此为强暴所逼,以死捍拒,卒被数刃以死。官虽捕贼骈诛,然以妾已被污,竟不旌表。冥官哀其贞烈,俾居此地,为横死诸魂长,今四十余年矣。夫异乡丐妇,踽踽独行,猝遇三健男子,执缚于树,肆其淫毒;除骂贼求死,别无他术。其啮齿受玷,由力不敌,非节之不固也。司谳者苛责无已,不亦冤乎?公状貌似儒者,当必明理,乞为白之。"梦中欲询其里居,霍然已醒。后问阜城士大夫,无知其事者;问诸老吏,亦不得其案牍。盖当时不以为烈妇,湮没久矣。

【译文】

许南金先生说:康熙五十四年,经过阜城的漫河。夏天下雨,道路泥泞,马疲困不肯前进,他就在路旁树下休息,坐而打盹。恍恍惚惚看见有女子下拜说道:"妾是黄保宁的妻子汤氏,在这里被强贼所逼迫,用死力来抗拒,结果被砍了数刀而死。官府虽然捕获了强贼一并诛杀,但因为妾已经被污辱,竟然不予表彰。冥府官员哀怜我贞节壮烈,让我居住在这里,作为意外死亡的诸鬼之长,到现在已经四十多年了。作为异乡乞食的女人,孤独地一个人行走,突然碰到三个壮健的男子,抓住缚在树上,肆意地奸淫残害,除了骂贼求死,别无其他办法。当时咬牙受了玷污,由于力量抵敌不过,不是节操的不坚定。主持审判的人苟求不已,不也冤枉吗?您的行状相貌像是一个儒家学者,当然必定明白事理,恳求代为申雪。"梦中想要询问她的乡里住处,突然已经醒了过来。后来他问起阜城的士大夫,没有人知道这件事的;问起几位老吏,也找不到这件事的案卷。大概当时不以为是烈妇,湮没很久了。

狐 嘲 道 士

京师某观,故有狐。道士建醮,醵多金。竣事后,与其徒在神座灯前,会计出入。尚阙数金,师谓徒干没,徒谓师误算,盘珠格格,至三鼓未休。忽梁上语曰:"新秋凉爽,我倦欲眠,汝何必在此相聒?此数金,非汝欲买媚药,置怀中过后巷刘二姐家,二姐索金指环,汝乘醉探付彼耶?何竟忘也?"徒转面掩口。道士乃默然敛簿出。剃工魏福,时寓观内,亲闻之。言其声咿咿呦呦,如小儿女云。

【译文】

京城里某道观,原来有狐。道士建坛打醮,聚敛了很多银两。事完以后,道士同他的徒弟在神座的灯前,计算出入账目,还缺少几两银子。师父说徒弟吞没,徒弟说师父错算,算盘珠子格格地响,到三更天还没有完。忽然屋梁上说话道:"新秋凉爽,我疲倦了要想睡觉,你何必在这里烦扰?这几两银子,不是你要想买春药,放在怀中,经过后巷刘二姐家,二姐索要金戒指,你趁着醉意掏出给了她吗?为什么竟然忘了呢?"徒弟转过脸去掩住口,道士才默默地收起簿子出来。剃头匠魏福当时居住在道观内,亲耳听到的。它的声音呷呷呦呦,就像小儿女的说话。

旱 魃

旱魃为虐,见《云汉》之诗,是事出经典矣。《山海经》实以女魃,似因诗语而附会。然据其所言,特一妖神耳。近世所云旱魃，则皆僵尸。掘而焚之，亦往往致雨。夫雨为天地之䜣合，一僵尸之气焰，竟能弥塞乾坤，使隔绝不通乎？雨亦有龙所作者，一僵尸之技俩，竟能驱逐神物，使畏避不前乎，是何说以解之？

又狐避雷劫，自宋以来，见于杂说者不一。夫狐无罪欤，雷霆克期而击之，是淫刑也，天道不如是也。狐有罪欤，何时不可以诛，而必限以某日某刻，使先知早避？即一时暂免，又何时不可以诛，乃过此一时，竟不复追理？是佚罚也，天道亦不如是也。是又何说以解之？

偶阅近人《夜谈丛录》，见所载焚旱魃一事、狐避劫二事，因记所疑，俟格物穷理者详之。

【译文】
旱魃肆虐，见于《云汉》这首诗，这件事出于经典了。《山海经》落实为女魃，似乎是因为诗中的话而附会上去的。但是根据它所说的，不过是一个妖神罢了。近代所说的旱魃，则都是僵尸，发掘出来焚烧掉它，也往往能够招来雨。雨是天地受感而动、和乐融洽的产物，一个僵尸的气焰，竟然能够充塞乾坤，使其隔绝不通吗？雨也有龙所发动的，一个僵尸的伎俩，竟然能够驱逐神物，使其畏惧躲避不前吗？这些用什么样的学说来解释它呢？

又狐狸总是躲避雷打，从宋朝以来，见于杂说的不一而足。狐狸如果没有罪，雷霆按指定日期而击打它，这是滥用刑罚了，天道是不会这样的。狐狸如果有罪，什么时候不可以诛杀，而一定要限定为某一日某一刻，使其事先知道早早避开？就是一时暂且避免，又什么时候不可以诛杀，竟然过了这一时刻，就不再追究处理？这是失于处罚了，天道也是不会这样的。这又用什么样的学说来解释它呢？

偶尔阅读近人的《夜谈丛录》，见到所记载的一件焚烧旱魃的事，两件狐狸避劫难的事，因而记下所疑惑的，等待穷究事物道理的人来审察。

井 水 之 疑

虎坊桥西一宅，南皮张公子畏故居也，今刘云房副宪居之。中有一井，子午二时汲则甘，余时则否，其理莫明。或曰："阴起午中，阳生子半，与地气应也。"然元气昆仑，充满大地，何他井不与地气应，此井独应乎？西土最讲格物学，《职方外纪》载其地有水一日十二潮，与晷漏不差秒忽。有欲穷其理者，构庐水侧，昼夜测之，迄不能喻，至恚而自沉。此井抑亦是类耳！

【译文】
虎坊桥西面一所住宅，是南皮张公子畏的旧居，现在是都察院左副都御史刘云房住着。宅内有一口井，子午两个时辰打的水是甘甜的，其余的时辰则不是这样，实在不明白其中的道理。有的说："阴气生于午时之中，阳气生于子时之半，同地气相应。"但是元气广大无垠，充满于天地，为什么其他的井不同地气相应，而这口井独独相应呢？西方最讲究格物学，《职方外纪》记载其地有水流，一天之中十二次涨潮，同测时的仪器晷和漏不差一点儿。有要想穷究它的道理的，在水边建造房子，日夜测量它，始终不能明白，以至于气愤而投水自尽。这口井或者也是属于这一类吧。

煞 神

张读《宣室志》曰：俗传人死数日，当有禽自柩中出,曰煞。太和中,有郑生者,网得一巨鸟,色苍,高五尺余,忽无所见。访里中民讯之,有对者曰:"里中有人死,且数日。卜者言,今日煞当去。其家伺而视之,有巨鸟色苍,自柩中出。君所获果是乎?"此即今所谓煞神也。

徐铉《稽神录》曰:彭虎子少壮,有膂力。尝谓无鬼神。母死,俗巫诫之曰:"某日殃煞当还,重有所杀,宜出避之。"合家细弱,悉出逃隐。虎子独留不去。夜中有人推门入,虎子皇遽无计,先有一瓮,便入其中,以板盖头。觉母在板上,有人问:"板下无人耶?"母曰:"无。"此即今所谓回煞也。

俗云殇子未生齿者,死无煞;有齿者即有煞。巫觋能预克其期。家奴孙文举、宋文皆通是术。余尝索视其书,特以年月日时干支推算,别无奇奥。其某日逢某凶煞,当用某符禳解,则诡词取财而已。或有室庐偪仄,无地避煞者,又有压制之法,使伏而不出,谓之斩殃,尤为荒诞。然家奴宋遇妇死,遇召巫斩殃;迄今所居室中,夜恒作响,小儿女亦多见其形。似又不尽诬矣。天地之大,何所不有;幽明之理,莫得而穷。不必曲为之词,亦不必力攻其说。

【译文】

张读《宣室志》说:俗传人死后几天,应当有飞禽从棺材中出来,叫做煞。太和年中,有一个郑生,用网捉住一只大鸟,毛色青苍,高五尺多,忽然不见了。寻访里中的百姓询问,有人回答说:"里中有人死去已有几天,占卜的人说今天煞应当出去。他家里的人等候观察它,有大鸟颜色青苍,从棺材中出来。您所捕获的果然是它吧?"这就是现今所谓的煞神。

徐铉《稽神录》说:彭虎子少年强壮有气力,曾经说没有鬼神。母亲死去,民间巫师告诫他说:"某天祸煞应当回来,还有所杀戮,还是出去回避为宜。"全家妻小都出去逃避隐匿,虎子单独留下不去。夜里有人推门而入,虎子慌张焦急无计,幸好原先有一只大瓮,于是钻了进去,用板盖在头上。虎子感觉母亲在板上,有人问:"板下没有人吗?"母亲说:"没有。"这就是现今所谓的回煞。

俗说夭折而死的孩子还没有生牙齿的没有煞,有牙齿的就有煞。巫师能够预先算定它的日期。家奴孙文举、宋文都通晓这个法术。我曾经索取观看其书,不过是用年月日时天干地支来推算,没有什么别的神奇深奥。那某一天逢某凶煞,应当用某符祈求消灾,则是用欺诈的言词来骗取钱财而已。或者有屋室狭窄,没有地方避煞的,又有压制的方法,使它伏而不出,叫做斩殃,这尤其荒诞。但是家奴宋遇的妻子死去,遇召唤巫师来斩殃;至今所居住的房间里,夜里经常作响,小儿女也多见到她的形状,似乎又不全是虚假的了。天地之大,何所不有;阴间和阳间之理,无法加以穷尽。不必曲意为之解释,也不必极力批驳它的说法。

鬼应有中外

人死者,魂隶冥籍矣。然地球圆九万里,径三万里,国土不可以数计,其人当百倍中土,鬼亦当百倍中土。何游冥司者,所见皆中土之鬼,无一徼外之鬼耶?其在在各有阎罗王耶?顾郎中德懋,摄阴官者也。尝以问之,弗能答。人不死者,名列仙籍矣。然赤松、广成,闻于上古;何后代所遇之仙,皆出近世?刘向以下之所记,悉无闻耶?岂终归于尽,如朱子之论魏伯阳耶?娄真人近垣,领道教者也。尝以问之,亦弗能答。

【译文】

死了的人，魂灵隶属阴间的名册。但是地球圆周九万里，直径三万里，各国的疆土不可以用数量来计算，它的人民应当百倍于中国，鬼也应当百倍于中国。为什么游历阴司的，所见到的都是中国的鬼，没有一个边界之外的鬼呢？其所在的地方各有阎罗王吗？顾郎中德懋，是兼理阴间官吏的，我曾经问起过他，不能解答。人不死的，名字列于仙人名册的了。但是赤松、广成，在上古的时候听说过；为什么后代所遇到的仙人，都出于近世？刘向以后所记载的，都没有听说过呢？难道终归于消失，像朱子的论魏伯阳吗？娄真人近垣，是管领道教的，曾经问起过他，也不能解答。

鬼神默佑

里人阎勋，疑其妻与表弟通，遂携铳击杀其表弟。复归而杀妻，割刃于胸，格格然如中铁石，迄不能伤。或曰："是鬼神愍其枉死，阴相之也。"然枉死者多，鬼神何不尽阴相欤？当由别有善行，故默邀护佑耳。

【译文】

同乡人阎勋，怀疑他的妻子同表弟私通，于是携带火铳射杀他的表弟，又回来杀他的妻子，用刀刺胸部，格格地好像刺中铁石，始终不能杀伤。有的说："这是鬼神怜悯她枉死，暗中在佑助她。"但是世上枉死的很多，鬼神为什么不能尽行暗中佑助他们呢？应当是其妻另外有善行，所以暗中受到护佑罢了。

施舍之争

景州申君学坤，谦居先生子也。纯厚朴拙，不坠家风，信道学甚笃。尝谓从兄懋园曰："曩在某寺，见僧以福田诱财物，供酒肉资。因著一论，戒勿施舍。夜梦一神，似彼教所谓伽蓝者，与余侃侃争曰：'君勿尔也。以佛法论，广大慈悲，万物平等。彼僧尼非万物之一耶？施食及于鸟鸢，爱惜及于虫鼠，欲其生也。此辈藉施舍以生，君必使之饥而死，曾视之不若鸟鸢虫鼠耶？其间破坏戒律，自堕泥犁者，诚比比皆是。然因有枭鸟，而尽戕羽族；因有破镜，而尽戕兽类，有是理耶？以世法论，田不足授，不能不使百姓自谋食。彼僧尼亦百姓之一种，募化亦谋食之一道耳。必以其不耕不织为蠹国耗民，彼不耕不织而蠹国耗民者，独僧尼耶？君何不一一著论禁之也？且天下之大，此辈岂止数十万。一旦绝其衣食之源，羸弱者转乎沟壑，姑勿具论；桀黠者铤而走险，君何以善其后耶？昌黎辟佛，尚曰鳏寡孤独废疾者有养。君无策以养，而徒戕其生，岂但非佛意，恐亦非孔孟意也。驷不及舌，君其图之。'余梦中欲与辩，倏然已觉。其语历历可忆。公以所论为何如？"懋园沉思良久曰："君所持者正，彼所见者大。然人情所向，'匪今斯今'，岂君一论所能遏？此神刺刺不休，殊多此一争耳。"

【译文】

　　景州申君学坤，是谦居先生的儿子。纯良厚道，质朴率真，不失家传的风尚。他相信道学很是深挚，曾经对堂兄懋园说："过去在某寺院，看见和尚用种福田来诱骗财物，供他们享受酒肉的费用。我因此写一篇议论文章，劝诫人们不要施舍。夜里梦见一个神，好像他们那教中所谓伽蓝的，和我侃侃地争辩说：'您不要如此。以佛法而论，广大慈悲，万物平等，那和尚尼姑不是万物之一吗？施舍食物到了乌鸦老鹰，爱惜到了爬虫老鼠，是要想它们能生存。这辈人依靠施舍而生存，您一定要使他们饥饿而死，不是把他们看得简直还不如乌鸦老鹰爬虫老鼠吗？其中破坏戒律，自己堕落地狱的，诚然到处都是。但是因为有枭鸟——食母的恶鸟而全部杀掉鸟类，因为有破镜——食父的恶兽而全部杀掉兽类，有这种道理吗？以世法而论，田不足以分给，不能不使百姓自己谋食。他们和尚尼姑也是百姓的一种，募捐化缘也是谋生的一条路而已。如果一定认为他们不耕种不纺织，是蠹蚀国家消耗民财之类，那不耕种不纺织而蠹蚀国家消耗民财的，独独是和尚尼姑吗？您何不一一立论禁止施舍供奉他们呢？而且天下之大，这辈人何止数十万，一朝断绝了他们衣食的来源，瘦弱的辗转于山谷沟渠，姑且不详细讨论；凶悍狡黠的铤而走险，您怎样妥善地处理他们以后的事呢？韩昌黎辟佛，尚且说鳏寡孤独废疾者有养。您没有办法来养活，而只是断绝他们的生路，不但不是佛的意思，恐怕也不是孔子孟子的意思吧。一言既出，驷马追之不及，您请考虑。'我梦中要想同他辩论，忽然已经醒来，他的话一一清楚地可以回忆。您以为所论的怎么样？"懋园沉思了很久，说："您所持的是正理，而他所见的广大。但是人情所向往的，'匪今斯今'，岂是您的一番议论所能阻止？这个神说个没完，实在是多此一番争辩罢了。"

善 妒 之 妇

同年金门高，吴县人。尝夜泊淮扬之间，见岸上二叟相遇，就坐水次草亭上。一叟曰："君近何事？"一叟曰："主人避暑园林，吾日日入其水阁，观活秘戏图；百媚横生，亦殊可玩。其第五姬尤妖艳。见其与主人剪发为誓，约他年燕子楼中作关盼盼；又约似玉箫再世，重侍韦皋。主人为之感泣。然偶闻其与母窃议，则谓主人已老，宜早储金帛，为琵琶别抱计也。君谓此辈可信乎？"相与太息久之。一叟又曰："闻其嫡甚贤，信乎？"一叟掉头曰："天下之善妒人也，何贤之云！夫妒而嚣争，是为渊驱鱼者也。此妇于妾媵之来，弱者抚之以恩，纵其出入冶游，不复防制，使流于淫佚。其夫自愧而去之。强者待之以礼，阳尊之与己匹，而阴导之与夫抗，使养成骄悍，其夫不堪而去之。有二术所不能饵者，则密相煽构，务使参商两败者，又多有之。幸不即败，而一门之内，诟谇时闻，使其夫入妾之室则怨语愁颜，入妻之室乃柔声怡色。其去就不问而知矣。此天下之善妒人也，何贤之云！"门高窃听所言，服其中理；而不解其日入水阁语。方凝思间，有官舫鸣钲来，收帆欲泊。二叟转瞬已不见。乃悟其非人也。

【译文】
　　和我同榜取中的金门高，是吴县人。他曾经乘船夜里停泊在淮安、扬州之间，看见岸上两个老叟碰到一起，在水边的草亭上就坐。一个老叟说："您近来做什么事？"另一个老叟说："主人在园林里避暑，我天天进入他的水阁，观看活生生的秘戏图，百种娇媚充分表露，也很可以玩赏。他的第五个姬妾，尤其妖冶艳丽，看到她对主人剪发立誓，约定将来作燕子楼中的关盼盼；又约定要像玉箫转世，重新侍奉韦皋。主人为此而感动下泪。但偶然听到她同母亲私下商议，则说主人已经老了，应当及早积储钱物，为另嫁他人打算。您说这些人可以相信吗？"二人共同叹息了很久。一个老叟又说："听说他的正妻很贤惠，是这样吗？"另一个老叟掉过头去说："是个天下善于妒忌的人，有什么贤惠可说！因妒忌而喧闹争吵，这是为渊驱鱼——把人推向了敌方。这个女人对于姬妾的到来，软弱的用恩惠来安抚，放纵她出入游荡，不加防范，使其流于淫荡，丈夫自然感到羞愧而抛弃她。刚强的用礼来对待，表面尊重使她同自己相匹敌，而暗地里引导她同丈夫相对抗，使其养成骄傲凶悍，丈夫不堪忍受而抛弃她。有这两种方法所不能诱骗的，就秘密地煽动捏造，务必使她们像参星和商星彼此对立，最终两败俱伤，又是常有的。幸而不立即败坏，而一门之内，时时听到辱骂的声音。使她的丈夫进入姬妾的房间，碰上的是怨恨的话语、忧愁的容颜；进入妻子的房间，遇到的则是温柔的声音、和悦的神色。他的去就不问而可以知道的了。这是个天下善于妒忌的人，有什么贤惠可说？"门高偷听他们的话，佩服所说切中事理，而不理解天天进入水阁的话。正在凝神思索之间，有官船敲着铜钲而来，收帆要想停泊。两个老叟转眼已经不见，才明白他们不是人类。

狐 遗 方

先兄晴湖曰："饮卤汁者，血凝而死，无药可医。里有妇人饮此者，方张皇莫措。忽一媪排闼入，曰：'可急取隔壁卖腐家所磨豆浆灌之。卤得豆浆，则凝浆为腐而不凝血。我是前村老狐，曾闻仙人言此方也。'语讫不见。试之果得苏。刘涓子有鬼遗方，此可称狐遗方也。"

【译文】

已故兄长晴湖说："喝盐卤的，血液凝固而死，无药可以医治。乡里有妇人喝了这东西，家人正在慌张没有办法，突然一个老妇推门进来说：'可以赶紧取隔壁卖豆腐家所磨的豆浆灌下去，卤遇到豆浆就凝浆成为豆腐而不凝血了。我是前村的老狐，曾经听到仙人说过这个方子。'说完就不见了。试了一下，果然得以复活。刘涓子有鬼遗留的方子，这个可以称为狐遗留的方子。"

鬼　求　食

客作秦尔严，尝御车自李家洼往淮镇。遇持铳击鹊者，马皆惊逸。尔严仓皇堕车下，横卧辙中，自分无生理。而马忽不行。抵暮归家，沽酒自庆，灯下与侪辈话其异。闻窗外人语曰："尔谓马自不行耶？是我二人掣其辔也。"开户出视，寂无人迹。明日，因赍酒脯，至堕处祭之。先姚安公闻之，曰："鬼如此求食，亦何恶于鬼！"

【译文】

雇工秦尔严，曾经驾车从李家洼前往淮镇，碰到拿火铳打鸟鹊的，马都受惊奔逃。尔严慌张中坠落车下，横躺在车辙中，自料没有活的道理，而马忽然不走了。到晚上回家，买酒自己庆贺，灯下和同伴谈起这事的奇异。听到窗外有人说话道："你说马自己不走吗？是我两人扯住它的辔头呵。"开门出去观看，寂然没有人迹。第二天于是带着酒肉，到坠落的地方祭祀。先父姚安公听到这件事，说："鬼像这样求食，鬼又有什么可怕的！"

狐　教　子　弟

里人王五贤，（幼时闻呼其字是此二音，不知即此二字否也？）老塾师也。尝夜过古墓，闻鞭扑声，并闻责数曰："尔不读书识字，不能明理，将来何事不可为？至上干天律时，尔悔迟矣。"谓深更旷野，谁人在此教子弟。谛听乃出狐窟中。五贤喟然曰："不图此语闻之此间。"

【译文】

里人王五贤（幼年时听到叫他的字是这两个音，不知道是否就是这两个字），是个老塾师。他曾经夜里经过古墓，听到鞭打的声音，并且听到责备数落说："你不读书识字，不能够明白事理，将来什么坏事干不出来？等到上犯天条的时候，你后悔就晚了！"他认为深更半夜，在空旷的野地里，有什么人会在这里教训子弟呢？仔细听去，才听出声音发自狐居住的洞穴之中。五贤叹息说："没有料到这样的话，竟在这里听到。"

恶 作 剧

先叔仪南公，有质库在西城。客作陈忠，主买菜蔬。侪辈皆谓其近多余润，宜飨众。忠讳无有。次日，箧钥不启，而所蓄钱数千，惟存九百。楼上故有狐，恒隔窗与人语，疑所为。试往叩之，果朗然应曰："九百钱是汝雇值，分所应得，吾不敢取。其余皆日日所干没，原非汝物。今日端阳，已为汝买粽若干，买酒若干，买肉若干，买鸡鱼及瓜菜果实各若干，并泛酒雄黄，亦为买得，皆在楼下空屋中。汝宜早烹炮，迟则天暑恐腐败。"启户视之，累累具在。无可消纳，竟与众共餐。此狐可谓恶作剧，然亦颇快人意也。

【译文】

已故叔父仪南公，有当铺在西城。雇工陈忠，主管购买菜蔬。同伴都说他近来多额外的利润，应当宴请大家。陈忠隐讳说没有。

第二天箱子的锁钥没有打开，而所积蓄的几千钱，只剩下九百。当铺楼上原有狐，经常隔着窗子同人谈话。陈忠疑心是它所做的，试着前去询问，狐果然朗声回答说："九百钱是你做雇工的佣资，分内所应得，我不敢拿。其余都是你每天所侵吞得来的，原就不是你的东西。今天端午节，已替你买粽子多少，买酒多少，买肉多少，买鸡鱼及瓜菜果品各多少，连同用菖蒲浸泡兑以雄黄的酒，也代为买得，都在楼下的空屋里。你应该早些烧煮熏炙，迟了则天气暑热，恐怕腐败。"开门观看，重重叠叠地都堆在那里。陈忠一人无法吃下，只好同众人一起吃了。这个狐可说是恶作剧了，但也颇为使人快意。

拆　　字

亥有二首六身，是拆字之权舆矣。汉代图谶，多离合点画。至宋谢石辈，始以是术专门，然亦往往有奇验。乾隆甲戌，余殿试后，尚未传胪，在董文恪公家，偶遇一浙士，能拆字。余书一"墨"字。浙士曰："龙头竟不属君矣。里字拆之为二甲，下作四点，其二甲第四乎？然必入翰林。四点庶字脚，士吉字头，是庶吉士矣。"后果然。

又戊子秋，余以漏言获谴，狱颇急，日以一军官伴守。一董姓军官云能拆字。余书"董"字使拆。董曰："公远戍矣。是千里万里也。"余又书"名"字。董曰："下为口字，上为外字偏旁，是口外矣。日在西为夕，其西域乎？"问："将来得归否？"曰："字形类君，亦类召，必赐环也。"问："在何年？"曰："口为四字之外围，而中缺两笔，其不足四年乎？今年戊子，至四年为辛卯，夕字卯之偏旁，亦相合也。"果从军乌鲁木齐，以辛卯六月还京。盖精神所动，鬼神通之；气机所萌，形象兆之。与揲蓍灼龟事同一理，似神异而非神异也。

【译文】

　　亥有二首六身，是拆字的开端了。汉代预言吉凶征兆的图书谶语，多是离或合字的点画。到了宋朝的谢石等人，才把这个方术作为专门之学，但也往往有神奇的效验。乾隆十九年，我在殿试以后，还没有宣布登第名次，在董文恪公家里，偶尔碰到一个能够拆字的浙江士人。我写了一个"墨"字，浙江的士人说："龙头竟然不属于您了。里字拆开为二甲，下面作四点，那是二甲第四吧？但是必然进翰林院，四点是庶字的脚，士是吉字的头，这是庶吉士了。"后来果然如此。

　　又戊子年秋天，我因为泄漏言词获罪，案子颇为紧急，每天有一个军官相伴看守着我。一个姓董的军官说会拆字，我写了一个"董"字让他拆。董说："您要远远戍守边疆了，这是千里万里。"我又写了一个"名"字。董说："下面是口字，上面是外字的偏旁，这是口外了。日在西边为夕，那是西域吧？"问："将来能够回来吗？"答："字形像君，又像召，一定会被召还回去的。"问："在哪一年回来呢？"答："口是四字的外围，而中间缺两笔，那是不满四年吧？今年戊子，到四年为辛卯；夕字是卯字的偏旁，也是相合的。"后来果然参与军事于乌鲁木齐，在辛卯年六月召回京城。大概精神所发动，鬼神能够相通；人的内气机能一旦萌生运行，形象先有预兆。同数蓍草灼龟壳的事同一个道理，好像神奇而并不是神奇。

胡宫山怕鬼

　　医者胡宫山，不知何许人。或曰："本姓金，实吴三桂之间谍。三桂败，乃变易姓名。"事无左证，莫之详也。余六七岁时及见之,年八十余矣,轻捷如猿猱,技击绝伦。尝舟行,夜遇盗,手无寸刃,惟倒持一烟筒,挥霍如风,七八人并刺中鼻孔仆。然最畏鬼,一生不敢独睡。言少年尝遇一僵尸,挥拳击之,如中木石,几为所搏,幸跃上高树之顶。尸绕树踊距,至晓乃抱木不动。有铃驮群过,始敢下视。白毛遍体,目赤如丹砂,指如曲钩,齿露唇外如利刃。怖几失魂。又尝宿山店,夜觉被中蠕蠕动,疑为蛇鼠;俄枝梧撑拄,渐长渐巨,突出并枕,乃一裸妇人。双臂抱持,如巨绠束缚,接吻嘘气,血腥贯鼻,不觉晕绝。次日得灌救,乃苏。自是胆裂,黄昏以后,遇风声月影,即惴惴却步云。

【译文】

　　行医的胡宫山,不知道是什么样的人。有的说:"他本来姓金,实际上是吴三桂的间谍。三桂失败,才改变姓名。"事情没有旁证,无法了解清楚。我六七岁时还见到过他,年纪八十多岁了,轻便敏捷如同猿猴,搏斗的技巧无与伦比。他曾经在乘船途中,夜里遇到强盗,手里没有一点武器,只倒拿一支烟筒,挥动如风,七八个人都被他刺中了鼻孔仆倒。但是他最怕鬼,一生不敢一个人睡觉。他说少年时曾经碰到一个僵尸,挥拳打去,就像打中木石,几乎被它抓住,幸而跳上高大的树顶。僵尸绕着树跳跃,到天亮才抱住树木不动。直到有系着铃铛的马帮经过,他才敢向下观看。只见那僵尸满身的白毛,眼睛红得像朱砂,手指像弯曲的钩子,牙齿露在嘴唇外面像快刀,他害怕得几乎掉了魂。他又曾经住宿在山间的旅店里,夜里觉得被中蠕蠕而动,疑心是蛇鼠之类。一会儿,支撑伸展,渐长渐大,突出与他并枕而卧,乃是一个裸体妇人。双臂抱住他就像粗绳捆缚,接吻嘘气,血腥味直贯鼻子,不觉昏晕死去。第二天得到灌救,才苏醒过来。从此以后,他吓破了胆,黄昏以后,碰到风声月影，就恐惧地后退。

居铉罢官

南皮令居公铉，在州县幕二十年，练习案牍，聘币无虚岁。拥资既厚，乃援例得官，以为驾轻车就熟路也。比莅任，乃愦愦如木鸡；两造争辩，辄面颏语涩，不能出一字；见上官，进退应对，无不颠倒。越岁余，遂以才力不及劾。解组之日，梦蓬首垢面人长揖曰："君已罢官，吾从此别矣。"霍然惊醒，觉心境顿开。贫无归计，复理旧业，则精明果决，又判断如流矣。所见者其夙冤耶？抑即昌黎所送之穷鬼耶？

【译文】

南皮县令居公铉，在州县的幕中二十年，熟习官府文书，聘请的礼物年年不空。拥有的钱财既然丰厚，于是按例捐得了官，满以为是驾轻车就熟路。等到一上任，竟昏愦得如同木鸡，诉讼双方争辩，他总是面红语塞，不能吐出一个字；见了上司，进退应对，没有不颠三倒四的。过了一年，就以才力不及受到弹劾。解任的这天，梦见一个蓬头垢面的人向他作个大揖说："您已经罢官，我从此别去了。"忽然惊醒，觉得心境顿时开朗。他贫穷得没有办法归去，又重操旧业，就精明果断，又判决顺畅如同流水了。他所见到的是前世的冤业吗？或者就是韩昌黎所送的穷鬼呢？

缢鬼与溺鬼

裘文达公言：官詹事时，遇值日，五鼓赴圆明园。

中途见路旁高柳下,灯火围绕,似有他故。至则一护军缢于树,众解而救之。良久得苏,自言过此暂憩,见路旁小室中有灯光,一少妇坐圆窗中招我。逾窗入,甫一俯首,项已被挂矣。盖缢鬼变形求代也。此事所在多有,此鬼乃能幻屋宇,设绳索,为可异耳。

又先农坛西北文昌阁之南(文昌阁俗曰高庙),汇有积水,亦往往有溺鬼诱人。余十三四时,见一人无故入水,已没半身。众噪而挽之,始强回;痴坐良久,渐有醒意。问何所苦而自沉。曰:"实无所苦。但渴甚,见一茶肆,趋往求饮,犹记其门悬匾额,粉板青字,曰'对瀛馆'也。"命名颇有文义,谁题之、谁书之乎?此鬼更奇矣。

【译文】

裘文达公说:他担任詹事官职的时候,轮到值日,五更天时去圆明园。途中,他看见路旁高高的柳树下,灯火围绕,好像有异常情况。到了那里,只见是一个护军在树上上吊,众人解下救他。过了好久,那护军苏醒过来,自己说经过这里暂时歇息,看见路旁小屋中有灯光,一个少妇坐在圆窗里招引我,我就越窗而入,刚一低头,颈项已经被挂住了。这是吊死鬼变形求人替代。这样的事到处都有,只是这个鬼却能够变出屋子、设置绳索,确是值得惊奇的了。

又先农坛西北面,文昌阁的南面(文昌阁俗称高庙),汇聚有积水,也往往有溺死鬼引诱人。我十三四岁时,看见一个人无缘无故进入水中,已经淹没半个身子,众人呼叫着拉他,才勉强地回来;痴痴地坐了好久,渐渐有点苏醒的样子。众人问他:"有什么苦恼而投水自尽?"答:"实在没有什么苦恼,但口渴得厉害,看见一个茶店,跑去求喝水,还记得它的门上悬挂着匾额,粉白的板青色的字,叫'对瀛馆'。"命名颇有点文雅的含义,谁题名谁书写的呢?这个鬼更奇了。

刘 鬼 谷

山东刘君善谟,余丁卯同年也。以其黠巧,皆戏呼曰"刘鬼谷"。刘故诙谐,亦时以自称。于是鬼谷名大著,而其字若别号,人转不知。乾隆辛未,僦校尉营一小宅。田白岩偶过闲话,四顾慨然曰:"此凤眼张三旧居也,门庭如故,埋香黄土已二十余年矣。"刘骇然曰:"自卜此居,吾数梦艳妇来往堂庑间,其若人乎?"白岩问其状,良是。刘沉思久之,拊几曰:"何物淫鬼,敢魅刘鬼谷!果现形,必痛抶之。"白岩曰:"此妇在时,真鬼谷子,捭阖百变,为所颠倒者多矣。假鬼谷子何足云!京师大矣,何必定与鬼同住?"力劝之别徙。余亦尝访刘於此,忆斜对戈芥舟宅约六七家。今不能指其处矣。

【译文】

山东刘君善谟,是我丁卯年同榜取中的。因为他聪慧灵巧,都戏叫他刘鬼谷。刘原本诙谐,也时常用来称呼自己。于是鬼谷的名字大为著称,而他的字就像别号,人们反而不知道了。乾隆十六年,他租住校尉营的一所小住宅。田白岩偶尔经过闲谈,四面环顾感慨地说:"这是凤眼张三的旧居,门庭还如同原样,埋香骨于黄土已经二十多年了。"刘惊骇地说:"自从选择这个居处,我几次梦见一个艳丽的女人来往于厅堂廊屋之间,就是这个人吧?"白岩问她的形状,确实不错。刘沉思了很久,拍着几案说:"淫鬼是个什么东西,敢于迷惑刘鬼谷!果真现形,一定着力痛打。"田白岩说:"这个女人在世时,是个真鬼谷子,纵横百变,被她所颠倒的人可多了。你这个假鬼谷子又何在话下!京城地方大得很,何必一定要和鬼同住?"竭力劝他迁往别处。我也曾经到这里寻访过刘,回忆斜对着戈芥舟的住宅大约有六七家,如今不能指实它的位置了。

盗贼与呼声

史太常松涛言:初官户部主事时,居安南营,与一孀妇邻。一夕盗入孀妇家,穴壁已穿矣。忽大呼曰:"有鬼!"狼狈越墙去。迄不知其何所见也。岂神或哀其茕独,阴相之欤!

又戈东长前辈一日饭罢,坐阶下看菊。忽闻大呼曰:"有贼!"其声喑呜,如牛鸣盎中。举家骇异。俄连呼不已,谛听乃在庑下炉坑内。急邀逻者来,启视,则儳然一饿夫,昂首长跪。自言前两夕乘暗阑入,伏匿此坑,冀夜深出窃。不虞二更微雨,夫人命移腌虀两瓮置坑板上,遂不能出。尚冀雨霁移下,乃两日不移。饥不可忍,自思出而被执,罪不过杖;不出则终为饿鬼。故反作声自呼耳。其事极奇,而实为情理所必至。录之亦足资一粲也。

【译文】
　　太常寺卿史松涛说:起初担任户部主事时,住在安南营,同一个寡妇相邻。一天晚上,盗贼进入寡妇家,在墙壁上凿洞已经凿穿了,忽然大声呼叫道:"有鬼!"狼狈地跳过墙头而去。至今不知道他见到了什么。难道神也哀怜她的孤独无依,暗中佑助她吗?
　　又戈东长前辈有一天吃完饭,坐在阶下赏看菊花。忽然听到大声呼叫道:"有贼!"它的声音悲咽,就像牛在瓮中鸣叫,全家惊异。一会儿,连叫不停,仔细一听,是在廊屋下的炉坑里。赶紧叫巡逻的人来,打开一看,则是疲困的一个饿夫,抬头长跪,自己说前两天乘暗私自闯入，伏藏在这个坑里，企图夜深的时候出来偷窃。不料二更天微雨，夫人命令搬两瓮腌菜放在坑板上，于是不能出来。还希望雨止天晴搬下去，竟然两天不搬，饥饿不能忍耐。自己思想出来而被抓住，罪不过遭棒打；不出来，则最后要成为饿鬼。所以反而出声自己呼叫罢了。这事情极奇，而事实上为情理所必有。记录下来也足以供人一笑。

案例种种

河间府吏刘启新，粗知文义。一日问人曰："枭鸟、破镜是何物？"或对曰："枭鸟食母，破镜食父，均不孝之物也。"刘拊掌曰："是矣。吾患寒疾，昏愦中魂至冥司，见二官连几坐。一吏持牍请曰：'某处狐为其孙啮杀，禽兽无知，难责以人理。今惟议抵，不科不孝之罪。'左一官曰：'狐与他兽有别。已炼形成人者，宜断以人律；未炼形成人者，自宜仍断以兽律。'右一官曰：'不然。禽兽他事与人殊，至亲属天性，则与人一理。先王诛枭鸟、破镜，不以禽兽而贷也。宜仍科不孝，付地狱。'左一官首肯曰：'公言是。'俄吏抱牍下，以掌掴吾，悸而苏。所言历历皆记，惟不解枭鸟、破镜语。窃疑为不孝之鸟兽，今果然也。"

案此事新奇，故阴府亦烦商酌。知狱情万变，难执一端。据余所见，事出律例之外者：一人外出，讹传已死。其父母因鬻妇为人妾。夫归，迫于父母，弗能讼也。潜至娶者家，伺隙一见，竟携以逃。越岁缉获，以为非奸，则已别嫁；以为奸，则本其故夫。官无律可引也。

又劫盗之中，别有一类，曰赶蛋。不为盗，而为盗之盗。每伺盗外出，或袭其巢，或要诸路，夺所劫之财。一日互相格斗，并执至官。以为非盗，则实强掠；以为盗，则所掠乃盗赃。官亦无律可引也。

又有奸而怀孕者，决罚后，官依律判生子还奸夫。后生子，本夫恨而杀之。奸夫控故杀其子。虽有律可引，而终觉奸夫所诉，有理无情；本夫所为，有情无理。无以持其平也。不知彼地下冥官，遇此等事，又作何判断耳？

【译文】

河间府胥吏刘启新，略知文义。一天问人说："枭鸟、破镜是什么东西？"有的回答说："枭鸟吃母，破镜吃父，都是不孝的东西。"刘拍着手说："是了我患感受寒邪的病，昏迷中魂到了阴司，看见两个官员几案相连而坐，一个小吏拿着文件请示说：'某处的狐被它的孙子咬死，禽兽无知，难以用人的道理来要求它。现今只是商议抵罪，不判处不孝的罪。'左边一个官员说：'狐同其他的禽兽有区别，已经修炼形体成为人的，应当断以人间的律条；没有修炼形体成为人的，自然应当仍旧断以禽兽的律条。'右边一个官员说：'不对，禽兽别的事情和人不同，至于亲属天性，则和人同一个道理。上古的贤明君王诛杀枭鸟、破镜，不因为禽兽而宽免。应当仍旧判处不孝，交付地狱。'左边一个官员点头表示同意，说：'您说的是。'一会儿，小吏抱着文件下来。用巴掌打我，心里惊跳而醒。所说的都一一清楚地记得，只是不理解枭鸟、破镜的话，疑心是不孝的鸟兽，如今果然不错。"

按，这件事情新奇，所以阴间官府也费事商议酌量。由此知道案情万变，难以执持一端。根据我见过事情出于法律条例之外的：一个人外出，错传已经死了，他的父母因而把媳妇卖给别人做妾。丈夫归来，迫于是父母所做的，不能诉讼，只好偷偷地到了娶去的人家，等待时机和妻子见了一面，竟携带她逃走。过了一年，双双被捕获。如果认为不是奸情，她却已经另嫁；如果认为是奸情，男人却本是她原来的丈夫。官府没有律条可以引用。

又抢劫的盗贼之中，另有一类叫赶蛋，不做盗贼而做盗贼的盗贼。他们每每等候盗贼外出，或者偷袭盗贼的巢穴，或者在路上拦截，夺取所劫掠的财物。一天，互相格斗，一起抓到了官府，以为不是盗贼，则事实上强抢；以为是盗贼，则所劫掠的乃是盗贼的赃物。这也没有律条可以引用。

又有因通奸而怀孕的，判决责罚以后，官府依照律条判生了儿子还给奸夫。后来生了儿子，本夫愤恨而把婴儿杀了。奸夫控告故意杀他的儿子。虽然有律条可以引用，而终觉得奸夫所申诉的，有理无情；本夫所做的，有情无理。于是无法摆得平。不知道那地下阴司的官员，碰到这类事情，又该作什么样的判断呢？

风氏园古松

丰宜门外风氏园古松，前辈多有题咏。钱香树先生尚见之，今已薪矣。何华峰云：相传松未枯时，每风静月明，或闻丝竹。一巨公偶游其地，偕宾友夜往听之。二鼓后，有琵琶声，似出树腹，似在树杪。久之，小声缓唱曰："人道冬夜寒，我道冬夜好。绣被暖如春，不愁天不晓。"巨公叱曰："何物老魅，敢对我作此淫词！"戛然而止。俄登登复作，又唱曰："郎似桃李花，妾似松柏树；桃李花易残，松柏常如故。"巨公点首曰："此乃差近风雅。"余音摇曳之际，微闻树外悄语曰："此老殊易与，但作此等语言，便生欢喜。"拨剌一响，有如弦断。再听之，寂然矣。

【译文】

丰宜门外风氏园的古松,前辈多有诗歌题咏,钱香树先生还见到过,现在已经成为烧火的柴了。何华峰说:相传松树没有枯时,每当风静月明,有时听到丝竹之声。一个王公大臣偶尔游览那个地方,偕同宾客友人夜里前往倾听。二更后,有琵琶声,好像出于树干之中,又好像是在树梢。很久之后,只听小声缓缓地唱道:"人道冬夜寒,我道冬夜好。绣被暖如春,不愁天不晓。"王公大臣喝叱说:"什么样的老妖精,敢于对我唱这样的淫词!"戛的一声停了下来。过了一会儿,琵琶登登地重新响了起来,又唱道:"郎似桃李花,妾似松柏树。桃李花易残,松柏常如故。"王公大臣点点头说:"这个还较为接近风雅。"余音飘荡之间,微微听到树外悄悄地说:"这位老人家很容易对付,只是作这等语言,就生出欢喜心。"拨刺的一声响,如同弦断了。再听下去,就寂然无声了。

继 妻 受 杖

佃户卞晋宝,息耕陇畔,枕块暂眠。朦胧中闻人语曰:"昨宫中有何事?"一人答曰:"昨勘某人继妻,予铁杖百。虽是病容,尚眉目如画,肌肉如凝脂。每受一杖,哀呼宛转,如风引洞箫,使人心碎。吾手颤不得下,几反受鞭。"问者太息曰:"惟其如是之妖媚,故蛊惑其夫,荼毒前妻儿女,造种种恶业也。"晋宝私念:是何官府,乃用铁杖?欲起问之。欠伸拭目,乃荒烟蔓草,四顾阒然。

【译文】

佃户卞晋宝,耕作时,在田陇边歇息,头枕土块暂时睡一会儿,朦胧当中听到人说话道:"昨天官府当中有什么事?"回答说:

"昨天勘查某人续娶的妻子,给了一百铁杖。虽然是一脸的病容,尚且眉目如画,肌肤白如凝脂。每受一杖,哀叫宛转,如同风引洞箫,使人心碎。我手发颤打不下去,几乎反而受鞭打。"问的人叹息说:"正因为像这样的艳丽妩媚,所以迷惑她的丈夫,残害前妻的儿女,造作种种的恶业。"晋宝私下思索是什么官府,而用铁杖行刑?要想起来问讯,打呵欠伸懒腰,擦擦眼睛,竟是荒烟蔓草,四面观望,寂静无声。

养 与 教

故城贾汉恒言:张二酉、张三辰,兄弟也。二酉先卒,三辰抚侄如己出,理田产,谋婚娶,皆殚竭心力。侄病瘵,经营医药,殆废寝食。侄殁后,恒忽忽如有失。人皆称其友爱。越数岁,病革,昏瞀中自语曰:"咄咄怪事!顷到冥司,二兄诉我杀其子,斩其祀,岂不冤哉?"自是口中时喃喃,不甚可辨。一日稍苏,曰:"吾之过矣。兄对阎罗数我曰:'此子非不可化诲者,汝为叔父,去父一间耳。乃知养而不知教,纵所欲为,恐拂其意。使恣情花柳,得恶疾以终。非汝杀之而谁乎?'吾茫然无以应也,吾悔晚矣。"反手自椎而殁。三辰所为,亦末俗之所难。坐以杀侄,《春秋》责备贤者耳;然要不得谓二酉苛也。

平定王执信,余己卯所取士也。乞余志其继母墓,称母生一弟,曰执蒲;庶出一弟,曰执璧。平时饮食衣服,三子无所异;遇有过,责詈捶楚,亦三子无所异也。贤哉,数语尽之矣。

【译文】

　　故城贾汉恒说：张二酉、张三辰，是兄弟俩。二酉先死，三辰抚育侄儿如同自己所生。管理田产，谋划婚娶，都是尽心竭力。侄儿生了痨病，料理医药，几乎废寝忘餐。侄儿死后，经常忽忽如有所失，人们都称道他的友爱。过了几年，三辰病情危重，昏乱眼花中自言自语说："咄咄怪事！刚才到阴司，二哥控告我杀了他的儿子，断绝了他的后代，岂不冤枉哩！"从此口中经常喃喃地说着，不太能分辨清楚。一天，稍稍清醒，说："这确是我的过错了。兄长对阎罗王数落我说：'这孩子不是不可以感化教诲的，你做叔父，离父亲只差着一点罢了，却只知道养育而不知道教育，放纵他为所欲为，总怕违背他的意思，使得他恣意任情寻花问柳，染上难以医治的毒疮而死，不是你杀了他而又是谁呢？'我茫茫然无从回答。我后悔晚了！"反手摑打着自己而死。三辰所做的，是低下的习俗所难以做到的；判以杀侄的罪，这是《春秋》责备贤者罢了。然而终不能说二酉苛刻。

　　平定的王执信，是我己卯年所取中的士子。他恳求我为他的继母写墓志，称说继母生一个弟弟叫执蒲，妾生的一个弟弟叫执璧。平时饮食衣服，三个儿子没有什么差异；遇到有过错，责骂鞭打也三个儿子没有什么差异。贤惠啊！这几句话已经说尽了。

达　　观

　　钱遵王《读书敏求记》载：赵清常殁，子孙鬻其遗书，武康山中，白昼鬼哭。聚必有散，何所见之不达耶？明寿宁侯故第在兴济，斥卖略尽，惟厅事仅存。后鬻其木于先祖。拆卸之日，匠者亦闻柱中有泣声。千古痴魂，殆同一辙。余尝与董曲江言："大地山河，佛氏尚以为泡影，区区者复何足云。我百年后，傥图书器玩，散落人间，使赏鉴家指点摩挲曰：'此纪晓岚故物。'是亦佳话，何所恨哉！"曲江曰："君作是言，名心尚在。余则谓消闲遣日，不能不借此自娱。至我已弗存，其他何有？任其饱虫鼠，委泥沙耳。故我书无印记，砚无铭识，政如好花朗月，胜水名山，偶与我逢，便为我有。迨云烟过眼，不复问为谁家物矣。何能镌号题名，为后人作计哉！"所见尤脱洒也。

【译文】

钱遵王《读书敏求记》记载：赵清常死去，子孙卖掉他的遗书。武康山中，白天鬼哭。有聚必有散，为什么见识如此不通达呢？明朝寿宁侯的旧宅第在兴济，拆卖得差不多了，只剩下厅堂还保留着，后来把它的木料卖给我已故的祖父。拆卸的这一天，工匠也听到柱子里面有哭泣的声音。千年以来的痴魂，几乎同出一辙。我曾经对董曲江说："大地山河，佛家还以为是水泡幻影，区区一点又何足道。我百年以后，倘使图书器物古玩，散落在人间，使得鉴赏家指点抚摩说：'这是纪晓岚的旧物。'这个也是佳话，有什么可恨的呢！"曲江说："您说这样的话，好名心还在。我则以为消闲打发日子，不能不借这个娱乐自己。到了我已不存在，其他还有什么意义？任它们让虫鼠饱食、丢弃于泥沙之中罢了。所以我的书没有印记，砚台没有铭文标志，正像好花朗月，胜水名山，偶尔同我相逢，便为我所有；等到云烟在眼前经过，不再问是谁家的东西了。怎么能镌刻别号、题写名字，为后人作打算呢！"他的见识尤其显得超脱。

阴　　谴

职官奸仆妇，罪止夺俸，以家庭暱近，幽暧难明，律意深微，防诬蔑反噬之渐也。然横干强迫，阴谴实严。

戴遂堂先生言：康熙末，有世家子挟污仆妇。仆气结成噎膈。时妇已孕，仆临殁，以手摩腹曰："男耶？女耶？能为我复仇耶？"后生一女，稍长，极慧艳。世家子又纳为妾，生一子。文园消渴，俄夭天年。女帷薄不修，竟公庭涉讼，大损家声。十许年中，妇缟袂扶棺，女青衫对簿，先生皆目见之，如相距数日耳。岂非怨毒所钟，生此尤物以报哉。

【译文】

　　官员强奸仆妇，罪止于罚扣俸禄，因为家庭亲近，暧昧难以明察，法律用意深刻细微，防止开了诬蔑反咬的坏风气。但是横暴强迕，冥冥之中受到责罚其实是很严厉的。戴遂堂先生说：康熙末年，有世家之子挟持奸污仆妇，仆人气恼郁结，得了食不下咽之病。当时仆妇已经怀孕，仆人临死时，用手抚摩着她的腹部说："男的呢？女的呢？能够为我复仇吗？"后来生了一个女儿，稍稍长大，极其聪慧美丽。世家之子又娶来做妾，生下一个儿子。文园消渴——像司马相如那样犯了糖尿病，不久不能终其天年而夭亡了。这女子家门淫乱，竟牵进讼事之中到了公堂之上，大大地有损家庭的声誉。十来年里，仆妇穿白衣扶着棺材，女儿穿青衫对簿公堂，先生都是亲眼见到的，就像只相隔了几天。岂不是怨气仇恨所汇聚，生出这样的尤物来报复的吗？

缢后显影

　　遂堂先生又言：有调其仆妇者，妇不答。主人怒曰："敢再拒，棰汝死。"泣告其夫，方沉醉，又怒曰："敢失志，且制刃汝胸。"妇愤曰："从不从皆死，无宁先死矣。"竟自缢。官来勘验，尸无伤，语无证，又死于夫侧，无所归咎，弗能究也。然自是所缢之室，虽天气晴明，亦阴阴如薄雾；夜辄有声如裂帛。灯前月下，每见黑气，摇漾似人影，即之则无。如是十余年，主人殁，乃已。未殁以前，昼夜使人环病榻，疑其有所见矣。

【译文】

遂堂先生又说：有个人调戏他的仆妇，妇人不答理。主人发怒说："你再敢抗拒，就打死你。"她哭泣着告诉丈夫，丈夫方在大醉之中，又发怒说："你敢于丧失志节，就用刀刺进你的胸膛。"妇人愤怒地说："顺从不顺从都是死，倒不如先死了。"竟上吊自杀。官府来查验，尸体没有伤，说的话没有证据，又死在她丈夫的旁边，无处归罪，不能追究。但从此那上吊的屋子里，即使天气晴朗，也阴沉沉地像罩上了一层薄雾，夜里就有声音如同撕裂缯帛。在灯前月下，每每见到黑气摇动荡漾，就像人的影子，靠近它就没有了。像这样的有十多年，主人死了才停。主人未死以前，日夜使人环绕着病榻，疑心他是见到什么了。

怨 鬼 求 衣

乌鲁木齐军吏邬图麟言：其表兄某，尝诣泾县访友。遇雨，夜投一废寺。颓垣荒草，四无居人，惟山门尚可栖止，姑留待霁。时云黑如墨，暗中闻女子声曰："怨鬼叩头，求赐纸衣一袭，白骨衔恩。"某怖不能动，然度无可避，强起问之。鬼泣曰："妾本村女，偶独经此寺，为僧所遮留。妾哭詈不从，怒而见杀。时衣已尽褫，遂被裸埋。今百余年矣。虽在冥途，情有廉耻。身无寸缕，愧见神明。故宁抱沉冤，潜形不出。今幸逢君子，倘取数番彩楮，剪作裙襦，焚之寺门，使幽魂蔽体，便可诉诸地府，再入转轮。惟君哀而垂拯焉。"某战栗诺之。泣声遂寂。后不能再至其地，竟不果焚。尝自谓负此一诺，使此鬼茹恨黄泉，恒耿耿不自安也。

【译文】

乌鲁木齐军中佐吏邬图麟说：他的表兄某，曾经到泾县寻访友人。遇到下雨，夜里投奔一个废弃的寺院。寺院墙垣破败，荒草遍地，四面没有居民，只有山门还可以暂住，他就姑且停留等待天晴。当时黑云如墨，暗中听到女子的声音说："怨鬼叩头，恳求赐给纸衣一套，白骨感恩。"某恐怖不能动弹，但估量无可回避，勉强起来问她。鬼哭泣着说："妾本来是个村女，偶尔独自经过这个寺院，被和尚所拦阻挽留。妾哭骂不从，激怒和尚而被杀。当时衣服已全部剥去，于是被裸体掩埋，到现在一百多年了。虽然身在地狱饿鬼之处，终有廉耻之情，身上没有一丝一缕，愧于见到神明。所以宁愿抱着久未昭雪的冤屈，潜藏形迹不出。今天幸而遇到君子，倘使取几层的彩纸，剪作衣裙，焚烧于寺门，使幽魂得遮蔽身体，就可以到冥府里申诉，再进入轮回。希望您哀怜而予以拯救。"某颤抖着答应了她，哭泣声就停止了。后来不能够再到那个地方，竟然没能焚烧过。他曾经自己说背弃了这一诺言，使这个鬼含恨黄泉，经常耿耿于心而感到不安。

业镜与心镜

于道光言：有士人夜过岳庙，朱扉严闭，而有人自庙中出。知是神灵，膜拜呼上圣。其人引手掖之曰："我非贵神，右台司镜之吏，赍文簿到此也。"问："司镜何义？其业镜也耶？"曰："近之，而又一事也。业镜所照，行事之善恶耳。至方寸微暧，情伪万端，起灭无恒，包藏不测，幽深邃密，无迹可窥，往往外貌麟鸾，中韬鬼蜮，隐慝未形，业镜不能照也。南北宋后，此术滋工，涂饰弥缝，或终身不败。故诸天合议，移业镜于左台，照真小人；增心镜于右台，照伪君子。圆光对映，灵府洞然：有拗捩者，有偏倚者，有黑如漆者，有曲如钩者，有拉杂如粪壤者，有混浊如泥滓者，有城府险阻千重万掩者，有脉络屈盘左穿右贯者，有如荆棘者，有如刀剑者，有如蜂虿者，有如狼虎者，有现冠盖影者，有现金银气者。甚有隐隐跃跃，现秘戏图者；而回顾其形，则皆岸然道貌也。其圆莹如明珠，清澈如水晶者，千百之一二耳。如是者，吾立镜侧，籍而记之，三月一达于岳帝，定罪福焉。大抵名愈高则责愈严，术愈巧则罚愈重。春秋二百四十年，瘅恶不一，惟震夷伯之庙，天特示谴于展氏，隐慝故也。子其识之。"士人拜受教，归而乞道光书额，名其室曰"观心"。

【译文】

于道光说：有个士人，夜里经过岳庙，红色的大门紧紧地关闭着，却有人从庙里出来，知道是神灵，就合掌加额，长跪而拜，呼叫上圣。那人伸手扶住他说："我不是高贵的神道，是右台司镜的胥吏，带着文簿到这里。"问："司镜是什么意思？是业镜吗？"答："你说的差不多了，但却又是另一件事。业镜所照，是做事的善恶罢了。至于内心细微的隐曲，真诚与虚伪万种头绪，起灭无常，包藏着难以测量之心，幽深细密，无迹可以窥看，往往外貌像麒麟鸾凤，心中掩藏着鬼蜮伎俩，隐恶没有露出形迹，业镜就不能照见。南北宋以后，这种技术更加工巧，装饰弥补，有时终身不败露。所以护法众天神合议，移置业镜于左台，照真小人；增设心镜于右台，照伪君子。圆光相对映照，心灵通明，有固执的，有偏心的，有黑如漆的，有曲如钩的，有拉杂如粪土的，有混浊如泥污的，有心机深险千重万掩的，有脉络盘曲左穿右贯的，有像荆棘的，有像刀剑的，有像蜂和蝎子的，有像虎狼的，有现出做官的冠服和车盖的，有现出金银气的，甚至有隐隐约约现出男女秘戏图的。而回顾他们的外形，则都是神态庄严的道学家的面貌。那圆润光亮像明珠，清彻像水晶的，千百个中的一两个罢了。像这样的，我站立在镜的旁边，登录而记下来，三个月送达一次给岳帝，决定降罪或赐福。大概名声愈高则责备愈严，心术愈巧则惩罚愈重。春秋二百四十年，暴露的坏人坏事不只一处，只有雷击夷伯的庙，天特意表示谴责于展氏，是因为隐恶的缘故。你要记住它。"士人下拜接受教诲，回来后恳求道光书写匾额，把他的居室命名为"观心"。

盗　　句

有歌童扇上画鸡冠，于筵上求李露园题。露园戏书绝句曰："紫紫红红胜晚霞，临风亦自弄夭斜。枉教蝴蝶飞千遍，此种原来不是花。"皆叹其运意双关之巧。露园赴任湖南后，有扶乩者，或以鸡冠请题，即大书此诗。余骇曰："此非李露园作耶？"乩忽不动，扶乩者狼狈去。颜介子叹曰："仙亦盗句。"或曰："是扶乩者本伪托，已屡以盗句败矣。"

【译文】

有一个歌童扇子上画着鸡冠，在筵席上请求李露园题诗。露园戏写了一首绝句道："紫紫红红胜晚霞，临风亦自弄夭斜。枉教蝴蝶飞千遍，此种原来不是花。"都赞叹他运意双关的巧妙。露园赴任湖南去后,有扶乩的,有人用鸡冠请求题写,乩就大书这首诗。我吃惊地说:"这不是李露园的诗吗?"乩忽然不动,扶乩的狼狈而去。颜介子叹息说:"仙人也偷盗诗句。"有的说:"这个扶乩的本来是假托的,已经多次因为偷盗诗句败露了。"

狐能报德虑远

从兄坦居言:昔闻刘馨亭谈二事。其一,有农家子为狐媚,延术士劾治。狐就擒,将烹诸油釜。农家子叩额乞免,乃纵去。后思之成疾,医不能疗。狐一日复来,相见悲喜。狐意殊落落,谓农家子曰:"君苦相忆,止为悦我色耳,不知是我幻相也。见我本形,则骇避不遑矣。"欻然扑地,苍毛修尾,鼻息咻咻,目睒睒如炬,跳掷上屋,长嗥数声而去。农家子自是病痊。此狐可谓能报德。

其一亦农家子为狐媚,延术士劾治。法不验,符箓皆为狐所裂,将上坛殴击。一老媪似是狐母,止之曰:"物惜其群,人庇其党。此术士道虽浅,创之过甚,恐他术士来报复。不如且就尔婿眠,听其逃避。"此狐可谓能虑远。

【译文】

堂兄坦居说:过去听刘馨亭谈两件事。一件是,有一个农家子被狐所迷惑,延请术士降伏整治。狐被抓获,将要放到油锅里烹,农家子叩头求免,于是纵之而去。后来思念成病,医治没有效果。狐有一天再来,相见时悲喜交集。狐的意思看上去很是冷淡,对农家子说:"您苦苦相忆念,只为喜欢我的容貌罢了,不知道这是我幻变的相貌；见到我本来的形状，您就惊慌回避都来不及了。"说完，忽然扑倒在地，只见它青色的毛，长长的尾巴，鼻息咻咻作响，目光闪烁如同蜡烛，跳跃上屋，长长地嗥叫几声而去。农家子从此病好了。这个狐可说是能够报恩的。

又一件也是农家子被狐所迷惑，延请术士降伏整治。法术不灵验，符箓都被狐所撕裂，将要上坛殴打。一个老妇像是狐的母亲，制止说："物爱惜它的同群，人庇护他的同党。这个术士道术虽然浅，伤害他过分了，恐怕其他的术士来报复。不如且随你的夫婿去睡觉，听任他逃避。"这个狐可说能够考虑得长远了。

瑞 杏 轩

康熙癸巳，先姚安公读书于厂里，(前明土贡澄浆砖，此地砖厂故址也。) 偶折杏花插水中。后花落，结二杏如豆，渐长渐巨，至于红熟，与在树无异。是年逢万寿恩科，遂举于乡。王德安先生时同住，为题额曰"瑞杏轩"。此庄后分属从弟东白。

乾隆甲申，余自福建归，问此扁，已不存矣。拟倩刘石庵补书，而代葺此屋，作记刻石龛于壁，以存先世之迹，因循未果，不识何日偿此愿也。

【译文】

康熙五十二年，先父姚安公读书于厂里（前明土贡澄浆砖，这里是砖厂的旧址），偶尔攀折杏花插在水中，后来花落，结了两枚像豆那样大小的杏子，渐长渐大，以至于红熟，同在树上没有什么区别。这一年碰到祝贺万寿开设恩科，乡试就中了举人。王德安先生当时同住，给题写匾额叫"瑞杏轩"。这个庄园后来分给了堂弟东白。

乾隆二十九年，我从福建回来，问起这个匾，已经不存在了。打算请刘石庵补写，而代东白修葺这所房屋，作记刻石嵌于墙壁，以保存先世的遗迹。后来拖延没有办成，不知道哪一天能够实现这个愿望。

邻叟滑稽

先姚安公言：雍正初，李家洼佃户董某父死，遗一牛，老且跛，将鬻于屠肆。牛逸，至其父墓前，伏地僵卧，牵挽鞭捶皆不起，惟掉尾长鸣。村人闻是事，络绎来视。忽邻叟刘某愤然至，以杖击牛曰："渠父堕河，何预于汝？使随波漂没，充鱼鳖食，岂不大善？汝无故多事，引之使出，多活十余年。致渠生奉养，病医药，死棺殓，且留此一坟，岁需祭扫，为董氏子孙无穷累。汝罪大矣，就死汝分，牟牟者何为？"盖其父尝堕深水中，牛随之跃入，牵其尾得出也。董初不知此事，闻之大惭，自批其颊曰："我乃非人！"急引归。数月后，病死，泣而埋之。此叟殊有滑稽风，与东方朔救汉武帝乳母事竟暗合也。

【译文】

先父姚安公说：雍正初年，李家洼佃户董某，父亲死后留下一头牛，老而且跛脚，将要卖给屠宰的店铺。不料牛逃到他父亲坟墓的前面，伏在地上，直僵僵地躺卧，牵拉鞭打都不起来，只是摇着尾巴长声鸣叫。村里人听说这件事，络绎不绝地来观看。忽然邻居老叟刘某气愤愤地到来，用棍棒打牛说："他的父亲掉在河里，同你有什么相干？让他随着波浪漂流淹没，充作鱼鳖的食粮，岂不大好?你无缘无故地多事,让他抓着你的尾巴上岸,使他多活十几年,以致他活着受奉养,病了须医药,死去要棺木盛敛,而且留下一个坟头,每年需要祭祀扫墓,成为董氏子孙无穷的拖累。你的罪可大了!走向死亡这是你的本分,牟牟地叫着为了什么!"原来董某的父亲曾经掉入深水中,牛跟着跳进去,牵住它的尾巴才得以出来。董起初不知道这件事,听说以后大为惭愧,自己打着耳光说:"我不是人!"赶紧拉了牛回家。几个月之后,牛病死,董哭泣着把它埋了。这个老叟很有滑稽之风,同东方朔救汉武帝乳母的事竟然暗合。

衰气所召

姨丈王公紫府,文安旧族也。家未落时,屠肆架上一豕首,忽脱钩落地,跳掷而行。市人噪而逐之,直入其门而止。自是日见衰谢,至饘粥不供。今子孙无孑遗矣。此王氏姨母自言之。

又姚安公言:亲表某氏家,(岁久忘其姓氏,惟记姚安公言此事时,称曰汝表伯。)清晓启户,有一兔缓步而入,绝不畏人,直至内寝床上卧。因烹食之。数年中死亡略尽,宅亦拆为平地矣。是皆衰气所召也。

【译文】

姨父王公紫府,是文安旧时的大族。家道没有中落时,屠宰店铺架上一个猪头,忽然脱钩落地,上下跳跃而前行,街上的人喧闹着追逐它,猪头一直跳进他家的门而止。从此他家一天天衰败,甚至于到了连厚粥都吃不上的地步。现今子孙已没有遗留的了。这是王氏姨母自己说的。

又姚安公说:表亲某氏家(年岁长久忘了他的姓氏,只记得姚安公说这件事时,称呼说你的表伯),清晨开门,有一只兔慢慢走了进来,绝不怕人,一直到了里面寝室的床上躺卧着,于是把它煮吃了。几年之中,家里的人差不多死光了,住宅也拆为平地了。这都是衰气所招来的。

遇鬼说鬼

王菊庄言:有书生夜泊鄱阳湖,步月纳凉。至一酒肆,遇数人,各道姓名,云皆乡里。因沽酒小饮,笑言既洽,相与说鬼。搜异抽新,多出意表。一人曰:"是固皆奇,然莫奇于吾所见矣。曩在京师,避嚣寓丰台花匠家,邂逅一士共谈。吾言此地花事殊胜,惟墟墓间多鬼可憎。士曰:'鬼亦有雅俗,未可概弃。吾曩游西山,遇一人论诗,殊多精诣,自诵所作,有曰:深山迟见日,古寺早生秋。又曰:钟声散墟落,灯火见人家。又曰:猿声临水断,人语入烟深。又曰:林梢明远水,楼角挂斜阳。又曰:苔痕侵病榻,雨气入昏灯。又曰:鹡鸰岁久能人语,魍魉山深每昼行。又曰:空江照影芙蓉泪,废苑寻春蛱蝶魂。皆楚楚有致。方拟问其居停,忽有铃驮琅琅,欻然灭迹。此鬼宁复可憎耶?'吾爱其脱洒,欲留共饮。其人振衣起曰:'得免君憎,已为大幸,宁敢再入郇厨?'一笑而隐。方知说鬼者即鬼也。"书生因戏曰:"此称奇绝,古所未闻。然阳羡鹅笼,幻中出幻,乃辗转相生,安知说此鬼者,不又即鬼耶?"数人一时色变,微风飒起,灯光黯然,并化为薄雾轻烟,蒙蒙四散。

【译文】

　　王菊庄说：有个书生，夜里停泊鄱阳湖，在月光下散步纳凉。他到了一个酒店，碰到几个人，各人道了姓名，都是同乡人。于是买酒小饮，谈笑颇为融洽，一起说鬼的故事，搜奇出新，多出人意料之外。一个人说："这些固然都奇，但是没有奇过我所见的了。过去在京城里，为躲避都市喧闹，我寄居在丰台花匠的家里，偶尔遇见一个士人一起谈论。我说这里的花事很是兴盛，只是墓地里多鬼可憎恨。士人说：'鬼也有雅有俗，不可以一概厌弃。我过去游西山，遇到一个人论诗，很有精深的造诣，自己吟诵他所作的，有句说：深山迟见日，古寺早生秋。又说：钟声散墟落，灯火见人家。又说：猿声临水断，人语入烟深。又说：林梢明远水，楼角挂斜阳。又说：苔痕侵病榻，雨气入昏灯。又说：鸲鹆岁久能人语，魍魉山深每昼行。又说：空江照影芙蓉泪，废苑寻春蛱蝶魂。都清雅富有情致。正打算问他寄居的处所，忽然有牲口的铃铛声琅琅作响，他就忽然消灭了形迹。这个鬼难道还可憎恨吗？'我爱他的超脱，要想留他一起饮酒。那人抖抖衣服起身说：'得以免掉您的憎恨，已是大幸，哪里敢再进入美味佳肴的郇公厨呢？'一笑而隐去。我方才知道说鬼的就是鬼呵！"书生于是开玩笑说："这个算得上奇绝，从古以来所没有听说过的。但是阳羡鹅笼的故事，幻中出幻，竟辗转而生生不已，怎能知道说这个鬼说鬼的，不又就是鬼呢？"这几个人一时变了脸色，微风飒然而起，灯光暗淡，都一起化成轻烟薄雾，蒙蒙地向四面散去。

临 终 遗 言

　　庚午四月，先太夫人病革时，语子孙曰："旧闻地下眷属，临终时一一相见。今日果然。幸我平生尚无愧色。汝等在世，家庭骨肉，当处处留将来相见地也。"姚安公曰："聪明绝特之士，事事皆能知，而独不知人有死；经纶开济之才，事事皆能计，而独不能为死时计。使知人有死，一切作为，必有索然自返者；使能为死时计，一切作为，必有悚然自止者。惜求诸六合之外，失诸眉睫之前也。"

【译文】
　　庚午年四月，先母太夫人病情危重时，对子孙说："旧时听说地下家眷，临终的时候一一相见，今天果然如此。幸而我平生处事严谨，面对他们还不致有羞愧的脸色。你等在世，家庭骨肉之间，应当处处为将来相见留些余地。"姚安公说："聪明卓绝的人士，事事都能知道，而独独不知道人有死的时候；经纶满腹、开创济世的人才，事事都能够筹划，而独独不能够为死的时候筹划。倘使知道人有死的时候，一切作为必定有意兴索然自己回头的；倘使能够为死的时候筹划，一切作为必定有所戒惧自己停止的。可惜人们往往求之于天地四方之外，而失之于眼前。"

窃玉璜

　　一南士以文章游公卿间。偶得一汉玉璜，质理莹白，而血斑彻骨，尝用以镇纸。一日，借寓某公家。方灯下构一文，闻窗隙有声，忽一手探入。疑为盗，取铁如意欲击；见其纤削如春葱，瑟缩而止。穴纸窃窥，乃一青面罗刹鬼。怖而仆地。比苏，则此璜已失矣。疑为狐魅幻形，不复追诘。后于市上偶见，询所从来。辗转经数主，竟不能得其端绪。久乃知为某公家奴伪作鬼装所取。董曲江戏曰："渠知君是惜花御史，故敢露此柔荑。使遇我辈粗材，断不敢自取断腕。"余谓此奴伪作鬼装，一以使不敢揽执，一以使不复追求。又灯下一掌破窗，恐遭捶击，故伪作女手，使知非盗；且引之窥见恶状，使知非人，其运意亦殊周密。盖此辈为主人执役，即其钝如椎；至作奸犯科，则奇计环生，如鬼如蜮。大抵皆然，不独此一人一事也。

【译文】
　　一个南方的士人，以文章游历于公卿之间。偶尔得到一块汉代的玉璜——半圆形的璧，质地明亮洁白，而血色的斑痕透骨，曾经用作镇纸。一天，他借寓在某公的家里，正在灯下写一篇文章，听得窗缝里有声音，忽然一只手伸进来。怀疑是盗贼，拿起铁如意要想打去，只见那手纤细瘦削像春葱，瑟缩抖动着而停了下来。他在窗纸上戳一个洞偷偷看去，竟是一个青面罗刹鬼，一时受惊吓而仆倒地上。等到醒来，则这个玉璜已经失去了。他疑心是狐精幻变的形相，不再追问下去。后来在市上偶然见到，询问从哪里得来，已经辗转经过几个主人，竟不能够得到头绪。过了很久，才知道是某公的家奴，假作鬼的装扮所取去的。董曲江开玩笑说："她知道您是惜花的御史，所以敢露出这柔软嫩白的手。假使碰到我辈这样的粗材，断乎不敢自取被砍断手腕的后果。"我说这个奴仆假作鬼的装扮，一是为了使人不敢捕捉，一是为了使人不再追索。又灯下一只手掌破窗而入，恐怕遭到打击，所以假作女子的手，使人知道不是盗贼；并且引人看见狞恶的形状，使人知道不是人类。他的构想也很周密。大概这类人替主人服役，即使他笨拙得像木槌，到了为非作歹，干犯律条，则奇计一个接一个地产生，像鬼像蜮，大抵都是如此，不单是这一个人一件事。

自 取 其 侮

　　朱竹坪御史尝小集阁梨村尚书家，酒次，竹坪慨然曰："清介是君子分内事。若恃其清介以凌物，则殊嫌客气不除。昔某公为御史时，居此宅，坐间或言及狐魅，某公痛詈之。数日后，月下见一盗逾垣入。内外搜捕，皆无迹。扰攘彻夜。比晓，忽见厅事上卧一老人，欠伸而起曰：'长夏溽暑，（长夏字出黄帝《素问》，谓六月也。王太仆注："读上声。"杜工部"长夏江村事事幽"句，皆读平声，盖注家偶未考也。）偶投此纳凉，致主人竟夕不安，殊深惭愧。'一笑而逝。盖无故侵狐，狐以是戏之也。岂非自取侮哉！"

【译文】

朱竹坪御史，曾经在阎梨村尚书的家里参加一个小聚会。饮宴中间，竹坪感慨地说："清廉耿介是君子的分内事，倘若倚仗他的清廉耿介而欺凌人和物，就太嫌虚骄之气不能除去了。以前某公做御史的时候，居住这所房屋，座上有人谈到狐精，某公痛骂了它一番。几天之后，月下见到一个盗贼跳过墙垣而入。内外搜捕，都没有踪迹，忙乱了一整夜。等到天亮，忽然看见厅堂上躺卧着一个老人，打呵欠伸懒腰而起说：'长夏潮湿暑热（长夏一词出于黄帝《素问》，是说六月份。王太仆注："读上声。"杜工部"长夏江村事事幽"句，都读平声，大概注家偶然失考），偶然投奔这里纳凉，以致主人通夜不安，实在深深地感到惭愧。'一笑而消逝。这是因为无缘无故地侵犯狐精，狐精用这个来戏弄他。岂不是自取侮辱吗？"

谑 狂 生

朱天门家扶乩，好事者多往看。一狂士自负书画，意气傲睨，旁若无人，至对客脱袜搔足垢，向乩哂曰："且请示下坛诗。"乩即题曰："回头岁月去骎骎，几度沧桑又到今。会见会稽王内史，亲携宾客到山阴。"众曰："然则仙及见右军耶？"乩书曰："岂但右军，并见虎头。"狂生闻之，起立曰："二老风流，既曾亲睹；此时群贤毕至，古今人相去几何？"又书曰："二公虽绝艺入神，然意存冲挹，雅人深致，使见者意消；与骂座灌夫，自别是一流人物。离之双美，何必合之两伤？"众知有所指，相顾目笑。回视狂生，已著袜欲遁矣。此不识是何灵鬼，作此虐谑。惠安陈舍人云亭，尝题此生《寒山老木图》，曰："憔悴人间老画师，平生有恨似徐熙。无端自写荒寒景，皴出秋山鬓已丝。""使酒淋漓礼数疏，谁知侠气属狂奴。他年傥续宣和谱，画史如今有灌夫。"乩所云骂座灌夫，当即指此。又不识此鬼何以知此诗也。

【译文】

　　朱天门的家里扶乩，好事的人多前往观看。一个狂士以书画自负，意气傲慢，旁若无人，以至于对着客人脱去袜子搔爬脚上的污垢，向着乩讥笑说："姑且请出示下坛诗。"乩当即题写道："回头岁月去骎骎，几度沧桑又到今。会见会稽王内史，亲携宾客到山阴。"众人说："这样说来，那么仙人还赶得上见到王右军吗？"乩写道："岂但是王右军，一并见到顾虎头。"狂生听说起立道："二老风流，既然曾经亲眼见过；这时候群贤都来到，古今人相差多少？"又写道："二公虽然卓绝的技艺入于神妙，然而意存谦退，雅人高深的情致，使见到的人意气消融；和骂座的灌夫相比，自然别是一流人物。离之是双美，何必合之使两伤呢？"众人知道意有所指，相互顾盼目视而窃笑，回头看狂生，已经穿上袜子要想逃跑了。这不知道是什么样的灵鬼，做出这样使人难堪的戏谑。惠安的陈公子云亭曾经题写这个狂生的《寒山老木图》道："憔悴人间老画师,平生有恨似徐熙。无端自写荒寒景,皴出秋山鬓已丝。""使酒淋漓礼数疏,谁知侠气属狂奴。他年倘续宣和谱,画史如今有灌夫。"乩所说的骂座灌夫,应当就是指的这个。又不知道这个鬼怎么能知道这首诗的。

某 太 学 生

舅氏张公梦征言:儿时闻沧州有太学生,居河干。一夜,有吏持名刺叩门,言新太守过此,闻为此地巨室,邀至舟相见。适主人以会葬宿姻家,相距十余里。阍者持刺奔告,亟命驾返,则舟已行。乃饬车马,具贽币,沿岸急追。昼夜驰二百余里,已至山东德州界。逢人询问,非惟无此官,并无此舟。乃狼狈而归,惘惘如梦者数日。或疑其家多资,劫盗欲诱而执之,以他出幸免。又疑其视贫亲友如仇,而不惜多金结权贵,近村故有狐魅,特恶而戏之。皆无左证。然乡党喧传,咸曰:"某太学遇鬼。"先外祖雪峰公曰:"是非狐非鬼亦非盗,即贫亲友所为也。"斯言近之矣。

【译文】

舅舅张公梦征说:小时候听说沧州有个太学生,居住在河边。一天夜里,有个小吏拿着名片叩门,说新太守经过这里,听说主人是此地的世家大族,邀请到船上相见。刚巧主人因为参加会同送葬,住宿在亲戚家,相距有十多里。看门人拿着名片奔往相告,主人当即命备车马返回,则船已经开走。就整顿车马,备办了礼品,沿岸急速追赶,日夜奔驰二百多里,已经到了山东德州界内。碰到人就询问,却被告知不但没有这个官,并且没有这条船,于是狼狈而回，惘惘然像做梦似的有好几天。有人疑心他家多财产，强盗要想引诱他出来从而抓住他，恰巧因为他外出到别的地方而幸免。又有人疑心他看待贫穷的亲友如同仇人，而不惜用很多金钱去巴结权贵，近村原就有狐精，不过是厌恶而戏弄他。这些都没有旁证。但是同乡人喧闹传言，都说："某太学生碰到鬼了。"已故外祖父雪峰公说："这不是狐不是鬼也不是强盗，就是贫穷的亲友所做出来的。"这种说法就接近事实了。

点　穴

俗传鹊蛇斗处为吉壤，就斗处点穴，当大富贵，谓之龙凤地。余十一二岁时，淮镇孔氏田中，尝有是事，舅氏安公实斋亲见之。孔用以为坟，亦无他验。余谓鹊以虫蚁为食，或见小蛇啄取；蛇蜿蜒拒争，有似乎斗。此亦物态之常。必当日曾有地师为人卜葬，指鹊蛇斗处是穴，如陶侃葬母，仙人指牛眠处是穴耳。后人见其有验，遂传闻失实，谓鹊蛇斗处必吉。然则因陶侃事，谓凡牛眠处必吉乎？

【译文】
俗传鹊蛇争斗的地方是风水好的坟地，在争斗的地方点定墓穴，子孙就会大富大贵，称之为龙凤地。我十一二岁时，淮镇孔家田中曾经有过鹊蛇争斗这样的事，舅舅安公实斋亲眼见到过。孔用这地筑坟，也没有什么效验。我说鹊拿虫蚁作食粮，有时见到小蛇就去啄取，蛇游动抗争，有点像争斗，这也是事物情态所常有的。必定当时曾经有看风水的人替人家选择葬地，指着鹊蛇争斗的地方是圹穴，就像陶侃葬母，仙人指点牛睡眠的地方是圹穴罢了。后人见到它有应验，就传闻失实，说凡是鹊蛇争斗的地方必定吉祥。这样说起来,那么因为陶侃的事情,就可以说凡是牛睡眠的地方都必然吉祥了吗?

绳 还 绳

庆云、盐山间,有夜过墟墓者,为群狐所遮。裸体反接,倒悬树杪。天晓人始见之,掇梯解下,视背上大书三字,曰"绳还绳",莫喻其意。久乃悟二十年前,曾捕一狐倒悬之,今修怨也。胡厚庵先生仿西涯新乐府,中有《绳还绳》一篇曰:"斜柯三丈不可登,谁蹑其杪如猱升?谛而视之儿倒绷,背题字曰绳还绳。问何以故心懵腾,恍然忽省蹶然兴,束缚阿紫当年曾。旧事过眼如风灯,谁期狭路遭其朋。吁嗟乎!人妖异路炭与冰,尔胡肆暴先侵陵?使衔怨毒伺隙乘。吁嗟乎!无为祸首兹可惩。"即此事也。

【译文】
庆云、盐山之间,有个人夜里经过墓地,为群狐所阻拦,把他裸体反绑双手,倒挂在树梢上。天亮了,人们才见到,拿了梯子把他解下来,看到背上大书三个字,是"绳还绳",不明白它的意思。过了很久,才记起二十年前,他曾经捕获一狐把它倒挂起来,如今是来报宿怨了。胡厚庵先生模仿李西涯新乐府,其中有《绳还绳》一篇道:"斜柯三丈不可登,谁蹑其杪如猱升?谛而视之儿倒绷,背题字曰绳还绳。问何以故心懵腾,恍然忽省蹶然兴,束缚阿紫当年曾。旧事过眼如风灯,谁期狭路遭其朋。吁嗟乎!人妖异路炭与冰,尔胡肆暴先侵陵?使衔怨毒伺隙乘。吁嗟乎!无为祸首兹可惩。"说的就是这件事。

塾师劝狐

刘香畹言：沧州近海处，有牧童年十四五，虽农家子，颇白皙。一日，陂畔午睡醒，觉背上似负一物。然视之无形，扪之无质，问之亦无声。怖而返，以告父母，无如之何。数日后，渐似拥抱，渐似抚摩，既而渐似梦魇，遂为所污。自是媟狎无时。而无形无质无声，则仍如故。时或得钱物果饵，亦不甚多。邻塾师语其父曰："此恐是狐，宜藏猎犬，俟闻媚声时排闼嗾攫之。"父如所教。狐嗷然破窗出，在屋上跳掷，骂童负心。塾师呼与语曰："君幻化通灵，定知世事。夫男女相悦，感以情也。然朝盟同穴，夕过别船者，尚不知其几。至若娈童，本非女质，抱衾荐枕，不过以色为市耳。当其傅粉熏香，含娇流盼，缠头万锦，买笑千金，非不似碧玉多情，回身就抱。迨富者资尽，贵者权移，或掉臂长辞，或倒戈反噬，翻云覆雨，自古皆然。萧韶之于庾信，慕容冲之于苻坚，载在史册，其尤著者也。其所施者如彼，其所报者尚如此。然则与此辈论交，如抟沙作饭矣。况君所赠，曾不及五陵豪贵之万一，而欲此童心坚金石，不亦颠乎？"语讫寂然。良久，忽闻顿足曰："先生休矣。吾今乃始知吾痴。"浩叹数声而去。

【译文】

刘香畹说：沧州靠近海的地方，有个牧童，年纪十四五岁，虽然是农家子弟，生得颇为白净。有一天，他在山坡旁午睡，醒来觉得背上好像背着一样东西，但是看去没有形体，摸去没有质地，问它也没有声音。他吃了惊吓回家，告诉父母，他们也无可奈何。几天以后，背上那东西越来越像是拥抱，越来越像是抚摩，接着越来越像是梦魇，于是被它淫污。从此随时被它淫戏狎昵，而没有形体没有质地没有声音，则仍旧像原来那样。有时能从它那儿得到钱物水果食品，也不很多。相邻的塾师对他的父亲说："这恐怕是狐，应当在家中藏一头猎犬，等听到媚惑的声音时，推开门嗾使狗去抓住它。"父亲如他所教的施行，狐嗷的一声破窗而出，在屋上上下跳跃，骂童子负心。塾师大声对它说道："您幻化通灵，必定知道世上的事。男女互相喜爱，是以情来感动的。但是早晨发誓死同墓穴，晚上跳到别人船上去的，还不知道有多少。至于娈童，本来不是女子之身，抱着被子侍寝，不过是出卖色相罢了。当他扑粉熏香，含着娇羞，眉目送情，得到万端锦帛作赏赐，玩弄者用千金来买笑，并非不像小家碧玉的多情，回过身来投入怀抱；等到富有的钱财用尽了，位高的权力失去了，或者挥动手臂永远离开，或者掉转枪头反咬一口，翻云覆雨，从古以来都是如此。萧韶的对于庾信，慕容冲的对于苻坚，记载在史书上，是其中最显著的。所施予的那样多，所报答的尚且这样，那么同这类人论交情，就像抟沙泥作饭了。况且您所赠予的，还不及京都豪贵的万分之一，而要想这个童子心坚如金石，不也荒唐吗？"说完，屋上就寂然无声了。好久，忽然听到顿着脚说："先生算了吧。我今天才知道我的痴呆。"接着大声地叹息了几声而去。

桐 柏 山 神

姜白岩言：有士人行桐柏山中，遇卤簿前导，衣冠形状，似是鬼神，暂避林内。舆中贵官已见之，呼出与语，意殊亲洽。因拜问封秩。曰："吾即此山之神。"又拜问："神生何代？冀传诸人世，以广见闻。"曰："子所问者人鬼，吾则地祇也。夫玄黄剖判，融结万形。形成聚气，气聚藏精，精凝孕质，质立含灵。故神祇与天地并生，惟圣人通造化之原，故燔柴、瘗玉，载在《六经》。自稗官琐记，创造鄙词，曰刘、曰张，谓天帝有废兴；曰吕、曰冯，谓河伯有夫妇。儒者病焉。紫阳崛起，乃以理诘天，并皇矣之下临，亦斥为乌有。而鬼神之德，遂归诸二气之屈伸矣。夫木石之精，尚生夔罔；雨土之精，尚生羵羊。岂有乾坤斡运，元气鸿洞，反不能聚而上升，成至尊之主宰哉。观子衣冠，当为文士。试传吾语，使儒者知圣人禋报之由。"士人再拜而退。然每以告人，辄疑以为妄。余谓此言推鬼神之本始，植义甚精。然自白岩寓言，托诸神语耳。赫赫灵祇，岂屑与讲学家争是非哉？

【译文】

姜白岩说：有个士人在桐柏山中行走，碰到一伙人，仪仗队在前面引导，衣冠形状像是鬼神，就暂时躲避在树林里。车中的贵官已经见到他，叫他出来，同他谈话，意思很是亲切融洽。于是他拜问那贵官所封的官爵，回答说："我就是这山的神。"又拜问："神生于哪一个朝代，希望能够传播于人世，用来扩大人们的见闻。"答："您所问的是人和鬼，我则是地神。自从天地混沌之气剖分，融结成万种形体，形成聚气，气聚藏精，精凝孕育质地，质立蕴含神灵。所以神灵同天地并生，只有圣人通晓造化的本原，所以祭天时的燔柴、祭山时的瘗玉，记载在《六经》里。自从稗官野史杂记，创造鄙俚之词，说刘、说张，以为天帝也有废兴；说吕、说冯，以为河伯也有夫妇，儒家学者批评这种说法。紫阳——朱熹崛起，于是以理来解释天，连皇矣上帝的下临也斥责为乌有。而鬼神的特性，就归之于阴阳二气的屈伸了。木石的精气，还生出夔和罔两这样山林中的精怪；雨土的精气，还生出羖羊这样土地中的精怪。岂有乾坤运转，元气弥漫无际，反而不能聚而上升，成为至高无上的主宰吗！看您的衣冠，应当是文士，试着传播我的话，使得儒者知道圣人为报功德而祭飨的缘由。"士人一拜再拜而退。但是他每次把这告诉别人，对方每每疑心以为是虚妄。我说这番话推论鬼神的本原，立意很精辟。但这自然是白岩的寓言，借托于神的语言罢了。赫赫神灵，难道耐烦同讲学家争论是非吗？

老 狐 自 献

裘编修超然言：丰宜门内玉皇庙街，有破屋数间，锁闭已久，云中有狐魅。适江西一孝廉与数友过夏，（唐举子下第后，读书待再试，谓之过夏。）取其地幽僻，僦舍于旁。一日，见幼妇立檐下，态殊妩媚，心知为狐。少年豪宕，意殊不惧。黄昏后，诣门作礼，祝以媟词。夜中闻床前窸窣有声，心知狐至，暗中举手引之。纵体入怀，遽相狎昵，冶荡万状，奔命殆疲。比月上窗明，谛视乃一白发媪，黑陋可憎。惊问："汝谁？"殊不愧报，自云："本城楼上老狐，娘子怪我饕餮而慵作，斥居此屋，寂寞已数载。感君垂爱，故冒耻自献耳。"孝廉怒，搏其颊，欲缚搥之。撑拄摆拨间，同舍闻声，皆来助捉。忽一脱手，已琤然破窗遁。次夕，自坐屋檐，作软语相唤。孝廉诟詈，忽为飞瓦所击。又一夕，揭帷欲寝，乃裸卧床上，笑而招手。抽刃向击，始泣骂去。惧其复至，移寓避之。登车顷，突见前幼妇自内走出。密遣小奴访问，始知居停主人之甥女，昨偶到街买花粉也。

【译文】

　　翰林院编修裘超然说：丰宜门内玉皇庙街有几间破屋，封锁关闭已经很久，说是其中有狐精。刚巧江西一个举人同几个朋友过夏（唐代参加科举考试的士子下第以后，读书等待再次考试，叫做过夏），看中这个地方幽雅僻静，在旁边租了房屋。有一天，他看见一个少妇站立在屋檐下，神态很是妩媚，心里知道是狐狸精，因少年豪气旺盛，意下并不惧怕。黄昏以后，他走到门前行礼，用轻薄的言词问候。当天夜里，他听到床前有窸窣的声音，心里知道狐狸精到了，暗中举起手拉她上来。她就纵身投入怀抱，二人立即互相亲昵狎戏，万般淫荡，举人忙于应付，弄得疲困不堪。等到月上窗明，仔细一看，竟是一个白发老妇，黑丑可憎，吃惊地问："你是谁？"她并不羞愧，自己说："本是城楼上的老狐，娘子怪我贪吃懒做，斥逐居住这所房屋，寂寞已经数年。感念您的见爱，所以冒着羞耻自献罢了。"举人恼怒地搧她的脸颊，要想捆起来鞭打。撑持挣扎之间，同屋的人听到声音，都来帮助捕捉，忽然一脱手，已经琤的一声破窗逃走。第二天晚上，她还自己坐在屋檐头，用温柔的语言相呼唤，举人斥责辱骂，忽然被飞来的瓦片所击中。又一天晚上，揭开帐子要想睡觉，她竟然裸体躺在床上，笑着招手。举人抽刀向她砍去，才泣骂而去。举人害怕她再来，只好迁移住处回避她。登上车的时候，突然见以前看到的少妇从里面走出，秘密地派遣小奴打听，才知道是寓所主人的外甥女，前几天偶尔到街上买花粉的。

选　人　猎　艳

　　琴工钱生（以鼓琴客裘文达公家，滑稽善谐戏。因面有癜风，皆呼曰"钱花脸"。来往数年，竟不能举其里居名字也。）言：一选人居会馆，于馆后墙缺见一妇，甚有姿首，衣裳故敝，而修饰甚整洁。意颇悦之。馆人有母年五十余，故大家婢女，进退语言，均尚有矩度，每代其子应门。料其有干才，赂以金，祈谋一晤。对曰："向未见此，似是新来。姑试侦探，作万一想耳。"越十许日，始报曰："已得之矣。渠本良家，以贫故，忍耻出此。然畏人知，俟夜深月黑，乃可来。乞勿秉烛，勿言勿笑，勿使僮仆及同馆闻声息，闻钟声即勿留。每夕赠以二金足矣。"选人如所约，已往来月余。一夜，邻弗戒于火。选人惶遽起。僮仆皆入室救囊箧；一人急搴帐曳茵褥，訇然有声，一裸妇堕榻下，乃馆人母也。莫不绝倒。

盖京师媒妪最奸黠，遇选人纳媵，多以好女引视，而临期阴易以下材，觉而涉讼者有之。幂首入门，背灯障扇，俟定情后始觉，委曲迁就者亦有之。此妪狃于乡风，竟以身代也。然事后访问四邻，墙缺外实无此妇。或曰："魅也。"裘文达公曰："是此妪引致一妓，炫诱选人耳。"

【译文】
　　琴工钱生（因能鼓琴客居在裘文达公的家里，滑稽善于诙谐戏谑。因为面部有癜风引起的斑点，都称呼他"钱花脸"。来往了几年，竟然未能知道他的乡里住处和名字）说：有一个候选的官员住在会馆里，在会馆后面墙壁的缺口处，看见一个女人，很有姿色，衣裳陈旧，而修饰得很是整洁，心中颇为喜欢她。看守馆舍的人有个母亲，年纪五十多岁，原是富贵人家的婢女，进退语言，都还有大家的规矩风度，经常代她的儿子看门。料想她有才干，用金钱贿赂，希望想办法能会晤一次。回答说："我一向没有见到过这个女人，好像是新来的，姑且试着侦察一下，你不要抱有太大的希望。"过了十几天，她才来回报说："已经找到了。她本来是良家女子，因为贫穷的缘故，忍着羞耻这样做。但是怕别人知道，等到夜深月黑，才可以来。她恳求您不要点灯烛，不要说话，不要笑，不要使僮仆以及同馆舍的人听到声息，听见钟声就不要挽留。每天晚上赠给她二两银子就够了。"选人如所约定的行事，已经往来了一个多月。有一夜，邻居不慎失火，选人慌张地起身。僮仆都进入室内抢救行李箱笼；一个人掀帐子拉褥垫，訇的发出声音，一个裸体的女人掉在床榻下，竟是看守馆舍的人的母亲，没有不大笑而不能自持的。

原来京城里的媒人最好刁狡猾，碰到选人娶姬妾，多用美女引去观看，到时候偷偷地换成下等货，有发觉受骗上当而打官司的。女子蒙着头入门，背着灯用扇子遮面，定情以后才发觉，委屈迁就的也有。这个老妇习惯于当地的风气，竟然用自身来替代。后来访问四邻，墙壁缺口外面其实没有这个女人。有的说："这是妖精。"裘文达公说："是这个老妇招引的一个妓女，炫耀引诱选人罢了。"

兔鬼报冤

安氏从舅善鸟铳，郊原逐兔，信手而发，无得脱者，所杀殆以千百计。一日，遇一兔，人立而拱，目炯炯如怒。举铳欲发，忽炸而伤指，兔已无迹。心知为兔鬼报冤，遂辍其事。

又尝从禽晚归，渐已昏黑。见小旋风裹一物，火光荧荧，旋转如轮。举铳中之，乃秃笔一枝，管上微有血渍。明人小说载牛天锡供状事，言凡物以庚申日得人血，皆能成魅。是或然欤！

【译文】

安氏堂舅善于打鸟铳，到郊外原野里追逐兔子，信手而发，兔子没有能够逃脱的，所射杀的兔子可以用千百来计数。一天，碰到一只兔子像人一样的站立而打拱，眼睛炯炯发光像是愤怒。他举起铳要想打去，忽然枪膛爆炸而伤了手指，兔子已经没有了踪迹。心里知道是兔鬼报冤，于是停止了这件事。

又曾经打猎晚归，天已经渐渐昏黑，看见小旋风卷起一个物件，火光荧荧，旋转着像车轮。他举起铳打中了，只见落下的竟是秃笔一枝，笔管上微微有血渍。明朝人小说中记载牛天锡供状的事情，说凡是器物在庚申这一天得到人血，都能够成精怪。这个也许就是吧！

敝帚精

奴子王廷佑之母言：青县一民家，岁除日，有卖通草花者，叩门呼曰："伫立久矣，何花钱尚不送出耶？"诘问家中，实无人买花。而卖者坚执一垂髫女子持入。正纷扰间，闻一媪急呼曰："真大怪事，厕中敝帚柄上，竟插花数朵也。"取验，果适所持入。乃锉而焚之，呦呦有声，血出如缕。

此魅既解化形，即应潜养灵气，何乃作此变异，使人知而歼除，岂非自取其败耶？天下未有所成，先自炫耀；甫有所得，不自韬晦者，类此帚也夫！

【译文】

僮仆王廷佑的母亲说：青县的一户百姓，除夕那天，有个卖通草花的，叩门叫道："我已经在门口站立很久了，为什么花钱还不送出来啊？"查问家中，实在没有人买花。而卖花的人坚持说有一个头发下垂的女子拿了进去。正在纷乱吵闹间，忽然听到一个老妇急叫道："真是大怪事，厕所中破扫帚柄上，竟插了几朵花。"拿来查看，果然是刚才所拿进去的。于是用锉刀锉断那扫帚而焚烧它，只听火中发出呦呦的声音，还有一缕缕的血流出。

这个妖精既然解得变化形体，就应该潜心修养灵气，为什么竟然作出这样的变异，使人知觉而被歼灭掉，岂不是自取其败吗？天下那种未有所成就而先行自己炫耀，刚有所得而不能自己收敛隐藏的，大概就是同这把扫帚相类似吧！

黑狐说因果

外祖雪峰张公家奴子王玉善射。尝自新河携盐租返，遇三盗，三矢仆之，各唾面纵去。一日，携弓矢夜行，见黑狐人立向月拜。引满一发，应弦饮羽。归而寒热大作。是夕，绕屋有哭声曰："我自拜月炼形，何害于汝？汝无故见杀，必相报恨。汝未衰，当诉诸司命耳。"数日后，窗棂上铿然有声，愕眙惊问。闻窗外语曰："王玉我告汝：我昨诉汝于地府，冥官检籍，乃知汝过去生中，负冤讼辩，我为刑官，阴庇私党，使汝理直不得申，抑郁愤恚，自刺而死。我堕身为狐，此一矢所以报也。因果分明，我不怨汝。惟当日违心枉拷，尚负汝笞掠百余。汝肯发愿免偿，则阴曹销籍，来生拜赐多矣。"语讫，似闻叩额声。王叱曰："今生债尚不了了，谁能索前生债耶？妖鬼速去，无扰我眠。"遂寂然。世见作恶无报，动疑神理之无据。乌知冥冥之中，有如是之委曲哉。

【译文】

外祖父张公雪峰家的僮仆王玉，善于射猎。曾经从新河带着盐租返回，碰到三个强盗，连发三箭把他们一个个射倒，在各人脸上唾了唾沫，放他们走了。有一天，他带着弓箭夜里行走，看见一只黑狐像人一样站立向月而拜，就拉满弓一箭射去，黑狐应着弦声中了箭。回来以后，他寒热大作。这天晚上，绕着房屋有哭泣的声音说："我自己拜月修炼形体，对你有什么妨害？无缘无故地被杀害，所以我一定要对你进行报复。可恨你还没有衰败，当向司命之神申诉罢了。"几天以后，窗格上发出铿铿的声音，他惊异地察看询问，听得窗外说话道："王玉，我告诉你，我昨天到阴间去告你，冥官检查簿册，才知道你过去一生中含冤告状申辩，我做掌刑法的官，暗中庇护私党，使你理由正当却得不到申雪，抑郁愤恨，自己刺杀而死。我堕落此身成为狐，这一箭正用来报复，因果分明，我不怨你。只是当日违心冤枉地拷问你，还欠你鞭打一百多下。你肯发愿免予偿还，那么阴司就可以在簿册上注销，来生拜受你的恩赐多多了。"说完，好像听到叩头的声音。王喝叱说："今生的债还不清楚，谁能够讨前生的债呢？妖鬼快去，不要打扰我的睡眠。"于是寂然无声。世上看见作恶的没有报应，动不动就怀疑神理的没有根据，哪里知道在冥冥之中有像这样的曲折哩！

妖由人兴

雍正甲寅，余初随姚安公至京师。闻御史某公性多疑，初典永光寺一宅，其地空旷。虑有盗，夜遣家奴数人，更番司铃柝；犹防其懈，虽严寒溽暑，必秉烛自巡视。不胜其劳，别典西河沿一宅，其地市廛栉比。又虑有火，每屋储水瓮。至夜铃柝巡视，如在永光寺时。不胜其劳，更典虎坊桥东一宅，与余邸隔数家。见屋宇幽邃，又疑有魅。先延僧诵经，放焰口，钹鼓玱玱者数日，云以度鬼；复延道士设坛召将，悬符持咒，钹鼓玱玱者又数日，云以驱狐。宅本无他，自是以后，魅乃大作，抛掷砖瓦，攘窃器物，夜夜无宁居。婢媪仆隶，因缘为奸，所损失无算。论者皆谓妖由人兴。居未一载，又典绳匠胡同一宅。去后不通闻问，不知其作何设施矣。姚安公尝曰："天下本无事，庸人自扰之。其此公之谓乎。"

【译文】

雍正十二年，我头一次跟随姚安公到了京城。听说御史某公生性多疑，起初典得永光寺一所住宅，这地方空旷，他顾虑有盗贼，每夜派遣几个家奴轮流负责摇铃击柝；还防他们的松懈怠惰，即使是严寒的冬天和湿热的盛夏，也一定拿着灯烛亲自巡视，不胜其劳。另外典得西河沿一所住宅，那里市中店铺像梳篦齿那样密密地排列着，他又担心有火灾，每间屋子里都储备水缸，到夜里摇铃击柝四处巡视，就像在永光寺的时候一样，不胜其劳。再典得虎坊桥东面一所住宅，同我家的宅邸只相隔几家。他看见房屋幽深，又疑心有精怪，先延请和尚念经，放焰口——为地狱中的饿鬼做佛事，铙钹鼓声铮铮地有好几天，说是用来为鬼超度。又延请道士设坛召神将，悬挂符箓，念诵咒语，铙钹鼓声铮铮地又是好几天，说是用来驱狐。这所住宅本来倒没什么，从此以后，精怪于是大兴，抛掷砖瓦，盗窃器物，夜夜不能安居。婢女老妇仆役趁机勾结为奸，所损失的无法计算。议论的人都说是妖由人兴。住了不到一年，他又典了绳匠胡同一所住宅。搬去以后不通音问，不知道他作什么样的设施了。姚安公曾经说："'天下本无事，庸人自扰之。'大概就是说的这种人吧！"

梦 中 梦

钱塘陈乾纬言：昔与数友，泛舟至西湖深处，秋雨初晴，登寺楼远眺。一友偶吟"举世尽从忙里老，谁人肯向死前休"句，相与慨叹。寺僧微哂曰："据所闻见，盖死尚不休也。数年前，秋月澄明，坐此楼上。闻桥畔有诟争声，良久愈厉。此地无人居，心知为鬼。谛听其语，急遽挽夺，不甚可辨，似是争墓田地界。俄闻一人呼曰：'二君勿喧，听老僧一言可乎。夫人在世途，胶胶扰扰，缘不知此生如梦耳。今二君梦已醒矣，经营百计，以求富贵，富贵今安在乎？机械万端，以酬恩怨，恩怨今又安在乎？青山未改，白骨已枯，孑然惟剩一魂。彼幻化黄粱，尚能省悟；何身亲阅历，反不知万事皆空？且真仙真佛以外，自古无不死之人；大圣大贤以外，自古亦无不消之鬼。并此孑然一魂，久亦不免于澌灭。顾乃于电光石火之内，更兴蛮触之兵戈，不梦中梦乎？'语讫，闻呜呜饮泣声，又闻浩叹声曰：'哀乐未忘，宜乎其未齐得丧。如斯挂碍，老僧亦不能解脱矣。'遂不闻再语，疑其难未已也。"乾纬曰："此自师粲花之舌耳。然默验人情，实亦为理之所有。"

【译文】

　　钱塘陈乾纬说：过去同几个朋友，坐船游玩到了西湖深处。秋雨初晴，登上寺院的楼上远眺。一个朋友偶尔吟诵"举世尽从忙里老，谁人肯向死前休"的句子，大家相互感慨叹息。寺里的和尚微笑说："根据我所闻所见，有死了还不肯罢休的。几年以前，秋月清彻明净，坐在这个楼上，听到桥边有争骂的声音，过了好久吵闹得更厉害。这地方没有人居住，心里知道是鬼。仔细听他们的话，说得又快又激烈，互相打岔抢先，不太能辨清，好像是争墓田地界。一会儿听一个人呼叫道：'二位不要吵，听老僧一句话可以吗？人在世路上，纷乱不宁，是因为不知道这一生是一场梦罢了。现在二位梦已经醒了，苦心经营，千方百计，以求取富贵，富贵现今在哪里呢？机巧之心万种，用来酬恩报怨，恩怨现今又在哪里呢？青山没有改变，白骨已经干枯，孤独地只剩下一个魂灵。想那黄粱一梦所幻化出来的，还能够醒悟；为什么亲身阅历过，反而不知道万事皆空？而且真仙真佛以外，从古以来没有不死的人；大圣大贤以外，从古以来也没有不消失的鬼。连同这孤独的一个魂灵，长久以后也不免于消亡。为什么在这电光石火般的瞬间之内，却又兴起像蜗牛角上的蛮氏、触氏两国之间兵戎相见的争斗，岂不是做着梦中之梦吗？'说完，听得呜呜啜泣的声音，又听到长叹的声音说：'悲哀和欢乐之情没有忘却，这就难怪不能把得到和丧失看得一样。像这样的牵挂，老僧也不能够替你们解脱了。'于是不再听到说话，疑心他们的责难还没有完。"乾纬说："这个自然是师父的粲花之舌——隽妙的言词如明丽的春花——所编造出来的罢了。然而在内心深处用人情来检验，实在也是为情理中所有的。"

狐哀女奴

陈竹吟尝馆一富室。有小女奴，闻其母行乞于道，饿垂毙，阴盗钱三千与之。为侪辈所发，鞭捶甚苦。富室一楼，有狐借居，数十年未尝为祟。是日女奴受鞭时，忽楼上哭声鼎沸。怪而仰问。同声应曰："吾辈虽异类，亦具人心。悲此女年未十岁，而为母受捶，不觉失声。非敢相扰也。"主人投鞭于地，面无人色者数日。

【译文】

陈竹吟曾经在一个富家教读。有一个小奴婢听到她的母亲在路上行乞，饥饿得差不多要倒毙，暗地里偷了三千钱给她，被同伴们所揭发，鞭打得很苦。富家的一间楼房，有狐借住了几十年，从来没有为祸作祟。这一天，奴婢受鞭打时，忽然楼上哭声嘈杂如同开了锅。陈感到奇怪因而抬头询问，只听上面齐声答应说："我辈虽然异于人类，也具有人心。哀痛这个女孩年纪还不到十岁，而为了母亲受鞭打，不觉失声哭泣，不是故意前来打扰。"主人把鞭子丢在地上，一连有好几天面无人色。

一 言 识 伪

竹吟与朱青雷游长椿寺，于鬻书画处，见一卷擘窠书曰："梅子流酸溅齿牙，芭蕉分绿上窗纱。日长睡起无情思，闲看儿童捉柳花。"款题"山谷道人"。方拟议真伪，一丐者在旁睨视，微笑曰："黄鲁直乃书杨诚斋诗，大是异闻。"掉臂竟去。青雷讶曰："能作此语，安得乞食？"竹吟太息曰："能作此语，又安得不乞食！"余谓此竹吟愤激之谈，所谓名士习气也。聪明颖隽之士，或恃才兀傲，久而悖谬乖张，使人不敢向迩者，其势可以乞食。或有文无行，久而秽迹恶声，使人不屑齿录者，其势亦可以乞食。是岂可赋感士不遇哉！

【译文】

竹吟和朱青雷游览长椿寺，在卖书画的地方，见到一个卷轴，用擘窠大字书写道："梅子流酸溅齿牙，芭蕉分绿上窗纱。日长睡起无情思，闲看儿童捉柳花。"落款题"山谷道人"。正准备议论真假，一个乞丐在旁边斜视着微笑道："黄鲁直竟书写杨诚斋的诗，大是奇闻。"甩动手臂竟自离去。青雷惊奇地说："能说出这样的话，怎么会讨饭？"竹吟叹息说："能说出这样的话，又怎么能不讨饭？"我说这是竹吟愤激的话，是所谓名士习气罢了。聪明灵秀的士人，或者依仗才华，傲慢不能随俗，长久而后背理荒谬，怪僻执拗，使人不敢接近的，那情势可能讨饭。或者有文才无品行，长久而后污秽的行迹，丑恶的名声，使人不屑于谈论的，那情势也可能讨饭。这难道可以写成《感士不遇赋》吗?

咎 由 自 取

一宦家子,资巨万。诸无赖伪相亲昵,诱之冶游,饮博歌舞。不数载,炊烟竟绝,颠颔以终。病革时,语其妻曰:"吾为人蛊惑以至此,必讼诸地下。"越半载,见梦于妻曰:"讼不胜也。冥官谓妖童倡女,本捐弃廉耻,借声色以养生;其媚人取财,如虎豹之食人,鲸鲵之吞舟也。然人不入山,虎豹乌能食?舟不航海,鲸鲵乌能吞?汝自就彼,彼何尤焉?惟淫朋狎客,如设阱以待兽,不入不止;悬饵以钓鱼,不得不休。是宜阳有明刑,阴有业报耳。"

又闻有书生昵一狐女,病瘵死。家人清明上冢,见少妇奠酒焚楮钱,伏哭甚哀。其妻识是狐女,遥骂曰:"死魅害人,雷行且诛汝!尚假慈悲耶?"狐女敛衽徐对曰:"凡我辈女求男者,是为采补;杀人过多,天律不容也。男求女者,是为情感;耽玩过度,用致伤生。正如夫妇相悦,成疾夭折,事由自取,鬼神不追理其衽席也。姊何责耶?"

此二事足相发明也。

【译文】

一个宦官家的子弟,家财极富。那些无赖假装同他亲热,引诱他饮酒赌博,出入歌舞场。没有几年,竟然断了炊烟,面容憔悴而死。病情危重时,他对妻子说:"我被人迷惑,以至于此,到阴间一定要告状。"过了半年，示梦给他的妻子说："我不能胜诉了。冥官说以色事人的美童和娼妓，本来就是抛弃廉耻，依靠声色来谋生的。他们诱惑人以取得财物，就像虎豹的吃人，鲸鱼的吞船一样。但是人不入山，虎豹怎能吃？船不去航海，鲸鱼怎能吞？你自己去亲近他，他有什么过错呢？只有淫邪亲密的朋友，如同设置陷阱来等待野兽，不进去不停止；悬着香饵来钓鱼，得不到不罢休。这就意味着阳间应有明白的刑律，阴间应有作孽的报应了。"

又听说有个书生亲昵一个狐女，生痨病而死。家里人清明上坟，看见有个少妇洒酒祭奠，焚烧纸钱，俯伏着哭泣得很悲哀。书生的妻子认得是狐女，远远地骂道："死妖精害人，雷早晚会打杀你，还要假慈悲吗？"狐女整饬衣襟从容地回答说："凡是我辈女求男的，这是采补；杀人过多，为天上律条所不容。男求女的，这是情感；沉溺过度了，因此而导致伤生。正像夫妇的互相爱悦，酿成疾病而夭亡，结局由自己造成，鬼神也不追究理论那种男女情欲之事，姊姊为什么要责备我呢？"

这两件事足以互相引发阐明。

走 无 常

干宝《搜神记》载马势妻蒋氏事，即今所谓走无常也。武清王庆垞曹氏，有佣媪充此役。先太夫人尝问以冥司追摄，岂乏鬼卒，何故须汝辈。曰："病榻必有人环守，阳光炽盛，鬼卒难近也。又或有真贵人，其气旺；有真君子，其气刚。尤不敢近。又或兵刑之官，有肃杀之气；强悍之徒，有凶戾之气。亦不能近。惟生魂体阴而气阳，无虑此数事，故必携之以为备。"语颇近理，似非村媪所能臆撰也。

【译文】

干宝的《搜神记》记载马势的妻子蒋氏的事情,就是现今所谓的走无常。武清王庆坨曹家,有个老仆妇充任这个差使。先母太夫人曾经问起阴司追捕,哪会缺乏鬼卒,为什么还需要你们这样的人?回答说:"病人的床榻必定有人四面守护,阳气炽烈,鬼卒难以接近。又或者有真正的贵人,他的气旺;有真正的君子,他的气刚,鬼卒尤其不敢接近。又或者是带兵主刑的官,有严峻酷烈之气;强横凶猛的人,有凶残暴戾之气,鬼卒也不能接近。只有生人的魂灵身体是阴的而阳气却旺盛,不用顾虑这些事,所以一定要携带他们以备不时之需。"话说得颇近情理,好像不是乡村老妇所能够杜撰出来的。

鸟鸣可惜

河间一旧家,宅上忽有鸟十余,哀鸣旋绕,其音甚悲,若曰"可惜!可惜!"知非佳兆,而莫测兆何事。数日后,乃知其子鬻宅偿博负。鸟啼之时,即书券之时也。岂其祖父之灵所凭欤!为人子孙者,闻此宜怆然思矣。

【译文】

河间一个世家的住宅上,忽然有十几只鸟哀鸣盘旋,它的声音很是悲哀,好像是说:"可惜!可惜!"知道不是好兆头,而无法猜测预兆着什么事情。几天后,才知道是他家的儿子出卖住宅偿还赌债,鸟啼叫的时候,就是写契约的时刻。难道是他父祖的魂灵所凭借的吗?作为人的子孙的,听到这件事,应当警惕深思了。

游士排场

有游士借居万柳堂,夏日,湘帘棐几,列古砚七八,古玉器、铜器、磁器十许,古书册画卷又十许,笔床、水注、酒盏、茶瓯、纸扇、棕拂之类,皆极精致。壁上所粘,亦皆名士笔迹。焚香宴坐,琴声铿然,人望之若神仙。非高轩驷马,不能登其堂也。一日,有道士二人,相携游览,偶过所居,且行且言曰:"前辈有及见杜工部者,形状殆如村翁。吾曩在汴京,见山谷、东坡,亦都似措大风味。不及近日名流,有许多家事。"朱导江时偶同行,闻之怪讶,窃随其后。至车马丛杂处,红尘涨合,倏已不见。竟不知是鬼是仙。

【译文】

　　有个云游四方以谋生的士人,借居在万柳堂。夏天的时候,堂内挂着用湘妃竹做的帘子,摆着香榧木做的几桌,陈列古砚七八块,古玉器、铜器、瓷器十来件,书册、画卷又十来件,放置毛笔的笔床、为砚台注水的水注、酒盏、茶杯、纸扇、用棕榈叶制成的拂尘之类,都极其精致。墙壁上所粘贴的,也都是名士的笔迹。焚香安坐,琴声铿然作响,人们望去如同神仙。不是显贵者的车乘,不能够登上他的厅堂。一天,有两个道士结伴游览,偶然经过士人所居住的地方,边走边说道:"前辈中有赶上见到杜工部的,那形状差不多如同乡村老翁。我过去在汴京城,见到黄山谷、苏东坡,都像是贫寒失意的穷酸光景,不及近日的名流,有许多家什。"朱导江当时偶尔同行,听说这话感到奇怪惊讶,偷偷地跟随在他们的后面。到了车马丛集杂乱的地方,红尘弥漫四合,忽然已经不见,竟不知道是鬼是仙。

游魂为厉

　　乌鲁木齐遣犯刘刚,骁健绝伦。不耐耕作,伺隙潜逃。至根克忒，将出境矣。夜遇一叟，曰："汝遁亡者耶？前有卡伦，（卡伦者，戍守瞭望之地也。）恐不得过。不如暂匿我屋中，俟黎明耕者毕出，可杂其中以脱也。"刚从之。比稍辨色，觉恍如梦醒，身坐老树腹中。再视叟，亦非昨貌；谛审之，乃夙所手刃弃尸深涧者也。错愕欲起，逻骑已至，乃弭首就擒。军屯法：遣犯私逃，二十日内自归者，尚可贷死。刚就擒在二十日将曙，介在两歧，屯官欲迁就活之。刚自述所见，知必不免，愿早伏法。乃送辕行刑。杀人于七八年前，久无觉者；而游魂为厉，终索命于二万里外。其可畏也哉！

【译文】

发遣到乌鲁木齐的犯人刘刚，骁勇雄健，无与伦比。他不耐烦耕作，找到一个机会潜逃到了根克忒，将要出境了。夜里碰到一个老叟说："你是逃亡的吗？前面有卡伦（卡伦，是戍守瞭望的地方），恐怕不能过去。不如暂且藏在我的屋子里，等到黎明耕种的人都出来了，可以混杂在他们中脱身。"刘刚依从了他。等到稍稍能分辨颜色，觉得恍恍惚惚像梦中醒了过来，自身坐在老树空心的树干里。再看老叟，也不是昨天的相貌；仔细审视，竟是过去亲手杀掉并把尸体扔到深涧中去的那个人。他仓促间感到惊愕，正要想起身，巡逻的骑兵已经到来，于是俯首就擒。军屯法：凡流放的犯人私逃，二十日之内自动归来的，还可以宽免死罪。刘刚被捕时在第二十日黎明，介乎两者之间，掌管屯田事务的官员要想从宽让他活命。刘刚自己讲述夜里所见，自知必然不免，愿意早日被依法处决。于是他被送往官署执行死刑。杀人在七八年之前，长久没有被发觉，而游魂作怪为祸，讨命于二万里之外，真是可怕啊！

选 人 举 债

　　日南坊守栅兵王十,姚安公旧仆夫也。言乾隆辛酉夏夜坐高庙纳凉,暗中见二人坐阁下,疑为盗,静伺所往。时绍兴会馆西商放债者演剧赛神,金鼓声未息。一人曰:"此辈殊快乐,但巧算剥削,恐造业亦深。"一人曰:"其间亦有差等。昔闻判司论此事,凡选人或需次多年,旅食匮乏;或赴官远地,资斧艰难,此不得已而举债。其中苦况,不可殚陈。如或乘其急迫,抑勒多端,使进退触藩,茹酸书券。此其罪与劫盗等,阳律不过笞杖,阴律则当堕泥犁。至于冶荡性成,骄奢习惯,预期到官之日,可取诸百姓以偿补。遂指以称贷,肆意繁华。已经负债如山,尚复挥金似土。致渐形竭蹶,日见追呼。铨授有官,遁逃无路,不得不吞声饮恨,为几上之肉,任若辈之宰割。积数既多,取偿难必。故先求重息,以冀得失之相当。在彼为势所必然,在此为事由自取。阳官科断,虽有明条,鬼神固不甚责之也。"王闻是语,疑不类生人。俄歌吹已停,二人并起,不待启钥,已过栅门。旋闻道路喧传,酒阑客散,有一人中暑暴卒。乃知二人为追摄之鬼也。

【译文】

　　日南坊守栅栏的士兵王十,是姚安公旧时驾驭车马的仆人。他说乾隆六年夏天,夜里坐在高庙乘凉,暗中看见两个人坐在楼阁下面，疑心是盗贼，静静地伺察，看他们往哪里去。当时有西北放债的商人在绍兴会馆演戏赛神，锣鼓声没有停息。一个人说："这班人很是快乐，但巧于算计剥削，恐怕造的孽也深了。"另一个人说："这中间也有差别。过去听到判官谈论到这种事，凡是候选官员或者等候补缺多年，客居生活困乏，或者赴任远地，旅费艰难，这是不得已而举债。其中苦处，不可尽说。如果趁他急迫，多方要挟勒索，使得处处碰壁，进退两难，忍痛写立借据，这样的罪同抢劫相等。阳间的律条不过用棍棒敲打，阴间的律条就应当堕入地狱。至于放荡成性，骄横奢侈成了习惯，预期到任的时候，可以从百姓那里捞取用来偿还弥补，于是指望着这个借贷，肆意地挥霍享受。已经负债如山，还要挥金似土，以致渐渐显出枯竭，天天受到追呼催逼。选授有了官职，逃亡却没有了路，不得不吞声含恨，成为几桌上的肉，任凭这班人的宰割。积欠的数量既多，讨债难以一定讨到，所以先求取高利息，以希望得失的相当。在那里是势所必然，在这里是事由自取。阳间的官员论处虽有明白的条文，鬼神却不很责难他们了。"王听了这番话，怀疑他们不像是生人。一会儿，歌唱吹奏已经停了下来，只见两人一道起身，不等开锁，已过了栅栏门。随即听到道路上喧闹传说酒尽客散，有一个人中暑突然死去。才知道这两个人，是追捕勾魂的鬼。

罢 官 县 令

莆田林生霈言：闽一县令，罢官居馆舍。夜有群盗破扉入。一媪惊呼，刃中脑仆地。僮仆莫敢出。巷有逻者，素弗善所为，亦坐视。盗遂肆意搜掠。其幼子年十四五，以锦衾蒙首卧。盗掣取衾，见姣丽如好女，嬉笑抚摩，似欲为无礼。中刀媪突然跃起，夺取盗刀，径负是子夺门出。追者皆被伤，乃仅捆载所劫去。县令怪媪已六旬，素不闻其能技击，何勇鸷乃尔。急往寻视，则媪挺立大言曰："我某都某甲也,曾蒙公再生恩。殁后执役土神祠,闻公被劫,特来视。宦资是公刑求所得,冥判饱盗橐,我不敢救。至侵及公子,则盗罪当诛。故附此媪与之战。公努力为善。我去矣。"遂昏昏如醉卧。救苏问之,懵然不忆。盖此令遇贫人与贫人讼,剖断亦颇公明,故卒食其报云。

【译文】

　　莆田的林生霈说:福建有一个县令,罢官以后住在客舍里。夜里有一群强盗,破门而入。一个老妇吃惊呼叫,被刀砍中脑袋仆倒在地上,僮仆没有敢出来的。巷子里有巡逻的人,一向不满意县令的所作所为,也袖手旁观。强盗于是肆意地搜索劫掠。他的幼子年纪十四五岁,用锦被蒙了头躺着,强盗扯取被子,见他美丽如同好女子,嘻笑抚摸,好像要想行非礼之事。中刀的老妇突然跃起,夺取强盗的刀,径自背着这个孩子夺门而出,追赶的人都被她所伤,于是只捆扎装载所抢劫的离去。县令奇怪老妇已经六十岁,向来没有听说她有搏斗的技能,为什么如此勇猛?急忙前往寻找看望,则老妇挺身站立,大声说道:"我是某都某甲,曾经蒙受您的再生之恩。死后在土神祠当差,听说您被抢劫,特地来看看。做官所得的钱财,是您用刑罚逼索得来的,阴司判处装入强盗的口袋,我不敢救助。至于侵犯到了公子,则强盗的罪应当诛杀,所以附在这个老妇身上同他们战斗,您努力行善吧,我去了。"于是昏昏然就像酒醉睡着了。救醒过来问她,糊糊涂涂并不记得。原来这个县令碰到穷人和穷人诉讼,剖析判处也颇公正明白,所以结果受到了善报。

长　　随

　　州县官长随,姓名籍贯皆无一定,盖预防奸赃败露,使无可踪迹追捕也。姚安公尝见房师石窗陈公一长随,自称山东朱文;后再见于高淳令梁公润堂家,则自称河南李定。梁公颇倚任之。临启程时,此人忽得异疾,乃托姚安公暂留于家,约痊时续往。其疾自两足趾寸寸溃腐,以渐而上,至胸膈穿漏而死。死后检其囊箧,有小册作蝇头字,记所阅凡十七官,每官皆疏其阴事,详载某时某地,某人与闻,某人旁睹,以及往来书札、谳断案牍,无一不备录。其同类有知之者,曰:"是尝挟制数官矣。其妻亦某官之侍婢,盗之窃逃,留一函于几上。官竟弗敢追也。今得是疾,岂非天道哉!"

霍丈易书曰:"此辈依人门户,本为舞弊而来。譬彼养鹰,断不能责以食谷,在主人善驾驭耳。如喜其便捷,委以耳目腹心,未有不倒持干戈,授人以柄者。此人不足责,吾责彼十七官也。"姚安公曰:"此言犹未揣其本。使十七官者绝无阴事之可书,虽此人日日橐笔,亦何能为哉?"

【译文】
　　州县官雇佣的长随仆役,姓名籍贯都没有一定。大概是预防不法受贿败露,到时使官府无从寻找踪迹和追捕。姚安公曾经见到自己应考时分房阅卷的房官陈公石窗的一个长随,自称是山东朱文;后来在高淳县令梁公润堂家里再次见到,则自称河南李定,梁公颇为倚重信任他。临启程时,这个人忽然得了怪病,于是梁公托姚安公暂时收留他在家,约定痊愈时再前往梁处。他的病状是,从两只脚趾寸寸溃烂,慢慢地向上,到了胸腹部穿孔流脓而死。死后检点他的箱笼行李,有小册子写的是蝇头小字,记载他所跟随过的有十七名官员。开列着每一名官员的阴私事,详细记载某时某地,某人参与，某人在旁见到，以及往来的书信，审理判决的案卷，无一不详备地记录。他的同类有知道情况的，说："他曾经挟制过几个官了。他的妻子也是某官的侍婢，与她私通，一起偷偷逃跑，留了一封信在几桌上，官竟然不敢追究。现今得了这种疾病，岂不是天道吗？"

霍老丈易书说："这班人依靠别人的门户，原就为舞弊而来。譬如那养鹰的，断断不能要求它吃谷子，在于主人的善于驾驭罢了。如果喜欢他的灵便，把他当作耳目心腹加以委任，没有不如同倒拿干戈，把柄授给别人的。这个人不足以责备，我倒要责备那十七个官员。"姚安公说："这番话还没有说到根本要害。假如那十七个官员绝对没有阴私事可以书写，即使这个人天天准备着纸笔，又能有什么作为呢？"

献 县 近 事

理所必无者，事或竟有；然究亦理之所有也，执理者自太固耳。献县近岁有二事：一为韩守立妻俞氏，事祖姑至孝。乾隆庚辰，祖姑失明，百计医祷，皆无验。有黠者绐以刲肉燃灯，祈神佑，则可速愈。妇不知其绐也，竟刲肉燃之。越十余日，祖姑目竟复明。夫受绐亦愚矣，然惟愚故诚，惟诚故鬼神为之格。此无理而有至理也。一为丐者王希圣，足双挛，以股代足，以肘撑之行。一日，于路得遗金二百，移橐匿草间，坐守以待觅者。俄商家主人张际飞仓皇寻至，叩之，语相符，举以还之。际飞请分取，不受。延至家，议养赡终其身。希圣曰："吾形残废，天所罚也。违天坐食，将必有大咎。"毅然竟去。后困卧裴圣公祠下，（裴圣公不知何时人，志乘亦不能详。土人云，祈雨时有验。）忽有醉人曳其足，痛不可忍。醉人去后，足已伸矣。由是遂能行。至乾隆己卯乃卒。际飞故先祖门客，余犹及见。自述此事甚详。盖希圣为善宜受报，而以命自安，不受人报，故神代报焉。非似无理而亦有至理乎！

戈芥舟前辈尝载此二事于县志，讲学家颇病其语怪。余谓芥舟此志，惟乩仙联句及王生殇子二条，偶不割爱耳。全书皆体例谨严，具有史法。其载此二事，正以见匹夫匹妇，足感神明；用以激发善心，砥砺薄俗，非以小说家言滥登舆记也。汉建安中，河间太守刘照妻葳蕤锁事，载《录异传》；晋武帝时，河间女子剖棺再活事，载《搜神记》。皆献邑故实，何尝不删薙其文哉！

【译文】

情理中所必然没有的，事情或者竟然是有的，然而究竟也是情理中所有的，执着于情理的人自己太固执成见了。献县近年有两件事。一件是韩守立的妻子俞氏，服侍祖婆婆十分孝顺。乾隆二十五年，祖婆婆眼睛失明，她千方百计为之医治祈祷，都没有效验。有狡诈的人欺骗说，割肉熬油点灯，祈求神的保佑，就可以很快痊愈。妇人不知道这是欺骗，就割下自己身上的肉，熬油点了起来。过了十几天，祖婆婆的眼睛竟然复明。妇人受欺骗这也太愚笨了，但是正由于愚笨所以心诚，由于心诚所以鬼神为之感动。这是无理之中却有着最精深的道理。另一件是乞丐王希圣双脚卷曲，用大腿代脚，用手肘支撑着行走。一天，在路上拾得遗失的二百两银子，搬动银袋藏在草堆里，坐守着以等待寻找的人。一会儿，商店主人张际飞慌张地寻来，王问他，张说的与遗失的银子相符，王希圣就拿出银子来归还他。际飞请王希圣分取银两以示酬谢，王不肯接受。张把王请到了家里，商量供养他一辈子。希圣说："我的形体残废,是天所给予的惩罚;违背天意坐吃,将一定有大的灾祸。"说完就坚决地离开了。后来疲困地躺在裴圣公的祠堂下面(裴圣公不知道是什么样的人,从志书里也不能知悉。世代居住本地的人说,求雨的时候有灵验),忽然有酒醉的人扯他的脚,痛得不可忍耐;醉人去了以后,脚已经伸直了。王希圣从此就能够行走。活到乾隆三十六年,才死去。际飞本是已故祖父的门下宾客,我还来得及见到,他自己讲述这件事很详细。大概希圣行善,理当受到报答;而他安于自己的命运,不受人的报答,所以神代为报答了。这岂不是貌似无理却有着精深的道理吗?

戈芥舟前辈曾经把这两件事情记载在县志里,讲学家颇因为他说到怪异的事情而以为是疵病。我说芥舟的这本志书,只有乩仙联句以及王生夭折的儿子两条,偶尔不肯割舍罢了。全书都是体例谨严,具有史家的法则。他记载这两件事,正是从中可以见到男女平民足以感动神明,用来激发行善之心,使轻薄的风俗淳厚,并非以小说家的语言滥登地方的志书。汉朝建安年中,河间太守刘照的妻子"葳蕤锁"的事情,记载在《录异传》;晋武帝时,河间女子开棺再生的事情,记载在《搜神记》,都是献县的典故,它的文字为何不曾被删除呢!

老 猴 学 书

外叔祖张公紫衡,家有小圃,中筑假山,有洞曰"泄云"。洞前为艺菊地,山后养数鹤。有王昊庐先生集欧阳永叔、唐彦谦句题联曰:"秋花不比春花落,尘梦那如鹤梦长。"颇为工切。一日,洞中笔砚移动,满壁皆摹仿此十四字,拗捩攲斜,不成点画;用笔或自下而上,自右而左,或应连者断,应断者连,似不识字人所书。疑为童稚游戏,重扃而镳其户。越数日,启视复然,乃知为魅。一夕闻格格磨墨声,持刃突入掩之。一老猴跃起冲人去。自是不复见矣。不知其学书何意也。

余尝谓小说载异物能文翰者，惟鬼与狐差可信，鬼本人，狐近于人也。其他草木鸟兽，何自知声病。至于浑家门客并苍蝇草帚亦俱能诗，即属寓言，亦不应荒诞至此。此猴岁久通灵，学人涂抹，正其顽劣之本色，固不必有所取义耳。

【译文】

外叔祖父张公紫衡家里有小园林，其中筑有假山，有洞叫"泄云"。洞前是种菊的地方，山后养了几只鹤。有王昊庐先生集欧阳永叔、唐彦谦的句子题写对联道："秋花不比春花落，尘梦那知鹤梦长。"颇为工巧切当。一天，洞中的笔墨移动，满墙壁都是摹仿的这十四个字，拗折倾斜，不成点画；用笔或者从下而上，从右而左，或者应连的断了，应断的连着：好像是不识字的人所书写的。家中怀疑是儿童的游戏，就重新粉刷而关锁了它的门户。过了几天，打开观看，仍然如此，才知道是精怪。一天晚上，听到格格磨墨的声音，众人拿着刀突然进去捕捉，一只老猴跳起来冲开人逃去，从此不再见到了。不知道它学习书写是什么意思。

我曾经说小说记载人类以外的生物能够懂得文墨的，只有鬼和狐稍可相信。鬼本来是人，狐接近于人。其他草木鸟兽，怎么能自己知道诗文声律上的毛病？至于浑家的门客乃至苍蝇、扫帚也都能诗，即使属于寓言，也不应该荒诞到这种地步。这只猴子年岁长久通了灵性，学着人的样子涂涂抹抹，正是它顽皮的本色，原不必深求有什么意义。

卷 八

如是我闻（二）

以情解冤

先叔仪南公言：有王某、曾某，素相善。王艳曾之妇，乘曾为盗所诬引，阴贿吏毙于狱。方营求媒妁，意忽自悔，遂辍其谋。拟为作功德解冤，既而念佛法有无未可知，乃迎曾父母妻子于家，奉养备至。如是者数年，耗其家资之半。曾父母意不自安，欲以妇归王。王固辞，奉养益谨。又数年，曾母病。王侍汤药，衣不解带。曾母临殁，曰："久荷厚恩，来世何以为报乎？"王乃叩首流血，具陈其实，乞冥府见曾为解释。母慨诺。曾父亦手作一札，纳曾母袖中曰："死果见儿，以此付之。如再修怨，黄泉下无相见也。"后王为曾母营葬，督工劳倦，假寐圹侧。忽闻耳畔大声曰："冤则解矣。尔有一女，忘之乎？"惕然而寤，遂以女许嫁其子。后竟得善终。以必不可解之冤，而感以不能不解之情，真狡黠人哉！然如是之冤犹可解，知无不可解之冤矣。亦足为悔罪者劝也。

【译文】

已故叔父仪南公说：有王某、曾某，一向是好朋友。王艳羡曾的妻子，趁着曾某被强盗诬告，暗中贿赂狱吏把他弄死在牢狱里。王正在谋求媒人说合，心里忽然自己感到后悔，就放弃了原来的计划，打算作功德来解除冤仇。既而一想佛法有无尚不可确知，于是他迎请曾的父母妻子到家里，奉养十分周到。像这样过了好几年，耗费了他家财的一半。曾的父母意下觉得自己不能安心，要想把媳妇给王。王竭力推辞，奉养得更加小心。又过了几年，曾的母亲病了，王侍奉汤药，衣不解带。曾的母亲临死时，说："长久承受厚恩，来世用什么来报答呢？"王于是叩头流血，具体陈述了实情，恳求她到阴间见到曾的时候，代为解释。曾的母亲慷慨地答应了。曾的父亲也手写了一封信，纳入曾母的袖子里说："死后果然见到了儿子，把这个交给他。如果再要结怨，黄泉之下就不要相见了。"后来王替曾的母亲经营丧葬，督工辛劳困倦，在墓穴的旁边打盹，忽然听到耳边大声说："你我的冤仇固然已解，但你有一个女儿，忘记了吗？"一惊而醒，于是就把女儿许嫁给了曾的儿子。后来王竟然得到善终。以必然不能解开的冤仇，而用不能不解开的情意来感动他，真是一个狡诈的人啊！但是像这样的冤仇还可以解开，可知没有不可以解开的冤仇了，这也足以用来劝勉那些能悔罪的人。

丐妇尽孝

从兄旭升言：有丐妇甚孝其姑，尝饥踣于路，而手一盂饭不肯释，曰："姑未食也。"自云初亦仅随姑乞食，听指挥而已。一日，同栖古庙，夜闻殿上厉声曰："尔何不避孝妇，使受阴气发寒热？"一人称手捧急檄，仓卒未及睹。又闻叱责曰："忠臣孝子，顶上神光照数尺。尔岂盲耶？"俄闻鞭捶呼号声，久之乃寂。次日至村中，果闻一妇馌田，为旋风所扑，患头痛。问其行事，果以孝称。自是感动,事姑恒恐不至云。

【译文】

　　堂兄旭升说:有一个讨饭的妇人很孝顺她的婆婆,曾经因为饥饿而倒在路上,而手上的一钵饭紧握不肯放,说:"婆婆还没有吃。"她自己说起初也只是跟随婆婆要饭,听从指挥罢了。一天,一起暂住在古庙里,夜里听到殿上厉声道:"你为什么不回避孝妇,使得她受了阴气发寒热?"一个人声称手里捧着紧急公文,仓促间没来得及见到。又听到喝叱责备道:"忠臣孝子,头顶上神光照耀有几尺高,你难道眼瞎了吗?"一会儿听到鞭打呼叫的声音。好久才沉寂下去。第二天到了村子里,果然听到一个女人送饭到田头,被旋风刮倒,患了头痛病。问起那妇人的事迹,果然以孝顺著称。从此受到感动,侍奉婆婆经常恐怕不周到。

孝 与 淫

　　旭升又言:县吏李懋华,尝以事诣张家口。于居庸关外,夜失道,暂憩山畔神祠。俄灯火晃耀,遥见车骑杂遝,将至祠门。意是神灵,伏匿庑下。见数贵官并入祠坐,左侧似是城隍,中四五座则不识何神。数吏抱簿陈案上,一一检视。窃听其语,则勘验一郡善恶也。一神曰:"某妇事亲无失礼,然文至而情不至。某妇亦能得姑舅欢,然退与其夫有怨言。"一神曰:"风俗日偷,神道亦与人为善。阴律孝妇延一纪。此二妇减半可也。"佥曰:"善。"俄一神又曰:"某妇至孝而至淫,何以处之?"一神曰:"阳律犯淫罪止杖,而不孝则当诛。是不孝之罪,重于淫也。不孝之罪重,则能孝者福亦重。轻罪不可削重福，宜舍淫而论其孝。"一神曰："服劳奉养，孝之小者；亏行辱亲，不孝之大者。小孝难赎大不孝，宜舍孝而科其淫。"一神曰："孝，大德也，非他恶所能掩。淫，大罚也，非他善所能赎。宜罪福各受其报。"侧坐者磬折请曰："罪福相抵可乎？"神掉首门："以淫而削孝之福，是使人疑孝无福也；以孝而免淫之罪，是使人疑淫无罪也。相抵恐不可。"一神隔坐言曰："以孝之故，虽至淫而不加罪，不使人愈知孝乎？以淫之故，虽至孝而不获福，不使人愈戒淫乎？相抵是。"一神沉思良久曰："此事出入颇重大，请命于天曹可矣。"语讫俱起，各命驾而散。李故老吏，娴案牍，阴记其语；反复思之，不能决。不知天曹作何判断也。

【译文】

旭升又说：县中胥吏李懋华，曾经因事到张家口去。在居庸关外，夜里迷失了道路，暂时在山边的神祠里面休息。一会儿灯火晃动照耀，远远看见车马嘈杂，将要到达祠门。他心想大概是神灵，就伏藏在廊屋下面。只见几个贵官，一起进入祠中，坐在左边的，像是城隍。中间四五个座位上，则不认识是什么神。几个小吏抱着簿册陈列在桌上，一一检点查看。李偷听他们的谈话，则是查验一郡的善恶。一个神说："某妇人侍奉尊亲没有失礼，但只是表面诚挚而内心并不诚挚。某妇人也能够得到公婆的欢心，但是退下来在她丈夫面前有怨言。"一个神说："风俗日益浮薄，神道也要帮助人行善。阴间的律条孝妇延寿十二年，这两个妇人减半好了。"大家说："好。"过了一会儿，一个神又说："某妇人十分孝顺而又十分淫荡，怎样处置她？"一个神说："阳间的律条犯了淫，罪状只是受杖刑，而不孝就应当诛杀。这是不孝的罪重于淫了。不孝的罪重，那么能够孝的福也重。轻罪不可以削减重福，理应舍弃淫而论她的孝。"一个神说："辛劳服侍奉养,是孝的小的方面;行止有亏,使尊亲蒙受耻辱,是不孝的大的方面。小的孝难以赎免大的不孝,理应舍弃孝而惩处她的淫。"一个神说："孝是大的德,不是其他的恶所能够遮掩;淫是大的罪,不是其他的善所能够赎免。理应罪和福各自受到报应。"旁坐的弯腰行礼请示说："罪和福互相抵消可以吗?"神转过头来说："因为淫而削减孝的福,这是使人怀疑孝没有福了;因为孝而免除淫的罪,这是使人怀疑淫没有罪了。互相抵消恐怕不可以。"一个神隔着座位说道："因为孝的缘故,虽然十分淫荡而不加罪,不使人更加知道孝吗?因为淫的缘故,虽然十分孝顺而得不到福,不使人更加警戒淫吗?互相抵消是对的。"一个神沉思了很久说："这件事出入颇为重大,到天上的官署请命好了。"说完都起身,各自命备车马而散。李原是一个老吏,熟习官府文书,暗中记下他们的话,反复思考,不能决断。不知道天上的官署作出什么样的判断。

雷 震 李 十

董曲江言:陵县一嫠妇,夏夜为盗撬窗入,乘其睡污之。醒而惊呼,则逸矣。愤恚病卒,竟不得贼之主名。越四载余,忽村民李十雷震死。一媪合掌诵佛曰:"某妇之冤雪矣。当其呼救之时,吾亲见李十逾墙出。畏其悍而不敢言也。"

【译文】

董曲江说:陵县有一个寡妇,夏天的夜里被盗贼撬窗入内,乘她睡觉时奸污了她。到惊醒呼叫,盗贼已经逃跑了。寡妇愤恨病死,竟然得不到当事盗贼的姓名。过了四年多,忽然村民李十被雷击死。一个老妇合掌念诵佛号说:"某妇人的冤申雪了。当她呼救的时候,我亲眼见到李十跳过墙头出来,我是因为怕他的强横而不敢说呵！"

雅狐康默

西城将军教场一宅，周兰坡学士尝居之。夜或闻楼上吟哦声，知为狐，弗讶也。及兰坡移家，狐亦他徙。后田白岩僦居，数月狐乃复归。白岩祭以酒脯，并陈祝词于几曰："闻此蜗庐，曾停鹤驭。复闻飘然远引，似桑下浮图。鄙人匏系一官，萍飘十载，拮据称贷，卜此一廛。数夕来咳笑微闻，似仙舆复返。岂鄙人德薄，故尔见侵？抑夙有因缘，来兹聚处欤？既承惠顾，敢拒嘉宾！惟冀各守门庭，使幽明异路，庶均归宁谧，异苔不害于同岑。敬布腹心，伏惟鉴烛。"次日楼前飘堕一帖云："仆虽异类，颇悦诗书，雅不欲与俗客伍。此宅数十年来皆词人栖息，惬所素好，故挈族安居。自兰坡先生惄然舍我，后来居者，目不胜驵侩之容，耳不胜歌吹之音，鼻不胜酒肉之气。迫于无奈，窜迹山林。今闻先生山蕴之季子，文章必有渊源，故望影来归，非期相扰。自今以往，或检书獭祭，偶动芸签；借笔鸦涂，暂磨鸜眼。此外如一毫陵犯，任先生诉诸明神。愿廓清襟，勿相疑贰。"末题"康默顿首顿首"。从此声息不闻矣。

白岩尝以此帖示客，斜行淡墨，似匆匆所书。或曰："白岩托迹微官，滑稽玩世，故作此以寄诙嘲。寓言十九，是或然欤！"然此与李庆子遇狐叟事大旨相类，不应俗人雅魅，叠见一时，又同出于山左。或李因田事而附会，或田因李事而推演，均未可知。传闻异词，姑存其砭世之意而已。

【译文】
　　西城将军教场的一所住宅，周兰坡学士曾经居住过。夜里有时听到楼上吟诵的声音，他知道是狐，并不惊讶。等到兰坡搬家，狐也搬往别处。后来田白岩租下，住了几个月，狐才重新回来。白岩用酒和干肉祭祀，并且在几桌上陈列祝词说："听说这蜗牛般简陋的庐舍，曾经停留过仙人的车驾。又听说飘然远去，似是沙门佛子。鄙人如同系着的匏瓜，微末一官，就像浮萍的漂泊，到现在已经十年，手头拮据，向人借贷，才选择了这一处民居。几个晚上以来，微微听到咳嗽和笑声，似乎仙人的车驾重新返回。难道是鄙人的德行浅薄，所以受到侵扰？或者是过去有缘分，来这里相聚呢？既然承蒙惠顾，怎敢拒绝嘉宾！只是希望各守门庭，使得人与鬼神隔路，或许都能够归于宁静，不同种类的苔藓并不妨碍同在一山。恭敬地陈述心腹之言，希望鉴照。"第二天，楼前飘落下来一张帖子说："在下虽然异于人类，颇为喜爱诗书，很不想同俗客为伍。这所宅子几十年来都是擅长文辞的人寄居之所，同素来所爱好的相投合，所以携带家族安然住下。自从兰坡先生舍我而去，以后来居住的人，我眼内不能承受他们市侩的容貌，耳内不能承受他们唱歌吹奏的声音，鼻内不能承受他们酒肉的气息，迫于无奈，遁迹到了山林。现今听得先生是山薮的少子，文章必然有师承，所以望影归来，不是有意相扰。从今以后，可能有时翻检书册如同獭祭鱼，偶尔抽动书签；借笔作书如老鸦之涂抹，暂时研磨有圆形斑点的砚石。除此之外，如果有一丝一毫的侵犯，任凭先生诉之于神明。希望开拓清远的怀抱，不要猜忌疑心。"末了题"康默顿首顿首"。从此不再听到声音了。
　　白岩曾经把这张帖子给客人看，字行倾斜，墨色浅淡，像是匆匆所书写。有的说："白岩寄身于微末的官职，滑稽玩世，故意造作此事用来寄托诙谐嘲弄。寓言十中有九，或者是这样吧？"然而这同李庆子遇狐叟的事情大意相类似，不应该尘俗的人士与风雅的精怪,重见于一时,又同出于山东。或者李因为田的事情而附会,或者田因为李的事情而推移演变,都不可知。传闻中不同的说法,姑且保存它针砭世事的意思而已。

报　冤

一故家子,以奢纵撄法网。殁后数年,亲串中有召仙者,忽附乩自道姓名,且陈愧悔;既而复书曰:"仆家法本严。仆之罹祸,以太夫人过于溺爱,养成骄恣之性,故蹈陷阱而不知耳。虽然,仆不怨太夫人。仆于过去生中,负太夫人命,故今以爱之者杀之,隐偿其冤。因果牵缠,非偶然也。"观者皆为太息。夫偿冤而为逆子,古有之矣。偿冤而为慈母,载籍之所未睹也。然据其所言,乃凿然中理。

【译文】
一个世家子弟,因为奢侈骄纵触犯了法网。死后几年,亲戚当中有召仙人降临的,他忽然附乩自己道出姓名,并且陈述惭愧和懊悔之情。过后又写道:"在下家法本来严格,在下的遭祸,是因为太夫人过于溺爱,养成骄奢任性的性格,所以踏上了陷阱而不知道罢了。即使如此,在下不怨恨太夫人。因为在下在过去的一世中,欠了太夫人的命,所以现在用溺爱的方式杀掉我,暗中报冤。因果牵连缠绕,并不是偶然的。"观看的人都为此叹息。因为报冤而做逆子,这是从古以来就有的。因为报冤而做慈母,这是书上的记载所没有看到过的。但是据他所说的,竟是确凿而合乎情理。

孤 松 庵

宛平何华峰,官宝庆同知时,山行疲困,望水际一草庵,投之暂憩。榜曰"孤松庵",门联曰:"白鸟多情留我住,青山无语看人忙。"有老僧应门,延入具茗,颇香洁;而落落无宾主意。室三楹,亦甚朴雅。中悬画佛一轴,有八分书题曰:"半夜钟磬寂,满庭风露清。琉璃青黯黯,静对古先生。"不署姓名,印章亦模糊不辨。旁一联曰:"花幽防引蝶,云懒怯随风。"亦不题款。指问:"此师自题耶?"漠然不应,以手指耳而已。归途再过其地,则波光岚影,四顾萧然,不见向庵所在。从人记遗烟筒一枝,寻之,尚在老柏下。竟不知是佛祖是鬼魅也。华峰画有《佛光示现卷》,并自记始末甚悉。华峰殁后,想已云烟过眼矣。

【译文】

宛平的何华峰,任宝庆府同知时,在山间行走疲乏困顿,望见水边有一座草庵,就投奔前去暂时歇息。门上匾额写着"孤松庵",门联上写道:"白鸟多情留我住,青山无语看人忙。"有老和尚守门,请何进去,用茶招待,颇为清香洁净,而态度冷淡没有主人待宾客的意思。三间房子也很朴素雅致,中间悬挂着一轴绘画的佛像,有用八分书体题字写道:"半夜钟磬寂,满庭风露清。琉璃青黯黯,静对古先生。"不署姓名,印章也模糊分辨不清。旁边一副对联写道:"花幽防引蝶,云懒怯随风。"也不题写落款。何华峰指着询问道:"这是师父自己题写的吗?"他态度淡漠,并不答应,只是用手指指耳朵而已。归来的途中,再经过这个地方,只见波光和山中雾气的光影，四面环顾，萧条地不见以前庵堂的所在。随从的人记得遗失一支烟筒，寻找时发现还在老柏树下。竟不知道是佛祖还是鬼怪。华峰画有《佛光示现卷》，并且自己记载事情的经过很详细。华峰死后，想来已经如云烟的经过眼前一样佚失了。

汲 水 女 子

族兄次辰言：其同年康熙甲午孝廉某，尝游嵩山，见女子汲溪水。试求饮，欣然与一瓢；试问路，亦欣然指示。因共坐树下语，似颇涉翰墨，不类田家妇。疑为狐魅，爱其娟秀，且相款洽。女子忽振衣起曰："危乎哉！吾几败。"怪而诘之。赧然曰："吾从师学道百余年，自谓此心如止水。师曰：'汝能不起妄念耳，妄念故在也。不见可欲故不乱，见则乱矣。平沙万顷中，留一粒草子，见雨即芽。汝魔障将至，明日试之，当自知。'今果遇君，问答留连，已微动一念；再片刻则不自持矣。危乎哉！吾几败。"踊身一跃，直上木杪，瞥如飞鸟而去。

【译文】

同族兄长次辰说：他的同榜取中的士子、康熙五十三年的举人某，曾经游览嵩山，看见一个女子在溪涧里汲水。他试着恳求给一点水喝，女子高兴地给了他一瓢；试着问路，女子也高兴地指点。于是二人一起坐在树下谈话，女子似乎颇懂得一点文墨，不像是农家妇女。举人怀疑她是狐狸精，但因为爱她的秀丽文雅，暂且和她亲密地相处一会。女子忽然抖抖衣服起来说："危险啊！我几乎败坏了。"举人奇怪地问她，女子惭愧脸红地说："我跟随师父学道一百多年，自己以为这颗心就像静止的水。师父说：'你能够不起坏念头罢了，坏念头原就存在的。不见想要的东西，所以心不乱，见到心就乱了。一百万亩沙地里,留一粒草子,见雨就发芽。你的魔障将要到了,明天试过,你自己就会知道了。'今天果然碰到您,一问一答,留恋不舍,已经微微动了一点念头;再过片刻,就不能自己把持了。危险啊!我几乎败坏了。"纵身一跳,直上树梢,倏忽像飞鸟般地离去。

旧　端　砚

次辰又言:族祖徵君公讳炅,康熙己未举博学鸿词。以天性疏放,恐妨游览,称疾不预试。尝至登州观海市,过一村塾小憩。见案上一旧端砚,背刻狂草十六字,曰:"万木萧森,路古山深;我坐其间,写《上堵吟》。"侧书"惜哉此叟"四字,盖其号也。问所自来。塾师云:"村南林中有厉鬼,夜行者遇之辄病。一日,众伺其出,持兵仗击之,追至一墓而灭。因共发掘,于墓中得此砚。吾以粟一斗易之也。"

案《上堵吟》乃孟达作。是必胜国旧臣,降而复叛,败窜入山以死者。生既进退无据,殁又不自潜藏,取暴骨之祸。真顽梗不灵之鬼哉!

【译文】

次辰又说:同族的祖父徵君公——不接受朝廷征聘的隐士——名讳叫炅,康熙十八年举荐博学鸿词,因为天性放纵不受拘束,恐怕妨碍游览,称病不参加考试。他曾经到登州去观看海市蜃楼,经过一个乡村的学塾稍事休息,看见桌子上一块旧的端砚,背面刻有连笔草书十六个字道:"万木萧森,路古山深,我坐其间,写《上堵吟》。"旁边书写"惜哉此叟"四个字,大概是他的别号了。族祖问是从哪里得来,塾师说:"村子南面树林中有恶鬼,夜里走路的碰到它就生病。一天,众人等候他出来,拿了兵器攻打它,追到一座坟墓边就消失了。于是众人一起发掘,在坟墓里得到这块砚台。我用一斗小米换来的。"

按,《上堵吟》是孟达所作。这个必定是前朝的旧臣,投降而后重新叛变,失败逃窜入山而死的。活着的时候既然进退无所凭依,死了又不深自潜藏,自取暴露骸骨的灾祸。真是顽固不知应变的鬼啊!

海 夜 叉

海之有夜叉,犹山之有山魈,非鬼非魅,乃自一种类,介乎人物之间者也。刘石庵参知言:诸城滨海处,有结寮捕鱼者。一日,众皆棹舟出,有夜叉入其寮中,盗饮其酒,尽一罂,醉而卧。为众所执,束缚捶击,毫无灵异,竟困踣而死。

【译文】

海里的有夜叉,如同山中的有山魈,不是鬼不是精魅,自成一个种类,介乎人和物之间。刘石庵参政说,诸城靠海的地方,有人搭建一座小屋捕鱼。一天,众人都摇船出去了,有夜叉进入小屋里,偷喝他们的酒,喝光了一罐,酒醉而睡去了。结果被众人所抓获,捆起来痛打,一点没有显出什么灵异,竟然困顿倒地而死。

铳 击 影

族侄贻孙言:昔在潼关,宿一驿。月色满窗,见两人影在窗上,疑为盗;谛视,则腰肢纤弱,鬟髻宛然,似一女子将一婢。穴纸潜觑,乃不睹其形。知为妖魅,以佩刀隔棂斫之。有黑烟两道,声如鸣镝,越屋脊而去。虑其次夜复来,戒仆借鸟铳以俟。夜半果复见影,乃二虎对蹲。与仆发铳并击,应声而灭。自是不复至。疑本游魂,故无形质;阳光震烁,消散不能聚矣。

【译文】

  同族的侄儿贻孙说:过去在潼关,住宿在一个驿站里。当夜月色洒满了窗户,贻孙看见有两个人影映在窗子上,怀疑是盗贼;仔细看去,则腰肢纤细柔弱,头上发髻依稀可见,像是一个女子带着一个婢女。他在窗纸上捅一个洞暗中探看,却不见它们的形体,知道是妖精,用佩刀隔着窗格砍去,只见有两道黑烟,声音像响箭,越过屋脊而去。贻孙担心它们第二夜再来,告诫仆人借来打鸟的火铳守候。夜半的时候,果然又见到影子,竟是两只老虎相对蹲伏着。他和仆人一起发铳打去,虎影应声而消失,从此不再来。疑心本来是游荡魂魄,所以没有形状实体,碰到闪光震动照耀,就消散不能聚拢了。

抱 子 掷 钱

  献县王生相御,生一子,有抱之者,辄空中掷与数十钱。知县杨某自往视,乃掷下白金五星。此子旋夭亡,亦无他异。或曰:"王生倩作戏术者搬运之,将托以箕敛。"或曰:"狐所为也。"是皆不可知。然居官者遇此等事,即确有鬼凭,亦当禁治,使勿荧民听,正不必论其真妄也。

【译文】

献县的书生王相御，生了一个儿子，有抱他的，空中就会掷下几十文钱。知县杨某亲自前往观看，竟掷下白银五钱。这个儿子随即短命而死，也没有别的奇异。有的说："是王生让变戏法的搬运得来，是要借这个收敛财物。"有的说："这是狐精所做的。"这都不可知了。但是做官的碰到这类事情，即使确实有鬼凭依着，也应当整治禁止，使它不要惑乱民众的听闻，正不必判断它是真实的还是虚妄的。

凶 煞 示 兆

李又聃先生言：雍正末年，东光城内忽一夜家家犬吠，声若潮涌。皆相惊出视，月下见一人披发至腰，衰衣麻带，手执巨袋，袋内有千百鹅鸭声，挺立人家屋脊上，良久又移过别家。次日，凡所立之处，均有鹅鸭二三只，自檐掷下。或烹而食，与常畜者味无异，莫知何怪。后凡得鹅鸭之家，皆有死丧，乃知为凶煞偶现也。

先外舅马公周箓家，是夜亦得二鸭。是岁，其弟靖逆同知庚长公卒。信又聃先生语不谬。顾自古及今，遭丧者恒河沙数，何以独示兆于是夜？是夜之中，何以独示兆于是地？是地之中，何以独示兆于数家？其示兆皆掷以鹅鸭，又义何所取？鬼神之故，有可知有不可知，存而不论可矣。

【译文】

李又聃先生说：雍正末年，东光城里，有一夜忽然家家狗叫，声音像潮水涌动。人们都互相惊奇地出来观望，月光下看见一个人头发披到腰间,穿着丧服系着麻带,手里拿着一只大袋子,袋子里有千百只鹅鸭的声音,挺身直立在一户人家的屋脊上。过了好久,又移过别一家。第二天,凡是昨夜那异人站立过的地方,都有鹅鸭两三只,从屋檐头掷下。有的人煮来吃了,同平常畜养的没有什么差异,不知道是什么怪物。后来凡是得到鹅鸭的人家,都有死丧,才知道是凶煞神偶尔出现。

已故岳父马公周箓家,这天夜里也得到两只鸭子,这一年他的弟弟靖逆卫同知庚长公死去。又聃先生的话如果确实说得不错,那么从古至今,遭受丧事的像恒河里的沙不可胜数,为什么独独显示征兆在这天夜里?这一夜之中,为什么独独显示征兆在这个地方?在这个地方之中,为什么独独显示征兆在几家?它的显示征兆,都掷给鹅鸭,又取什么意义?鬼神的事理,有的可知,有的不可知,只好留存而不议论它好了。

鬼　　趣

　　道士王昆霞言:昔游嘉禾,新秋爽朗,散步湖滨。去人稍远,偶遇宦家废圃,丛篁老木,寂无人踪。徙倚其间,不觉昼寝。梦古衣冠人长揖曰:"岑寂荒林,罕逢嘉客;既见君子,实慰素心。幸勿以异物见摈。"心知是鬼,姑诘所从来。曰:"仆耒阳张湜,元季流寓此邦,殁而旅葬。爱其风土,无复归思。园林凡易十余主,栖迟未能去也。"问:"人皆畏死而乐生,何独耽鬼趣?"曰:"死生虽殊,性灵不改,境界亦不改。山川风月,人见之,鬼亦见之;登临吟咏,人有之,鬼亦有之。鬼何不如人?且幽深险阻之胜,人所不至,鬼得以魂游;萧寥清绝之景,人所不睹,鬼得以夜赏。人且有时不如鬼。彼夫畏死而乐生者,由嗜欲撄心,妻孥结恋,一旦舍之入冥漠，如高官解组，息迹林泉，势不能不戚戚。不知本住林泉者，耕田凿井，恬熙相安，原无所戚戚于中也。"问："六道轮回，事有主者，何以竟得自由？"曰："求生者如求官，惟人所命。不求生者如逃名，惟己所为。苟不求生，神不强也。"又问："寄怀既远，吟咏必多。"曰："兴之所至，或得一联一句，率不成篇。境过即忘，亦不复追索。偶然记忆，可质高贤者，才三五章耳。"因朗吟曰："残照下空山，暝色苍然合。"昆霞击节。又吟曰："黄叶……"甫得二字，忽闻噪叫声，霍然而寤，则渔艇打桨相呼也。再倚柱瞑坐，不复成梦矣。

【译文】

　　道士王昆霞说：过去游览嘉禾，新秋气候爽朗宜人，在湖滨散步，离开人群稍远，偶尔看到一处官宦家废弃的园圃，只见丛生的竹子，古老的林木，寂静得没有人的踪迹。王在里面徘徊停留，不知不觉地大白天睡着了，梦见穿着古代衣冠的人一揖到地说："寂寥的荒林，很少见到嘉宾；既然见到了君子，实在以得偿夙愿而感到宽慰。希望不要因为我异于人类而加以摈弃。"王心里知道是鬼，姑且问他从哪里来，回答说："在下是耒阳的张湜，元末时客居在这地区，死而葬于客地。我爱好这里的风土，不再有回去的念头。园林已经换了十几个主人，我还是留在这里不忍离去。"问："人都怕死而喜欢活着，你为什么独独酷爱鬼趣？"答："死和生虽然不同，但是性灵不改，境界也不改。山川风月，人见到它，鬼也见到它；登临名山胜水吟诵咏叹，人有这些，鬼也有这些。鬼有什么不如人？而且幽深艰险的胜地，人所不到的，鬼得以魂游；萧条寂寞、清静冷落的景色，人所不见的，鬼得以夜间赏玩。人尚且有时不如鬼。那些怕死而喜欢活着的，由于嗜好和欲望扰乱心神，妻子儿女结下的恋念，一旦舍弃进入阴间，就像高官解下印授辞免官职，隐退憩息于山林泉石之间，不能不感到忧伤。他们不知道本来住在山林泉石间的人，耕田凿井，和乐相安，原就没有什么忧伤在心中。"问："六道转辗轮回，事情应当有主管的，你为什么竟然得以自由？"答："求生如同求官，听凭别人的意旨，不求生的如同逃避名声，听凭自己所为。假如不求生，神也不勉强的。"又问："寄托情怀既然深远，吟咏必然也多。"答："兴之所到，有时得到一联一句，大抵不成篇，境过就忘，也不再追寻求索。偶然还记得，可以向高明的贤士求教的，才三五章罢了。"于是朗声吟诵道："残照下空山，暝色苍然合。"昆霞打着节拍称赏，又吟诵道："黄叶——"刚得二字，忽然听到吵闹呼叫声，昆霞突然醒了过来，则是渔船打着船桨在相互招呼。昆霞重新靠着柱子闭目而坐，不再能成梦了。

六 壬 占 术

昆霞又言：其师精晓六壬，而不为人占。昆霞为童子时，一日早起，以小札付之，曰："持此往某家借书。定以申刻至，先期后期皆笞汝。"相去七八十里，竭蹶仅至，则某家兄弟方阋墙。启视其札，惟小字一行曰："借《晋书·王祥传》一阅。"兄弟相顾默然，斗遂解。盖其弟正继母所生云。

【译文】

昆霞又说：他的师傅精通六壬占术，而不替人占卜。昆霞少年时，一天早起，师傅把一封短信交给他说："拿了这个去某家借书，规定申刻到，早了晚了都要打你。"某家与此地相距有七八十里，昆霞竭尽全力，刚刚在指定时刻赶到，只见某家兄弟正在争斗，打开那封信，只有小字一行道："借晋书王祥传一阅。"兄弟互相看着默默无语，争斗于是平息了。原来他家的弟弟正是继母所生。

地 水 风 火

嘉峪关外有戈壁,径一百二十里,皆积沙无寸土。惟居中一巨阜,名"天生墩",戍卒守之。冬积冰,夏储水,以供驿使之往来。初,威信公岳公钟琪西征时,疑此墩本一土山,为飞沙所没,仅露其顶。既有山,必有水。发卒凿之,穿至数十丈,忽持锸者皆堕下。在穴上者俯听之,闻风声如雷吼,乃辍役。穴今已圮,余出塞时,仿佛尚见其遗迹。案佛氏有地水风火之说。余闻陕西有迁葬者,启穴时,棺已半焦。茹千总大业亲见之。盖地火所灼。又献县刘氏,母卒合葬,启穴不得其父棺。迹之,乃在七八步外,倒植土中。先姚安公亲见之。彭芸楣参知亦云,其乡有迁葬者,棺中之骨攒聚于一角,如积薪然。盖地风所吹也。是知大气斡运于地中,阴气化水,阳气则化风化火。水土同为阴类,一气相生,故无处不有。阳气则包于阴中,其微者,烁动之性为阴所解;其稍壮者,聚而成硫黄、丹砂、礜石之属;其最盛者,郁而为风为火。故恒聚于一所,不处处皆见耳。

【译文】

嘉峪关外有戈壁滩,直径一百二十里,都是堆积的沙子,没有一寸泥土。只有居中一座大的山丘,名叫天生墩,有戍边的士兵守着。冬天积冰,夏天储水,以供给往来传递公文的驿使。起初,威信公岳公钟琪征西时,怀疑这墩本来是一座土山,被飞沙所掩没,只露出它的顶。既然有山,必然有水。就派士兵开凿它,凿到了几十丈，忽然拿着铁锹的人都坠落下去。在洞上的人俯伏着听去，听到风声如雷的轰鸣，于是停止了挖掘。那个洞现在已经坍塌，我出塞的时候，还能看见它遗留的遗迹。按，佛家有地水风火的说法。我听说陕西有个迁葬的人，打开墓穴时，棺材已经半焦，这是千总茹大业亲眼见到的，大概是地火所烧灼。又，献县姓刘的，母亲死了，合葬时打开墓穴，找不到他父亲的棺材，追寻过去，竟在七八步外，倒栽在土中，这是先父姚安公亲眼见到的。彭芸楣参政也说，他的家乡有迁葬的，棺材里的骨头聚拢在一角，就像堆积柴火似的，大概是地风所吹。由此可知大气运行于地中，阴气化成水，阳气则化成风、化成火。水和土同属于阴类，一气相生，所以无处不有。阳气则包藏于阴中，那微小的，闪烁动荡的气性被阴气所化解；稍壮的凝聚而成硫黄、朱砂、毒砂之类；那最盛的郁结而成风成火，所以经常聚于一地，不能处处见到罢了。

凿井筑城

伊犁城中无井，皆出汲于河。一佐领曰："戈壁皆积沙无水，故草木不生。今城中多老树，苟其下无水，树安得活？"乃拔木就根下凿井，果皆得泉，特汲须修绠耳。知古称雍州土厚水深，灼然不谬。徐舍人蒸远曾预斯役，尝为余言。此佐领可云格物。蒸远能举其名，惜忘之矣。

后乌鲁木齐筑城时，鉴伊犁之无水，乃卜地通津以就流水。余作是地杂诗，有曰："半城高阜半城低，城内清泉尽向西。金井银床无用处，随心引取到花畦。"纪其实也。然或雪消水涨；则南门为之不开。又北山支麓，逼近谯楼，登冈顶关帝祠戏楼，则城中纤微皆见。故余诗又曰："山围芳草翠烟平，迢递新城接旧城。行到丛祠歌舞处，绿氍毹上看棋枰。"巴公彦弼镇守时，参将海起云请于山麓坚筑小堡，为犄角之势。巴公曰："汝但能野战，殊不知兵。北山虽俯瞰城中，然敌或结栅，可筑炮台仰击。火性炎上，势便而利；地势逼近，取准亦不难。彼决不能屯聚也。如筑小堡于上，兵多则地狭不能容，兵少则力弱不能守，为敌所据，反资以保障矣。"诸将莫不叹服。因记伊犁凿井事，并附录之。

【译文】

　　伊犁城里没有井，人们都出城到河里面汲水。一个佐领说："戈壁都是堆积的沙子，没有水，所以草木不生。现今城里有许多老树，假如它的下面没有水，树怎么能活？"于是拔除树木，就它的根下面凿井，果然都得到泉水，只是汲水得要用长的绳索罢了。因此知道古代称雍州土厚水深，显然是不错的。徐公子蒸远曾经参与这件事，有一次对我说起过，这个佐领可以说是格物——能够推究事物的原理。蒸远能说出他的姓名，可惜我已经忘记了。

　　后来乌鲁木齐修筑城池时，鉴于伊犁的没有水，于是选择通向湿润的地方以接近流水。我描写这个地方的杂诗有道："半城高阜半城低，城内清泉尽向西。金井银床无用处，随心引取到花畦。"是记录它的实情。然而有时雪消水涨，则南门就不能开。又，北山旁支山脚逼近城门的瞭望楼，登上山冈顶上的关帝祠戏楼，那么城里的一切都看得清清楚楚。所以我诗中又说："山围芳草翠烟平，迢递新城接旧城。行到丛祠歌舞处，绿氍毹上看棋枰。"巴公彦弼镇守这里时，参将海起云请求在山脚下坚固地修筑小的堡垒，成为互相声援的犄角之势。巴公说："你只能在旷野里交战，实在不知道兵法。这座山虽然可以俯视城中，但是敌人如果在山上构结栅栏，可以筑起炮台仰击。火性向上燃烧，形势方便有利，地势逼近，瞄准也不难，他们决不能屯结聚集。如果修筑一个小的堡垒在上面，兵多了则地方狭小不能容纳，兵少了则力量薄弱不能守卫。如果被敌人所占据，反而资助他们用来作保障了。"各将领无不感叹佩服。因为记伊犁凿井的事情，一并附带记录下来。

瑞　　兆

乌鲁木齐泉甘土沃，虽花草亦皆繁盛。江西蜡五色毕备，朵若巨杯，瓣葳蕤如洋菊。虞美人花大如芍药。大学士温公以仓场侍郎出镇时，阶前虞美人一丛，忽变异色，瓣深红如丹砂，心则浓绿如鹦鹉，映日灼灼有光；似金星隐耀，虽画工设色不能及。公旋擢福建巡抚去。余以彩线系花梗，秋收其子，次岁种之，仍常花耳。乃知此花为瑞兆，如扬州芍药偶开金带围也。

【译文】
　　乌鲁木齐泉水甘甜土地肥沃，即便是花草也都繁茂兴盛。江西蜡五色都具备，花朵像大的杯子，花瓣艳丽像洋菊。虞美人花大得像芍药。大学士温公以户部侍郎的身份出来镇守时，阶前的一丛虞美人忽然变成异样的颜色，花瓣深红像朱砂，花心则浓绿像鹦鹉，映着日色灼灼有光，就像金星的隐约闪耀，即使是画工着色也不能及。温公随即升任福建巡抚而去。我用彩线系在花梗上作记号，秋天收它的籽。第二年种下去，仍然是平常的花卉罢了。才知道这花是祥瑞的兆头，就像扬州的芍药偶尔开出金带围一样。

青 骡 偿 债

辛彤甫先生记异诗曰："六道谁言事杳冥，人羊转毂迅无停。三弦弹出边关调，亲见青骡侧耳听。"康熙辛丑，馆余家日作也。初，里人某货郎，逋先祖多金不偿，且出负心语。先祖性豁达,一笑而已。一日午睡起,谓姚安公曰:"某货郎死已久,顷忽梦之,何也?"俄圉人报马生一青骡,咸曰:"某货郎偿夙逋也。"先祖曰:"负我偿者多矣,何独某货郎来偿?某货郎负人亦多矣,何独来偿我?事有偶合,勿神其说,使人子孙蒙耻也。"然圉人每戏呼某货郎,辄昂首作怒状。平生好弹三弦,唱边关调。或对之作此曲,辄耸耳以听云。

【译文】

　　辛彤甫先生记异诗道:"六道谁言事杳冥,人羊转轂迅无停。三弦弹出边关调,亲见青骡侧耳听。"这是他康熙六十年在我家设馆的日子里所作。起初,乡里人某货郎欠已故祖父很多银两不还,而且还说出负心的话。已故祖父生性胸襟开阔、豪爽大方,一笑也就罢了。一天,午睡起来,对姚安公说:"某货郎死了已经很久,刚才忽然梦见他,这是为什么?"一会儿养马人来报,马生了一头青骡,都说:"某货郎来偿还旧债了。"已故祖父说:"欠我应该偿还的多了,为什么独独某货郎来偿还?某货郎欠人的也多了,为什么独独来偿还我?事情有偶然相合的地方,不要把它说得神乎其神,使人家的子孙蒙受羞耻。"但是养马人每次戏叫某货郎,那骡就昂起头作出愤怒的样子。某货郎平生喜欢弹三弦,唱边关调。有人对青骡弹唱这只曲子,它就耸起耳朵倾听。

刀　　笔

　　古书字以竹简,误则以刀削改之,故曰刀笔。黄山谷名其尺牍曰刀笔,已非本义。今写讼牒者称刀笔,则谓笔如刀耳,又一义矣。余督学闽中时,一生以导人诬告戍边。闻其将败前,方为人构词,手中笔爆然一声,中裂如劈；恬不知警，卒及祸。

又文安王岳芳言：其乡有构陷善类者，方具草，讶字皆赤色。视之，乃血自毫端出。投笔而起，遂辍是业，竟得令终。

余亦见一善讼者，为人画策，诬富民诱藏其妻。富民几破家，案尚未结；而善讼者之妻，真为人所诱逃。不得主名，竟无所用其讼。

【译文】
　　古代写字用竹简，错了就用刀削去改正，所以叫刀笔。黄山谷把他的尺牍取名刀笔，已经不是本义。现今写诉讼状纸的称刀笔，则是说笔像刀而已，又是一个意义了。我任福建提督学政时，一个书生因替人写状词诬告充军边疆。听说他将要败露时，正替人构思讼词，手中的笔"爆"的一声，中间裂开像刀劈一样。他仍笃笃定定不知道警惕，终于遭受灾祸。
　　又，文安的王岳芳说，他的家乡有捏造罪名陷害好人的，一次正在起草讼词，惊奇发现写的字都是赤色，一看，竟是血从笔端出来。他丢掉笔站起身来。从此洗手再也不干这种事，竟然得到善终。
　　我也看见一个善于诉讼的，替人出谋划策，诬告一个富有的人引诱藏匿他的妻子，弄得那个富有的人几乎破了家。案子还没有了结，而善于诉讼的人的妻子，真的被人所引诱逃跑。他不知道案犯的姓名，竟然无法使用他善于诉讼的本领。

巧　　应

　　天道乘除，不能尽测。善恶之报，有时应，有时不应，有时即应，有时缓应，亦有时示以巧应。余在乌鲁木齐时，吉木萨报遣犯刘允成，为逋负过多，追而自缢。余饬吏销除其名籍，见原案注语云："为重利盘剥，逼死人命事。"

【译文】

　　天道乘除消长，不能完全估量。善恶的报应，有时应验，有时不应验，有时立即应验，有时慢慢地应验，也有时显示出巧妙的应验。我在乌鲁木齐时，吉木萨报告发遣来的犯人刘允成因为欠债过多，被迫而上吊自杀。我命令胥吏在名册中销除他的姓名，看见原来案卷中有注语道："为重利盘剥，逼死人命事。"

无 头 鬼

　　乌鲁木齐巡检所驻，曰呼图壁。呼图译言鬼，呼图壁译言有鬼也。尝有商人夜行，暗中见树下有人影，疑为鬼，呼问之。曰："吾日暮抵此，畏鬼不敢前，待结伴耳。"因相趁共行，渐相款洽。其人问："有何急事，冒冻夜行？"商人曰："吾夙负一友钱四千，闻其夫妇俱病，饮食药饵恐不给，故往送还。"是人却立树背，曰："本欲祟公，求小祭祀。今闻公言，乃真长者。吾不敢犯公，愿为公前导可乎？"不得已，姑随之。凡道路险阻，皆预告。俄缺月微升，稍能辨物。谛视，乃一无首人，栗然却立。鬼亦奄然而灭。

【译文】

　　乌鲁木齐巡检所驻扎的地方，叫呼图壁。呼图译出来是鬼，呼图壁译出来就是有鬼。曾经有商人夜里行走,黑暗中看见树下有人影,怀疑是鬼,呼叫着问他,回答说:"我天晚了到这里,怕鬼不敢前进,等待人结伴同行。"于是相伴一起行走,渐渐互相亲近起来。那人问:"有什么急事,冒着寒冷夜里行走?"商人说:"我过去欠一个朋友四千钱,听说他夫妇都病了,饮食、药物恐怕供给不上,所以前去送还。"那人后退立在树背后说:"本来要想祸害您,求一点小小的祭祀。现今听到您的话,是一个真正的忠厚长者。我不敢侵犯您,愿意给您领路,可以吗?"商人迫不得已,只好姑且跟随着他。凡是道路上险要阻塞的地方,鬼都预先告知。一会儿,残缺的月亮微微升起,稍稍能够分辨物体形状。商人仔细一看,竟是一个无头的人。他战栗着后退站立,鬼也忽然消失了。

赤城山老翁

冯巨源官赤城教谕时,言赤城山中一老翁,相传元代人也。巨源往见之,呼为仙人。曰:"我非仙,但吐纳导引,得不死耳。"叩其术。曰:"不离乎丹经而非丹经所能尽,其分刌节度,妙极微芒。苟无口诀真传,但依法运用,如检谱对弈,弈必败;如拘方治病,病必殆。缓急先后,稍一失调,或结为痈疽,或滞为拘挛;甚或精气眢乱,神不归舍,竟至于颠痫。是非徒无益已也。"问:"容成、彭祖之术,可延年乎?"曰:"此邪道也,不得法者,祸不旋踵;真得法者,亦仅使人壮盛。壮盛之极,必有决裂横溃之患。譬如悖理聚财,非不骤富,而断无终享之理。公毋为所惑也。"又问:"服食延年,其法如何?"曰:"药所以攻伐疾病,调补气血,而非所以养生。方士所饵,不过草木金石。草木不能不朽腐,金石不能不消化。彼且不能自存，而谓借其余气，反长存乎？"又问："得仙者，果不死欤？"曰："神仙可不死，而亦时时可死。夫生必有死，物理之常。炼气存神，皆逆而制之者也。逆制之力不懈，则气聚而神亦聚；逆制之力或疏，则气消而神亦消。消则死矣。如多财之家，勤俭则常富，不勤不俭则渐贫；再加以奢荡，则贫立至。彼神仙者，固亦兢兢然恐不自保，非内丹一成，即万劫不坏也。"巨源请执弟子礼。曰："公于此道无缘，何必徒荒其本业？不如其已。"巨源怅然而返。景州戈鲁斋为余述之，称其言皆笃实，不类方士之炫惑云。

【译文】

冯巨源任赤城教谕时，说赤城山中一个老翁，相传是元代的人。巨源前往看他，称呼他为仙人。他回答说："我不是神仙，只是吐故纳新导气引体，得以不死罢了。"询问他的方法，回答说："不离开丹经，却又不是丹经所能够完全包括，它的分切节制，极为微妙。假使没有口诀真传，只是依法运用，如同看着棋谱相对下棋，棋必然要失败；如同拘泥药方治病，病情必然危险了。缓急先后，稍稍一失去调节，或者固结而成为毒疮，或者凝滞而变成痉挛，甚至精气昏乱，神不能回归躯体，竟至于成为癫痫病。那就不仅无益，而且有损了。"问："容城、彭祖的方术，可以延年吗？"答："这是邪道，练得不得法的，灾祸立即就会降临；真得法的，也仅仅使人壮盛。壮盛到了极点，必然有决裂奔溃的祸患。譬如违背情理聚敛财富，并非不能很快富裕，而断断没有终身享有的道理。您不要为它所迷惑。"又问："服用丹药来延年益寿，那方法怎么样？"答："药物是用来攻克疾病，调补气血，而不是用来养生的。方士所服食的，不过是草木金石，草木不能够不衰朽腐烂，金石不能不消融化解。它们尚且不能存留自己，却可以说是借它们的余气，反而能够长期存留吗？"又问："得以成仙的，果然不死吗?"答:"神仙可以不死,而也时时可以死。要知道有生必然有死,这是物理的规律。炼气存神,都是逆向而制止它。逆向制止的力量不松懈,就气聚而神也聚;逆向制止的力量有时松懈了,就气消而神也消。消就是死了。如同富有财货的人家,勤俭就长久富裕,不勤俭就逐渐贫穷;再加上奢侈放荡,那么贫穷立刻来到。那做神仙的,固然也兢兢业业地,恐怕不能够自保,并非修炼自身精、气、神的内丹一旦成功,就可以经历万种劫难不坏了。"巨源请求遵行弟子拜师的礼节。答:"您同此道无缘,何必徒然荒废自己的本业?不如算了吧。"巨源只好惆怅地回去了。景州戈鲁斋给我讲述了这件事,称说他的话都挺实在,不像是方士的炫耀惑人。

乩仙论医

先姚安公言:有扶乩治病者,仙自称芦中人。问:"岂伍相国耶?"曰:"彼自隐语,吾真以此为号也。"其方时效时不效,曰:"吾能治病,不能治命。"一日,降牛丈希英(姚安公称牛丈字作此二字音,未知是此二字否。牛丈讳焕,娶前母安太夫人之从妹。)家,有乞虚损方者。仙判曰:"君病非药所能治,但遏除嗜欲,远胜于草根树皮。"又有乞种子方者。仙判曰:"种子有方,并能神效。然有方与无方同,神效亦与不效同。夫精血化生,中含欲火,尚毒发为痘,十中必损其一二。况助以热药,抟结成胎,其蕴毒必加数倍。故每逢生痘,百不一全。人徒于夭折之时,惜其不寿;而不知未生之日,已先伏必死之机。生如不生,亦何贵乎种耶?此理甚明,而昔贤未悟。山人志存济物,不忍以此术欺人也。"其说中理,皆医家所不肯言,或真有灵鬼凭之欤!

又闻刘季箴先生尝与论医。乩仙曰:"公补虚好用参。夫虚证种种不同,而参之性则专有所主,不通治各证。以藏府而论,参惟至上焦中焦,而下焦不至焉。以荣卫而论,参惟至气分,而血分不至焉。肾肝虚与阴虚,而补以参,庸有济乎?岂但无济,亢阳不更煎铄乎?且古方有生参熟参之分,今采参者得即蒸之,何处得有生参乎?古者参出于上党,秉中央土气,故其性温厚,先入中宫。今上党气竭,惟用辽参,秉东方春气,故其性发生,先升上部。即以药论,亦各有运用之权。愿公审之。"季箴极不以为然。余不知医,并附录之,待精此事者论定焉。

【译文】

先父姚安公说:有扶乩替人治病的,仙人自称叫芦中人。问:"难道是伍子胥相国吗?"回答说:"他自是隐去本意用来暗示的话,我却真的以这个作为名号。"他的方子有时有效有时没有效,人家问他,就回答说:"我能够治病,不能够治命。"一天,他降坛到牛老丈希英(姚安公称牛丈的字是这两个字的读音,不知道是不是这两个字。牛丈名讳叫瑛,娶前母安太夫人的堂妹)家,有乞求虚亏症状的方子的,仙人下判语说:"您的病不是药所能医治的,只要抑止嗜好欲望,远远地胜于草根树皮。"又有乞求养儿子的方子的,仙人下判语说:"养儿子有方子,并且能够有神奇的效验。但是有方子和无方子相同,有神效也和无效相同。人的精血化育生长,其中包含着欲火,尚且要毒发成为痘,十个中必然要损一两个。何况用热药辅助,集聚凝结而成胚胎,它所蕴含的毒必然要加上几倍。所以每次碰到生痘,一百个中难得一个是完好的。人们徒然在幼儿夭亡的时候,悼惜他的短寿;而不知道没有出生之日,已经先伏下必死的征兆。生如同不生,那么养儿子又有什么可以宝贵的呢？这个道理是很明显的，而过去的贤人没有悟出这一点。山人的志向在于济助世人，不忍心用这个方术来欺骗人。"他的说法切中事理，都是医家所不肯说的，或许真的是有灵鬼依附在他身上吗？

又听说刘季箴先生曾经同他谈论医道，乩仙说："您补虚好用人参。虚症有种种不同的症候，而人参的性能则有专门主治的方面，不能够通治各种病症。拿脏腑来说，人参只能到上焦、中焦，而下焦就达不到。拿荣——血的循环、卫——气的周流来说，人参只能到气分，而达不到血分。肾肝虚和阴虚，而用人参来补，哪能有用处呢？不但没有用处，这种阳气偏盛的症象不是更灼热炽盛了吗？而且古方有生参、熟参的分别，现今采人参的一得到就拿来蒸，哪里会有生参呢？古代人参生于上党，秉受中央的土气，所以它的性温厚，先进入中焦。而今上党之气衰竭，只是用辽参，秉受东方的春气，所以它的药性萌发，先升到上部。就以药而论，也各有运用变通之处，愿您慎重使用。"季箴极不以为然。我不懂医道，一起连带把它记录下来，等待精通此道的人来论定。

解砒毒方

歙人蒋紫垣，流寓献县程家庄，以医为业。有解砒毒方，用之十全。然必邀取重资，不满所欲，则坐视其死。一日暴卒，见梦于居停主人曰："吾以耽利之故，误人九命矣。死者诉于冥司，冥司判我九世服砒死。今将赴转轮，赂鬼卒得来见君，以此方奉授。君能持以活一人，则我少受一世业报也。"言讫，泣涕而去曰："吾悔晚矣！"其方以防风一两研为末，水调服之而已，无他秘药也。又闻诸沈丈丰功曰："冷水调石青，解砒毒如神。"沈丈平生不妄语，其方当亦验。

【译文】

歙县人蒋紫垣,客居在献县程家庄,以行医作为职业。有解砒毒的方子,用了有十分把握,但是一定要索取高价,不能满足他所要求的,就眼看着人死去。一天蒋突然死亡,托梦给寓所的主人说:"我因为贪利的缘故,耽误九条人命了。死去的人上诉于阴司,阴司判我九世服砒霜而死。现在将要转入轮回,贿赂了鬼卒,得以来见您,把这个方子奉送。您能够拿来救活一个人,那么我就少受一世冤业的报应。"说完,哭泣着而去说:"我后悔晚了!"那个方子用防风一两,研为细末,用水调服而已,没有其他神秘的药物。又听沈老丈丰功说:"用冷水调石青解砒毒可神了。"沈老丈平生不说虚妄的话,他的方子应当也是有效验的。

鬼求助猎者

老儒刘挺生言:东城有猎者,夜半睡醒,闻窗纸淅淅作响,俄又闻窗下窸窣声,披衣叱问。忽答曰:"我鬼也。有事求君,君勿怖。"问其何事。曰:"狐与鬼自古不并居,狐所窟穴之墓,皆无鬼之墓也。我墓在村北三里许,狐乘我他往,聚族据之,反驱我不得入。欲与斗,则我本文士,必不胜。欲讼诸土神,即幸而得申,彼终亦报复,又必不胜。惟得君等行猎时,或绕道半里,数过其地,则彼必恐怖而他徙矣。然傥有所遇,勿遽殪获,恐事机或泄,彼又修怨于我也。"猎者如其言。后梦其来谢。

夫鹊巢鸠据,事理本直。然力不足以胜之,则避而不争;力足以胜之,又长虑深思而不尽其力。不求幸胜,不求过胜,此其所以终胜欤!孱弱者遇强暴,如此鬼可矣。

【译文】

老儒刘挺生说：东城有个打猎的，半夜睡醒过来，听到窗纸发出"淅淅"的响声。一会儿，又听到窗下有窸窣的声音。他披上衣服喝叱询问，忽然听见回答说："我是鬼，有事情求您，您不用害怕。"问它什么事情，答："狐同鬼从古以来不一起居住，狐所掘洞做窝的墓，都是无鬼的坟墓，我的坟墓在村北三里光景，狐趁我到别的地方去了，聚集家族占据了它，反而驱逐我，使我不得进入。要想同它争斗，可我本来是文士，必定不能得胜；要想到土地神那里去告状，即便幸而得到申雪，它终究也要报复，又必定不能得胜。只有依靠您到打猎时，能够绕道半里路，一次次经过那个地方，那么它们必定恐怖而搬到别处去了。然而倘使有所遇的时候，不要立即捕获杀戮，恐怕事情的机密或许会泄漏出去，它又要同我结怨了。"打猎的如它所说的做了，后来梦见它来道谢。

喜鹊的巢被斑鸠所占据，喜鹊讨回自己的巢，理由本来是正当的。然而力量不足以战胜斑鸠，就避而不争；力量足以战胜它，又深虑远思而不能尽它的全力。不求侥幸的胜利，不求过度的胜利，这就是它之所以终于得到胜利的原因吧！衰弱的人碰到强暴，像这个鬼一样做就可以了。

生 魂 离 体

舅氏张公健亭言：沧州牧王某，有爱女撄疾沉困。家人夜入书斋，忽见其对月独立花阴下，悚然而返。疑为狐魅托形，嗾犬扑之，倏然灭迹。俄室中病者语曰："顷梦至书斋看月，意殊爽适。不虞有猛虎突至，几不得免。至今犹悸汗。"知所见乃其生魂也。医者闻之，曰："是形神已离，虽卢扁莫措矣。"不久果卒。

【译文】

舅父张公健亭说：沧州长官王某，有个爱女患病十分沉重。家里人夜里进入书斋，忽然见到她对着月亮独自站立在花阴下，家里人惊恐地返回，怀疑是狐狸精幻化成她的形状，唤出狗去扑她，就忽然消失了形迹。一会儿房中的病人说话道："刚才做梦到书斋那儿去看月亮，意下很是爽快适意，不料有猛虎突然到来，差一点不能幸免，到现在还心跳流汗。"家里人才知道所看见的是她的生魂。医生听到这一情况说："这是形和神已经分离，即使是卢国的扁鹊也无从下手了。"不久她果然死去。

黄 金 印

闽有方竹，燕山之柿形微方，此各一种也。山东益都有方柏，盖一株偶见，他柏树则皆不方。余八九岁时，见外祖家介祉堂中有菊四盆，开花皆正方，瓣瓣整齐如裁剪。云得之天津查氏，名黄金印。先姚安公乞其根归，次岁花渐圆，再一岁则全圆矣。或曰："花原常菊，特种者别有法。如靛浸莲子，则花青；墨揉玉簪之根，则花黑也。"是或一说欤！

【译文】

福建有方竹、燕山的柿子形状稍微带方，这各是一个物种。山东益都有方柏，大概是偶尔见到的一株，其他的柏树就都不方。我八九岁时，见到外祖父家介祉堂中有菊四盆，开的花都是正方形，瓣瓣整齐如同裁剪的一样。据说是得之于天津查氏，名叫黄金印。先父姚安公求取它的根回来，移植在家里，第二年花渐渐变圆，再一年就全圆了。有的说："花本是平常的菊花，只是种的人别有方法。如同用靛蓝浸莲子，则花色青；用墨揉搓玉簪的根，则花色黑。"这或者也是一种说法吧！

笃 信 程 朱

家奴宋遇病革时,忽张目曰:"汝兄弟辈来耶,限在何日?"既而自语曰:"十八日亦可。"时一讲学者馆余家,闻之哂曰:"谵语也。"届期果死。又哂曰:"偶然耳。"申铁蟾方与共食,投箸太息曰:"公可谓笃信程朱矣!"

【译文】
家奴宋遇病情危重时,忽然张开眼睛说:"你兄弟们来了吗?大限在哪一天?"既而自言自语说:"十八日也可以。"当时一个讲学家在我的家里设馆,听到后讥笑说:"这是生病说胡话。"到时候宋果然死了,讲学家又讥笑说:"偶然巧合罢了。"申铁蟾正同他一起吃饭,丢掉筷子叹息说:"您可以说是忠实地信仰程朱的了。"

奇节异烈之女

奇节异烈,湮没无传者,可胜道哉。姚安公闻诸云台公曰:"明季避乱时,见夫妇同逃者,其夫似有腰缠。一贼露刃追之急。妇忽回身屹立,待贼至,突抱其腰。贼以刃击之,血流如注,坚不释手。比气绝而仆,则其夫脱去久矣。惜不得其名姓。"

又闻诸镇番公曰:"明季,河北五省皆大饥,至屠人鬻肉,官弗能禁。有客在德州景州间,入逆旅午餐,见少妇裸体伏俎上,绷其手足,方汲水洗涤。恐怖战悚之状,不可忍视。客心悯恻,倍价赎之;释其缚,助之著衣,手触其乳。少妇艴然曰:'荷君再生,终身贱役无所悔。然为婢媪则可,为妾媵则必不可。吾惟不肯事二夫,故鬻诸此也。君何遽相轻薄耶?'解衣掷地,仍裸体伏俎上,瞑目受屠。屠者恨之,生割其股肉一脔。哀号而已,终无悔意。惜亦不得其姓名。"

【译文】
  奇节异烈的人,埋没没有流传下来的,哪能说得完呵。姚安公从云台公那里听说一件事:"明末避乱的时候,见到一对夫妇同逃的,那丈夫像是腰里装有钱财,一个盗贼拔出刀追赶得很急。妇人忽然回转挺身站立,等待盗贼到来,突然抱住他的腰。盗贼用刀击打她,血流如注,她坚决不肯放手。等到气绝而仆倒,她的丈夫已经脱身逃去很久了。可惜不知道她的姓名。"
  又从镇番公那里听说一件事:"明末,河北五省都闹大饥荒,以至于杀人卖肉,官府不能禁止。有个客人在德州、景州之间,进入旅店午餐,看见少妇裸体伏在砧板上,手脚被捆住,正在汲水洗涤,恐怖战栗的情状,使人不忍心观看。客人心里怜悯同情,用加倍的价钱把她赎出来;解去她的捆缚,帮助她穿衣服,手碰到了她的乳房。少妇恼怒地说:'承蒙您使我得到再生,终身从事低贱的差使没有什么懊悔的。但是做婢女仆妇就可以,做侍妾就必定不可以。我因为不肯嫁第二个丈夫,所以卖到这里的。您为什么突然对我轻薄呢?'说完就脱去衣服扔到地上,仍然裸体伏在砧板上,闭上眼睛受屠宰。屠夫恨她,生生地割下她大腿上的肉一块。她只是哀号呼叫而已,始终没有后悔的意思。可惜我也不知道她的姓名。"

某 医 生

  肃宁王太夫人,姚安公姨母也。言其乡有嫠妇,与老姑抚孤子,七八岁矣。妇故有色,媒妁屡至,不肯嫁。会子患痘甚危,延某医诊视。某医遣邻妪密语曰:"是症吾能治。然非妇荐枕,决不往。"妇与姑皆怒谇。既而病将殆,妇姑皆牵于溺爱,私议者彻夜,竟饮泣曲从。不意施治已迟,迄不能救,妇悔恨投缳殒。人但以为痛子之故,不疑有他。姑亦深讳其事,不敢显言。俄而某医死,俄而其子亦死,室弗戒于火,不遗寸缕。其妇流落入青楼,乃偶以告所欢云。

【译文】

　　肃宁王太夫人,是姚安公的姨母,说她的家乡有个寡妇,同年老的婆婆抚养着孤子,有七八岁了。妇人原有美色,媒人多次前来说媒,她坚不肯嫁。恰巧碰到她的儿子出痘很是危险,延请某医生来看病。某医生派遣邻居老妇秘密地来说:"这个病症我能够医治,但不是妇人侍寝,我决不去诊治。"妇人同婆婆都愤怒责骂。过后儿子病得将要死了,妇人和婆婆都因为溺爱所牵缠,私下商议了个通宵,竟然吞声曲意顺从了。不料实施治疗为时已晚,到底还是不能救,妇人悔恨上吊而死。人们只以为她是哀痛儿子的缘故,不疑心有别的。婆婆也深深地隐讳这件事,不敢明白地说出。不久某医生死去,又不久他的儿子也死去。家里不小心失了火,没有留下一丝一缕。他的妻子流落到了妓院,才偶尔告诉她的相好而传出来的。

萧客好古

　　余布衣萧客言:有士人宿会稽山中,夜闻隔涧有讲诵声。侧耳谛听,似皆古训诂。次日越涧寻访,杳无踪迹。徘徊数日,冀有所逢。忽闻木杪人语曰:"君嗜古乃尔，请此相见。"回顾之顷，石室洞开，室中列坐数十人，皆掩卷振衣，出相揖让。士人视其案上，皆诸经注疏。居首坐者拱手曰："昔尼山奥旨，传在经师；虽旧本犹存，斯文未丧；而新说叠出，嗜古者稀。先圣恐久而渐绝，乃搜罗鬼录，征召幽灵。凡历代通儒，精魂尚在者，集于此地，考证遗文；以次转轮，生于人世。冀递修古学，延杏坛一线之传。子其记所见闻，告诸同志，知孔孟所式凭，在此不在彼也。"士人欲有所叩，倏似梦醒，乃倚坐老松之下。萧客闻之，裹粮而往。攀萝扪葛，一月有余，无所睹而返。此与朱子颖所述经香阁事，大旨相类。或曰："萧客喜谈古义，尝撰《古经解钩沉》，故士人投其所好以戏之。"是未可知。或曰："萧客造作此言，以自托降生之一。"亦未可知也。

【译文】

　　平民余萧客说：有个士人住宿在会稽山中，夜里听到隔着溪涧有讲论诵读的声音，侧着耳朵仔细倾听，似乎都是古人所解释古书的字义。第二天，他越过溪涧寻找访求，杳然没有踪迹。他来来回回又找了好几天，希望能有所遇，忽然听到树梢有人说话道："您好古到如此，请在这里相见。"一回头之间，石室洞然开启。室中排列而坐的几十人，都掩上书卷抖抖衣服而出，互相作揖谦让。士人看那桌子上，都是各种经书的注疏。居首位的拱拱手说："过去孔子深奥的意旨，都有经师加以传述。虽然旧本还在，礼乐教化、典章制度没有丧失；而新说不断地出来，好古的稀少。先圣恐怕长久下去渐渐断绝，于是搜罗鬼录，征召幽灵。凡是历代通晓古今、学识渊博的儒者，精魂还在的，聚集到这里，考证遗文；依次序转入轮回，降生于人世。希望相沿进修古学，延续杏坛一线的传统。您可记住所见所闻，告之于同志，知道孔孟所依靠的，在这里不在那里。"士人要想有所询问，忽然像是梦中醒来，却是靠坐在老松树之下。萧客听说以后，带着粮食前往，攀松萝挽葛藤，寻找一个多月，没有看到什么而返回了。这同朱子颖讲述的经香阁的事情大旨相类似。有的说："萧客喜欢谈论古义，曾经撰写《古经解钩沉》，所以士人投合他所喜好的来戏弄他。"这就不可知了。有的说："萧客编造出这个话，用来假托他是降生中的一个。"这也不可知了。

治 狱 宜 戒

姚安公官刑部日，同官王公守坤曰："吾夜梦人浴血立，而不识其人，胡为乎来耶？"陈公作梅曰："此君恒恐误杀人，惴惴然如有所歉，故缘心造象耳。本无是鬼，何由识其为谁？且七八人同定一谳牍，何独见梦于君？君勿自疑。"佛公伦曰："不然。同事则一体，见梦于一人，即见梦于人人也。我辈治天下之狱，而不能虑天下之冤。据纸上之供词，以断生死，何自识其人哉？君宜自儆，我辈皆宜自儆。"姚安公曰："吾以佛公之论为然。"

【译文】

姚安公在刑部做官时，同僚王公守坤说："我夜里梦见一人混身是血站立着，而我并不认识他，他为什么前来呢？"陈公作梅说："这是您经常恐怕错杀了人，心里惴惴不安地像是有所愧疚，所以由心里造出幻象罢了。本来没有这个鬼，从何处识得他是谁呢？而且七八个人同时审定一件狱讼的案卷，为什么独独显示在您的梦中？您不要自己多疑。"佛公伦说："不对。大家同事就是同一个整体，显示梦境于一个人，就是显示梦境于每一个人。我辈治理天下的狱讼,而不能审察讯问天下所有的囚犯。根据纸上的供词,用来决断生和死,何从认识那个人呢?您理应自己警戒,我辈都理应自己警戒。"姚安公说:"我以为佛公的议论是对的。"

新婚对缢

吕太常含辉言:京师有富室娶妇者,男女并韶秀,亲串皆望若神仙。窥其意态,夫妇亦甚相悦。次日天晓,门不启。呼之不应,穴窗窥之,则左右相对缢。视其衾,已合欢矣。婢媪皆曰:"是昨夕已卸妆,何又著盛服而死耶?"异哉,此狱虽皋陶不能听矣。

【译文】
　　太常寺卿吕含辉说:京城里有富家娶妻的,新郎新娘都美好秀丽,亲戚们都看他们像神仙中人物。看他们的意思神态,夫妻也很互相爱悦。第二天天亮,门不开,呼叫他们也不应。众人在窗纸上捅一个洞向里探看,则是两人左右相对上了吊。看他们的被子,已经同床合欢了。婢女仆妇都说:"昨天晚上已经卸了妆,为什么又穿着齐整的服饰而死呢?"奇怪呵,这个案件即使虞舜时的司法官皋陶也是不能审察的了。

里胥宋某

　　里胥宋某,所谓东乡太岁者也。爱邻童秀丽,百计诱与狎。为童父所觉,迫童自缢。其事隐密,竟无人知。一夕,梦被拘至冥府,云为童所诉。宋辩曰:"本出相怜,无相害意。死由尔父,实出不虞。"童言:"尔不相诱，我何缘受淫？我不受淫，何缘得死？推原祸本，非尔其谁？"宋又辩曰："诱虽由我，从则由尔。回眸一笑，纵体相就者谁乎？本未强干，理难归过。"冥官怒叱曰："稚子无知，陷尔机阱。饵鱼充馔，乃反罪鱼耶？"拍案一呼，栗然惊寤。后官以贿败，宋名丽案中，祸且不测。自知业报，因以梦备告所亲。逮及狱成，乃仅拟城旦。窃谓梦境无凭也。比三载释归，则邻叟恨子之被污，乘其妇独居，饵以重币，已"见金夫不有躬"矣。宋畏人多言，竟惭而自缢。然则前之幸免，岂非留以有待，示所作所受，如影随形哉！

【译文】

乡里小吏宋某，就是所谓东乡太岁的，爱邻居小童的秀丽，千方百计引诱同他狎玩，被小童的父亲所觉察，逼迫小童自己上吊。这件事情隐秘，竟然没有人知道。一天晚上宋睡梦里被拘捕到了阴司，说是被小童所告发。宋申辩说："本来出于相怜爱，没有相害的意思。死是由于你的父亲，实在出于意料之外。"小童说："你不相引诱，我怎么会受淫污？我不受淫污，怎么会死？追究灾祸的根本，不是你又是谁呢？"宋又申辩说："引诱虽然由我，顺从则是由你。回过眼波一笑，投身相亲近的是谁呢？本来没有强迫干犯，情理上难以归过于我。"冥官愤怒地喝叱说："幼稚的童子无知，陷在你的机关里。钓上鱼来充作菜肴，竟归罪于鱼吗？"拍着桌子一声呼叫，宋战栗地惊醒过来。后来官府因为贿赂的事败露，宋的名字也附在案子里，祸患难免危及了。他自知是冤业的报应，于是就把梦中情景详细告诉他所亲近的人。等到案子了结，竟只判了流放的刑罚，私下以为梦境不足为凭。等到三年释放归来，则邻居老叟恨儿子的被淫污，趁他的妻子独居，用重金作诱饵，已经"见金夫不有躬"了。宋畏惧人们会议论，竟羞惭而自己上了吊。如此说来以前的幸免，岂不是留着有所等待，显示他的自作自受，如同影子的跟随形体吗？

牙像作祟

旧仆邹明言：昔在丹阳县署，夜半如厕。过一空屋，闻中有男女嬫狎声，以为内衙僮婢，幽会于斯。惧为累，潜踪而返。后月夜复闻之，从窗隙窃窥，则内衙无此人；又时方沍冻，乃裸无寸缕。疑为妖魅，于窗外轻嗽。倏然灭迹。偶与同伴话及，一火夫曰："此前官幕友某所居。幕友有雕牙秘戏像一盒，腹有机轮，自能运动。恒置枕函中，时出以戏玩。一日失去，疑为同事者所藏。后终无迹。岂此物为祟耶？"遍索室中，迄不可得。以不为人害，亦不复追求。殆常在茵席之间，得人精气，久而幻化欤！

【译文】

旧仆邹明说：过去在丹阳县的衙署里，半夜里上厕所，经过一间空屋，听到其中有男女淫戏的声音，以为是内衙的僮仆婢女在这里幽会。他害怕受到牵累，就隐蔽踪迹而返。后来在一个月夜里，又听到了那种声音。他从窗子的缝隙里偷看，发现内衙没有这样的人；当时又正值天寒地冻，里面的人竟赤裸身体不着一丝一缕。他疑心是妖精，在窗外轻声咳嗽，忽然消灭了形迹。他偶尔和同伴们谈到这事，一个火夫说："这是前官的师爷某人所居住。师爷有象牙雕刻的男女秘戏像一盒，腹中有机器轮盘，自己能够运动。他经常放在枕头匣子里，时常拿出来戏玩。一天失去，怀疑被同事的人所隐藏，后来始终没有找到。难道是这个东西在作怪吗？"众人在房中到处搜索，始终没有找到。因为对人没有什么害处，众人也就不再追寻求索。这大概是经常在褥垫之间，得到人的精气，时间长久而幻化的吧!

此狐不俗

外祖雪峰张公家,牡丹盛开。家奴李桂,夜见二女凭阑立。其一曰:"月色殊佳。"其一曰:"此间绝少此花,惟佟氏园与此数株耳。"桂知是狐,掷片瓦击之,忽不见。俄而砖石乱飞,窗棂皆损。雪峰公自往视之,拱手曰:"赏花韵事,步月雅人,奈何与小人较量,致杀风景?"语讫寂然。公叹曰:"此狐不俗。"

【译文】
　　外祖父张公雪峰家里,牡丹盛开。家奴李桂夜里看见两个女子靠着栏杆站立。其中一个说:"月色很是美好。"另一个说:"这里绝少这种花,只有佟氏园的和这里的几株罢了。"李桂知道是狐狸精,抛掷一片瓦打去,忽然不见。过了一会儿砖头石块乱飞,窗格都被砸坏了。雪峰公亲自前往观看,拱拱手说:"赏花是风雅的事情,在月下散步是风雅的人,为什么同小人较量,以致大煞风景?"说完,就寂静无声了。张公叹息说:"这狐精不俗。"

被创之狐

佃户张九宝言:尝夏日锄禾毕,天已欲暝,与众同坐田塍上。见火光一道如赤练,自西南飞来。突堕于地,乃一狐,苍白色,被创流血,卧而喘息。急举锄击之。复努力跃起,化火光投东北去。后牵车贩鬻至枣强,闻人言某家妇为狐所媚,延道士劾治,已捕得封罂中。儿童辈私揭其符，欲视狐何状。竟破罂飞去。问其月日，正见狐堕之时也。此道士咒术可云有验，然无奈呆稚之窃窥。古来竭力垂成，而败于无知者之手，类如斯也夫。

【译文】

佃户张九宝说：他有一次在夏天给禾苗松土锄草完毕，天色已经将要昏黑，同众人一起坐在田塍上，看见火光一道，像条赤练蛇一样从西南方飞来，突然坠落地上，竟是一只狐狸，青白色，身体受了创伤，流着血，躺卧在地上喘息。众人急忙举起锄头打去，只见狐狸再次努力跳跃而起，化成火光投东北方而去。后来张拉车贩卖到了枣强，听人说某家的妇人被狐精所诱惑，延请道士推究治罪，已经捕获，封在坛子里。儿童们私下揭去那道符箓，要想看看狐精是什么模样，竟然被它破坛飞去。问事情发生的月日，正是众人见到狐狸坠落的时候。这个道士符咒的法术可以说有效验了，但是对幼稚无知儿童的偷看却是无可奈何。自古以来，竭尽全力眼看将要成功而败于无知者的手，就同这个相类似吧。

多事之鬼

老仆刘琪言：其妇弟某，尝独卧一室，榻在北牖。夜半觉有手扪挱，疑为盗。惊起谛视，其臂乃从南牖探入，长殆丈许。某故有胆，遽捉执之。忽一臂又破棂而入，径批其颊，痛不可忍。方回手支拒，所捉臂已掣去矣。闻窗外大声曰："尔今畏否？"方忆昨夕林下纳凉，与同辈自称不畏鬼也。鬼何必欲人畏？能使人畏，鬼亦复何荣？以一语之故，寻衅求胜，此鬼可谓多事矣。裘文达公尝曰："使人畏我，不如使人敬我。敬发乎人之本心，不可强求。"惜此鬼不闻此语也。

【译文】

老仆刘琪说：他妻子的弟弟曾经独自睡在一个房间里，床榻在北窗下。半夜里，觉得有手在摸索，他疑心是盗贼。吃惊地起身仔细观看，那条手臂竟是从南窗探入，长度差不多有一丈光景。他原就有胆量，立即抓住它。忽然一条手臂又破窗格而入，径直打他的耳光，他痛得不可忍受。正在回手撑拒，所抓住的手臂已经掣回去了。只听见窗外大声说："你现在害怕了吗？"他方才回想起昨天晚上在树林下乘凉，向同伴们自称不怕鬼。鬼何必要想人害怕？能使人害怕，鬼又有什么光荣？因为一句话的缘故，寻隙挑衅以求胜，这个鬼可以说是多事了。裘文达公曾经说："使人家畏惧我，不如使人家尊敬我。尊敬发自人的本心，不可以强求。"可惜这个鬼没有听到这话。

两　　狐

宗室瑶华道人言：蒙古某额驸尝射得一狐，其后两足著红鞋，弓弯与女子无异。又沈少宰云椒言：李太仆敬堂，少与一狐女往来。其太翁疑为邻女，布灰于所经之路。院中足印作兽迹，至书室门外，则足印作纤纤样矣。某额驸所射之狐，了无他异。敬堂所眷之狐，居数岁别去。敬堂问："何时当再晤？"曰："君官至三品，当来迎。"此语人多知之。后来果验。

【译文】

皇族瑶华道人说：蒙古某驸马曾经射得一只狐狸，它后面的两只脚穿着红鞋，纤瘦弯曲，和女子所穿的没有什么差别。又听吏部侍郎沈云椒说：太仆寺卿李敬堂年少时同一个狐女来往，他的父亲怀疑是邻家的女子，在所经过的路中撒上灰。院子里的脚印作野兽的形迹，到了书斋门外则脚印作纤细的女子莲足样子了。某驸马所射得的狐狸，全然没有别的异样。敬堂所眷恋的狐女，居住了几年分别而去。敬堂问："什么时候当再相见？"回答说："您官到了三品，当来相迎。"这话许多人都知道，后来果然应验。

剧盗之技

外叔祖张公雪堂言：十七八岁时，与数友月夜小集。时霜蟹初肥，新笋亦熟，酣洽之际，忽一人立席前，著草笠，衣石蓝衫，蹑镶云履，拱手曰："仆虽鄙陋，然颇爱把酒持螯。请附末坐可乎？"众错愕不测，姑揖之坐。问姓名，笑不答。但痛饮大嚼，都无一语。醉饱后，蹶然起曰："今朝相遇，亦是前缘。后会茫茫，不知何日得酬高谊。"语讫，耸身一跃，屋瓦无声，已莫知所在。视椅上有物粲然，乃白金一饼，约略敌是日之所费。或曰："仙也。"或曰："术士也。"或曰："剧盗也。"余谓剧盗之说为近之。小时见李金梁辈，其技可以至此。又闻窦二东之党，（二东，献县剧盗。其兄曰大东，皆逸其名，而以乳名传。他书记载，或作窦尔敦，音之转耳。）每能夜入人家，伺妇女就寝，胁以刃，禁勿语，并衾褥卷之，挟以越屋数十重。晓钟将动，仍卷之送还。被盗者惘惘如梦。一夕，失妇家伏人于室，俟其送还，突出搏击。乃一手挥刀格斗，一手掷妇于床上，如风旋电掣，倏已无踪。殆唐代剑客之支流乎！

【译文】
　　外叔祖父张公雪堂说：十七八岁时，同几个朋友在月夜里小会聚，当时经霜的螃蟹刚刚肥壮，新酿的酒也熟了。正在酒兴酣畅乐融融的时候，忽然一个人立在酒席前面，戴着草笠，穿着石蓝衫，足登头上镶有云形图案的鞋子，拱拱手说："在下虽然粗鄙浅陋，但是颇爱把着酒杯、执着蟹脚，请求附在末座可以吗？"众人惊奇，不知道他的来意，就姑且拱手为礼请他落座。问起姓名，笑而不答，只是痛饮大嚼，全然没有一句话。醉饱之后，很快立起来说："今朝相遇，也是前缘。今后茫茫无期，不知道哪一天得以报答深厚的情谊。"说完，纵身一跳，屋上瓦片没有发出什么声音，已经不知道他到哪里去了。看见椅子上有东西，光粲粲地竟是一块扁平的白银，约略相当这一天的费用。有的说："这是仙人。"有的说："这是术士。"有的说："这是大盗。"我说大盗的说法较为接近。小时候见到李金梁这辈人，他们的武功可以达到这一步。又听说窦二东的党羽（二东，是献县的大盗。他的哥哥叫大东。兄弟的名字都已佚失，而以乳名相传。别的书上记载，或者作窦尔墩，一音之转罢了），往往能夜里进入人家，等候妇女就寝，用刀相胁迫，禁止她们说话，连同被褥卷起来，挟着翻越房屋几十进。清晨的钟声将要敲响，仍旧卷着送回，被盗的人惘惘然如同做梦。一天晚上，失去女人的这家，在房子里埋伏了人，等他送回，突然出来一齐攻击。那强盗于是一手挥舞着刀格斗，一手把女人掷在床上，如同风的旋转、电光的闪动，忽然已经没有了踪迹。他们大概是唐代剑客的支流吧！

奇　门　法

　　奇门遁甲之书，所在多有，然皆非真传。真传不过口诀数语，不著诸纸墨也。德州宋清远先生言：曾访一友，（清远曾举其姓名，岁久忘之。清远称雨后泥泞，借某人一驴骑往。则所居不远矣。）友留之宿，曰："良夜月明，观一戏剧可乎？"因取凳十余，纵横布院中，与清远明烛饮堂上。二鼓后，见一人逾垣入，环转阶前，每遇一凳，辄蹒跚，努力良久乃跨过。始而顺行，曲踊一二百度；转而逆行，又曲踊一二百度。疲极踣卧，天已向曙矣。友引至堂上，诘问何来。叩首曰："吾实偷儿，入宅以后，惟见层层皆短垣，愈越愈不能尽；窘而退出，又愈越愈不能尽，故困顿见擒。死生惟命。"友笑遣之。谓清远曰："昨卜有此偷儿来，故戏以小术。"问："此何术？"曰："奇门法也。他人得之恐召祸，君真端谨，如愿学，当授君。"清远谢不愿。友太息曰："愿学者不可传，可传者不愿学，此术其终绝矣乎！"意若有失，怅怅送之返。

【译文】

奇门遁甲这类书，到处都有，但都不是真传。真传不过是口诀几句话，不在纸上落墨。德州宋清远先生说，他曾经寻访一个朋友（清远曾举出他的姓名，年岁长久我忘记了。清远称说雨后泥泞，借某人的一头驴子骑着前往，那么所住不远了），友人留他住宿，说："美好的夜晚月光明亮，看一出戏剧好吗？"于是取橙子十多只，纵横分布在院子里，同清远点着蜡烛在堂上饮酒。二更以后，看见一个人越过围墙进来，在阶前四面打转。每碰到一个橙子，就摇晃跌撞，努力了好久，才跨过去。开始顺着行走，跳跃一二百次，转而倒着行走，又跳跃一二百次，疲极倒卧，天已经将晓了。友人领他到堂上，询问从哪里来，那人叩着头说："我实在是个偷儿，进入屋内以后，只见层层都是矮墙，愈是跨越愈是不能尽；窘迫而退了出来，又愈是跨越愈是不能尽，所以困顿而被捉拿。是死是活听凭尊命。"友人笑着放走了他，对清远说："昨天占卜有这个偷儿来，所以用小法术来同他开个玩笑。"问："这是什么法术？"答："是奇门法。别人得到了恐怕招来祸患，您正直而谨慎，如果愿意学，当传授给您。"清远辞谢不愿。友人叹息说："愿意学的不可以传授，可以传授的不愿意学，这套法术最终将断绝了吧！"意下若有所失，惆怅地送他返回。

削减官禄

有故家子，日者推其命大贵，相者亦云大贵，然垂老官仅至六品。一日扶乩，问仕路崎岖之故。仙判曰："日者不谬，相者亦不谬。以太夫人偏爱之故，削减官禄至此耳。"拜问："偏爱诚不免，然何至削减官禄？"仙又判曰："礼云继母如母，则视前妻之子当如子；庶子为嫡母服三年，则视庶子亦当如子。而人情险恶，自设町畦，所生与非所生，厘然如水火不相入。私心一起，机械万端。小而饮食起居，大而货财田宅，无一不所生居于厚，非所生者居于薄，斯已干造物之忌矣。甚或离间诪构，密运阴谋，诟谇嚻陵，罔循礼法，使罹毒者吞声，旁观者切齿，犹哓哓称所生者之受抑。鬼神怒视，祖考怨恫，不祸遣其子，何以见天道之公哉？且人之受享，只有此数，此赢彼缩，理之自然。既于家庭之内，强有所增；自于仕宦之途，阴有所减。子获利于兄弟多矣，物不两大，亦何憾于坎坷乎？"其人悚然而退。

后亲串中一妇闻之，曰："悖哉此仙！前妻之子，恃其年长，无不吞噬其弟者；庶出之子，恃其母宠，无不凌轹其兄者。非有母为之撑拄，不尽为鱼肉乎？"姚安公曰："是虽妒口，然不可谓无此事也。世情万变，治家者平心处之可矣。"

【译文】

　　有一个旧家子弟，占卜的推算他的命应当大贵，相面的也说应当大贵，但是已近老年，官只做到了六品。有一天扶乩，他问仕途崎岖不平的缘故，仙人下判语说："占卜的不错，相面的也不错，因为太夫人偏爱的缘故，削减了官职禄位到这一步罢了。"他又拜问："偏爱的确难免，但何至于削减官职禄位？"仙人又判道："礼书上说，继母就像母亲，那么看待前妻的儿子，应当像自己的儿子；妾生的儿子为嫡母穿丧服三年，那么看待妾生的儿子也应当像自己的儿子。而人情险恶，自己设立界限，自己所生的和别人所生的划分得就像水火的不相容。私心一起，机巧诈伪万种，小而饮食起居，大而财货田宅，没有一样不是自己所生的得到优厚的，别人所生的得到菲薄的，这已经干犯造物主的忌讳了。甚至还有离间进谗陷害，秘密运用阴谋，责骂喧嚣凌辱，不遵循礼法，使遭受毒害的忍气吞声，旁观的切齿痛恨，还唠唠叨叨地称自己所生的受到了压抑。鬼神愤怒地看着，祖先怨恨悲痛，不降祸责罚她的儿子，何以见天道的公正呢？而且人的享受，只有这个数，这里富足，那里就短缺，这是自然的道理。既然在家庭之内，恃强有所增加；自然在做官的路途上，暗中有所减损。你从兄弟那里获利多了，事物不能够两面都大，那么经历些坎坷不平又有什么可以不满的呢？"那人惶恐而退。

　　后来亲戚当中一个女人听到了说："这个仙人真是荒谬！前妻的儿子，依仗他年长，没有不想一口吞掉他的弟弟的；妾生的儿子，依仗他母亲的受宠爱，没有不想欺凌压倒他的兄长的。不是有母亲替他支撑抵拒，不都成为人家砧板上的鱼和肉了吗？"姚安公说："这虽然是妒忌的声口，但不可以说就没有这种事情。世情万般变化，治家的人平心地对待它就可以了。"

甲 与 乙

族祖黄图公言：顺治康熙间，天下初定，人心未一。某甲阴为吴三桂谍，以某乙骁健有心计，引与同谋。既而枭獍伏诛，鲸鲵就筑，亦既洗心悔祸，无复逆萌。而来往秘札，多在乙处。书中故无乙名，乙胁以讦发，罪且族灭。不得已以女归乙，赘于家。乙得志益骄，无复人理，迫淫其妇女殆遍，乃至女之母不免；女之幼弟才十三四，亦不免。皆饮泣受污，惴惴然恐失其意。甲抑郁不自聊，恒避于外。一日，散步田间，遇老父对语，怪附近村落无此人。老父曰："不相欺，我天狐也。君固有罪，然乙逼君亦太甚，吾窃不平。今盗君秘札奉还。彼无所挟，不驱自去矣。"因出十余纸付甲。甲验之良是，即毁裂吞之，归而以实告乙。乙防甲女窃取，密以铁瓶瘗他处。潜往检视，果已无存。乃跟跄引女去。女日与诟谇，旋亦仳离。后其事渐露，两家皆不齿于乡党，各携家远遁。

夫明季之乱极矣，圣朝荡涤洪炉，拯民水火。甲食毛践土已三十余年，当吴三桂拒命之时，彼已手戮桂王，断不得称楚之三户。则甲阴通三桂，亦不能称殷之顽民。即阖门骈戮，亦不为冤。乙从而污其闺帏，较诸荼毒善良，其罪似应末减。然乙初本同谋，罪原相埒；又操戈挟制，肆厥凶淫，罪实当加甲一等。虽后来食报，无可证明，天道昭昭，谅必无幸免之理也。

【译文】

同族祖父黄图公说：顺治、康熙年间，天下初定，人心还没有统一。某甲私底下做吴三桂的间谍，因为某乙骁勇壮健有心计，牵引他来同谋。后来元凶伏法，恶徒受到打击，某甲也就洗心改过，后悔卷入祸乱，不再萌生叛逆的念头。但是过去二人来往的秘密信件，多在乙手里。书信中原没有乙的名字，乙威胁要拿去告发，如果判处，罪将至于灭族。甲不得已，把女儿嫁给乙，入赘在家里。乙得志更加骄横，连人伦道德都抛到九霄云外。他用强迫的手段几乎奸淫遍了甲家里的妇女，以至于甲女的母亲都不能幸免，甲女的幼弟才十三四岁也不能幸免。他们都为遭受淫污偷偷哭泣，心里惴惴不安地唯恐不合他的心意。甲心中抑郁，苦闷无聊，经常躲避于外。一天散步田间，碰到一个老丈和他搭腔，甲奇怪附近的村落没有这个人。老丈说："我不骗你，其实我是天狐。您固然有罪，但是乙逼迫您也太过分了，我暗暗地感到不平。现在从他那儿盗取了您秘密的书信，奉还给您，他没有什么可以再要挟您的了，您不驱赶，他自己也会离去的。"于是拿出十几张纸交付给甲，甲验看了确实不错，立即撕毁吞了下去，回来把实情告诉了乙。乙原先防备甲的女儿窃取，秘密地用铁瓶装了埋在别的地方，听了甲说的话，偷偷地前往检点察看，果然已经不存在了。乙回来跌跌撞撞拉着甲女离去。甲女每天同他吵闹辱骂，随即也就分离。后来他们之间的恩怨内情渐渐泄露，两家都受到乡邻的鄙视，只好各自携带家眷搬迁到远方去了。

明末的动乱到了极点，本朝荡洗天地，拯救民众于水火之中。甲所食之物和所居之地都出自本朝已经三十多年。当吴三桂抗拒王命的时候，他已亲手杀戮了桂王，断断不能称为楚国仅存的三户人家了。那么甲的暗地里勾结吴三桂，也不能称是殷代不顺服的遗民了，即使满门一起杀掉，也不算冤枉。乙趁势挟持而奸淫他的闺门内眷，同毒害善良的人比较起来，他的罪似乎应该从轻减等。但是乙起初本是同谋，罪行原来和甲相当，又用罪证挟制，肆行凶暴淫乱，罪过实在应当比甲还加一等。虽然最后的结果报应，无可证明，天道彰明昭著，想来必然没有幸免的道理。

罔　　两

姚安公读书舅氏陈公德音家。一日早起，闻人语喧阗，曰客作张珉，昨夜村外守瓜田，今早已失魂不语矣。灌救百端，至夕乃苏。曰："二更以后，遥见林外有火光，渐移渐近。比至瓜田，乃一巨人，高十余丈，手执烛笼，大如一间屋，立团焦前，俯视良久。吾骇极晕绝，不知其何时去也。"或曰："罔两。"或曰："当是主夜神。"案《博物志》载主夜神咒曰"婆珊婆演底"，诵之可以辟恶梦，止恐怖。不应反现异状，使人恐怖。疑罔两为近之。

【译文】

姚安公在舅舅陈公德音家里读书。一天早起，听到人的说话声喧闹，说："雇工张珉，昨天夜里在村外看守瓜田，今早已经失魂不能说话了。"千方百计灌救，到了晚上才苏醒过来，开口说："二更以后，远远看见树林外有火光，渐渐移动靠近。等到了瓜田，竟是一个巨人，高十多丈，手拿灯笼，大得像一间屋子。他站立在圆形瓜棚前面，低头看了很久。我害怕极了，晕死了过去，不知道它什么时候离去的。"有的说："那是罔两。"有的说："应当是主夜神。"按，《博物志》记载主夜神的咒语叫"婆珊婆演底"，念诵它可以辟除恶梦，止住恐怖。不应该反而现出奇异的形状，使人恐怖。所以，怀疑是罔两——传说中的精怪的说法较为接近事实。

鼓　妖

姚安公又言：一夕，与亲友数人，同宿舅氏斋中。已灭烛就寝矣，忽大声如巨炮，发于床前，屋瓦皆震。满堂战栗，噤不能语，有耳聋数日者。时冬十月，不应有雷霆；又无焰光冲击，亦不似雷霆。公同年高丈尔诏曰："此为鼓妖，非吉征也。主人宜修德以禳之。"德音公亦终日栗栗，无一事不谨慎。是岁家有缢死者，别无他故。殆戒惧之力欤！

【译文】
　　姚安公又说：一天夜里，和几个亲友一起住宿在舅舅的书斋里。都已经吹灭蜡烛就寝了，忽然听到大声如同巨炮在床前发射，屋上的瓦片都震动了。满堂的人战抖着，闭口不能说话，有耳聋好几天的。当时是冬天十月，不应该有暴雷；又没有火光冲击，也不像暴雷。姚安公同榜取中的高老丈尔诏说："这是鼓妖，不是吉祥的兆头。主人应当修养德行用来禳解。"德音公也整天戒惧，没有一件事情不谨慎的。这一年家里有吊死的，别无另外的事故，大概是戒惧的效力吧！

鬼避姜三莽

姚安公闻先曾祖润生公言：景城有姜三莽者，勇而戆。一日，闻人说宋定伯卖鬼得钱事，大喜曰："吾今乃知鬼可缚。如每夜缚一鬼，唾使变羊，晓而牵卖于屠市，足供一日酒肉资矣。"于是夜夜荷梃执绳，潜行墟墓间，如猎者之伺狐兔,竟不能遇。即素称有鬼之处,佯醉寝以诱致之,亦寂然无睹。一夕,隔林见数磷火,踊跃奔赴;未至间,已星散去。懊恨而返。如是月余,无所得,乃止。盖鬼之侮人,恒乘人之畏。三莽确信鬼可缚,意中已视鬼蔑如矣,其气焰足以慑鬼,故鬼反避之也。

【译文】
姚安公听已故曾祖父润生公说:景城有叫姜三莽的,勇敢而戆直。一天听得人说宋定伯卖鬼得钱的故事,姜大喜说:"我现在才知道鬼可以捆缚。如果每天夜里捆一个鬼,吐唾沫使它变羊,清早牵着卖给屠宰市场,足够供给一天酒肉的费用了。"于是夜夜背着木棒拿着绳子,暗地里行走在墓地间,如同打猎的等候狐狸、兔子,却始终不能碰到。就是向来称有鬼的地方,他假装酒醉睡着用来引诱招致,也一片寂静,没有看到什么。一天夜里,隔着树林看见几点燐火,跳跃着奔跑前去,他还没有走到那里,已经四散而去,只好懊恼愤恨地回来。像这样的一个多月,没有得到什么才停了下来。大概鬼的欺侮人,经常趁人的畏惧。三莽确信鬼可以捆缚,心意中已经轻蔑地看待鬼了,他的气焰足以使鬼慑服,所以鬼反而躲避他了。

杏　精

益都朱天门言:有书生僦住京师云居寺,见小童年十四五,时来往寺中。书生故荡子,诱与狎,因留共宿。天晓,有客排闼入。书生窘愧,而客若无睹。俄僧送茶入,亦若无睹。书生疑有异,客去,拥而固问之。童曰:"公勿怖,我实杏花之精也。"书生骇曰:"子其魅我乎？"童曰："精与魅不同：山魈厉鬼，依草附木而为祟，是之谓魅。老树千年，英华内聚，积久而成形，如道家之结圣胎，是之谓精。魅为人害，精则不为人害也。"问："花妖多女子，子何独男？"曰："杏有雌雄，吾故雄杏也。"又问："何为而雌伏？"曰："前缘也。"又问："人与草木安有缘？"惭沮良久，曰："非借人精气，不能炼形故也。"书生曰："然则子仍魅我耳。"推枕遽起。童亦艴然去。此书生悬崖勒马，可谓大智慧矣。其人盖天门弟子，天门不肯举其名云。

【译文】
　　益都的朱天门说：有个书生租住京都的云居寺，看见一个小童年纪十四五岁，时常来往寺中。书生原是一个浪荡子，就引诱童子同他狎戏，于是留着睡在一起。天亮，有客人推门进来，书生窘困惭愧，而客人像是没有见到什么。一会儿和尚送茶进来，也好像没有见到什么。书生怀疑有什么怪异，等客人离去，拥抱着小童定要问个明白。小童说："您不要害怕，我实在是杏花的精怪。"书生吃惊说："你要魅惑我吗？"小童说："精怪同妖魅不同：山魈、恶鬼，依附草木而作祸祟，这叫做魅。老树千年，精华内聚，积蓄长久而成形，就像道家的结圣胎，这叫做精。魅为害于人，精则不为害于人。"问："花妖多是女子，你为什么独独是男的？"答："杏有雌雄，我原是雄杏。"又问："为什么像女子一样受人狎弄呢？"答："这是前缘。"又问："人同草木怎能有缘？"童子羞惭沮丧了很久说："因为不是借人的精气，就不能够修炼形体。"书生说："这样说你仍然是魅惑我了。"推开枕头立刻起身，小童也恼怒地离去。书生悬崖勒马，可以说大智慧了。那人原是天门的弟子，天门不肯说出他的名字。

申 铁 蟾

申铁蟾,名兆定,阳曲人。以庚辰举人官知县,主余家最久。庚戌秋,在陕西试用,忽寄一札与余诀。其词恍惚迷离,抑郁幽咽,都不省为何语。而铁蟾固非不得志者,疑不能明也。未几,讣音果至。既而见邵二云赞善,始知铁蟾在西安,病数月。病愈后,入山射猎,归而目前见二圆物如球,旋转如风轮,虽瞑目亦见之。如是数日,忽爆然裂,二小婢从中出,称仙女奉邀。魂不觉随之往。至则琼楼贝阙,一女子色绝代,通词自媒。铁蟾固谢,托以不惯居此宅。女子薄怒,挥之出,霍然而醒。越月余,目中见二圆物如前,爆出二小婢亦如前,仍邀之往。已别构一宅,幽折窈窔,颇可爱。问:"此何地?"曰:"佛桑。"请题堂额。因为八分书"佛桑香界"字。女子再申前议。意不自持,遂定情。自是恒梦游。久而女子亦昼至,禁铁蟾勿与所亲通。遂渐病。病剧时,方士李某以赤丸饵之,呕逆而卒。其事甚怪。始知前札乃得心疾时作也。铁蟾聪明绝特,善诗歌,又工八分,驰骋名场,翛然以风流自命。与人交,意气如云,邮筒走天下。中年忽慕神仙,遂生是魔障,迷罔以终。妖以人兴,象由心造。才高意广,翻以好异陨生,其可惜也夫。

【译文】

申铁蟾名叫兆定,阳曲人,以庚辰年的举人身份做了知县官。

在我家门下最久。庚戌年秋天，他在陕西试用期间，忽然寄一封信和我诀别。信中的言词恍惚模糊，抑郁低沉，全都弄不懂是什么意思。而铁蟾原本不是不得志的，我便起了疑心不能理解了。没有多久，讣音果然到了。过后见到太子赞善邵二云，才知道铁蟾在西安病了几个月，病愈以后，入山打猎，回来而在眼前见到两个圆的东西像球，旋转如同风轮，即使闭上眼睛也见到它。像这样过了几天，圆球忽然爆的一声裂开，两个小婢从中走出，称是仙女奉邀。申的魂灵不知不觉地随着她们前往，一到就看见是用美玉紫贝装饰的楼阁，一个女子姿色绝世，传话为自己做媒。铁蟾坚决辞谢，推托不习惯居住这所宅邸。女子微微恼怒，挥手叫他出去，就突然醒了过来。过了一个多月，眼睛里见到两个圆东西像以前一样，爆出两个小婢也像以前一样，仍然邀请他前往，已经另外造了一所宅邸，优雅曲折幽深，很是可爱。问："这里是什么地方？"答："佛桑。"请求题写堂前的匾额，申就用八分书体书写了"佛桑香界"四个字。女子又重提以前的建议，申意下不能自己把持，于是定情合好。从此经常梦游，长久而后女子也白天到来，禁止铁蟾不要同所亲近的人通音讯。于是渐渐生了病。病得厉害时，方士李某用红丸给他服食，气逆呕吐而死。这件事情很奇怪，才知道以前的信是得心病时所写的。铁蟾聪明超出寻常，善作诗歌，又精通八分书，驰骋在追逐声名的场所，超脱地以风流自负。同人交往，意气如云，书信遍天下。中年忽然倾慕神仙，于是生出这个魔障，神经失常而死。妖魅因人而发生，幻象由心而造成，才情高意志广，反而因为好奇而送了命，真是可惜啊！

崔庄旧宅精怪

崔庄旧宅厅事西有南北屋各三楹，花竹翳如，颇为幽僻。先祖在时，奴子张云会夜往取茶具，见垂鬟女子，潜匿树下，背立向墙隅。意为宅中小婢于此幽期，遽捉其臂，欲有所挟。女子突转其面，白如傅粉，而无耳目口鼻。绝叫仆地。众持烛至,则无睹矣。或曰:"旧有此怪。"或曰:"张云会一时目眩。"或曰:"实一黠婢,猝为人阻,弗能遁,以素巾幂面,伪为鬼状以自脱也。"均未知其审。然自此群疑不释,宿是院者恒凛凛,夜中亦往往有声。盖人避弗居,斯狐鬼入之耳。

又宅东一楼,明隆庆初所建。右侧一小屋,亦云有魅。虽不为害,然婢媪或见之。姚安公一日检视废书,于簏下捉得二貛。佥曰:"是魅矣。"姚安公曰:"貛弭首为童子缚,必不能为魅。然室无人迹,至使野兽为巢穴,则有魅也亦宜。斯皆空穴来风之义也。"后西厅析属从兄坦居,今归从侄汝伺。楼析属先兄晴湖,今归侄汝份。子姓日繁,家无隙地,魅皆不驱自去矣。

【译文】

　　崔庄旧宅厅堂的西面有南北屋各三间,花竹茂密,颇为幽雅僻静。已故祖父在世时,奴仆张云会夜里前往取茶具,看见垂着发髻的女子隐藏在树下,背向外站在墙角。张心中以为是宅中的小婢在这里幽会,立即捉住她的手臂,要想有所挟制。女子突然回转她的面孔,白得像涂了粉,而没有口鼻耳目,张大声呼叫仆倒在地上。众人拿着灯烛到来,则看不见什么了。有的说:"原就有这个妖怪。"有的说:"张云会一时眼花。"有的说:"实际上是一个狡黠的婢女,突然被人所拦阻,不能逃脱,用白色的头巾盖住面孔,假装是鬼的样子用来使自己脱身。"都不能知道它真实的情况。但是从此众人的疑惑没有解开,住宿在这个院子里的,经常感到惊恐畏惧,夜里也往往听见有声音。大概是人回避不去居住,于是狐鬼就进入到里面罢了。

　　又,宅子东面一栋楼房,是明朝隆庆初年建造的。右侧一间小屋,据说也有精怪。虽然没有什么祸害,但是婢女仆妇有时见到。

姚安公有一天翻看废旧的书，在竹筐下面捉到两只獾，都说："这是精怪了。"姚安公说："獾低头被童子所捆缚，必然不能作怪了。但是房间没有人迹，以致使得野兽据为巢穴，那么有精怪也是理所当然的，这都是乘虚而入的意思。"后来西厅分给了堂兄坦居，现在归堂侄汝侗。楼房分给了已故兄长晴湖，现在归侄子汝份。子孙日日繁多，家里没有空地，精怪都不用赶而自己离去了。

自 招 灾 殃

甲与乙相善，甲延乙理家政。及官抚军，并使佐官政，惟其言是从。久而资财皆为所干没，始悟其奸，稍稍谯责之。乙挟甲阴事，遽反噬。甲不胜愤，乃投牒诉城隍。夜梦城隍语之曰："乙险恶如是，公何以信任不疑？"甲曰："为其事事如我意也。"神喟然曰："人能事事如我意，可畏甚矣。公不畏之而反喜之，不公之绐而绐谁耶？渠恶贯将盈，终必食报。若公则自贻伊戚，可无庸诉也。"此甲亲告姚安公者。事在雍正末年。甲滇人，乙越人也。

【译文】

甲同乙相友善，甲延请乙主管家里的事务。等到做了巡抚，也让他辅助官府的事务，乙的话他没有不听从的。长久而后钱财都被乙所吞没，才觉悟到乙的奸刁，有时就稍稍谯责他。乙挟持甲的阴私立即反咬一口，甲气愤不过，于是拿公文到城隍那里投诉。夜里，甲梦见城隍对他说："乙险恶到这样，您为什么信任不疑？"甲说："因为他事事都称我的心意。"神叹息着说："人能够事事如我的心意，可怕得很了。你不怕他而反喜爱他，他不欺骗您而又去欺骗谁呢？他恶贯满盈，终究必然要受到报应。像您则是自招灾祸，可以不必来投诉。"这是甲亲自告诉姚安公的，事情在雍正末年。甲是云南人，乙是浙东人。

香　玉

《杜阳杂编》记李辅国香玉辟邪事，殊怪异，多疑为小说荒唐。然世间实有香玉。先外祖母有一苍玉扇坠，云是曹化淳故物，自明内府窃出。制作朴略，随其形为双螭纠结状。有血斑数点，色如熔蜡。以手摩热，嗅之作沉香气；如不摩热，则不香。疑李辅国玉，亦不过如是，记事者点缀其词耳。先太夫人尝密乞之，外祖母曰："我死则传汝。"后外祖母殁，舅氏疑在太夫人处。太夫人又疑在舅氏处。卫氏姨母曰："母在时佩此不去身，殆携归黄壤矣。"侍疾诸婢皆言殓时未见。因此又疑在卫氏姨母处。今姨母久亡，卫氏式微已甚，家藏玩好，典卖略尽，终未见此物出鬻。竟不知其何往也。

【译文】
　　《杜阳杂编》记载李辅国香玉辟邪的事情，很是怪异，多怀疑是小说荒唐。但是世间确实有香玉。已故外祖母有一块青玉的扇坠，说是曹化淳的旧物，从明朝皇室的仓库里偷出的。做工朴素简略，就着它原来的天然形状做成两条螭龙互相缠结的样子。上面有几点血斑，颜色像熔化的蜡。用手将它抚摩到发热，闻闻它有一股沉香的气味；如果不抚摩到发热，就不香。疑心李辅国的玉也不过如此，记事的人只不过渲染他的说法罢了。已故太夫人曾经秘密乞求，外祖母说："我死了就传给你。"后来外祖母去世，舅父怀疑在太夫人这里，太夫人又怀疑在舅父那里。卫家姨母说："母亲在时佩戴这个不离身，大概带归黄泉了。"侍候疾病的婢女们都说入殓时没有见到，因此又怀疑在卫家姨母那里。现今姨母亡故已久，卫家衰败得很厉害，家里的古玩珍宝，典当出卖将尽，始终没有看见这个物件出卖，竟不知道它流落到哪里去了。

柴窑片磁

有客携柴窑片磁，索数百金，云嵌于胄，临阵可以辟火器。然无由知确否。余曰："何不绳悬此物，以铳发铅丸击之。如果辟火，必不碎，价数百金不为多；如碎，则辟火之说不确，理不能索价数百金也。"鬻者不肯，曰："公于赏鉴非当行，殊杀风景。"急怀之去。后闻鬻于贵家，竟得百金。夫君子可欺以其方，难罔以非其道。炮火横冲，如雷霆下击，岂区区片瓦所能御？且雨过天青，不过泑色精妙耳，究由人造，非出神功，何断裂之余，尚有灵如是耶？余作旧瓦砚歌有云："铜雀台址颓无遗，何乃剩瓦多如斯？文士例有好奇癖，心知其妄姑自欺。"柴片亦此类而已矣。

【译文】

有个客人携带柴窑的磁片，索要几百两银子，说是嵌在头盔里，可以辟火器。但是无从知道是否确实。我说："为什么不用绳子悬挂这个物件，用火铳发铅丸打它。如果辟火，必定不碎，价值几百两银子不算多；如果碎了，那么辟火的说法不确实，照理不能要价几百两银子了。"卖的人不肯，说："您对于鉴赏不在行，实在煞风景。"急忙收藏起来走了。后来听说卖给了贵显的人家，竟然得了一百两银子。君子可以为正当的道理说服，难以为不合情理的事情欺骗。炮火横冲，如同霹雳打将下来，岂是区区片瓦能够抵御的？而且雨过天青，不过釉的颜色精妙罢了，究竟是由人所造，并非出于神功，为什么断裂的残余，还像这样有灵呢？我作旧瓦砚歌说过："铜雀台址颓无遗，何乃剩瓦多如斯？文士例有好奇癖，心知其妄姑自欺。"柴磁碎片也不过是这一类而已。

巴尔库尔石碑

嘉峪关外有阔石图岭，为哈密巴尔库尔界。阔石图，译言碑也。有唐太宗时侯君集平高昌碑，在山脊。守将砌以砖石，不使人读，云读之则风雪立至，屡试皆不爽。盖山有神，木石有精，示怪异以要血食，理固有之。巴尔库尔又有汉顺帝时裴岑破呼衍王碑，在城西十里海子上，则随人拓摹，了无他异。惟云海子为冷龙所居，城中不得鸣夜炮，鸣夜炮则冷龙震动，天必奇寒。是则不可以理推矣。

【译文】
　　嘉峪关外有阔石图岭，属哈密巴尔库尔界内。阔石图翻译出来就是碑，有唐太宗时侯君集《平高昌碑》，在山脊上。守将用砖石砌起来，不让人来读。说是读了它风雪就立刻来到，多次试验都很灵验。这是因为山有山神，木石有精怪，显示怪异以求取祭品，从情理上说固然是有的。巴尔库尔又有汉顺帝时裴岑《破呼衍王碑》，在城西边十里的湖泊上，则是随便人们拓取摹印，全无其他的异样。只是说湖泊为冷龙所居住，城中不得放夜炮，放夜炮则冷龙震动，天必定会奇寒，这就不可以拿常理来推求了。

李 老 人

　　李老人，不知何许人，自称年已数百岁，无可考也。其言支离荒杳，殆前明醒神之流。曩客先师钱文敏公家，余曾见之。符药治病，亦时有小验。文敏次子寓京师水月庵，夜饮醉归，见数十厉鬼遮路，因发狂自劙其腹。余偕陈裕斋、倪余疆往视，血肉淋漓，仅存一息，似万万无生理。李忽自来舁去，疗半月而创合。人颇以为异。然文敏公误信祝由，割指上疣赘，创发病卒，李疗之竟无验。盖符箓烧炼之术，有时而效，有时而不效也。先师刘文正公曰："神仙必有，然必非今之卖药道士；佛菩萨必有，然必非今之说法禅僧。"斯真千古持平之论矣。

【译文】
　　李老人，不知道是什么样的人，自己称年纪已经几百岁，无法可以考证了。他的话吞吞吐吐虚妄不着边际，大概是以前明朝醒神一类人。过去寄居在已故老师钱文敏公的家里，我曾经见到过他。他用符咒药物给人治病，也常有小小的效验。文敏的第二个儿子寓居在京城水月庵，夜里喝醉了酒回来，看见几十个恶鬼拦路，因而发狂切割自己的腹部。我同陈裕斋、倪余疆前往探看，血肉淋漓，只存一口气，好像万万没有活的道理。李忽然自己来把他抬了去，治疗半个月创口就愈合了，人们颇以为奇异。但是文敏公误信了用符咒治病的祝由科，割去手指上的痈疽疮毒，创伤发作病死了，李为他治疗过竟然没有效验。大概符咒烧炼之类的方术，有时有效有时无效。已故老师刘文正公说："神仙必定是有的，但必然不是今天的卖药道士；佛菩萨必定是有的，但必然不是今天的说法和尚。"这真是千古不偏不倚的评论了。

相　　术

　　杨主事护，余甲辰典试所取士也。相法及推算八字五星，皆有验。官刑部时，与阮吾山共事。忽语人曰："以我法论，吾山半月内当为刑部侍郎。然今刑部侍郎不缺员，是何故耶？"次日堂参后，私语同官曰："杜公缺也。"既而杜凝台果有伊犁之役。一日，仓皇乞假归，来辞余。问："何匆遽乃尔？"曰："家惟一子侍老父，今推子某月当死，恐老父过哀，故急归耳。"是时尚未至死期。后询其乡人，果如所说，尤可异也。余尝问以子平家谓命有定，堪舆家谓命可移，究谁为是。对曰："能得吉地即是命，误葬凶地亦是命，其理一也。"斯言可谓得其通矣。

【译文】

　　主事杨护，是我甲辰年主持考试时所取中的士子，他的相法以及推八字五星都有灵验。他在刑部做官时，同阮吾山共事，一天忽然对人说："以我的方术而论，吾山半个月之内应当做刑部侍郎。但是现今刑部侍郎的名额不缺，这是什么缘故呢？"第二天在公堂上参谒上司以后，私下对同僚说："杜公的官位空出来了。"过后杜凝台果然有谴谪戍守伊犁的事。有一天，他仓促地请假而归，来向我告辞。问："为什么如此匆忙？"答："家里只有一个儿子，侍奉老父。如今推算儿子某月当会死去，恐怕老父过于哀痛，所以赶紧回去罢了。"这时候还没有到死的日期。后来询问他家乡的人，果然如他所说的，这特别令人惊奇。我曾经问起他："星命家说命有定数，看风水的说命可以改变，究竟是谁说得对？"回答说："能够得到吉祥的地方就是命，误葬在凶险的地方也是命，它的道理是一样的。"这个话可说是通达顺畅了。

彭杞之女

昌吉遣犯彭杞,一女年十七,与其妻皆病瘵。妻先殁,女亦垂尽。彭有官田耕作,不能顾女,乃弃置林中,听其生死。呻吟凄楚,见者心恻。同遣者杨熺语彭曰:"君大残忍,世宁有是事!我愿舁归疗治,死则我葬,生则为我妻。"彭曰:"大善。"即书券付之。越半载,竟不起。临殁,语杨曰:"蒙君高义,感沁心脾。缘伉俪之盟,老亲慨诺,故饮食寝处,不畏嫌疑;搔抑抚摩,都无避忌。然病骸憔悴,迄未能一荐枕衾,实多愧负。若殁而无鬼,夫复何言;若魂魄有知,当必有以奉报。"呜咽而终。杨涕泣葬之。

葬后,夜夜梦女来,狎昵欢好,一若生人;醒则无所睹。夜中呼之,终不出;才一交睫,即弛服横陈矣。往来既久,梦中亦知是梦,诘以不肯现形之由。曰:"吾闻诸鬼矣:人阳而鬼阴,以阴侵阳,必为人害。惟睡则敛阳而入阴,可以与鬼相见,神虽遇而形不接,乃无害也。"此丁亥春事,至辛卯春四年矣。余归之后,不知其究竟如何。夫卢充金碗,于古尝闻;宋玉瑶姬,偶然一见。至于日日相觏,皆在梦中,则载籍之所希睹也。

【译文】

发遣到昌吉的一个犯人彭杞,有一个女儿年十七岁,和他的妻子都生痨病。妻子先死,女儿也将死去。彭有官府分派的田地需要耕作,不能够照顾女儿,就把她抛弃在树林里,听天由命了。女儿呻吟声十分凄惨,看见的人都心怀怜悯。同被发遣的杨熺对彭说:"您太残忍,世上哪有这种事!我愿意把她抬回去治疗,死了就由我来埋葬,活了就做我的妻子。"彭说:"很好。"就写了字据交给他。过了半年,女儿病重终于不起。临死,她对杨说:"承蒙您的大恩大德,感激之情深入心脾。因为有夫妻的盟誓,老父已慷慨地答应,所以饮食睡觉,不怕嫌疑;爬搔抚摩,都不回避忌讳。但是病体憔悴,一直没有能在床榻上侍寝,实在感到十分惭愧内疚。如果死而无鬼,又有什么话可说;如果魂魄有知,当必定有所报答。"说完低声悲泣而死。杨哭泣着埋了她。

埋葬以后,夜夜梦见女子来,亲昵欢好,全像是活人;醒来就看不到什么。夜里呼叫她,始终不出来;才一合眼,就见她脱去衣服躺着了。来往既已很久,梦中也知道是梦,就追问不肯现形的缘由,她回答说:"我从鬼那里听说了:人是阳而鬼是阴。用阴来侵阳,必然成为人的祸害。人只有睡觉时才收敛阳而进入阴,可以同鬼相见。神虽然相遇而形不相接,就没有害处了。"这是丁亥年春天的事情,到辛卯年春天已经四年了。我回来之后,不知道后来究竟怎么样。卢充金碗,在古代曾经听说过;宋玉瑶姬,偶然见到一次。至于天天会面,都在梦里,则是书籍记载中所少见到的了。

鬼魅托形

有孟氏媪清明上冢归,渴就人家求饮。见女子立树下,态殊婉娈,取水饮媪毕,仍邀共坐,意甚款洽。媪问其父母兄弟,对答具有条理。因戏问:"已许嫁未?我为汝媒。"女面頳避入,呼之不出。时已日暮,乃不别而行。

越半载,有为媪子议婚者,询知即前女,大喜过望,急促成之。于归后,媪抚其肩曰:"数月不见,汝更长成矣。"女错愕不知所对。细询始末,乃知女十岁失母,鞠于外氏五六年,纳币后始迎归。媪上冢时,原未尝至家也。女家故小姓,又颇窭乏,非媪亲见其明慧,姻未必成。不知是何鬼魅,托形以联其好;又不知鬼魅何所取义,必托形以联其好。事有不可理推者,此类是矣。

【译文】
有一个老妇孟氏,清明上坟回来,口渴了到人家讨口茶,看见一个女子站立在树下,体态很是柔媚。女子取水让老妇喝完,还邀请一起坐坐,态度十分亲切。老妇问她的父母兄弟,对答得都有条有理。老妇因而开玩笑地询问:"已经许嫁没有?我为你做媒。"女子红了面孔回避进去,叫她她也不肯出来。这时已经天晚,老妇就不别而走了。

过了半年,有为老妇的儿子商议婚事的,问知就是前次所遇的女子,大喜过于所望,立即促成这件事。嫁过来之后,老妇抚摩着她的肩膀说:"几个月不见,你长得更出挑了。"女子仓促间感到惊愕,不知道怎么回答。仔细询问事情的始末,才知道女子十岁失去母亲,在外祖父母家抚养了五六年,下聘礼后才迎接回来。老妇上坟时,她原本还未曾回过家。女家本是门第低微的人家,又颇为窘困贫乏,不是老妇亲自见到她的聪慧,婚姻未必成功。不知道是什么鬼怪精魅,托形使他们联姻;又不知鬼怪精魅取的是什么意思,一定要托形以促成他们的好事。有些事不可以用情理来推求的,这一类就是了。

七品降八品

交河苏斗南,雍正癸丑会试归。至白沟河,与一友遇于酒肆中。友方罢官，饮酣后，牢骚抑郁，恨善恶之无报。适一人褶裤急装，系马于树，亦就对坐。侧听良久，揖其友而言曰："君疑因果有爽耶？夫好色者必病，嗜博者必贫，势也；劫财者必诛，杀人者必抵，理也。同好色而禀有强弱，同嗜博而技有工拙，则势不能齐；同劫财而有首有从，同杀人而有误有故，则理宜别论。此中之消息微矣。其间功过互偿，或以无报为报；罪福未尽，或有报而不即报。毫厘比较，益微乎微矣。君执目前所见，而疑天道之难明，不亦颠乎？且君亦何可怨天道，君命本当以流外出身，官至七品。以君机械多端，伺察多术，工于趋避，而深于挤排，遂削减为八品。君迁八品之时，自谓以心计巧密，由九品而升。不知正以心计巧密，由七品而降也。"因附耳密语，语讫，大声曰："君忘之乎？"友骇汗浃背，问何以能知。微笑曰："岂独我知，三界孰不知？"掉头上马。惟见黄尘滚滚然，斯须灭迹。

【译文】
　　交河的苏斗南，雍正十一年会试回来，到了白沟河，同一个友人在酒店里相遇。友人刚刚罢官，畅饮以后，牢骚抑郁，恨为善为恶得不到相应的报应。刚巧一个骑服便装的人，把马系在树上，也在对面就坐，旁听了很久，向苏的友人拱手行礼而说道："您怀疑因果有差失吗？好色的人必然生病，嗜好赌博的人必然贫穷，这是势；抢劫钱财的人必然受惩罚，杀人的人必然抵命，这是理。同样好色而禀赋有强弱，同样嗜好赌博而技术有工巧拙劣，那么势不能一般齐；同样抢劫财物而有为首的与胁从的，同样杀人而有误杀有故杀的，那么理应另有说法，其中的变化就十分微妙了。这中间功和过互相抵偿，或者以没有报应为报应；罪或福没有受尽，或者有报应而不立即报应。一毫一厘的比较，更加微乎其微了。您拿眼前所见到的，而怀疑天道的难明，不也荒谬吗？而且您又怎么可以埋怨天道，您的命本来应当从九品以下出身，官做到七品。因为您有多种多样的机诈之心，侦察的方法又多，善于趋吉避凶，而深于排挤，于是削减为八品。您升八品的时候，自以为心计灵巧细密，由九品而升，不知道正是因为心计灵巧细密，由七品而降的。"于是附着他的耳朵秘密地说了一阵，说完大声道："您忘掉了吗？"友人惊骇地汗流浃背，问："你怎么会知道？"那人微笑地回答说："岂单单是我知道，三界之中谁不知道？"说完掉转头上马，只见黄尘滚滚地一会儿消失了形迹。

熟虑其后

乾隆壬戌、癸亥间，村落男妇往往得奇疾。男子则尻骨生尾，如鹿角，如珊瑚枝。女子则患阴挺，如葡萄，如芝菌。有能医之者，一割立愈。不医则死。喧言有妖人投药于井，使人饮水成此病，因以取利。内阁学士永公，时为河间守。或请捕医者治之。公曰："是事诚可疑，然无实据。一村不过三两井，严守视之，自无所施其术。傥一逮问，则无人复敢医此证，恐死者多矣。凡事宜熟虑其后，勿过急也。"固不许。患亦寻息。郡人或以为镇定，或以为纵奸。

后余在乌鲁木齐，因牛少价昂，农颇病。遂严禁屠者，价果减。然贩牛者闻牛贱，皆不肯来。次岁牛价乃倍贵。弛其禁，始渐平。又深山中盗采金者，殆数百人。捕之恐激变，听之又恐养痈。因设策断其粮道，果饥而散出。然散出之后，皆穷而为盗。巡防察缉，竟日纷纭。经理半载，始得靖。乃知天下事但知其一，不知其二，多有收目前之效而贻后日之忧者。始服永公"熟虑其后"一言，真"瞻言百里"也。

【译文】
　　乾隆七、八年间，村庄里的男人妇女往往得一种奇怪的疾病。男子就是尾骨部分长出尾巴，如同鹿角，如同珊瑚枝。女子就是阴部有物挺出，如同葡萄，如同灵芝。有能医治的，一割立刻痊愈。不医就死。一时盛传有妖人在井里投放了药，使人饮用了水而生这种病，以此来取利。内阁学士永公当时做河间的知府，有人请求捕捉行医的加以惩治。永公说："这件事情诚然可疑，然而没有确实的证据。一村不过两三口井，严密地看守它，自然无从施行他的计谋。倘使一旦逮捕审问，就没有人再敢医治这个病症，恐怕死的人就多了。凡事理应熟虑其后，不要操之过急。"坚决不允许，病患也随即停息。郡中的人有的以为处事镇定，有的以为放纵了奸恶的人。

　　后来我在乌鲁木齐，因为牛少，价格昂贵，农民颇以为患。于是严禁屠夫宰杀，牛价果然降下来。但是贩牛的听说牛贱，都不肯来出卖。第二年牛价就加倍的昂贵。放松屠宰的禁约，才渐渐平复。又，深山之中偷偷采金的，差不多有几百人。捕捉他们，恐怕激起变乱；听任他们，又恐怕养成后患。于是设计断他们的粮道，果然采金者因为饥饿而散出。但是散出之后，都因贫穷而成为盗贼。巡逻防备访察缉捕，整天乱纷纷，治理了半年，才得以平定。才知道天下的事，只知道其一，不知道其二，多有收眼前的效验，而遗留下日后的忧患的。这才佩服永公"熟虑其后"这句话，真是"瞻言百里"，见事深远啊！

卷 九

如是我闻（三）

忠 犬

王征君载扬言：尝宿友人蔬圃中，闻窗外人语曰："风雪寒甚，可暂避入空屋。"又闻一人语曰："后垣半圮，偷儿阑入，将奈何？食人之食，不可不事人之事。"意谓僮仆之守夜者。天晓启户，地无人迹，惟二犬偃卧墙缺下，雪没腹矣。嘉祥曾映华曰："此载扬寓言，以愧僮仆之负心者也。"余谓犬之为物，不烦驱策而警夜不失职，宁忍寒饿而恋主不他往，天下为僮仆者，实万万不能及。其足使人愧，正不在能语不能语耳。

【译文】

不受朝廷征聘的王载扬说：他曾在友人的菜园里过夜，听到窗外有人说道："风雪这么大，太冷了，暂时到空屋里躲一会儿吧。"又听到另一人说："后墙一半已坍塌了，要是小偷蹓进来怎么办？我们吃人家的饭，不能不为人家做事。"心想说话的人大概是守夜的仆人。天亮后，他开门一看，地上并没有人的足迹，只有两只狗倒卧在围墙的缺口下，积雪已埋到它们的腹部了。嘉祥的曾映华说："这是载扬的寓言，用来羞愧那些负心的仆人的。"我则认为狗这种动物，不需要鞭打，而守夜报警从不失职，宁愿忍饥挨冻而依恋主人不肯他往,天下那些做僮仆的,实在连这些狗都及不上。这个故事足以使人感到羞愧,而并不在于能说话还是不能说话。

画 像 显 灵

从孙翰清言:南皮赵氏子为狐所媚,附于其身,恒在襟袂间与人语。偶悬钟馗小像于壁,夜闻室中跳掷声,谓驱之去矣。次日,语如故。诘以曾睹钟馗否。曰:"钟馗甚可怖,幸其躯干仅尺余,其剑仅数寸。彼上床则我下床,彼下床则我上床,终不能击及我耳。"然则画像果有灵欤?画像之灵,果躯干皆如所画欤?设画为径寸之像,亦执针锋之剑,蠕蠕然而斩邪欤?是真不可解矣。

【译文】

侄孙翰清说:南皮赵氏的儿子被狐精所媚惑,狐精附在他身上,常在衣服的襟袖里和人说话。有一次,赵氏偶然在墙壁上挂了钟馗的像,夜里听到房内蹦跳投掷的声音,以为狐精被驱走了。第二天,还是听到狐精在和人说话。赵氏就问狐精:"你有没有看到钟馗的像?"狐精答道:"钟馗很可怕,幸亏他身材才一尺多高,他的剑只有几寸。他上床我就下床,他下床我就上床,最终还是打不到我。"这样看来,画像真能显灵?画像显的灵,其身材真的都和画的一样吗?假如画的是一寸长的像,也能拿着针尖一样的剑,像蠕动着的小虫一样去斩妖吗?这真是难以理解啊!

辛 五

乾隆戊午夏,献县修城。役夫数百,拆故堞破砖掷城下。城下役夫数百，运以荆筐。炊熟则鸣柝聚食，方聚食间，役夫辛五告人曰："顷运砖时，忽闻耳畔大声曰：'杀人偿命，欠债还钱。汝知之乎？'回顾无所睹，殊可怪也。"俄而众手合作，砖落如雹，一砖适中辛五，脑裂死。惊呼扰攘，竟不得击者主名。官司莫能诘，仅断令役夫之长出钱十千，棺敛而已。乃知辛五夙生负击者命，役夫长夙生负辛五钱，因果牵缠，终相填补。微鬼神先告，几何不以为偶然耶！

【译文】

乾隆三年夏天，献县修筑城墙。几百个劳工把旧城墙的破砖扔到城下，城下则有几百个劳工用藤筐搬运。饭烧好了，就敲梆子为号，大家聚在一起吃饭。在吃饭时，劳工辛五告诉别人："刚才运砖时，我忽然听到耳边有人大声说：'杀人偿命，欠债还钱，你知道吗？'回头却什么也没看到，真是奇怪！"饭后大家又一起干活，乱砖像冰雹一样纷纷落下，一砖正好打中辛五，脑壳迸裂而死。大家惊叫寻找，却找不到扔砖的人。官府也无法审理，只得责令工头拿出一万钱，将辛五殓葬了事。这才知道辛五前生欠扔砖人的命，而工头前生则欠辛五的钱，因果相连，现在总算相互报应了。假如没有鬼神事先告知，谁不以为这是一个偶然发生的事件呢！

雅　　鬼

诸桐屿言：其乡旧家有书楼，恒镝钥。每启视，必见凝尘之上有女子足迹，纤削仅二寸有奇，知为鬼魅。然数十年寂无形声，不知何怪也。里人刘生，性轻脱，妄冀有王轩之遇。祈于主人，独宿楼上，具茗果酒肴，焚香切祝，明烛就寝。屏息以伺，亦无所见闻，惟渐觉阴森之气砭入肌骨，目能视，耳能听，而口不能言，四肢不能动。久而寒沁肺腑，如卧层冰积雪中，苦不可忍。至天晓，乃能出语，犹若冻僵。至是无敢复下榻者。此怪行踪可云隐秀，即其料理刘生，不动声色，亦有雅人深致也。

【译文】

诸桐屿说：他的家乡某大户人家有一书楼，经常锁着门。每次打开，都会看到积尘上有女子足迹，纤细瘦削，才二寸多长，知道屋里有鬼怪。但几十年来从未现形出声，也不清楚到底是什么鬼怪。村里人有个刘生，为人轻佻放达，妄想有王轩那样的际遇。他向主人请求，独自住在书楼上，备好茶果酒菜，焚香祷告，然后不熄灯烛就躺下，屏着呼吸等鬼来。但他既没看到、也没听到什么，只是渐渐觉得有阴森之气直刺肌骨，目能视，耳能听，但口不能说话，四肢不能动。时间长了，觉得寒气渗透肺腑，好像躺在层冰积雪之中，痛苦得难以忍受。直到天亮，才能说话，但已像冻僵了一般。从此就再没有人敢在书楼睡觉了。这个鬼的行踪称得上是幽雅含蓄，从她不动声色地"照料"刘生看，还真有雅人的风致啊！

再　　生

顾非熊再生事，见段成式《酉阳杂俎》，又见孙光宪《北梦琐言》；其父顾况集中，亦载是诗，当非诬造。近沈云椒少宰撰其母陆太夫人志，称太夫人于归，甫匝岁，赠公即卒，遗腹生子恒，周三岁亦殇。太夫人哭之恸，曰："吾之为未亡人也，以有汝在；今已矣，吾不忍吾家之宗祀，自此而绝也。"于其殓，以朱志其臂，祝曰："天不绝吾家，若再生以此为验。"时雍正己酉十二月也。是月族人有比邻而居者，生一子，臂朱灼然。太夫人遂抚之以为后，即少宰也。余官礼部尚书时，与少宰同事。少宰为余口述尤详。盖释氏书中，诞妄者原有；其徒张皇罪福，诱人施舍，诈伪者尤多。惟轮回之说，则凿然有证。司命者每因一人一事，偶示端倪，彰神道之教。少宰此事，即借转生之验，以昭苦节之感者也。儒者盛言无鬼，又乌乎知之。

【译文】

顾非熊再生的事，已载于段成式的《酉阳杂俎》，又载于孙光宪的《北梦琐言》；他父亲顾况的集子里，也收有关于这事的诗，应该不是虚构捏造的。近时吏部侍郎沈云椒撰写其母陆太夫人的墓志，说太夫人出嫁才一年，丈夫就去世了。生下遗腹子恒，刚满三周岁也夭折了。太夫人非常感伤，大哭道："我所以肯做未亡人，是因为有你在，现在完了！我真不甘心我们家的祖脉就这样断送了啊！"在殓葬时，她在亡儿的臂上用红笔作记号，祈祷道："如果老天不绝我家的香火，你再生就以此为证。"当时是雍正七年十二月。这个月，族人中和他家贴邻的一家，生下一子，手臂上赫然有一块红痣。太夫人就抚养他，当作自己的儿子，这就是沈云椒侍郎。我做礼部尚书时，和侍郎是同事，他很详细地向我讲述过这件事。在佛经中，原本有一些怪诞虚妄的事，而佛徒们夸大祸福报应之说，诱人施舍，欺诈伪造的内容就更多了。只有生死轮回之说，却是确凿有据。命运之神常常通过一人一事，偶尔显露一些迹象，以达到彰明神道教化的目的。侍郎这件事，就是借转生的灵验，来表明坚守节操能感动神灵的。儒家大谈无鬼论，又怎么能解释这样的事。

梦 与 真

伶人方俊官,幼以色艺擅场,为士大夫所赏。老而贩鬻古器,时来往京师。尝览镜自叹曰:"方俊官乃作此状!谁信曾舞衫歌扇,倾倒一时耶!"倪余疆感旧诗曰:"落拓江湖鬓欲丝,红牙按曲记当时。庄生蝴蝶归何处?惆怅残花剩一枝。"即为俊官作也。俊官自言本儒家子,年十三四时,在乡塾读书。忽梦为笙歌花烛拥入闺闼,自顾则绣裙锦帔,珠翠满头;俯视双足,亦纤纤作弓弯样,俨然一新妇矣。惊疑错愕,莫知所为。然为众手挟持,不能自主,竟被扶入帏中,与一男子并肩坐;且骇且愧,悸汗而寤。后为狂且所诱,竟失身歌舞之场。乃悟事皆前定也。余疆曰:"卫洗马问乐令梦,乐云是想。汝殆积有是想,乃有是梦。既有是想是梦,乃有是堕落。果自因生,因由心造,安可委诸夙命耶?"余谓此辈沉沦贱秽,当亦前身业报,受在今生,未可谓全无冥数。余疆所言,特正本清源之论耳。后苏杏村闻之,曰:"晓岚以三生论因果,惕以未来。余疆以一念论因果,戒以现在。虽各明一义,吾终以余疆之论,可使人不放其心。"

【译文】

优伶方俊官,年轻时因色艺俱佳而名重一时,为士大夫所欣赏。老了以贩卖古董为业,常在京城走动。他曾照镜自叹道:"我方俊官现在竟变成了这个样子!谁会相信我曾经着舞衫、执歌扇,倾倒一时啊!"倪余疆有一首感旧诗云:"落拓江湖鬓欲丝,红牙按曲记当时。庄生蝴蝶归何处？惆怅残花剩一枝。"就是写俊官身世的。俊官自称本是读书人家孩子，十三四岁时，在乡塾读书。一次忽然梦见被敲锣打鼓地拥入花烛洞房之中，一看自己身穿绣花裙，锦披肩，满头珠宝首饰；低头看双脚，也是细巧弯曲的样子，俨然成了一个新娘子。他惊疑错愕，不知是怎么回事。但被众人挟持，身不由主，被扶入帐帏之中，和一男子并肩而坐，又怕又羞，吓出一身汗，醒了过来。他后来被轻狂之徒所诱，最终走上了歌舞场，才悟到这都是命中注定的。余疆说："卫洗马问乐令什么是梦，乐令说梦就是想。你大概向来有这样的想法，于是才有这样的梦。既有这样的想法和这样的梦，才会有这样的堕落。果由因而生，因则由心而生，怎么可以都推到前生命定上去呢？"我认为这些人落到做下贱职业的地步，应该也是前世作孽，而在今生报应，不能一概认为没有命定。余疆所说的，只是正本清源的议论罢了。后来苏杏村听说后道："晓岚以前生、今生、来生这'三生'论因果报应，主要是为警戒将来；余疆以'一念'论因果报应，主要是为警戒现在。虽然各有各的道理，我还是认为余疆的观点，可以使人不放任自己的思想。"

淫　　狐

族祖黄图公言：尝访友至北峰，夏夜散步村外，不觉稍远。闻秫田中有呻吟声，寻声往视，乃一童子裸体卧。询其所苦。言薄暮过此，遇垂髫艳女。招与语，悦其韶秀，就与调谑。女言父母皆外出，邀到家小坐。引至秫叶深处，有屋三楹，阒无一人。女阖其户，出瓜果共食。笑言既洽，弛衣登榻。比拥之就枕，则女忽变形为男子，状貌狰狞，横施强暴。怖不敢拒，竟受其污。蹂躏楚毒，至于晕绝。久而渐苏，则身卧荒烟蔓草间，并室庐失所在矣。盖魅悦此童之色，幻女形以诱之也。见利而趋，反为利饵，其自及也宜矣。

【译文】
族祖父黄图公说：他曾因访友到北峰，盛夏之夜，漫步走到村外，不知不觉走得较远了。听到高粱地里传出呻吟声，就循着声音走过去一看，见一少年裸体躺在地上。问他为何如此，说是傍晚时路过此地，遇到一个美艳的少女，主动向他招手搭腔。少年见她年轻貌美，就靠上前与她调笑。少女说父母都出去了，请他到家中坐一会儿。来到高粱茂密的地方，见有三间房子，静悄悄的没有一个人。少女关好门，拿出瓜果和他一起吃。两人说笑一阵之后，就脱衣上床。当他拥抱她躺下时，那少女忽然变形成了男子，相貌狰狞，对他横施强暴。少年吓得不敢抵抗，就这样被污辱了。少年惨遭蹂躏淫毒，以至昏死过去。过了很久才渐渐苏醒过来，发现自己躺在荒僻的杂草丛中，刚才的房屋都不见了。大概那个妖怪贪图这少年的姿色，就变成女子来诱惑他。见有好处就上，反而被利所诱而中圈套，这少年自投罗网也是理所当然的。

狐 之 鬼

先师赵横山先生，少年读书于西湖，以寺楼幽静，设榻其上。夜闻室中窸窣声，似有人行，叱问："是鬼是狐，何故扰我？"徐闻嗫嚅而对曰："我亦鬼亦狐。"又问："鬼则鬼，狐则狐耳。何亦鬼亦狐也？"良久，复对曰："我本数百岁狐，内丹已成，不幸为同类所揿杀，盗我丹去。幽魂沉滞，今为狐之鬼也。"问："何不诉诸地下？"曰："凡丹由吐纳导引而成者，如血气附形，融合为一，不自外来，人弗能盗也。其由采补而成者，如劫夺之财，本非己物，故人可杀而吸取之。吾媚人取精，所伤害多矣。杀人者死。死当其罪，虽诉神，神不理也。故宁郁郁居此耳。"问："汝据此楼，作何究竟？"曰："本匿影韬声，修太阴炼形之法。以公阳光熏烁，阴魄不宁，故出而乞哀，求幽明各适。"言讫，惟闻搏颡声，问之不复再答。先生次日即移出。尝举以告门人曰："取非所有者，终不能有，且适以自戕也。可畏哉！"

【译文】
　　我已故的老师赵横山先生，少年时在西湖畔读书。因寺院楼上幽静，就在楼上设榻而眠。夜里听到室内有窸窸窣窣的声音，像是有人走动，就厉声问道："是鬼还是狐？为什么来骚扰我？"慢慢听到轻声而迟疑的回答："我既是鬼，又是狐。"又问道："鬼就是鬼，狐就是狐，怎么会又是鬼又是狐呢？"过了好久，才又回答说："我原是几百年的老狐，内丹已炼成，不幸被我的同类扼死，盗走了我的丹。我的灵魂滞留在这里，就成狐之鬼了。"又问道："为何不到阴司告状呢？"答道："凡是通过吐纳导引而炼成的丹，就如血、气附着于人身一样，融合为一，不是外来之物，别人是盗不走的；而通过采补之术炼成的丹，就像抢劫来的财宝，本来就不是自己的东西，所以别人可以杀死你而把丹吸走。我媚惑人而取其精，被我伤害的人很多。杀人者该杀，我的死是罪有应得，即使向神明告状，神明也不会审理的。因此宁可伤心地住在这里。"又问道："你住这楼上，有什么打算？"答道："本打算销声匿迹，修炼'太阴炼形'之法。因为您阳气很盛，熏烤得我阴魂不宁，所以出来向您哀求，请让我们各自到适合自己的地方吧。"说完，只听到磕头的声音，问它就不再回答了。先生第二天就搬了出来。他曾举这件事为例，告诫学生道："谋取不该属于你的东西，最终是得不到的，而且正好是自己害了自己。多么可怕啊！"

驴 之 报

从兄万周言：交河有农家妇，每归宁，辄骑一驴往。驴甚健而驯，不待人控引即知路。或其夫无暇，即自骑以行，未尝有失。一日，归稍晚，天阴月黑，不辨东西。驴忽横逸，载妇径入秋田中；密叶深丛，迷不得返。半夜，乃抵一破寺，惟二丐者栖庑下。进退无计，不得已，留与共宿。次日，丐者送之还。其夫愧焉，将鬻驴于屠肆。夜梦人语曰："此驴前世盗汝钱，汝捕之急，逃而免。汝嘱捕役絷其妇，羁留一夜。今为驴者，盗钱报；载汝妇入破寺者，絷妇报也。汝何必又结来世冤耶？"惕然而寤，痛自忏悔。驴是夕忽自毙。

【译文】
　　堂兄万周说：交河有一农家妇女，每次回娘家，都是骑一头驴去。这头驴健壮而又驯服，不要人牵引就认得路。有时她丈夫没空，她就自己骑驴行路，从未出过什么漏子。一天回来时天色已晚，云浓月暗，看不清方向。那驴忽然离开道路，载着妇人冲进高粱田里。高粱密密麻麻，迷路回不了家。到半夜，才来到一座破寺前，看到只有两个要饭的在廊屋栖身。农妇进退无路，不得已，留下来与他们共宿。第二天，要饭的把她送了回来。她丈夫将这事引以为耻，要把驴卖到屠宰场。夜里梦见有人对他说："这头驴前世偷了你的钱，你急着抓他，还是让他逃掉了。你就让差人抓了他妻子，关了一夜。他现在变成驴，是偷钱的报应；载你妻子跑到破寺去，是关押他妻子的报应。你何必又结来世冤仇呢？"农夫惊醒，深深忏悔。驴也在这天晚上，忽然自己死去。

任　玉

奴子任玉病革时，守视者夜闻窗外牛吼声，玉骇然而殁。次日，共话其异。其妇泣曰："是少年尝盗杀数牛，人不知也。"

【译文】
家奴任玉病重时，守护的人夜里听到窗外有牛的吼叫声，任玉大惊而死。第二天，大家都谈起这件怪事。他妻子哭着说："他在少年时曾经偷杀过几头牛，这事从没有人知道。"

余　某

余某者，老于幕府，司刑名四十余年。后卧病濒危，灯前月下，恍惚似有鬼为厉者。余某慨然曰："吾存心忠厚，誓不敢妄杀一人，此鬼胡为乎来耶？"夜梦数人浴血立，曰："君知刻酷之积怨，不知忠厚亦能积怨也。夫茕茕孱弱，惨被人戕，就死之时，楚毒万状；孤魂饮泣，衔恨九泉，惟望强暴就诛，一申积愤。而君但见生者之可悯，不见死者之可悲，刀笔舞文，曲相开脱。遂使凶残漏网，白骨沉冤。君试设身处地：如君无罪无辜，受人屠割，魂魄有知，旁观谳是狱者改重伤为轻，改多伤为少，改理曲为理直，改有心为无心，使君切齿之仇，纵容脱械，仍纵横于人世，君感乎怨乎？不是之思，而诩诩以纵恶为阴功。彼枉死者，不仇君而仇谁乎？"余某惶怖而寤，以所梦备告其子，回手自挝曰："吾所见左矣！吾所见左矣！"就枕未安而殁。

【译文】

有个姓余的人，长年做幕僚，主办刑事判牍达四十余年。后生病卧床，生命垂危。在灯前月下，恍惚觉得像是有厉鬼。余感慨地说："我为人存心忠厚，绝不敢乱杀一人，这厉鬼为什么来找我呀？"夜里梦见有几个人浑身是血站在面前，说道："你只知刻毒会积下怨仇，不知忠厚也能积下怨仇的。那些孤独无助的弱者，惨遭杀害，临死之时，痛苦万状；死了之后，孤魂悲泣，含恨九泉，只希望强暴之人被正法，以泄自己的积愤。而你只看到活着的人可怜，却看不到死者的可悲，就舞文弄墨，百般为其开脱。于是使凶手漏网，而被害者冤仇难申。请你设身处地想一想：如果你无罪无辜，而被人宰割而死，你的灵魂看到审理此案的人改重伤为轻伤，改多伤为少伤，改无理为有理，改故意为无意，使你那刻骨仇恨的仇人，摆脱法律的制裁，仍然横行于人世，你是感激呢？还是怨恨呢？不如此想想，还心安理得地把放纵恶人当作是积阴功。那些枉死的人，不恨你还恨谁呢？"余氏又惊又怕，醒了过来，把梦中之事都告诉他的儿子，回过手打着自己说："我的想法错了！我的想法错了！"倒下来就死了。

刘 果 实

沧州刘太史果实，襟怀夷旷，有晋人风。与饴山老人、莲洋山人皆友善，而意趣各殊。晚岁家居，以授徒自给。然必孤贫之士，乃容执贽。脩脯皆无几，箪瓢屡空，晏如也。尝买米斗余，贮罂中，食月余不尽，意甚怪之。忽闻檐际语曰："仆是天狐，慕公雅操，日日私益之耳。勿讶也。"刘诘曰:"君意诚善。然君必不能耕,此粟何来?吾不能饮盗泉也,后勿复尔。"狐叹息而去。

【译文】

　　沧州刘果实翰林,胸怀旷达,有晋人风度。和怡山老人、莲洋山人都是好朋友,但性格兴趣却各不相同。晚年住在家里,靠教授学生养活自己。但一定要孤苦贫穷的人,才肯收作学生。学生送来的学费、礼物都不多,连最清贫的生活也难以维持,但他却安然处之。曾经买了一斗多米,藏在坛子里,吃了一个多月也没有吃光,觉得非常奇怪。忽然听到屋檐上有声音说道:"我是天狐,尊敬您高尚的品德,就每天偷偷地加了一些米,您不必惊讶。"刘反问道:"你的用意是好的。但你肯定不会耕作,这米是从哪里来的呢?我不能饮盗泉之水,以后不要再这样做了。"那狐感叹而去。

诗 谶

　　亡侄汝备,字理含。尝梦人对之诵诗,醒而记其一联曰:"草草莺花春似梦,沉沉风雨夜如年。"以告余,余讶其非佳谶。果以戊辰闰七月夭逝。后其妻武强张氏,抚弟之子为嗣,苦节终身,凡三十余年,未尝一夕解衣睡。至今婢媪能言之。乃悟二语为孀闺独宿之兆也。

【译文】

　　亡侄汝备,字理含。曾梦见有人向他读诗,醒来记得其中一联说:"草草莺花春似梦,沉沉风雨夜如年。"他告诉了我,我很惊异,觉得这不是什么好的兆头。他果然在乾隆十三年闰七月过早地去世了。后来他的妻子武强人张氏,抚养他弟弟的儿子作为嗣子,终身守节,三十多年里,没有一个夜里是解开衣服睡觉的。至今婢女老妇们都还说着这事。我才悟到那两句诗正是遗孀闺房独宿的预兆。

破 镜 重 圆

雍正丙午、丁未间，有流民乞食过崔庄，夫妇并病疫。将死，持券哀呼于市，愿以幼女卖为婢，而以卖价买二棺。先祖母张太夫人为葬其夫妇，而收养其女，名之曰连贵。其券署父张立、母黄氏，而不著籍贯，问之已不能语矣。连贵自云：家在山东，门临驿路，时有大官车马往来，距此约行一月余。而不能举其县名。又云：去年曾受对门胡家聘。胡家亦乞食外出，不知所往。越十余年，杳无亲戚来寻访，乃以配圉人刘登。登自云：山东新泰人，本胡姓。父母俱殁，有刘氏收养之，因从其姓。小时闻父母为聘一女，但不知其姓氏。登既胡姓，新泰又驿路所经，流民乞食，计程亦可以月余，与连贵言皆符。颇疑其乐昌之镜，离而复合，但无显证耳。先叔栗甫公曰："此事稍为点缀，竟可以入传奇。惜此女蠢若鹿豕，惟知饱食酣眠，不称点缀，可恨也。"边随园徵君曰："'秦人不死，信苻生之受诬；蜀老犹存，知葛亮之多枉。'（四语乃刘知幾《史通》之文。苻生事见《洛阳伽蓝记》，葛亮事见《魏书·毛修之传》。浦二田注《史通》以为未详，盖偶失考。）史传不免于缘饰，况传奇乎？《西楼记》称穆素晖艳若神仙，吴林塘言其祖幼时及见之，短小而丰肌，一寻常女子耳。然则传奇中所谓佳人，半出虚说。此婢虽粗，倘好事者按谱填词，登场度曲，他日红氍毹上，何尝不莺娇花媚耶？先生所论，犹未免于尽信书也。"

【译文】

  雍正四、五年间，有一对逃荒的夫妻讨饭来到崔庄，夫妻二人都得了流行病。临死之前，他们拿着卖身契在集市上哭叫，愿意把幼女卖给人做婢女，用卖女的钱买两口棺材。已故祖母张太夫人安葬了这对夫妇，收养了他们的女儿，取名叫连贵。卖身契上写着父亲叫张立，母亲黄氏，而没有写明籍贯，问他们，已病得说不出话来了。连贵自己说她家在山东，门前是驿路，经常有大官的车马往来，到崔庄大约要走一个多月，但不能说出是什么县。又说，去年曾和对门姓胡的人家订亲，胡家也外出要饭了，不知去了哪里。过了十来年，也没有亲戚来寻找她，就把她嫁给了家里养马的刘登。刘登自称是山东新泰人，原姓胡。父母都已死了，由刘氏收养，就改姓刘。小时候听父母说为他订了亲，但不知道女的姓什么。刘登既然姓胡，新泰又是驿路所经过的县，讨饭步行，算算路程也就需要个把多月的时间，和连贵所说的都相符。怀疑很可能像乐昌公主破镜重圆的故事，只是没有明确的证据罢了。先叔栗甫公说："这事稍作增饰加工，就可以写成剧本。可惜这女的蠢得像头猪，只知道吃饱睡足，无法加工，太遗憾了。"边随园说："'秦人不死，信符生之受诬；蜀老犹存，知葛亮之多枉。'（这四句话出于刘知幾《史通》。符生的事见《洛阳伽蓝记》，诸葛亮的事见《魏书·毛修之传》。浦起龙注《史通》而没有注出，只说"未详"，大概是偶然失考。）史传也难免做点虚构增饰，何况戏曲呢？《西楼记》说穆素晖美丽得像仙人一般，吴林塘说他祖父年幼时见过她，身材短小而丰满，不过是一个普普通通的女子罢了。这样看来，戏曲中所谓的佳人，多半出于虚构。这丫头虽然粗俗，但假设有好事之徒按谱填词，编成剧本，往后到了舞台上，何尝不是一个莺娇花媚的佳人呢？先生所说的，还是未免太相信书本了。"

孤 独 鬼

聂松岩言：胶州一寺，经楼之后有蔬圃。僧一夕开牖纳凉，月明如昼，见一人徙倚老树下。疑窃蔬者，呼问为谁。磬折而对曰："师勿讶，我鬼也。"问："鬼何不归尔墓？"曰："鬼有徒党，各从其类。我本书生，不幸葬丛冢间，不能与马医夏畦伍。此辈亦厌我非其族。落落难合，故宁避嚣于此耳。"言讫，冉冉没。后往往遥见之，然呼之不应矣。

【译文】

聂松岩说：胶州有一所寺院，经楼后面有个菜园子。一天晚上，和尚打开窗户纳凉，明月照得像白昼一样，看到一个人在老树下走来走去，怀疑是偷菜的，就大声问是谁。那人弯腰行礼，回答道："师父不必惊慌，我是个鬼。"和尚问道："是鬼为什么不回到自己墓里去？"鬼答道："鬼有朋友，各以类聚。我原来是书生，不幸被葬在乱坟堆中间，我不能和兽医农夫在一起，他们也因为我不是他们的同类而嫌弃我。我很孤独，因此宁愿到这里求个清静。"说完，就慢慢地消失了。后来常能远远看到他，但叫他却不回答。

姚 安 公 言

福州学使署，本前明税珰署也。奄人暴横，多潜杀不辜，故至今犹往往见变怪。余督闽学时，奴辈每夜惊。甲申夏，先姚安公至署，闻某室有鬼，辄移榻其中，竟夕晏然。昀尝乘间微谏，请勿以千金之躯与鬼角。因诲昀曰："儒者谓无鬼，迂论也，亦强词也。然鬼必畏人，阴不胜阳也；其或侵人，必阳不足以胜阴也。夫阳之盛也，岂恃血气之壮与性情之悍哉？人之一心，慈祥者为阳，惨毒者为阴；坦白者为阳，深险者为阴；公直者为阳，私曲者为阴。故易象以阳为君子，阴为小人。苟立心正大，则其气纯乎阳刚，虽有邪魅，如幽室之中鼓洪炉而炽烈焰，冱冻自消。汝读书亦颇多，曾见史传中有端人硕士为鬼所击者耶？"昀再拜受教。至今每忆庭训，辄悚然如侍左右也。

【译文】

福州学使的官署，原是明朝掌管税收的太监的官署。太监残酷专横，暗中杀害了许多无辜者，所以这个官署到现在还常常出现鬼怪变异。我任福建学使时，仆人们常在夜里被鬼惊吓。乾隆二十九年夏天，先父姚安公到官署来，听到某个房间有鬼，就把床搬进去睡，整夜安然无事。我曾找机会劝告他，请他不要拿宝贵的生命去和鬼作较量。先父教诲我说："儒家说无鬼，那是迂阔的论调，也是强词夺理。但是鬼肯定怕人，因为阴不能胜阳；有的鬼能害人，是因为那人的阳气不足以抵御阴气。阳气之盛，难道是靠身体的壮实和性格的强悍吗？人存一心，慈祥的为阳，惨毒的为阴；坦诚的为阳，阴险的为阴；公正刚直的为阳，自私卑鄙的为阴。所以《易经》以阳为君子，阴为小人。只要为人心地光明正大，就有纯粹的阳刚之气，虽然有鬼魅，也好像在暗冷的房子里生起大炉子，燃起烈火，阴冷之气自然消失。你读的书也很多了，可曾看到史传中有端方伟大的人而被鬼所害的吗？"我深深下拜，领受教诲。时至今日，每每回忆起先父的教训就受到震动，就好像我站在他老人家身旁一样。

邵 氏 子

束州邵氏子，性佻荡。闻淮镇古墓有狐女甚丽，时往伺之。一日，见其坐田塍上，方欲就通款曲。狐女正色曰："吾服气炼形，已二百余岁，誓不媚一人。汝勿生妄念。且彼媚人之辈，岂果相悦哉，特摄其精耳；精竭则人亡，遇之未有能免者。汝何必自投陷阱也！"举袖一挥，凄风飒然，飞尘眯目，已失所在矣。先姚安公闻之，曰："此狐乃能作此语，吾断其后必生天。"

【译文】
　　束州邵家的儿子，为人轻佻放荡。听说淮镇古墓里有个狐女很美丽，就常常去等她。一天，看到她坐在田埂上，他正要上前搭腔，狐女表情严肃地说："我服气炼形，已有二百多年，发誓不媚惑一人，你不要痴心妄想。况且那些媚人的狐精，哪里是真的喜欢人，只是为摄取其精气罢了。精气枯竭人就死，碰上这样的狐精无人能够幸免。你又何必自投罗网呢！"将袖子一挥，顿时冷风瑟瑟，尘土飞扬，迷住了他双眼，狐女已不知去向。先父姚安公听了此事后说："这狐女竟能说出这样的话，我断定她以后一定能升天。"

盗 亦 有 道

献县李金梁、李金柱兄弟，皆剧盗也。一夕，金梁梦其父语曰："夫盗有败有不败，汝知之耶？贪官墨吏，刑求威胁之财；神奸巨蠹，豪夺巧取之财；父子兄弟，隐匿偏得之财；朋友亲戚，强求诈诱之财；黠奴干役，侵渔乾没之财；巨商富室，重息剥削之财；以及一切刻薄计较、损人利己之财，是取之无害。罪恶重者，虽至杀人亦无害。其人本天道之所恶也。若夫人本善良，财由义取，是天道之所福也；如干犯之，是为悖天。悖天者终必败。汝兄弟前劫一节妇，使母子冤号，鬼神怒视。如不悛改，祸不远矣。"后岁余，果并伏法。金梁就狱时，自知不免，为刑房吏史真儒述之。真儒余里人也，尝举以告姚安公，谓盗亦有道。又述剧盗李志鸿之言曰：吾鸣骹跃马三十年，所劫夺多矣，见人劫夺亦多矣；盖败者十之二三，不败者十之七八。若一污人妇女，屈指计之，从无一人不败者。故恒以是戒其徒。盖天道祸淫，理固不爽云。

【译文】

献县李金梁、李金柱兄弟俩，都是大盗。一天夜里，金梁梦见他父亲说道："盗贼有的要败露，有的不会败露，你知道吗？贪官污吏，用刑罚威逼得来的财物，大奸大恶的人，豪夺巧取得来的财物，父子兄弟之间隐瞒多得的财物，亲戚朋友之间强求骗取的财物，狡猾的仆人和精明的差役侵吞私藏的财物，巨商富户用高利贷剥削的财物，以及一切刻意算计、损人利己得来的财物，把它取来是没有关系的。那些罪恶深重的人，就是把他杀了也没关系。这种人本来就是天理不容的。如果本是善良的人，财物是正当取得的，这是老天所保佑的，如果侵犯他们，就是违背天理。违背天理的人最终必然要败露。你们兄弟上次抢了一个节妇，使她母子痛哭叫冤，连鬼神也痛恨。如不悔改，就要大祸临头了。"过了一年多，两兄弟果然都被处死。金梁入狱时，自知不免于死，就向监狱的差人史真儒讲了这件事。真儒是我的同乡，曾将此事告诉姚安公，认为强盗也有一定的规矩。又转述大盗李志鸿的话说：我骑马射箭三十年，被我抢劫的人很多，看到别人抢劫也很多，大约最终败露的有十分之二三，不败露的有十分之七八。只要是奸污妇女的强盗，仔细数来，从来没有一个不败露的。因此经常以此告诫他的伙伴。大概老天惩罚淫乱的人，是毫不含糊的。

凶　宅

辛卯夏，余自乌鲁木齐从军归，僦居珠巢街路东一宅，与龙臬司承祖邻。第二重室五楹，最南一室，帘恒飚起尺余，若有风鼓之者；余四室之帘则否。莫喻其故。小儿女入室，辄惊啼，云床上坐一肥僧，向之嬉笑。缁徒厉鬼，何以据人家宅舍，尤不可解也。又三鼓以后，往往闻龙氏宅中有女子哭声；龙氏宅中亦闻之，乃云声在此宅。疑不能明，然知其凿然非善地，遂迁居柘南先生双树斋。后居是二宅者，皆不吉。白环九司寇，无疾暴卒，即在龙氏宅也。凶宅之说，信非虚语矣。先师陈白崖先生曰："居吉宅者未必吉，居凶宅者则无不凶。如和风温煦，未必能使人祛病；而严寒沴厉，一触之则疾生。良药滋补，未必能使人骤健；而峻剂攻伐，一饮之则洞泄。"此亦确有其理，未可执定命与之争。孟子有言："是故知命者，不立乎岩墙之下。"

【译文】

辛卯年的夏天，我从乌鲁木齐军中回来，在珠巢街路东租了一座房子，和按察使龙承祖是邻居。住宅的第二进有五间房，最南的一间，门帘常飘起一尺多高，像是有风吹似的，而其他四间房的帘子则没有飘起,说不清是什么缘故。小孩子到了这房里,马上惊哭,说是床上坐着个胖和尚,朝他嬉笑。和尚变的厉鬼,为什么要占据人家的房屋?更是难以理解。又在三更之后,常常听到龙家宅院里有女子哭声,龙家也听到哭声,却说哭声是在我的宅院里。这些疑团难以解开,但知道这确实不是个好地方,就把家搬到了柘南先生的双树斋。后来住这两座房子的人,都很不吉利。刑部尚书白环九,无病而突然死去,就是在龙家宅院里。所谓的"凶宅",确实不是无根之谈。先师陈白崖先生说:"居吉宅的人未必就吉利,但居凶宅的人则肯定有祸。就好像和风温暖,未必能使人除去疾病;而严寒侵袭,使人一碰上就生病。滋补的好药,未必能使人马上健壮;而药效强烈的毒药,一喝下就崩溃了。"这话也确实有道理,所以不能以为生死有命,而与之抗争。孟子说过:"因此那些知天达命的人,不站在岩墙之下。"

民 女 呼 天

洛阳郭石洲言:其邻县有翁姑受富室二百金,鬻寡媳为妾者。至期,强被以彩衣,掖之登车。妇不肯行,则以红巾反接其手,媒媪拥之坐车上。观者多太息不平。然妇母族无一人,不能先发也。仆夫振辔之顷,妇举声一号,旋风暴作,三马皆惊逸不可止。不趋其家而趋县城,飞渡泥淖,如履康庄,虽仄径危桥,亦不倾覆。至县衙,乃屹然立。其事遂败。用知庶女呼天,雷电下击,非典籍之虚词。

【译文】
洛阳郭石洲说:他们邻县有公公、婆婆收了财主二百两银子,把守寡的儿媳卖给财主做小老婆的。到了出嫁那天,硬是给儿媳披上嫁衣，把她塞进车里。儿媳不肯，就用红布把她的手反绑起来，让媒婆抱着坐在车上，旁观的人大多感叹不平。但那儿媳娘家已没有人了，不能事先去告发。当马夫拉着缰绳要出发时，儿媳大嚎一声，突然刮起旋风，三匹马都受惊狂奔，拉也拉不住。那马不跑向财主家，而是直向县城跑去。飞奔过泥泞的沼地，好像跑在康庄大道上一般，即使通过很窄的路和桥，也都没有翻车。一直跑到县衙门，才昂然停立。此事就这样败露了。由此可知，民女呼天，雷电下击，并不是书本上的空话。

厉鬼索命

从舅安公介然曰："厉鬼还冤，见于典记者不一，得于传闻者亦不一。癸未五月，自盐山耿家庵还崔庄，乃亲见之。其人年约五十余，戴草笠，著苎衫，以一驴驮襥被，系河干柳树下，倚树而坐。余亦系马小憩。忽其人蹶然而起，以手作撑拒状，曰：'害汝命，偿汝命耳，何必若是相殴也！'支拄良久，语渐模糊不可辨；忽踊身一跃，已汩没于波浪中矣。同见者十余人，咸合掌诵佛。虽不知所报何冤，然害命偿命，则其人所自道也。"

【译文】

堂舅安介然公说：厉鬼报仇，见于记载的不一而足，传闻中听到的也很多。癸未年五月，我从盐山耿家庵回崔庄，还亲眼目睹过这种事。有一个人大约五十多岁，头戴草帽，身穿麻衫，用一头驴驮行装，拴在河岸的柳树下，靠着树坐着，我也拴好马在那里休息。忽然那人一下子跳起来，用手做出抵挡的样子，说道："害了你的命，就还你的命吧！何必这样打我呀！"抵挡了很长时间，话渐渐模糊得听不清楚。忽纵身一跳，就沉到波浪中去了。一起看到的有十多人，都合掌念佛。虽然不知道报的是什么冤仇，但害命偿命，却是那人自己说的。

纸　　钱

戊子夏，小婢玉儿病瘵死。俄复苏曰："冥役遣我归索钱。"市冥镪焚之，乃死。俄又复苏曰："银色不足，冥役弗受也。"更市金银箔折锭焚之，则死不复苏矣。因忆雍正壬子，亡弟映谷濒危时，亦复类是。然则冥镪果有用耶？冥役需索如是，冥官又所司何事耶？

【译文】
　　戊子年夏，婢女玉儿得肺结核而死。过了一会儿，又醒过来说："阴司的差人派我回来要钱。"买了纸钱烧掉，才又死去。过了一会儿，又醒过来说："银子成色不足，差人不要。"再去买了金银箔纸折成锭子烧掉，就死去再也不苏醒了。我由此想起雍正十年，亡弟映谷临危时，也是这种情形。这样说来，纸钱真的是有用的吗？阴司的差人索要这么多的钱，那阴司的官吏又是管什么事的？

六 道 轮 回

胡牧亭侍御言：其乡有生为冥官者，述冥司事甚悉。不能尽忆，大略与传记所载同。惟言六道轮回，不烦遣送，皆各随平生之善恶，如水之流湿，火之就燥，气类相感，自得本途。语殊有理，从来论鬼神者未道也。

【译文】

胡牧亭侍御说：他家乡有个活着而做阴司官的人，讲述阴司的事情很详细，虽无法全部回忆起来，但大致和书本的记载相同。只是讲到地狱道、饿鬼道、畜生道、修罗道、人道、天道"六道轮回"，并不需要遣送，都是根据各人平生的善恶，就像水先流向潮湿处，火先烧向干燥处一样，气息相感，以类而分，自然会到他该去的地方。这话很有道理，是讲鬼神的人从来没有谈到过的。

渔 色 之 狐

狐之媚人，为采补计耳，非渔色也；然渔色者亦偶有之。表兄安溥北言：有人夜宿深林中，闻草间人语曰："君爱某家小童，事已谐否？此事亢阳熏烁，消蚀真阴，极能败道。君何忽动此念耶？"又闻一人答曰："劳君规戒。实缘爱其美秀，遂不能忘情。然此童貌虽艳冶，心无邪念，吾于梦中幻诸淫态诱之，漠然不动。竟无如之何，已绝是想矣。"其人觉有异，潜往窥视，有二狐跳踉去。

【译文】

狐精媚人，主要是为采补，而不是为贪色；但贪色的狐精偶尔也有。表兄安溥北说：有人夜里睡在深林中，听到草丛中有人说道："你爱某家的男孩，事情成功了吗？这种事阳气太盛，会消耗阴气，对你的修炼极为有害。你怎么突然动起这种念头来了？"又听到一人答道："感谢你的劝告。实在是因为爱他容貌秀美，于是无法忘情。但这男孩虽然长得漂亮，心中却没有邪念，我在他梦中变出各种妖冶淫荡的姿态诱惑他，他却毫无反应。最后拿他没办法，就断了这个念头了。"那人觉得奇怪，就悄悄走过去偷看，只见两只狐狸跳着跑走了。

任 子 田

泰州任子田，名大椿，记诵博洽，尤长于三《礼》注疏，六书训诂。乾隆己丑登二甲一名进士，浮沉郎署。晚年始得授御史，未上而卒。自开国以来，二甲一名进士，不入词馆者仅三人，子田实居其一。自言十五六时，偶为从父侍姬以宫词书扇。从父疑之，致侍姬自经死。其魂讼于地下，子田奄奄卧疾，魂亦为追去考问。阅四五年，冥官庭鞫七八度，始辨明出于无心；然卒坐以过失杀人，减削官禄。故仕途偃蹇如斯。贾钝夫舍人曰："治是狱者即顾郎中德懋。二人先不相知；一日相见，彼此如旧识。时同在座亲见其追话冥司事，子田对之，犹栗栗然也。"

【译文】

泰州任子田，名大椿，学问渊博，尤其擅长于三《礼》注疏、六书训诂。乾隆三十四年考中二甲第一名进士，宦海沉浮，一直做小京官，直到晚年才被授为御史，但没有上任就死了。从开国以来，二甲第一名进士而不入翰林院的只有三人，子田就是其中一个。他自称十五六岁时，偶然为堂叔的侍妾将一首宫词写在扇上，受到堂叔的猜疑，致使那侍妾上吊自杀。侍妾的鬼魂到阴司告状，子田就生了重病躺在床上，灵魂被勾到阴司审问。一直过了四五年，阴司官开庭审理了七八次，才辨明是出于无心，但最终以过失杀人定罪，被削减官禄。因此，他的仕途才这般坎坷。贾钝夫舍人说："审理此案的就是顾德懋郎中。两人原来不认识，有一天相遇，彼此却好像老相识一样。当时在场的人亲眼看到他们追忆阴司的事，子田答话时，也还是心惊胆战的样子。"

隔 世 之 报

即墨杨槐亭前辈言：济宁一童子为狐所昵，夜必同衾枕。至年二十余，犹无虚夕。或教之留须，须稍长，辄睡中为狐剃去，更为傅脂粉。屡以符箓驱遣，皆不能制。后正乙真人舟过济宁，投词乞劾治。真人牒于城隍，狐乃诣真人自诉。不睹其形，然旁人皆闻其语。自言过去生中为女子，此童为僧。夜过寺门，被劫闭窨室中，隐忍受污者十七载，郁郁而终。诉于地下主者，判是僧地狱受罪毕，仍来生偿债。会我以他罪堕狐身，窜伏山林百余年，未能相遇。今炼形成道，适逢僧后身为此童，因得相报。十七年满自当去，不烦驱遣也。真人竟无如之何。后不知期满果去否。然据其所言，足知人有所负，虽隔数世犹偿也。

【译文】
即墨县的杨槐亭老前辈说：济宁有一少年被狐所媚，狐精每夜都和他同睡。到了二十多岁，还没有一夜肯放过他。有人教他留起胡子。胡子稍稍长一点，就在睡着时被狐精剃去，还给他涂上脂粉。曾多次用符箓来驱赶，但都不能制服它。后来正乙真人乘船路过济宁，他就写诉词请真人来整治这个狐精。真人给城隍下了公文，狐精于是来见真人，自己陈诉。这狐精不显形状，但旁边的人都可听到它的话。它自称前生是个女子，这少年是个和尚。晚上路过寺门时，被他劫去关在地窖里，受其污辱达十七年，抑郁而死。到阴司告状，阴司官判和尚在地狱受罪以后，还要在来生还债。碰巧我因其他罪过而堕落为狐，隐伏在山林间一百多年，没能和他相遇。现在我已修炼成形得道，正遇上和尚再次投生为这个少年，因此得以报冤。十七年满后我自会离去，不劳你们来驱赶。真人居然也无可奈何。后来不知道期满后是否真的离去了。但是根据它所说的话，可见人做了亏心事，即使隔了几世还是要偿还的。

某 翰 林

同年项君廷模言：昔尝馆翰林某公家，相见辄讲学。一日，其同乡为外吏者，有所馈赠。某公自陈平生俭素，雅不需此。见其崖岸高峻，遂逡巡携归。某公送宾之后，徘徊厅事前，怅怅惘惘，若有所失，如是者数刻。家人请进内午餐，大遭诟怒。忽闻有数人吃吃窃笑，视之无迹，寻之声在承尘上。盖狐魅云。

【译文】
与我同科取中的项廷模说：从前曾在某位翰林家教读。翰林和他一见面就大谈理学。一天，翰林一位在外地做官的同乡，送来一些礼物。翰林说自己平生节俭朴素，根本不需要这些东西。那人见翰林清高严峻，便很尴尬地把礼物拿回去了。翰林送走客人之后，在厅堂里走来走去，满脸失意的表情，好像丢了什么东西似的。就这样过了好一会儿。家里人请他入内用午餐，被他怒声叱骂。这时忽然听到有几个人在吃吃地偷笑，环视无人，听那声音是在天花板上，大概是狐精吧。

假 鬼

陈少廷尉耕岩，官翰林时，为魅所扰。避而迁居，魅辄随往。多掷小帖道其阴事,皆外人不及知者。益悚惧,恒虔祀之。一日掷帖,责其待侄之薄,且曰:"不厚资助,祸且至。"众缘是窃疑其侄,密约伺察。夜闻击损器物声,突出掩执,果其侄也。耕岩天性长厚,尤笃于骨肉,但曰:"尔需钱可告我,何必乃尔?"笑遣之归寝,由是遂安。后吴编修朴园突遭回禄,莫知火之自来。凡再徙居而再焚,余意亦当如耕岩事。朴园曰:"固亦疑之。"然第三次迁泉州会馆时,适与客坐厅事中,忽烈焰赫然,自承尘下射。是非人所能上,亦非人所能入也,殆真魅所为矣。

【译文】

大理寺少卿陈耕岩做翰林时,被鬼怪所骚扰。为避鬼怪,他搬了家,但鬼怪还是跟着他。这鬼怪还经常掷出小纸帖,上面写着他的隐私事,都是外人不知道的。陈耕岩心里更加惊恐,经常虔诚地祭祀祈祷。有一天,鬼怪掷出帖子,责备他对待侄儿不好,并说:"不多拿些钱帮助他,你就要遭殃了。"众人因此怀疑是他侄儿暗中威吓,就偷偷相约守候观察。到了夜里,听到打破器物的声音,众人冲出来将那人捉住,一看果然是他侄儿。耕岩生性宽厚,尤其注重骨肉之情,只是说道:"你需要钱可以告诉我,何必这样呢?"就笑着让他回去睡觉了。从此以后,家里就安宁了。后来编修吴朴园家里突然发生火灾,但不知道这火是怎么烧起来的。后来搬了两次家,也两次被烧。我想这事也应该和耕岩家的事一样,朴园说:"我也很怀疑。"但是他第三次迁到泉州会馆时,刚好和客人坐在厅堂中,忽然火焰通红,从天花板直冲下来。这不是人能上得去,也不是人能进得去的,大概真是鬼怪所干的了。

《兰亭》逸事

程也园舍人居曹竹虚旧宅中。一夕,弗戒于火,书画古器,多遭焚毁。中褚河南临《兰亭》一卷,乃五百金所质,方虑来赎时缪辀;忽于灰烬中拣得,匣及袱并爇,而书卷无一字之损。表弟张桂岩馆也园家,亲见之。白香山所谓"在在处处有神物护持"者耶?抑成毁各有定数,此卷不在此火劫中耶?然事则奇矣,亦将来赏鉴家一佳话也。

【译文】
中书舍人程也园住在曹竹虚的旧宅里。一天晚上,因不小心而失火,家中的书画古董大多被烧毁,其中有褚遂良临的《兰亭集序》一卷。这是人家借去五百两银子用作抵押的,正担心来赎还时要发生纠葛,忽然在灰烬中拣到了,匣子和包袱都被烧毁,而书卷却一个字也没有损坏。表弟张桂岩在也园家教读,亲眼目睹了这件事。这难道是应了白居易所说的"到处都有神明的保护"的话吗?还是因为成和毁都是命定的,这个书卷就不该毁在这场火灾中呢?不过这事确实很离奇,将来也可作为鉴赏家们很好的谈资。

鸭鸣之鬼

同年柯禺峰,官御史时,尝借宿内城友人家。书室三楹,东一室隔以纱厨,扃不启。置榻外室南牖下,睡至夜半,闻东室有声如鸭鸣,怪而谛视。时明月满窗,见黑烟一道,从东室门隙出,著地而行,长可丈余,蜿蜒如巨蟒；其首乃一女子，鬟髻俨然，昂而仰视，盘旋地上，作鸭鸣不止。禹峰素有胆，拊榻叱之。徐徐却行，仍从门隙敛而入。天晓，以告主人。主人曰："旧有此怪，或数年一出，不为害，亦无他休咎。"或曰："未买是宅前，旧主有侍姬幽死此室。"未知其审也。

【译文】

与我同科取中的柯禹峰，在做御史时，曾寄住在内城友人家里。那家有三间书房，东面一间用纱橱隔开，锁着门。他就在外间的南窗下设榻而眠。睡到半夜时，听到东间有鸭叫一样的声音，觉得奇怪，就仔细地观察。当时明亮的月光照着窗户，只见有一道黑烟从东间门缝中钻出，着地而行，大约有一丈多长，蜿蜒着像条巨蟒。黑烟的头部却是一个女子，头髻鬟发清晰可见，抬头仰视，身子盘旋在地上，不停地发出鸭叫的声音。禹峰向来胆大，就拍着床大声呵斥。那黑烟慢慢地退后，仍从门缝中缩了进去。天亮后，禹峰将这事告诉友人。友人说："以前是有这个妖怪，几年出现一次，不危害人，也没有其他吉凶之事。"有人说："没买这座住宅之前，老房主有个侍妾在这个房间里被幽禁而死。"不知是否真实。

前 愚 后 智

胥魁有善博者，取人财犹探物于囊，犹不持兵而劫夺也。其徒党密相羽翼，意喻色授，机械百出，犹臂指之相使，犹呼吸之相通也。骁竖多财者，则犹鱼吞饵，犹雉遇媒耳。如是近十年，橐金巨万，俾其子贾于长芦，规什一之利。子亦狡黠，然冶荡好渔色。有堕其术而破家者，衔之次骨。乃乞与偕往，而阴导之为北里游。舞衫歌扇，耽玩忘归，耗其资十之九。胥魁微有所闻，自往检校，已不可收拾矣。论者谓是虽人谋，亦有天道：仇者之动此念，殆神启其心欤？不然，何前愚而后智也！

【译文】

　　官府差役中有个头目善于赌博，赢别人的钱好像探囊取物，和不拿凶器的抢劫差不多。他的党羽暗里做他的帮手，做表情使眼色，使出千奇百怪的手段，配合默契，就好像手指相连，呼吸相通。而那些蠢笨而有钱的人，则好像鱼儿吞食诱饵，野鸡遇上猎人用来诱引的鸡儿。这样过了近十年，积了百万资财，就让他儿子到长芦经商，将本求利。他儿子也很狡黠，但很放荡，喜欢寻花问柳。有个中他圈套而倾家荡产的人，请求和他儿子一起去，然后就偷偷地带他儿子逛妓院。他儿子沉溺于舞衫歌扇的声色享乐之中，把十分之九的资财挥霍掉了。这头目听到一些风声，就亲自去查核，但为时已晚，不可收拾了。人们议论说，这事虽是人为的，但也体现了天意：那仇人能想出这机谋，大概是受神灵的启示吧？不然的话，为什么先前愚笨而后来聪明了呢？

狐　生　子

　　故城刁飞万言：其乡有与狐女生子者，其父母怒诟之。狐女泣涕曰："舅姑见逐，义难抗拒。但子未离乳，当且携去耳。"越两岁余，忽抱子诣其夫曰："儿已长，今还汝。"其夫遵父母戒，掉首不与语。狐女太息抱之去。此狐殊有人理，但抱去之儿，不知作何究竟。将人所生者仍为人，庐居火食，混迹闾阎欤？抑妖所生者即为妖，幻化通灵，潜踪墟墓欤？或虽为妖而犹承父姓，长育子孙，在非妖非人之界欤？虽为人而犹依母党，往来窟穴，在亦人亦妖之间欤？惜见首不见尾，竟莫得而质之。

【译文】

故城的刁飞万说：他的家乡有个人和狐女生了一个儿子，遭到父母的怒骂。狐女哭着说："公公婆婆要赶我走，实在难以抗拒。但孩子还没有断奶，我得先把他带去。"过了两年多，狐女忽然抱着儿子来见她丈夫，说："儿子长大了，现在还给你吧。"丈夫遵从父母的训诫，转过脸不和她说话。狐女叹着气，抱着孩子走了。这狐女很有人情，只是抱走的那孩子，不知最终会怎么样。或许人所生的仍然是人，住房子，吃熟食，出入于市井人群之间呢？也许妖所生的就成了妖，神通变幻，躲藏在废墟荒墓之中呢？或者虽然是妖但还是姓父姓，长大后生儿育女，介于非妖非人之间呢？或者虽然是人但仍和母族在一起，往来于洞穴，在又是人又是妖之间呢？可惜这故事有头没有尾，没有向他问个清楚。

腹 负 将 军

同年蒋心余编修言：其乡有故家废宅，往往见艳女靓妆，登墙外视。武生王某，粗豪有胆，径携被独宿其中，冀有所遇。至夜半寂然，乃拊枕自语曰："人言此宅有狐女，今何往耶？"窗外小声应曰："六娘子知君今日来，避往溪头看月矣。"问："汝为谁？"曰："六娘子之婢。"又问："何故独避我？"曰："不知何故，但云畏见此腹负将军。"亦不解为何语也。王后每举以问人曰："腹负将军是武职几品？"莫不粲然。后问其乡人，曰："实有其人，亦实有其事；然仅旁皇竟夜，一无所见耳。

其语则心余所点缀也。"心余性好诙谐，理或然欤！

【译文】
　　与我同科取中的蒋心余编修说：他家乡有座大户人家废弃的宅院，常常见到有美貌女子打扮得很漂亮，在墙头向外张望。有个姓王的武夫，为人粗野豪放，且有胆量，竟自带了被子一个人到宅院过夜，希望能有艳遇。他等到半夜，还不见动静，就拍着枕头自言自语道："别人说这房子里有狐女，现在到哪儿去了呢？"只听窗外有人小声答道："六娘子知道你今天来，避到溪头赏月去了。"王问道："你是谁？"又听答道："我是六娘子的丫鬟。"又问："为什么单要避我？"答道："我也不知为什么，只听说是怕见这腹负（少谋略）将军。"王也不懂这话是什么意思，后来经常拿这话问别人："腹负将军是几品武官？"被问的人听后都哈哈大笑。我后来问他的同乡人，答说："这是真人真事。但王某只是徘徊了一夜，什么也没看到。那些话却是心余虚构的。"心余生性诙谐，可能真是那么回事哩！

虎　　神

　　先母张太夫人，尝雇一张媪司炊，房山人也，居西山深处。言其乡有贫极弃家觅食者，素未外出，行半日即迷路，石径崎岖，云阴晦暗，莫知所适，姑枯坐树下，俟天晴辨南北。忽一人自林中出，三四人随之，并狰狞伟岸，有异常人。心知非山灵即妖魅，度不能隐避，乃投身叩拜，泣诉所苦。其人恻然曰："尔勿怖，不汝害也。我是虎神，今为诸虎配食料。待虎食人，尔收其衣物，足自活矣。"因引至一处，嗷然长啸，众虎坌集。其人举手指挥，语啁哳不可辨。俄俱散去，惟一虎留伏丛莽间。俄有荷担度岭者，虎跃起欲搏，忽辟易而退。少顷，一妇人至，乃搏食之。捡其衣带，得数金，取以付之，且告曰："虎不食人，惟食禽兽。其食人者，人而禽兽者耳。大抵人天良未泯者，其顶上必有灵光，虎见之即避。其天良澌灭者，灵光全息，与禽兽无异，虎乃得而食之。顷前一男子，凶暴无人理；然攘夺所得，犹恤其寡嫂孤侄，使不饥寒。以是一念，灵光煜煜如弹丸，故虎不敢食。后一妇人，弃其夫而私嫁，又虐其前妻之子，身无完肤；更盗后夫之金，以贻前夫之女，即怀中所携是也。以是诸恶，灵光消尽，虎视之，非复人身，故为所啖。尔今得遇我，亦以善事继母，辍妻子之食以养，顶上灵光高尺许；故我得而佑之，非以尔叩拜求哀也。勉修善业，当尚有后福。"因指示归路，越一日夜得至家。张媪之父与是人为亲串，故得其详。时家奴之妇，有虐使其七岁孤侄者，闻张媪言，为之少戢。圣人以神道设教，信有以夫。

【译文】
　　先母张太夫人，曾雇用一位姓张的厨娘。这位厨娘是房山人，家住西郊的深山里。她说她家乡有个人，因太穷而离家讨饭。这人从来没有出过远门，走了半天就迷路了。山路崎岖，天色阴暗，他不知往哪里去好，就暂时坐在树下，想等天晴了再找路。这时，忽然从林中走出一个人，后面还跟着三四个人，都是相貌狰狞，身材高大，和普通人不一样。他心想这不是山神就是妖怪，自知不能躲避，就扑倒在地叩拜，哭着讲述自己的苦楚。那人同情地说："你别怕，我不会害你的。我是虎神，现在要给众虎分配食物。等虎吃了人，你收了衣物，就够你生活了。"于是把他带到一个地方，高声长啸，很多虎就聚集到了一起。那人举手指挥，语言嘈杂难辨。过了一会儿，众虎散去，只有一虎留下，伏在杂树丛中。不久，出现一个挑着担翻山越岭的人，老虎跳起要扑他，忽然又缩了回来。过了片刻，又有一个妇人走来，老虎才把她扑倒吃掉。虎神拎起衣服，搜出几两银子交给他，并说道："虎不吃人，只吃禽兽。虎吃人，那是人里面的禽兽。凡是良心没有泯灭的人，他头顶必定有灵光，虎见了就要退避。而丧尽天良的人，毫无灵光，和禽兽没有什么差别，老虎就会把他吃掉。刚才前面那男子，凶暴无理；但他掠夺来的财物，还能拿去照料寡嫂孤侄，使他们不受饥寒。因为有这一念之善，头上有弹丸般大的灵光，因此老虎不敢吃他。后面那个妇人，遗弃丈夫而私自改嫁，又虐待丈夫前妻的儿子，打得他身无完肤。还偷了后夫的银子给前夫的女儿，她怀中所带的银子就是从后夫那里偷来的。因为有这些罪恶，灵光全消失了，在老虎看来，已不是人形，所以把她吃了。你现在遇上我，也是因为你能很好地侍奉继母，省下妻子的口粮来供养她，头上灵光有一尺多高，所以我能够保护你，而并不是因为你叩拜哀求。希望你多做好事，将来还会有后福的。"说罢，便给他指了回家的路。他走了一天一夜，才回到家中。张厨娘的父亲和这人是亲戚，所以知道得很详细。当时有个家奴的老婆，虐待七岁的孤侄，听了张厨娘的话，就有所收敛。圣人通过神道来教化世人，确实是有道理的。

鬼　　火

磷为鬼火，《博物志》谓战血所成，非也，安得处处有战血哉！盖鬼者，人之涂气也，鬼属阴，而余气则属阳。阳为阴郁，则聚而成光，如雨气至阴而萤火化，海气至阴而阴火然也。多见于秋冬，而隐于春夏；秋冬气凝，春夏气散故也。其或见于春夏者，非幽房废宅，必深岩幽谷，皆阴气常聚故也。多在平原旷野，薮泽沮沴,阳寄于阴,地阴类,水亦阴类,从其本类故也。先兄晴湖,尝同沈丰功年丈夜行,见磷火在高树巅,青荧如炬,为从来所未闻。李长吉诗曰:"多年老鸮成木魅,笑声碧火巢中起。"疑亦曾睹斯异,故有斯咏。先兄所见,或木魅所为欤!

【译文】

　　磷就是鬼火,《博物志》说是由战血变成的。这种说法没有道理,因为哪里可能到处都有战血呢!鬼,是人的余气,鬼属阴,而余气则属阳。阳被阴所压抑,就凝聚而发出光来,就像雨气极阴会化生萤火,海气极阴时会燃起阴火一样。鬼火经常出现在秋冬,而春夏则不常见,因为秋冬时阴气凝,春夏时阴气散。我们偶尔在春夏时看到的鬼火,不是在冷僻荒废的庭院,就是在深山幽谷之中,因为这些都是阴气聚集的地方,鬼火经常出现在平原旷野、沼泽低湿之地,因为阳存于阴之中,而地属阴,水也属阴,鬼火就在其中。先兄晴湖,曾和沈丰功老伯一起走夜路,看见磷火在很高的树顶,发出青色的光,如同火炬,这是从来没有听说过的。李长吉诗云:"多年老鸮成木魅,笑声碧火巢中起。"我猜想他也曾见过这种奇异的景象,所以才写下这样的诗句。先兄所看到的,也许就是出自木魅吧!

奇　　砚

　　贾人持巨砚求售,色正碧而红斑点点如血沁。试之,乃滑不受墨。背镌长歌一首,曰:"祖龙奋怒鞭顽石,石上血痕胭脂赤。沧桑变幻几度经,水舂沙蚀存盈尺。飞花点点粘落红,芳草茸茸挼嫩碧。海人漉得出银涛,鲛客咨嗟龙女惜。云何强遣充砚材,如以嫱施司洴澼。凝脂原不任研磨，镇肉翻成遭弃掷。（原注：客问镇肉事，判曰："出《梦溪笔谈》。"）音难见赏古所悲，用弗量才谁之责。案头米老玉蟾蜍，为汝伤心应泪滴。"后题："康熙己未重九，餐花道人降乩，偶以顽砚请题，立挥长句。因镌诸砚背以记异。"款署"奕炜"二字，不著其姓，不知为谁，餐花道人亦无考。其词感慨抑郁，不类仙语，疑亦落拓之才鬼也。索价十金，酬以四金不肯售。后再问之，云四川一县令买去矣。

【译文】

　　有位商人拿着一方巨砚出售。这砚色泽纯青，上面有点点红斑，像血渗进去一般。有人试用一下，则平滑不着墨。背部刻有长诗一首，诗云："祖龙奋怒鞭顽石，石上血痕胭脂赤。沧桑变幻几度经，水春沙蚀存盈尺。飞花点点粘落红，芳草茸茸揉嫩碧。海人漉得出银涛，鲛客咨嗟龙女惜。云何强遣充砚材，如以嫱施司渖瀋。凝脂原不任研磨，镇肉翻成遭弃掷。（原注：有人问镇肉事，写道："事出于《梦溪笔谈》。"）音难见赏古所悲，用弗量才谁之责。案头米老玉蟾蜍，为汝伤心应泪滴。"后有题词："康熙己未年重阳节，餐花道人降乩，偶尔拿石砚请他题写，马上就写下这首长诗，因此将诗刻在砚背，作为这桩异事的纪念。"落款是"奕炜"二字，没有写姓，不知是什么人，餐花道人也无从考证。这首诗感慨抑郁，不像是仙人之语，大概是不得志的有才之士成鬼后作的吧。商人开价十两，还价到四两，他不肯卖。后来再去问这砚的下落，说是被四川的一位县令买走了。

纪　　昌

　　奴子纪昌，本姓魏，用黄犊子故事，从主姓。少喜读书，颇娴文艺，作字亦工楷。最有心计，平生无一事失便宜。晚得奇疾：目不能视，耳不能听，口不能言，四肢不能动，周身并痿痹，不知痛痒；仰置榻上，块然如木石，惟鼻息不绝。知其未死，按时以饮食置口中，尚能咀咽而已。诊之乃六脉平和，毫无病状，名医亦无所措手。如是数年，乃死。老僧果成曰："此病身死而心生，为自古医经所不载，其业报欤？"然此奴亦无大恶，不过务求自利，算无遗策耳。巧者造物之所忌，谅哉！

【译文】
　　家奴纪昌，本姓魏，用黄犊子的典故，跟了主人的姓。他小时候喜欢读书，有很娴熟的写作技巧，字也写得很工整。为人非常有心计，平生没有过一件吃亏的事。晚年，他得了一种很奇怪的病：目不能视，耳不能听，口不能言，四肢不能动，全身麻木，不知痛痒；仰面躺在床上，一动不动，像个木头人，只有呼吸没有停止。家人知道他没有死，就按时拿食物喂到他口里，他还能咀嚼下咽。经过诊断，发现脉搏平缓，毫无病症，连名医也束手无策。这样过了几年，他才死去。老和尚果成说："这病是身死而心还活着，是从古到今的医书里不曾记载过的，这是作孽的报应吧？"但这家奴也没什么大恶行，只不过是总为自己捞好处，机关算尽罢了。精明的人老天是不喜欢的，确实如此啊！

李 福 之 妇

　　奴子李福之妇，悍戾绝伦，日忤其姑舅，面詈背诅，无所不至。或微讽以不孝有冥谪，辄掉头哂曰："我持观音斋，诵观音咒，菩萨以甚深法力，消灭罪愆，阎罗王其奈我何？"后婴恶疾，楚毒万端，犹曰："此我诵咒未漱口，焚香用灶火，故得此报，非有他也。"愚哉！

【译文】

家奴李福的老婆，非常蛮横暴戾，每天顶撞公婆，不是当面吼骂，就是背后诅咒，什么事都做得出来。有人委婉地劝告她，不孝是要受阴间的惩罚的，她却转过头去冷笑道："我定期吃观音斋，念观音的经，菩萨法力很大，能消灾去祸，阎罗王能拿我怎样？"后来得了治不好的病，痛苦不堪，还说："这是我念经时没漱口，烧香用灶火，所以得到这样的报应，不是因为其他的事。"真是愚蠢啊！

佛 法 忏 悔

蔡太守必昌，尝判冥事。朱石君中丞问以佛法忏悔，有无利益。蔡曰："寻常冤谴，佛能置讼者于善处。彼得所欲，其怨自解，如人世之有和息也。至重业深仇，非人世所可和息者，即非佛所能忏悔，释迦牟尼亦无如之何。"斯言平易而近理。儒者谓佛法为必无，佛者谓种种罪恶皆可消灭，盖两失之。

【译文】

太守蔡必昌，曾经做过阴司的官。中丞朱石君问他佛教中的忏悔有没有用处。蔡说："平常的案情，佛能让告状的人处于有利的地位，他的要求得到了满足，案子就了结了，就像人世间有和解一样。至于恶大仇深，不是人世间能和解的事，也就不是佛所能忏悔的，就是释迦牟尼也无可奈何。"这话平易而有道理。儒家认为佛法肯定是没有的，佛教徒认为任何罪恶都可以消灭，两种观点都是偏颇的。

烧　　海

　　余家距海仅百里，故河间古谓之瀛州。地势趋东，以渐而高，故海岸绝陡，潮不能出，水亦不能入。九河皆在河间，而大禹导河，不直使入海，引之北行数百里，自碣石乃入，职是故也。海中每数岁或数十岁，遥见水云颉洞中，红光烛天，谓之烧海。辄有断橼折栋，随潮而上。人取以为薪。越数日，必互言某匠某匠，为神召去营龙宫。然无亲睹其人，话鲛室贝阙之状者，第传闻而已。余谓是殆重洋巨舶，弗戒于火，水光映射，空无障翳，故千百里外皆可见；梁柱之类，舶上皆有，亦不必定属殿材也。

【译文】
　　我家离海只有百里地，所以河间这地方在古代称作瀛州。这里的地势东高西低，因此海岸陡峭，潮水涌不上来，河水也流不进海里。古代黄河就在河间，大禹治水时，不直接让它入海，而向北引了几百里，才从碣石入海，就是因为这个原因。海中每几年或几十年，可以看到远处有一个水浪滔天的地方，红光照映天空，被叫做烧海。那里会有折断的橼子和栋梁，随潮水冲上来，人们拿来当柴烧。只要有这种现象发生，不到几天，就会有人相互传告，说是某某工匠被神召去修建龙宫了。然而谁也没见过被召去的工匠，也没有人讲得出龙宫的形状，所以只是一种传闻罢了。我认为这大概是远洋的大船，不小心失火，水面映射着火光，又毫无遮挡，所以千百里外都看得到。梁柱之类的东西，船上都有，也不一定是龙宫里的。

一 善 之 报

献县捕役某,尝奉差捕剧盗,就絷矣。盗妇有色,盗乞以妇侍寝而纵之逃,某弗许。后以积蠹多赃坐斩。行刑前二日,狱舍墙圮,压而死。狱吏叶某,坐不早葺治,得重杖。先是叶某梦身立堂下,闻堂上官吏论捕役事。官指挥曰:"一善不能掩千恶,千恶亦不能掩一善。免则不可,减则可。"既而吏抱牍出,殊不相识,谛视其官,亦不识,方悟所到非县署。醒而阴贺捕役,谓且减死;不知神以得保首领为减也。人计捕役生平,只此一善,而竟得免刑。天道昭昭,何尝不许人晚盖哉!

【译文】

献县有个捕快,曾奉命捉捕到一名大盗,把他绑了起来。大盗的妻子颇有姿色,大盗请求让妻子陪捕快睡觉而放他逃走,捕快不同意。后来捕快因长期舞弊,贪污数额大而被处斩。行刑前两天,监狱的墙倒塌,捕快被压死。狱吏叶某,因不及时修葺狱墙,被从重杖责一顿。此前叶某梦见站在大堂下,听到堂上官吏讨论捕快的事。那官吏挥着手说:"一善不能掩千恶,千恶也不能掩一善。免刑是不行的,减刑则可以。"然后小吏抱着卷宗出来,一看根本不认识,再仔细看那做官的,也不认识,才知道到的地方不是县衙。醒来后暗地祝贺捕快,说是能免于一死。他不知道神是以保全首级作为减刑。人们算了捕快平生就只有这一件善事,而居然能够免于杀头。天理昭昭,何曾不许人事后将功补过、行善赎罪啊!

神 仙 感 遇

吴江吴林塘言：其亲表有与狐女遇者，虽无疾病，而惘惘恒若神不足。父母忧之，闻有游僧能劾治，试往祈请。僧曰："此魅与郎君夙缘，无相害意。郎君自耽玩过度耳。然恐魅不害郎君，郎君不免自害。当善遣之。"乃夜诣其家，趺坐诵梵咒。家人遥见烛光下似绣衫女子，冉冉再拜。僧举拂子曰："留未尽缘作来世欢，不亦可乎！"欻然而隐，自是遂绝。林塘知其异人，因问以神仙感遇之事。僧曰："古来传记所载，有寓言者，有托名者，有借抒恩怨者，有喜谈诙诡以诧异闻者，有点缀风流以为佳话，有本无所取而寄情绮语，如诗人之拟艳词者；大都伪者十八九，真者十一二。此一二真者，又大都皆才鬼灵狐，花妖木魅，而无一神仙。其称神仙必诡词。夫神正直而聪明，仙冲虚而清静，岂有名列丹台，身依紫府，复有荡姬佚女，参杂其间，动入桑中之会哉？"林塘叹其精识，为古所未闻。说是事时，林塘未举其名字。后以问林塘子钟侨，钟侨曰："见此僧时，才五六岁，当时未闻呼名字，今无可问矣。惟记其语音，似杭州人也。"

【译文】

吴江吴林塘说：他有个表亲和狐女住在一起，虽然没有疾病，但神思恍惚，总好像精神不振。父母很担忧，听说有个行脚僧能驱狐，就试着请他相助。和尚说："此怪和你儿子有前缘，没有要害他为意思，你儿子自己沉湎过度了。但怕狐女不害你儿子，你儿子不免害了自己，应该好好地让她走。"到了晚上，和尚就到他家，打坐念经。家里人远远看见烛光下好像有个穿着绣衫的女子，慢慢地下拜。和尚举起拂尘说："留着未尽的缘分到来世再欢聚，不也是可以的吗？"那女子一闪就隐去了，从此再也没有出现过。林塘知道这和尚是个异人，就向他请教神仙感遇之事，和尚说："从古以来，书本里所记载的，有的是寓言，有的是借以扬名，有的是借以抒发个人恩怨，有的是喜欢谈论怪异的事，以耸人听闻，有的是将这作为风流佳话，有的本无深意，而是为写漂亮文章，就像诗人写艳词一样。总的来看，虚假的是十分之八九，真实的十分之一二。这一二真实的，又大都是才鬼灵狐，花妖木魅，而没有一个神仙。自称神仙的都是假话。因为神正直而聪明，仙冲淡而清静，难道在天宫仙境里还会有放荡的女人混杂其间，动不动就和人幽会吗？"林塘叹服他精辟的见解，觉得闻所未闻。说这件事时，林塘没有讲出那和尚的名字。后来问林塘的儿子钟侨，钟侨说："见到这和尚时，我才五六岁，当时没听见叫名字，现在已无从打听了。只是记得他的口音，好像是杭州人。"

炼 丹 术

李芍亭家扶乩，其仙自称邱长春。悬笔而书，疾于风雨，字如颠、素之狂草。客或拜求丹方，乩判曰："神仙有丹诀，无丹方，丹方是烧炼金石之术也。《参同契》炉鼎铅汞，皆是寓名，非言烧炼。方士转相附会，遂贻害无穷。夫金石燥烈，益以火力，亢阳鼓荡，血脉偾张，故筋力似倍加强壮；而消铄真气，伏祸亦深。观艺花者，培以硫黄，则冒寒吐蕊；然盛开之后，其树必枯。盖郁热蒸于下，则精华涌于上，涌尽则立槁耳。何必纵数年之欲，掷千金之躯乎？"其人悚然而起。后芍亭以告田白岩，白岩曰："乩仙大抵皆托名。此仙能作此语，或真是邱长春欤！"

【译文】
　　李芍亭家扶乩降仙，那乩仙自称是邱长春。乩仙悬笔写字，比风雨还快，字体像张旭、怀素的狂草。有人拜求丹方，乩词称："神仙有丹诀，没有丹方。丹方是烧炼金石的手段。《参同契》里提到炉鼎铅汞，都是托名，并非讲烧炼。方士们加以附会歪曲，结果贻害无穷。因为金石本身燥烈，加上火力，阳气激荡，使血脉膨胀，所以筋骨气力好像倍加强壮。但这是消耗元气，留下的祸根也深。看那些养花的人，用硫黄培在树的根部，在严寒时能吐蕊开花。但盛开之后，那树肯定枯死。因为热量在下蒸腾，其精华就从上面涌出，精华涌尽就马上枯槁了。你何必为放纵数年之欲，而抛弃千金之躯呢？"那人吓得赶紧起身。后来芍亭将此事告诉田白岩，白岩说："乩仙大都是托名。这位仙人能说出这样的话，也许真是邱长春吧！"

《西游记》作者

　　吴云岩家扶乩，其仙亦云邱长春。一客问曰："《西游记》果仙师所作，以演金丹奥旨乎？"批曰："然。"又问："仙师书作于元初，其中祭赛国之锦衣卫，朱紫国之司礼监，灭法国之东城兵马司，唐太宗之大学士、翰林院中书科，皆同明制，何也？"乩忽不动。再问之，不复答。知已词穷而遁矣。然则《西游记》为明人依托无疑也。

【译文】

吴云岩家扶乩，那乩仙也说是邱长春。有位客人问道："《西游记》真是仙师所作，用来阐明道教妙旨的吗？"乩仙批道："是的。"又问："仙师的书写于元朝初年，书中祭赛国的锦衣卫，朱紫国的司礼监，灭法国的东城兵马司，唐太宗时的大学士、翰林院中书科，都和明朝官制相同，这是怎么回事？"那乩忽然不动了。再问，就不再回答了，那位客人知道是乩仙已经回答不上来而逃走了。由此可见，《西游记》为明朝人所伪托，是毫无疑问的。

嗜 食 鸡

文安王氏姨母，先太夫人第五妹也。言未嫁时，坐度帆楼中，遥见河畔一船，有宦家中年妇，伏窗而哭，观者如堵。乳媪启后户往视，言是某知府夫人，昼寝船中，梦其亡女为人执缚宰割，呼号惨切。悸而寤，声犹在耳，似出邻船。遣婢寻视，则方屠一豚子，沥血于盎，未竟也。梦中见女缚足以绳，缚手以红带。覆视其前足，信然，益悲怆欲绝，乃倍价赎而瘗之。其僮仆私言：此女十六而殁。存日极柔婉，惟嗜食鸡，每饭必具；或不具，则不举箸。每岁恒割鸡七八百。盖杀业云。

【译文】

文安的王姨妈，是我母亲的第五个妹妹。她说她还没出嫁时，有一次坐在度帆楼中，远远看到河边有只船，船上有一个做官人家的中年妇人，正在伏窗哭泣，围观的人很多。王姨妈家的奶妈开了后门出去探视，回来说是某知府夫人，在船中午睡，梦见她死去的女儿被人捆绑宰割，哭喊凄惨。她被吓得醒了过来，但女儿的哭喊声还在耳边，而且好像是从邻船传出的。知府夫人派婢女去邻船寻找，看到船上正在杀一头小猪，血正在向坛中流，还没有完。知府夫人曾在梦中看到女儿的脚被绳子绑住，手被红带绑住，而那猪的前脚，果然绑着红带，因此更加悲痛欲绝，于是就用加倍的价钱买下那头猪，用土掩埋掉。知府家的仆人私下对人说：这女孩子十六岁时死去。生前十分柔顺，只是酷爱吃鸡，每顿饭都要有鸡吃；如果没有，就不动筷子，因此每年总要杀鸡七八百只。大概这是杀生的业报吧。

饿　　鬼

交河有书生，日暮独步田野间。遥见似有女子，避入秫田，疑荡妇之赴幽期者。逼往视之，寂无所睹，疑其窜伏深丛，不复追迹。归而大发寒热，且作谵语曰："我饿鬼也，以君有禄相，不敢触忤，故潜匿草间。不虞忽相顾盼，枉步相寻。既尔有情，便当从君索食，乞惠薄奠，即从此辞。"其家为具纸钱肴酒，霍然而愈。苏进士语年曰："此君本无邪心，以偶尔多事，遂为此鬼所乘。小人之于君子，恒伺隙而中之也。言动可不慎哉！"

【译文】
　　交河有个书生，一天傍晚在田野中独自散步，远远看到好像有个女人，躲进了高粱田里。书生猜想是出来幽会的荡妇，就上前寻找，但静悄悄的什么也看不到。书生想她藏在茂密的高粱中，很难发现她，就不再追寻了。回到家中，书生忽然得了寒热病，并且口发胡言道："我是饿鬼，因为你有官相，不敢冒犯，所以躲藏在草丛中。没想到你忽然看到了我，还劳你寻找。既然你有情意，我就应该向你求食。请惠赐一些菲薄的祭品，我马上就告别。"书生的家人给饿鬼烧纸钱摆酒菜，他的病一下子就好了。苏语年进士说：

"此人本来没有邪念,只是因为偶尔多事,于是被这鬼趁机利用。小人对于君子,常常是伺机伤害的。所以人们的言行,能不谨慎吗!"

山鬼能知一岁事

炎凉转瞬,即鬼魅亦然。程鱼门编修曰:"王文庄公遇陪祀北郊,必借宿安定门外一坟园。园故有祟,文庄弗睹也。一岁,灯下有所睹,越半载而文庄卒矣。所谓山鬼能知一岁事耶!"

【译文】
世态炎凉,转瞬即变,就是鬼怪也是如此。程鱼门编修说:"王文庄公每次遇到陪皇帝到北郊祭祀,一定要借宿在安定门外的一座坟园中。园中本来有鬼,但文庄公没有看到过。有一年,在灯下看到了鬼,过了半年,文庄公就死了。真所谓'山鬼能知一岁事'啊!"

鬼　　诗

太原申铁蟾言:昔自苏州北上,以舵牙触损,泊舟兴济之南。荒塍野岸,寂无一人,而夜闻草际有哦诗声。心知是鬼,与其友谛听之。所诵凡数十篇,幽咽断续,不甚可辨。铁蟾惟听得一句,曰"寒星炯炯生芒角",其友听得二句,曰"夜深翁仲语,月黑鬼车来"。

【译文】
　　太原申铁蟾说:他曾经从苏州北上,因为船舵碰坏,就停船在兴济的南边。荒郊野外，空无一人，但夜晚能听到草丛中有吟诗声。申铁蟾心知是鬼，就和友人仔细地听。所吟诵的诗共数十篇，声音轻幽呜咽，断断续续，不太听得清楚。铁蟾只听出一句，是"寒星炯炯生芒角"，他的朋友听出两句，是"夜深翁仲语，月黑鬼车来"。

狐 写 字

张完质舍人，僦居一宅，或言有狐。移入之次日，书室笔砚皆开动，又失红枣一方。纷纭询问间，忽一钱铮然落几上，若偿红枣之值也。俄喧言所失红枣，粘宅后空屋。完质往视，则楷书"内室止步"四字，亦颇端正。完质曰："此狐狡狯。"恐其将来恶作剧，乃迁去。闻此宅在保安寺街，疑即翁覃溪宅也。

【译文】

中书舍人张完质租了一座房子，有人说这房子中有狐精。住进后的第二天，书房中的笔砚都被动过，还少了一方红枣。张完质正在乱哄哄地询问时，忽有一铜钱砰地落在桌上，似乎是付红枣的钱。过了一会，只听有人大声喧嚷，说是丢失的红枣粘贴在宅院后面的空屋外。完质过去一看，见用楷书写着"内室止步"四字，字写得还很端正。完质说："这狐精狡狯。"怕它将来恶作剧，就搬了家。听说这房子在保安寺街，我想就是翁覃溪的房子。

东 光 某 狐

李又聃先生言：东光某氏宅有狐，一日，忽掷砖瓦，伤盆盎。某氏詈之。夜闻人叩窗语曰："君睡否？我有一言：邻里乡党，比户而居，小儿女或相触犯，事理之常，可恕则恕之，必不可恕，告其父兄，自当处置。遽加以恶声，于理毋乃不可。且我辈出入无形，往来不测，皆君闻见所不及，堤防所不到。而君攘臂与为难，庸有幸乎？于势亦必不敌，幸熟计之。"某氏披衣起谢，自是遂相安。会亲串中有以僮仆微衅，酿为争斗，几成大狱者，又聃先生叹曰："殊令人忆某氏狐。"

【译文】
　　李又聃先生说：东光某人家有狐精。一天，忽然扔出砖瓦，打破了盆坛，某人就怒骂狐精。到了夜里，听到有人敲着窗户说道："你睡了吗？我有一言相告：邻里乡亲，比邻而居，小孩子如果有所冒犯，也是平常的事，能够原谅就原谅，实在不能原谅，就告诉他的父兄，自然会处置的。你却马上加以恶声叱骂，于情于理都是不对的。何况我辈来无形去无踪，你看不到听不到，防不胜防。现在你却和我们作对，有什么好处呢？势必是敌不过我们的，请认真考虑一下。"某人披衣起床道歉，从此就相安无事。碰巧亲戚中有人家因为仆人的不和，而酿成争斗，差点闹出大案，又聃先生感叹道："真令人怀念某人家的狐精。"

李　清　时

　　北河总督署，有楼五楹，为蝙蝠所据多年矣。大小不知凡几万，一白者巨如车轮，乃其魁也，能为变怪。历任总督，皆扃钥弗居。福建李公清时，延正一真人劾治，果皆徙去。不久，李公卒，蝙蝠复归。自是无敢问之者。余谓汤文正公驱五通神，除民害也。蝙蝠自处一楼，与人无患，李公此举，诚为可已而不已。至于猝捐馆舍，则适值其时，不得谓蝙蝠为祟。修短有数，岂妖魅能操其权乎！

【译文】
　　北河总督官署中，有五间楼房，被蝙蝠盘踞已有多年了。大大小小的蝙蝠不知有几万，一只白的有车轮那么大，是蝙蝠群的头领，能成精作怪。因此历任总督，都锁住楼房不住。后来福建的李清时，请了正一真人来整治，蝙蝠果然都飞走了。不久，李公去世，蝙蝠又回来了。从此就没人敢再管了。我认为汤文正公驱除五通神，是为民除害。而蝙蝠自居一楼，对人没有危害，李公这个举动，实在是可以不做的，但他却做了。至于他猝死在官署中，则纯属巧合，不能认为是蝙蝠作祟。寿命长短都是有定数的，妖魅岂能掌握生死之权呢！

家 奴 赵 平

　　余七八岁时，见奴子赵平自负其胆，老仆施祥摇手曰："尔勿恃胆，吾已以恃胆败矣。吾少年气最盛，闻某家凶宅无人敢居，径携襆被卧其内。夜将半，割然有声，承尘中裂，忽堕下一人臂，跳掷不已；俄又堕一臂，又堕两足，又堕其身，最后乃堕其首，并满屋迸跃如猿狖。吾错愕不知听为，俄已合为一人，刀痕杖迹，腥血淋漓，举手直来搤吾颈。幸夏夜纳凉，挂窗未阖，急自窗跃出，狂奔而免。自是心胆并碎，至今犹不敢独宿也。汝恃胆不已，无乃不免如我乎！"平意不谓然，曰："丈原大误,何不先捉其一段,使不能凑合成形?"后夜饮醉归,果为群鬼所遮,掖入粪坑中,几于灭顶。

【译文】

　　我七八岁时,看到家奴赵平以有胆量自负,老仆人施祥对他摇着手说:"你不要自恃有胆,我已因为自恃有胆而遭殃了。我少年时血气最盛,听说某家凶宅无人敢住,就径自抱了被褥睡在里面。快到半夜时,哗的一声,天花板裂了开来,忽然堕落一条人的手臂,在地上跳来跳去,过了一会儿又掉下一臂,又掉下双腿,又掉下身躯,最后掉下了头,都满屋子像猴子一样跳跃。我吓得不知该怎么办。过了一会儿合成一人,身上都是刀痕杖迹,腥血淋漓,伸手直冲我扑来,要掐我脖子。幸亏夏夜纳凉,挂窗没有关上,我急忙从窗口跳出,拼命奔逃,才得脱免。从此以后我的胆被吓破了,至今还不敢独宿。你还要自恃有胆,可能难免和我一样啊!"赵平很不以为然地说:"老伯当时失误了,为什么不先抓它一段,使它不能凑合成形呢?"后来赵平夜里喝醉酒回家,果然被群鬼拦住,被按到粪坑中,差点丧了命。

神 不 愦 愦

　　同年钟上庭言:官宁德日,有幕友病亟。方服药,恍惚见二鬼曰:"冥司有某狱,待君往质。药可勿服也。"幕友言:"此狱已五十余年,今何尚未了?"鬼曰:"冥司法至严,而用法至慎。但涉疑似,虽明知其事,证人不具,终不为狱成。故恒待至数十年。"问:"如是不稽延拖累乎?"曰:"此亦千万之一,不恒有也。"是夕果卒。然则果报有时不验,或缘此欤?又小说所载,多有生魂赴鞫者,或宜迟宜速,各因其轻重缓急欤?要之早晚虽殊，神理终不愦愦，则凿然可信也。

【译文】

　　和我同科取中的钟上庭说：他在宁德做官时，有个幕僚病得很重。那幕僚正在服药时，恍恍惚惚看见两个鬼对他说："阴司有某案，等你去对证，药就不要吃了。"幕僚说："此案已经五十多年了，为何到现在还没了结？"鬼说："阴司的法律很严，但使用法律则很审慎。只要稍有疑问，虽然事情很清楚，而没有证人，就不能结案。所以常要等几十年。"幕僚问道："这样的话，不是要迁延拖累了吗？"鬼答道："这也是千万分之一的比例，不是常有的。"这天夜里，幕僚果然死去。这样看来，因果报应有时不灵验，或许是这个原因吧？又有小说中记载了许多活人灵魂赴阴司受审的事，或许是该慢该快，都要根据各个案子的轻重缓急而定的吧？总之迟早虽然不同，神明总不会糊涂，这是确凿无疑的。

借 名 敛 财

　　田氏媪诡言其家事狐神，妇女多焚香问休咎，颇获利。俄而群狐大集，需索酒食，罄所获不足供。乃被击破瓮盎，烧损衣物。哀乞不能遣，怖而他投。濒行时，闻屋上大笑曰："尔还敢假名敛财否？"自是遂寂，亦遂不徙。然并其先有之资，耗大半矣。此余幼时闻先太夫人说。又有道士称奉王灵官，掷钱卜事，时有验，祈祷亦盛。偶恶少数辈，挟妓入庙，为所阻。乃阴从伶人假灵官鬼卒衣冠，乘其夜醮，突自屋脊跃下，据坐诃责其惑众；命鬼卒缚之，持铁蒺藜将拷问。道士惶怖伏罪，具陈虚诳取钱状。乃哄堂一笑，脱衣冠高唱而出。次日，觅道士，则已窜矣。此雍正甲寅七月事。余随先姚安公宿沙河桥，闻逆旅主人说。

【译文】
　　有个姓田的老妇，谎称她家中供奉着一位狐神。许多妇女听说后，都去烧香问凶吉，田氏因此获利颇多。不久，很多狐精聚在她家中，索要酒食，老妇全部拿出所获之利，也不够供应。于是家中坛罐被打破，衣物被烧坏。老妇苦苦哀求，也不能使群狐离去，吓得只好准备搬家。临行时，听到屋上大笑道："你还敢借名敛财吗？"从此家中就安静了，老妇也就不搬家了。但连同她原来所有的资产，已花去大半了。这是我小时候听先母说的。又有个道士自称供奉王灵官，扔钱算命，常常灵验，来祈祷的人很多。一次几个小流氓带着妓女到庙中来，被道士拦住。这些人于是私下向伶人借了灵官鬼卒的服饰，乘道士晚上设道场时，突然从屋顶上跳下，占据座位，责骂道士欺骗众人，命令鬼卒将他绑起，拿起铁蒺藜要拷问。道士惶恐认罪，一一坦白装神弄鬼以骗取钱财的经过。于是哄堂而笑，脱去衣帽高声欢呼着出去了。第二天再去找道士，则已逃走了。这是雍正十二年七月的事。我随先父寄宿沙河桥，听旅店主人说的。

误 人 子 弟

　　安邑宋半塘，尝官鄞县。言鄞有一生，颇工文，而偃蹇不第。病中梦至大官署，察其形状，知为冥司。遇一吏，乃其故人，因叩以此病得死否。曰："君寿未尽而禄尽，恐不久来此。"生言："平生以馆谷糊口，无过分之暴殄，禄何以先尽？"吏太息曰："正为受人馆谷而疏于训课，冥司谓无功窃食，即属虚糜。销除其应得之禄，补所探支，故寿未尽而禄尽也。盖'在三'之义，名分本尊。利人脩脯，误人子弟，谴责亦最重。有官禄者减官禄，无官禄者则减食禄，一锱一铢，计较不爽。世徒见才士通儒，或贫或夭，动言天道之难明。乌知自误生平，罪多坐此哉！"生怅然而寤，病果不起。临殁，举以戒所亲，故人得知其事云。

【译文】
　　安邑的宋半塘，曾在鄞县做官。说鄞县有一书生，文章写得很不错，却困顿不能及第。一次，书生生病，做梦来到一个很大的官署，看那形状，知道是阴司。阴司有一小吏，是他的旧友，他就问这病会不会死。小吏回答道："你寿命未尽而食禄已尽，恐怕过不了多久就要到这儿来了。"书生说："我平生靠教书糊口，从未过分地挥霍浪费，为何食禄已尽了呢？"小吏叹息道："正是因为收了别人的学费又不好好教书，阴司认为无功取食，就是属于浪费。现在扣除你应得的食禄，以弥补被你所支取的，所以寿命未尽而食禄先尽了。为人之师，名分在'父、师、君'三尊之列。收了人家的学费，而误人子弟，受到谴责也最重。有官禄的减去官禄，没有官禄的减去食禄，一丝一毫也不含糊。世人只看到一些才高学富的人，或贫穷或短命，动不动就说是天理不明。岂知他们自己误了自己一生，大多是这个原因呢！"书生怅然醒来，果然一病不起。临终时，讲了这事以告诫亲人，因此人们得以知道。

庞斗枢言

　　道士庞斗枢，雄县人。尝客献县高鸿胪家。先姚安公幼时，见其手撮棋子布几上，中间横斜萦带，不甚可辨；外为八门，则井然可数。投一小鼠，从生门入，则曲折寻隙而出；从死门入，则盘旋终日不得出。以此信鱼腹阵图，定非虚语。然斗枢谓此特戏剧耳。至国之兴亡，系乎天命；兵之胜败，在乎人谋。一切术数，皆无所用。从古及今，有以壬遁星禽成事者耶？即如符咒厌劾，世多是术，亦颇有验时。然数千年来，战争割据之世，是时岂竟无传？亦未闻某帝某王某将某相死于敌国之魑魅也，其他可类推矣。姚安公曰："此语非术士所能言，此理亦非术士所能知。"

【译文】
　　道士庞斗枢，雄县人。曾到献县高鸿胪家作客。先父姚安公年幼时，看到他手撮棋子布在桌上，中间横斜连带，看不太清楚；外围有八个门，则井然可数。抓一小鼠，从生门放进去，能曲曲折折地找到缝隙钻出来；从死门放进去，则在里面转一整天也出不来。由此相信鱼腹浦的八阵图，决不是虚构出来的。但斗枢说这只不过是游戏罢了。至于国家的兴亡，因天命而定；战斗的胜败，因人的谋略而定。一切方术，都起不了作用。从古到今，有靠星相之术而成就事业的吗？就是像符咒厌胜之术，世间很流行，也颇有些灵验的时候。但数千年来，战争割据的时代，那时方术难道就失传了吗？也没听说过哪个皇帝、哪个大王、哪个将军、哪个丞相死于敌国的诅咒厌胜，其他就可以推想而知了。姚安公说："这番话不是方士能说得出的，这个道理也不是方士所能理解的。"

狐　讽　人

　　从舅安公介然言：佃户刘子明，家粗裕。有狐居其仓屋中，数十年一无所扰，惟岁时祭以酒五盏，鸡子数枚而已。或遇火盗，辄叩门窗作声，使主人知之。相安已久，一日，忽闻吃吃笑不止。问之不答，笑弥甚。怒而诃之。忽应曰："吾自笑厚结盟之兄弟，而疾其亲兄弟者也。吾自笑厚其妻前夫之子，而疾其前妻之子者也。何预于君，而见怒如是？"刘大惭，无以应。俄闻屋上朗诵《论语》曰："法语之言，能无从乎？改之为贵。巽语之言，能无说乎？绎之为贵。"太息数声而寂。刘自是稍改其所为。后余以告邵闇谷，闇谷曰："此至亲密友所难言，而狐能言之；此正言庄论所难入，而狐以诙谐悟之。东方曼倩何加焉！予傥到刘氏仓屋，当向门三揖之。"

【译文】

堂舅安介然公说：佃户刘子明，家境还不错。有个狐精住在他家仓屋中，几十年来从未骚扰，刘子明也只是逢年过节用五盏酒、几个鸡蛋祭一祭而已。如果遇到有火警或盗贼，就敲门窗发出声音，使主人知道。相安无事已很久了，一天，忽然听到吃吃地笑个不停，问它也不回答，而且笑得更加厉害。刘子明就怒冲冲地斥骂它。狐精忽然应声答道："我是在笑那些对结拜兄弟好，而对亲兄弟不好的人。我是在笑那些对妻子前夫所生的孩子好，而对前妻所生的孩子不好的人。和你有什么关系，而要如此发怒？"刘子明听后，十分羞愧，无言以答。过了一会儿，听到屋上高声读《论语》道："严肃而合乎原则的话，能够不接受吗？改正错误才可贵。顺从己意的话，能够不高兴吗？分析一下才可贵。"随后叹息了几声，就没声音了。从此以后，刘子明对自己的行为稍为有些改正。后来我将这事告诉邵闇谷，闇谷说："这是至亲好友也难以启齿的话，而狐仙却能说出；严肃庄重的教导难以入耳，而狐仙却以诙谐之语使人醒悟。东方朔也不过如此啊！假如我到刘家仓屋，要朝门作三个揖。"

脔 割 之 苦

玛纳斯有遣犯之妇,入山樵采,突为玛哈沁所执。玛哈沁者,额鲁特之流民,无君长,无部族,或数十人为队,或数人为队;出没深山中,遇禽食禽,遇兽食兽,遇人即食人。妇为所得,已褫衣缚树上,炽火于旁,甫割左股一脔。倏闻火器一震,人语喧阗,马蹄声殷动林谷。以为官军掩至,弃而遁。盖营卒牧马,偶以鸟枪击雉子,误中马尾。一马跳掷,群马皆惊,相随逸入万山中,共噪而追之也。使少迟须臾,则此妇血肉狼藉矣,岂非若或使之哉!妇自此遂持长斋,尝谓人曰:"吾非佞佛求福也。天下之痛苦,无过于脔割者;天下之恐怖,亦无过于束缚以待脔割者。吾每见屠宰,辄忆自受楚毒时;思彼众生,其痛苦恐怖,亦必如我。故不能下咽耳。"此言亦可告世之饕餮者也。

【译文】
玛纳斯有个发配犯人的妻子,一次她进山砍柴,突然被玛哈沁人捉住。玛哈沁人是额鲁特的游民,没有首领,没有部落,有时几十人为一群,有时几人为一群,出没深山中,遇到禽鸟就吃禽鸟,遇到野兽就吃野兽,遇到人就吃人。妇人被捉住后,被剥去衣服绑在树上,旁边燃起火堆。玛哈沁人刚从她左腿上割下一块肉,忽然听到火枪一声震响,人声喧哗,马蹄声响满山谷。以为是官军追来,就丢下妇人逃走了。其实原来是兵士牧马,偶尔用鸟枪打野鸡,而误中马尾。一马跳跃,群马受惊,相随逃进山中,众人呼叫着追赶。妇人从此就开始吃素。曾对人说:"我并不是信佛求福。

天下痛苦的事，没有超过割肉的；天下可怕的事，也没有超过被绑住等着被宰割的。我每当看到屠宰，就想起自己受苦的时候，想来那些生灵，它们的痛苦恐怖，也肯定和我一样，所以就难以下咽了。"这番话也可用来告诫世间那些贪吃的人。

夙　　冤

奴子刘琪，畜一牛一犬。牛见犬辄触，犬见牛辄噬，每斗至血流不止。然牛惟触此犬，见他犬则否；犬亦惟噬此牛，见他牛则否。后系置两处，牛或闻犬声，犬或闻牛声，皆昂首瞋视。后先姚安公官户部，余随至京师，不知二物究竟如何也。或曰："禽兽不能言者，皆能记前生。此牛此犬殆佛经所谓夙冤，今尚相识欤？"余谓夙冤之说，凿然无疑。谓能记前生，则似乎未必。亲串中有姑嫂相恶者，嫂与诸小姑皆睦，惟此小姑则如仇；小姑与诸嫂皆睦，惟此嫂则如仇。是岂能记前生乎？盖怨毒之念，根于性识，一朝相遇，如相反之药，虽枯根朽草，本自无知，其气味自能激斗耳。因果牵缠，无施不报。三生一瞬，可快意于睚眦哉！

【译文】

家奴刘琪，养了一头牛和一条狗，牛一见到狗就用角顶，狗一见到牛就用嘴咬，每次都斗到血流不止。但是牛只是顶这只狗，见到其他狗则不是这样；狗也只咬这头牛，见到其他牛则不是这样。刘琪就把它们分别系在两处，牛如果听到狗的声音，狗如果听到牛的声音，都抬头怒视。后来先父姚安公到户部做官，我跟随来到京城，不知那牛和狗最后怎么样了。有人说："禽兽不能说话，却都能记得其前生。这牛和狗大概就是佛经上所说的冤冤，而到现在还相互记得吧？"我认为冤冤之说，是确凿无疑的。但说是能记得前生，则似乎未必。亲戚中有姑嫂二人不和，嫂子与其他小姑都很和睦，只是对这个小姑像仇人一样；小姑和其他嫂子都和睦，只对这个嫂子像仇人一样。这难道是记得前生吗？大概怨恨之心，植根于潜意识之中，一旦相遇，就像功效相反的两种草药，虽然是枯根朽草，本来是没有意识的，而其气味自然能相冲相斗。因果牵连，有施就有报。三生也不过是短暂的一瞬，怎么可以图一时之快而与人争斗呢！

戒　　讼

从伯君章公言：前明青县张公，十世祖赞祁公之外舅也。尝与邑人约，连名讼县吏。乘马而往，经祖墓前，有旋风扑马首。惊而堕，从者舁以归。寒热陡作，忽迷忽醒，恍惚中似睹鬼物。将延巫禳解，忽起坐，作其亡父语曰："尔勿祈祷，扑尔马者我也。凡讼无益：使理曲，何可讼？使理直，公论具在，人人为扼腕，是即胜矣，何必讼？且讼役讼吏，为患尤大：讼不胜，患在目前；幸而胜，官有来去，此辈长子孙必相报复，患在后日。吾是以阻尔行也。"言讫，仍就枕，汗出如雨。比睡醒，则霍然矣。既而连名者皆败，始信非谵语也。此公闻于伯祖湛元公者。湛元公一生未与人涉讼，盖守此戒云。

【译文】
堂伯君章公说：明朝青县的张公，是十世祖赞祁公的岳父。他曾和乡人相约，连名控告县里的吏员。张公骑马前往，经过祖坟前，一阵旋风直扑马首，马受惊跳起，他被摔下地，同去的人将他抬了回来。回到家中后，寒热病发作，一会儿昏迷，一会儿清醒，迷迷糊糊中好像见到了鬼。家人正要去请巫师来禳解，张公忽然坐了起来，发出他已死去的父亲的声音说："你不要祈祷，扑你马的就是我。就是打官司都没益处。假如没有道理，有什么可诉讼的呢？假如有道理，是非自有公论，人人都同情你，这就是胜利，何必要打官司呢？况且告差役告吏员，祸患尤其厉害：官司打败了，祸在眼前；侥幸打胜了，做官的有来有去，而这种人根生土长，他们的子孙肯定要报复，祸在日后。因此我来拦住你。"说完，张公又躺下来，汗流如雨。等到再醒来，病一下子就痊愈了。后来连名上诉的人都遭了殃，才知道这不是说胡话。此事是堂伯从伯祖湛元公那里听来的。湛元公一生没和人打过官司，大概是恪守这个训诫吧。

圆 光 术

世有圆光术：张素纸于壁，焚符召神，使五六岁童子视之。童子必见纸上突现大圆镜，镜中人物，历历示未来之事，犹卦影也。但卦影隐示其象，此则明著其形耳。庞斗枢能此术，某生素与斗枢狎，尝觊觎一妇，密祈斗枢圆光，观谐否。斗枢骇曰："此事岂可渎鬼神。"固强之。不得已勉为焚符，童子注视良久曰："见一亭子，中设一榻，三娘子与一少年坐其上。"三娘子者，某生之亡妾也。方诟责童子妄语，斗枢大笑曰："吾亦见之。亭中尚有一匾，童子不识字耳。"怒问："何字？"曰："'己所不欲'四字也。"某生默然，拂衣去。或曰："斗枢所焚实非符，先以饼饵诱童子，教作是语。"是殆近之。虽曰恶谑,要未失朋友规过之义也。

【译文】

　　民间有种圆光术:把白纸贴在墙壁上,烧符召神,让五六岁的小男孩注视着白纸。小孩定会看见纸上突然出现大圆镜,镜里的人物,一一展示将来的事,就像卦影一样。但卦影是暗示征象,这却是清楚地显示出形状。道士庞斗枢就会这种圆光术。有个书生,一向和斗枢亲近,曾觊觎一妇人,私下求斗枢圆光,看看能否成功。斗枢吃惊地说:"做这种事,岂不亵渎了鬼神!"书生硬是要他做,斗枢不得已,只好勉强地为他烧符,小孩注视很长时间后说:"看见一个亭子,中间放了一张床,三娘子和一少年坐在上面。"三娘子正是书生死去的小妾。书生正在骂孩子乱说,斗枢大笑道:"我也看到了。亭中还有一个匾额,只是小孩不识字。"书生怒声问道:"什么字?"斗枢答道:"'己所不欲'四字。"书生听后,默不作声,拂袖而去。有人说:"斗枢烧的其实不是符咒,是事先拿饼给小孩吃,教他说这些话的。"这大概是真的。虽然是个刻薄的玩笑,但却不失规劝朋友的用意。

银 船 为 怪

　　先太夫人言:外祖家恒夜见一物,舞蹈于楼前,见人则窜避。月下循窗隙窥之,衣惨绿衫,形蠢蠢如巨鳖,见其手足而不见其首,不知何怪。外叔祖紫衡公遣健仆数人,持刀杖绳索伏门外,伺其出,突掩之。踉跄逃入楼梯下。秉火照视,则墙隅绿锦袱包一银船,左右有四轮;盖外祖家全盛时儿童戏剧之物。乃悟绿衫其袱,手足其四轮也。熔之得三十余金。一老媪曰:"吾为婢时,房中失此物,同辈皆大遭棰楚。不知何人窃置此间,成此魅也。"《搜神记》载孔子之言曰:"夫六畜之物、龟蛇鱼鳖草木之属,神皆能为妖怪,故谓之五酉。五行之方,皆有其物。酉者老也,故物老则为怪矣。杀之则已,夫何患焉!"然则物久而幻形,固事理之常耳。

【译文】
　　先母说:外祖父家常在夜里看到一个怪物,在楼前跳来跳去,看见人就逃避。在月光下从窗缝中偷看,只见这怪物穿着深绿色的衣服,形状蠢笨得像个大鳖,看得见手脚而看不见头,不知是什么怪。外叔祖紫衡公派了几个健壮的仆人,拿着刀棒绳索埋伏在门外,等它出来,就突然围上去。那怪物跟跟跄跄逃到了楼梯下。举灯一照,见墙角有用绿锦包裹的一只银船,左右有四个轮子,是外祖父家鼎盛时小孩的玩具。这才知道绿衣服是包袱,手脚是四个轮子。将银船熔掉,有三十多两。一老妇说:"我做丫鬟时,家里丢了这东西,同伴们都被痛打了一顿。不知是谁偷了放在这里,变成了妖精。"《搜神记》载孔子的话说:"马、牛、羊、猪、狗、鸡这六畜,和龟、蛇、鱼、鳖、草、木之类,其神者都能变成妖怪,所以称之为五酉。五行之内,都有这类东西。酉是老的意思,所以东西老了就成怪。把它杀掉就完了,有什么可怕的呢?"如果是这样的话,那么东西长久了就幻化变形,也是寻常之理了。

两 世 夫 妇

　　两世夫妇,如韦皋、玉箫者,盖有之矣。景州李西崖言:乙丑会试,见贵州一孝廉,述其乡民家生一子,甫能言,即云我前生某氏之女,某氏之妻,夫名某字某;吾卒时夫年若干,今年当若干;所居之地,距民家四五日程耳。此语渐闻。至十四五岁时,其故夫知有是说,径来寻问。相见涕泗，述前生事悉相符。是夕竟抱被同寝。其母不能禁，疑而窃听，灭烛以后，已妮妮儿女语矣。母怒，逐其故夫去。此子愤悒不食，其故夫亦栖迟旅舍不肯行。一日防范偶疏，竟相偕遁去，莫知所终。异哉此事！古所未闻也。此谓发乎情而不止乎礼矣。

【译文】
　　两世为夫妇，像唐朝的韦皋和玉箫，大概是有的。景州的李西崖说：乙丑年他去参加会试，碰到贵州的一个举人，讲述他家乡有户人家生了一个儿子，刚能说话，就说我前生是某人的女儿，某人的妻子，丈夫名叫某某，字叫某某；我死时丈夫是多少岁，今年应该多少岁。夫家所在的地方，距这户人家不过四五日的路程。这事渐渐地就传开去了。到了十四五岁时，原来的丈夫知道了这件事，就直接来寻找。两人相见流泪，讲起前生的事都相符合。这天晚上，两人竟然同床而睡，他母亲不能阻拦，就偷偷地去听动静。熄灯后，只听得两人已经说起男女间的亲热话了。母亲发怒，就把那原来的丈夫赶走了。儿子愤而绝食，那丈夫也留在旅店中不肯离去。一天偶尔疏于防范，二人竟结伴逃走，不知去了哪里。此事真是奇怪！是自古未闻的。这可谓发于情而不能止于礼了。

虐婢之报

　　东光霍从占言：一富室女，五六岁时，因夜出观剧，为人所掠卖。越五六年，掠卖者事败，供曾以药迷此女。移檄来问，始得归。归时视其肌肤，鞭痕、杖痕、剪痕、锥痕、烙痕、烫痕、爪痕、齿痕遍体如刻画，其母抱之泣数日，每言及，辄沾襟。先是女自言主母酷暴无人理，幼时不知所为，战栗待死而已；年渐长，不胜其楚，思自裁。夜梦老人曰："尔勿短见，再烙两次，鞭一百，业报满矣。"果一日缚树受鞭，甫及百而县吏持符到。盖其母御婢极残忍，凡觳觫而侍立者，鲜不带血痕；回眸一视，则左右无人色。故神示报于其女也。然竟不悛改，后疽发于项死。子孙今亦式微。从占又云：一宦家妇，遇婢女有过，不加鞭捶，但褫下衣，使露体伏地。自云如蒲鞭之示辱也。后患颠痫，每防守稍疏，辄裸而舞蹈云。

【译文】

东光的霍从占说：有个有钱人家的女孩，五六岁时，因晚上外出看戏，被人拐卖。过了五六年，拐卖她的人被捉住，招供出曾用药麻醉这女孩。官府发下布告追查，女孩才得以解救回家。归来时只见她遍体鳞伤，鞭痕、杖痕、剪痕、锥痕、烙痕、烫痕、爪痕、齿痕布满全身，就像刻上去的一样，她母亲抱着她哭了几天，一提起就泪流满襟。女孩说那女主人残酷凶暴，毫无人性，自己年纪小，不知所措，只有胆战心惊地等死。年纪渐大以后，实在受不了毒打，就想到自杀。一次，她夜里梦见一老人对她说："你不要自寻短见，再被烙两次，打一百鞭，业报就满了。"果然有一天，她被绑在树上鞭打，刚打到一百鞭，县吏就拿着文书到了。原来这女孩的母亲对婢女极其残忍，那些战战兢兢侍立身边的丫头，很少有身上不带血痕的；只要她回眸一看，左右的人就吓得面无人色，所以神明就在她女儿身上显示报应。但她竟然不思悔改，后来脖子上生毒疮而死。她的子孙现在也衰落了。从占又说：有一位官太太，遇到婢女有过失，不加鞭打，只是脱去裤子，让她裸体躺在地上，自称这和"蒲鞭示辱"一样。后来得了癫痫病，家人如看管不严，她就要裸体跳舞。

鬼　报　恩

及孺爱先生言：其仆自邻村饮酒归，醉卧于路。醒则草露沾衣，月向午矣。欠伸之顷，见一人瑟缩立树后，呼问："为谁？"曰："君勿怖，身乃鬼也。此间群鬼喜魙醉人，来为君防守耳。"问："素昧生平，何以见护？"曰："君忘之耶？我殁之后，有人为我妇造蜚语，君不平而白其诬，故九泉衔感也。"言讫而灭，竟不及问其为谁，亦不自记有此事。盖无心一语，黄壤已闻；然则有意造言者，冥冥之中宁免握拳啮齿耶！

【译文】

及孺爱先生说：他的仆人从邻村喝酒回来，醉倒在路上。醒来时，露水已打湿了他的衣服，发觉已是半夜了。他在伸腰时，看到一个人缩着身子站在树后，就大声问道："是谁？"只听答道："你别怕，我是个鬼。这里的群鬼喜捉弄喝醉的人，我是来守护你的。"仆人问道："素昧平生，为什么要保护我呢？"鬼答道："你忘了吗？我死了之后，有人造我妻子的流言蜚语，你打抱不平，戳破了谣言，所以我在九泉之下十分感激。"说完就消失了，仆人来不及问这鬼生前是谁，也想不起曾有过辟谣的事。大概是出于无心的一句话，而九泉之下已听到了；那么故意造谣的人，阴间难道会不愤恨他吗？

献　王　墓

河间献王墓在献县城东八里。墓前有祠，祠前二柏树，传为汉物，未知其审，疑后人所补种。左右陪葬二墓，县志称左毛苌，右贯长卿；然任丘又有毛苌墓，亦莫能详也。或曰："苌宋代追封乐寿伯，献县正古乐寿地。任丘毛公墓，乃毛亨也。"理或然欤！从舅安公五占言：康熙中，有群盗觊觎玉鱼之藏，乃种瓜墓旁，阴于团焦中穿地道。将近墓，探以长锥，有白气随锥射出，声若雷霆，冲诸盗皆仆。乃不敢掘。论者谓王墓封闭二千载，地气久郁，故遇隙涌出，非有神灵。余谓王功在《六经》，自当有鬼神呵护。穿古冢者多矣，何他处地气不久郁而涌乎？

【译文】
　　河间献王的墓在献县城东八里。墓前有座祠堂，祠堂前有两株柏树，相传是汉代所植，不知是否真实，也可能是后人所补种。祠堂左右有两座陪葬墓，县志上说左面葬的是毛苌，右面葬的是贯长卿；但任丘县又有毛苌墓，也搞不清哪座是真的。有人说："毛苌在宋代被追封为乐寿伯，献县正是古代乐寿的所在地。任丘的毛公墓，是毛亨。"或许正是这样。堂舅安五占公说：康熙年间，有一伙盗贼觊觎墓中的殉葬品，就在墓边种瓜，暗地在草屋里挖地道。快挖到墓边时，用长长的铁锥刺进去，只见一股白气随锥喷射出来，声如雷霆，把盗贼们都冲倒在地，于是就不敢再挖掘了。有人认为献王墓封闭两千年，地气长久积郁，所以一有缝隙就涌了出来，并非有神灵。我认为献王有功于《六经》，当然应该有鬼神呵护。盗古墓的多得很，为什么其他地方没有地气郁积而涌出呢？

腹中鬼语

　　鬼魅在人腹中语，余所闻见，凡三事：一为云南李编修衣山，因扶乩与狐女唱和。狐女姊妹数辈，并入居其腹中，时时与语。正一真人劾治弗能遣，竟颠痫终身。余在翰林目睹之。一为宛平张丈鹤友，官南汝光道时，与史姓幕友宿驿舍。有客投刺谒史，对语彻夜。比晓，客及其仆皆不见，忽闻语出史腹中。后拜斗祛之去。俄仍归腹中，至史死乃已。疑其夙冤也。闻金听涛少宰言之。一为平湖一尼，有鬼在腹中，谈休咎多验，檀施鳞集。鬼自云夙生负此尼钱，以此为偿。如《北梦琐言》所记田布事。人侧耳尼腋下，亦闻其语，疑为樟柳神也。闻沈云椒少宰言之。

【译文】
　　鬼怪在人腹中说话，据我所听到或看到的，就有三件事。一是云南的李衣山编修，因为扶乩而与狐女和诗，狐女姊妹几个，都钻进他腹中，时常和他说话。正一真人曾作法祛除，也不能将她们赶走。后来他得了癫痫病，一直到死。这是我做翰林时亲眼目睹的。一是宛平的张鹤友老前辈，在做南汝光道员时，和一姓史的幕僚偶宿驿站。正巧有位客人投上名帖，拜访姓史的，两人彻夜谈天。到了天亮，那客人和他的随从都不见了，又忽然从史的腹中传出说话声。后来用拜斗星的办法将其祛除，但不久又回到腹中，直到姓史的去世。人们怀疑这是他的夙冤。这是听吏部侍郎金听涛说的。再是平湖的一个尼姑，有鬼在她腹中，预料凶吉多很灵验，因此尼姑得了很多为人占卜的钱财。这鬼自称前生欠了尼姑的钱，所以要以此作为报偿，就像《北梦琐言》中记载的田布的故事。有人将耳附在尼姑腋下，也能听到鬼说话，这鬼可能是个樟柳神。这是听吏部侍郎沈云椒说的。

死 而 复 生

晋杀秦谍,六日而苏,或由缢杀杖杀,故能复活;但不识未苏以前,作何情状。诂经有体,不能如小说琐记也。佃户张天锡,尝死七日,其母闻棺中击触声,开视,已复生。问其死后何所见,曰:"无所见,亦不知经七日,但倏如睡去,倏如梦觉耳。"时有老儒馆余家,闻之,拊髀雀跃曰:"程朱圣人哉!鬼神之事,孔孟犹未敢断其无,惟二先生敢断之。今死者复生,果如所论,非圣人能之哉!"余谓天锡自以气结尸厥,瞀不知人,其家误以为死耳,非真死也。虢太子事,载于《史记》,此翁未见耶?

【译文】
晋国杀死了秦国的一名间谍,但六天之后,这间谍又苏醒了过来。或许是被缢死或用棍打死的,所以能复活。但不知道没醒来之前,这间谍是什么情形,解经有一定的体例,不能和小说杂记一样。佃农张天锡,死了七天,他母亲听到棺材里有敲打声,就打开一看,竟见他已复活了。问他死后看到了什么,他说:"没看到什么,也不知已过了七天,只是一下子好像睡着了,一下子又好像醒来了。"当时有个老儒在我家教读,听说这事,拍着大腿跳起来道:"程、朱真是圣人啊!鬼神之事,连孔、孟也不敢断定没有,只有二位先生却敢断定。现在死者复生,果然和他们所论述的一样,不是圣人怎么能做得到呢!"我认为天锡是因为气郁结而昏厥,不省人事,他的家人误认为是死了,其实不是真死。虢太子的故事,载在《史记》里,这位老先生没看到吗?

血 盆 经

帝王以刑赏劝人善，圣人以褒贬劝人善。刑赏有所不及，褒贬有所弗恤者，则佛以因果劝人善。其事殊，其意同也。缁徒执罪福之说，诱胁愚民，不以人品邪正分善恶，而以布施有无分善恶。福田之说兴，瞿昙氏之本旨晦矣。闻有走无常者，以血盆经忏有无利益问冥吏。冥吏曰："无是事也。夫男女构精，万物化生，是天地自然之气，阴阳不息之机也。化生必产育，产育必秽污，虽淑媛贤母，亦不得不然，非自作之罪也。如以为罪，则饮食不能不便溺，口鼻不能不涕唾，是亦秽污，是亦当有罪乎？为是说者，盖以最易惑者惟妇女，而妇女所必不免者惟产育，以是为有罪，以是罪为非忏不可；而闺阁之财，无不充功德之费矣。尔出入冥司，宜有闻见，血池果在何处？堕血池者果有何人？乃犹疑而问之欤！"走无常后以告人，人讫无信其言者。积重不返，此之谓矣。

【译文】

帝王用赏罚来劝人为善，圣人用褒贬来劝人为善。赏罚有所不及，褒贬有所不周的，佛就用因果来劝人为善，方式不同，目的则是相同的。和尚们拿着因果祸福的说法，诱骗胁迫那些愚民，不是以人品的正邪来区分善恶，而是以布施的有无来区分善恶。自从"福田"之说兴起，佛祖的本旨就不明了。听说有个走无常的人，问冥吏诵《血盆经》有无好处。冥吏说："没有这样的事。世间男女相交,万物滋生,都是天地间的自然现象,是阴阳相合生生不息。要繁衍就要有生育,要生育就必然有污秽,就是淑女贤母,也不得不如此,这并不是自己所干下的罪孽。如把这当作罪孽,那么要饮食就不能不大小便,口鼻难免要流口水鼻涕,这也是污秽之物,难道也应该认为是有罪的吗?编造这一说法的人,是因为只有妇女最容易被蛊惑,而妇女免不了都要生育,就以此为有罪,说这罪非要拜佛忏悔不可;于是闺阁里的钱,都充当功德费了。你出入阴司,应该有所见闻,血池真的在哪里?堕入血池的真的有谁?还要犹疑、追问吗?"走无常的人后来以此告诉别人,但没有人相信他的话。这就是所谓的积重难返啊。

心 动 生 魔

释明玉言:西山有僧,见游女踏青,偶动一念。方徙倚凝想间,有少妇忽与目成,渐相软语,云:"家去此不远,夫久外出。今夕当以一灯在林外相引。"叮咛而别。僧如期往,果荧荧一灯,相距不半里,穿林渡涧,随之以行,终不能追及。既而或隐或见,倏左倏右,奔驰辗转,道路遂迷,困不能行,踣卧老树之下。天晓谛观,仍在故处。再视林中,则苍藓绿莎,履痕重叠。乃悟彻夜绕此树旁,如牛旋磨也。自知心动生魔,急投本师忏悔。后亦无他。又言:山东一僧,恒见经阁上有艳女下窥,心知是魅;然私念魅亦良得,径往就之,则一无所睹,呼之亦不出。如是者凡百余度,遂惘惘得心疾,以至于死。临死乃自言之。此或夙世冤愆,借以索命欤?然二僧究皆自败,非魔与魅败之也。

【译文】

僧人明玉说：西山有个和尚，看到游春踏青的妇女，偶动邪念。正在那里徘徊痴想，有个少妇忽然向他眉目传情，慢慢地两人攀上了话。那少妇说："我家离此不远，丈夫外出很长时间。今晚我用灯在林子外指引。"叮咛之后，就分别了。和尚如约前往，果然离他不到半里地，有一盏青荧荧的灯。和尚穿树林渡溪涧，跟着灯走，但就是追不上它。随后那灯忽隐忽现，忽左忽右，和尚奔跑辗转，迷了路，累得再也走不动了，跌倒在一棵老树之下。天亮后，和尚仔细一看，却仍在原来的地方；再看树林中的青苔绿草上，布满了重重叠叠的脚印。和尚这才明白，他是整夜在绕着树跑，就像牛拉磨一样。自知是心动生魔，急忙到师父处忏悔，后来也没有什么事。又说：山东有一和尚，常常看到藏经楼上有个美艳的女子向下窥看，心知是鬼怪，但暗想鬼怪也不妨亲近，就径自去找她，却什么也看不到，叫她也不出来。像这样总有百多次，于是神思恍惚得了心病，一直到死。临死时才把这事说了出来。这或许是前世的仇人，借此来索命的吧？但两个和尚毕竟都是自取其祸，而不是魔或鬼让他们遭殃的。

理 学 害 人

吴惠叔言：医者某生，素谨厚。一夜有老媪持金钏一双，就买堕胎药。医者大骇，峻拒之。次夕，又添持珠花两枝来。医者益骇，力挥去。越半载余，忽梦为冥司所拘，言有诉其杀人者。至则一披发女子，项勒红巾，泣陈乞药不与状。医者曰："药以活人，岂敢杀人以渔利！汝自以奸败，于我何尤？"女子曰："我乞药时，孕未成形，倘得堕之，我可不死。是破一无知之血块，而全一待尽之命也。既不得药，不能不产，以致子遭扼杀，受诸痛苦,我亦见逼而就缢。是汝欲全一命,反戕两命矣。罪不归汝,反归谁乎?"冥官喟然曰:"汝之所言,酌乎事势;彼所执者,则理也。宋以来,固执一理而不揆事势之利害者,独此人也哉?汝且休矣!"拊几有声,医者悚然而寤。

【译文】

吴惠叔说:有一位医生,向来谨慎忠厚。一天夜里,有个老妇拿着一对金钏,到他这里买堕胎药。医生大惊,坚决拒绝了。第二天夜里,老妇又多拿了两枝珠花来,医生更加害怕,拼命将她赶走了。过了半年多,医生忽然做梦,被阴司的差役捉去,说是有人告他杀人。到了阴司以后,只见一个披头散发的女子,脖子上勒着红巾,哭着诉说向医生求药而不给的经过。医生说:"药是救人性命的,怎么敢用来杀人以渔利!你自己因奸情而遭祸,与我有什么相干?"女子说:"我求药时,身孕还未成形。如果能够堕掉,我可以不死。这是破一无知的血块,而保全一条将死的性命。既然拿不到药,不得不生下来,以致孩子被扼死,承受种种痛苦,我也被逼得上吊。这是你要保全一条命,反而杀了两条命。这不是你的罪过,还能是谁的罪过呢?"阴司的官吏叹道:"你所说的,是根据实际的情况;他所遵循的,则是理。从宋代以来,固执一理而不顾实际利害的,难道就只有他吗?你就算了吧!"一拍桌子,医生惊吓而醒。

阴 间 富 贵

惠叔又言:有疫死还魂者,在冥司遇其故人,褴褛荷校。相见悲喜,不觉握手太息曰:"君一生富贵,竟不能带至此耶?"其人憱然曰:"富贵皆可带至此,但人不肯带耳。生前有功德者,至此何尝不富贵耶?寄语世人,早作带来计可也。"李南涧曰："善哉斯言，胜于谓富贵皆空也。"

【译文】

惠叔又说：有个病死又活过来的人，在阴司遇到老朋友，穿着破烂衣服，披枷带锁。两人相见，互相握手，悲喜交集。这人叹息道："你一生富贵，竟不能把富贵带到这里来吗？"那朋友悲哀地说："富贵都可以带到这里来，只是人们不肯带来罢了。生前有功德的人，到了这里，何尝会不富贵呢？寄语世上的人，早作带来的打算就行了。"李南涧说："这话说得好！胜过说富贵皆空。"

卷 十

如是我闻（四）

聪明之狐

长山聂松岩言：安丘张卯君先生家，有书楼为狐所据，每与人对语。媪婢童仆，凡有隐慝，必对众暴之。一家畏若神明，惕惕然不敢作过。斯亦能语之绳规，无形之监史矣。然奸黠者或敬事之，则讳其所短，不肯质言。盖聪明有余，正直则不足也。斯狐之所以为狐欤！

【译文】
长山的聂松岩说：安丘的张卯君先生家，有个书楼被狐仙所占。这狐仙经常和人对话。丫头佣人，凡是有所欺瞒，一定会被狐仙当众揭发。张家的人对它畏若神明，都小心翼翼地不敢有过失。这也称得上是能说话的戒律、无形的监察官了。但狡黠的人如果奉承它，它就会为他隐瞒过失而不直说。这狐仙聪明有余而正直不足，这也大概是狐之所以为狐的道理吧！

鬼为人谋

沧州插花庙老尼董氏言：尝夜半睡醒，闻佛殿磬声铿然，如有人礼拜者。次日，告其徒。曰："师耳鸣也。"至夜复然，乃潜起蹑足窥之。佛火青荧，依稀辨物，见击磬者乃其亡师，一少妇对佛长跪，喁喁絮祝。回面向内，不识为谁。细听所祝，则为夫病祈福也。恐怖失措，触朱榻有声。阴气冥蒙，灯光骤暗。再明，则已无睹矣。先外祖雪峰张公曰："此少妇已入黄泉，犹忧夫病，闻之使人增伉俪之情。"董尼又言：近一卖花媪，夜经某氏墓，突见某夫人魂立树下，以手招之。无路可避，因战栗拜谒。某夫人曰："吾夜夜在此，待一相识人寄信，望眼几穿，今乃见尔。归告我女我婿：一切阴谋，鬼神皆已全知，无更枉抛心力。吾在冥府，大受鞭笞；地下先亡，更人人唾骂。无地自容，日惟避此树边，苦雨凄风，酸辛万状。尚不知沉沦几载，得付转轮。似闻须所夺小郎资财耗散都尽，始冀有生路也。又婿有密札数纸，病中置螺甸小箧中。嘱其检出毁灭，免为他日口实。"叮咛再三，呜咽而灭。媪潜告其女，女怒曰："为小郎游说耶！"迨于箧中见前札，乃始悚然。后女家日渐消败。亲串中知其事者，皆合掌曰："某夫人生路近矣。"

【译文】

　　沧州插花庙的老尼董氏说：有一次她半夜睡醒，听到佛殿里有"咚！咚！"敲磬的声音，好像是有人在拜佛。第二天，她把这事告诉徒弟，徒弟却说："这大概是师父耳鸣，听错了。"但到了夜里，又是如此，她就悄悄起床，蹑手蹑脚走过去偷看。这时灯烛昏暗，隐约能看清东西。只见敲磬的是她已故的师傅，一少妇朝佛像跪着，嘴里轻轻地在祝祷。因为她面朝里，看不出是谁。细听她祝告的话，原来是为丈夫的病而祈祷。董氏惊慌失措，碰响了红窗格，顿时阴气弥漫，灯光马上暗了。等到灯再亮起来时，就什么也看不到了。我已故的外祖父张雪峰先生说："这少妇已入黄泉，还为丈夫的病担忧，听了之后，使人加深夫妻感情。"董氏又说：近来有一卖花老妇，夜里路过某家墓地，突然看见某夫人的鬼魂站在树边，向她招手。因无路可逃，卖花老妇只得战战兢兢地过去拜见。某夫人说："我天天夜间在这里，想等到一个熟识的人寄个口信，望眼欲穿，现在总算见到你了。回去告诉我女儿、女婿：一切阴谋，鬼神已全都知道了，不要再枉费心力。我在阴司，饱受鞭打；地下那些先死的人，个个把我唾骂。我无地自容，只好每天躲在这树边，凄风苦雨，历尽辛酸。还不知道要沉沦多少年，才有希望转世为人。好像听说要等到从小叔子那里侵夺的钱财全部散掉，才有希望转生。还有，女婿有几页密信，我生病时放在螺钿的小匣子中。吩咐他找出来销毁，免得将来被作为证据。"再三叮咛之后，呜咽着消失了。老妇悄悄地去告诉某夫人的女儿，那女儿发怒道："你是替小叔子游说吧！"等到从匣子里找到以前的密信，这才惊恐起来，后来某夫人女儿的家一天天地衰败下去。亲朋中知道这事的人，都合掌说："某夫人转生的时候不远了。"

巴　彦　弼

　　乌鲁木齐提督巴公彦弼言：昔从征乌什时，梦至一处山麓，有六七行幄，而不见兵卫；有数十人出入往来，亦多似文吏。试往窥视，遇故护军统领某公，（某名凡五字，公以滚舌音急呼之，今不能记。）握手相劳苦，问："公久逝，今何事到此？"曰："吾以平生拙直，得授冥官。今随军籍记战殁者也。"见其几上诸册，有黄色、红色、紫色、黑色数种。问："此以旗分耶？"微哂曰："安有紫旗、黑旗，【按：旧制本有黑旗，以黑色夜中难辨，乃改为蓝旗。此公盖偶未知也。】此别甲乙之次第耳。"问："次第安在？"曰："赤心为国，奋不顾身者，登黄册。恪遵军令，宁死不挠者，登红册。随众驱驰，转战而殒者，登紫册。仓皇奔溃，无路求生，蹂践裂尸，追歼断胫者，登黑册。"问："同时授命，血溅尸横，岂能一一区分，毫无舛误？"曰："此惟冥官能辨矣。大抵人亡魂在，精气如生。应登黄册者，其精气如烈火炽腾，蓬蓬勃勃。应登红册者，其精气如烽烟直上，风不能摇。应登紫册者，其精气如云漏电光，往来闪烁。此三等中，最上者为明神，最下者亦归善道。至应登黑册者，其精气瑟缩摧颓，如死灰无焰。在朝廷褒崇忠义，自一例哀荣；阴曹则以常鬼视之，不复齿数矣。"巴公侧耳敬听，悚然心折。方欲自问将来，忽炮声惊觉。后常以告麾下曰："吾临阵每忆斯语，便觉捐身锋镝，轻若鸿毛。"

【译文】

　　乌鲁木齐提督巴彦弼先生说：他当年随军征讨乌什时，有一次做梦，来到一处山麓，那里有六七座帐篷，而看不见卫兵；却有几十人进出往来，大多也像是文职人员。他试着过去偷看，竟遇到已故的护军统领某公（其名共五个字，巴公用滚舌音很快说过，现在已记不起来了）。两人握手寒暄，巴公问道："您去世已久，如今到这里做什么？"某公答道："我因为平生耿直，被授为阴司官。现在随军记录阵亡者。"只见他桌上有几个册子，分黄、红、紫、黑几种颜色，就问："这是以旗来分的吗？"某公微笑道："哪来的紫旗、黑旗？（按：旧制本来是有黑旗的，因黑色在夜里看不清，于是改成蓝旗。此公大概碰巧不知道。）这是用来区别等级次序的。"

巴公问:"次序是怎样定的?"某公答道:"赤心为国,奋不顾身的人,登在黄册;恪守军令,宁死不挠的人,登在红册;随军征逐,转战而死的人,登在紫册;仓皇奔逃,无路求生,被践踏而死、追歼杀头的人,登在黑册。"巴公又问:"同时丧命,血溅尸横,怎么能一一区分开来,而毫无误差呢?"某公答道:"这就只有阴司官才能分辨了。一般说来,人死而鬼魂在,其精气和生前一样,应该登在黄册的人,其精气像烈火翻腾,蓬蓬勃勃;应该登在红册的人,其精气像烽烟直上,风不能摇;应该登在紫册的人,其精气像穿过云层的电光,闪烁晃动。这三等人中,最上等的成为神,最下等的也进入好的轮回。至于应该登在黑册的人,其精气萎缩颓靡,就像没有火光的死灰。对朝廷来说,褒扬忠义,自然是一样的哀荣;而阴司则将他们看作寻常之鬼,不再重视他们。"巴公侧耳恭听,大受震动,衷心佩服。正要问自己的将来,忽然炮声将他惊醒。后来经常以此告诫部下说:"我临阵时就想起这些话,便觉得捐躯战场,轻如鸿毛。"

王 二 显 灵

《夜灯丛录》载谢梅庄戆子事,而不知戆子姓卢名志仁,盖未见梅庄自作《戆子传》,仅据传闻也。霍京兆易书,戍葵苏图时,轿夫王二,与戆子事相类。后殁于塞外,京兆哭之恸。一夕,忽闻帐外语曰:"羊被盗矣,可急向西北追。"出视果然。听其语音,灼然王二之魂也。京兆有一仆,方辞归,是日睹此异,遂解装不行,谓其曹曰:"恐冥冥中王二笑人。"

【译文】

《夜灯丛录》载谢梅庄戆子的故事,而不知道戆子姓卢名志仁,大概是没看过梅庄自己写的《戆子传》,而仅仅是根据传闻。霍易书京兆尹,在驻守葵苏图时,有个轿夫王二,和懿子的故事相类似。后来死在塞外,京兆尹哭得很伤心。一夜,忽听得帐外有人说道:"羊被偷走了,可赶快向西北方向追。"出来一看,果然如此,听那话音,很显然是王二的鬼魂。京兆尹有一仆人,正要辞别回家,这天目睹了这怪异之事,于是就解开行装不走了,对他的同伴说:"怕王二在阴间取笑我。"

蔡 某

沧州瞽者蔡某,每过南山楼下,即有一叟邀之弹唱,且对饮。渐相狎,亦时到蔡家共酌。自云姓蒲,江西人,因贩磁到此。久而觉其为狐,然契分甚深,狐不讳,蔡亦不畏也。会有以闺阃蜚语涉讼者,众议不一。偶与狐言及,曰:"君既通灵,必知其审。"狐艴然曰:"我辈修道人,岂干预人家琐事?夫房帏秘地,男女幽期,暧昧难明,嫌疑易起。一犬吠影,每至于百犬吠声。即使果真,何关外人之事?乃快一时之口,为人子孙数世之羞,斯已伤天地之和,召鬼神之忌矣。况杯弓蛇影,恍惚无凭,而点缀铺张,宛如目睹。使人忍之不可,辩之不能,往往致抑郁难言,含冤毕命。其怨毒之气,尤历劫难消。苟有幽灵,岂无业报?恐刀山剑树之上,不能不为是人设一坐也。汝素朴诚,闻此事自当掩耳;乃考求真伪,意欲何为?岂以失明不足,尚欲犁舌乎?"投杯径去,从此遂绝。蔡愧悔,自批其颊。恒述以戒人,不自隐匿也。

【译文】

沧州有个盲人蔡某,每次经过南山楼下,就有一老者请他弹唱,并且一起喝酒。两人渐渐熟识起来,那老者也经常到蔡家对酌。老者自称姓蒲,江西人,因贩卖瓷器来到这里。时间长了,发现他是个狐仙,但交情已很深,狐仙不隐讳,蔡某也不惧怕。当时有人因家庭流言而打官司,舆论很不一致。偶尔与狐仙谈及此事,说:"你既然能通灵,肯定知道其实情。"狐仙不高兴地说:"我辈是修道的人,岂能干预别人的家庭琐事?内室秘地,男女幽会,本来是暧昧不明的,容易产生嫌疑。一只狗看到影子而吠,常常导致百只狗听了狗叫声而吠。即使真有其事,和外人又有什么相干?图一时之快意而说出来,使别人子孙几代蒙羞,这已经有伤天地之间的和气,并招来鬼神的忌恨了。何况杯弓蛇影,毫无凭据,却添油加醋,好像是亲眼目睹一样。使别人既无可忍受,又不能辩解,往往导致抑郁难言,含冤丧命。这怨恨之气,更是过了几辈子也难消除。如果有幽灵,难道能没有业报?恐怕刀山剑树上,不能不为这种人设一位置啊。你向来质朴诚实,听到这种事本该掩耳,却还要查问真伪,你想要干什么?难道是因为失明还觉不够,还想被割舌头吗?"狐仙说罢,扔下杯子就离去了,从此便绝迹不来。蔡某又惭愧又悔恨,自己打自己的嘴巴。常讲这事以告诫别人,而没有将此事隐瞒。

义　犬

舅氏张公梦征言:所居吴家庄西,一丐者死于路,所畜犬守之不去。夜有狼来啖其尸,犬奋啮不使前;俄诸狼大集,犬力尽踣,遂并为所啖。惟存其首,尚双目怒张,眦如欲裂。有佃户守瓜田者亲见之。又程易门在乌鲁木齐,一夕,有盗入室,已逾垣将出。所畜犬追啮其足。盗抽刀斫之,至死啮终不释。因就擒。时易门有仆,曰龚起龙,方负心反噬。皆曰程太守家有二异:一人面兽心,一兽面人心。

【译文】
　　舅舅张梦征先生说:他所住的吴家庄西面,有一个乞丐死在路上,乞丐所养的狗守着他不离去。夜里有狼来咬他尸体,那狗猛扑上去咬狼,不让狼上前;过了一会儿,大批的狼围了上来,狗力尽倒下,和主人一起被狼吃掉,只留下一个头,还两目怒张,眼眶好像要裂开似的。有个看守瓜田的佃户,曾亲眼看到这个场面。又程易门在乌鲁木齐时,一天夜里,有贼进屋偷窃,已爬上墙要逃走,家中所养的狗追上去咬住贼的脚。那贼抽刀乱砍,狗至死也咬住不放,因此贼被捉住。易门有个仆人叫龚起龙,当时正在负心诬害主人。人们都说程太守家有二异:一是人面兽心,一是兽面人心。

乌 鸦 报 警

　　余在乌鲁木齐日,骁骑校萨音绰克图言:曩守红山口卡伦,一日将曙,有乌哑哑对户啼。恶其不吉,引骹矢射之。嗷然有声,掠乳牛背上过。牛骇而奔,呼数卒急追。入一山坳,遇耕者二人,触一人仆。扶视无大伤,惟足跛难行。问其家不远,共舁送归。入室坐未定,闻小儿连呼有贼。同出助捕,则私逃遣犯韩云,方逾垣盗食其瓜,因共执焉。使乌不对户啼,则萨音绰克图不射;萨音绰克图不射,则牛不惊逸;牛不惊逸,则不触人仆;不触人仆,则数卒不至其家;徒一小儿见人盗瓜,其势必不能执缚;乃辗转相引,终使受絷伏诛。此乌之来,岂非有物凭之哉!盖云本剧寇,所劫杀者多矣。尔时虽无所睹，实与刘刚遇鬼因果相同也。

【译文】

我在乌鲁木齐时，听骁骑校尉萨音绰克图说，他以前驻守红山口卡伦，一天清晨，有只乌鸦"哑哑"地对着门叫。他嫌乌鸦叫得不吉利，就发响箭射它。箭发出呼啸声，擦着奶牛背飞过。牛受惊而奔，他就叫几个士兵急追，牛逃入一个山坳，遇到两人在耕作，把其中一人撞倒了。扶起来一看，没有受重伤，只是脚跛了，不能走路。士兵问清他家住得不远，就一起将他抬回家去。进屋还没坐定，就听到小孩连声叫有贼。士兵也一齐拥出，帮助捉贼。原来是逃跑的犯人韩云，正翻墙来偷那家的瓜吃，于是把他捉住了。假如乌鸦不叫，那么萨音绰克图就不会射箭；萨音绰克图不射箭，那么牛就不会惊跑；牛不惊跑，就不会将那人撞倒；不把那人撞倒，那么几个士兵就不会去他家；如果只有一个小孩看到有人偷瓜，那肯定不能将其捕获；而却辗转牵引，终于使韩云被捕处斩。这乌鸦的到来，难道不是受到什么东西凭借的吗？因为韩云原是一个大盗，被他劫杀的人太多了。当时虽然什么也没看到，其实和刘刚遇鬼的故事是因果相同的。

求 葬 之 鬼

又佐领额尔赫图言：曩守吉木萨卡伦，夜闻团焦外呜呜有声。人出逐，则渐退；人止则止，人返则复来。如是数夕。一戍卒有胆，竟操刃随之，寻声迤逦入山中，至一僵尸前而寂。视之有野兽啮食痕，已久枯矣。卒还以告，心知其求瘗也。具棺葬之，遂不复至。夫神识已离，形骸何有？此鬼沾沾于遗蜕，殊未免作茧自缠。然蝼蚁鱼鳖之谈，自庄生之旷见；岂能使含生之属，均如太上忘情。观于兹事，知棺衾必慎，孝子之心；骴胳必藏，仁人之政。圣人通鬼神之情状，何尝谓魂升魄降，遂冥漠无知哉！

【译文】

又佐领额尔赫图说：他从前驻守吉木萨卡伦时，夜里听到草屋外有"呜呜"的声音。人出去追，声音就渐渐退去；人停声也停；人返回声音又回来。这样过了几个晚上。有一个兵士很有胆量，竟持刀追随声音而去，曲曲折折来到山中，到一僵尸前声音就消失了。士兵细看那尸体，见有野兽咬过的齿痕，早已经干枯了。兵士回来告诉，他心知是求葬的鬼魂。就用棺材将尸体埋葬了，于是就不再有声音了。灵魂已经离开，形体又有什么用呢？这鬼如此留恋遗体，未免也太作茧自缚了。但给蝼蚁鱼鳖为食的理论，只是庄子旷达的见解，哪里能使有生命的东西都像哲人那样洒脱忘情。从这件事看来，可知棺殓必须郑重，以体现孝子之心；尸骸必须埋藏，以体现仁者的政策。圣人是知道鬼神的情况的，他们何曾认为人死魄散，就什么也不知道了呢？

董 文 恪 言

献县令某，临殁前，有门役夜闻书斋人语曰："渠数年享用奢华，禄已耗尽。其父诉于冥司，探支来生禄一年，治未了事。未知许否也？"俄而令暴卒。董文恪公尝曰："天道凡事忌太甚。故过奢过俭，皆足致不祥。然历历验之，过奢之罚，富者轻而贵者重；过俭之罚，贵者轻而富者重。盖富而过奢，耗己财而已；贵而过奢，其势必至于贪婪。权力重，则取求易也。贵而过俭，守己财而已；富而过俭，其势必至于刻薄，计较明则机械多也。士大夫时时深念，知益己者必损人。凡事留其有余，则召福之道矣。"

【译文】

　　有个献县县令，临死前，他的守门人夜里听到书房中有人说道："他几年来生活奢华，食禄已挥霍完了。他父亲在阴间向阴司申请，要预支一年的来生禄，以便处理还没了结的事情。不知允许了没有？"过了一会儿，县令突然死去。董文恪公曾说："天下什么事都忌太过分。所以太奢侈或太节俭，都足以招来不祥。但从一件件事看来，过分奢侈导致的惩罚，富有者轻而做官者重；过分节俭导致的惩罚，做官者轻而富有者重。因为富有而过分奢侈，挥霍的不过是自己的钱财罢了；做官而过分奢侈，则势必导致贪婪。权力大，获取就容易。做官而过分节俭，不过是守住自己的钱财罢了；富有而过分节俭，则势必导致刻薄，精于盘算就会机谋迭出。士大夫应时时深思，明白利己必然损人的道理。凡事留有余地，就是得福的办法。"

牛　　祸

　　小奴玉保言：特纳格尔农家，忽一牛入其牧群，甚肥健。久而无追寻者，询访亦无失牛者，乃留畜之。其女年十三四，偶跨此牛往亲串家。牛至半途，不循蹊径，负女度岭蓦涧，直入乱山。崖陡谷深，堕必糜碎，惟抱牛颈呼号。樵牧者闻声追视，已在万峰之顶，渐灭没于烟霭间。其或饲虎狼，或委溪壑，均不可知矣。皆咎其父贪攘此牛，致罹大害。余谓此牛与此女，合是夙冤，即驱逐不留，亦必别有以相报也。

【译文】
家僮玉保说：特纳格尔有一农家，某日忽然有一头很肥壮的牛跑入他家的牛群中。过了很久没人来追寻，问来问去也找不到丢了牛的人，就把它留下养了起来。他家有个女儿，十三四岁，一天骑这头牛到亲戚家去。牛走到半路，就不再循着道路走，而是驮着女孩越岭渡溪，径直冲入乱山丛中。女孩一见悬崖深谷，心想掉下去一定粉身碎骨，只能抱着牛颈哭叫。砍柴放牧的人听到哭声，追过去看，只见已在高山之顶，随后又渐渐地消失在云烟之中。后来可能是喂了虎狼，或葬身溪谷，都无从知晓了。大家都怪她父亲贪心留下这头牛，结果招来大祸。我认为这牛和这女孩，应该是前世冤家，即使将牛赶走，它也肯定会用别的方式来报仇的。

二　塾　师

故城刁飞万言：一村有二塾师，雨后同步至土神祠，踞砌对谈，移时未去。祠前地净如掌，忽见垄起似字迹。共起视之，则泥上杖画十六字曰："不趁凉爽，自课生徒；涸人书馆，不亦愧乎？"盖祠无居人，狐据其中，怪二人久聒也。时程试方增律诗，飞万戏曰："随手成文，即四言叶韵。我愧此狐。"

【译文】
故城的刁飞万说：某村有两个塾师，一天雨后，两人一起散步到土地祠，蹲在台阶上谈天，过了一个时辰还没离去。祠前的土地原来很平整，这时忽然看到有隆起的地方，像是字迹。两人一齐起来细看，只见泥地上用棒画出十六个字："不趁凉爽，自课生徒；涸人书馆，不亦愧乎？"大概是祠里没人居住，狐仙住在里面，讨厌两个人在这里喧闹得太久了。当时正巧科举考试增考格律诗，飞万开玩笑说："出手成文，就是四言押韵。我连这狐都不如啊！"

忏悔须及未死时

飞万又言：一书生最有胆，每求见鬼不可得。一夕，雨霁月明，命小奴携罂酒诣丛冢间，四顾呼曰："良夜独游，殊为寂寞。泉下诸友，有肯来共酌者乎？"俄见磷火荧荧，出没草际。再呼之，鸣鸣环集，相距丈许，皆止不进。数其影约十余，以巨杯挹酒洒之，皆俯嗅其气。有一鬼称酒绝佳，请再赐。因且洒且问曰："公等何故不轮回？"曰："善根在者转生矣，恶贯盈者堕狱矣。我辈十三人，罪限未满，待轮回者四；业报沉沦，不得轮回者九也。"问："何不忏悔求解脱？"曰："忏悔须及未死时，死后无着力处矣。"酒酒既尽，举罂示之，各踉跄去。中一鬼回首叮咛曰："饿魂得沃壶觞，无以报德。谨以一语奉赠：忏悔须及未死时也。"

【译文】
飞万又说：有一个书生，很有胆量，常想见见鬼，却不能如愿。一天夜里，雨过月明，就让家僮带上一坛酒，随他到一片坟堆中。书生环顾四周叫道："如此美好的夜色，独自游赏，实在寂寞。地下的各位朋友，有肯来和我共饮的吗？"过了一会儿，只见鬼火闪闪，出没于草丛。再招呼他们，就"鸣鸣"地围上来，离他有一丈左右，都停住不上前了。数数鬼影，大约有十来个，书生就用大杯舀酒洒在地上，鬼都俯下嗅酒气。有一个鬼说酒极好，请再给一点。书生就一边洒酒一边问道："各位为什么不轮回？"鬼答道："善良的人就转生了，恶贯满盈的人就堕落地狱了。我们十三个人，罪期未满，等待轮回的有四个，罪孽深重，不得轮回的有九个。"

书生又问:"为什么不忏悔以求解脱呢?"鬼说道:"忏悔要在没死的时候,死后就无处着力了。"书生把酒洒完了,举起坛子给鬼看,鬼就踉踉跄跄地走了。其中有一个鬼回头叮咛道:"饿鬼得以喝酒,没什么可以报答,谨以一句话奉送:忏悔要在没死的时候。"

伊　　实

翰林院笔帖式伊实从征伊犁时,血战突围,身中七矛死。越两昼夜,复苏;疾驰一昼夜,犹追及大兵。余与博晰斋同在翰林时,见有伤痕,细询颠末。自言被创时,绝无痛楚,但忽如沉睡。既而渐有知觉,则魂已离体,四顾皆风沙颁洞,不辨东西,了然自知为已死。倏念及子幼家贫,酸彻心骨,便觉身如一叶,随风漾漾欲飞。倏念及虚死不甘,誓为厉鬼杀贼,即觉身如铁柱,风不能摇。徘徊伫立间,方欲直上山巅,望敌兵所在;俄如梦醒,已僵卧战血中矣。晰斋太息曰:"闻斯情状,使人觉战死无可畏。然则忠臣烈士,正复易为,人何惮而不为也!"

【译文】
　　翰林院的笔帖式伊实随军征讨伊犁时,血战突围,身中七枪而死。过了两昼夜,又活了过来。飞马奔驰一昼夜,竟还追上了大军。我和博晰斋同在翰林院时,见他身上有伤痕,就细问事情的经过。他说受伤时,毫无痛感,只是忽然好像沉睡过去。随后渐渐有了知觉,则是灵魂已离开了躯体,环顾四周,风沙弥漫,辨不清方向,便清醒地意识到自己已死了。一会儿想起子幼家贫,刻骨心酸,便觉得身子像一片树叶,随风飘荡欲飞。一会儿又想到不甘心白白地死去，发誓要化作厉鬼杀敌，便觉得身体像铁柱，风吹不动摇。徘徊站立之际，正要冲上山顶，看敌兵在哪里，过了一会儿好像从睡梦中醒来，发现自己已僵卧在战血之中了。晰斋感叹地说："听了这情形，使人觉得战死并不可怕。这样的话，那么忠臣烈士是容易做的，人们为什么惧怕而不做呢？"

戒　杀　牛

里有古氏，业屠牛，所杀不可缕数。后古叟目双瞽。古妪临殁时，肌肤溃烈，痛苦万状，自言冥司仿屠牛之法宰割我。呼号月余乃终。侍姬之母沈媪，亲睹其事。杀业至重；牛有功于稼穑，杀之业尤重。《冥祥记》载晋庾绍之事，已有"宜勤精进，不可杀生；若不能都断，可勿宰牛"之语，此牛戒之最古者。《宣室志》载夜叉与人杂居则疫生，惟避不食牛人。《酉阳杂俎》亦载之。今不食牛人，遇疫实不传染，小说固非尽无据也。

【译文】
　　家乡有个姓古的人家，以杀牛为业，所杀的牛不可胜数，后来古老头双目失明。他妻子临死时，全身溃烂，痛苦万状，哭着叫喊："阴司按照杀牛的办法，正一刀刀宰割我呀！"呼叫了一个多月，方才死去。侍妾的母亲沈氏，亲眼目睹了这事。杀生的业报最重。牛有功于农事，杀牛的业报就更重。《冥祥记》载晋朝庾绍的故事，已有"应该勤勉精诚，努力上进，不可杀生；如不能都戒掉，可以不杀牛"的话，这是最早戒杀牛的记载。《宣室志》载夜叉和人杂居就会发生瘟疫，只有不吃牛肉的人可幸免。《酉阳杂俎》也有记载。如今不吃牛肉的人，遇到瘟疫确实不被传染，小说的内容其实并不都是无根之谈。

旷达是牢骚

海宁陈文勤公言：昔在人家遇扶乩，降坛者安溪李文贞公也。公拜问涉世之道，文贞判曰："得意时毋太快意，失意时毋太快口，则永保终吉。"公终身诵之。尝诲门人曰："得意时毋太快意，稍知利害者能之；失意时毋太快口，则贤者或未能。夫快口岂特怨尤哉，夷然不屑，故作旷达之语，其招祸甚于怨尤也。"余因忆先高祖《花王阁剩稿》中载宋盛阳先生（讳大壮，河间诸生，先高祖之外舅也。）赠诗曰："狂奴犹故态，旷达是牢骚。"与公所论，殆似重规叠矩矣。

【译文】
海宁的陈文勤公说：他以前在别人家遇到扶乩，乩仙是安溪的李文贞公。陈拜问处世之道，文贞公的判词说："得意的时候不要太高兴，失意的时候不要太图嘴上痛快，就可永保吉祥。"陈终身记住这席话。他曾教导门生说："得意时不要太高兴，这是稍知利害的人能做到的；失意时不要太图嘴上痛快，则是贤者也不一定能做到。嘴上痛快哪里只是指口出怨言呢！装作坦然不介意，故意说些旷达的话，其招来的祸害比口出怨言还厉害。"我由此想起高祖父《花王阁剩稿》中载有宋盛阳先生（名大壮，河间的秀才，是高祖父的岳父）赠诗说："狂奴犹故态，旷达是牢骚。"与陈公的言论，真好像是一个规矩画出来的。

额 鲁 特 女

有额鲁特女,为乌鲁木齐民间妇,数年而寡。妇故有姿首,媒妁日叩其门。妇谢曰:"嫁则必嫁。然夫死无子,翁已老,我去将谁依?请待养翁事毕,然后议。"有欲入赘其家代养其翁者,妇又谢曰:"男子性情不可必,万一与翁不相安,悔且无及。亦不可。"乃苦身操作,翁温饱安乐,竟胜于有子时。越六七年,翁以寿终。营葬毕,始痛哭别墓,易彩服升车去。论者惜其不贞,而不能不谓之孝。内阁学士永公时镇其地,闻之叹曰:"此所谓质美而未学。"

【译文】

有个额鲁特女人,是乌鲁木齐的民妇,婚后几年就守寡了。妇人本来就颇有姿色,因此每天有媒人来上门。妇人谢绝道:"改嫁是肯定要改嫁的。但丈夫死了,没有儿子,公公已老了,我离开了,他依靠谁呢?请等到我完成侍奉公公的事,然后再商量。"有人愿意入赘到她家,为她赡养公公,妇人又谢绝道:"男人的性情是不一定的,万一和公公不和睦,后悔也来不及。这也不行。"她勤苦操劳,公公温饱安乐,竟比儿子活着时过得还要好。过了六七年,公公寿终天年。安葬完毕,妇人才痛哭着拜别坟墓,换上彩衣,登车改嫁去了。有人惋惜她不贞节,但不得不称她是个孝妇。内阁学士永公当时在那地方镇守,听说后感叹道:"这就是所谓品质美好而未受过教育的人。"

侠　　盗

新城王符九言：其友人某，选贵州一令。贷于西商，抑勒剥削，机械百出。某迫于程限，委曲迁就；而西商枝节益多。争论至夜分，始茹痛书券。计券上百金，实得不及三十金耳。西商去后，持金贮箧。方独坐太息，忽闻檐上人语曰："世间无此不平事！公太柔懦，使人愤填胸臆。吾本意来盗公，今且一惩西商，为天下穷官吐气也。"某悸不敢答。俄屋角窸窣有声，已越垣径去。次日，闻西商被盗，并箧中新旧借券，皆席卷去矣。此盗殊多侠气，然亦西商所为太甚，干造物之忌，故鬼神巧使相值也。

【译文】

新城的王符九说，他有一个朋友，被任命为贵州一个县的县令。这朋友向一西北商人借钱，西商克扣盘剥，手段百出。朋友迫于期限，只得委曲迁就，而西商花招更多了。争论到半夜，才忍痛写下债券。债券上一百两银子，实际拿到手还不到三十两。西商走后，他把银子藏到箱子里。正独自坐着叹息，忽听得屋檐上有人说道："世上没有这样不公平的事！您太柔弱怯懦了，使人义愤填膺。我本打算来偷您的，现在要惩罚一下西商，为天下的穷官吐口气。"朋友吓得不敢出声。随后听到屋角有窸窸窣窣的声音，已翻墙而去了。第二天，听说西商被盗，连同箱子里新旧债券，都被席卷而去。这盗贼真是有侠气，但也是因为西商做得太过分了，被老天所忌，所以鬼神巧妙地让他们两人碰到一起了。

鬼 知 阴 事

许文木言：其亲串有新得官者，盛具牲醴享祖考。有巫能视鬼，窃语人曰："某家先灵受祭时，皆颜色惨沮，如欲下泪。而后巷某甲之鬼，乃坐对门屋脊上，翘足而笑。是何故也？"后其人到官未久，即伏法。始悟其祖考悲泣之由。而某甲之喜，则终不解。久而有知其阴事者曰："某甲女有色，是尝遣某妪诱以金珠，同宿数夕。人不知而鬼知也，谁谓冥冥中可堕行哉！"

【译文】
许文木说：他的亲戚中有人新做了官，就摆了丰盛的供品祭祀祖先。有个巫师能看到鬼，偷偷地和别人说："他家祖先受祭时，都表情愁惨沮丧，好像要流下泪来。而后巷某人的鬼魂，却坐在对门的屋顶上，翘着脚在笑。这是怎么回事呢？"后来那人上任不久，就因犯法而被处死。这才知道他的祖先悲泣的原因。但后巷某人的笑，却还是不可理解。很久以后，有知道他阴私的人说："某人的女儿有姿色，他曾让一个老妇以金珠相诱，两人同宿了几个晚上，人不知道而鬼却知道。谁说暗地里就可做缺德的事啊！"

老 儒

王梅序孝廉言：交河城西有古墓，林木丛杂，云藏妖魅，犯之者多患寒热，樵牧弗敢近。一老儒耿直负气，由所居至县城，其地适中，过必憩息，偃蹇傲睨，竟无所见闻。如是数年。一日，又坐墓侧，袒裼纳凉。归而发狂,谵语曰:"曩以汝为古君子,故任汝放诞,未敢侮汝。汝近乃作负心事,知从前规言矩步,皆貌是心非,今不复畏汝矣。"其家再三拜祷,昏愦数日始痊。自是索然气馁,每经其地,辄俯首疾趋。观此知魅不足畏,心苟无邪,虽凌之而不敢校;亦观此而知魅大可畏,行苟有玷,虽秘之而皆能窥。

【译文】

王梅序举人说:交河县城西面有座古墓,树木丛生,传说内藏妖怪,碰上的人大都得寒热病,樵夫牧童都不敢靠近。有一老儒耿直而自恃胆大,由他家到县城,古墓刚好在中途,每次经过都要在此休息,傲然睥睨,竟什么也看不到。这样过了几年。一天,他又坐在墓边,解开衣服乘凉,回到家就发了狂症,口出疯话道:"以前把你当作古君子,所以任凭你放诞,不敢冒犯你。你最近做了亏心事,才知道以前你堂堂正正的行为,都是装出来的,现在不再怕你了。"他家里人再三地拜求祈祷,昏迷了好几天,他病才痊愈。从此以后,他气馁胆虚,每次经过那地方,就低着头急步走过。由此看来,妖怪并不可怕,只要心中无邪,就是冒犯它,也不敢和你计较;但同时妖怪也很可怕,只要行为稍有玷污,即使很秘密,它也都能看到。

《佐治药言》六则

门人萧山汪生辉祖,字焕曾,乾隆乙未进士,今为湖南宁远县知县。未第时,久于幕府,撰《佐治药言》二卷,中载近事数条,颇足以资法戒。

其一曰:孙景溪先生,讳尔周。令吴桥时,幕客叶某一夕方饮酒,偃仆于地,历二时而苏。次日闭户书黄纸疏，赴城隍庙拜毁，莫喻其故。越六日，又偃仆如前，良久复起，则请迁居于署外。自言八年前在山东馆陶幕，有士人告恶少调其妇。本拟请主人专惩恶少，不必妇对质。而同事谢某，欲窥妇姿色，怂恿传讯。致妇投缳，恶少亦抵法。今恶少控于冥府，谓妇不死，则渠无死法；而妇死由内幕之传讯。馆陶城隍神移牒来拘，昨具疏申辩，谓妇本应对质；且造意者为谢某。顷又移牒，谓："传讯之意，在窥其色，非理其冤；念虽起于谢，笔实操于叶。谢已摄至，叶不容宽。"余必不免矣。越夕而殒。

其一曰：浙江臬司同公言：乾隆乙亥秋审时，偶一夜潜出，察诸吏治事状。皆已酣寝，惟一室灯独明。穴窗窃窥，见一吏方理案牍，几前立一老翁、一少妇。心甚骇异，姑视之。见吏初草一签，旋毁稿更书，少妇敛衽退。又抽一卷，沉思良久，书一签，老翁亦揖而退。传诘此吏，则先理者为台州因奸致死一案：初拟缓决，旋以身列青衿，败检酿命，改情实。后抽之卷为宁波叠殴致死一案：初拟情实，旋以索逋理直，死由还殴，改缓决。知少妇为捐生之烈魄，老翁为累囚之先灵矣。

其一曰：秀水县署有爱日楼，板梯久毁，阴雨辄闻鬼泣声。一老吏言：康熙中，令之母喜诵佛号，因建此楼。雍正初，有令挈幕友胡姓来，盛夏不欲见人，独处楼中；案牍饮食，皆縋而上下。一日，闻楼上惨号声。从者急梯而上，则胡裸体浴血，自刺其腹，并碎剧周身如刻画。自云曩在湖南某县幕，有奸夫杀本夫者，奸妇首于官。吾恐主人有失察咎，以访拿报，妇遂坐磔。顷见一神引妇来，刲刃于吾腹，他不知也。号呼越夕而死。

其一曰：吴兴某，以善治钱谷有声。偶为当事者所慢，因密讦其侵盗阴事于上官，竟成大狱。后自啮其舌而死。又无锡张某，在归安令裘鲁青幕，有奸夫杀本夫者，裘以妇不同谋，欲出之。张大言曰："赵盾不讨贼为弑君，许止不尝药为弑父，《春秋》有诛意之法。是不可纵也。"妇竟论死。后张梦一女子，被发持剑，搏膺而至曰："我无死法，汝何助之急也？"以刃刺之。觉而刺处痛甚。自是夜夜为厉，以至于死。

其一曰：萧山韩其相先生，少工刀笔，久困场屋，且无子，已绝意进取矣。雍正癸卯，在公安县幕，梦神人语曰："汝因笔孽多，尽削禄嗣。今治狱仁恕，赏汝科名及子，其速归。"未以为信，次夕梦复然。时已七月初旬，答以试期不及。神曰："吾能送汝也。"寤而急理归装，江行风利，八月初二日竟抵杭州，以遗才入闱中式。次年，果举一子。焕曾笃实有古风，其所言当不妄。

又所记《囚关绝祀》一条曰：平湖杨研耕在虞乡县幕时，主人兼署临晋，有疑狱，久未决。后鞫实为弟殴兄死，夜拟谳牍毕，未及灭烛而寝。忽闻床上钩鸣，帐微启，以为风也。少顷复鸣，则帐悬钩上，有白须老人跪床前叩头，叱之不见，而几上纸翻动有声。急起视，则所拟谳牍也。反覆详审，罪实无枉。惟其家四世单传，至其父始生二子，一死非命，一又伏辜，则五世之祀斩矣。因毁稿存疑如故，盖以存疑为是也。余谓以王法论，灭伦者必诛；以人情论，绝祀者亦可悯。生与杀皆碍，仁与义竟两妨矣。如必委曲以求通，则谓杀人者抵，以申死者之冤也。申己之冤以绝祖父之祀，其兄有知，必不愿；使其竟愿，是无人心矣。虽不抵不为枉，是一说也。或又谓情者一人之事，法者天下之事也。使凡仅兄弟二人者，弟杀其兄，哀其绝祀，皆不抵，则夺产杀兄者多矣，何法以正伦纪乎？是又未尝非一说也。不有皋陶，此狱实为难断，存以待明理者之论定可矣。

【译文】

我的学生汪辉祖，萧山人，字焕曾，乾隆四十年进士，现任湖南宁远县知县。没有及第以前，他长期做幕僚，撰写《佐治药言》二卷，里面记载了几件新近发生的事，很足以供人效法或引以为戒。

其中一条说：孙景溪先生，名尔周。在任吴桥县令时，他有一个幕僚叶某，一天夜里正喝着酒，突然昏倒在地上，过了两个时辰才苏醒过来。第二天关起门来在黄纸上写疏文，跑到城隍庙跪拜焚烧，没人知道是怎么回事。过了六天，又像上次一样昏倒在地，过了很久才起来，于是请求搬到官署外去居住。他说八年前在山东的馆陶县做幕僚时，有个读书人告恶少调戏他妻子。本打算请县官只惩罚恶少，而不必让妇人来当堂对证。但同事谢某想看看妇人的姿色，便怂恿他传讯。致使妇人悬梁自尽，恶少也被依法处死。如今恶少向阴司告状，说如果妇人不死，那么他也没有死罪；而妇人自杀是由于幕僚的传讯。馆陶的城隍神发了文书来拘拿他，他上次已写疏文申辩，认为妇人本应该出堂对证，况且出主意的是谢某。不久又传来文书，那上面说：“传讯的目的，在于偷看其姿色，而不是审理案情；主意虽是谢某出的，传票却是叶某写的。谢已被捉来，叶也不容宽免。”我肯定难免一死了。过了一夜，叶某果然就死了。

其中一条说：浙江按察使同公说：乾隆二十年秋季会审时，有一夜他悄悄出门，去察看属吏们办案的情况。这时大家都已入睡，只有一个房间里的灯亮着。他从窗洞偷看，见一属吏正在处理案卷，桌前站着一个老翁、一个少妇，心里十分惊异，就继续看着。见属吏先写了一张纸，马上撕掉再写，少妇行礼后退下。又抽出一卷，沉思了很长时间，写了一张纸，老翁也作揖退下。他把这属吏叫来询问，原来先审理的是台州的一桩因奸致死案：原打算判为死缓，后认为作为秀才，品德败坏，酿成人命，改判为死刑。后面抽出的卷宗是宁波殴打致死案：原打算判为死刑，后认为索要拖欠是名正言顺的，闹出人命是因为双方对打，改判为死缓。这才知道刚才的少妇是节烈的冤魂，老翁是囚犯的祖先之灵。

其中一条说：秀水县衙门里有座爱日楼，楼梯早就坏了，一到阴雨天就会听到鬼的哭泣声。一老吏说：康熙年间，县令的母亲信佛，就造了这座楼。雍正初年，有个县令带着个姓胡的幕僚来上任。胡盛夏时不想见人，独自住在楼上，案卷食物，都用绳子吊上去。一天，听到楼上有惨叫声。人们急忙搬来梯子上楼，只见胡某裸体流血，用刀刺自己的腹部，而且全身布满刀伤如同刻画。他说自己从前在湖南某县做幕僚，有个奸夫杀死亲夫，奸妇向官府报案。我怕县令有失于查察的罪过，就以侦破捕拿的名义上报，奸妇于是被凌迟处死。刚才看到一个神带着妇人来，用刀刺入我腹中，其他就不知道了。哭叫了一夜就死了。

其中一条说：吴兴某人，以善于管理税收而闻名。一次因被县令怠慢，就密地里向上级官府告发县令侵吞公款的事，竟酿成大狱。后来自己咬自己的舌头而死。又有无锡的张某，在归安县令裘鲁青处做幕僚，有个奸夫杀死亲夫，裘认为奸妇不是同谋，要将她释放。张大声说："赵盾不讨贼被称为弑君，许止不尝药被称为弑父，《春秋》有不问实际行动而推究其用心以论定罪状的笔法。这妇人不可赦免。"最后奸妇被判死罪。后来张某梦见一女子披头散发，拿着剑捶胸而来，说："我不该死罪，你为什么一定要我死？"用剑刺他。醒来觉得被刺的地方很痛，从此天天夜里来作祟，一直到死。

其中一条说：萧山的韩其相先生，年轻时善于写讼状，一直科举不中，而且没有儿子，已经断了中举做官的念头。雍正元年，他在公安县做幕僚，梦见神人对他说："你因笔孽多，所以官禄和子嗣都被削掉了。如今因办案仁慈宽容，奖赏你功名和子嗣，赶紧回家。"他没有把这当真。第二天晚上又做了同样的梦。当时已是七月上旬，他就回答说已赶不上考试的日期。神说："我能送你。"醒来后急忙整理行装，从长江乘船顺风而下，八月初二竟抵达杭州，作为遗漏的秀才参加乡试，考中举人。第二年，果然得了一个儿子。焕曾诚实，有古人之风，他所说的应该是不假的。

还有他写的《囚关绝祀》一条说：平湖的扬研耕在虞乡县做幕僚时，该县的县令还兼管临晋县，有一疑难案件，拖了很久也没判决。后来审明是弟弟将哥哥打死。夜里草拟完判词，没有熄灯就睡了。忽听得床上帐钩发出声音，帐子微微拉开，以为是风吹的。过了一会又发出声音，帐子已挂在钩上，有个白胡子老人跪在床前叩头，他猛吼一声，就不见了，而桌上发出纸翻动的声音。急忙起来看，原来是拟好的判词。反复仔细地审查，并没有什么冤枉。只是他们家四代单传，到他父亲才生了两个儿子，一个死于非命，一个又要伏法，那五代的血统就断了。于是把拟好的草稿撕掉，仍然作为存疑的案子，因为存疑是最好的办法。我认为从王法而言，灭绝人伦的人一定要杀；从人情而言，断子绝孙也是可怜。生和杀都有违碍，仁和义竟相矛盾了。如果一定要委曲以求通融，就说杀人偿命，是为死者申冤，为自己申冤而断绝家族的血统，他哥哥如果地下有知，肯定不愿意；假如他竟然愿意，那就是没有人性了。因此虽然不抵命也不算冤枉，这是一种理论。也有人说人情是一人之事，而王法是天下之事。假如凡是只有兄弟二人，弟杀其兄，却因同情杀人者家里要断子绝孙，因而不必偿命，那么谋夺家产、杀害哥哥的事就很多了，法律怎么来规范人伦纲纪呢？这又未尝不是一种理论。没有皋陶这样的法官，这案子实在难以判决，留着等通情达理的人来论定是对的。

子不语怪

姚安公言：昔在舅氏陈公德音家，遇骤雨，自巳至午乃息，所雨皆沤麻水也。时西席一老儒方讲学，众因叩曰："此雨究竟是何理？"老儒掉头面壁曰："子不语怪。"

【译文】

姚安公说：从前在舅舅陈德音先生家，遇到暴雨，从巳时一直下到午时才停住。下的都是浸麻的黄水。当时家塾里一老先生正在讲学，大家就去问他："这雨到底是怎么回事？"老先生转过头面朝墙壁说："孔子不谈论怪异的事。"

老儒骂狐

刘香畹言：曩客山西时，闻有老儒经古家，同行者言中有狐。老儒詈之，亦无他异。老儒故善治生，冬不裘，夏不绨，食不肴，饮不醙，妻子不宿饱。铢积锱累，得四十金，熔为四铤，秘缄之。而对人自诉无担石。自詈狐后，所储金或忽置屋颠树杪，使梯而取。或忽在淤泥浅水，使濡而求。甚或忽投圊溷，使探而濯。或移易其地，大索乃得。或失去数日，从空自堕。或与客对坐，忽纳于帽檐。或对人拱揖，忽铿然脱袖。千变万化，不可思议。一日，忽四铤跃掷空中，如蛱蝶飞翔，弹丸击触，渐高渐远，势将飞去。不得已，焚香拜祝，始自投于怀。自是不复相嬲，而讲学之气焰已索然尽矣。说是事时，一友曰："吾闻以德胜妖，不闻以詈胜妖也。其及也固宜。"一友曰："使周、张、程、朱詈，妖必不兴。惜其古貌不古心也。"一友曰："周、张、程、朱必不轻詈。惟其不足于中，故悻悻于外耳。"香畹首肯曰："斯言洞见症结矣。"

【译文】
　　刘香畹说：从前客居山西时，听说有个老儒经过古墓，同行的人说里面有狐精，老儒骂了狐精，也没有什么怪异出现。老儒向来善于过日子，冬天不穿裘衣，夏天不穿精细的葛布，不吃荤菜，不喝苦茶，妻儿饿着肚子过夜。一厘一毫地积累，储得四十两银子，熔成四锭，偷偷地藏着，而对人则诉说自己穷得快要没饭吃了。自从骂了狐精后，藏着的银子一忽儿到了屋顶树梢，要他架起梯子去取；一忽儿又到了淤泥浅水里，要他沾湿衣服才能拿到。甚至有时忽然掉进厕所里，要他取出来洗干净。有时放到了其他地方，费好大的劲才找到。有时消失了几天，又从空中掉了下来。有时和客人坐着谈天时，银子忽然出现在他帽檐上。有时对别人作揖时，银子忽然"咣啷"一声从袖子里掉出，千变万化，不可思议。一天，四锭银子忽然跳到空中，像蝴蝶一样飞了起来，用弹弓射它，却越高越远，眼看就要飞走。不得已，只好焚香拜祷，这才掉到他怀中。从此以后就不再戏弄他，但他讲学的气焰已消失殆尽了。讲此事时，一位友人说："我听说能以德行战胜妖魔，没听说过能以叱骂战胜妖魔。他的遭遇是理所当然的。"另一位友人说："假如是周敦颐、张载、程氏兄弟、朱熹叱骂，妖魔肯定不敢作祟。可惜此人貌古而心不古。"又一友人说："周、张、程、朱肯定不会随便骂妖。正是因为此人内心修养不够，所以外表才会乖戾。"香畹点头称是，说："这话是切中要害的。"

某 孝 廉

　　香畹又言：一孝廉颇善储蓄，而性啬。其妹家至贫，时逼除夕，炊烟不举。冒风雪徒步数十里，乞贷三五金，期明春以其夫馆谷偿。坚以窭辞。其母涕泣助请，辞如故。母脱簪珥付之去，孝廉如弗闻也。是夕，有盗穴壁入，罄所有去。迫于公论，弗敢告官捕。越半载，盗在他县败，供曾窃孝廉家，其物犹存十之七。移牒来问，又迫于公论，弗敢认。其妇惜财不能忍，阴遣子往认焉。孝廉内愧，避弗见客者半载。夫母子天性，兄妹至情；以啬之故，漠如陌路。此真闻之扼腕矣。乃盗遽乘之，使人一快；失而弗敢言，得而弗敢取，又使人再快。至于椎心茹痛，自匿其瑕，复败于其妇，瑕终莫匿，更使人不胜其快。颠倒播弄，如是之巧，谓非若或使之哉！然能愧不见客，吾犹取其足为善。充此一愧，虽以孝友闻可也。

【译文】

　　香畹又说：有个举人很善于聚财，但为人很吝啬。他妹妹家很穷，当时将近年关，家里已揭不开锅。妹妹冒着风雪走了几十里，来借三五两银子，说好到明年春天用她丈夫做塾师的收入来偿还。但举人以手头紧张为借口，就是不肯借。他母亲哭着为妹妹求情，举人照样推辞。母亲取下发簪首饰交给女儿让她走，举人好像没看到一样。这天夜里，有贼挖墙而入，将他所有钱财席卷而去。他因害怕舆论，不敢向官府报案追捕。过了半年，那盗贼在别的县被捉，供出曾偷过举人家的财物，偷去的钱财还剩十分之七。官府发公文来查询，他又因害怕舆论，不敢认领。他妻子爱财，实在忍不住，就暗地派儿子去认领了。举人内心羞愧，闭门谢客半年。母子、兄妹是骨肉亲情，因为吝啬的原因，竟冷漠得像对陌生人，听了这事令人扼腕愤恨。那盗贼一下子得手，使人感到痛快；失了钱不敢声张，钱追回来又不敢领取，更令人痛快；至于忍着椎心之痛，自己掩盖缺德事，又被妻子败露，缺德事最终还是隐瞒不住，更令人痛快得不得了。颠倒捉弄，如此之巧，难道不是好像有人在摆布的吗！但是能够羞愧而不见客，我还是认为这是对的。就从这一羞愧之心扩大开去，也是可以做到以孝友闻名的。

死不忘亲

卢霁渔编修患寒疾,误延读《景岳全书》者投人参,立卒。太夫人悔焉,哭极恸。然每一发声,辄闻板壁格格响;夜或绕床呼阿母,灼然辨为霁渔声。盖不欲高年之过哀也。悲哉!死而犹不忘亲乎。

【译文】

卢霁渔编修患寒症,误请读《景岳全书》的人看病,让他吃了人参,结果马上就死了。他母亲十分后悔,哭得极伤心。但每哭一声,就听到墙板"格格"作响。晚上在床边有人叫阿妈,很清楚地听出是霁渔的声音。大概是不愿让老人过分哀伤。可怜啊!死了还不忘亲人啊!

亡母恋子

海阳鞠前辈庭和言:一宦家妇临卒,左手挽幼儿,右手挽幼女,呜咽而终,力擘之乃释,目炯炯尚不瞑也。后灯前月下,往往遥见其形,然呼之不应,问之不言,招之不来,即之不见。或数夕不出,或一夕数出,或望之在某人前,而某人反无睹;或此处方睹,而彼处又睹。大抵如泡影空花,电光石火,一转瞬而即灭,一弹指而倏生。虽不为害,而人人意中有一先亡夫人在。故后妻视其子女,不敢生分别心;婢媪童仆视其子女,亦不敢生凌侮心。至男婚女嫁,乃渐不睹。然越数岁或一见,故一家恒惴惴栗栗，如时在其旁。或疑为狐魅所托，是亦一说。惟是狐魅扰人，而此不近人。且狐魅又何所取义，而辛苦十余年，为时时作此幻影耶？殆结恋之极，精灵不散耳。为人子女者，知父母之心，殁而弥切如是也。其亦可以怆然感乎？

【译文】
　　海阳的鞠庭和前辈说：有一官家妇人临终时，左手挽着幼子，右手挽着幼女，呜咽着死去。家人用力才将她的手掰开，她还目光炯炯地不闭眼睛。后来在灯前月下，常能远远地看到她的形象，但叫她不应，问她不答，招她不来，靠上前就不见了。有时几个晚上不出现，有时一个晚上出现几次；有时看到她在某人面前，某人却反而看不见；有时在此处刚看到，而其他地方又看到了。大都像泡影空花，电光石火，转瞬即逝，弹指忽生。虽不害人，但人人心目中都觉得有一个已故的夫人存在。所以后妻对她的子女，不敢有所怠慢；仆妇佣人对她的子女，也不敢有所欺凌。一直到儿子结婚、女儿出嫁，才渐渐看不到。但过几年还出现一次，所以一家人常战战兢兢，总觉得好像她还在身边。有人怀疑这是狐妖幻形，也算是一种说法。只是狐妖是要骚扰人的，而她却不靠近人。况且狐妖又没有任何目的，为什么要辛苦十多年，常常要如此显灵呢？大概是留恋至深，所以灵魂不散吧。做子女的，该知道父母的爱心。这种爱心，死了以后甚至更为深切，就像这官家妇人一样。因此，做子女也应该有所感触吧？

善　　鬼

　　庭和又言：有兄死而吞噬其孤侄者，迫胁侵蚀，殆无以自存。一夕，夫妇方酣眠，忽梦兄仓皇呼曰："起起,火已至。"醒而烟焰迷漫,无路可脱,仅破窗得出。喘息未定,室已崩摧。缓须臾,则灰烬矣。次日,急召其侄,尽还所夺。人怪其数朝之内,忽跖忽夷。其人流涕自责,始知其故。此鬼善全骨肉,胜于为厉多多矣。

【译文】

庭和又说:有一个弟弟,在哥哥死后竟侵吞侄儿的财产,逼迫、威胁、蚕食,使侄儿几乎无法活下去了。一天夜里,这个弟弟夫妻俩正在酣睡,忽然梦见哥哥急急地呼喊:"快起来!快起来!火烧来了!"他们从梦中惊醒,只见屋里烟火弥漫,已无路可逃,只得破窗而出。喘息未定,房子已经崩塌,如果逃得稍慢一点,人就成为灰烬了。第二天,他急忙叫来侄儿,把侵吞的财产全部退还。人们对他几天之内忽坏忽好觉得很奇怪。那人流泪自责,人们才知道其中原因。这位哥哥的鬼魂善于保全骨肉,比变作厉鬼要好得多了。

梁　　钦

高淳令梁公钦官户部额外主事时,与姚安公同在四川司。是时六部规制严,凡有故不能入署者,必遣人告掌印,掌印移牒司务,司务每日汇呈堂,谓之出付;不能无故不至也。一日,梁公不入署,而又不出付,众疑焉。姚安公与福建李公根侯,寓皆相近,放衙后同往视之。则梁公昨夕睡后,忽闻砰碻撞触声,如怒马腾踏。呼问无应者,悸而起视,乃二仆一御者裸体相搏,捶击甚苦,然皆缄口无一言。时四邻已睡,寓中别无一人。无可如何,坐视其斗。至钟鸣乃并仆,迨晓而苏,伤痕鳞叠，面目皆败。问之都不自知，惟忆是晚同坐后门纳凉，遥见破屋址上有数犬跳踉，戏以砖掷之，嗥而逃。就寝后遂有是变。意犬本是狐，月下视之未审欤！梁公泰和人，与正一真人为乡里，将往陈诉。姚安公曰："狐自游戏，何预于人？无故击之，曲不在彼。袒曲而攻直，于理不顺。"李公亦曰："凡仆隶与人争，宜先克己；理直尚不可纵使有恃而妄行，况理曲乎？"梁公乃止。

【译文】
　　高淳县令梁钦在做户部额外主事时，和姚安公同在四川司。当时六部规章制度很严，凡是因故不能进官署办公的，一定要派人告诉掌印官，掌印官写文书给司务官，司务官每天汇总呈报，称之为"出付"。所以，不能无故不到。一天，梁公没来办公，而又不出付，大家感到很奇怪。姚安公和福建的李公根侯，寓所都和梁公相近，退衙后就一同去探视他。原来，梁公昨夜睡后，忽听到"砰砰"的撞击声，像怒马奔踏，呼问而无人应声。他惊恐地起来一看，原来是两个仆人和一个马夫赤身裸体在打架，打得不可开交，但都彼此不说话。当时四邻都已睡觉，寓所里没有其他人。梁公没有办法，只得坐着看他们打。他们一直打到晨钟敲响时才一齐倒在地上，到天亮醒来，遍体鳞伤，面目全非。问他们都说自己也不知道。只记得那天晚上一起坐在后门纳凉，远远看到破屋基上有几只狗跳来跳去，就开玩笑地拿砖头扔去，狗叫着逃走了。睡觉以后就发生了这事。想来那狗应是狐，月光下看不清楚吧！梁公是泰和人，和正一真人是同乡，就准备到真人那里去投诉。姚安公说："狐自己在游戏，与人有什么相干？无缘无故打它们，错不在它们。袒护错的而攻击对的，道理上讲不通。"李公也说："凡是自己的仆人、随从和别人争执，应该先管教自己的人；即使有理，也不能放任他们有恃无恐、胡作非为，何况又没有道理呢？"于是，梁公也就作罢，不到真人那里去告了。

人 伪 装 狐

乾隆己未会试前，一举人过永光寺西街，见好女立门外；意颇悦之，托媒关说，以三百金纳为妾。因就寓其家，亦甚相得。迨出闱返舍，则破窗尘壁，阒无一人，污秽堆积，似废坏多年者。访问邻家，曰："是宅久空，是家来住仅月余，一夕自去，莫知所往矣。"或曰："狐也，小说中盖尝有是事。"或曰："是以女为饵，窃资远遁，伪为狐状也。"夫狐而伪人，斯亦黠矣；人而伪狐，不更黠乎哉！余居京师五六十年，见类此者不胜数，此其一耳。

【译文】

乾隆四年，己未科会试前，有一举人，路过永光寺西街，看到有个美貌女子站在门外，心里很喜欢，就托媒人牵线，用三百两银子纳为小妾，于是就住进了她家，两人过得也很融洽。等到考试结束回家，只见家里破窗灰墙，静无一人，污物堆积，好像废弃多年的样子。询问邻居，邻居说："这房子空了很久，这家住进来才个把月，有天晚上突然离开，不知到哪里去了。"有人说："这是狐精，小说中曾有这样的事。"也有人说："这是以女色为诱饵，骗了钱财远逃，而伪装成狐精的样子。"狐精伪装成人，这是够狡猾的了；而人伪装成狐精，岂不是更狡猾吗！我在京城住了五六十年，这样的事见得数不胜数，这不过是其中一件罢了。

韩　　某

汪御史香泉言：布商韩某，昵一狐女，日渐尪羸。

其侣求符箓劾禁，暂去仍来。一夕，与韩共寝，忽披衣起坐曰："君有异念耶？何忽觉刚气砭人，刺促不宁也？"韩曰："吾无他念。惟邻人吴某，迫于债负，鬻其子为歌童。吾不忍其衣冠之后沦下贱，措四十金欲赎之，故辗转未眠耳。"狐女戁然推枕曰："君作是念，即是善人。害善人者有大罚，吾自此逝矣。"以吻相接，嘘气良久，乃挥手而去。韩自是壮健如初。

【译文】

　　汪香泉御史说：有个姓韩的布商，和一狐女相好，身子一天比一天羸弱。他的伙伴求符咒劾除，狐女暂时离去，过后仍回来，一天夜里，她和韩某同睡，忽然披衣坐起来说："你有不平常的念头吗？怎么忽然觉得刚气刺人，使我不得安宁？"韩某说："我没其他想法，只是邻居吴某，被债务所逼，将儿子卖作歌童。我不忍心看着一个官宦之家的后人沦落下贱，就准备了四十两银子，要去赎他，所以辗转难眠。"狐女急速推开枕头说："你有这样的念头，就是善人。害善人的要被重罚，我从此就不来了。"说罢，狐女和他嘴对嘴，为他布气，好一会，向韩某挥挥手，就离去了。从此，韩某恢复了健康。

持　　斋

　　戴遂堂先生曰：尝见一巨公，四月八日在佛寺礼忏放生。偶散步花下，遇一游僧，合掌曰："公至此何事？"曰："作好事也。"又问："何为今日作好事？"曰："佛诞日也。"又问："佛诞日乃作好事，余三百五十九日皆不当作好事乎？公今日放生，是眼见功德；不知岁岁庖厨之所杀，足当此数否乎？"巨公猝不能对。知客僧代叱曰："贵人护法，三宝增光。穷和尚何敢妄语！"游僧且行且笑曰："紫衣和尚不语，故穷和尚不得不语也。"掉臂径出，不知所往。一老僧窃叹曰："此阇黎大不晓事；然在我法中，自是突闻狮子吼矣。"昔五台僧明玉尝曰："心心念佛，则恶意不生，非日念数声即为功德也。日日持斋，则杀业永除，非月持数日即为功德也。燔炙肥甘，晨昏餍饫，而月限某日某日不食肉；谓之善人。然则苞苴公行，箧笥不饰，而月限某日某日不受钱，谓之廉吏乎？"与此游僧之言，若相印合。李杏浦总宪则曰："此为彼教言之耳。士大夫终身茹素，势必不行。得数日持月斋，则此数日可减杀；得数人持月斋，则此数人可减杀。不愈于全不持乎？"是亦见智见仁，各明一义。第不知明玉傥在，尚有所辩难否耳。

【译文】

戴遂堂先生说：曾见到一个大官，四月八日在佛寺拜祝、诵经、放生。这个大官在花丛散步时，遇到一个行脚僧，合掌问道："您到这里来干什么？"大官答道："做好事。"又问："为何今天做好事？"答道："这是佛诞生的日子。"又问："佛诞生的日子才做好事，其余三百五十九天都不该做好事吗？您今天放生，是看得见的功德；不知年年厨房里杀掉的生命，能抵得上你今天放生的数目吗？"大官一下子回答不上来。接待宾客的和尚上前喝道："贵人护法，三宝增光。你一个穷和尚，怎敢胡说八道！"行脚僧边走边笑道："紫衣和尚不说，所以穷和尚不得不说了。"摆着手臂径自出门，不知去了哪里。一老和尚偷偷地感叹道："这师父太不懂世事。但对我们佛教中人来说，则好像是突然听到狮子吼一样。"从前五台山高僧明玉曾说过："心心念佛，则恶意不生，不是每天念几声就算是功德了。日日持斋吃素，就可永远消除杀生的罪孽，不是每月吃几天斋就算是功德了。平时大鱼大肉，饱吃饱饮，而每月规定哪天哪天不吃肉，竟被称为善人。如果这样的话，那么公开接受贿赂，贪婪成性，而每月规定哪天哪天不受钱，就能称之为廉洁的官吏吗？"和这行脚僧所说的，好像很相似。都察院左都御史李杏浦则说："这是为他们的教派说法的。士大夫终身吃素，势必做不到。能够几天持月斋，那么这几天可以减少杀生；能够有几人持月斋，那么这几人可以减少杀生。不是比完全不持斋要好吗？"这也是见仁见智，各自说明一个道理。只是不知道假如明玉在，还会有辩驳的话吗？

三　百　钱

恒王府长史东鄂洛，（据《八旗氏族谱》，当为董鄂，然自书为东鄂。案榷册籍亦书为东鄂。《公羊传》所谓名从主人也。）谪居玛纳斯，乌鲁木齐之支属也。一日，诣乌鲁木齐。因避暑夜行，息马树下。遇一人半跪问起居，云是戍卒刘青。与语良久，上马欲行。青曰："有琐事，乞公寄一语：印房官奴喜儿，欠青钱三百。青今贫甚，宜见还也。"次日，见喜儿，告以青语。喜儿骇汗如雨，面色如死灰。怪诘其故，始知青久病死，——初死时，陈竹山闵其勤慎，以三百钱付喜儿市酒脯楮钱奠之。喜儿以青无亲属，遂尽乾没。事无知者，不虞鬼之见索也。竹山素不信因果，至是悚然曰："此事不诬，此语当非依托也。吾以为人生作恶，特畏人知；人不及知之处，即可为所欲为耳。今乃知无鬼之论，竟不足恃。然则负隐慝者，其可虑也夫！"

【译文】

　　恒王府的长史东鄂洛（据《八旗氏族谱》，应作董鄂，但他自己写作东鄂，案牍册籍也写作东鄂。这是《公羊传》所说的"名从主人"）被贬谪到玛纳斯，是乌鲁木齐的属地。一天，他前往乌鲁木齐。为了避暑，就夜里赶路，在树下停马休息，遇到一个人半跪着向他问安，自称是守兵刘青。他和这个守兵谈了很长时间，上马要走时，刘青说："有点琐事，请你传个话：印房的官奴喜儿，欠我三百钱。我现在很穷，应该还给我了。"第二天，他见到喜儿，就把刘青的话转告了。喜儿吓得汗如雨下，面如死灰。他奇怪地问是怎么回事，才知道刘青病死好长时间了。他刚死时，陈竹山顾念他生前勤快谨慎，拿三百钱交给喜儿，让他买酒肉纸钱祭奠刘青。喜儿因见刘青没有亲属，就把钱全部私吞了。原想没人知道此事，想不到鬼来讨钱了。竹山向来不信因果之谈，至此也惊恐地说："这事不会是假的，这话也应该不是伪托的。我以为人做坏事，最怕人知；而别人不知道，他就可以为所欲为。现在才知道无鬼之论，竟不足凭信。那么私下干了亏心事的人，可要小心啊！"

某　参　将

　　昌吉平定后，以军俘逆党子女分赏诸将。乌鲁木齐参将某，实司其事。自取最丽者四人，教以歌舞，脂香粉泽，彩服明珰，仪态万方，宛然娇女，见者莫不倾倒。后迁金塔寺副将，戒期启行，诸童检点衣装，忽箧中绣履四双，翩然跃出，满堂翔舞，如蛱蝶群飞。以杖击之乃堕地，尚蠕蠕欲动，呦呦有声。识者讶其不祥。行至辟展，以鞭挞台员为镇守大臣所劾，论戍伊犁，竟卒于谪所。

【译文】

　　昌吉被平定后,将战俘叛党的子女分赏给各位将领。乌鲁木齐的某参将,实际主管此事。他自己选了最美丽的四个人,教他们歌舞,涂脂抹粉,穿彩衣,戴珠饰,打扮得仪态万方,宛然娇女,见到的人无不倾倒。后来某参将升迁为金塔寺副将,按规定日期启程。这几个美僮检点衣装,忽然箱子里有四双绣鞋翩然飞出,满屋飘舞,就像一群蝴蝶。用棒扑打,它们才掉到地上,但还在那里蠕动,发出"呦呦"的声音。有见识的人认为,这是不祥之兆。某参将出发后走到辟展这个地方,因鞭打地方官员,受到镇守大臣弹劾,被贬戍伊犁,最后死在贬所。

某 媪

　　至危至急之地,或忽出奇焉;无理无情之事,或别有故焉。破格而为之,不能胶柱而断之也。吾乡一媪,无故率媪妪数十人,突至邻村一家,排闼强劫其女去。以为寻衅,则素不往来;以为夺婚,则媪又无子。乡党骇异,莫解其由。女家讼于官,官出牒拘摄,媪已携女先逃,不能踪迹;同行婢妪,亦四散逋亡。累缉多人,辗转推鞫,始有一人吐实,曰:"媪一子,病瘵垂殁,媪抚之恸曰:'汝死自命,惜哉不留一孙,使祖父竟为馁鬼也。'子呻吟曰:'孙不可必得,然有望焉。吾与某氏女私昵,孕八月矣,但恐产必见杀耳。'子殁后,媪咄咄独语十余日,突有此举,殆劫女以全其胎耶?"官怃然曰:"然则是不必缉,过两三月自返耳。"届期果抱孙自首,官无如之何,仅断以不应重律,拟杖纳赎而已。此事如兔起鹘落,少纵即逝。此媪亦捷疾若神矣。安静涵言:

其携女宵遁时，以三车载婢媵，与己分四路行，故莫测所在。又不遵官路，横斜曲折，歧复有歧，故莫知所向。且晓行夜宿，不淹留一日，俟分娩乃税宅，故莫迹所居停。其心计尤周密也。女归，为父母所弃，遂偕媪抚孤，竟不再嫁。以其初涉溱洧，故旌典不及，今亦不著其氏族焉。

【译文】

最危急的境地，有时突然会出现奇迹；没有情理的事，或许是别有原因。打破常规的举动，不能作胶柱鼓瑟的处理。我家乡有一老妇，无故率领几十个妇人，突然到邻村一户人家，撞开门硬是将他家女儿劫了去。要说是寻衅闹事，但两家素不往来；要说是夺婚，老妇又并无儿子。乡邻们很惊异，不知到底是什么原因。女家向官府投诉，官府发了文书拘拿，但老妇事先已带着那女儿逃走了，无处可追。和她一起的妇人，也已四处逃散。后来捉到好几个人，经反复审问，才有一人说出实情，说："老妇有一儿子，得肺痨快要死了。老妇抚摸着儿子伤心地说：'你死是命中注定的，可惜没留下一个孙儿，使祖宗们都要成为饿鬼了。'儿子呻吟着说：'孙子不一定会有，但也有希望。我和某家的女儿私通，怀孕已有八个月，但怕生下后被杀掉。'儿子死后，老妇自言自语了十来天，就突然有了这个举动，大概是劫女儿以保全其胎儿吧？"县官同情地说："既然如此，就不必缉拿了。过两三个月，她自己会回来的。"到了那时，老妇果然抱着孙子来自首了。县官也拿她没办法，仅仅是判以不受重罚，罚杖打和交纳赎金而已。此事好像兔起鹘落，稍纵即逝，这老妇也真是敏捷若神。安静涵说：她带着女子夜里逃跑时，用三辆车载那些妇人，和自己分四路走，所以不知她到底在哪辆车里。她又不循大路走，拐弯抹角，岔路一个接一个，所以不知她到底朝哪个方向走了。而且晓行夜宿，一天也不停留，等到分娩时才租屋住下，所以找不到她停留居住的地方。她的心计真是周密啊。女儿回来，遭父母唾弃，于是就和老妇一起抚养孩子，竟不再嫁。因为她当初是和人私通，所以不能以节妇的名义受表彰，现在我也不写出她的姓氏来。

媚　　药

李庆子言：尝宿友人斋中，天欲晓，忽二鼠腾掷相逐，满室如飚轮旋转，弹丸迸跃，瓶彝罍洗，击触皆翻，砰鍧碎裂之声，使人心骇。久之，一鼠踊起数尺，复堕于地，再踊再仆，乃僵。视之七窍皆血流，莫测其故。急呼其家僮收检器物，见柈中所晾媚药数十丸，啮残过半。乃悟鼠误吞此药，狂淫无度，牝不胜嬲而窜避，牡无所发泄，蕴热内燔以毙也。友人出视，且骇且笑；既而悚然曰："乃至是哉，吾知惧矣！"尽覆所蓄药于水。夫燥烈之药，加以锻炼，其力既猛，其毒亦深。吾见败事者多矣，盖退之硫黄，贤者不免。庆子此友，殆数不应尽，故鉴于鼠而忽悟欤！

【译文】
　　李庆子说：曾夜宿友人家中，天快亮时，忽有两只老鼠奔跳追逐，在房间里像风轮一样旋转，像弹子一样跳跃，瓶罐炉盆，全被撞翻，砰鍧碎裂的声音，使人心惊。过了很长时间，一只老鼠跳起有几尺高，又落到地上，再跳起再倒下，才死去。看它七窍流血，不知是怎么回事。他急忙叫友人家的僮仆收拾器物，见盘中晾着的几十粒媚药，大半被咬过了。这才明白老鼠误吞了这药，狂淫无度，雌的吃不消而逃避，雄的无处发泄，热火内烧而死。友人出来一看，又惊又笑，随后惊恐地说："居然会这样啊！我知道厉害了。"把藏着的药全都倒进了水中。燥烈的药物，加以提炼，其药力很猛，而毒性也很大。我见过因服用这药而坏事的人太多了。大概像韩愈用硫黄，贤者也不免于此。庆子的这位朋友，也许是命不该尽，所以能从老鼠处得到启示而忽然悔悟吧！

替　　死

张鹭《朝野佥载》曰：唐青州刺史刘仁轨，以海运失船过多，除名为民，遂辽东效力。遇病，卧平壤城下，褰幕看兵士攻城。有一兵直来前头背坐，叱之不去。须臾城头放箭，正中心而死。微此兵，仁轨几为流矢所中。大学士温公征乌什时，为领队大臣。方督兵攻城，渴甚，归帐饮。适一侍卫亦来求饮，因让茵与坐。甫拈碗，贼突发巨炮，一铅丸洞其胸死。使此人缓来顷刻，则必不免矣。此公自为余言，与刘仁轨事绝相似。后公征大金川，卒战殁于木果木。知人之生死，各有其地，虽命当阵殒者，苟非其地，亦遇险而得全。然则畏缩求免者，不徒多一趋避乎哉！

【译文】

张鹭《朝野佥载》说：唐朝青州刺史刘仁轨，因为主持海运失船过多，被削职为民，就来到辽东。后来他得了病，躺在平壤城墙下，拉开帐篷看兵士攻城。有一士兵径直过来背朝他坐下，他叱骂也不走开。一会儿，城头上放来一箭，正中士兵的胸口，这士兵马上就死了。假如没有这个士兵，仁轨几乎被流矢射中。大学士温公征讨乌什时，作为领队大臣，正督兵攻城，因口很渴，就回到帐篷里喝水。这时刚好有一个侍卫也来喝水，温公就让出坐垫让他坐。那侍卫刚捧起碗，敌人打来一炮，一颗铅弹穿过他的胸口，也立时死了。假如此人迟来片刻，那么温公必定不免于死了。这是温公亲口对我说的，与刘仁轨的事非常相似。后来温公征讨大金川，最后战死在木果木。由此可知，人的生死，各有各的地方，即使命中注定要阵亡的人，如果不是他该死的地方，也可以遇险而得保全。这样的话，那么畏缩逃避以求活的人，岂不是多此一举吗！

狐　　言

人物异类，狐则在人物之间；幽明异路，狐则在幽明之间；仙妖异途，狐则在仙妖之间。故谓遇狐为怪可，谓遇狐为常亦可。三代以上无可考，《史记·陈涉世家》称篝火作狐鸣曰："大楚兴，陈胜王。"必当时已有是怪，是以托之。吴均《西京杂记》称广川王发栾书冢，击伤冢中狐，后梦见老翁报冤。是幻化人形，见于汉代。张鷟《朝野佥载》称唐初以来，百姓多事狐神，当时谚曰："无狐魅，不成村。"是至唐代乃最多。《太平广记》载狐事十二卷，唐代居十之九，是可以证矣。诸书记载不一，其源流始末，则刘师退先生所述为详。盖旧沧州南一学究与狐友，师退因介学究与相见，躯干短小，貌如五六十人，衣冠不古不今，乃类道士；拜揖亦安详谦谨。寒温毕，问枉顾意。师退曰："世与贵族相接者，传闻异词，其间颇有所未明。闻君豁达不自讳，故请祛所惑。"狐笑曰："天生万品，各命以名。狐名狐，正如人名人耳。呼狐为狐，正如呼人为人耳。何讳之有？至我辈之中，好丑不一，亦如人类之内，良莠不齐。人不讳人之恶，狐何必讳狐之恶乎？第言无隐。"师退问："狐有别乎?"曰:"凡狐皆可以修道,而最灵者曰狌狐。此如农家读书者少,儒家读书者多也。"问:"狌狐生而皆灵乎?"曰:"此系乎其种类。未成道者所生,则为常狐;已成道者所生,则自能变化也。"问:"既成道矣,自必驻颜。而小说载狐亦有翁媪,何也?"曰:"所谓成道,成人道也。其饮食男女,生老病死,亦与人同。若夫飞升霞举,又自一事。此如千百人中,有一二人求仕宦。其炼形服气者,如积学以成名;其媚惑采补者,如捷径以求售。然游仙岛、登天曹者,必炼形服气乃能;其媚惑采补,伤害或多,往往干天律也。"问:"禁令赏罚,孰司之乎?"曰:"小赏罚统于其长,大赏罚则地界鬼神鉴察之。苟无禁令,则来往无形,出入无迹,何事不可为乎!"问:"媚惑采补,既非正道,何不列诸禁令,必俟伤人乃治乎?"曰:"此譬诸巧诱人财,使人喜助,王法无禁也。至夺财杀人,斯论抵耳。《列仙传》载酒家姬,何尝干冥诛乎!"问:"闻狐为人生子,不闻人为狐生子,何也?"微哂曰:"此不足论。盖有所取无所与耳。"问:"支机别赠,不惮牵牛妒乎?"又哂曰:"公太放言,殊未知其审。凡女则如季姬鄫子之故事,可自择配。妇则既有定偶,弗敢逾防。若夫赠芍采兰,偶然越礼,人情物理,大抵不殊,固可比例而知耳。"问:"或居人家,或居旷野,何也?"曰:"未成道者未离乎兽,利于远人,非山林弗便也。已成道者事事与人同,利于近人,非城市弗便也。其道行高者,则城市山林皆可居。如大富大贵家,其力百物皆可致,住荒村僻壤与通都大邑一也。"师退与纵谈，其大旨惟劝人学道，曰："吾曹辛苦一二百年，始化人身。公等现是人身，功夫已抵大半，而悠悠忽忽，与草木同朽，殊可惜也。"师退腹笥三藏，引与谈禅。则谢曰："佛家地位绝高，然或修持未到，一入轮回，便迷却本来面目。不如且求不死，为有把握。吾亦屡逢善知识，不敢见异而迁也。"师退临别曰："今日相逢，亦是天幸。君有一言赠我乎？"踌躇良久，曰："三代以下恐不好名，此为下等人言。自古圣贤，却是心平气和，无一毫做作。洛、闽诸儒，撑眉努目，便生出如许葛藤。先生其念之。"师退怃然自失。盖师退崖岸太峻，时或过当云。

【译文】

　　人和动物是不同的，而狐则在人和动物之间；无形和有形是不同的，而狐则在无形和有形之间；仙和妖是不同的，而狐则在仙和妖之间。夏、商、周三代以前的事无从考察，《史记·陈涉世家》载吴广燃起火装作狐精叫道："大楚兴，陈胜王！"肯定当时已有狐精，因此这样假托。吴均《西京杂记》载广川王发掘栾书墓，击伤墓中之狐，后来梦见一老翁来报冤仇。这是狐狸幻化人形，在汉代已出现。张鷟《朝野佥载》称唐初以来，百姓大多敬拜狐神，当时民谚说："无狐魅，不成村。"可见到了唐代狐精最多。《太平广记》记载狐精的故事有十二卷，唐代占了十分之九，这可以作为明证。各书记载不一样，其源流始末，则以刘师退先生所讲述的最为详尽。以前沧州南面有一学究和狐精为友，师退因学究的介绍而与狐精相见，见它身材短小，相貌像五六十岁的人，衣服不古不今，和道士相似，作揖施礼也显得闲静谦恭。寒暄之后，狐精就问为何要见它。师退说："世上和你们族类接触的人，有不同的传闻，其中很有些我不太清楚的内容。听说你生性豁达，不隐瞒自己的身世，所以来请你消除我的困惑。"狐精笑着说："天生万物，各有各的名字。狐称为狐，正好像人称为人罢了。把狐叫做狐，正好像把人叫做人罢了，有什么可忌讳的呢？至于我们中间，好坏不一样，也好像人类中间，良莠不齐。人不忌讳说人的缺点，狐又何必忌讳说狐的缺点呢？但说无妨，不作保留。"师退问："狐有类别吗？"答道："凡是狐都可以修道，而最灵的叫做狕狐。这就好像农家读书的人少，书香人家读书的人多。"问："狕狐都是生下来就有灵性吗？"答道："这和其种类有关。未成道的狐所生，就是寻常之狐；已成道的狐所生，就能通灵变化。"问："既然已成道，就应该长生不老。而小说中记载的狐也有老翁老妇，这是为什么？"答道："所谓成道，是成人之道。其饮食男女、生老病死，也和人相同。至于飞升成仙，那是另一回事。这就好像千百个人当中，有一二人求仕做官。那些修炼自身的，就好像饱学而成名；那些采补媚惑他人的，就好像走捷径以达到目的。但能游仙岛、得道成仙的，只有修炼自身的才有可能；那些采补媚惑他人的，伤害的人多了，往往触犯天律。"又问："禁令赏罚，是由谁掌管的？"答道："小的赏罚由其头目掌管，大的赏罚则由阴间的鬼神监察掌管。如果没有禁令，那么来往无形、出入无迹，还有什么事不能做？"问："媚惑采补，既然不是正道，为何不列入禁令，而一定要等到害了人才加以处治呢？"答道："这就好像巧妙地诱骗别人的钱财，使别人高高兴兴地掏腰包，王法也无法禁止。至于夺财杀人，那就要偿命了。《列仙传》记载的酒店老妇，何曾受到阴间的惩罚了？"问："听说过狐为人生子，没听说过人为狐生子，这是为什么？"狐精微笑着答道："这不用多说。大概是狐有所吸取而无所给予罢。"问："女的和人亲近，不怕丈夫妒忌吗？"又笑道："你这话太放肆了，完全不知其详情。凡是少女，就和季姬鄫子的故事一样，可自行择偶。妇人则是已有固定的配偶，不敢逾越男女之大防。至于萌发私情，偶然越礼，这是因为狐的感情和人的感情大致没什么区别，你以人为例，就可理解了。"问："有的狐居住在人家里，有的狐居住在旷野，这是为什么？"答道："未成道的狐还未摆脱兽性，以远离人为宜，不在山林中就不方便。已成道的狐事事和人相同，宜与人接近，不在城市就不方便了。那些道行高的狐，则城市山林都可居住。就像大富大贵的人家，任何东西都有能力取得，住在荒村僻壤和通都大邑都是一样的。"师退与其畅谈，其大意只是劝人学道，说："我辈辛苦一二百年，才化成人身。你等现成的人身，功夫已抵过我辈大半，却荒废岁月，和草木同枯，真太可惜了！"师退颇通佛学，就与它谈禅，它婉拒道："佛家地位很高，但如果修持不到家，一入轮回，就会迷失自我。还不如先求不死，比较有把握。我也多次遇到过高明出众的高僧，但不敢见异思迁。"师退临别时说："今天相逢，真是天幸。你能赠我一言吗？"狐踌躇良久，说："夏、商、周三代以下人恐怕没有不追求名声的，这是对下等人说的。自古以来的圣贤之人，却是心平气和，毫不做作。宋代洛、闽的一些理学家，横眉怒目，便生出这么多的枝节。先生请好好思考一下。"师退心有所感，若有所失。大概是师退太高傲严峻，时常过分吧。

诸 儒 之 误

裘文达公言：尝闻诸石东村曰：有骁骑校，颇读书，喜谈文义。一夜寓直宣武门城上，乘凉散步。至丽谯之东，见二人倚堞相对语；心知为狐鬼，屏息伺之。其一举手北指曰："此故明首善书院，今为西洋天主堂矣。其推步星象，制作器物，实巧不可阶。其教则变换佛经，而附会以儒理。吾曩往窃听，每谈至无归宿处，辄以天主解结，故迄不能行。然观其作事，心计亦殊黠。"其一曰："君谓其黠，我则怪其太痴。彼奉其国王之命，航海而来，不过欲化中国为彼教。揆度事势，宁有是理！而自利玛窦以后，源源续至，不偿其所愿终不止，不亦颠欤？"其一又曰："岂但此辈痴，即彼建首善书院者亦复大痴。奸党柄国，方阴伺君子之隙，肆其诋排。而群聚清谈，反予以钩党之题目，一网打尽，亦复何尤！且三千弟子，惟孔子则可，孟子揣不及孔子，所与讲肄者公孙丑、万章等数人而已。洛闽诸儒，无孔子之道德，而亦招聚生徒，盈千累百，枭鸾并集，门户交争，遂酿为朋党，而国随以亡。东林诸儒，不鉴覆辙，又骛虚名而受实祸。今凭吊遗踪，能无责备于贤者哉！"方相对叹息，忽回顾见人，翳然而灭。东村曰："天下趋之若鹜，而世外之狐鬼，乃窃窃不满也。人误耶？狐鬼误耶？"

【译文】

裘文达公说：曾听石东村说，有个骁骑校尉，读过不少书，喜欢谈论文章。一天晚上，他在宣武门城墙上值勤，乘凉散步。走到城楼的东面，见有二人倚着墙头谈话，知道是狐鬼，就屏着呼吸观察。其中一人举手指着北面说："这里原是明朝的首善书院，现在成了西洋天主教堂。他们观测星象，制造器物，确实无比精巧。他们的教义则是变换佛经，而以儒学作附会。我以前曾去偷听，每当谈到无法归结的地方，就用天主来解决，所以至今不能流行。但看他们做事，心计是很狡黠的。"另一人说："你说他们狡黠，我则觉得他们太痴愚。他们奉其国王之命，航海而来，不过是要用他们的宗教来同化中国。分析事势，哪有这样的道理！但从利玛窦以后，源源不断地来，不达目的总也不罢休，这不是太傻了吗？"其中一人又说："岂止这些人傻，就是建造首善书院的人也很傻。阉党掌权，正偷偷地等着钻君子的空子，大肆诋毁攻击。而群聚清谈，反而给了阉党以结党的口实，被一网打尽，这又是谁的过失呢！况且三千弟子，只有孔子才可以，孟子自认为不及孔子，听他讲学的不过公孙丑、万章等几人而已。洛、闽的一些理学家，没有孔子的道学德行，却也招聚学生门徒，几百成千，好坏并集，各立门户，交相争斗，于是酿成帮派，而国家也随之灾亡。东林党的先生们，不顾前车之鉴，又图虚名而受灾祸。现在凭吊遗迹，能不责备这些贤者吗？"正在相对叹息，忽回头看见有人，就一下子消失了。东村说："天下人趋之若鹜，而世外的狐鬼，却偷偷地不满。是人错了呢，还是狐鬼错了呢？"

冯　大　邦

王西园先生守河间时，人言献县八里庄河夜行者多遇鬼，惟县役冯大邦过，则鬼不敢出。有遇鬼者，或诈称冯姓名，鬼亦却避。先生闻之曰："一县役能使鬼畏，此必有故矣。"密访将惩之，或为解曰："本无是事，百姓造言耳。"先生曰："县役非一，而独为冯大邦造言，此亦必有故矣。"仍檄拘之。大邦惧而亡去。此庚午、辛未间事，先生去郡后数载，大邦尚未归。今不知如何也。

【译文】
　　王西园先生作河间太守时，有人说在献县八里庄河，赶夜路的人大多会遇鬼，只有县里差役冯大邦经过，鬼才不敢出现。有人遇了鬼，诈称自己是冯大邦，鬼也会退避。先生听了说："一个县役能让鬼畏惧，其中必有原因。"于是准备暗地侦察以作惩处。有人为之开脱说："原本没有此事，是老百姓造谣的。"先生说："县役不止一人，却独独为冯大邦造谣，这也肯定有原因。"于是发文书拘捕。大邦惧怕而逃。这是庚午、辛未年间的事，先生离任后几年，大邦还没有回来。现在不知怎么样了。

崔　　某

里有崔某者，与豪强讼，理直而弗能伸也；不胜其愤，殆欲自戕。夜梦其父语曰："人可欺，神则难欺。人有党，神则无党。人间之屈弥甚，则地下之伸弥畅。今日之纵横如志者，皆十年外业镜台前觳觫对簿者也。吾为冥府司茶吏，见判司注籍矣，汝何恚焉！"崔自是怨尤都泯，更不复一言。

【译文】
　　家乡有个姓崔的人，和豪强打官司，虽有理却不能胜诉，不胜悲愤，几乎想要自杀。夜里梦见他父亲说："人可欺，神则难欺。人有朋党，神则没有朋党。人间受屈越深，那么地下申冤就越酣畅。今天纵横称意的人，都是十年后业镜台前发抖着受审的人。我在冥府做司茶吏，已看到判官登记在册了，你有什么可愤怒的呢！"崔某从此怨恨全消，再也不说一句话。

造 物 更 巧

　　有善讼者，一日为人书讼牒，将罗织多人。端绪缴绕，猝不得分明，欲静坐构思。乃戒毋通客，并妻亦避居别室。妻先与邻子目成，家无隙所，窥伺岁余，无由一近也；至是乃得间焉。后每构思，妻辄嘈杂以乱之，必叱使避出，袭为例；邻子乘间而来，亦袭为例，终其身不败。殁后岁余，妻以私孕为怨家所讦。官鞠外遇之由，乃具吐实。官拊几喟然曰："此生刀笔巧矣，乌知造物更巧乎！"

【译文】
　　有个善于打官司的人，有一天为人写讼状，要罗织罪名，陷害多人。因为头绪纷繁，一时难以理清，所以想静坐构思。他闭门谢客，连妻子也避居其他房间。妻子原先和邻居之子眉目传情，只是家里没有隐蔽的地方，等候了一年多，没能亲近一次，到现在才得以乘机行事。以后每当要构思，妻子就嘈杂扰乱他，他一定会呵斥要她避出去，因袭而成定例；邻居之子乘机而来，也因袭而成定例，直至这人死也没有败露。死后一年多，妻子因私通怀孕而被仇家告发。县官审问外遇的缘由，她才把实情都说了出来。县官拍着桌子喟然长叹道："此人的讼状是写得很巧妙的，哪知道造物主更巧妙啊！"

难 断 之 狱

必不能断之狱，不必在情理外也；愈在情理中，乃愈不能明。门人吴生冠贤，为安定令时，余自西域从军还，宿其署中。闻有幼女幼男皆十六七岁，并呼冤于舆前。幼男曰："此我童养之妇。父母亡，欲弃我别嫁。"幼女曰："我故其胞妹。父母亡，欲占我为妻。"问其姓，犹能记。问其乡里，则父母皆流丐，朝朝转徙，已不记为何处人矣。问同丐者，则曰："是到此甫数日，即父母并亡，未知其始末。但闻其以兄妹称。然小家童养媳，与夫亦例称兄妹，无以别也。"有老吏请曰："是事如捉影捕风，杳无实证；又不可以刑求。断合断离，皆难保不误。然断离而误，不过误破婚姻，其失小；断合而误，则误乱人伦，其失大矣。盍断离乎！"推研再四，无可处分，竟从老吏之言。因忆姚安公官刑部时，织造海保方籍没，官以三步军守其宅。宅凡数百间，夜深风雪，三人坚扃外户，同就暖于邃密寝室中，篝灯共饮。

沉醉以后，偶剔灯灭，三人暗中相触击，因而互殴。殴至半夜，各困踣卧。至曙，则一人死焉。其二人一曰戴符，一曰七十五，伤亦深重，幸不死耳。鞫讯时，并云共殴致死，论抵无怨。至是夜昏黑之中，觉有扭者即相扭，觉有殴者即还殴，不知谁扭我谁殴我，亦不知我所扭为谁所殴为谁；其伤之重轻，与某伤为某殴，非惟二人不能知，即起死者问之，亦断不能知也。既一命不必二抵，任官随意指一人，无不可者。如必研讯为某人，即三木严求，亦不过妄供耳。竟无如之何。相持月余，会戴符病死，藉以结案。姚安公尝曰："此事坐罪起衅者，亦可以成狱；然核其情词，起衅者实不知谁。锻炼而求，更不如随意指也。迄今反覆追思，究不得一推鞫法。刑官岂易为哉！"

【译文】
　　实在难以判决的案件，不一定是在情理之外的；越是在情理之中，却越是不能明断。门人吴冠贤，做安定县令时，我从西域从军回来，住在他的官署中。听说有两个少男、少女，都是十六七岁，一起到他轿子前喊冤。少年说："这是我的童养媳，父母死了，想抛弃我而改嫁。"少女说："我本是他的亲妹妹。父母死了，想占我为妻。"问他们姓什么，还能记得。问他们的家乡，则因为父母都是流浪的乞丐，天天变换地方，已记不起是什么地方的人了。问一起要饭的人，则说："他们到这里才几天，就父母双亡，不知他们的底细。只听到他们以兄妹相称。"但小户人家的童养媳，和丈夫照例也是以兄妹相称，无法区别。有个老吏建议道："这事好像捕风捉影，全无实证；又不能逼供，判合判离，都难保不误。但判离而误，不过是误破婚姻，其过失较小；判合而误，则是误在乱人伦，其过失就大了。何不判离呢！"斟酌多次，无从处理，最终还是依了老吏的话。我由此想起姚安公在刑部做官时，织造海保刚被抄家，官员派了三个步兵看守他家的住宅，宅院有几百间房子，深夜风雪很大，三个人锁好外面的门，一起在里面的卧房取暖，点灯喝酒。喝醉以后，不小心弄灭了灯，三人在黑暗中互相碰撞，因而打了起来。打到半夜，各自累得倒在地上。到了天亮，则有一人死了。另外二人一个叫戴符，一个叫七十五，伤得也很重，幸而未死。审讯时，都说一起打死了人，判抵命也无怨言。至于那天夜色黑暗之中，觉得有人扭就相扭，觉得有人打就对打，不知道是谁扭我谁打我，也不知道所扭所打的是谁、受伤的轻重，以及某处伤是某人打的。不但这二人无法知道，就让死者活过来问他，也肯定无法知道。既然一命不必以二命相抵，那么任凭当官的随意指一人，都是可以的。如果一定要追查清楚是某人，即使动用刑具拷问，得到的也不过是不实之供。竟无可奈何。拖了一个多月，正好戴符病死，这才借以结案。姚安公曾说："此事追究挑起者的责任，也可以结案。但从他们的供词看，实在不知道挑起者是谁。用严刑来逼供，还不如随意指一个。至今反复追想，还是想不出一个审讯的办法。刑官岂是容易做的啊！"

鬼　　病

文安王岳芳言：其乡有女巫，能视鬼。尝至一宦家，私语其仆妇曰："某娘子床前，一女鬼著惨绿衫，血渍胸臆，颈垂断而不殊，反折其首，倒悬于背后，状甚可怖。殆将病乎？"俄而寒热大作。仆妇以女巫言告。具楮钱酒食送之，顷刻而痊。余尝谓风寒暑暍，皆可作疾，何必定有鬼为祟。一女巫曰："风寒暑暍之疾，其起也以渐而作，其愈也以渐而减。鬼病则陡然而起，急然而止。以此为别，历历不失也。"此言似亦近理。

【译文】

文安的王岳芳说:他家乡有个女巫,能看到鬼。女巫曾到一做官人家,偷偷地对他家的女仆说:"某娘子床前有一女鬼,穿着惨绿色衣衫,胸口沾满了血,脖子将断未断,头折过去,倒挂在背后,样子很可怕。她大概要得病了吧?"不久,这娘子突然寒热病发作。女仆将女巫的话告诉主人。主人命人备下了纸钱酒食送鬼,病一下子就好了。我曾说过风寒暑热,都可以致病,何必一定有鬼作祟呢。一女巫说:"风寒暑热的毛病,其得病是慢慢地发作,其痊愈也是慢慢地减退。鬼病则是突然发作,很快痊愈。以此来区别,往往是不会错的。"这话好像也有道理。

慎 交 友

陈石闾言:有旧家子偕数客观剧九如楼。饮方酣,忽一客中恶仆地。方扶掖灌救,突起坐张目直视,先拊膺痛哭,责其子之冶游;次啮齿握拳,数诸客之诱引。词色俱厉,势若欲相搏噬。其子识是父语声,蒲伏战栗,殆无人色。诸客皆瑟缩潜遁,有踉跄失足破额者。四坐莫不太息。此雍正甲寅事,石闾曾目击之,但不肯道其姓名耳。先师阿文勤公曰:"人家不通宾客,则子弟不亲士大夫,所见惟妪婢僮奴,有何好样?人家宾客太广,必有淫朋匪友参杂其间,狎昵濡染,贻子弟无穷之害。"数十年来,历历验所见闻,知公言真药石也。

【译文】

陈石闾说:有一大户人家的儿子和几个宾客在九如楼看戏。酒正喝得高兴，忽然有一客人发病倒在地上。在搀扶灌水抢救时，这位客人突然坐起，张开眼睛直视。先是捶胸痛哭，责骂那儿子放荡游乐；然后咬牙切齿，握紧拳头，责备宾客们引诱儿子。那声色俱厉的样子，好像是要和人打架。那儿子听出是父亲的声音，吓得爬在地上发抖，面无人色。客人们都躲避潜逃，有的还跟跄跌倒，摔破了额头。四座的人看了，无不叹息。这是雍正十二年的事，石间曾亲眼目睹，只是他不肯说出其姓名罢了。我已故的老师阿文勤公说："如果一个人家不交往宾客，那么孩子就无从接近士大夫，所见到的只有婢女家奴，就没有榜样好学习了。但一个人家宾客太多，也肯定会有好色之徒或恶人混杂其间，和他们亲近，受他们影响，会给孩子带来无穷之害。"几十年来，用我所见闻的事来一一验证，知道阿公的话真是药石之言。

怨　　毒

五军塞王生言：有田父夜守枣林，见林外似有人影。疑为盗，密伺之。俄一人自东来，问："汝立此有何事？"其人曰："吾就木时，某在旁窃有幸词，衔之二十余年矣。今渠亦被摄，吾在此待其缧绁过也。"怨毒之于人甚矣哉！

【译文】

五军塞王生说：有个农夫晚上看守枣林，看到林子外好像有人影，怀疑是盗贼，就偷偷地观察。过了一会儿，有一人从东面来，问道："你站在这里有什么事？"那人说："我死的时候，某人在旁边偷偷说了些幸灾乐祸的话，我怀恨在心已二十多年了。现在他也被勾来，我在这里等着他被捆绑着从我面前走过。"人们的怨恨之情真是太厉害了！

某 乙

甲与乙有隙，甲妇弗知也。甲死，妇议嫁，乙厚币娶焉。三朝后，共往谒兄嫂，归而迂道至甲墓，对诸耕者饁者拍妇肩呼曰："某甲，识汝妇否耶？"妇恚，欲触树。众方牵挽，忽旋飚飒然，尘沙眯目，则夫妇已并似失魂矣。扶回后，倏迷倏醒，竟终身不瘳。外祖家老仆张才，其至戚也，亲目睹之。夫以直报怨，圣人弗禁，然已甚则圣人所不为。《素问》曰："亢则害。"《家语》曰："满则覆。"乙亢极满极矣，其及也固宜。

【译文】
甲和乙两人有仇，甲的妻子并不知道。甲死后，妻子要改嫁，乙用重金将她娶来。三天之后，一起去拜见兄嫂。回来时绕道到甲的墓前，对着那些耕田的、送饭的人，拍着妻子的肩膀叫道："某甲，认得你妻子吗？"妻子气极，要撞树。大家正在拉扯劝阻，忽然旋风大作，尘沙迷眼，夫妻两个都好像已丢了魂似的。扶回家后，一忽儿迷乱一忽儿清醒，竟终身不愈。外祖父家的老仆张才，是他们的近亲，亲眼目睹了此事。以公道对待自己怨恨的人，圣人不禁止；但圣人也不做得过分。《素问》说："极端则有害。"《家语》说："过分则要倾覆。"某乙就是太极端太过分了，所以他的遭遇也是理所当然的。

焰 口 经

僧所诵焰口经，词颇俚；然闻其召魂施食诸梵咒，则实佛所传。余在乌鲁木齐,偶与同人论是事,或然或否。印房官奴白六,故剧盗遣戍者也,卒然曰:"是不诬也。曩遇一大家放焰口,欲伺其匆扰取事,乃无隙可乘。伏卧高楼檐角上,俯见摇铃诵咒时,有黑影无数,高可二三尺,或逾垣入,或由窦入,往来摇漾,凡无人处皆满。迨撒米时,倏聚倏散,倏前倏后,如环绕攘夺,并仰接俯拾之态,亦仿佛依稀。其色如轻烟,其状略似人形,但不辨五官四体耳。"然则鬼犹求食,不信有之乎?

【译文】

和尚所诵救拔饿鬼的焰口经,语言很俚俗,但听说那些招魂施食的咒语,确实是佛祖所传。我在乌鲁木齐时,偶与同人谈论此事,有的以为可信,有的以为不可信。印房的官奴白六,原是大盗,被流放此地的,突然说:"这是不假的。以前遇到一大户人家放焰口,我准备乘他们匆忙纷乱时行窃,但无机可乘。我趴在高楼檐角上,俯看和尚摇铃诵咒时,有无数黑影,高约二三尺,有的翻墙而入,有的钻洞而入,来往飘忽,凡是无人的地方都站满了。到撒米时,这些黑影忽聚忽散,忽前忽后,好像是追逐抢夺,连仰接俯拾的样子,也依稀能看清。其颜色像轻烟,其形状大致像人形,但看不清五官四肢。"由此可见鬼也求食,不是实有其事的吗?

真 伪 颠 倒

后汉敦煌太守裴岑《破呼衍王碑》,在巴里坤海子上关帝祠中,屯军耕垦,得之土中也。其事不见《后汉书》,然文句古奥,字划浑朴,断非后人所依托。以僻在西域,无人摹拓,石刻锋棱犹完整。乾隆庚寅,游击刘存存（此是其字，其名偶忘之。武进人也。）摹刻一木本，洒火药于上，烧为斑驳，绝似古碑。二本并传于世，赏鉴家率以旧石本为新，新木本为旧。与之辩，傲然弗信也。以同时之物，有目睹之人，而真伪颠倒尚如此，况于千百年外哉！《易》之象数，《诗》之小序，《春秋》之三传，或亲见圣人，或去古未远，经师授受，端绪分明。宋儒曰："汉以前人皆不知，吾以理知之也。"其类此夫。

【译文】
　　东汉敦煌太守裴岑的《破呼衍王碑》，在巴里坤湖上游的关帝祠中，是屯军垦荒时，从土中挖得的。其内容不见于《后汉书》，但文辞古奥，书法浑朴，肯定不是后人依托的。因为是在偏僻的西域，没有人摹拓，石刻上的刀痕笔划还完整无缺。乾隆三十五年，游击官刘存存（这是他的字，其名偶尔忘记了。武进人）摹刻了一个木本，将火药洒在上面，烧成斑斑驳驳，极像古碑。两个本子并传于世，鉴赏家大都以旧石本为新，以新木本为旧。与之争辩，傲然不信。同是一个时代的东西，又有亲眼目睹的人，却还会如此的真伪颠倒，更何况千百年之外的事呢？《周易》的象数，《诗经》的小序，《春秋》的三传，或者是和圣人同时，或者是离古代不远，师徒授受，头绪很清楚。宋代的理学家却说："汉代以前的人都不懂，我凭借理弄懂了。"和此事很相像吧！

百 兽 之 王

　　康熙十四年，西洋贡狮，馆阁前辈多有赋咏。相传不久即逸去，其行如风，巳刻绝锁，午刻即出嘉峪关。此齐东语也。圣祖南巡，由卫河回銮，尚以船载此狮。

先外祖母曹太夫人，曾于度帆楼窗罅窥之，其身如黄犬，尾如虎而稍长，面圆如人，不似他兽之狭削。系船头将军柱上，缚一豕饲之。豕在岸犹号叫，近船即噤不出声。及置狮前，狮俯首一嗅，已怖而死。临解缆时，忽一震吼声，如无数铜钲陡然合击。外祖家厩马十余，隔垣闻之，皆战栗伏枥下；船去移时，尚不敢动。信其为百兽王矣。狮初至，时吏部侍郎阿公礼稗，画为当代顾、陆，曾橐笔对写一图，笔意精妙。旧藏博晰斋前辈家，阿公手赠其祖者也。后售于余，尝乞一赏鉴家题签。阿公原未署名，以元代曾有献狮事，遂题曰"元人狮子真形图"。晰斋曰："少宰丹青，原不在元人下。此赏鉴未为谬也。"

【译文】

　　康熙十四年，西洋进贡来一头狮子，前辈朝廷大臣多有赋咏。据说过了不久，这头狮子就逃走了。它跑起来像风一样快，巳时撞断锁，午时已出嘉峪关了。这是无稽之谈。康熙南巡时，从卫河回京，还用船载了这头狮子。我外祖母曹太夫人，曾在度帆楼的窗缝中看见过它。它的身体像黄狗，尾巴像老虎而稍长，脸圆圆的像人，不像其他野兽那样瘦小。人们把它系在船头的将军柱上，缚了一头猪饲它。猪在岸上还号叫，靠近船时就吓得不敢出声了，等到放到狮子面前，狮子低下头一嗅，猪已惊恐而死了。船要离岸启航时，那狮子忽然大吼一声，就像无数铜钲突然一齐敲响。外祖父家马房里的十几匹马，隔着墙听到，都发抖着伏倒在马槽下；船开走很长时间了，还不敢动。真不愧为百兽之王啊。这狮子刚来时，当时的吏部侍郎阿礼稗先生，是当代最好的画家，曾对着狮子作了一幅写生，笔意精妙。以前藏在博晰斋前辈家，是阿礼稗送给他祖父的。后来卖给了我，曾请一位鉴赏家题签。阿礼稗原来没有署名，因为元代曾有献狮的事，鉴赏家就题为"元人狮子真形图"。晰斋说："吏部侍郎的画，原不在元人之下。这鉴赏也不能算错。"

乩 仙 诗

乾隆庚辰，戈芥舟前辈扶乩，其仙自称唐人张紫鸾，将访刘长卿于瀛洲岛，偕游天姥。或叩以事，书一诗曰："身从异域来，时见瀛洲岛。日落晚风凉，一雁入云杳。"隐示以鸿冥物外，不预人世之是非也。芥舟与论诗，即欣然酬答以所游名胜《破石崖》、《天姥峰》、《庐山联句》三篇而去。芥舟时修《献县志》，因附录志末。其《破石崖》一篇，前为五言律诗八韵，对偶声病俱谐；第九韵以下，忽作鲍参军《行路难》、李太白《蜀道难》体。唐三百年诗人无此体裁，殊不入格。其以东、冬、庚、青四韵通押，仿昌黎"此日足可惜"诗；以穿鼻声七韵为一部例，又似稍读古书者。盖略涉文翰之鬼，伪托唐人也。

【译文】

乾隆二十五年，戈芥舟前辈扶乩，乩仙自称是唐朝人张紫鸾，准备去瀛洲岛拜访刘长卿，一起游天姥山。有人向他叩问世事，乩仙写一诗答道："身从异域来，时见瀛洲岛。日落晚风凉，一雁入云杳。"暗示其超然物外，不管人世间的是非。芥舟与他论诗，就欣然酬答，写下所游名胜《破石崖》、《天姥峰》、《庐山联句》三篇而去。芥舟当时在修《献县志》，就把它们附录在县志后面。其中《破石崖》一篇，前面是五言律诗八韵，对偶声韵都和谐；而第九韵以下，忽然用鲍照《行路难》、李白《蜀道难》的体裁。唐朝三百年间，没有一位诗人用这种体裁的，很不符合格律。诗以东、冬、庚、青四韵通押，仿韩愈"此日足可惜"一诗，以穿鼻声七韵为一部的例。由此看来，又好像是稍稍读过古书的。大概是略通文墨的鬼，伪托唐人。

古　　镜

河城（在县东十五里，隋乐寿县故城也。）西村民，掘地得一镜。广丈余，已触碎其半。见者人持一片去，置室中，每夕吐光。凡数家皆然。是亦王度神镜，应月盈亏之类。但残破之余，尚能如是，更异耳。或疑镜何以如此之大，余谓此必河间王宫殿中物。陆机与弟云书曰："仁寿殿中有大方镜，广丈余，过之辄写人影。"是晋代犹沿此制也。

【译文】

河城（在县城东面十五里，是隋朝乐寿县的旧城）西面的村民，掘地挖到一面镜，大约一丈多，一半已碰碎了。看到的人都拿了一块回去，放在房间里，每天夜里能放出光芒，所有几家都是如此。这像王度的神镜，是能随着月亮的圆缺而变化的东西。但残破的东西，还能如此，就更加奇异了。有人奇怪镜子为什么这么大，我说这肯定是河间王宫殿里的东西。陆机给弟弟陆云的信里说："仁寿殿中有大方镜，有一丈多大，经过它前面，就照出人影。"可见晋代还在沿用其格式。

厚　　古

乾隆己卯、庚辰间，献县掘得唐张君平墓志。大中七年明经刘伸撰,字画尚可观,文殊鄙俚。余拓示李廉衣前辈,曰:"公谓古人事事胜今人,此非唐文耶?天下率以名相耀耳。如核其实,善笔札者必称晋,其时亦必有极拙之字。善吟咏者必称唐,其时亦必有极恶之诗。非晋之厮役皆羲、献,唐之屠沽皆李、杜也。西子、东家实为一姓,盗跖、柳下乃是同胞,岂能美则俱美,贤则俱贤耶?赏鉴家得一宋砚,虽滑不受墨,亦宝若球图;得一汉印,虽谬不成文,亦珍逾珠璧。问何所取,曰取其古耳。东坡【按:应作韩愈。】诗曰:'嗜好与俗殊酸咸。'斯之谓欤!"

【译文】

乾隆二十四、五年间,献县挖出唐代张君平的墓志,为大中七年明经刘伸所撰,书法还可以,文章则很鄙俗。我拓了一本给李廉衣前辈看,说:"先生说古人事事胜今人,这不是唐人的文章吗?天下人大都是以名气相互炫耀罢了,如果从实际看,善书法的人言必称晋,其实当时也肯定有极拙劣的字;善吟诗的人言必称唐,其实当时也肯定有极差的诗。并非晋代的差役走卒都是王羲之、王献之,唐代的屠夫和酒贩都是李白、杜甫。西施、东施是同姓,柳下跖、柳下惠是同胞,岂能够美就俱美,贤就俱贤呢?鉴赏家得到一方宋砚,虽然光滑不受墨,也看得像美玉样宝贵;得到一枚汉印,虽然错得不成字形,也把它看得比珠宝还珍贵。问他看中了什么,说是看中它的古。东坡(案:应作韩愈。)诗曰:'嗜好与俗殊酸咸。'说的就是这种现象吧!"

讲 理 之 狐

交河老儒刘君琢,名璞,素谨厚,以长者称。在余家设帐二十余年,从兄懋园(坦居)、从弟东白(羲轩),皆其弟子也。尝自河间岁试归,中途遇雨,借宿民家。主人曰:"家惟有屋两楹,尚可栖止;然素有魅,不知狐与鬼也。君能不畏,则请解装。"不得已宿焉。灭烛以后,承尘上轰轰震响,如怒马奔腾。君琢起著衣冠,长揖仰祝曰:"偃蹇寒儒,偶然宿此,欲祸我耶?我非君仇;欲戏我耶?与君素不狎昵;欲逐我耶?今夜必不能行,明朝亦必不能住,何必多此扰攘耶?"俄闻承尘上似老媪语曰:"客言殊有理,尔辈勿太造次。"闻足音橐橐然,向西北隅去,顷刻寂然矣。君琢尝以告门人曰:"遇意外之横逆,平心静气,或有解时。当时如怒詈之,未必不抛砖掷瓦。"又刘景南尝僦一寓,迁入之夕,大为狐扰。景南诃之曰:"我自出钱租宅,汝何得鸠占鹊巢?"狐厉声答曰:"使君先居此,我续来争,则曲在我。我居此宅五六十年,谁不知者。君何处不可租宅,而必来共住?是恃气相凌也,我安肯让君?"景南次日遂移去。何励庵先生曰:"君琢所遇之狐,能为理屈;景南所遇之狐,能以理屈人。"先兄晴湖曰:"屈狐易,能屈于狐难。"

【译文】

交河的老儒生刘君琢,名璞,一向谨慎宽厚,以稳重自尊而著称。他在我家做塾师二十余年,我的堂兄懋园(坦居)、堂弟东白(羲轩)都是他的学生。他曾从河间参加科举考试回来,中途遇雨,到一个居民家借宿。主人说:"家里只有两间房还可以住人。但一直有妖怪,不知是狐还是鬼。你要是不怕,就请住下吧。"刘君琢不得已，只好住下。熄灯以后，听到天花板上轰轰震响，好像怒马奔腾。君琢起床穿好衣服，深深作揖，向上祝告道："我是一个困顿的穷书生，偶然住在这里，想要害我吗？我不是你的仇人；想要戏弄我吗？我和你又不熟识；想要赶我走吗？我今夜肯定是走不了的，明天也肯定不会再住，又何必多此一举，前来扰乱呢？"过了一会儿，又听到天花板上好像有个老妇说道："客人的话很有道理，你们不要太鲁莽。"这时，只听到"笃笃"的脚步声向西北角过去，顷刻间就安静了。君琢曾以此告诫学生说："遇到意外的强暴，只要平心静气，有时或许能解脱。当时如果我怒骂，鬼怪就未必不抛砖掷瓦。"又刘景南曾租一屋，搬进去的当天晚上，饱受狐精骚扰。景南骂道："这房子是我出钱租的，你怎么可以占据我的房子呢？"狐厉声答道："假如你先住在这里，我跟着来争，那是我不对。我住这房子五六十年了，有谁不知道？你哪里不好租屋，却偏要来和我共住？这是故意欺负我，我岂肯让你？"景南第二天就搬走了。何励庵先生说："君琢遇到的狐，能被理所服；景南遇到的狐，能以理服人。"先兄晴湖说："服狐容易，能被狐所服则难。"

尸　　变

道家有太阴炼形法，葬数百年，期满则复生。此但有是说，未睹斯事。古以水银敛者，尸不朽，则凿然有之。董曲江曰："凡罪应戮尸者，虽葬多年，尸不朽。吕留良焚骨时，开其棺，貌如生，刃之尚有微血。盖鬼神留使伏诛也。某人（是曲江之亲族，当时举其字，今忘之矣。）时官浙江，奉檄莅其事，亲目击之。然此类皆不为祟。其为祟者曰僵尸。僵尸有二：其一新死未敛者，忽跃起搏人；其一久葬不腐者，变形如魑魅，夜或出游，逢人即攫。或曰：'旱魃即此。'莫能详也。夫人死则形神离矣，谓神不附形，安能有知觉运动？谓神仍附形，是复生矣，何又不为人而为妖？且新死尸厥者，并其父母子女或抱持不释，十指抉入肌骨。使无知，何以能踊跃？使有知，何以一息才绝，即不识其所亲？是殆别有邪物凭之，戾气感之，而非游魂之为变欤！袁子才前辈《新齐谐》载南昌士人行尸夜见其友事，始而祈请，继而感激，继而凄恋，继而忽变形搏噬。谓人之魂善而魄恶，人之魂灵而魄愚，其始来也，一灵不泯，魄附魂以行；其既去也，心事既毕，魂一散而魄滞。魂在则为人也，魂去则非其人也。世之移尸走影，皆魄为之。惟有道之人，为能制魄。"语亦凿凿有精理。然管窥之见，终疑其别有故也。

【译文】
　　道家有太阴炼形法，人埋葬数百年，时间到了，就能复生。但这只是传说，没有见过这样的事。古代用水银殓葬的人，尸体不烂，则确实是有的。董曲江说："凡是罪当戮尸的人，虽然埋葬多年，尸体也不烂。吕留良被焚骨时，打开棺材，容貌还栩栩如生，用刀割之还有微血。大概是鬼神留着让他伏罪的吧。某人（是曲江的亲戚，当时说了他的名字，现在忘记了。）当时在浙江做官，奉命参与其事，亲眼目睹此事。但这类尸体不会作怪。作怪的尸体叫僵尸。僵尸有两种：一种是刚死还没入棺的，忽然跳起打人；一种是久葬而不腐烂的，变成鬼怪的模样，夜里出游，逢人就抓。有人说'旱魃'就是这一种，不知是否如此。人死后形和神就分离了，如果说神不附形，怎么能够有知觉和动作？如果说神附于形，那是复生了，为何又不成为人而成为妖？而且刚死的尸体跳起，连对其父母子女有时也紧抱不放，手指都抠进皮肉。假如没有知觉，怎么能跳起来？假如有知觉，为什么一息刚断，就不认得他的亲人了呢？这大概是另有邪物驱使、恶气感染，而不是游魂成精变怪吧！袁子才前辈的《新齐谐》中，载有南昌一书生行尸夜见其友的故事：开始时，僵尸还恭敬有礼，接着就情绪激动，然后凄惨依恋，再接着突然变形，扑上去咬人。有人认为人的魂善而魄恶，魂灵而魄愚。他刚来时，活魂还未泯灭，魄附魂而行；他将离去时，心事已经了却，魂一散而魄却留下来了。魂在则为人，魂去则不是那个人了。世上的移尸走影，都是魄。只有得道之人，才能制服魄。"这些话也确实有精辟的道理。但依我管窥之见，总是怀疑其别有原因。

生 死 夫 妻

任子田言：其乡有人夜行，月下见墓道松柏间，有两人并坐：一男子年约十六七，韶秀可爱；一妇人白发垂项，伛偻携杖，似七八十以上人。倚肩笑语，意若甚相悦。窃讶何物淫妪，乃与少年儿狎昵。行稍近，冉冉而灭。次日，询是谁家冢，始知某早年夭折，其妇孀守五十余年，殁而合窆于是也。《诗》曰："穀则异室，死则同穴。"情之至也。《礼》曰："殷人之祔也离之，周人之祔也合之。善夫！"圣人通幽明之礼，故能以人情知鬼神之情也。不近人情，又乌知《礼》意哉！

【译文】

任子田说：他家乡有人走夜路，月色中看到墓道的松柏之间，有两人并肩而坐：一男的年约十六七岁，清秀可爱；一妇人白发垂肩，伛偻拄杖，像是七八十岁以上了。两人倚偎谈笑，看上去很亲密。他暗暗地感到吃惊，不知是哪个老淫妇，竟和少年郎亲热。走得稍近，两人就慢慢地消失了。第二天，询问是谁家的墓，才知道某人早年夭折,他妻子守寡五十多年,死后合葬在这里。《诗经》曰:"活着各住各的房,死后同埋一个圹。"这是很深的感情。《礼记》说:"殷人夫妇合葬,两棺之间有东西隔开,周人夫妇合葬,两棺之间不隔开,善哉!"圣人通晓生死之礼,所以能以人情知鬼神之情。不近人情,又怎能理解《礼记》的意思呢!

伪圣伪贤

族侄肇先言:有书生读书僧寺,遇放焰口。见其威仪整肃,指挥号令,若可驱役鬼神。喟然曰:"冥司之敬彼教,乃过于儒。"灯影朦胧间,一叟在旁语曰:"经纶宇宙,惟赖圣贤,彼仙佛特以神道补所不及耳。故冥司之重圣贤,在仙佛上;然所重者真圣贤。若伪圣伪贤,则阴干天怒,罪亦在伪仙伪佛上。古风淳朴,此类差稀。四五百年以来,累囚日众,已别增一狱矣。盖释道之徒,不过巧陈罪福,诱人施舍。自妖党聚徒谋为不轨外,其伪称我仙我佛者,千万中无一。儒则自命圣贤者,比比皆是。民听可惑,神理难诬。是以生拥皋比,殁沉阿鼻,以其贻害人心,为圣贤所恶故也。"书生骇愕,问:"此地府事,公何由知?"一弹指间,已无所睹矣。

【译文】

族侄肇先说:有个书生在寺院读书,遇到放焰口。看见和尚威严整肃,指挥号令,好像可以驱使鬼神。书生感叹地说:"阴司敬重佛教,竟胜过儒教。"灯影朦胧中,有一老翁在旁边说道:"处理天下大事,只能靠圣贤,那些仙佛只是以神道来补圣贤所不及罢了。所以阴司敬重圣贤,在仙佛之上;但所敬重的是真圣贤。如果是伪圣伪贤，则触犯天怒，其罪也在伪仙伪佛之上。古代风俗淳朴，这类人很少。近四五百年以来，拘押的犯人一天比一天多，已另增一所地狱了。因为和尚道士之流，不过是巧说祸福，诱人施舍。除妖党聚众、谋为不轨外，伪称我是仙我是佛的人，千万人中没有一个。儒士中自命圣贤的人，则比比皆是。老百姓可以被迷惑，神却难以被骗。因此活着时高坐讲学，死后沉入阿鼻地狱，都是因为他贻害人心，被圣贤所嫌恶的缘故。"书生大惊，问："这地府的事，你怎么会知道？"弹指之间，已什么也看不见了。

反　间　计

甲乙有夙怨，乙日夜谋倾甲。甲知之，乃阴使其党某以他途入乙家，凡为乙谋，皆算无遗策；凡乙有所为，皆以甲财密助其费，费省而功倍。越一两岁，大见信，素所倚任者皆退听。乃乘间说乙曰："甲昔阴调我妇，讳弗敢言，然衔之实次骨。以力弗敌，弗敢撄。闻君亦有仇于甲，故效犬马于门下。所以尽心于君者，固以报知遇，亦为是谋也。今有隙可抵，盍图之。"乙大喜过望，出多金使谋甲。某乃以乙金为甲行赇，无所不曲到。阱既成，伪造甲恶迹及证佐姓名以报乙，使具牒。比庭鞫，则事皆子虚乌有，证佐亦莫不倒戈，遂一败涂地，坐诬论戍。愤恚甚，以昵某久，平生阴事皆在其手，不敢再举，竟气结死。死时誓诉于地下，然越数十年卒无报。论者谓难端发自乙，甲势不两立，乃铤而走险，不过自救之兵，其罪不在甲。某本为甲反间，各忠其所事，于乙不为负心，亦不能甚加以罪，故鬼神弗理也。此事在康熙末年。《越绝书》载子贡谓越王曰："夫有谋人之心，而使人知之者，危也。"岂不信哉！

【译文】

甲和乙有旧仇，乙日夜图谋整垮甲。甲知道后，就暗地让他的党羽某人通过其他途径进入乙家，凡是为乙谋划的事，都十分周到；凡是乙所做的事，都用甲的钱私下相助，费用省而成效大。过了一两年，某人就深受乙的信任，而原来所倚重使用的人，都被冷落。于是，某人乘机对乙说："甲以前暗地调戏我妻子，我不敢声张，但心里恨之入骨。因为自知斗不过他，所以不敢去触犯。听说你也和甲有仇，所以到你门下效犬马之劳。我之所以为你尽心，固然是要报知遇之恩，但也是要向甲报仇。现在有机会可以搞垮他，为什么不干呢？"乙大喜过望，拿出许多钱让某人搞垮甲。某人于是用乙的钱为甲行贿，各个关节都打通。陷阱设成后，伪造甲的罪状及证人姓名报告乙，让乙写状告甲。到了庭审时，则事情都属子虚乌有，证人也无不倒过来攻击乙，乙于是一败涂地，以诬告罪被判流放边地。乙愤恨至极，因和某人亲密日久，平生缺德事都掌握在他手中，不敢再告发，竟气愤而死。死时发誓要到阴司告状，但过了几十年终无报应。论者以为首先发难的是乙，甲因势不两立，于是铤而走险，不过是自救的行为，罪责不在甲。某人本是甲的间谍，他忠于自己的主人，对乙不能算是负心，也不能加罪于他，所以鬼神不理。此事发生在康熙末年。《越绝书》载子贡对越王说："有谋害别人之心，而让别人知道的人，就危险了！"岂不正是如此吗！

范　鸿　禧

里人范鸿禧，与一狐友昵。狐善饮，范亦善饮，约为兄弟，恒相对醉眠。忽久不至，一日遇于秫田中，问："何忽见弃？"狐掉头曰："亲兄弟尚相残，何有于义兄弟耶?"不顾而去。盖范方与弟讼也。杨铁崖《白头吟》曰:"买妾千黄金,许身不许心;使君自有妇,夜夜白头吟。"与此狐所见正同。

【译文】

乡人范鸿禧,和一狐友很要好。狐善饮酒,范也善饮酒,两个结为兄弟,经常相对醉眠。狐友忽然长久不来,一天在高粱地里遇到,问它:"为何忽然弃我而去?"狐转过头去说:"亲兄弟还相斗,何况是结拜兄弟呢?"不理他而去。因为当时范正和弟弟打官司。杨铁崖《白头吟》说:"买妾千黄金,许身不许心;使君自有妇,夜夜白头吟。"与这狐的见解正相同。

樊　　长

献县捕役樊长,与其侣捕一剧盗。盗跳免,絷其妇于官店。(捕役拷盗之所,谓之官店,实其私居也。)其侣拥之调谑,妇畏棰楚,噤不敢动,惟俯首饮泣。已缓结矣,长突见之,怒曰:"谁无妇女,谁能保妇女不遭患难落人手?汝敢如是,吾此刻即鸣官。"其侣慑而止。时雍正四年七月十七日戌刻也。长女嫁为农家妇,是夜为盗所劫,已裼衣反缚,垂欲受污,亦为一盗呵而止。实在子刻,中间仅仅隔一亥刻耳。次日,长闻报,仰面视天,舌挢不能下也。

【译文】

献县的捕快樊长,和伙伴去抓一大盗。大盗逃脱了,就绑了他妻子到官店(是捕快拷打盗贼的地方,名为官店,其实是他们的私宅)。他的伙伴抱着妇人调戏,妇人怕被拷打,吓得不敢动,只有低头抽泣。衣带也已解开了,突然被樊长看到,怒道:"谁没有妻女?谁能保妻女不遭患难、落入他人之手?你敢这样做,我现在就去报官。"他的伙伴因害怕而作罢。当时是雍正四年七月十七日的戌时。樊长的女儿嫁作农家妇,这一夜遭盗贼抢劫,已被脱去衣服反绑起来,眼看要受污辱,也被一盗贼呵骂而中止。时在子时,中间仅仅隔了一个亥时。第二天,樊长听到消息,仰面看天,惊讶得舌头伸出来缩不进去。

狐　　帽

裘文达公赐第,在宣武门内石虎胡同。文达之前,为右翼宗学。宗学之前,为吴额驸府。吴额驸之前,为前明大学士周延儒第。阅年既久,又窈窱闳深,故不免时有变怪,然不为人害也。厅事西小屋两楹,曰"好春轩",为文达燕见宾客地。北壁一门,又横通小屋两楹。僮仆夜宿其中,睡后多为魅异出,不知是鬼是狐,故无敢下榻其中者。琴师钱生独不畏,亦竟无他异。钱面有癜风,状极老丑。蒋春农戏曰:"是尊容更胜于鬼,鬼怖而逃耳。"一日,键户外出,归而几上得一雨缨帽,制作绝佳,新如未试。互相传视,莫不骇笑。由此知是狐非鬼,然无敢取者。钱生曰:"老病龙钟,多逢厌贱。自司空以外,(文达公时为工部尚书。)怜念者曾不数人。我冠诚敝,此狐哀我贫也。"欣然取著,狐亦不复摄去。其果赠钱生耶?赠钱生者又何意耶?斯真不可解矣。

【译文】

皇上赐给裘文达公的宅第，在宣武门内的石虎胡同。文达宅第的前身，是右翼宗学。宗学之前，是吴驸马的府第。吴驸马的府第之前，是明朝大学士周延儒的府第。因为年代久远，又宏丽幽深，所以难免常常有鬼怪，但不害人。厅堂西侧有两间小屋，名为"好春轩"，是文达会见宾客的地方。北墙有一门，又横着通往另两间小屋。僮仆夜里睡在这屋内，睡着后都被鬼怪抬出。但不知是鬼还是狐。因此，没有人再敢到里面去睡觉。只有琴师钱生不怕，而且从来没遇到什么怪异。钱生脸上有白癜风，样子又老又丑。蒋春农向他开玩笑说："这是因为尊容更胜于鬼，所以鬼被吓跑了。"一天，钱生锁了房门外出，回来时桌上多了一顶雨缨帽，制作精美，而且崭新。大家互相传看，无不惊笑。由此知道是狐而不是鬼，但没人敢拿这帽子。钱生说："我老病龙钟，总遭到嫌弃鄙视。除司空（文达公当时为工部尚书）外，同情我的没有几个人。我的帽子确实破旧，这狐是同情我贫穷。"于是欣然取来戴上，狐也不再拿回去。帽真的是送给钱生的吗？又为什么要送给钱生呢？这真是难以理解。

朱 五 嫂

尝与杜少司寇凝台同宿南石槽，闻两家轿夫相语曰："昨日怪事：我表兄朱某在海淀为人守墓，因入城未返，其妻独宿。闻园中树下有斗声，破窗纸窃窥，见二人攘臂奋击，一老翁举杖隔之，不能止。俄相搏仆地，并现形为狐，跳踉摆拨，触老翁亦仆。老翁蹶起，一手按一狐呼曰：'逆子不孝！朱五嫂可助我。'朱伏不敢出，老翁顿足曰：'当诉诸土神。'恨恨而散。次夜，闻满园银铛声，似有所搜捕。觉几上瓦瓶似微动，怪而视之，瓶中小语曰：'乞勿言，当报恩。'朱怒曰：'父母恩且不肯报，何有于我！'与瓶掷门外碑趺上，訇然而碎。即闻嗷嗷有声，意其就执矣。"一轿夫曰："斗触父母倒是何大事，乃至为土神捕捉？殊可怖也。"凝台顾余笑曰："非轿夫不能作此言。"

【译文】
　　我曾和刑部侍郎杜凝台同宿在南石槽。听到两家的轿夫谈道："昨天有件怪事：我表兄朱某在海淀为人守墓，因进城没有回去，他妻子一人独宿。听到园子里树下有打斗声，捅破窗纸偷看，见二人挥臂猛打，一老翁举着拐杖隔开他们，但无法使他们住手。过了一会儿，二人扯打着倒在地上，一起现形为狐，跳踉摆扑，把老翁也撞倒了。老翁爬起来，一手按住一狐叫道：'逆子不孝！朱五嫂可来帮我！'朱妻伏着不敢出去。老翁顿着脚说：'要到土地神那里告状。'恨恨地散去了。第二天夜里，朱妻听到满园铁索牵动的声音，好像有人在搜捕。还觉得桌上的瓦罐好像在微微摆动。朱妻惊奇地去看，只听罐中小声说道：'请别声张，我会报恩的。'朱妻怒道：'父母之恩都不报，哪里还会有我的份！'连罐子一起扔到门外墓碑的石座上，砰然而碎。然后听到有嗷嗷的叫声，想来是被捉住了。"一轿夫说："触犯父母到底算什么大事，以至于被土地神捕捉？真可怕啊！"凝台朝我笑着说："除了轿夫，没人能说这样的话。"

冥吏论佛

　　里有张媪，自云尝为走无常，今告免矣。昔到阴府，曾问冥吏："事佛有益否？"吏曰："佛只是劝人为善，为善自受福，非佛降福也。若供养求佛降福，则廉吏尚不受赂，曾佛受赂乎？"又问："忏悔有益否？"吏曰："忏悔须勇猛精进，力补前愆。今人忏悔，只是自首求免罪，又安有益耶？"此语非巫者所肯言，似有所受之。

【译文】
　　我家乡有个姓张的老妇，自称曾经做过走无常，如今不做了。以前她到阴府，曾问冥吏："敬佛有好处吗？"冥吏说："佛只是劝人为善，为善的人自然有福，并不是佛降福给他的。如果用祭品求佛降福，那么廉洁的官吏尚且不受贿赂，难道佛会接受贿赂吗？"老妇又问："忏悔有好处吗？"冥吏说："忏悔就应该勇敢真诚，努力上进，力求挽回以前的过失。现在的人忏悔，只是自首以求免罪，又岂能有好处呢？"这席话不是巫婆所肯说的，好像是有谁教她的。

卷十一

槐西杂志（一）

余再掌乌台，每有法司会谳事，故寓直西苑之日多。借得袁氏婿数楹，榜曰"槐西老屋"，公余退食，辄憩息其间。距城数十里，自僚属白事外，宾客殊稀，昼长多暇，晏坐而已。旧有《滦阳消夏录》、《如是我闻》二书，为书肆所刊刻，缘是友朋聚集，多以异闻相告，因置一册于是地，遇轮直则忆而杂书之，非轮直之日则已。其不能尽忆则亦已。岁月骎寻，不觉又得四卷，孙树馨录为一帙，题曰《槐西杂志》，其体例则犹之前二书耳。自今以往，或竟懒而辍笔欤，则以为《挥麈》之三录可也；或老不能闲，又有所缀欤，则以为《夷坚》之丙志亦可也。壬子六月，观弈道人识。

【译文】

我再次执掌御史台，经常会遇到一些司法方面需要共同研究的案件，故而住在西苑的日子较多。借得袁氏女婿家的数间屋宅，匾额题名为"槐西老屋"。公事余暇，就在其中休息。房子距离城关数十里，除了下属来禀报公事以外，宾客非常稀少。长长的白昼有很多空闲，不过是闲坐消磨时间而已。以前有《滦阳消夏录》、《如是我闻》二种书，被书店刊刻发行，因此每当亲友聚会时，多以奇异的见闻告知于我。于是在屋里放了一个本子，等到轮值日子，就回想这些，杂乱地记述下来，不是轮值时间就罢了，不能完全回忆起来的也罢了。岁月流逝，不知不觉又写成了四卷书稿。我的孙子树馨把书稿抄录为一册，题名为《槐西杂志》，书的体例则与前二种书大体相同。从今以后，或许竟然疏懒而停笔不作了，那么可以将之作为《挥麈录》的三录；或许老了却不能闲下来，又有续作了，那么把它作为《夷坚志》的丙志也是可以的。壬子年六月，观弈道人记。

直　　道

《隋书》载兰陵公主死殉后夫，登于《列女传》之首。颇乖史法。（祖君彦《檄隋文》称兰陵公主逼幸告终。盖欲甚炀帝之恶，当以史文为正。）沧州医者张作霖言：其乡有少妇，夫死未周岁辄嫁。越两岁，后夫又死，乃誓不再适，竟守志终身。尝问一邻妇病，邻妇忽瞋目作其前夫语曰："尔甘为某守，不为我守何也？"少妇毅然对曰："尔不以结发视我，三年曾无一肝鬲语，我安得为尔守！彼不以再醮轻我，两载之中，恩深义重，我安得不为彼守！尔不自反，乃敢咎人耶？"鬼竟语塞而退。此与兰陵公主事相类。盖亦豫让"众人遇我，众人报之；国士遇我，国士报之"之意也。然五伦之中，惟朋友以义合：不计较报施，厚道也；即计较报施，犹直道也。兄弟天属，已不可言报施；况君臣父子夫妇，义属三纲哉。渔洋山人作《豫让桥》诗曰："国士桥边水，千年恨不穷；如闻柱厉叔，死报莒敖公。"自谓可以敦薄，斯言允矣。然柱厉叔以不见知而放逐，乃挺身死难，以愧人君不知其臣者，（事见刘向《说苑》。）是犹怨怼之意；特与君较是非，非为君捍社稷也。其事可风，其言则未协乎义。或记载者之失乎？

【译文】

　　《隋书》记载兰陵公主为后夫殉节而死，并放在《列女传》的开头。这和一般史书写法不一样。（祖君彦的《檄隋文》说，兰陵公主被隋炀帝强暴致死，这是想更加深炀帝的罪恶，应当以史书为准。）沧州医生张作霖说：他家乡有个少妇，丈夫死后不到一年就改嫁了。过了两年，后夫又死了，这少妇发誓不再嫁人，终于独身到死。有一次，少妇去探望生病的邻居妇人，邻居妇人忽然瞪大眼睛用少妇前夫的声音说：“你甘心为后夫守节，为什么不为我守节呢？”少妇语气坚定地回答说：“你不把我当做结发妻子，结婚三年，没有讲过一句贴心话，我怎能为你守节呢！后夫不因为我再嫁而轻视我，两年夫妻生活，恩深义重，我怎能不为他守节呢！你自己不反省，还敢指责别人吗？”前夫的鬼魂讲不出话，只好溜走了。这件事和兰陵公主相类似。这也是豫让所说的“待我如大家一样，我也如大家一样待他；待我如才能出众的人物一样，我也如待才能出众的人一样待他”的意思。不过，五伦之中，只有朋友是以道义结合的。不计较回报施与，是厚道；即使计较回报施与，也还是直道。兄弟的关系是自然形成的，已经不能说到回报施与；何况君臣、父子、夫妇，属于三纲的内容呢！渔洋山人写过《豫让桥》诗说：“国士桥边水，千年恨不穷；如闻柱厉叔，死报莒敖公。”他自己说可以警戒刻薄，这话也对的。不过，柱厉叔因为不被赏识而流亡，后来却挺身报仇而牺牲，用来使不了解臣子的君主内疚（事见刘向的《说苑》），就含有怨愤发泄的意思了；专门和君主分辨是非，并不一定能为君主捍卫国家。柱厉叔的事可以流传，他的言论就不完全符合道义了。或者是记载的人的失误吧？

废 宅 诗

江宁王金英，字菊庄，余壬午分校所取士也。喜为诗，才力稍弱，然秀削不俗，颇近宋末四灵。尝画艺菊小照，余戏仿其体格题之，有"以菊为名字，随花入画图"句，菊庄大喜。则所尚可知矣。撰有诗话数卷，尚未成书，霜雕夏绿，其稿不知流落何所。犹记其中一条云：江宁一废宅，壁上微有字迹。拂尘谛视，乃绝句五首。其一曰："新绿渐长残红稀，美人清泪沾罗衣。蝴蝶不管春归否，只趁菜花黄处飞。"其二曰："六朝燕子年年来，朱雀桥圮花不开。未须惆怅问王谢，刘郎一去何曾回。"其三曰："荒池废馆芳草多，踏青年少时行歌。谯楼鼓动人去后，回风袅袅吹女萝。"其四曰："土花漠漠围颓垣，中有桃叶桃根魂。夜深踏遍阶下月，可怜罗袜终无痕。"其五曰："清明处处啼黄鹂，春风不上枯柳枝。惟应夹阢双石兽，记汝曾挂黄金丝。"字极怪伟，不著姓名，不知为人语鬼语。余谓此福王破灭以后前明故老之词也。

【译文】

江宁王金英，别字菊庄，是壬午年间我当考官时所录取的士子。他喜欢作诗，但才气稍弱。不过诗作清秀，不落俗套，与宋末的四灵派很相近。他曾画过一幅种菊花的画像，我有意按他的风格题辞在画上，其中有"以菊为名字，随花入画图"的句子。菊庄很高兴。由此，他的爱好就可想而知了。他写有诗话几卷，还没有成书。岁月流逝，现在书稿不知流落到何方了。我还记得其中有一条说：江宁有一间废弃的住宅，墙壁上隐约有字迹。扫去灰尘，仔细辨认，原来是五首绝句。第一首说："新绿渐长残红稀，美人清泪沾罗衣。蝴蝶不管春归否，只趁菜花黄处飞。"第二首说："六朝燕子年年来，朱雀桥圮花不开。未须惆怅问王谢，刘郎一去何曾回。"第三首说："荒池废馆芳草多，踏青年少时行歌。谯楼鼓动人去后，回风袅袅吹女萝。"第四首说："土花漠漠围颓垣，中有桃叶桃根魂。夜深踏遍阶下月，可怜罗袜终无痕。"第五首说："清明处处啼黄鹂，春风不上枯柳枝。惟应夹陛双石兽，记汝曾挂黄金丝。"字迹雄健怪异，没有写上作者姓名，不知道是人的诗还是鬼的诗。我想，这是福王被歼灭之后，明朝的遗老所写的诗。

贫 妇 请 旌

董秋原言：昔为钜野学官时，有门役典守节孝祠，即携家居祠侧。一日秋祀，门役夜起洒扫，其妻犹寝。梦中见妇女数十辈，联袂入祠。心知神降，亦不恐怖。忽见所识二贫媪亦在其中，再三审视，真不谬。怪问其未邀旌表，何亦同来。一媪答曰："人世旌表，岂能遍及穷乡蔀屋？湮没不彰者，在在有之。鬼神愍其荼苦，虽祠不设位，亦招之来飨。或藏瑕匿垢，冒滥馨香，虽位设祠中，反不容入。故我二人得至此也。"此事颇创闻，然揆以神理，似当如是。又献县礼房吏魏某，临终喃喃自语曰："吾处闲曹，自谓未尝作恶业；不虞贫妇请旌，索其常例，冥谪如是其重也。"二事足相发明。信忠孝节义，感天地动鬼神矣！

【译文】

董秋原告诉我：他当年在钜野担任学官时，有一个守门的差役奉命管理节孝祠，于是便带了家人住在节孝祠隔壁。有一天，正是秋天祭祀的日子，差役在半夜就起来洒水扫地了，他的妻子还在睡觉。妻子做梦，看见几十个妇女，前前后后一起走入节孝祠内。心想这是神灵降临，但也不觉得可怕。忽然，她看到自己认识的两个穷苦老太太也在其中，经过仔细辨认，果真没有认错。她感到很奇怪，问她们生前没有受到表彰，怎么也一起来节孝祠，一个老太太回答说："人间官府的表彰，怎会遍及穷乡僻壤呢？埋没没有受到表彰的人，到处都有。鬼神同情这些人的辛劳艰苦，虽然节孝祠中没有她们的牌位，也邀请她们一起来享受祭祀。有些人偷偷做了坏事，善于遮盖，骗得美好的名声，虽然有牌位在祠中，反而不准许进去享受祭祀。因此，我们两个才能到这里来。"这件事真是闻所未闻，但按照神灵的理论，好像理应如此。献县礼房有个办事员魏某，临死时喃喃自语说："我当个空闲的办事员，自问没有作过恶。想不到穷苦老太太请求表彰，我按照常规索取经手费用，阴间的罪罚竟然会这样严重呀！"这两件事可以相互比较，道理更明显。相信忠孝节义，实在可以感天地动鬼神的啊！

伪鬼受惩

族叔行止言：有农家妇，与小姑并端丽。月夜纳凉，共睡檐下。突见赤发青面鬼，自牛栏后出，旋舞跳掷，若将搏噬。时男子皆外出守场圃，姑嫂悸不敢语。鬼一一攫搦强污之，方跃上短墙，忽嗽然失声，倒投于地。见其久不动，乃敢呼人。邻里趋视，则墙内一鬼，乃里中恶少某，已昏仆不知人；墙外一鬼屹然立，则社公祠中土偶也。父老谓社公有灵，议至晓报赛。一少年哑然曰："某甲恒五鼓出担粪，吾戏抱神祠鬼卒置路侧，使骇走，以博一笑；不虞遇此伪鬼，误为真鬼惊踣也。社公何灵哉！"中一叟曰："某甲日日担粪，尔何他日不戏之而此日戏之也？戏之术亦多矣，尔何忽抱此土偶也？土偶何地不可置，尔何独置此家墙外也？此其间神实凭之，尔自不知耳。"乃共醵金以祀。其恶少为父母舁去，困卧数日，竟不复苏。

【译文】

　　堂叔行止先生告诉我：有个农家妇女，和小姑二人都很漂亮。一天晚上，姑嫂二人在月下乘凉，一起睡在屋檐下。忽然，一个红发青面的鬼，从牛栏后面出来，又旋转又蹦跳，好像要吃人的样子。这时，村里的男人都到晒谷场上守夜去了，姑嫂二人吓得说不出话来。鬼冲上来，把姑嫂两人强奸了。它正要跳上院子的矮墙，忽然大叫一声，跌倒在地上。姑嫂见鬼很久没有动静，才敢大声呼叫。邻居们闻声赶来一看，原来矮墙内的鬼，是村中的恶少某某，已经昏迷不省人事了。矮墙外还有一个鬼直直地站着，原来是土地神祠中的泥人。村里的父老们都说，土地神显灵了，商议明天要去祭祀。一个青年哑然失笑，说："某甲经常五更天就出去挑粪，我想作弄他，把神祠的鬼卒泥像抱来放在路旁，让某甲吓一跳，大家高兴一番。想不到碰着这个假鬼，竟然误以为是真鬼而被吓倒了。土地神有什么灵验呢！"有一个老头子说："某甲日日都挑粪，你哪天都可以作弄他，为什么偏偏今天作弄他呢？作弄人的办法也很多，你为什么只是扛了这个泥像来呢？泥像哪儿不可以放，你为什么偏偏放在这家人的矮墙外面呢？这件事当中，一定有神灵作主，你自己不清楚罢了！"于是，大家集资去祭祀土地神。那个恶少由他的父母抬回，昏迷了几天，竟然再也醒不过来了。

糊 涂 神 祠

山西太谷县西南十五里白城村，有糊涂神祠，土人奉事之甚严。云稍不敬，辄致风雹。然不知神何代人，亦不知何以得此号。后检《通志》，乃知为狐突祠，元中统三年敕建，本名利应狐突神庙。"狐""糊"同音；北人读入声皆似平，故"突"转为"涂"也。是又一杜十姨矣。

【译文】

山西太谷县西南十五里的白城村，有座糊涂神祠，当地人都极为信奉。说是如果稍有不敬的地方，就会招来大风冰雹。但是，都不知道这位神仙是哪个朝代的人，亦不知道为什么得到这么个名号。后来翻阅通志，才知道应为狐突祠，元朝中统三年奉旨建造，本来叫利应狐突神庙。"狐"与"糊"同音，北方人读起入声来都像平声，所以"突"变为"涂"。这也是一个杜十姨式的笑话了。

石 中 物 象

石中物象，往往有之。姜绍书《韵石轩笔记》言见一石子，作太极图。是犹纹理旋螺，偶分黑白也。颜介子尝见一英德砚山，上有白脉，作"山高月小"四字，炳然分明；其脉直透石背，尚依稀似字之反面，但模糊散漫，不具点画波磔耳。谛视，非嵌非雕，亦非渍染，真天成也。不更异哉！夫山与地俱有，石与山俱有，岂开辟以来，即预知有程邈隶书欤？即预知有东坡《赤壁赋》欤？即曰山孕此石，在宋以后。又谁使仿此字，谁使题此语欤？然则天工之巧，无所不有，精华蟠结，自成文章，非常理所可测矣。世传河图洛书，出于北宋，唐以前所未见也。河图作黑白圈五十五，洛书作黑白圈四十五。考孔安国《论语注》，称河图即八卦。（孔安国《论语注》今已不传，此条乃何晏《论语集解》所引。）是孔氏之门，本无此五十五点之图矣，陈抟何自而得之？至洛书既谓之书，当有文字，乃亦四十五圈，与河图相同，是宜称洛图不得称书。《系词》又何以别之曰书乎？刘向、刘歆、班固并称洛书有文，孔颖达《尚书正义》并详载其字数。（《洪范》初一曰五行一章疏曰，《五行志》全载此一章，云此六十五字皆洛书本文。计天言简要，必无次第之数。初一曰等二十七字，是禹加之也；其敬用农用等一十八字，大刘及顾氏以为龟背先有总三十八字，小刘以为敬用等皆禹所叙第，其龟文惟有二十字云云。虽所说字数不同，而足见由汉至唐，洛书无黑白点之伪图也。）观此砚山，知石纹成字，凿然不诬，未可执卢辨晚出之说，（明堂九室法龟文，始见北齐卢辨《大戴礼注》。朱子以为郑康成说，偶误记也。）遂以太乙九宫真为神禹所受也。（今术家所用洛书，乃太乙行九宫法，出于《易纬·乾凿度》，即《汉书·艺文志》所谓太乙家，当时原不称为洛书也。）

【译文】
　　石头中有事物的形象，常常出现。姜绍书《韵石轩笔记》中说，见过一块石头，上面有太极图的纹样。这还是石头纹理呈螺旋形，偶然分为黑白两色而已。颜介子曾经见过一块英德产的石砚，上面有白色线纹，成为"山高月小"四个字，笔画分明。这白色线纹一直透入石砚背后，隐隐约约还像字的反面，只是模糊不清，点折撇捺不很分明而已。仔细地察看，这几个字并非嵌镶也非雕刻，更不是染上去的，真是天然生成，这不是更奇异吗！山岭和大地是共存的，石头与山岭也是共存的，哪里有开天辟地的时候，就预先知道有程邈的隶书呢？就预先知道有苏东坡的《赤壁赋》呢？即使是山岭孕育了这块石砚，时代在宋以后，那么又是谁模仿了程邈的隶书？又是谁题了苏东坡《赤壁赋》中的字句？可见天然物象的巧妙，真是无所不有！精华汇集，自成文章，并不是常理所能理解的。世间流传的河图洛书，出现在北宋，唐以前没有出现过。河图上有黑白圆圈五十五个，洛书上有黑白圆圈四十五个。据孔安国《论语注》说，河图就是八卦。（孔安国《论语注》已经失传，这里引用的是何晏《论语集解》一书中曾引用过的材料。）这是说，孔夫子的学说，本来没有这种五十五点的河图，陈抟又从何处得到呢？至于洛书，既然叫做书，应当有文字，却也是四十五个圈，和河图相同，这应该称为洛图，不能称为洛书。系辞又怎能别称为书呢？刘向、刘歆、班固等人都说洛书有文字，孔颖达《尚书正义》还详细地记载了洛书的字数。（《洪范》"初一曰五行"一章的注疏说，《五行志》全文记载了这一章，说这六十五字都是洛书本来的文字。估计上天的言语简单扼要，一定没有次序的数目。"初一曰"等二十七字，是大禹加上去的；"其敬用农用"等十八字，大刘和顾氏认为龟背先有，共三十八字，小刘认为"敬用"等话都是大禹所解释的，那龟文只有二十字。虽然说的字数不同，但完全可以看出，从汉代至唐代，洛书没有黑白点的伪图形。）看到这个石砚，知道石头的纹理形成文字，是确凿可信的，不能偏信卢辨晚出的说法（明堂九室法龟文，首先出于北齐卢辨的《大戴礼注》。朱子以为是郑康成的说法，是偶然记错了）。就以为太乙九宫真是大禹神所传授的。（现在的术士所用的洛书，是太乙行九宫法，出于《易纬·乾凿度》，也就是《汉书·艺文志》所说的太乙家，当时本来就不叫洛书。）

示　　谴

　　表兄刘香畹言：昔官闽中，闻有少妇素幽静，殁葬山麓。每月明之夕，辄遥见其魂，反接缚树上，渐近则无睹。莫喻其故也。余曰："此有所示也：人莫喻其受谴之故，而必使人见其受谴，示人所不知，鬼神知之也。"

【译文】

　　表兄刘香畹说：他从前在福建做官的时候，听说有个少妇，平常沉默安静，死后葬在山麓。每当月明的晚上，就远远看到少妇的鬼魂，被反绑在树上，靠近去看，就看不见了。不知是什么缘故。我说："这是有所显示：人们不知道她受责罚的缘故，却要使人们看到她受责罚。这表示人们不知道的事情，鬼神是知道的。"

城　隍　马　伕

　　陈太常枫厓言：一童子年十四五，每睡辄作呻吟声，疑其病也。问之，云无有。既而时作呓语，呼之不醒。其语颇了了，谛听皆媟狎之词，其呻吟亦受淫声也。然问之终不言。知为魅，牒于社公。夜梦社公曰："魅诚有之，非吾力所能制也。"乃牒于城隍。越一宿，城隍祠中泥塑控马卒无故首自陨，始悟社公所谓力不能制也。然一驺耳，未必城隍之所爱；即城隍之所爱，神正直而聪明，亦必不以所爱之故，曲法庇一驺。牒一陈而伏冥诛，城隍之心事昭然矣。彼社公者乃揣摩顾畏，隐忍而不敢言，其视城隍何如也！城隍之视此社公，又何如也！

【译文】
　　太常寺官员陈枫厓说：有一个十四五岁的少年，睡觉时常发出呻吟的声音，大家怀疑他有毛病。问他，却又说没病。不久，睡觉时大讲梦话，喊他也不醒。那些梦话相当清楚，仔细一听，都是调情的语言，那种呻吟的声音也是淫乐的声音。但是查问他时，始终不说。家人知道，这一定是鬼怪作祟，就向土地神告状。晚上，家人梦见土地神告诉说："鬼怪肯定是有的，但不是我的能力可以制服的。"家人就到城隍那里告状。过了一个晚上，城隍祠中那尊泥塑马伕的脑袋无故破碎掉下，这时大家才醒悟土地神所说能力不够制服这鬼怪的话。不过，一个马伕，未必是城隍爷喜爱之人；即使是城隍爷喜爱之人，神都是正直而聪明的，也不会因为自己喜爱的缘故，违法地包庇一个马伕。状纸一送上，马伕就受惩处，城隍爷的心地够光明磊落的了。那个土地神专门窥察上司颜色，畏首畏尾，吞吞吐吐不敢讲明，他把城隍爷看成什么样了！城隍爷看这个土地神，又是什么样呢！

狐　　女

　　赵太守书三言：有夜遇狐女者，近前挑之，忽不见。俄飞瓦击落其帽。次日睡起，见窗纸细书一诗，曰："深院满枝花，只应蝴蝶采；喓喓草下虫，尔有蓬蒿在。"语殊轻薄，然风致楚楚，宜其不爱纨袴儿。

【译文】
　　太守赵书三说：有一个人，晚上碰到一个狐女，上前去调戏她，狐女一下子就不见了。一会儿，飞来一块瓦片，把这个人的帽子打掉了。第二天起床，看见窗纸上有小字写的一首诗，写道：

"深院满枝花,只应蝴蝶采。喓喓草下虫,尔有蓬蒿在。"语气中带有蔑视的意味,不过风情楚楚动人,她不爱那个二流子是对的。

真 山 民

田白岩言:尝与诸友扶乩,其仙自称真山民,宋末隐君子也。【按:山民有诗集,今著录《四库全书》中。】倡和方洽,外报某客某客来,乩忽不动。他日复降,众叩昨遽去之故。乩判曰:"此二君者,其一世故太深,酬酢太熟,相见必有谀词数百句。云水散人,拙于应对,不如避之为佳。其一心思太密,礼数太明,其与人语恒字字推敲,责备无已。闲云野鹤,岂能耐此苛求,故逋逃尤恐不速耳。"后先姚安公闻之,曰:"此仙究狷介之士,器量未宏。"

【译文】
　　田白岩说:曾经和朋友们一起扶乩,请来的神仙自称叫真山民,是宋代末年的隐士。【按:山民有诗集,现今著录在《四库全书》中。】大家唱和诗歌,正在高兴的时候,仆人从外面进来报告,说有某某、某某两位客人来到,乩马上就停下不动了。后来扶乩时,真山民又降临了,大家问他那天突然离开,是什么原因?真山民在沙盘上写乩语说:"那两个人,一个十分世故,应酬方法很熟练,一见面必定有几百句阿谀的话。我是浮云流水般懒散的人,不善于应酬,不如躲开他为好。另一个人心思太细致,礼数太苛刻,他和别人说话,常常一字一句地推敲,要求很多。我像闲云野鹤,怎能忍受这种苛求呢?所以只得避开,还怕跑得不够快呢!"后来,姚安公听说这件事,便说:"这位仙人毕竟是拘束谨慎的读书人,器度胸襟不够开阔。"

杏　花

　　从兄懋园言：乾隆丙辰乡试，坐秋字号中。续一人入号，号军问姓名籍贯，拱手致贺曰："昨梦女子持杏花一枝插号舍上，告我曰：'明日某县某人至，为言杏花在此也。'君名姓籍贯适符，岂非佳兆哉！"其人愕然失色，竟不解考具，称疾而出。乡人有知其事者曰："此生有小婢名杏花，逼乱之而终弃之，竟流落不知所终，意其赍恨以殁矣。"

【译文】

　　堂兄懋园说：乾隆元年他参加乡试，坐在秋字号试场中。有一个人跟着入场，守场的军士问这人的姓名籍贯之后，马上拱手祝贺，说："昨天晚上，梦见一个姑娘，手拿一枝杏花，插在您的座位上，还告诉我：'明天某县某人来的时候，告诉他杏花在这里了。'您的姓名籍贯刚好相同，这不是好兆头吗！"这个人大惊，脸色都变了，竟然连考试的用品也不放下，说是生病了，急急地走了出去。有个了解情况的同乡说："这个秀才有一个小丫头叫杏花，被他强行奸污之后，又遗弃了，最后不知流落到了什么地方。大概这小丫头已经含恨而死了。"

滴血验亲

　　从孙树森言：晋人有以资产托其弟而行商于外者，客中纳妇，生一子。越十余年，妇病卒，乃携子归。弟恐其索还资产也，诬其子抱养异姓，不得承父业。纠纷不决，竟鸣于官。官故愦愦，不牒其商所问真赝，而依古法滴血试；幸血相合，乃笞逐其弟。弟殊不信滴血事，自有一子，刺血验之，果不合。遂执以上诉，谓县令所断不足据。乡人恶其贪媚无人理，佥曰："其妇夙与某私昵，子非其子，血宜不合。"众口分明，具有征验，卒证实奸状。拘妇所欢鞫之，亦俯首引伏。弟愧不自容，竟出妇逐子，窜身逃去，资产反尽归其兄。闻者快之。按陈业滴血，见《汝南先贤传》，则自汉已有此说。然余闻诸老吏曰："骨肉滴血必相合，论其常也。或冬月以器置冰雪上，冻使极冷；或夏月以盐醋拭器，使有酸咸之味：则所滴之血，入器即凝，虽至亲亦不合。故滴血不足成信谳。"然此令不刺血，则商之弟不上诉，商之弟不上诉，则其妇之野合生子亦无从而败。此殆若或使之，未可全咎此令之泥古矣。

【译文】

侄孙树森说：有个山西人，把家产托付给弟弟，自己出外经商。他在外面娶了妻，生了一个儿子。过了十多年，妻子病死了，他便带了儿子回乡。他的弟弟怕哥哥讨回产业，便造谣说这个儿子是养子，不能继承哥哥的产业。兄弟争吵不休，就告到官府去。县官是个糊涂官，也不去调查哥哥外出行商的事实，反而依照古时滴血验亲的方法试验。幸好血滴相合，就把弟弟杖责了一顿，赶出公堂。弟弟根本不相信滴血验亲的事，他自己也有一个儿子，便刺血试验，血滴果然不相合。于是，弟弟作为理由上诉，指控县令的判断证据不足。乡里人厌恶弟弟贪婪，没有人性，都说："这个人的老婆和某某人有私情，儿子不是这个人生的，血滴当然不会相合了。"众口一词，又有证据，奸情确凿。官府把他老婆的情人抓来审问，那情人也低头认罪。弟弟羞愧得无地自容，把老婆、儿子赶了出去，自己也逃跑了，所有产业反而归到他哥哥名下。听到这件事的人，都感到快慰。陈业滴血的事，出于《汝南先贤传》，从汉代就有这个说法了。不过，我听衙门一个老差役说："骨肉之亲的血滴一定相互融合，是正常的讲法。如果在冬天，把盛血的器皿放在冰雪上，使血滴冰冷，或者在夏天，用盐、醋擦盛血的器皿，使血滴有酸咸的味道时，那么，滴出的血，碰到器皿就凝固了，即使是至亲，血滴也不会融合的。所以，滴血验亲不能够成为可靠的证据。"不过，如果这个县令不刺血试验的话，商人的弟弟不会上诉；商人的弟弟不上诉的话，他老婆与外人生孩子的事也不会败露。仿佛冥冥中有所操纵，也不能全责备这个县令食古不化了。

神　　蟒

都察院蟒，余载于《滦阳消夏录》中，尝两见其蟠迹，非乌有子虚也。吏役畏之，无敢至库深处者。壬子二月，奉旨修院署。余启库检视，乃一无所睹。知帝命所临，百灵慑伏矣。院长舒穆噜公因言内阁学士札公祖墓亦有巨蟒，恒遥见其出入曝鳞，墓前两槐树，相距数丈，首尾各挂于一树，其身如彩虹横亘也。后葬母卜圹，适当其地，祭而祝之，果率其族类千百蜿蜒去。葬毕，乃归。去时其行如风，然渐行渐缩，乃至长仅数尺。盖能大能小，已具神龙之技矣。乃悟都察院蟒，其围如柱，而能出入窗棂中，隙才寸许，亦犹是也。是月，与汪蕉雪副宪同在山西马观察家，遇内务府一官，言西十库贮硫黄处亦有二蟒，皆首矗一角，鳞甲作金色。将启钥，必先鸣钲。其最异者，每一启钥，必见硫黄堆户内，磊磊如假山，足供取用，取尽复然。意其不欲人入库，人亦莫敢入也。或曰即守库之神，理或然欤！《山海经》载诸山之神，蛇身鸟首，种种异状，不必定作人形也。

【译文】

都察院出现蟒蛇的事，我在《滦阳消夏录》中记载过，并曾经两次见到它蟠踞的痕迹，并非凭空虚构的。衙署中的差役害怕蟒蛇，没有一个人敢走到库房深处的。壬子年二月，我奉旨维修都察院房屋，亲自打开仓库检查，却什么都没有看到。大概是皇帝命令所到的地方，各种生灵都害怕地躲开了。院长舒穆噜公说，内阁学士札大人的祖坟墓地也有巨蟒，经常远远看到它出来晒太阳。墓前有两株槐树，相距几丈远，大蟒蛇的头和尾各挂在一株树上，蛇身像彩虹一般横挂空中。后来埋葬母亲时，墓地刚好在那个地方，便祭祀祈祷，果然见大蟒蛇带着成百上千的蛇蜿蜒离去。等他母亲葬礼结束，蟒蛇才回来。大蟒蛇行走时，快得像风一样。不过一面行走，一面缩小，最后缩到只有几尺长。这蟒蛇能大能小，已经有神龙的技能了。于是醒悟到都察院的蟒蛇，粗得像柱子一样，却能在窗棂中出出进进，那缝隙只有一寸来阔，也是神龙的技能啊。这个月，我与副宪汪蕉雪在山西马观察家，遇到内务府的一位官员。据这位官员说，内务府西十库中藏有硫黄的地方，也有两条蟒蛇，头上都长出一只角，全身布满金色的鳞片。为了安全，开库取硫黄时，必先打铃，使蟒蛇听到铃声后躲避。最奇怪的是，每次开库，必见门内硫黄堆积如山，足够取用；用完了又堆得满满的。料想它是不要人进入库房，所以人也不敢随便进去。有人说这就是守库之神，从道理上说，或者是的。《山海经》中记载的许多山神，或蛇身，或鸟首，形状怪异，不必一定像人的样子。

孝 子 至 情

先兄晴湖言：有王震升者，暮年丧爱子，痛不欲生。一夜偶过其墓，徘徊凄恋，不能去。忽见其子独坐陇头，急趋就之。鬼亦不避。然欲握其手，辄引退。与之语，神意索漠，似不欲闻。怪问其故，鬼哂曰："父子宿缘也，缘尽，则尔为尔我为我矣，何必更相问讯哉！"掉头竟去。震升自此痛念顿消。客或曰："使西河能知此义，当不丧明。"先兄曰："此孝子至情，作此变幻，以绝其父之悲思，如郗超密札之意耳，非正理也。使人存此见，父子兄弟夫妇，均视如萍水之相逢，不日趋于薄哉！"

【译文】

　　我去世的哥哥晴湖说：有个叫王震升的人，老年时儿子死了，悲痛得自己也不想活。一天晚上，他偶然经过儿子的坟墓，就伤心地徘徊流连，舍不得离开。忽然，他看见儿子独自坐在地头，于是马上走了过去。这鬼魂也不躲避。王震升想拉儿子鬼魂的手，鬼魂就后退。和鬼魂说话，鬼魂态度很冷淡，好像不愿听下去的样子。王震升很奇怪，问儿子鬼魂什么缘故。鬼魂笑笑说："父子的关系是过去的缘分，缘分尽了，那么你就是你，我就是我，又何必反复追问呢！"说罢，掉转头就走了。从此，王震升悲痛的思念就一下子消散了。有个宾客说："假使西河的子夏能明白这个道理，就不会失明了。"晴湖说："这是孝子的深情，故意变成这种态度，使父亲免去哀思，和郗超让人呈密信意思一样，但这不是按常理采用的方法。假如人人都有这种见解，父子、兄弟、夫妇之间，都看作萍水相逢一样，人情不是越来越淡薄了吗！"

私　　祭

　　某公纳一姬，姿采秀艳，言笑亦婉媚，善得人意。然独坐则凝然若有思，习见亦不讶也。一日，称有疾，键户昼卧。某公穴窗纸窥之，则涂脂傅粉，钗钏衫裙，一一整饬，然后陈设酒果，若有所祀者。排闼入问，姬戚然敛衽跪曰："妾故某翰林之宠婢也。翰林将殁，度夫人必不相容，虑或鬻入青楼，乃先遣出。临别，切切私嘱曰：'汝嫁我不恨，嫁而得所我更慰。惟逢我忌日，汝必于密室靓妆私祭我；我魂若来，以香烟绕汝为验也。'"某公曰："徐铉不负李后主，宋主弗罪也。吾何妨听汝。"姬再拜炷香，泪落入俎。烟果袅袅然三绕其颊，渐蜿蜒绕至足。温庭筠《达摩支曲》曰："捣麝成尘香不灭，拗莲作寸丝难绝。"此之谓欤！虽琵琶别抱，已负旧恩，然身去而心留，不犹愈于同床各梦哉。

【译文】

某公娶了一个姬妾，姿色艳丽，谈笑也妩媚动人，又善解人意。不过，她一个人独坐时，常常凝神静思，见惯了，也不觉得惊讶。有一天，她说有病，关了房门，白天躺下休息。某公点破窗纸偷偷地张望，只见她涂脂抹粉，穿好衣服，戴上首饰，打扮得整整齐齐，然后摆设饮食水果，好像要祭祀什么人。某公推开门闯了进去，这个姬妾很沉痛地跪下行礼，说："我原来是去世的某翰林最宠爱的丫头，翰林快死的时候，估计夫人一定容不下我，怕我被卖到妓院去，就先把我送出嫁了。临走的时候，翰林低声地叮嘱我说：'你出嫁我并不怨恨，嫁到一个好人家我更加感到安慰。不过，到了我的忌日，你一定要在自己的房间里，打扮得漂漂亮亮的来祭祀我。我的鬼魂如果会来，点香的烟绕着你飘动就是证明了。'"某公说："徐铉最后都不背叛李后主，宋朝的君王也不加罪。我不如就听任你吧！"姬妾上香行礼，泪水都滴落在那些祭品上。那股烟果然绕着姬妾的头转了三圈，飘飘然一直缠绕到她的脚下。温庭筠的《达摩支曲》中说："捣麝成尘香不灭，拗莲作寸丝难绝。"就是说这种情况吧？虽然这女子已经再嫁了人，已辜负了旧主的恩情，但是，身体虽然离去，感情长久保留。这不比同床异梦的夫妻强得多吗？

自　　制

　　交河一节妇建坊，亲串毕集。有表姊妹自幼相谑者，戏问曰："汝今白首完贞矣，不知此四十余年中，花朝月夕，曾一动心否乎？"节妇曰："人非草木，岂得无情。但觉礼不可逾，义不可负，能自制不行耳。"一日，清明祭扫毕，忽似昏眩，喃喃作呓语。扶掖归，至夜乃苏，顾其子曰："顷恍惚见汝父，言不久相迎，且劳慰甚至，言人世所为，鬼神无不知也。幸我平生无瑕玷，否则黄泉会晤，以何面目相对哉！"越半载，果卒。此王孝廉梅序所言，梅序论之曰："佛戒意恶，是铲除根本工夫，非上流人不能也。常人胶胶扰扰，何念不生？但有所畏而不敢为，抑亦贤矣。此妇子孙，颇讳此语。余亦不敢举其氏族。然其言光明磊落，如白日青天，所谓皎然不自欺也，又何必讳之！"

【译文】
　　交河县为一个节妇建造牌坊，亲友们都来聚会。有个从小开惯玩笑的表姐妹，开玩笑地问这个节妇："你现在年纪老了，也保持了贞洁。不过，不知道这四十几年中，花前月下的时候，有没有动心过呢？"这个节妇说："人不是草木，怎会没有感情呢？但是，自觉礼制是不能逾越的，道义是不能背叛的，就能够自制，不让感情泛滥而已。"有一天，正是清明节扫墓回来，节妇觉得头脑昏昏沉沉的，口里自言自语地讲胡话。大家扶着她回家，到晚上才清醒过来，对她的儿子说："刚才恍恍惚惚地好像看到你父亲，他说不久就要接我去了，还慰劳我一番；又说，人在世上所作所为，没有鬼神不知道的！幸亏我一生没有污点，否则到了地下，有什么面目见你父亲呢！"过了半年，节妇果然去世了。这是王梅序举人所讲的故事。梅序还发了一通议论说："佛教要人戒除意念中的恶，这是铲除恶的根本工夫，不是品行高尚的人做不到这地步。普通人各种关系交叉缠绕，什么想法不会出现呢？但是，只要有所畏惧，不敢乱来，也算是有品德的人了。这个节妇的子孙，有点忌讳别人讲节妇所说的话，我也不敢指出她的姓名氏族。不过，她的话光明磊落，有如青天白日，正所谓纯洁高尚，毫不隐藏，又何必忌讳呢！"

鼠 穴

姚安公监督南新仓时，一厫后壁无故圮。掘之，得死鼠近一石，其巨者形几如猫。盖鼠穴壁下，滋生日众，其穴亦日廓；廓至壁下全空，力不任而覆压也。公同事福公海曰："方其坏人之屋，以广己之宅，殆忘其宅之托于屋也耶？"余谓李林甫、杨国忠辈尚不明此理，于鼠乎何尤。

【译文】

姚安公主管南新仓的时候，一座粮仓的后壁无故倒塌。掘开破壁时，有一堆死老鼠，够装一石的，大的体形几乎像猫那样大。原来老鼠窝在墙壁下面，繁殖越来越多，老鼠窝也越扩越大，把墙壁下面全掏空了，墙壁无处受力，就倒塌下来。有个叫福海的同事说："它们破坏别人的房屋，用来扩充自己的洞穴的时候，大概忘记它们的洞穴正依赖别人的房屋才会存在吧？"我说，李林甫、杨国忠之流都不明白这个道理，对老鼠又有什么奇怪呢！

劫　　数

　　先曾祖润生公，尝于襄阳见一僧，本惠登相之幕客也，述流寇事颇悉，相与叹劫数难移。僧曰："以我言之，劫数人所为，非天所为也。明之末年，杀戮淫掠之惨，黄巢流血三千里，不足道矣。由其中叶以后，官吏率贪虐，绅士率暴横，民俗亦率奸盗诈伪，无所不至。是以下伏怨毒，上干神怒，积百年冤愤之气，而发之一朝。以我所见闻，其受祸最酷者，皆其稔恶最甚者也。是可曰天数耶？昔在贼中，见其缚一世家子，跪于帐前，而拥其妻妾饮酒，问：'敢怒乎？'曰：'不敢。'问：'愿受役乎？'曰：'愿。'则释缚使行酒于侧。观者或太息不忍。一老翁陷贼者曰：'吾今乃始知因果。'是其祖尝调仆妇，仆有违言，捶而缚之槐，使旁观与妇卧也。即是一端，可类推矣。"座有豪者曰："巨鱼吞细鱼，鸷鸟搏群鸟，神弗怒也，何独于人而怒之？"僧掉头曰："彼鱼鸟耳，人鱼鸟也耶？"豪者拂衣起；明日，邀客游所寓寺，欲挫辱之。已打包去，壁上大书二十字曰："尔亦不必言，我亦不必说。楼下寂无人，楼上有明月。"疑刺豪者之阴事也。后豪者卒覆其宗。

【译文】
　　我曾祖父润生公，曾在襄阳遇见一个僧人，本来是明末流寇首领惠登相幕下的僚属，讲述流寇的事相当详细，大家都感叹劫数难逃。僧人说："按我的看法，劫数是人自己造成的，并非上天所为。明朝末年，杀人奸淫抢掠的残酷，连黄巢那时所谓杀人流血三千里，都不能相比拟。原因是明朝中叶以后，官吏都贪污枉法，地主富豪都残暴横行，社会风气也都是奸诈偷窃欺骗成风，无所不至。所以下面百姓蕴积着怨恨，上面引起天神的愤怒，百多年来积下的冤枉怨愤的怒气，一下子发作起来。从我所见所闻来说，受到最残酷的灾祸的人，都是作恶最多的人。这能说是天命吗？那时我在流寇队伍里，看到他们绑住一个贵族官僚的公子，要他跪在军营帐篷前面，他们却抱着他的妻子姬妾饮酒，还问这个公子：'你敢生气吗？'公子说：'不敢。'又问：'你愿意做奴才吗？'答说：'愿意。'于是给公子松绑，叫他在旁边斟酒侍候。看到的人中，有人感叹，觉得于心不忍。有一个被困在流寇中的老人说：'我今天才明白因果报应了。'原来这个公子的祖父曾经调戏仆人的老婆，仆人发牢骚，被主人打了一顿，绑在槐树上，让他在旁边看着主人和自己老婆睡觉。就从这一件事，可以类推其他了。"一位在座的富豪说："大鱼食小鱼，老鹰抓小鸟，上天都不谴责，为什么光是谴责人呢！"僧人转过头去说："那些是鱼类、鸟类，难道人是鱼是鸟吗？"富豪生气地站起来走了。第二天，这富豪找了一批打手，冲到僧人寄住的寺院，想羞辱僧人一番。谁知僧人已经带着包裹离开了，只见墙上写有二十个大字："尔亦不必言，我亦不必说。楼下寂无人，楼上有明月。"大家疑心这是讽刺富豪暗中干的坏事。后来，这个富豪终于出事，被灭了族。

溺 尸 握 粟

有郎官覆舟于卫河，一姬溺焉。求得其尸，两掌各握粟一匊，咸以为怪。河干一叟曰："是不足怪也。凡沉于水者，上视暗而下视明，惊惶瞀乱，必反从明处求出，手皆掊土。故检验溺人，以十指甲有泥无泥别生投死弃也。此先有运粟之舟沉于水底，粟尚未腐，故掊之盈手耳。"此论可谓入微，惟上暗下明之故，则不能言其所以然。按张衡《灵宪》曰："日譬犹火，月譬犹水。火则外光，水则含景。"又刘邵《人物志》曰："火日外照，不能内见；金水内映，不能外光。"然则上暗下明，固水之本性矣。

【译文】

　　有一艘载郎中家眷的船在卫河上倾覆，一名姬妾淹死。捞出死尸，见双手都抓住一把谷子，大家都觉得奇怪。河边一个老人说："这不必奇怪。凡是沉没在水里的人，向上看是黑暗的，向下看是明亮的，惊慌昏乱之中，一定从明亮的地方求出路，手都抓泥土了。所以，检查淹死的人，按照指甲有没有泥土，就能区别是活活淹死的，还是死后再抛到水里的。现在是先前有艘运粮船沉在水底，谷子还没有完全腐烂，所以这个姬妾抓得满手都是谷子。"这个议论真是深入细致，只是所说的上面黑暗下面明亮的情况，并没有解释为什么会这样子。张衡的《灵宪》里说："太阳好像火，月亮好像水。火就向外发光，水就收纳外面景物。"又刘邵的《人物志》说："火焰、太阳，向外发光，不能见到内部；金属和水，向内反映事物，不能向外发光。"那么，上面黑暗，下面明亮，原是水的本性了。

钝　　鬼

　　程念伦，名思孝，乾隆癸酉甲戌间，来游京师，弈称国手。如皋冒祥珠曰："是与我皆第二手，时无第一手，遽自雄耳。"一日，门人吴惠叔等扶乩，问："仙善弈否？"判曰："能。"问："肯与凡人对局否？"判曰："可。"时念伦寓余家，因使共弈。（凡弈谱，以子纪数。象戏谱，以路记数。与乩仙弈，则以象戏法行之。如纵第九路横第三路下子，则判曰："九三。"余皆仿此。）初下数子，念伦茫然不解，以为仙机莫测也，深恐败名，凝思冥索，至背汗手颤，始敢应一子，意犹惴惴。稍久，似觉无他异，乃放手攻击。乩仙竟全局覆没，满室哗然。乩忽大书曰："吾本幽魂，暂来游戏，托名张三丰耳。因粗解弈，故尔率答。不虞此君之见困，吾今逝矣。"惠叔慨然曰："长安道上，鬼亦诳人。"余戏曰："一败即吐实，犹是长安道上钝鬼也。"

【译文】

程念伦，名思孝，在乾隆十八、十九年间，到京城游历。他喜欢下棋，堪称国手。如皋的冒祥珠说："他和我都是二流棋手，因当时没有一流的，所以就称雄一时罢了。"有一天，弟子吴惠叔等人扶乩，问乩仙道："仙人会下棋吗？"乩仙回答说："会的。"又问："肯不肯和凡人下棋呢？"乩仙说："可以。"当时程念伦正好住在我家中，就请他与仙人下棋。（凡是棋谱，都以子数来计算。模仿下棋的记谱，则以路记数。和乩仙下棋，就以路记数进行。例如在纵第九路横第三路下子，乩仙就说"九三。"其余都是这样下法。）刚下了几子时，程念伦一点头绪也没有，毫不认识，认为仙机莫测，只怕丢了声誉，凝神思索，直到背上冒汗、两手发抖，才敢对下一子，还担心得不得了。时间一长，觉得仙人棋艺也没有什么特殊的，就放手进攻。乩仙竟然全军覆没，大家都哄笑起来。乩仙忽然大笔写道："我本来是一名幽魂，偶然间来玩玩，假冒张三丰的名字而已。因为懂点棋艺的皮毛，随便答应和你们下棋。想不到这位先生杀败了我，我现在告辞了！"吴惠叔感慨地说："京城里面，连鬼也会骗人！"我开玩笑地说："棋输了马上讲老实话，还是京城里的钝鬼呀！"

申 讱

　　景州申谦居先生，讳讱，姚安公癸巳同年也。天性和易，平生未尝有忤色，而孤高特立，一介不取，有古狷者风。衣必缊袍，食必粗粝。偶门人馈祭肉，持至市中易豆腐，曰："非好苟异，实食之不惯也。"尝从河间岁试归，使童子控一驴；童子行倦，则使骑而自控之。薄暮遇雨，投宿破神祠中。祠止一楹，中无一物，而地下芜秽不可坐，乃摘板扉一扇，横卧户前。夜半睡醒，闻祠中小声曰："欲出避公，公当户不得出。"先生曰："尔自在户内，我自在户外，两不相害，何必避？"久之，又小声曰："男女有别，公宜放我出。"先生曰："户内户外即是别，出反无别。"转身酣睡。至晓，有村民见之，骇曰："此中有狐，尝出媚少年人，入祠辄被瓦砾击。公何晏然也？"后偶与姚安公语及，掀髯笑曰："乃有狐欲媚申谦居，亦大异事。"姚安公戏曰："狐虽媚尽天下人，亦断不到君。当是诡状奇形，狐所未睹，不知是何怪物，故惊怖欲逃耳。"可想见先生之为人矣。

【译文】
　　景州申谦居先生，名讱，是姚安公癸巳年同榜取中的举人。性格和蔼平易，平生从来没有粗暴的神态，而且品格清高，一丝一毫也不占便宜，有古时候洁身自好的学者的风度。穿的是麻织的袍子，吃的是粗糙的食物。有时学生送来祭祀后分得的肉，就拿到市场上换成豆腐，说："并非喜好特别，实在是吃不惯而已。"有一次,他到河间府考试回家,叫书童拉一匹毛驴。书童走累了,就叫他骑上毛驴,自己拉着走。黄昏时分,碰上下雨,便在一间破落的神庙中住宿。神庙只有一间屋子,当中空荡荡,地下肮脏,根本不能坐人。于是摘下一块门板,横放在门前睡下。半夜睡醒时,听到庙里有细细的声音说:"我想出去躲避先生,先生挡住门口,出不去。"先生说:"你只管在门内,我只管在门外,大家并不相互妨害,何必躲避我呢?"过了很久,又有细细的声音说:"男女是有区别的,先生应该放我出去。"先生说:"门内门外就是区别,你出了门,反而没有区别了。"翻身就沉沉睡去。天亮后,有本村人看到了,吃惊道:"这里面有狐精,经常出来勾引年轻人,进庙就会被砖头瓦块打击,您怎能安然入睡呢?"后来,申诩偶然间和姚安公讲到这件事,摸着胡子大笑,说:"竟然有狐精想勾引申谦居,也是大奇事呀!"姚安公开玩笑地说:"狐精就是勾引遍天下的人,也决不会轮到您的。肯定是您奇形怪状,狐精从来没有见过,不知道是什么怪物,所以害怕得想逃走而已。"由此可以想象先生的为人了。

入 土 为 安

董曲江前辈言:乾隆丁卯乡试,寓济南一僧寺。梦至一处,见老树下破屋一间,欹斜欲圮。一女子靓妆坐户内,红愁绿惨,摧抑可怜。疑误入人内室,止不敢进。女子忽向之遥拜,泪潺潺沾衣袂,然终无一言。心悸而悟。越数夕,梦复然,女子颜色益戚,叩额至百余。欲逼问之,倏又醒。疑不能明,以告同寓,亦莫解。一日,散步寺园,见庑下有故柩,已将朽。忽仰视其树,则宛然梦中所见也。询之寺僧,云是某官爱妾,寄停于是,约来迎取。至今数十年,寂无音问。又不敢移瘗,旁皇无计者久矣。曲江豁然心悟。故与历城令相善，乃醵金市地半亩，告于官而迁葬焉。用知亡人以入土为安，停搁非幽灵所愿也。

【译文】
　　老前辈董曲江说：乾隆十二年乡试，住在济南一所寺院里。做梦走到一个地方，看到一棵大树下有间破败的屋子，歪歪斜斜，快要倒塌的样子。屋子里坐着一个打扮得漂漂亮亮的女人，愁眉苦脸，样子十分可怜。他怀疑错进入别人家里，就站住不敢进去。这个女人忽然向董曲江远远地行礼，眼泪滴湿了衣襟，但始终不讲一句话。董曲江一害怕，梦就醒了。过了几夜，又做同样的梦，那女人的神色更加悲伤，行礼叩头一百多次。想靠近去问她，突然梦又醒了。这个疑团一直不理解，告诉同住的朋友，也都解释不出。有一天，他在寺院的园林中散步，看见廊屋下面停放一具旧棺材，都快要烂掉了。忽然间，抬头看那棵大树，好像是梦中所见的一般。向寺院僧人询问，说是这棺材里是某某官员的小老婆，停放在这里，约好以后来运走。从停放到现在，已经几十年了，一点音讯都没有。又不敢送去安葬，想来想去没有办法，已经很长久了。董曲江一下子明白过来。他本来和历城县令是朋友，于是就拿出银子，买了半亩坟地，禀告过县官，把棺材迁葬了。从这件事知道，死人以入土为安，棺材长期停放，并非幽灵的愿望呀！

高凤翰爱印

　　朱青雷言：高西园尝梦一客来谒，名刺为司马相如。惊怪而寤，莫悟何祥。越数日，无意得司马相如一玉印，古泽斑驳，篆法精妙，真昆吾刀刻也。恒佩之不去身，非至亲昵者不能一见。官盐场时，德州卢丈雅雨为两淮运使，闻有是印，燕见时偶索观之。西园离席半跪，正色启曰："凤翰一生结客，所有皆可与朋友共。其不可共者惟二物：此印及山妻也。"卢丈笑遣之曰："谁夺尔物者，何痴乃尔耶！"西园画品绝高，晚得末疾，右臂偏枯，乃以左臂挥毫。虽生硬倔强，乃弥有别趣。诗格亦脱洒。虽托迹微官，蹉跎以殁，在近时士大夫间，犹能追前辈风流也。

【译文】

朱青雷说：高西园曾梦见一位客人来拜访，名片上写的是司马相如。正在惊讶奇怪之中，梦就醒了，不知道预兆什么事。过了几天，他无意中得到一颗刻有司马相如的玉印，色泽古旧，斑驳陆离，篆书刀法精致巧妙，真是昆吾的刀工所刻出来的。高西园经常把它带在身上，不是十分亲密的朋友，他是不肯随便给人看的。他在盐场当官时，德州人卢雅雨担任两淮转运使，听说高西园有这么一颗印，趁着一次宴会相遇，就顺便请他拿出来观赏。高西园马上离开酒席，半跪行礼，庄重地说："我高凤翰一生交了许多朋友，所有东西都可以和朋友共同享用。不能和朋友共同享用的，只有两件：这颗印和我的老婆！"卢雅雨笑着命他回去，说："哪个是想抢你东西的人，你怎么呆到这个样子呢！"高西园的画品格很高，晚年得了毛病，右臂偏瘫了，就用左手作画，虽然比较生硬勉强，却别有趣味。诗的风格也潇洒大方。虽然他只做过小官，生活坎坷，直到去世，但在现在的读书人之中，他还能近似前辈文人的风流倜傥。

酒 杯 爆 裂

杨铁厓词章奇丽，虽被文妖之目，不损其名。惟鞋杯一事，猥亵淫秽，可谓不韵之极，而见诸赋咏，传为佳话。后来狂诞少年，竞相依仿，以为名士风流，殊不可解。闻一巨室，中元家祭，方举酒置案上，忽一杯声如爆竹，骕然中裂，莫解何故。久而知数日前其子邀妓，以此杯效铁厓故事也。

【译文】

　　杨铁厓的诗词文章奇妙绚丽，虽然被人看作文妖，并不能损害他的名声。只有用妓女的鞋作酒杯这件事，猥亵淫秽，可说是一点趣味都没有，但却被人家吟诗赞叹，传作美谈。后来那些放荡的青年，争着去模仿，认为这是名人的风流逸事。这真是不可理解。听说，有一家贵族，中元节祭祖先，刚刚把斟满酒的杯子放在神案上，忽然其中一只杯子像爆竹似的响了一声，从中间裂开两半。大家不知道什么原因。过了很久，才知道前几天这家的公子招妓女饮酒，曾经模仿杨铁厓的行为，用过这只酒杯。

礼部寿草

　　太常寺仙蝶、国子监瑞柏，仰邀圣藻，人尽知之。翰林院金槐，数人合抱，瘿磊砢如假山，人亦或知之。礼部寿草，则人不尽知也。此草春开红花，缀如火齐，秋结实如珠。《群芳谱》、《野菜谱》皆未之载，不知其名。或曰："即田塍公道老。"（此草种两家田塍上，用识界限。犁不及则一茎不旁生，犁稍侵之，即蔓延不止，反过所侵之数。故得此名。）余谛审之，叶作锯齿，略相似，花则不似，其说非也。在穿堂之北，治事处阶前甬道之西。相传生自国初，岁久渐成藤本。今则分为二歧，枝格杈丫，挺然老木矣。曹地山先生名之曰"长春草"。余官礼部尚书时，作木栏护之。门人陈太守溇，时官员外，使为之图。盖酦化湛深，和气涵育，虽一草一虫，亦各遂其生若此也。礼部又有连理槐，在斋戒处南荣下。邹小山先生官侍郎，尝绘图题诗。今尚贮库中。然特大小二槐相并而生，枝干互相缠抱耳，非真连理也。

【译文】

太常寺仙蝶、国子监的瑞柏，有幸得到皇上的题咏，是人人皆知的。翰林院的一棵金槐树，粗大得几个人才能合抱，树枝上有累累结块，像假山一般，也是人所知道的。但礼部的寿草，就不是人人都知道的了。这种草春天开红花，像聚集连结的红宝石一般；秋天结果，像珠子一样。《群芳谱》、《野菜谱》里都没有记载，不知叫做什么。有人说："这就是叫田塍公道老的草。"（这种草种在两家的田界处，用来识别界限。犁田时如果不碰到它，那就一点旁枝也不生出来。如果犁稍为碰到一点，旁枝就会蔓延生长，覆盖过田界，所以得到公道老的名称。）我仔细观察这种草，它的叶子像锯齿，有点似公道老，但花却不像，所以说这种草就是公道老是不正确的。草在礼部穿堂北面，办事处台阶前面的甬道西边。相传开国时就生长了，岁月一久，长成了藤本植物。现在分成两叉，枝梗分开，像老树般直立。曹地山先生称它为长春草。我担任礼部尚书时，做了木栏杆保护它。我的学生陈溇太守，当时任员外郎，按我的吩咐绘成图画。原来教化深厚，祥和的氛围滋育，即使是一草一虫，也会各自顺利生长发育成这个样子的。礼部又有连理槐，在斋戒处南边屋檐下。邹小山先生任侍郎时，曾经画成图，题过诗。现在这图画和诗，还保存在书库中。不过，这只是大小两株槐树相邻生长，树枝相互交叉缠绕，并不是真的连理。

修 德 治 本

道家言祈禳，佛家言忏悔，儒家则言修德以胜妖：二氏治其末，儒者治其本也。族祖雷阳公畜数羊，一羊忽人立而舞。众以为不祥，将杀羊。雷阳公曰："羊何能舞，有凭之者也。石言于晋，《左传》之义明矣。祸已成欤，杀羊何益？祸未成而鬼神以是警余也，修德而已，岂在杀羊？"自是一言一动，如对圣贤。后以顺治乙酉拔贡，戊子中副榜，终于通判，讫无纤芥之祸。

【译文】
道家讲祈福消灾，佛家讲忏悔罪过，儒家讲修养品德来战胜妖邪。道、佛两家是治标，儒家才是治本。族祖雷阳公养了几只羊，有一只羊忽然像人一样两腿站着蹦蹦跳跳。大家认为是不祥之兆，要把这只羊杀了。雷阳公说："羊怎会蹦跳呢，一定有依托它的人。晋国的石头会讲话，《左传》里讲得很明白。祸患已经出现时，杀羊有什么好处呢？祸患并未出现，就是鬼神用这方法来警告我，我只有加深道德修养，怎能只去杀羊呢！"从此，一言一行，都对照圣贤的教导。后来，在顺治二年成为拔贡生，顺治五年会试中了副榜，最后做到通判，一直太平无事。

偶 感 异 气

三从兄晓东言：雍正丁未会试归，见一丐妇，口生于项上，饮啜如常人。其人妖也耶？余曰："此偶感异气耳，非妖也。骈拇枝指，亦异于众，可曰妖乎哉！余所见有豕两身一首者,有牛背生一足者。又于闻家庙社会见一人,右手掌大如箕,指大如椎,而左手则如常;日以右手操笔鬻字画。使谈谶纬者见之,必曰此豕祸,此牛祸,此人疴也,是将兆某患;或曰,是为某事之应。然余所见诸异,迄毫无征验也。故余于汉儒之学,最不信《春秋》阴阳、《洪范五行传》;于宋儒之学,最不信河图洛书、《皇极经世》。"

【译文】

　　堂兄晓东三哥说:雍正五年会试回来,看见一个讨饭妇人,嘴巴生在脖子上,饮食却和常人一样。这是个人妖吗?我说:"这是偶然间感受到奇怪的精气而已,并非妖怪。有人两个脚趾头连生,一手长出第六个手指,也不同于正常人,难道可以叫他为妖怪吗?我见过有两个头的猪,有背上长一只蹄的牛。在闻家庙的祭社赛会上,我见到一个人,右手的手掌大得像畚箕,手指像锤子,但左手却很正常。平日他用右手拿笔写字画画出售。假如谈论谶纬征兆的人见了,一定说那是猪的灾祸,那是牛的灾祸,那是人的怪病了,将会预兆什么什么;还有人会说,这是某件事的报应。但是,我见到的各种异常的事物,一直毫无因果报应。所以,我对于汉代儒者的学说,最不相信的是《春秋》讲阴阳,以及《洪范五行传》;对于宋代儒者的学说,最不相信河图、洛书、《皇极经世》。"

鬼吸酒气

　　房师孙端人先生,文章淹雅,而性嗜酒。醉后所作,与醒时无异。馆阁诸公,以为斗酒百篇之亚也。督学云南时,月夜独饮竹丛下,恍惚见一人注视壶盏,状若朵颐。心知鬼物，亦不恐怖，但以手按盏曰："今日酒无多，不能相让。"其人瑟缩而隐。醒而悔之，曰："能来猎酒，定非俗鬼。肯向我猎酒，视我亦不薄。奈何辜其相访意。"市佳酿三巨碗，夜以小几陈竹间。次日视之，酒如故。叹曰："此公非但风雅，兼亦狷介。稍与相戏，便涓滴不尝。"幕客或曰："鬼神但歆其气，岂真能饮！"先生慨然曰："然则饮酒宜及未为鬼时，勿将来徒歆其气。"先生侄渔珊，在福建学幕，为余述之。觉魏晋诸贤，去人不远也。

【译文】
　　我考科举时的房师孙端人先生，文章渊博高雅，同时喜欢饮酒。酒醉后写文章，和清醒时写的没有什么不同。当朝的大臣都认为他是斗酒百篇的人物。他到云南任督学时，一个人在月下竹林中饮酒，隐隐约约看见有个人眼瞪瞪看着酒壶酒杯，好像也想喝的样子。孙端人知道那是鬼，但心中也不害怕，只是用手按住酒杯，说："今天的酒不多，不能请你喝了。"这个鬼畏畏缩缩地隐没不见了。孙端人酒醒之后，感到后悔，说："能够来讨酒喝的，一定不是平庸的鬼。肯向我讨酒喝，对待我还是不错的，怎能辜负了他来拜访的情意呢！"就买来三大碗好酒，晚上用小茶几放着，摆在竹林之中。第二天看时，酒并没有动过。孙端人感叹说："这位仁兄不但风雅，同时也很拘谨。开个小玩笑，就一滴酒也不肯尝了。"幕僚中有人说："鬼神只会取吸气味，哪会真喝酒呢！"孙端人先生感慨地说："那么，饮酒就应该趁自己还没有变为鬼的时候，不要将来只能吸取酒气了！"这是先生的侄子孙渔珊，在福建学道处当幕僚的时候，对我讲的。我觉得魏晋年间贤人们的风度，好像和孙先生差不多。

见 鬼 诗

钱塘俞君祺，（偶忘其字，似是佑申也。）乾隆癸未，在余学署。偶见其《野泊不寐》诗曰："芦荻荒寒野水平，四围唧唧夜虫声。长眠人亦眠难稳，独倚枯松看月明。"余曰："杜甫诗曰：'巴童浑不寝，夜半有行舟。'张继诗曰：'姑苏城外寒山寺，夜半钟声到客船。'均从对面落笔，以半夜得闻，写出来睡，非咏巴童舟、寒山寺钟也。君用此法，可谓善于夺胎。然杜、张所言是眼前景物，君忽然说鬼，不太鹘兀乎？"俞君曰："是夕实遥见月下一人倚树立，似是文士。拟就谈以破岑寂，相去十余步，竟冉冉没，故有此语。"钟忻湖戏曰："'云中鸡犬刘安过，月里笙歌炀帝归。'唐人谓之见鬼诗，犹嫌假借。如公此作，乃真不愧此名。"

【译文】

钱塘的俞祺（一下子想不起他的别字，仿佛叫佑申），乾隆二十八年在我的学道官署。我偶然地看到他一首题为《野泊不寐》的诗说："芦荻荒寒野水平，四围唧唧夜虫声。长眠人亦眠难稳，独倚孤松看月明。"我说："杜甫的诗说'巴童浑不寝，夜半有行舟'，张继的诗说'姑苏城外寒山寺，夜半钟声到客船'，都是从对面下笔，以半夜能够听到，写出这个人没有睡着，并非吟咏巴童的舟、寒山寺的钟。您的诗用这个方法，可说是善于师法前人，不露痕迹了。不过，杜甫、张继所写的是眼前景物，您忽然间写到鬼魂，不显得太突兀了吗？"俞祺说："当天晚上，我确是远远地看到一个人，在月下靠着大树站着，好像读书人的样子。我想过去找他聊天，免得一个人孤独。走到还有十几步的距离，这个人竟渐渐地消失了，所以诗中这样描写。"钟忻湖开玩笑地说："'云中鸡犬刘安过，月里笙歌炀帝归'，唐代人叫它见鬼诗，还好像不很直接。像您这首诗，真不愧为见鬼诗了。"

狐　　鬼

霍丈易书言：闻诸海大司农曰："有世家子，读书坟园。园外居民数十家，皆巨室之守墓者也。一日，于墙缺见丽女露半面，方欲注视，已避去。越数日，见于墙外采野花，时时凝睇望墙内，或竟登墙缺，露其半身，以为东家之窥宋玉也，颇萦梦想。而私念居此地者皆粗材，不应有此艳质；又所见皆荆布，不应此女独靓妆，心疑为狐鬼。故虽流目送盼，而未通一词。一夕，独立树下，闻墙外二女私语。一女曰：'汝意中人方步月，何不就之？'一女曰：'彼方疑我为狐鬼，何必徒使惊怖！'一女又曰：'青天白日，安有狐鬼？痴儿不解事至此。'世家子闻之窃喜，褰衣欲出，忽猛省曰：'自称非狐鬼，其为狐鬼也确矣。天下小人未有自称小人者，岂惟不自称，且无不痛诋小人以自明非小人者。此魅用此术也。'掉臂竟返。次日密访之，果无此二女。此二女亦不再来。"

【译文】

霍易书老先生转述海大司农说的故事：有个书香门第的青年，在坟园里读书。坟园外面有几十户人家，都是富豪家族的守墓人。

有一天，在围墙缺口处露出一个美女的半边脸孔，正想仔细看时，这美女已经躲开了。过了几天，见美女在围墙外面采野花，经常凝视围墙内，甚至爬上围墙的缺口，露出上半身。青年认为是邻居的少女在偷看，引得他心思浮动。接着又想，住在这一带的都是粗鄙的人家，不应该有这样美丽的女子，平日所见到的都是穿粗布衣裳的妇女，也不应该有打扮得这样漂亮的姑娘，心中怀疑是狐狸精或鬼。所以，虽然两人眉目传情，却没有讲过一句话。有一天晚上，青年独自站在树下，听到围墙外有两个女子窃窃私语。一个说："你那个意中人正在月下散步，怎么不去找他？"另一个说："他正在怀疑我是狐狸精是鬼，我何必过去让他害怕呢！"前一个又说："青天白日之下，哪有狐鬼？这个书呆子怎么这样不懂事！"青年人听了，心中暗暗高兴，正想撩起衣服爬出去，忽然间醒悟："她们自称不是狐鬼，其实的确是狐鬼了。世间的小人从来没有自己说自己是小人的，不但不自称小人，而且没有不痛骂小人来表明自己不是小人的。这是妖怪的骗术呀！"青年掉转头就回去了。第二天，悄悄地查访，果然这一带并没有那两个美丽女子。以后，这两个女子也再没有出现。

少华山狐精

吴林塘言：曩游秦陇，闻有猎者在少华山麓，见二人儳然卧树下。呼之犹能强起，问："何困踬于此？"其一曰："吾等皆为狐魅者也。初，我夜行失道，投宿一山家。有少女绝妍丽，伺隙调我。我意不自持，即相嫐狎。为其父母所窥，甚见詈辱。我拜跪，始免捶挞。既而闻其父母絮絮语，若有所议者。次日，竟纳我为婿，惟约山上有主人，女须更番执役，五日一上直，五日乃返。我亦安之。半载后，病瘵，夜嗽不能寝，散步林下。闻有笑语声,偶往寻视,见屋数楹,有人拥我妇坐石看月。不胜恚忿,力疾欲与角。其人亦怒曰:'鼠辈乃敢瞰我妇!'亦奋起相搏。幸其亦病惫,相牵并仆。妇安坐石上,嬉笑曰:'尔辈勿斗,吾明告尔:吾实往来于两家,皆托云上直,使尔辈休息五日,蓄精以供采补耳。今吾事已露,尔辈精亦竭,无所用尔辈。吾去矣。'奄忽不见。两人迷不能出,故饿踣于此,幸遇君等得拯也。"其一人语亦同。猎者食以乾糒,稍能举步,使引视其处。二人共诧曰:"向者墙垣故土,梁柱故木,门故可开合,窗故可启闭,皆确有形质,非幻影也。今何皆土窟耶?院中地平如砥,净如拭。今何土窟以外,崎岖不容足耶?窟广不数尺,狐自容可矣,何以容我二人?岂我二人之形亦为所幻化耶?"一人见对面厓上有破磁,曰:"此我持以登楼失手所碎,今峭壁无路,当时何以上下耶?"四顾徘徊,皆惘惘如梦。二人恨狐女甚,请猎者入山捕之。猎者曰:"邂逅相遇,便成佳偶,世无此便宜事。事太便宜,必有不便宜者存。鱼吞钩,贪饵故也;猩猩刺血,嗜酒故也。尔二人宜自恨,亦何恨于狐?"二人乃悯默而止。

【译文】
　　吴林塘说,以前游历秦陇一带,听说有一个猎人,在少华山的山脚下,看见有两个人奄奄一息地躺在树下。猎人叫醒他们,还能勉强坐起来。猎人问:"你们为什么累得躺在这里?"其中一个人说:"我们都是被狐狸精迷惑的人。当初,我晚上赶路,走错了路口,到一户山民家里借宿。这户有一个很漂亮的姑娘,悄悄地和我调情。我把持不住，就和她相爱了。这件事被她父母发现，大骂一顿。我跪下求饶，才免得挨打。不久，听到她的父母反复商量，好像议论什么。第二天，居然招我为女婿。只是山上还有主人，姑娘要轮流去做工，五天上班，五天在家里。我也安下心来。过了半年，我的病越来越沉重，晚上咳嗽得不能睡觉，就起来到树林去散步。我听到那边有谈笑说话的声音，偶然走过去看看。只见有几间屋子，有一个人抱着我妻子，坐在石头上看月亮。我很愤怒，撑着病体要痛打那人一顿。那个人也很生气，说：'你这小子竟敢偷看我老婆！'也愤然而起和我打起来。幸而那个人也是有病的，我们相互拉扯，都倒在地下。那个女人却安安稳稳地坐在石头上，笑嘻嘻地说：'你们两个不要打了，我给你们讲明白吧：我实在来往于你们两个人之间，都是借口值班，让你们一次各自有五天休息，养精蓄锐，便于我采补罢了。现在我的行为已经败露了，你们的精力也已枯竭，用不着你们了。我走了！'一下子就不见了。我们两人昏昏沉沉，走不出山，又饿又累，所以躺在这里。幸好碰到你们，我们的命有救了。"另外一个人讲的，内容也相同。猎人给他们吃干粮，然后勉强能行走。叫他们带去看看原来住的地方，两人都很奇怪，说："以前这里的墙壁是泥的，屋梁屋柱是木头的，大门和窗户都可开可关，都是实实在在的，并非虚幻的影子，现在怎么都成了土洞呢？原来院子地面平坦，干净得像洗擦过一样，现在怎么在土洞之外，坑坑洼洼的地面，连人站都站不住呢？土洞不过几尺大小，狐狸自己躲藏没问题，又怎么能容纳我们两个人呢？难道我们两个的形体也被狐狸精变化了吗？"其中一个人看见对面山崖上有几片破磁片，便说："这是我上楼时失手跌碎的碗，现在悬崖峭壁，路都没有，当时怎能上上下下呢？"四处东张西望，走来走去，觉得迷迷糊糊，像做了一场梦。这两个人十分憎恨那个狐狸精，要求猎人上山追捕。猎人说："意外的相逢，就成为好夫妻，世界上没有这样便宜的事。事情太便宜了，一定有不便宜的东西在里面。鱼吞食钓钩，是贪吃鱼饵的缘故；猩猩被刺流血，是贪喝酒的缘故。你们两个应该悔恨自己，又怎能憎恨狐狸精呢！"两个人才愁容满面，不说什么了。

狐媚非情

林塘又言：有少年为狐所媚，日渐羸困，狐犹时时来。后复共寝，已疲顿不能御女。狐乃披衣欲辞去，少年泣涕挽留，狐殊不顾。怒责其寡情，狐亦怒曰："与君本无夫妇义，特为采补来耳。君膏髓已竭，吾何所取而不去！此如以势交者，势败则离；以财交者，财尽则散。当其委曲相媚，本为势与财，非有情于其人也。君于某家某家，皆向日附门墙，今何久绝音问耶？乃独责我！"其音甚厉，侍疾者闻之皆太息。少年乃反面向内，寂无一言。

【译文】

林塘又说：有个青年被狐狸精迷惑，身体一天天瘦弱下去，但狐狸精还经常来找他。后来，青年与狐狸精同房，因为已经疲惫病弱，不能做爱。狐狸精穿上衣服，就想走开。青年流着眼泪挽留，狐狸精理也不理。青年人很生气，责备狐狸精缺乏感情。狐狸精也生气地说："我和你本来就没有夫妻的名义，只是为了采补而来。你的精血已经干竭，我还能采取到什么？为什么不走呢？这和因为别人有权势就去结交，权势衰败就离开；别人有财富就去结交，财富散尽就离开一样。当时低声下气地阿谀讨好，本来只是为权势财富，并非对那些人有感情。你对某人某人，都是当时依附他们家的，现在又为什么长久不去和他们联系了呢？却只会责备我！"狐狸精的声音十分严厉，在外面照顾青年病情的人听到了，都很为感叹。青年就转身面向里面，一句话也说不出来。

扶乩不可信

汪旭初言：见扶乩者，其仙自称张紫阳。叩以《悟真篇》，弗能答也，但判曰"金丹大道，不敢轻传"而已。会有仆妇窃资逃，仆叩问："尚可追捕否？"仙判曰："尔过去生中，以财诱人，买其妻；又诱之饮博，仍取其财。此人今世相遇，诱汝妇逃者，买妻报；并窃资者，取财报也。冥数先定，追捕亦不得，不如已也。"旭初曰："真仙自不妄语。然此论一出，凡奸盗皆诿诸夙因，可勿追捕，不推波助澜乎？"乩不能答。有疑之者曰："此扶乩人多从狡狯恶少游，安知不有人匿仆妻而教之作此语？"阴使人侦之。薄暮，果赴一曲巷。登屋脊密伺，则聚而呼卢，仆妇方艳饰行酒矣。潜呼逻卒围所居，乃弭首就缚。律禁师、巫，为奸民窜伏其中也。蓝道行尝假此术以败严嵩，论者不甚以为非，恶嵩故也。然杨、沈诸公，喋血碎首而不能争者，一方士从容谈笑，乃制其死命，则其力亦大矣。幸所排者为嵩，使因而排及清流，虽韩、范、富、欧阳，能与枝梧乎？故乩仙之术，士大夫偶然游戏，倡和诗词，等诸观剧则可；若借卜吉凶，君子当怖其卒也。

【译文】
　　汪旭初说：有一次扶乩，乩仙自称是张紫阳。问他《悟真篇》，却不能回答，只批了"金丹大道，不敢轻传"，就算了。那时，刚好有个仆人的老婆席卷了家中的财产潜逃，仆人就问乩仙："还可以抓回来吗？"乩仙批道："你的前生，用财物引诱别人，买了他的老婆；接着又引诱他饮酒赌博，又把财物赢回来。今世你又和这个人相遇了，诱拐你老婆，是你买人家老婆的报应；席卷你的财产，是你骗人家财产的报应。阴间已经确定的劫数，你现在去追捕也抓不到的，不如算了。"汪旭初说："真仙人自然不讲假话。不过，这种议论一旦形成，凡是奸淫盗窃都推给过去的缘分，就不去捉拿，不就是为坏事推波助澜吗？"乩仙无法回答。有人怀疑说："这个扶乩的人，经常和那些奸猾的流氓交游，怎么知道不会有坏人把仆人的老婆藏起来，指使扶乩的人故意作这种批语呢？"于是暗中派人侦察那个扶乩的人。傍晚，果然发现他去一条小巷中。侦察的人爬上房顶，悄悄地观看，原来下面正在聚众赌博，那个仆人的老婆打扮得漂漂亮亮的，正在旁边替他们斟酒。于是，众人报告巡逻的官兵，悄悄地包围了这所房子，这群坏人只好俯首就擒了。法律禁止师公、巫婆，因为社会渣滓常潜伏在他们中间。蓝道行曾经借迷信的法术，使严嵩垮台，评论的人不太认为有什么不对，这是憎恶严嵩的缘故。不过，杨继盛、沈炼等大臣斩头流血都不能做成的事，一个方士在从容谈笑之间，就可以把严嵩置之死地，那么方士的力量也够大了。幸好他所排挤攻击的是严嵩，假使排挤清官名士，即使如韩琦、范仲淹、富弼、欧阳修，能够抵挡得了吗？所以，扶乩的法术，士大夫偶然玩玩，唱和诗词，就像看戏一样，就可以了；假如以此来追问吉凶，正人君子要警惕其后果啊！

妖 由 人 兴

从叔梅庵公曰："淮镇人家有空屋五间，别为院落，用以贮杂物。儿童多往嬉游，跳掷践踏，颇为喧扰。键户禁之，则窃逾短墙入。乃大书一帖粘户上，曰：'此房狐仙所住，毋得秽污！'姑以怖儿童云尔。数日后，夜闻窗外语：'感君见招，今已移入，当为君坚守此院也。'自后人有入者，辄为砖瓦所击，并僮奴运杂物者亦不敢往。久而不治，竟全就圮颓，狐仙乃去。此之谓'妖由人兴'。"

【译文】

　　堂叔梅庵公说：淮镇有户人家有空屋子五间，单独成为一个院子，用来贮藏杂物。儿童都到那儿玩耍，蹦跳抛掷，相当吵闹。主人把门锁上，儿童们就偷偷地跳过矮墙进去玩。于是主人用大字写一张纸贴在房屋的门上，说："这所房子是狐仙住的，不要弄脏了！"想用这个方法吓唬孩子们。几天后，晚上听到窗外有声音说："多谢你的邀请，今天我已经搬进了，会代你好好地看守这个院子的。"从此以后，有人进入院子，就会被砖头瓦块掷中，甚至去搬运杂物的仆人也不敢前往。后来，房子很久不修缮，竟然倒塌了，狐仙才离开。这就叫做"妖怪是由人引起的"。

老叟落水

　　余有庄在沧州南，曰上河涯，今鬻之矣。旧有水明楼五楹，下瞰卫河。帆樯来往栏楯下，与外祖雪峰张公家度帆楼，皆游眺佳处。先祖母太夫人夏月每居是纳凉，诸孙更番随侍焉。一日，余推窗南望，见男妇数十人，登一渡船，缆已解。一人忽奋拳击一叟落近岸浅水中，衣履皆濡。方坐起愤詈，船已鼓棹去。时卫河暴涨，洪波直泻，汹涌有声。一粮艘张双帆顺流来，急如激箭，触渡船，碎如柿。数十人并没，惟此叟存，乃转怒为喜，合掌诵佛号。问其何适。曰："昨闻有族弟得二十金，鬻童养媳为人妾，以今日成券，急质田得金如其数，赍之往赎耳。"众同声曰："此一击神所使也。"促换渡船送之过。时余方十岁，但闻为赵家庄人，惜未问其名姓。此雍正癸丑事。又先太夫人言：沧州人有逼嫁其弟妇而鬻两侄女于青楼者，里人皆不平。一日，腰金贩绿豆泛巨舟诣天津,晚泊河干,坐船舷濯足。忽西岸一盐舟纤索中断,横扫而过,两舷相切,自膝以下,筋骨糜碎如割截,号呼数日乃死。先外祖一仆闻之,急奔告曰:"某甲得如是惨祸,真大怪事!"先外祖徐曰:"此事不怪。若竟不如此,反是怪事。"此雍正甲辰、乙巳间事。

【译文】

　　我在沧州南边有个庄子,叫做上河涯,现在已经卖了。过去有五间叫做水明楼的房子,往下可以鸟瞰卫河,船只风帆在楼下来来往往。这和外公张雪峰老人家里的度帆楼一样,都是游赏的好地方。我祖母每年夏天都住在这里避暑,儿孙们轮流在身边侍候。有一天,我开窗向南远望,看到男男女女几十个人,陆续上了一艘渡船,船缆已解开了。忽然有一个人一拳把一个老头打落在岸边的浅水里,衣服都湿透了。老头刚坐起来,愤怒地责骂,渡船已经摇桨开航。当时卫河水涨,波浪汹涌,水流湍急。有一艘运粮船挂着两面帆,顺流而下,快得像箭似的。粮船撞上渡船,渡船碎成片片,几十个乘船的人都淹死了。只有那个老头儿侥幸活下来,于是由愤怒变成高兴,双手合十,高声念佛。我问老头要到哪儿去,他说:"昨天,听说我堂弟为得二十两银子,把童养媳卖给人家做小老婆,今天就去签契约。我急忙用田地抵押借来同样的钱数,想拿去赎童养媳回来。"大家异口同声说:"这一拳头是神仙所指使的。"于是赶快换了一艘渡船,送老头过河。当时我只有十岁,只听说他是赵家庄人,可惜未问姓名。这是雍正十一年的事。又听祖母说:有个沧州人,逼他的弟媳改嫁,把两个侄女卖给妓院,同乡们都很愤愤不平。有一天,他带着钱坐大船到天津贩绿豆。傍晚,船停泊在河边,他坐在船舷,在河里洗脚。忽然,西岸一艘运盐船的纤索断裂,盐船横扫过来,两艘船的船边相擦,这个人从膝盖以下,筋骨都压得粉碎如同切割,痛苦地嚎叫了几天才死去。我外公的一个仆人听到这件事,急忙回来报告,说:"某某遭到这样的惨祸,真是大怪事!"外公从容地说:"这件事不奇怪。如果不这样,反倒是怪事。"这是雍正二三年间的事。

父 母 之 心

交河王洪绪言：高川刘某，住屋七楹：自居中三楹，东厢二楹，以妻殁无葬地，停柩其中；西厢二楹，幼子与其妹居之。一夕，闻儿啼甚急，而不闻妹语。疑其在灶室未归，从窗罅视已息灯否，月明之下，见黑烟一道，蜿蜒从东厢户下出，萦绕西厢窗下，久之不去。迨妹醒抚儿，黑烟乃冉冉敛入东厢去。心知妻之魂也。自后每月夜闻儿啼，潜起窥视，所见皆然。以语其妹，妹为之感泣。悲哉，父母之心，死尚不忘其子乎！人子追念其父母，能如是否乎？

【译文】
交河县王洪绪说：高川县刘某，有住房七间，自己住中间三间；东厢房两间，因为还没有坟地，停放着亡妻的棺木；西厢房两间，是妹妹带着刘的小儿子住着。一天晚上，他听到小孩高声啼哭，却听不到妹妹的声音，怀疑妹妹在厨房没有回来，就从窗缝中看看西厢房熄灯了没有。在月光下，他看见有一道黑烟，从东厢房门下面蜿蜒飘出，到西厢房的窗户下面，盘来盘去，很久都不飘走。等到妹妹醒来，抚慰小儿子，那道黑烟才慢慢地退入东厢房里去。刘某知道，这是妻子的魂魄。从此以后，每次听到孩子啼哭的月夜，刘某都偷偷爬起来观察，见到的情形都是这样。刘某告诉了妹妹，妹妹感动得哭起来。多悲伤呀，父母的良知，死后还不忘记孩子吧？做子女的想念父母，能够这个样子吗？

请蠲免罪

先师桂林吕公闇斋言：其乡有官邑令者，莅任之日，梦其房师某公，容色憔悴，若重有忧者。邑令蹙然迎拜曰："旅榇未归，是诸弟子之过也，然念之未敢忘。今幸托荫得一官，将拮据营窀穸矣。"——盖某公卒于戍所，尚浮厝僧院也。——某公曰："甚善。然归我之骨，不如归我之魂。子知我骨在滇南，不知我魂羁于此也。我初为此邑令，有试垦汙莱者，吾误报升科。诉者纷纷，吾心知其词直，而恐干吏议，百计回护，使不得申，遂至今为民累。土神诉与东岳，岳神谓事由疏舛，虽无自利之心，然恐以检举妨迁擢，则其罪与自利等。牒摄吾魂，羁留于此，待此浮粮减免，然后得归。困苦饥寒，所不忍道。回思一时爵禄，所得几何？而业海茫茫，竟杳无崖岸，诚不胜泣血椎心。今幸子来官此，傥念平生知遇，为吁请蠲除，则我得重入转轮，脱离鬼趣。虽生前遗蜕，委诸蝼蚁，亦非所憾矣。"邑令检视旧牍，果有此事。后为宛转请豁，又恍惚梦其来别云。

【译文】
　　我去世的老师桂林人吕闇斋先生说：他家乡有一个人当县令，到任的那一天，做梦见到自己科举考试的房师某先生，脸色憔悴，好像有深沉的忧伤。县令心情沉重地向他行礼，说："先生死在异乡，棺木未能送回故里，是我们这些学生的过错。不过，我们一刻也没有把这事忘记。现在托您的福，我做了县令，再困难也会让先生的遗骸回乡下葬的。"原来某先生因犯罪流放而死，棺木还停放在当地的寺院中。某先生说："很好。不过，让我的骸骨回归，不如让我的灵魂回归。你只知道我的骸骨在云南，不知道我的灵魂却被留在本地。当年我在这里当县官，有百姓试着开垦洼地荒山，我错误地按熟地上报，照章收纳赋税。当时许多人纷纷申诉，我心中也知道这些申辩是正确的，但是又怕有关官员指控我，就千方百计为自己错误辩护，使百姓的申诉无效。直到现在，新开荒田地上的赋税，仍在加重百姓负担。土地神上诉到东岳大帝，东岳大帝认为这事是我的疏忽失误，虽然没有自私的心意，但怕因此被人家检举，妨碍自己升官，那么罪行和自私自利一样。东岳大帝发出命令，把我的灵魂抓来，关在本地，等到这些不该收取的赋税免除之后，才放我的灵魂回去。现在我忍受的艰难困苦、挨饿挨冻，简直讲都不忍心讲。回想生前得到的官位俸禄，又有多少呢？可是造下的冤孽，竟像茫茫大海，见不到岸边，真叫人心痛流泪。现在幸而你来到本地做官，假使想念我们过去的友谊，请你呼吁申请，免除新开荒田地的赋税，那我就可以重新投生，脱离做鬼的身份了。即使生前的骸骨送给虫蚁去吞噬，我也没有遗憾了。"县令检查旧档案，果然有这么回事。后来，经过婉言申请，免去新开荒田地的赋税之后，恍惚又梦见那位先生来告别，回故乡去了。

鬼 亦 有 理

交河及方言曰："说鬼者多诞，然亦有理似可信者。雍正乙卯七月，泊舟静海之南。微月朦胧，散步岸上，见二人坐柳下对谈。试往就之，亦欣然延坐。谛听所说，乃皆幽冥事。疑其为鬼，瑟缩欲遁。二人止之曰：'君勿讶，我等非鬼：一走无常，一视鬼者也。'问：'何以能视鬼？'曰：'生而如是，莫知所以然。'又问：'何以走无常？'曰：'梦寝中忽被拘役，亦莫知所以然也。'共话至二鼓，大抵缕陈报应。因问：'冥司以儒理断狱耶？以佛理断狱耶？'视鬼者曰：'吾能见鬼，而不能与鬼语，不知此事。'走无常曰：'君无须问此，只问己心。问心无愧，即阴律所谓善；问心有愧，即阴律所谓恶。公是公非，幽明一理，何分儒与佛乎？'其说平易，竟不类巫觋语也。"

【译文】

　　交河县的及方言说：鬼的故事大多荒诞不经，不过也有道理可以相信的。雍正十三年七月，我乘船在静海南岸停泊。当时月色朦胧，我上岸散步，看到有两个人坐在柳树下闲谈。我走了过去，他们也高兴地请我坐下。我仔细地听着，他们讲的都是阴间的事情，就怀疑这两个人是鬼，心里发慌，想要逃走。这两个人劝我说："先生不必害怕，我们不是鬼：一个是走无常，一个是能见鬼者。"我问："你怎能看得见鬼呢？"他说："生下来就这样，我也不知道什么原因。"我又问："为什么走无常？"回答说："梦中突然被叫去做阴间的差役，也不知道什么原因。"大家一直谈到二更天，大多数都是讲因果报应的事。我就问："阴间官吏是按照儒家的道理来判案呢？还是按照佛家的道理来判案？"能见鬼者说："我能够看到鬼魂，但不能同鬼魂讲话，不知道判案的事。"走无常的人说："先生不必问这种事，只要问一问自己的良心。问心无愧，就是阴间法律中称为善事；问心有愧，就是阴间法律认为坏事。大是大非，人世和阴间的道理都是一样的，何必区分儒家和佛家呢？"这种讲法实际易懂，与巫师占卜那种讲法完全不同。

视 鬼 者 言

　　里有视鬼者曰："鬼亦恒憧憧扰扰，若有所营，但不知所营何事；亦有喜怒哀乐，但不知其何由。大抵鬼与鬼竞，亦如人与人竞耳。然微阴不足敌盛阳，故莫不畏人。其不畏人者，一由人据所居，鬼刺促不安，故现变相驱之去；一由祟人求祭享；一由桀骜强魂，戾气未消。如人世无赖，横行为暴，皆遇气旺者避，遇运蹇者乃敢侵。或有冤魂厉魄，得请于神，报复以申积恨者，不在此数。若夫欲心所感，淫鬼应之；杀心所感，厉鬼应之；愤心所感，怨鬼应之，则皆由其人之自召，更不在此数矣。我尝清明上冢，见游女踏青，其妖媚弄姿者，诸鬼随之嬉笑；其幽闲贞静者，左右无一鬼。又尝见学宫有数鬼，教谕鲍先生出，（先生讳梓，南宫人，官献县教谕。载县志《循吏传》。）则瑟缩伏草间；训导某先生出，则跳掷自如。然则鬼之敢侮与否，尤视乎其人哉！"

【译文】

同乡有个能看到鬼魂的人说：鬼魂也经常忙忙碌碌、心乱神疲，仿佛要干点什么，但是我不知道它们干些什么事；也有喜怒哀乐，但是我也不知道因为什么。大概鬼与鬼竞争，也和人与人竞争一样。不过，微弱的阴气不能抵挡旺盛的阳气，所以没有不怕人的鬼。那些不怕人的鬼，一是人占领了鬼居住的地方，刺激得鬼日夜不安，因而变出怪样子，把人驱逐出去；一是兴妖作怪，要求人们祭祀；一是强横刚烈的鬼魂，贪暴的脾气还没有消散。就像世间的流氓无赖，横行霸道，他们的鬼魂碰上阳气旺盛的人就躲避，遇到时运困顿的人才敢欺侮。另外有些冤魂恶鬼，得到神的批准，向某人报复，发泄心中的愤怨，就不在这个范围内了。人们有淫欲愿望，就有淫鬼去回应；有凶杀的愿望，就有恶鬼去回应；有怨恨的心思，就有怨鬼去回应。都是因为那些人自己找来的，更不在这个范围内了。我曾经在清明时上坟，看到出来春游的女人，那些装嗲作娇的，鬼魂就跟着她们玩耍嬉笑；那些端庄稳重的，旁边一个鬼也没有。又曾经看到学官里有几个鬼，教谕鲍先生出来的时候（先生名梓，南宫县人，担任献县的教谕，事迹记载在县志的《循史传》中），就躲在草丛中发抖；训导某先生出来的时候，就自由自在地蹦蹦跳跳。所以，鬼敢不敢欺侮人，只是看这个人是怎么样的了。

治癃闭

侍姬之母沈媪言：盐山有刘某者，患癃闭，百药不验。一夕，梦神语曰："铜头煅灰，酒服之，即通。"问："铜头何物？"曰："汝辈所谓蝼蛄也。"试之果愈。余谓此湿热蕴结，以湿热攻湿热，借其窜利下行之性耳。若州都之官，气不能化，则求之于本原，非此物所能导也。

【译文】
　　侍妾的母亲沈老太太说：盐山县有个刘某，大小便不通，吃了许多药都治不好。一天晚上，他梦中听到神仙说："把铜头煅成灰，调酒服下，大小便就通了。"刘某就问："铜头是什么东西？"神仙说："就是你们所说的蝼蛄呀！"刘某试着服用，病果然痊愈了。我认为这是湿热郁结在人体内，现在以湿热去攻湿热，借用药性利于攻下罢了。至于重要的器官，郁结的气不能通畅，就要寻求最根本的原因，并不是这种东西能导引的。

盲　鬼

梁铁幢副宪言：有夜行者，于竹林边见一物，似人非人，蠢蠢然摸索而行。叱之不应，知为精魅，拾瓦石击之。其物化为黑烟，缩入林内，啾啾作声曰："我缘宿业，堕饿鬼道中，既瞽且聋，艰苦万状。公何忍复相逼？"乃委之而去。余《滦阳消夏录》中，记王菊庄所言女鬼以巧于谗构受哑报，此鬼受聋瞽报，其聪明过甚者乎！

【译文】

梁铁幢副宪说：某人晚上赶路，在竹林边看到一团东西，似人非人，很笨拙地摸摸索索向前挪动。某人大声叫骂，那团东西却没有反应，知道一定是精怪，就捡起砖头瓦块扔过去。那团东西变为一阵黑烟，缩进竹林去了，还吱吱地说："我因为过去的罪过，堕落到饿鬼道里面，又盲又聋，万分痛苦，您怎么还要追打我呢？"某人就不去过问它了。我在《滦阳消夏录》中，记载王菊庄讲的一个善于挑拨离间的女鬼变成哑巴的报应故事，现在这个鬼受到又聋又盲的报应，大概他生前聪明得过分了吧？

阴谋害己

先师汪文端公言：有欲谋害异党者，苦无善计。有黠者密侦知之，阴裹药以献，曰："此药入腹即死，然死时情状，与病卒无异；虽蒸骨验之，亦与病卒无异也。"其人大喜，留之饮。归则以是夕卒矣。盖先以其药饵之，为灭口计矣。公因太息曰："献药者杀人以媚人，而先自杀也。用其药者，先杀人以灭口，而口终不可灭也。纷纷机械何为乎？"张樊川前辈时在坐，因言有好娈童者，悦一宦家子。度无可得理，阴属所爱姬托媒妪招之，约会于别墅，将执而胁污焉。届期，闻已至，疾往掩捕。

突失足堕荷塘板桥下,几于灭顶。喧呼掖出,则宦家子已遁,姬已鬓乱钗横矣。盖是子美秀甚,姬亦悦之故也。后无故开阁放此姬,婢妪乃稍泄其事。阴谋者鬼神所忌,殆不虚矣。

【译文】

　　我已去世的老师汪文端公说:有个人想谋害对立一伙中的人,想来想去,没有好计策。有个狡猾的人偷偷打听到这件事,就暗中带了毒药送给他,还说:"这种药一进肚子人就死,不过死后的样子,和病死一模一样,即使解剖验骨,也和病死没有两样。"这个人很高兴,就把献药者留下吃一顿。献药者回家,当夜就死了。原来这个人先用毒药给献药者吃,这是杀人灭口的计谋。汪文端公感叹地说:"献药者想献害人计策去讨好人,自己却先被杀害了。使用毒药的人,先杀人灭口,但要永远封住别人的口,却是做不到的。挖空心思想害人,究竟是为了什么呢?"当时,张樊川老先生也在座,就谈到有一个专门喜爱玩弄男童的人,看上了一个官员的子弟。又没有办法弄到手,就暗中吩咐自己最喜欢的姬妾,让她派媒婆去找官员子弟,说好在别墅幽会,到时用威胁手段鸡奸他。约会的日期到了,这个人听到官员子弟已经去了别墅,就急忙赶去。路上突然跌跤,落到荷塘的木板桥下面,几乎被淹死。等到仆人大呼小叫,把这个人救出来时,官员子弟早就跑了,别墅里那个姬妾却是衣衫不整成了好事了。原来那位官员子弟清秀俊美,姬妾也很喜欢他的。后来,这个人不讲理由就把那姬妾赶了出去,手下的丫头、仆人才把这件事透露出来。玩弄阴谋的人,连鬼神也讨厌,实在是不假的呀!

朱　　盎

　　卖花者顾媪,持一旧磁器求售:似笔洗而略浅,四周内外及底皆有泑色,似哥窑而无冰纹,中平如砚,独露磁骨,边线界画甚明,不出入毫发,殊非剥落。不知何器,以无用还之。后见《广异志》载嵇胡见石室道士案头朱笔及杯语,《乾䐑子》载何元让所见天狐有朱盏笔砚语,又《逸史》载叶法善有持朱钵画符语,乃悟唐以前无朱砚,点勘文籍,则研朱于杯盏;大笔濡染,则贮朱于钵。杯盏略小而口哆,以便捺笔;钵稍大而口敛,以便多注浓沈也。顾媪所持,盖即朱盏,向来赏鉴家未及见耳。急呼之来,问:"此盏何往?"曰:"本以三十钱买得,云出自井中。因公斥为无用,以二十钱卖诸杂物摊上。今将及一年,不能复问所在矣。"深为惋惜。世多以高价市赝物,而真古器或往往见摈。余尚非规方竹漆断纹者,而交臂失之尚如此。然则蓄宝不彰者,可胜数哉。(余后又得一朱盏,制与此同,为陈望之抚军持去。乃知此物世尚多有,第人不识耳。)

【译文】

有一位卖花的顾老太太,拿了一只旧瓷器来出售。这瓷器像笔洗又稍浅,四周内外以及底部都光滑;像哥窑又没有冰裂纹,中间平平的似砚台,只露出边缘的内坯,界线十分分明,没有参差不齐的地方,也不是破裂剥落的。我不知这是什么器皿,觉得没有用处,就还给她了。后来,看到《广异志》上记载嵇胡看见石室道士书桌上有朱笔和杯子的事,《乾䐑子》上记载何元让看到天狐有朱盏笔砚的事,还有《逸史》记载叶法善拿着朱钵画符的事,才醒悟到唐代以前没有朱砚台,校勘典籍文书,就在杯盏中研磨朱汁,要用大笔沾点朱汁时,朱汁贮放在钵子内。这种杯盏比较小,口子敞开,以便于捺笔;钵子比较大,口子也稍稍收敛,以便贮存更多的朱汁。顾老太太要出售的,原来就是朱盏,以前的鉴赏家还没有见过。我马上把顾老太太叫来,问她:"那只杯盏卖到什么地方去了?"她说:"原是我用三十个小钱买来的,那卖的人说是在水井中挖出来的。因为您认为这东西无用,我就以二十个小钱的价格卖给杂货摊了。到现在已将近一年,不知道已流落到什么地方去了。"我十分可惜。世间常常用高价买假货,现在真正的古董,却往往被抛弃。我还不算不懂事物的人,还会失之交臂,那么,藏有宝物而不识货的人,还数得过来吗!(后来我又获得一只朱盏,样子和这个一样,被陈望之巡抚拿去了。才知道这类物品在世间还有不少,只是人们不认识罢了。)

鬼 言 正 理

先师介公野园言:亲串中有不畏鬼者,闻有凶宅,辄往宿。或言西山某寺后阁,多见变怪。是岁值乡试,因僦住其中。奇形诡状,每夜环绕几榻间,处之恬然,然亦弗能害也。一夕月明,推窗四望,见艳女立树下,咥然曰:"怖我不动,来魅我耶?尔是何怪,可近前。"女亦咥然曰:"尔固不识我,我尔祖姑也,殁葬此山。闻尔日日与鬼角,尔读书十余年,将徒博一不畏鬼之名耶?抑亦思奋身科目,为祖父光、为门户计耶?今夜而斗争,昼而倦卧,试期日近,举业全荒,岂尔父尔母遣尔裹粮入山之本志哉?我虽居泉壤,于母家不能无情,故正言告尔。尔试思之。"言讫而隐。私念所言颇有理,乃束装归。归而详问父母,乃无是祖姑。大悔,顿足曰:"吾乃为黠鬼所卖。"奋然欲再往。其友曰:"鬼不敢以力争,而幻其形以善言解,鬼畏尔矣,尔何必追穷寇!"乃止。

此友可谓善解纷矣。然鬼所言者正理也，正理不能禁，而权词能禁之，可以悟销熔刚气之道也。

【译文】

　　我去世的老师介野园先生说：他亲戚中有个不怕鬼的人，听到有闹鬼怪的房子，就去住宿。有人说，西山某个寺院的后阁楼，经常出现妖怪。这一年他正好参加乡试，就租了那个地方居住。每天夜里，他都看到有奇形怪状的东西，围着书桌睡床团团转。这个人若无其事地住着，怪物也不能害他。一个月明之夜，他推开窗子观看，看到有个美女站在树下，就笑着说："吓不了我，就来迷惑我么？你是什么妖怪，走到前面来！"美女也笑着说："你当然不认识我。我是你的姑奶奶，死后葬在这座山上。听说你天天与鬼争斗，你读了十几年书，只想换来一个不怕鬼的名声吗？还是也想中举人进士，为祖宗争光，光大门庭呢？现在，你每天夜里和鬼斗，白天疲劳得睡大觉，考试日子临近了，学业荒废，难道你父母让你带着食物到山上读书的本意仅仅是这样吗？我虽然在黄泉之下，对娘家却不能无情无义，所以严正地警告你。你再想想吧！"说罢，就不见了。这个人心里想，她所讲的有道理，于是就收拾行李回家去。回到家中，详细地向父母询问，并没有这个姑奶奶。这个人很后悔，跺着脚说："我竟然被狡猾的鬼暗算了！"于是想再上山去。他的朋友劝他说："鬼不敢和你斗力，就改变形状，用好话来解决争斗，鬼已经怕了，你何必穷追不舍呢！"这个人听了朋友的劝告，就不上山了。这位朋友可说是善于调解纠纷了。不过，鬼所讲的是严正的道理，严正的道理不能制止这个人，巧妙的说法却能制止他，从这里可以领悟缓和消解血气之争的道理。

卖蟒致祸

　　前记阁学札公祖墓巨蟒事，据总宪舒穆噜公之言也。壬子三月初十日，蒋少司农戟门邀看桃花，适与札公联坐，因叩其详。知舒穆噜公之语不诬。札公又曰："尚有一轶事，舒穆噜公未知也。守墓者之妻刘媪，恒与此蟒同寝处，蟠其榻上几满。来必饮以火酒，注巨碗中，蟒举首一嗅，酒减分许，所余已味淡如水矣。凭刘媪与人疗病，亦多有验。一旦，有欲买此蟒者，给刘媪钱八千，乘其醉而舁之去。去后，媪忽发狂曰：'我待汝不薄，汝乃卖我。我必褫汝魄。'自挝不止。媪之弟奔告札公。札公自往视，亦无如何。逾数刻竟死。夫妖物凭附女巫，事所恒有；忤妖物而致祸，亦事所恒有。惟得钱卖妖，其事颇奇；而有人出钱以买妖，尤奇之奇耳。此蟒今犹在，其地在西直门外，土人谓之红果园。"

【译文】

前面所记的内阁学士札大人祖坟有大蟒蛇的故事，是根据左都御史舒穆噜公的叙述。壬子年三月初十日，户部侍郎蒋戢门邀请我去看桃花，刚好和札大人坐在一起，就请教这件事，知道舒穆噜公的叙述不假。札大人又说："还有一个故事，舒穆噜公却不知道。守墓人的妻子刘老太，经常同这条大蟒一起睡觉，大蟒盘在她的床上，挤得满满的。大蟒一来，一定要喂它饮白酒。把白酒倒进大碗里，大蟒抬头一吸，酒就低下去几分，剩下的酒就淡得像水一样了。它附在刘老太身上给人治病，也常常灵验。有一天，有人想买这条大蟒，给了刘老太八千铜钱，趁大蟒饮醉时，把它运走了。大蟒被运走后，刘老太忽然发了狂，口里说：'我对你不错，你竟然卖我，我一定要夺了你的魂魄！'还不停地敲打自己。刘老太的弟弟跑来告诉我。我亲自前去察看，也没有什么办法。过了几个时辰，老太婆就死了。妖怪附到女巫身上的事是常有的；冒犯了妖怪而招来祸患的事，也是常有的。只有为了钱财出卖妖怪的事，就比较奇特了。还有人愿意出钱去买妖怪，更是奇中之奇。这条大蟒现在还活着,就在西直门外,当地人叫做红果园的地方。"

养 瞽 院

育婴堂、养济院,是处有之。惟沧州别有一院养瞽者,而不隶于官。瞽者刘君瑞曰:"昔有选人陈某,过沧州,资斧匮竭,无可告贷,进退无路,将自投于河。有瞽者悯之,倾囊以助其行。选人入京,竟得官,荐至州牧。念念不能忘瞽者,自赍数百金,将申漂母之报。而偏觅瞽者不可得,并其姓名无知者。乃捐金建是院,以收养瞽者。此瞽者与此选人,均可谓古之人矣。"君瑞又言:"众瞽者留室一楹,旦夕炷香拜陈公。"余谓陈公之侧,瞽者亦宜设一坐。君瑞嗫嚅曰:"瞽者安可与官坐?"余曰:"如以其官而祀之,则瞽者自不可坐。如以其义而祀之,则瞽者之义与官等,何不可坐耶?"此事在康熙中,君瑞告余在乾隆乙亥、丙子间,尚能举居是院者为某某。今已三十余年,不知其存与废矣。

【译文】

育婴堂、养济院,到处都有。只有沧州有一所抚养盲人的机构,而且不是官办的。盲人刘君瑞说:"从前有个姓陈的候补官员,经过沧州,旅费用光了,又没有地方借钱,走投无路,要想投水自尽。有个盲人可怜他,全力帮助,使他能继续行程。这个候补官员到京后,居然获得官职,一直做到州的行政长官。他念念不忘那个盲人,就自己拿出几百两银子,要去报答当年救助他的那个盲人。可是,找来找去,偏偏找不到那个盲人,而且连他的姓名也没有人知道。于是,这个陈姓官员就捐出钱财,建立了这个收养院,用来收养盲人。那个盲人和这位官员,都可称为古道热肠的人了。"刘君瑞又说:"盲人们留出一间房子,早晚上香,拜祀陈姓官员。"我说,陈先生的旁边,也应该给那个盲人立个牌位。刘君瑞吞吞吐吐地说:"盲人怎能和官员平起平坐呢?"我说:"如果因为姓陈的是官员而祭祀他,那么盲人当然不能与他平起平坐。如果因为义举去祭祀他,那么盲人和官员的义举是一样的,为什么不能同坐呢!"这件事发生在康熙年间,刘君瑞是在乾隆二十、二十一年之间告诉我的,还能讲出有谁住在养盲院里。现在过去三十多年了,不知这所养盲院是否还在。

不 负 心

明季兵乱,曾伯祖镇番公年甫十一,被掠至临清。遇旧客作李守敬,以独轮车送归。崎岖戎马之间,濒危者数,终不舍去也。时宋太夫人在,酬以金。先顿首谢,然后置金于案曰:"故主流离,心所不忍,岂为求赏来耶!"泣拜而别,自后不复再至矣。守敬性戆直,侪辈有作奸者,辄断断与争,故为众口所排去。而患难之际,不负其心乃如此。

【译文】

明末战乱,我的曾伯祖父镇番公刚十一岁,被乱兵抓到临清。到了临清,遇到家中过去的佣工李守敬,用独轮车把他送回家。一路上山野崎岖,兵荒马乱,多次发生危险,李守敬始终不抛弃镇番公,自己逃走。当时,宋老太夫人还在世,送了些银钱给李守敬,作为报酬。李守敬先行礼表示感谢,然后把银钱放在桌上,说:"旧主人流离失所,我于心不忍,难道我是为了赏赐才来的吗!"说罢,他流下眼泪,行礼告别,从此不再来了。李守敬性格耿直,仆人中有人做奸诈的事情,他就大声责骂,所以他是被仆人们排挤离开的。可是在患难的时刻，他却能如此不负心。

先　　兆

事有先兆，莫知其然。如日将出而霞明，雨将至而础润，动乎彼则应乎此也，余自四岁至今，无一日离笔砚。壬子三月初二日，偶在直庐，戏语诸公曰："昔陶靖节自作挽歌，余亦自题一联曰：'浮沉宦海如鸥鸟，生死书丛似蠹鱼。'百年之后，诸公书以见挽足矣。"刘石庵参知曰："上句殊不类公，若以挽陆耳山，乃确当耳。"越三日而耳山讣音至，岂非机之先见欤！

【译文】

有些事会有先兆，也不知道什么原因。仿佛太阳快要出来时朝霞明亮，雨快要下来时柱基石潮湿一样。我从四岁到现在，没有一天离开过笔砚。壬子年三月初二日，我在衙门值班，偶然间同众人开玩笑说："当年陶渊明给自己写过挽歌，我现在也给自己作了一副挽联：'浮沉宦海如鸥鸟，生死书丛似蠹鱼。'等我死了之后，各位写这副对联来吊我就够了。"参知政事刘石庵说："上联和您不相符，假如用来吊陆耳山，才比较恰当。"过了三天，陆耳山的讣告就到了，这不是预先的征兆吗！

鬼揶揄

申苍岭先生言：有士人读书别业，墙外有废冢，莫知为谁。园丁言夜中或有吟哦声，潜听数夕，无所闻。一夕，忽闻之。急持酒往浇冢上曰："泉下苦吟，定为词客。幽明虽隔，气类不殊。肯现身一共谈乎？"俄有人影冉冉出树阴中，忽掉头竟去。殷勤拜祷，至再至三。微闻树外人语曰："感君见赏，不敢以异物自疑。方拟一接清谈，破百年之岑寂。及遥观丰采，乃衣冠华美，翩翩有富贵之容，与我辈缊袍，殊非同调。士各有志，未敢相亲。惟君委曲谅之。"士人怅怅而返，自是并吟哦亦不闻矣。余曰："此先生玩世之寓言耳。此语既未亲闻，又旁无闻者，岂此士人为鬼揶揄，尚肯自述耶？"先生掀髯曰："钼麑槐下之词，浑良夫梦中之噪，谁闻之欤？子乃独诘老夫也！"

【译文】
　　申苍岭先生说：有个秀才在别墅读书，墙外有座荒废的坟，也不知埋的是什么人。管别墅的人说，晚上有时听到吟诗的声音。这秀才悄悄地听了几个晚上，什么也没听到。一天晚上，忽然听到吟诗声，急忙拿酒前去浇在坟上，说："在阴间还不停地吟诗，一定是诗人。阴阳虽然间隔，但读书人的气质是没有两样的，愿不愿意出来谈谈呢？"一会儿，有个人影从树荫下慢慢出现，忽然掉转头就走。秀才很有礼貌地再三邀请，远远地听到树荫下的人影说："很感谢你的赏识，我也不能因为自己是鬼魂就多疑了。我正想和你谈谈，解除我一百年来的孤独寂寞。等到远远看见你的风度神采，衣服华贵精美，潇洒之中有富贵人家的样子，和我这些布衣普通人，并非同一类人。每个人有自己的志趣，我不敢和你亲近，只有请你体谅了。"秀才只好惆怅地回去了，从此吟诗的声音再也听不到了。我说："这是先生您玩世不恭的寓言故事罢了。鬼的话，先生既没有亲自听到，旁边又没有别人听到，难道这个秀才被鬼嘲笑，还肯自己说出来吗？"申苍岭先生摸着胡子笑道："春秋时钼麑撞槐树自杀时说的话，卫侯梦中浑良夫的喊叫，谁在旁边听说到了呢？你怎么只是诘难我这个老头子啊！"

僧歼山魈

邱孝廉二田言：永春山中有废寺，皆焦土也。相传初有僧居之，僧善咒术。其徒夜或见山魈，请禁制之。僧曰："人自人，妖自妖，两无涉也。人自行于昼，妖自行于夜，两无害也。万物并生，各适其适。妖不禁人昼出，而人禁妖夜出乎？"久而昼亦蹹人，僧寮无宁宇，始施咒术。而气候已成，党羽已众，竟不可禁制矣。愤而云游，求善劾治者偕之归。登坛檄将，雷火下击，妖歼而寺亦烬焉。僧拊膺曰："吾之罪也！夫吾咒术始足以胜之，而弗肯胜也；吾道力不足以胜之，而妄欲胜也。博善化之虚名，溃败决裂乃至此。养痈贻患，我之谓也夫！"

【译文】

举人邱二田说：永春县山里有座荒废的寺院，现在那里已是一片焦土。相传当初有僧人居住，僧人会念咒法术。僧人的徒弟有时晚上发现山魈，就请求僧人制服。僧人说："人是人，妖怪是妖怪，各不相犯。人在白天活动，妖怪在晚上活动，不会互相伤害的。世界上万物并生，各自有安身的地方。妖怪不禁止人白天活动，难道人要禁止妖怪晚上活动吗？"时间长了，妖怪就白天来侵扰人，寺院不得安宁，僧人才开始施展符咒法术。而妖怪势力已经壮大，党羽也多了，竟然制伏不了。僧人很气愤，出门云游，请了善于降妖的人一起回寺院。在寺院中设神坛，烧纸钱，请神灵，雷电大火从天而降，妖怪消灭了，寺院也烧光了。僧人自己敲打胸膛说："这是我的罪过呀！开始时我的符咒法完全可以制伏妖怪，偏偏不去制服。等到我的道行制伏不了妖怪时，却要去制服它。为博取长于教化的虚名，最后却溃败到这个地步。养毒疮而留祸患，说的就是我呀！"

飞 车 刘 八

飞车刘八,从孙树珊之御者也。其御车极鞭策之威,尽驰驱之力,遇同行者,必蓦越其前而后已,故得此名。马之强弱所不问,马之饥饱所不问,马之生死亦所不问也。历数主,杀马颇多。一日,御树珊往群从家,以空车返。中路马轶,为轮所轧,仆辙中。其伤颇轻,竟昏瞀不知人,舁归则气已绝矣。好胜者必自及,不仁者亦必自及。东野稷以善御名一国,而极马之力,终以败驾。况此役夫哉!自陨其生,非不幸也。

【译文】
　　飞车刘八,是侄孙树珊的车夫。他驾车尽量发挥马鞭的威力,尽量加大车的速度,遇到同路的马车,非要超越到前面才作罢,所以得到飞车的名声。他不管驾车的马强壮还是瘦弱,不管马是饱还是饿,也不管马是死还是生。他曾到几个主人家驾车,被他累死的马很多。有一天,他驾车载树珊去其他子侄家,空车返回。半路上,马匹突然惊奔,刘八被车轮撞着,仆倒在路当中。他的伤势虽不重,但却昏迷不醒。被人抬回家,早就断气了。好胜的人一定自食其果,不仁义的人也一定自食其果。东野稷以善于驾驭马名扬全国,可是用尽了马的力气,马也终于垮了下来。何况这个车夫呢!这是自己伤害自己的性命,并不是不幸的意外事件啊!

人 字 汪

　　先祖光禄公,有庄在沧州卫河东。以地恒积潦,其水左右斜衺如人字，故名人字汪。后土语讹人字曰银子，又转汪为洼，以吹唇声轻呼之，音乃近娃，弥失其真矣。土瘠而民贫，雕敝日甚。庄南八里为狼儿口。（土语以狼儿二字合声吹唇呼之，音近辣，平声。）光禄公曰："人对狼口，宜其不蕃也。"乃改庄门北向。直北五里曰木沽口，（沽字土音在果、戈之间。）自改门后，人字汪渐富腴，而木沽口渐雕敝矣。其地气转移欤？抑孤虚之说竟真有之？

【译文】

　　我家已故的祖父，做过光禄寺卿，有所庄园在沧州卫河东岸。因为地面常有积水，水分左右两边斜伸出去，像人字的样子，所以叫做人字汪。后来，土语变音，把"人字"读为"银子"，又把"汪"字改为"洼"，用唇音轻读，声音近似"娃"，这就更加失真了。该地土质贫瘠，百姓穷苦，一天天荒凉破落。庄子南面八里是狼儿口。（土语把"狼儿"两个字合起来用唇音读，音近"辣"，平声。）光禄公说："人对狼口，这地方合该不繁荣了。"于是，就把庄园的大门改为朝北开。正北五里外有个地方叫木沽口。（沽字，土音在果、戈之间。）自从改动大门之后，人字汪逐渐富裕肥沃起来，而木沽口渐渐破落了。这是地气转移呢，还是占卜推算的说法当真存在呢？

积　　柴

　　人字汪场中有积柴，（俗谓之垛。）多年矣。土人谓中有灵怪，犯之多致灾祸；有疾病，祷之亦或验。莫敢撷一茎，拈一叶也。雍正乙巳，岁大饥，光禄公捐粟六千石，煮粥以赈。一日，柴不给，欲用此柴，而莫敢举手。

乃自往祝曰："汝既有神，必能达理。今数千人枵腹待毙，汝岂无恻隐心？我拟移汝守仓，而取此柴活饥者，谅汝不拒也。"祝讫，麾众拽取，毫无变异。柴尽，得一秃尾巨蛇，蟠伏不动；以巨畚舁入仓中，斯须不见。从此亦遂无灵。然迄今六七十年，无敢窃入盗粟者，以有守仓之约故也。物至毒而不能不为理所屈，妖不胜德，此之谓矣。

【译文】

　　人字汪的晒场上有一堆多年积聚的柴草（土语叫做垛），当地人说柴堆里面有灵验的妖怪，冒犯了它会有灾祸。有人生病，到柴堆祈祷，有时也灵验。人们都不敢取柴堆上的一枝一叶。雍正三年大饥荒，光禄公捐助六千石粮食，煮粥来赈荒。有一天，柴草不够用，想用这柴堆的柴草，却没有人敢动手。光禄公亲自前往禀告神灵说："你既然有灵验，一定能通情达理。现在，几千人空着肚子等死，你难道没有恻隐之心吗？我准备把你迁移去看守粮仓，把这柴堆用来煮粥，救活那些饥饿的人，大概你不会拒绝吧？"禀告之后，指挥众人拉取柴草，一点奇异变化也没有。柴草搬光，现出一条秃尾巴的巨蛇，蟠着一动也不动。大家就用大畚箕，把巨蛇抬到粮仓里，一下子就不见了。从此以后，也没有什么灵验。不过，至今六七十年，没有人敢进粮仓偷粮，因为有过叫巨蛇守粮仓的约定。最毒的东西，也不能不被道理所制服，妖怪不能战胜德行，就是指这种事情了。

天偿孝心

　　从孙树宝言：韩店史某，贫彻骨。父将殁，家惟存一青布袍，将以敛。其母曰："家久不举火，持此易米，尚可多活月余，何为委之土中乎？"史某不忍，卒以敛。此事人多知之。会有失银钏者，大索不得。史某忽得于粪壤中。皆曰："此天偿汝衣，旌汝孝也。"失钏者以钱六千赎之，恰符衣价。此近日事。或曰："偶然也。"余曰："如以为偶，则王祥固不再得鱼，孟宗固不再生笋也。幽明之感应，恒以一事示其机耳。汝乌乎知之！"

【译文】
　　族侄孙树宝说：韩店有个史某，极其贫困。父亲死时，家里只剩下一件青布袍子，史某准备给父亲穿上。他的母亲说："家里好久揭不开锅了，拿这件衣服换钱买米，还能维持一个多月的活命，为什么丢在坟墓里呢？"史某不忍心，终于还是给父亲穿了入葬。这件事人们大多知道。碰巧有人丢失了银手镯，遍寻不见，史某忽然在粪土中拾到。众人都说："这是上天赔偿你的衣服，表扬你的孝心哩。"丢失手镯的人用六千钱向他买回，刚好等于那件衣服的价格。这是近来的事。有人说："这是偶然的。"我说："如果以为这是偶然，那么王祥卧冰得鱼、孟宗哭竹生笋也是偶然的了！天地间的灵验变化，常通过一件事显示迹象，你哪里知道呢？"

沉沦之鬼

　　景州李晴嶙言：有刘生训蒙于古寺，一夕，微月之下，闻窗外窸窣声；自隙窥之，墙缺似有二人影，急呼有盗。忽隔墙语曰："我辈非盗，来有求于君者也。"骇问："何求？"曰："猥以夙业，堕饿鬼道中，已将百载。每闻僧厨炊煮，辄饥火如焚。窥君似有慈心，残羹冷粥，赐一浇奠可乎？"问："佛家经忏，足济冥途，何不向寺僧求超拔？"曰："鬼逢超拔，是亦前因。我辈过去生中，营营仕宦，势盛则趋附，势败则掉臂如路人。当其得志，本未扶穷救厄，造有善因；今日势败，又安能遇是善缘乎？所幸货赂丰盈，不甚爱惜，孤寒故旧，尚小有周旋。故或能时遇矜怜，得一沾余沥。不然，则如目犍连母在大地狱中，食至口边，皆化猛火，虽佛力亦无如何矣。"生恻然悯之，许如所请，鬼感激呜咽去。自是每以残羹剩酒浇墙外，亦似有肸蚃，然不见形，亦不闻语。越岁余，夜闻墙外呼曰："久叨嘉惠，今来别君。"生问："何往？"曰："我二人无计求脱，惟思作善以自拔。此林内野鸟至多，有弹射者，先惊之使高飞；有网罟者，先驱之使勿入。以是一念，感动神明，今已得付转轮也。"生尝举以告人曰："沉沦之鬼，其力犹可以济物。人奈何谢不能乎？"

【译文】
　　景州李晴嶙说：有个刘秀才，在一座古寺中教儿童读书。一天晚上，他在朦胧的月色之下，听到窗外有窸窣的声响。刘秀才从窗缝中偷看，墙头缺口处仿佛有两个人影，急忙大叫有强盗。忽然，听到墙外有声音说："我们不是强盗，是有事请求您呀！"刘秀才惊讶地问："求什么？"只听得说："我们因为过去的冤业，堕落饿鬼道里面，已经快要一百年了。每次听到僧人厨房煮饭，我们肚子就饿得像火烧似的。悄悄地观察，发现您仿佛心肠很仁慈，您有剩菜剩饭，能否倒一些给我们呢？"刘秀才说："佛教念经忏悔，完全可以挽救阴间的人，你们为什么不去请求寺院的僧人超度呢？"那声音说："鬼魂碰上超度，也是有自己的前因的。我们过去活在人世时，热衷追求官职，哪个势力大就依附哪个，等他的势力破败了，我们掉头就离开，像从不认识一样。我们得志的时候，根本没有去周济穷困、解救危难，结下善因；今天失势败落，又怎能遇到超度的善缘呢！幸而我们所索的财物很多，也不很吝啬，对孤寒的亲戚朋友，还能略有照顾。所以，有时还能得到他们的怜悯，获得一些祭奠。不然的话，就像目连的母亲关在大地狱中，食物到嘴边，都变成烈火，即使是佛的法力，也无可奈何了。"刘秀才听了，感到值得同情可怜，就答应鬼的要求。鬼很感动，痛哭流涕地离开了。从此，刘秀才每次把残羹剩酒泼到墙外面，他仿佛有轻微散乱的声响，但是看不见形象，也听不见说话。过了一年多，晚上听到墙外大声说："长期来多谢您恩赐，现在来向您告别了。"刘秀才问："到哪里去？"鬼回答说："我们两个没有办法脱离饿鬼道，只有想做点善事，以求自己能超度。这个树林里野鸟很多，有人来射击它们时，我们先去惊动，使鸟儿高高飞去；有人要用网捕鸟时，我们先去赶走鸟儿，不让它们投入网中。因为这一点善良的愿望，感动了神明，现在已获准轮回投生了。"刘秀才曾以这件事告诫人们，说："沉沦的鬼，他还有力量可以周济生物，人为什么会推辞不肯去做呢？"

杀　　虎

族兄中涵知旌德县时，近城有虎暴，伤猎户数人，不能捕。邑人请曰："非聘徽州唐打猎，不能除此患也。"（休宁戴东原曰："明代有唐某，甫新婚而戕于虎。其妇后生一子，祝之曰：'尔不能杀虎，非我子也；后世子孙如不能杀虎，亦皆非我子孙也。'故唐氏世世能捕虎。"）乃遣吏持币往。归报唐氏选艺至精者二人，行且至。至则一老翁，须发皓然，时咯咯作嗽；一童子十六七耳。大失望，姑命具食。老翁察中涵意不满，半跪启曰："闻此虎距城不五里，先往捕之，赐食未晚也。"遂命役导往。役至谷口，不敢行。老翁哂曰："我在，尔尚畏耶？"入谷将半，老翁顾童子曰："此畜似尚睡，汝呼之醒。"童子作虎啸声。果自林中出，径搏老翁。老翁手一短柄斧，纵八九寸，横半之，奋臂屹立。虎扑至，侧首让之。虎自顶上跃过，已血流仆地。视之，自颔下至尾闾，皆触斧裂矣。乃厚赠遣之。老翁自言炼臂十年，炼目十年。其目以毛帚扫之不瞬，其臂使壮夫攀之，悬身下缒不能动。《庄子》曰："习伏众神，巧者不过习者之门。"信夫。尝见史舍人嗣彪，暗中捉笔书条幅，与秉烛无异。又闻静海励文恪公，剪方寸纸一百片，书一字其上，片片向日叠映，无一笔丝毫出入。均习而已矣，非别有谬巧也。

【译文】

族兄中涵任旌德知县时，靠近县城的地方有老虎，咬伤了几名猎手，无法捕捉。这县的人们请求说：除非聘请专门打猎的徽州唐家，否则不能消除虎患。（休宁县戴东原说："明代有个姓唐的人，刚结婚就被老虎吃了。后来他的妻子生下一个儿子，祈祷说：'你如果不能杀死老虎，就不是我的儿子。后代子孙如果不能杀死老虎，也都不是我的子孙！'所以唐家世世代代都会捕杀老虎。"）于是派属吏带着银钱前去聘请。属吏回来报告，唐家选派两位武艺最高强的，马上就要来了。等到唐家两个人来到，原来一个是老头子，胡子头发雪白，还经常咯咯地咳嗽；一个是十六七岁的少年。中涵感到很失望，勉强命令手下给这两个猎手准备酒饭。老头子觉察中涵不满意，就行礼报告说："听说这只老虎在离城不到五里的地方，不如先去捕杀，回来再赏饭也不迟。"中涵就派差役带这两个人去。差役走到山谷入口，不敢再走。老头子轻蔑地笑着说："有我在这里，你还害怕吗？"进入山谷一半时，老头子回头对少年说："这只畜生好像还在睡觉，你来喊醒它。"少年就模仿老虎的啸声。老虎果然从树林里冲出,直向老头子扑去。老头子手拿一把短柄的斧头,长八九寸,阔只有四五寸,高举手臂,直挺挺地站着。老虎扑过来,老头子把头一歪,让老虎越过。老虎从老头子的头顶飞跃而过,就流血滚地死去了。仔细一看,老虎从下巴至尾骨,都擦着斧头而过,全身开裂两半了。于是,中涵就重赏两个猎人,送他们回去。老头子说,臂力练了十年,眼力练了十年。他的眼睛,练到用毛扫帚扫也不会眨眼;他的手臂,即使强壮汉子抓住,把身子吊在手臂上,也不会动一动。《庄子》说:"训练能折伏神奇,取巧的人不敢经过素有训练者的门口。"这是可信的。我曾经见过史嗣彪舍人,他可以在黑暗中提笔写条幅,写出的条幅,和在灯光下写的完全一样。又听说静海的励文恪公,剪一百张一寸正方的纸片,每片都写上一个相同的字,把这些纸片叠在一起,向太阳透视观察,每张纸片的字没有一笔一画有丝毫相差。这些都是练习勤奋而已,并不是另有什么巧妙的作伪。

谨 饬 之 狐

李庆子言:山东民家,有狐居其屋数世矣。不见其形,亦不闻其语;或夜有火烛盗贼,则击扉撼窗,使主人知觉而已。屋或漏损,则有银钱铿然坠几上。即为修葺,计所给恒浮所费十之二。若相酬者,岁时必有小馈遗置窗外。或以食物答之,置其窗下,转瞬即不见矣。从不出嬲人,儿童或反嬲之,戏以瓦砾掷窗内,仍自窗还掷出。或欲观其掷出,投之不已,亦掷出不已,终不怒也。一日,忽檐际语曰:"君虽农家,而子孝弟友,妇姑娣姒皆婉顺,恒为善神所护,故久住君家避雷劫。今大劫已过,敬谢主人,吾去矣。"自此遂绝。从来狐居人家,无如是之谨饬者,其有得于老氏"和光"之旨欤!

卒以谨饬自全,不遭劾治之祸,其所见加人一等矣。

【译文】

　　李庆子说:山东有个百姓的家里,有狐狸精住着,已经几代了。但从来没有看到狐狸精的形状,也听不到它的声音。有时夜里有火灾或者盗贼,狐狸精就敲打窗户,让主人知道情况。房屋有漏雨、有损坏,会有银子凭空落在桌子上,主人就去修缮房屋。事后计算费用,所给的银子总是多出费用的二成,好像是付给主人的酬劳。逢年过节,狐狸精一定会送些小礼品放在窗外。主人有时送食物答谢,放在它的窗子下面,一下子就不见了。狐狸精从来不出来作弄人,儿童有时反而去作弄它,把砖头瓦片掷到窗子里,那砖头瓦片仍然会从窗子里抛出来。有些孩子想看看狐狸精把砖头瓦片抛出来的样子,就不断把砖头瓦片扔进去,里面也不断地抛出来,却始终不生气。有一天,忽然听到屋檐之间有声音说:"你们虽然是务农的家庭,但子孙孝顺,兄弟友爱,婆媳妯娌都温柔和顺,常常受到善神的庇护,所以我长久地住在你们家,躲避雷劫。现在大劫已经过去了,非常感谢主人。我去了!"从此狐狸精就不见了。从来狐狸精住在人家里,没有这样谨慎的,大概它也体会到老子和光同尘的意思吧!因为谨慎,终于保存了自己,避免了被符咒法术制服的祸患,这种见识也是高人一等了。

枕　中　蜂

　　从侄虞惇,从兄懋园之子也。壬子三月,随余勘文渊阁书,同在海淀槐西老屋。(余婿袁煦之别业,余葺治之,为轮对上直憩息之地。)言懋园有朱漆藤枕,崔庄社会之所买,有年矣。一年夏日,每枕之,辄嗡嗡有声,以为作劳耳鸣也。旬余后,其声渐厉,似飞虫之振羽。又月余,声达于外,不待就枕始闻矣。疑而剖视,则一细腰蜂鼓翼出焉。枕四围无针芥隙，蜂何能遗种于内？如未漆时先遗种，何以越数岁乃生？或曰："化生也。"然蜂生以蛹，不以化。即果化生，何以他处不化而化于枕？他枕不化而化于此枕？枕中不饮不食，何以两月余犹活？设不剖出，将不死乎？此理殊不可晓也。

【译文】

堂侄虞惇，是堂兄懋园的儿子。壬子年三月，他跟着我校勘文渊阁的书籍，一起住在海淀的槐西老屋（这是我女婿袁煦的别墅，我修缮之后，作为轮流值班时休息的地方）。虞惇说，懋园有一只朱漆藤枕，是在崔庄祭祀土地神的庙会上买来的，已经有些年头了。有一年夏天，懋园每次用这枕头，都有嗡嗡声响，以为是自己劳累引发耳鸣。十多天后，声音渐渐响亮，好像有昆虫飞动拍翼的样子。又过了一个多月，声音响到外面来，不需要靠着枕头就能听到。懋园觉得很奇怪，就把藤枕割开看看，原来是一只细腰蜂，拍着翅翼飞出去了。藤枕四周连针眼大的缝隙也没有，蜂怎能在枕内产卵呢？如果枕头在没有油漆时就被蜂产过卵，怎么经过几年才孵成小蜂？有人说："这是自然界化生的。"但是，蜂从蛹里生成，并不是自然界随便生成的。即使真是自然界生成的，为什么不在其他地方生成，偏偏在枕头里生成呢？何以其他枕头中不生成，偏偏在这只枕头中生成呢？枕头里没有食物，没有饮水，为什么过了两个多月，这只蜂还活着呢？假如不破开枕头，让蜂飞出，这蜂就不会死吗？这些道理，真的是弄不清楚了。

老翁远行

虞惇又言：掖县林知州禹门，其受业师也。自言其祖年八十余，已昏耄不识人，亦不能步履，然犹善饭。

惟枯坐一室，苦郁郁不适。子孙恒以椅舁至门外延眺，以为消遣。一日，命侍者入取物，独坐以俟。侍者出，则并椅失之矣。合家悲泣惶骇，莫知所为；裹粮四出求之，亦无踪迹。会有友人自劳山来，途遇禹门，遥呼曰："若非觅若祖乎？今在山中某寺，无恙也。"急驰访之，果然。其地距掖数百里，僧不知其何以至。其祖但觉有二人舁之飞行，亦不知其为谁也。此事极怪而非怪，殆山魈狐魅播弄老人以为游戏耳。

【译文】
　　虞惇又说：掖县的知州林禹门，是他的老师。据林禹门说，他祖父八十多岁了，已经糊涂到认不得人，也不能走路，不过还挺能吃。只是一个人呆呆地坐在房间里时，感到闷闷不乐，很不舒服。子孙们经常用椅子把老祖父抬到门外看野景，作为消遣。有一天，老头子叫侍候他的人进门去拿东西，他一个人坐在门外等着。侍候的人再出大门时，老头子连椅子都不见踪影了。全家伤心惊慌，不知道怎么办才好。家里人带着干粮到处寻访，也没有踪迹。恰好有个朋友从劳山来，路上碰到林禹门，远远地喊道："你不是寻找你祖父吗？现在他在劳山某寺院里，平安无事。"林禹门立刻骑马去劳山寻找，见老祖父果然在那里。劳山距离掖县几百里，寺院的僧人也不知道这老人是怎么来的。老祖父只觉得有两个人抬着他飞行，也不知他们是什么人。这件事虽然很奇怪，却又不奇怪，不过是山魈、狐精、鬼魅捉弄老人，作为一种游戏而已。

气　先　衰

　　戈孝廉廷模，字式之，芥舟前辈长子也。天姿朗彻，诗格书法，并有父风。于父执中独师事余。余期以远到，乃年四十余，始选一学官。后得心疾，忽发忽止，竟夭天年。余深悲之，偶与从孙树珏谈及。树珏因言其未殁以前，读书至夜半，偶即景得句曰："秋入幽窗灯黯淡。"属对未就，忽其友某揭帘入，延与坐谈，因告以此句。其友曰："何不对以'魂归故里月凄清。'"式之愕然曰："君何作鬼语？"转瞬不见，乃悟其非人。盖衰气先见，鬼感衰气应之也。故式之不久亦下世。与《灵怪集》载曹唐《江陵佛寺》诗"水底有天春漠漠"一联事颇相类。

【译文】
　　举人戈廷模，字式之，是前辈芥舟先生的长子。他生来聪明灵巧，作诗写字都有他父亲的风格。对于长辈，戈式之独把我当作老师来敬重，我也期待他有远大前程。不料他到四十多岁，才当上一个学官。后来得了神经病，时发时止，竟然过早地去世了。我很为他难过。一次偶然的机会，我对侄孙树珏讲起。树珏说，戈式之死前，读书到半夜，偶然就眼前景物，得出一句诗："秋入幽窗灯黯淡。"又想凑一个对句，还没有想好，突然有个朋友揭起帘子走进门来，他就请朋友坐下聊天。戈式之告诉朋友有这样一句诗句，朋友说："怎么不对'魂归故里月凄清'呢？"戈式之惊讶地说："您怎么讲出像鬼的诗句呢？"一下子这个朋友就不见了，这才醒悟到朋友已不是生人。原来人的衰气出现时，鬼感应到衰气才来相会。因此，戈式之不久就去世了。这件事和《灵怪集》记载曹唐的《江陵佛寺》诗里"水底有天春漠漠"一联相类似。

斗　　鬼

　　曹慕堂宗丞言：有夜行遇鬼者，奋力与角。俄群鬼大集，或抛掷沙砾，或牵拽手足。左右支吾，大受捶击，颠踣者数矣。而愤恚弥甚，犹死斗不休。忽坡上有老僧持灯呼曰："檀越且止！此地鬼之窟宅也，檀越虽猛士，已陷重围。客主异形，众寡异势，以一人气血之勇，敌此辈无穷之变幻，虽贲、育无幸胜也，况不如贲、育者乎？知难而退，乃为豪杰。何不暂忍一时，随老僧权宿荒刹耶！"此人顿悟，奋身脱出，随其灯影而行。群鬼渐远，老僧亦不知所往。坐息至晓，始觅得路归。此僧不知是人是鬼，可谓善知识耳。

【译文】
　　曹慕堂宗丞说：有一个人赶夜路，遇到鬼，就尽力同鬼争斗。不一会，一大群鬼拥过来，有的抛掷沙石，有的拉手拖脚。这个人左挡右防，处处挨打，跌倒爬起几次。这人愈加愤怒，拼死斗争不停。忽然山坡上有个老和尚举着灯笼喊道："施主不要再打了。这里是鬼的老窝，施主虽然很勇猛，已经陷入重围了。客人和主人形势不同，人数多寡又不对等，用你一个人的勇猛，去对付这些鬼无穷的变化，即使有古代勇士孟贲、夏育的能力，也没有取胜的希望，何况你还不及孟贲、夏育呢！知难而退，才是豪杰。你为什么不暂时忍耐一下，跟老衲去荒凉寺院中住一个晚上呢？"这个人顿时醒悟，奋力脱身，跟着老和尚的灯光而走。鬼群渐渐地落后了，老和尚也不知去向。这人坐下休息，到早晨才找到路回家。这个老和尚不知是人是鬼，但可称为识时务的了。

怪　　鸟

　　海淀人捕得一巨鸟，状类苍鹅，而长喙利吻，目睛突出，眈眈可畏。非鹜非鹳，非鸨非鸧鹠，莫能名之，无敢买者。金海住先生时寓直澄怀园，独买而烹之，味不甚佳。甫食一二胬，觉胸膈间冷如冰雪，坚如铁石；沃以烧春，亦无暖气。委顿数日，乃愈。或曰："张读《宣室志》载，俗传人死数日后，当有禽自柩中出，曰'杀'。有郑生者，尝在巂川，与郡官猎于野，网得巨鸟，色苍，高五尺余；解而视之，忽然不见。里中人言有人死且数日，卜者言此日'杀'当去。其家伺而视之，果有巨鸟苍色自柩中出。"又"《原化记》载，韦滂借宿人家，射落'杀'鬼，烹而食之，味极甘美。先生所食，或即'杀'鬼所化，故阴凝之气如是欤！"倪余疆时方同直，闻之笑曰："是又一终南进士矣。"

【译文】

海淀有人捕获一只巨鸟，形状像苍鹅，但嘴又长又尖，眼睛突出，眼神很凶恶可怕。这巨鸟既非秃鹙又非老鹳，既非鸨鸟又非鸠鹕，不知道叫什么，也没有人敢购买。当时，金海住先生刚好在澄怀园值班住宿，就买来煮吃，味道不很好。刚吃了一两块肉，就觉得胸部横隔膜之间冷如冰雪，坚硬如铁石。喝酒下去，胸腹之间也没有暖气。生了几天病，才痊愈。有人说："张读的《宣室志》记载，世俗传说人死后几天，一定有鸟从棺材里飞出，名字叫做'杀'。有个郑秀才，在巂川郊外陪县官打猎，用网捕得一只巨鸟。这巨鸟长着青苍的羽毛，有五尺多高。解开绳网再看，一下子就不见了。当地乡下人说有个人死了几天了，占卜的人讲过，这天'杀'应当走的。死者的家人等着观看，果然有一只青苍色的巨鸟从棺材里飞出来。还有《原化记》记载，韦滂在别人家里住宿时，射下一只'杀'鬼，煮熟来食，味道十分甘美。先生所食的巨鸟，可能就是'杀'鬼变成，所以阴冷的气凝结得这样厉害吧？"倪余疆当时曾一起值班，听到这种议论，就笑着说："这又是一个钟馗了！"

李　　秀

　　自黄村至丰宜门，（俗谓之南西门。）凡四十里。泉源水脉，络带钩连，积雨后污潦沮洳，车马颇为阻滞。有李秀者，御空车自固安返。见少年约十五六，娟丽如好女，鳖蹩泥涂，状甚困惫。时日已将没，见秀行过，有欲附载之色，而愧沮不言。秀故轻薄，挑与语，邀之同车。忸怩而上。沿途市果饵食之，亦不甚辞。渐相软款，间以调谑。面颊微笑而已。行数里后，视其貌似稍苍，尚不以为意。又行十余里，暮色昏黄，觉眉目亦似渐改。将近南苑之西门，则广颡高颧，鬖鬖有须矣。自讶目眩，不敢致诘。比至逆旅下车，乃须髯皓白，成一老翁，与秀握手作别曰："蒙君见爱，怀感良深。惟暮齿衰颜，今夕不堪同榻，愧相负耳。"一笑而去，竟不知为何怪也。秀表弟为余厨役，尝闻秀自言之；且自悔少年无状，致招狐鬼之侮云。

【译文】
　　从黄村到丰宜门（百姓叫做南西门），共四十里。此地是泉水流沟的源头，河汊水沟交错如网，雨后积水，泥涂污秽，常常妨碍车马通行。有个叫李秀的人，驾着空车从固安回来。途中看见一个十五六岁的少年人，清秀苗条，像个漂亮女子，正艰难地在泥路上跋涉，显出很疲倦的样子。这时，太阳将要下山，少年看到李秀经过，就露出想搭车的神态，又羞于启齿。李秀为人轻薄，有意挑逗少年说话，请他搭车。少年忸忸怩怩地上了车。路上，李秀买水果糕饼给少年吃，少年也不很拒绝。两人渐渐亲切起来，有时还开开玩笑。少年只是红着脸微笑。车行几里以后，李秀看到少年的外貌好像老成了，还不在意。又行走了十几里，暮色昏暗，少年的面目好像也渐渐改变。马车快到南苑的西门时，少年已变成阔额高颧、满脸胡子的人了。李秀很惊讶，以为自己眼花，不敢去问那少年。等到了旅店门口下车时，少年已经变成一个头发胡须雪白的老头子了。他和李秀握手告别，说："多承您的爱护，十分感动。只是我已是年老貌衰，今夜不能和您同床睡觉了，辜负了你的盛情，真是惭愧！"笑了笑就走了，始终不知道是什么妖怪。李秀的表弟是我的厨工，曾亲耳听李秀说的。李秀后悔年轻时没有规矩，招致了狐鬼的侮辱。

杨　　生

文安王岳芳言：有杨生者，貌姣丽，自虑或遇强暴，乃精习技击，十六七时，已可敌数十人。会诣通州应试，暂住京城。偶独游陶然亭，遇二回人强邀入酒肆。心知其意，姑与饮啖，且故索珍味食。二回人喜甚，因诱至空寺，左右挟坐，遽拥于怀。生一手按一人，并踣于地，以足踏背，各解带反接，抽刀拟颈曰："敢动者死！"褫其下衣，并淫之；且数之曰："尔辈年近三十，岂足供狎昵！然尔辈污人多矣，吾为孱弱童子复仇也。"徐释其缚，掉臂径出。后与岳芳同行，遇其一于途，顾之一笑。其人掩面鼠窜去。乃为岳芳具道之。岳芳曰："戕命者使还命，攘财者使还财，律也，此当相偿者也。惟淫人者有治罪之律，无还使受淫之律，此不当偿者也。子之所为，谓之快心则可，谓之合理则未也。"

【译文】

文安县王岳芳说：有位杨秀才，面貌清秀漂亮。他担心被坏人调戏，就练成了一身武功，到十六七岁时，已经可以力敌数十人。恰逢他到通州参加科举考试，就临时住在京城。一次，他独自去陶然亭游玩，碰到两个人，硬要请他进酒楼喝酒。杨秀才心里明白，这两个人不怀好意，姑且和他们又饮又吃，而且专门点好菜来吃。这两个人很高兴，趁机把杨秀才引诱到一间荒废的寺院里，一左一右挟住，让他坐下，又猛然把杨秀才抱在怀里。杨秀才一手按住一个，把他们一起摔在地下，用脚踏住他们的背部，把他们的裤带解下来，反绑双手，再拔出刀来顶住他们的颈部，说："敢动一下，就杀了你们！"又把这两个人的裤子脱光，鸡奸了一番。杨秀才还数落他们说："你们年纪近三十岁了，还有什么值得亲热呢！只是你们玷污别人太多了，我要为被你们侮辱的弱小者报仇！"最后才慢慢解开绑缚他们的带子，撒手就走了。后来，杨秀才和王岳芳同路，在途中见到一个人，就对这个人笑笑。这个人连忙双手掩面，狼狈逃窜。于是，杨秀才对王岳芳讲了这件事。王岳芳说："杀人偿命，劫财还财，是法律规定，这是应当赔偿的。只有奸淫别人，另外有判罪的法律，没有让奸污人的反过来受奸淫的法律，这是不应当赔偿的。你的行为，可以算是痛快，却不能算是合理。"

鸡 卵 夜 光

从孙树棂言：南村戈孝廉仲坊，至遵祖庄（土语呼榛子庄，遵榛叠韵之讹，祖子双声之转也。相近又有念祖桥，今亦讹为验左。）会曹氏之葬。闻其邻家鸡产一卵，入夜有光。仲坊偕数客往观，时已昏暮，灯下视之，无异常卵；撤去灯火，果吐光荧荧，周卵四围如盘盂。置诸室隅，立门外视之，则一室照耀如昼矣。客或曰："是鸡为蛟龙所感，故生卵有是变怪。恐久而破壳出，不利主人。"仲坊次日即归，不知其究竟如何也。案木华《海赋》曰："阳冰不冶，阴火潜然。"盖阳气伏积阴之内，则郁极而外腾。《岭南异物志》称海中所生鱼蜃，置阴处有光。《岭表录异》亦称黄蜡鱼头，夜有光如笼烛，其肉亦片片有光。水之所生，与水同性故也。必海水始有火，必海错始有光者，积水之所聚，即积阴之所凝，故百川不能郁阳气，惟海能郁也。至暑月腐草之为萤，以层阴积雨，阳气蒸而化为虫。塞北之夜亮木，以冰谷雪岩，阳气聚而附于木。萤不久即死，夜亮木移植盆盎，越一两岁亦不生明。出潜离隐，气得舒则渐散耳。惟鸡卵夜光则理不可晓，蛟龙所感之说，亦未必然。按段成式《酉阳杂俎》称岭南毒菌夜有光，杀人至速。盖瘴疠所钟，以温热发为阳焰。此卵或沴厉之气，偶聚于鸡；或鸡多食毒虫，久而蕴结，如毒菌有光之类，亦未可知也。

【译文】

侄孙树棂说：南村有个举人戈仲坊，到遵祖庄（土语叫榛子庄，"遵"成"榛"是叠韵的变化，"祖"成"子"是双声的转换。相近地方又有念祖桥，现在也变音为验左。）参加曹家的葬礼。他听说曹家邻居的鸡生一只蛋，到夜晚会发光，就和几位宾客一起去参观。当时已是黄昏，在灯下观察这只蛋，和一般鸡蛋没有不同。拿走灯火后，果然发出荧荧的光芒，在鸡蛋周围围成一圈，仿佛盘子盂钵一般。把它放在房间的一角，站在门外观看，就见光芒把整个房间都照得像白天一样明亮。有个客人说："这只鸡恐怕是受了蛟龙的孕，所以生下这样奇怪的蛋。只怕以后小鸡破壳而出，对主人有不吉利的事。"仲坊第二天就回家了，不知道最后有什么事情发生。根据木华的《海赋》说："向阳的冰块不融化，阴火会深深地保存着。"原来阳气潜伏在积累阴气之中，蕴藏容纳到饱和的程度，就要爆发出来。《岭南异物志》说海里产生的鱼鳖，放在暗处会发光。《岭表录异》也说有一种黄蜡鱼头，夜晚能发光，像一只灯笼，它的肉也是一片片会发光。水里的产物，和水的性质相同。一定要是海水才会有火，一定是海中各种海产品才会发光。水积聚的地方，也是阴气积聚之处，所以河流不能够包容阳气，只有海才能包容。至于暑天野草腐烂产生了萤火虫，因为阴云堆积就下雨，阳气蒸腾就化育昆虫。塞外的夜光木，因为有冰山雪峰的阳气聚集依附在树木上。萤火虫很快死亡，夜光木移栽到盆缸中，过一两年也不会发光了。离开潜伏隐蔽的地方，阳气得到伸展，也就渐渐消散了。只是鸡蛋夜里发光的道理，还是不清楚。蛟龙使鸡受孕的说法，也不一定对。段成式的《酉阳杂俎》说到岭南有一种毒菌，晚上能发光，毒死人的速度最快。这是瘴疠之气所聚集，因为温热气候引发为明亮的火焰。这只鸡蛋或者是灾害不祥之气偶然地聚集在鸡身上所致，或者是鸡吃的有毒昆虫太多，长期来毒素郁结在蛋上，就像毒菌有光的一样，也不是不可能的。

杀 蛇 当 茶

从侄虞惇言：闻诸任丘刘宗万曰："有旗人赴任丘催租，适村民夜演剧，观至二鼓乃散。归途酒渴，见树旁茶肆，因系马而入。主人出，言火已熄，但冷茶耳。入室良久，捧茶半杯出，色殷红而稠粘，气似微腥。饮尽，更求益。曰：'瓶已罄矣，当更觅残剩。须坐此稍待，勿相窥也。'既而久待不出，潜窥门隙，则见悬一裸女子，破其腹，以木撑之，而持杯刮取其血。惶骇退出，乘马急奔。闻后有追索茶钱声，沿途不绝。比至居停，已昏瞀坠仆。居停闻马声出视，扶掖入。次日乃苏，述其颠末。共往迹之，至系马之处，惟平芜老树，荒冢累累，丛棘上悬一蛇，中裂其腹，横支以草茎而已。"此与裴铏《传奇》载卢涵遇盟器婢子杀蛇为酒事相类。然婢子留宾，意在求偶。此鬼鬻茶胡为耶？鬼所需者冥镪，又向人索钱何为耶？

【译文】

　　堂侄虞惇说，他从任丘刘宗万那里听说，有个旗人到任丘催租，碰上村子里老百姓演戏，就看到二更散场才回家。回来的路上，他酒后口渴，看见大树边有一家茶店，就把马系在树上，进入店里。店主出来说，炉火已经灭了，只有冷茶而已。店主进室内很久，才捧出半杯茶，颜色鲜红，又粘又厚，微微有点腥气。旗人喝光之后，请店主再来一些。店主说："茶壶里的茶已经没有了，我再去找找有没有饮剩的茶。您必须坐在这里等候，切勿偷看呀！"过了很久，还不见店主出来，他就悄悄地从门缝中偷看，却看见屋里吊着一个裸体女人，店主剖开女人的肚子，用木棍撑开，手拿茶杯去刮肚子里的血。旗人又惊又怕，连忙退出茶店，跨上马急急逃跑，耳边不断听到后面店主追赶讨茶钱的声音。等到旗人跑到住处，已经昏迷倒在地下了。住处的主人听到马跑的声音，出来看望，才把旗人扶了进去。第二天，旗人才苏醒过来，把事情经过讲了。大家一齐去那地方探视，到系马的地方，只是一片荒地，几棵老树，荒坟一座接一座。在荆棘丛上面还挂着一条蛇，蛇的中段肚子裂开，横支着一根草茎。这件事和裴铏《传奇》记载卢涵遇到盟器丫头杀蛇当酒的故事相似。不过，丫头挽留宾客，用意在于希望结成夫妇。这里的鬼卖茶，为了什么呢？鬼所需要的是纸钱，又向人讨银钱干什么呢？

牛　　惊

　　田香谷言：景河镇西南有小村，居民三四十家。有邹某者，夜半闻犬声，披衣出视。微月之下，见屋上有一巨人坐。骇极惊呼，邻里并出。稍稍审谛，乃所畜牛昂首而蹲，不知其何以上也。顷刻喧传，男妇皆来看异事。忽一家火发，焰猛风狂，合村几尽为焦土。乃知此为牛祸，兆回禄也。姚安公曰："时方纳稼，豆秸谷草，堆积篱茅屋间，袤延相接。农家作苦，家家夜半皆酣眠。突尔遭焚，则此村无噍类矣。天心仁爱，以此牛惊使梦醒也。何反以为妖哉！"

【译文】

　　田香谷说：景河镇西南有个小村子，有居民三四十家。有个邹某，半夜听到狗吠，披着衣服出门去看看。淡淡的月色下，他看见有个巨人坐在屋顶上，吓得大声呼叫。邻居们都出来探问。再仔细观察，原来是他养的一头牛。仰着头在屋顶蹲着，但不知道这头牛怎能爬到屋顶上去的。大家七嘴八舌，男男女女都出来看这件怪事。忽然，有一户人家起了火，风大火猛，把全村几乎都烧光了。这才明白，这头牛在作怪，它蹲上屋顶，是预兆火灾。姚安公说："当时正是收割季节，豆秸稻草，一堆堆放在高粱秆篱笆和茅草屋中间，成片相连。务农人家劳动艰苦，半夜里家家都睡得很熟。突然遭到火灾，全村就没有活过来的人了。上天有仁爱的心怀，用这头牛来使全村人梦中惊醒，怎能反而认为是妖怪呢！"

椒　　树

　　同郡某孝廉未第时，落拓不羁，多来往青楼中。然倚门者视之漠然也。惟一妓名椒树者（此妓佚其姓名，此里巷中戏谑之称也。）独赏之，曰："此君岂长贫贱者哉！"时邀之狎饮，且以夜合资供其读书。比应试，又为捐金治装，且为其家谋薪米。孝廉感之，握臂与盟曰："吾傥得志，必纳汝。"椒树谢曰："所以重君者，怪姊妹惟识富家儿；欲人知脂粉绮罗中，尚有巨眼人耳。至白头之约，则非所敢闻。妾性冶荡，必不能作良家妇；如已执箕帚，仍纵怀风月，君何以堪！如幽闭闺阁，如坐囹圄，妾又何以堪！与其始相欢合，终致仳离，何如各留不尽之情，作长相思哉！"后孝廉为县令，屡招之不赴。中年以后，车马日稀，终未尝一至其署。亦可云奇女子矣。使韩淮阴能知此意，乌有"鸟尽弓藏"之憾哉！

【译文】
　　同乡某举人在没中科举以前，生活困难，行为随便，经常流连妓院。不过，妓女们对他很冷淡。只有一位叫做椒树的妓女（这个妓女已不知姓名，这个名字是妓院里的人给她起的绰号），对他很欣赏，说："这位先生怎会永远贫贱下去呢！"经常请他饮酒，和他亲热，还用自己得到的钱供他读书。等到他去应考，椒树又花钱替他准备行装，而且给他家庭提供生活费。这位举人很感动，握住椒树的手臂发誓说："倘若我考中做官，一定娶你为妻。"椒树谢绝了，说："我看重你，是因为我们的姐妹只认识有钱的人，我想让大家知道，在妓女当中，还有明眼人呀。至于成夫妻的誓约，就不是我想听到的了。我的性格风流，一定不能做个良家妇女。如果成了您的妻子，仍然风流放荡，您怎能忍受得了呢？如果让我关在房子里，仿佛坐牢一般，我又怎能忍受得了呢？与其开始时男欢女爱，到后来夫妻分离，还不如各自留下无穷无尽的情意，作为永久的相思吧！"后来，举人当了县令，多次来请椒树，她都不肯去。后来，椒树年纪大了，妓院中的生意也一天比一天冷清，她也从来不去举人的县衙门。她也可称为奇女子了。假使韩信能够体会这层意思，怎会有"鸟尽弓藏"的遗憾呢！

旅 舍 诗

胶州法南野,飘泊长安,穷愁颇甚。一日,于李符千御史座上,言曾于泺口旅舍见二诗,其一曰:"流落江湖十四春,徐娘半老尚风尘。西楼一枕鸳鸯梦,明月窥窗也笑人。"其二曰:"含情不忍诉琵琶,几度低头掠鬓鸦。多谢西川贵公子,肯持红烛赏残花。"不署年月姓名,不知谁作也。余曰:"此君自寓坎坷耳。然五十六字足抵一篇《琵琶行》矣。"

【译文】
　　胶州有个法南野,流落在京城,穷困潦倒。有一天,他在李符千御史的宴席上,说起曾经在泺口旅店看到两首诗。第一首说:"流落江湖十四春,徐娘半老尚风尘。西楼一枕鸳鸯梦,明月窥窗也笑人。"第二首说:"含情不忍诉琵琶,几度低头掠鬓鸦。多谢西川贵公子,肯持红烛赏残花。"没有写上年月姓名,不知道是谁作的。我说:"这是您自己寄托坎坷的遭遇而已。不过,五十六个字,完全可以顶一篇《琵琶行》了!"

魂 依 于 墓

益都李生文渊,南涧弟也。嗜古如南涧,而博辩则过之。不幸夭逝,南涧乞余志其墓。匆匆未果,并其事状失之,至今以为憾也。一日,在余生云精舍讨论古礼,因举所闻一事曰:博山有书生,夜行林莽间,见贵官坐松下，呼与语。谛视，乃其已故表丈某公也，不得已近前拜谒。问家事甚悉。生因问："古称体魄藏于野，而神依于庙主。丈人有家祠，何为在此？"某公曰："此泥于古不墓祭之文也。夫庙祭地也，主祭位也，神之来格，以是地是位为依归焉耳。如神常居于庙，常附于主，是世世祖妣与子孙人鬼杂处也。且有庙有主，为有爵禄者言之耳。今一邑一乡之中，能建庙者万家不一二，能立祠者千家不一二，能设主者百家不一二。如神依主而不依墓，是百千亿万贫贱之家，其祖妣皆无依之鬼也，有是理耶？知鬼神之情状者，莫若圣人。明器之礼，自夏后氏以来矣。使神在主而不在墓，则明器当设于庙。乃皆瘞之于墓中，是以器供神而置于神所不至也，圣人顾若是颠耶？卫人之祔离之，殷礼也；鲁人之祔合之，周礼也。孔子善周。使神不在墓，则墓之分合，了无所异，有何善不善耶？《礼》曰：'父殁而不忍读父之书，手泽存焉尔；母亡而不忍用其杯棬，口泽存焉尔。'一物之微，尚且如是。顾以先人体魄，视如无物；而别植数寸之木，曰此吾父吾母之神也。毋乃不知类耶？寺钟将动，且与子别。子今见吾，此后可毋为竖儒所惑矣。"生匆遽起立，东方已白。视之正其墓道前也。

【译文】

　　益都的李文渊秀才，是南涧的弟弟，和南涧一样喜好古物，但见识的广博和议论的精到，超过南涧。不幸年纪轻轻就死了，南涧请我写一篇墓志。我在匆忙之间，没有写成，而且连文渊的事迹行状都丢失了，到现在还感到遗憾。以前有一天，在我的生云精舍中讨论古代礼仪，李秀才就谈到听来的一件事：博山有位书生，晚上在树林中经过，看到松树下坐着一位官员，叫他过去说话。仔细一看，这官员是去世的表丈某人。没有办法，书生只好上前行礼。官员详细地询问书生家里的情况，书生就问："自古以来，人家都说人死后遗骸埋在郊野，灵魂依附在家庙的神主牌位上。表丈本来有家祠，怎么会在这里呢？"官员说："这是人们拘泥于自古不去坟墓祭祀的说法而已。家庙家祠是祭祀的地方，主要祭祀神主牌位。灵魂的降临，是以祠庙神主作为依附的。如果灵魂经常留在家庙里，附在神主牌位上，那就会使世世代代的祖先们和活着的子孙人鬼杂处。而且，家庙里有神主牌位，是对有封号有官位的人而说的。现在一个地区一个乡村之中，能建造家庙的，一万家也不到一二家；能建立祠堂的，一千家也不到一二家；能设立神主牌位的，一百家也不到一二家。如果灵魂只是依附牌位而不依附坟墓，那么千千万万贫穷卑贱的人家，他们的祖先都成了无处依附的鬼魂了，有这种道理吗？明了鬼神的情形的，再没有比得上圣人的了。墓中放着明器的礼制，从夏后氏以来就有了。假使灵魂在神主牌位，而不在坟墓中，那么明器应当放在家庙里。可是明器都埋在坟墓里，难道是用明器供奉灵魂，却偏偏放到灵魂不到的地方，圣人怎么会糊涂到这个地步呢！卫国人夫妻合葬，两棺之间有东西隔开，是殷代的礼制；鲁国人夫妻合葬，两棺之间不隔开，是周代的礼制。孔子推重周代的礼制。假使灵魂不在坟墓，那么合葬后隔不隔开，都没有什么不同，又有什么推重不推重呢！《礼记》上说：'父亲死后，不忍心阅读父亲的书籍，因为其中有父亲亲手书写的字迹。母亲死后，不忍心用她的杯碗，因为其中有母亲饮食过的痕迹。'一件那样小的物品，还这样重视，居然对先辈的遗体看得没有什么重要，而另外竖起几寸长的木块，说是父母的神魂所在，不是太不会区别事情的性质吗？寺院的钟声快要响了，我就和你告别了。你今天见到我，今后就不会被那些卑贱的儒生所迷惑了。"书生连忙站起来，天已经亮了。书生一看，原来自己正在那官员坟墓前面的墓道上。

狐 评 道 士

陈裕斋言：有僦居道观者，与一狐女狎，靡夕不至。忽数日不见，莫测何故。一夜，搴帘含笑入。问其旷隔之由。曰："观中新来一道士，众目曰仙。虑其或有神术，姑暂避之。今夜化形为小鼠，自壁隙潜窥，直大言欺世者耳。故复来也。"问："何以知其无道力？"曰："伪仙伪佛，技止二端：其一故为静默，使人不测；其一故为颠狂，使人疑其有所托。然真静默者，必淳穆安恬，凡矜持者伪也。真托于颠狂者，必游行自在，凡张皇者伪也。此如君辈文士，故为名高，或迂僻冷峭，使人疑为狷；或纵酒骂座，使人疑为狂，同一术耳。此道士张皇甚矣，足知其无能为也。"时共饮钱稼轩先生家，先生曰："此狐眼光如镜，然词锋太利，未免不留余地矣。"

【译文】

陈裕斋说：有个人借住在道观中，和一个狐女相好。这狐女也没有一天晚上不来。突然，几天不照面，不知道什么原因。有一天晚上，狐女微笑着掀起门帘进来。这个人问狐女为什么这几天不来，狐女说："观里新来一个道士，大家都说他是神仙。我也担心他可能有仙术，所以暂时躲避开。今天夜里，我变成一只小老鼠，从墙壁缝隙中偷偷地观察，发觉这个道士不过是个吹牛骗人的人罢了，所以仍旧来和你相会。"这个人问："你怎么知道这道士没有法力呢？"狐女说："假仙假佛，技巧只有两种：一种是故意镇静沉默，使人不测深浅；一种是故作癫狂状态，使人怀疑他有所依托。不过，真正镇静沉默的人，一定纯厚庄重，安静自然，凡是装腔作势的就是假的;真正依托癫狂状态的人,一定走来走去,真实自然,凡是东张西望、神情不安的就是假的。这好比你们文人,故意求清高的名声,或孤僻刻薄,使人怀疑此人拘谨;或者借酒骂人,使人怀疑此人狂放,都是同样的方法啊。这个道士东张西望,神情不安十分明显,完全可知他是没有什么能耐的了。"当时,大家都在钱稼轩先生家中喝酒,先生说:"这只狐狸眼光明亮得像一面镜子。不过,说话太尖刻,未免不留余地了。"

夫妇不相负

司炊者曹媪,其子僧也。言尝见粤东一宦家,到寺营斋,云其妻亡已十九年。一夕,灯下见形曰:"自到黄泉,无时不忆,尚冀君百年之后,得一相见。不意今配入转轮,从此茫茫万古,无复会期。故冒冥司之禁,赂监送者来一取别耳。"其夫骇痛,方欲致词,忽旋风入室卷之去,尚隐隐闻泣声。故为饭僧礼忏,资来世福也。此夫此妇,可谓两不相负矣。《长恨歌》曰:"但令心如金钿坚,天上人间会相见。"安知不以此一念,又种来世因耶!

【译文】

烧饭的曹老太,有个儿子是僧人。他说,曾经见过粤东一位官员,到寺院办斋做佛事。官员说,他的妻子去世十九年了。有一天晚上,妻子在灯下现形,还说:"自从到阴间后,无时无刻不在想念你,还希望你逝世之后,能够见面。想不到现在我已被分配轮回,从此千年万载,永远没有相逢的日子了。因此,我宁可冒犯阴司的禁令,行贿了管监的人,来和你告别。"做丈夫的十分惊讶悲伤,正想说话,忽然一阵旋风刮进房里,把妻子鬼魂卷走了,隐隐约约之中,还听到她哭泣的声音。因此,他到寺院斋僧作佛事,祈求她来世幸福。这对夫妇,真可说是相互不负心了。《长恨歌》说:"但令心如金钿坚,天上人间会相见。"怎么知道不因为有这个心意,又种下来世的姻缘呢!

方　　竹

《桂苑丛谈》记李卫公以方竹杖赠甘露寺僧,云此竹出大宛国,坚实而正方,节眼须牙,四面对出云云。案方竹今闽、粤多有,不为异物。大宛即今哈萨克,已隶职方,其地从不产竹,乌有所谓方者哉!又《古今注》载乌孙有青田核,大如六升瓠,空之以盛水,俄而成酒。案乌孙即今伊犁地,问之额鲁特,皆云无此。又《杜阳杂编》载元载造芸晖堂于私第。芸香,草名也,出于阗国,其香洁白如玉,入土不朽烂;舂之为屑,以涂其壁,故号曰芸晖。于阗即今和阗地,亦未闻此物。惟西域有草名玛努,根似苍术,番僧焚以供佛,颇为珍贵;然色不白,亦不可泥壁。均小说附会之词也。

【译文】
《桂苑丛谈》记载,李卫公把一根方竹杖送给甘露寺的僧人,还说这种竹子出产在大宛国,坚硬结实,正方形,竹节间有竹须竹芽,在竹子的四面相对地长出来。其实,现今方竹在福建、广东很多,不是什么奇异的东西。大宛是现在哈萨克一带,已经归入国家版图,那地方从来不生长竹子,怎么会有方形的竹子呢!又有《古今注》记载,乌孙有青田核,像可以盛六升水的瓢那么大,挖空来盛水,很快就变成了酒。其实,乌孙即是现在伊犁地区,向额鲁特查问，都说没有这种东西。又有《杜阳杂编》记载，元载在私人住宅中建造一间芸晖堂。芸香是草名，于阗国出产，这种草颜色洁白，像玉石一样，埋在土里都不会腐烂。把芸草舂碎成细末，用来涂墙壁，所以把这房子叫做芸晖。于阗即是现在的和阗地区，也没有听说过有这种东西。西域只有一种草叫做玛努，草根像苍术，当地民族僧人供佛时焚烧，相当珍贵。不过，颜色不白，也不能涂墙壁。以上这些东西，都是小说家的附会传说。

鬼偿赌债

黎荇塘言：有少年，其父商于外，久不归。无所约束，因为囊家所诱，博负数百金。囊家议代出金偿众，而勒写鬻宅之券。不得已从之。虑无以对母妻，遂不返其家，夜入林自缢。甫结带，闻马蹄隆隆，回顾，乃其父归也。骇问："何以作此计？"度不能隐，以实告。父殊不怒，曰："此亦常事，何至于此！吾此次所得尚可抵。汝自归家，吾自往偿金索券可也。"时囊家博未散，其父突排闼入。本皆相识，一一指呼姓字，先斥其诱引之非，次责以逼迫之过。众错愕无可置词。既而曰："既不肖子写宅券，吾亦难以博诉官。今偿汝金，汝明日分给众人，还我宅券可乎？"囊家知理屈，愿如命。其父乃解腰缠付囊家，一一验入。得券即就灯焚之，愤然而出。其子还家具食，待至晓不归。至囊家侦探，曰："已焚券去。"方虑有他故。次日，囊家发箧，乃皆纸锭。金所亲收，众目共睹，无以自白，竟出己橐以偿，颇自疑遇鬼。后旬余，讣音果至，殁已数月矣。

【译文】

黎荇塘说：有个青年，父亲出外经商，很久不回家了。青年没有人管束，就被赌窝主人引诱，参与赌博，输去了几百两银子。赌头和青年商量，由他代为出钱还大家的赌债，而逼勒青年写下把住宅卖给他的契约。青年没有办法，只好按赌头所说的去做。青年害怕无法跟母亲、妻子说，就不回家，晚上到树林里去上吊。刚把带子结上，就听到很响的马蹄声音，回头一看，竟然是自己的父亲回来了。父亲惊讶地问："你怎么这样做？"青年无法隐瞒，就据实把事情说了出来。父亲也不生气，说："这也是常有的事，何必寻死呢！我这次回家，赚到的钱还可以抵赌债。你自己先回家，我亲自去还赌债，并讨还卖房契约就是了。"当时，赌头家的赌场还未散，父亲突然闯进门去。这些人父亲本来都是认识的，于是一一指名道姓，先是骂他们引诱儿子，接着又骂他们追逼赌债不对。赌徒们惊讶万状，都说不出话来。后来，父亲说："既然我那不争气的儿子写了卖房契约，我也知道不能以赌债告官处理。现在我还给你银子，你明天去分给其他人，就把卖房契约还给我，行吗？"赌头知道自己没道理，就接受他的意见。青年的父亲把身上带的银子交给赌头，赌头一一检验之后收好。青年的父亲收回卖房契约，就在灯火上烧了，气愤地走了出去。青年回到家，为父亲准备了饭食，可是等到天亮，他的父亲还没有回家。青年到赌头家去探看，说是他父亲已经烧掉卖房契约，走了。青年正担心有其他的原因。第二天，赌头打开银箱，发觉那些银子都是纸钱。但银子是自己亲自点收的，大家也都看到，现在没有办法说清楚，只好拿出自己的银子来还债。赌头心中有点怀疑，大概是碰上鬼了。过了十几天，青年听到了父亲的死讯，原来已经死去几个月了。

鬼厌讲学

李樵风言：杭州涌金门外，有渔舟泊神祠下，闻祠中人语嘈杂。既而神诃曰："汝曹野鬼，何辱文士？罪当答。"又闻辩诉曰："人静月明，诸幽魂暂游水次，稍释羁愁。此二措大独讲学谈诗，刺刺不止。众皆不解，实所厌闻。窃相耳语，微示不满，稍稍引去则有之，非敢有所触犯也。"神默然，少顷，曰："论文雅事，亦当择地择人。先生休矣。"俄而磷火如萤，自祠中出。遥闻吃吃笑不已，四散而去。

【译文】

　　李樵风说：杭州的涌金门外，有艘渔船停泊在神祠岸边，渔人听到祠里人声嘈杂。一会儿，神灵责骂道："你们这些野鬼，怎能侮辱读书人呢？应该处以鞭刑。"又听到申辩的声音道："夜深人静、明月当空时候，我们这些鬼魂来到水边游玩，稍稍减轻滞留此地的愁怨。这两个穷酸却在大讲学问诗歌，哗啦哗啦吵个不停。大家又听不懂，实在讨厌。我们私下商量，稍微向他们表示不满，让他们离开一点，这是有的，并非胆敢冒犯读书人呀！"神灵沉默了一会，就说："议论文章是高雅的事情，也要选择地方选择对象。你们这两位先生就算了吧！"不久，磷火像萤火虫般从神祠中飘出，远远听到不停的嘻笑声，向四面散去了。

刘 熰 母

　　刘熰，沧州人。其母以康熙壬申生，至乾隆壬子，年一百一岁，尚强健善饭。屡逢恩诏，里胥欲为报官支粟帛，辄固辞弗愿。去岁，欲为请旌建坊，亦固辞弗愿。或询其弗愿之故。慨然曰："贫家嫠妇，赋命蹇薄，正以颠连困苦，为神道所怜，得此寿耳。一邀过分之福，则死期至矣。"此媪所见殊高。计其生平，必无胶胶扰扰分外之营求，宜其恬然冲静，颐养天和，得以保此长龄矣。

【译文】

　　有位刘熰，沧州人。他的母亲生于康熙三十一年，到乾隆五十七年，已经一百零一岁了，身体还强实健康，胃口也很好。曾多次遇到皇帝施恩的诏书，当地的差吏也想代她向官府申报，领取尊老的粮食布匹，但她都坚决拒绝，不肯领取。去年，当地差吏又想为她申报建牌坊表彰，她也坚决拒绝，不肯接受。有人问她拒绝粮食、布匹、牌坊的原因，她很感慨地说："我是穷人家的寡妇，命运不好；正因为我艰难困苦，受到神灵的怜悯，才获得高寿。一旦得到过分的福气，死亡的日子就会来到了。"这个老太太见识特别高。可以想象，她一生之中，决没有乱七八糟的过分要求。难怪她能淡泊宁静，涵养自然的和谐，获得这样的高寿了。